Élizabeth George

Elizabeth George est née aux États-Unis, dans l'Ohio, et a passé son enfance en Californie. Diplômée en littérature anglaise et en psychopédagogie, elle a enseigné l'anglais pendant treize ans, avant de se consacrer à l'écriture.

Dès son premier roman, *Enquête dans le brouillard* (Grand Prix de littérature policière en 1988), elle s'impose comme un brillant auteur de policiers "à l'anglaise". Elle est l'auteur de dix romans, qui ont tous pour cadre la Grande-Bretagne, et mettent en scène les enquêtes de l'inspecteur Thomas Linley et de sa fidèle adjointe le sergent Barbara Havers, attachés au prestigieux département de police criminelle de Scotland Yard.

Imprégnée de culture anglaise depuis son adolescence, cette Américaine connaît parfaitement l'histoire et la culture britanniques, et séjourne régulièrement en Grande-Bretagne pour faire les repérages nécessaires à la construction de ses romans. Elle vit actuellement près de Los Angeles, où elle accueille des étudiants pour des séminaires d'écriture.

ELIZABETH GEORGE

LE VISAGE
DE L'ENNEMI

PRESSES DE LA CITÉ

Titre original :

IN THE PRESENCE OF THE ENEMY

Traduit par
Dominique Wattwiller

© Susan Elisabeth George. 1996. Publié avec l'accord de Bantam Books, département de Bantam Doubleday Dell Publishing Group. Inc.
© Presses de la Cité. 1996, pour la traduction française

ISBN : 2-266-08120-9

A la mémoire de Freddie LaChapelle

1948-1994

*Permets-moi de t'accorder l'immortalité
à ma façon, si modeste soit-elle.*

Va en paix, très cher Freddie.

« Car homme ni ange ne peuvent reconnaître
L'hypocrisie, le seul vice qui passe invisible
Aux yeux de tous, sauf à ceux de Dieu. »

John MILTON, *Paradis perdu*

PREMIÈRE PARTIE

1

Charlotte Bowen se dit qu'elle était morte. Ouvrant les yeux, elle émergea au cœur du froid et des ténèbres. Le froid, elle était couchée dessus ; ce froid évoquait celui de la terre toujours humide du bac à plantes dans le jardin de sa mère où le robinet extérieur, en gouttant, dessinait une grosse tache verte. Quant aux ténèbres, elles étaient partout. L'obscurité pesait sur elle telle une épaisse couverture. Aussi Charlotte plissa-t-elle furieusement les yeux afin d'arracher à ce néant sans fond une forme susceptible de la rassurer, de lui prouver qu'elle n'était pas dans une tombe. Dans un premier temps, elle demeura immobile, évitant de remuer doigts ou orteils de peur de rencontrer les parois du cercueil, de peur de découvrir que c'était ça, la mort, alors qu'elle s'était imaginé retrouver, dans un chaud soleil, des saints et des anges jouant de la harpe assis sur des balançoires.

Charlotte tendit l'oreille, mais ne perçut aucun bruit. Elle renifla, mais ne sentit rien si ce n'est une odeur de moisi, proche de celle que dégagent les vieilles pierres moussues. Quand elle déglutit, un vague goût de pomme lui vint à la bouche. Ce parfum suffit à lui rendre la mémoire.

Il lui avait donné du jus de pomme, non ? Il lui avait tendu une bouteille dont il avait dévissé la capsule, bouteille aux flancs mouchetés de gouttelettes d'humidité. Il lui avait souri, pressé l'épaule. « Faut pas t'en faire, Lottie. Ta maman ne veut pas que tu te fasses de la bile. »

Maman. C'était de ça qu'il s'agissait, justement. Où

était passée Maman ? Que lui était-il arrivé ? Et Lottie ? Qu'était-il arrivé à Lottie ?

– Voilà, il y a eu un accident, lui avait-il expliqué. Je dois te conduire auprès de ta maman.

– Où ? avait-elle dit. Où est Maman ? (Et plus fort, l'estomac soudain glougloutant, terrorisée par le regard de l'inconnu :) Dites-moi où est ma maman ! Dites-moi où elle est ! Je veux savoir !

– Tout va bien, avait-il répondu non sans jeter un rapide coup d'œil circulaire. (Il était comme Maman, le bruit, il n'aimait pas ça.) Du calme, Lottie. Elle est en lieu sûr. Dans une planque du gouvernement. Tu comprends ?

Charlotte avait fait non de la tête. Après tout, elle n'avait que dix ans et le fonctionnement du gouvernement constituait pour elle un mystère. La seule chose qu'elle savait, c'était que sa mère – qui en était membre – quittait la maison avant sept heures du matin pour ne rentrer le plus souvent qu'après qu'elle fut endormie. Maman avait un bureau à Parliament Square, des réunions au Home Office [1], des séances à la Chambre des communes. Le vendredi après-midi, elle tenait une permanence pour les électeurs de Marylebone tandis que Lottie faisait ses devoirs, à l'abri des regards, dans la salle jaune où se tenaient généralement les réunions du comité exécutif de la circonscription.

– Sois sage, disait sa mère lorsque Charlotte arrivait, après l'école, le vendredi après-midi. (D'un mouvement de tête entendu, elle désignait la salle jaune.) Je ne veux pas t'entendre. Pas un bruit. C'est compris ?

– Oui, Maman.

Maman souriait.

– C'est bien, fais-moi une bise, ajoutait-elle. Et un câlin.

Et d'interrompre sa conversation avec le prêtre de la paroisse, l'épicier pakistanais d'Edgware Road, l'instituteur ou tout autre électeur venu lui réclamer dix précieuses minutes de son temps pour refermer rudement les bras autour de Lottie en une étreinte sèche et anguleuse. Puis elle lui administrait une tape sur le derrière. « Maintenant, file. » Après quoi elle se tournait vers son visiteur avec un petit rire complice : « Ah, les enfants. »

Le vendredi était le meilleur jour de la semaine.

1. Ministère de l'Intérieur. *(N.d.T.)*

Après la permanence, Lottie rentrait à la maison en voiture avec sa mère et lui racontait sa semaine. Maman écoutait, hochant la tête, tapotant à l'occasion le genou de Lottie, mais sans cesser de braquer les yeux sur la rue par-delà la nuque du chauffeur.

– Maman, se plaignait Lottie avec un soupir de martyre en s'efforçant vainement d'arracher sa mère à la contemplation de Marylebone High Street et de capter son attention. (Maman n'était pas obligée de surveiller la rue. Après tout, ce n'était pas elle qui conduisait.) Je te parle. Pourquoi tu regardes dehors comme ça ?

– Les ennuis, Charlotte. J'essaie d'éviter les ennuis. Tu ferais bien d'en faire autant.

Les ennuis, il semblait qu'elle ait fini par les trouver. Mais une planque du gouvernement ? C'était quoi, au juste ? Un endroit où se cacher quand quelqu'un posait une bombe ?

– C'est là-bas qu'on va ? avait demandé Lottie après avoir avalé d'un trait le jus de pomme.

La boisson avait un drôle de goût – pas assez sucrée – mais elle l'avait quand même bue jusqu'à la dernière goutte : ça n'était pas correct de faire la fine bouche quand un adulte vous offrait quelque chose.

– Exact, avait-il répondu. On va à la planque. Ta maman t'y attend.

C'était tout ce dont elle se souvenait nettement. Après, tout s'était brouillé. Tandis qu'ils traversaient Londres en voiture, ses paupières étaient devenues lourdes comme du plomb et quelques minutes plus tard elle avait senti sa tête ballotter. Dans un coin de sa mémoire, elle crut réentendre une voix amicale qui disait :

– C'est ça, Lottie. Fais un gros dodo.

Puis on lui avait retiré ses lunettes en douceur.

A cette pensée, Lottie approcha prudemment les mains de son visage, les écartant le moins possible de son corps de peur de heurter les parois du cercueil dans lequel elle était allongée. Ses doigts rencontrèrent son menton. Progressant à la manière d'une araignée, ils poursuivirent leur ascension le long de ses joues pour atteindre l'arête de son nez. Aucune trace de lunettes.

Dans le noir, bien sûr, ça n'avait pas d'importance. Mais si la lumière revenait... Encore que, dans un

cercueil, comment pourrait-il y avoir de la lumière?
Lottie respira un petit coup. Puis un autre. Et encore un
autre. De l'air, est-ce qu'il en restait beaucoup dans
cette boîte? Combien de temps avant... Et pourquoi?
Pourquoi?

Sa gorge se noua, elle se sentit oppressée, des picote-
ments lui vinrent aux yeux. « Faut pas pleurer, faut surtout pas pleurer, se dit-elle. Faut pas qu'on me *voie*... »
Mais voir quoi? A part du noir et encore du noir, il n'y
avait rien à voir. Sa gorge se serra de plus belle, la sensation d'oppression s'accentua dans sa poitrine, ses yeux
se remirent à la piquer. « *Faut pas*, songea Lottie. Faut
pas pleurer. Non, non. »

Son derrière superbement pommé calé contre l'appui
de la fenêtre du bureau du rédacteur en chef, Rodney
Aronson sentit les vieux stores vénitiens lui rentrer dans
le dos. Après avoir fouillé dans les poches de sa saharienne, il en retira une barre de Cadbury aux noisettes
déjà entamée et la dépapillota avec un soin méticuleux
de paléontologue débarrassant de sa gangue de terre la
dépouille récemment exhumée d'un homme préhisto-
rique.

A l'autre bout de la pièce, à la table de conférence,
l'air parfaitement détendu, Dennis Luxford était carré
dans le fauteuil directorial. Un fin sourire triangulaire
sur son visage d'elfe, le rédacteur suivait les derniers
développements de ce que Fleet Street avait baptisé une
semaine plus tôt « Paso doble à Paddington ». L'homme
qui faisait – et avec quelle verve – le point sur l'affaire
était le meilleur journaliste d'investigation de *La
Source*. Mitchell Corsico, vingt-trois ans, qui affectionnait – manie idiote – les tenues de cow-boy, possédait le
flair d'un limier de grande race et la sensibilité frémis-
sante d'un barracuda. Bref, c'était exactement le genre
de garçon dont le journal avait besoin dans le climat
actuel de turpitudes parlementaires, scandales de tout
poil et manigances sexuelles.

– Dans son communiqué de cet après-midi, poursuivait Corsico, l'honorable député de l'East Norfolk a
déclaré bénéficier du soutien plein et entier de sa circonscription. Il est innocent tant qu'on n'aura pas
prouvé, etc. Le président du parti affirme que cette his-

toire a été montée de toutes pièces par les journaux à scandale qui, selon lui, essaient encore une fois de flanquer le gouvernement par terre. (Corsico consulta ses notes à la recherche de la citation exacte. L'ayant trouvée, il repoussa son précieux Stetson en arrière d'une pichenette, prit la pose et entonna :) « Les médias, ce n'est un secret pour personne, se sont fixé pour objectif de faire tomber le gouvernement. Cette histoire de mineur qui se prostitue ne constitue qu'une nouvelle tentative de Fleet Street pour influencer les débats parlementaires. Si les médias souhaitent démolir le gouvernement, qu'ils ne s'étonnent pas de trouver en face d'eux des adversaires de poids prêts à en découdre, que ces derniers viennent de Downing Street, de Whitehall ou de Westminster. » (Corsico referma son carnet et le glissa dans la poche arrière de son jean crasseux.) C'est beau, non ?

Luxford inclina son fauteuil en arrière et croisa les mains sur un ventre outrageusement plat. A quarante-six ans, il avait un corps d'adolescent et une épaisse crinière blond cendré. On aurait dû l'euthanasier, songea Rodney, amer. Quel soulagement ç'aurait été pour ses collègues en général et Rodney en particulier de ne plus avoir à se traîner poussivement dans son sillage de bête de race.

– Quel besoin avons-nous de démolir le gouvernement ? fit Luxford. Il nous suffit de rester bien sagement assis à attendre que ces messieurs s'en chargent. (D'un geste machinal, il joua avec ses bretelles en soie à motif cachemire.) Mr Larnsey se cramponne toujours à sa version des faits ?

– Telle l'huître à son rocher, rétorqua Corsico. L'honorable député de l'East Norfolk a remis ça à propos de... je cite : « l'épouvantable malentendu né de ma présence, dans la nuit de jeudi dernier, à bord d'une automobile garée derrière Paddington Station ». Il soutient qu'il recueillait des renseignements destinés à la Commission toxicomanies et prostitution.

– Ça existe, ça, la Commission toxicomanies et prostitution ? questionna Luxford.

– Si ça n'existe pas, vous pouvez être sûr que le gouvernement va se dépêcher de la créer.

Les mains en coussinet sous la nuque, Luxford renversa son fauteuil en arrière d'un cran supplémentaire.

Il semblait enchanté de la tournure que prenaient les événements. En cette période de règne du Parti conservateur, les tabloïds s'en étaient donné à cœur joie, clouant successivement au pilori des députés nantis de maîtresses, des députés dotés d'enfants illégitimes, des députés friands de call-girls, des députés s'adonnant à des pratiques auto-érotiques, des députés impliqués dans des scandales immobiliers et des députés qui entretenaient des relations louches avec de grands groupes industriels. Cette fois, il s'agissait d'une première : un député pris en flagrant délit dans les bras d'un prostitué de seize ans derrière la gare de Paddington. Ce genre d'histoires faisait grimper les tirages en flèche et Rodney imaginait Luxford évaluant l'augmentation de salaire qui ne manquerait pas de lui échoir une fois les comptes faits et les bénéfices engrangés. Les événements de ces derniers jours allaient lui permettre de tenir sa promesse et de faire de *La Source* le quotidien au plus fort tirage. C'était un sacré veinard, ce gars-là. Mais il n'était certainement pas le seul journaliste de la place de Londres capable de planter les crocs dans un fait divers et d'en tirer un papier en or.

– Je donne trois jours au Premier ministre pour le lâcher, prédit Luxford. (Coup d'œil en direction de Rodney :) Votre avis ?

– Trois jours, vous voyez large, Den.

Rodney sourit intérieurement en voyant la tête de Luxford. Le rédacteur en chef détestait les diminutifs.

Sourcils froncés, Luxford soupesa la réponse de Rodney. Luxford est loin d'être idiot, songea Rodney. Ce n'est pas en se mettant un bandeau sur les yeux, en faisant semblant d'ignorer qu'on est entouré de gens prêts à vous poignarder dans le dos qu'on arrive à un poste pareil. Luxford reporta son attention sur le reporter.

– Qu'est-ce que vous avez d'autre ?

Corsico énuméra sur ses doigts.

– La femme de Larnsey a juré hier qu'elle soutiendrait son mari. Mais, selon une de mes sources, il est question qu'elle abandonne le domicile conjugal dans la soirée. Je vais avoir besoin d'un photographe.

– Rod fera le nécessaire, fit Luxford sans même consulter Rodney du regard. Quoi d'autre ?

– L'Association des conservateurs de l'East Norfolk se réunit ce soir afin de se prononcer sur la « viabilité » politique de son député. C'est un de ses membres qui m'a passé le tuyau. Il semblerait que Larnsey soit bientôt prié de se démettre de ses fonctions.

– Quoi d'autre, Mitch ?

– On attend les commentaires du Premier ministre. Ah, oui. Dernier détail. Un coup de fil anonyme. Il paraît qu'à l'école, déjà, Larnsey avait une préférence pour les garçons. Sa femme n'aurait jamais été qu'une couverture.

– Le prostitué ?

– Il se terre chez ses parents. A South Lambeth.

– Il acceptera de nous voir, vous croyez ? Ses parents parleront ?

– Je fais tout pour.

Luxford remit son fauteuil dans sa position initiale.

– Parfait, dit-il avant d'ajouter, sourire triangulaire à l'appui : Continuez comme ça. C'est du bon boulot.

Corsico salua le compliment d'un petit coup de Stetson et prit le chemin de la sortie. Il atteignait la porte lorsque celle-ci s'ouvrit, livrant passage à la secrétaire sexagénaire de Luxford chargée de deux piles de lettres, qu'elle déposa sur la table devant le rédac-chef. La première pile composée d'enveloppes ouvertes fut placée à la gauche de Luxford. La seconde, non décachetée, contenait du courrier portant la mention *Personnel*, *Confidentiel* ou *Ultraconfidentiel*. Après l'avoir posée à la droite de Luxford, la secrétaire alla chercher le coupe-papier sur le bureau de son patron et le plaça à cinq centimètres exactement des enveloppes à ouvrir. Elle lui apporta également la corbeille à papier, qu'elle positionna près de son fauteuil.

– Autre chose, Mr Luxford ? s'enquit-elle avec déférence comme chaque soir avant de regagner ses foyers.

« Une pipe, Miss Wallace, répondit Rodney *in petto*. A genoux, femme. Et mettez un peu de cœur à l'ouvrage, que diable. » Il ne put réprimer un sourire à la pensée de Miss Wallace – tweed, twin-set et perles fines – agenouillée entre les cuisses de Luxford. Pour dissimuler son hilarité, il baissa vivement le nez sur sa barre de Cadbury.

Luxford s'était attaqué à la pile de courrier non décacheté.

– Appelez ma femme avant de partir, dit-il à sa secrétaire. Je ne devrais pas rentrer après huit heures.

Miss Wallace hocha la tête et s'éclipsa, foulant sans bruit la moquette grise dans ses confortables chaussures à semelles crêpe. En tête à tête avec le rédacteur de *La Source* pour la première fois de la journée, Rodney décolla son postérieur de l'appui de la fenêtre tandis que Luxford tendait la main vers le coupe-papier et s'attaquait à la pile de droite. Rodney n'avait jamais réussi à comprendre d'où lui venait cette manie de décacheter les lettres personnelles. Compte tenu de la ligne politique du journal – lequel était aussi éloigné du centre qu'on pouvait l'être sans se voir décerner l'épithète de rouge, communiste ou gauchisant –, on pouvait redouter qu'une lettre portant la mention *Personnel* fût piégée. Le rédacteur en chef aurait donc certainement mieux fait de laisser à Miss Wallace le privilège de l'ouvrir, quitte à ce qu'elle y laisse les doigts, la main ou même un œil, au lieu de s'exposer à servir de cible à un quelconque timbré. Seulement Luxford ne voyait pas les choses de cette façon. Non qu'il se souciât des risques qu'eût encourus Miss Wallace. Tout simplement, il considérait que prendre connaissance des réactions de son lectorat faisait partie de son travail. *La Source*, déclarait-il, n'arriverait jamais en tête dans la guerre des tirages si son rédacteur restait à l'arrière pour diriger ses troupes. Aucun rédac-chef digne de ce nom ne pouvait se permettre de perdre le contact avec le public.

Rodney regarda Luxford parcourir la première lettre. Avec un grognement, il en fit une boulette qu'il expédia dans la corbeille d'une chiquenaude. Il ouvrit la deuxième, en prit rapidement connaissance et, avec un petit rire, l'envoya rejoindre la précédente. Il avait lu les troisième, quatrième et cinquième et s'attaquait à la sixième lorsqu'il questionna d'un air délibérément absent :

– Eh bien, Rod ? Qu'est-ce qui ne va pas ? Vous avez l'air préoccupé.

Ce qui tracassait Rodney, c'était de voir Luxford occuper la place que lui-même convoitait : celle de rédacteur en chef de *La Source*. Six mois plus tôt, la promotion qu'il méritait largement lui était passée sous le nez : il avait été écarté au profit de Luxford. Le directeur – un type au visage porcin – lui avait asséné de sa voix snob qu'il lui manquait « l'instinct nécessaire » pour mettre en œuvre les changements capables d'aider *La Source* à décoller. Quel instinct ? s'était enquis poliment Rodney en apprenant la nouvelle. « L'instinct d'un tueur, avait rétorqué le directeur. Le genre d'instinct que Luxford possède, lui. Regardez ce qu'il a fait du *Globe*. »

Justement, qu'avait-il fait du *Globe* ? D'un tabloïd en perte de vitesse, ramassis de potins sur les stars du show-biz et de papiers édifiants sur la famille royale, il avait fait un quotidien qui se vendait comme des petits pains. Mais pas en rehaussant le niveau du titre, non ; il était trop en prise avec son époque pour jouer la carte de la qualité. Au contraire, il s'était efforcé de flatter les instincts les plus bas de ses lecteurs. Il leur avait concocté un savant mélange de scandales, de frasques politico-libidineuses, de tartuferies de dignitaires de l'Eglise anglicane, sans oublier de faire état des actions chevaleresques encore que sporadiques de l'homme de la rue. Le résultat ? Un régal pour les amateurs titillés dans le sens du poil qui, chaque matin, par millions, se délestaient gaiement de leurs trente-cinq pence comme si Luxford était le seul à pouvoir les combler – malgré son équipe et Rodney qui était *aussi* intelligent, et fort de cinq ans d'expérience de plus. Et tandis que ce petit salopard de Luxford exultait, grisé par son succès grandissant, ses concurrents luttaient pour ne pas se laisser distancer. Avec un ensemble parfait, les journalistes faisaient des pieds de nez au gouvernement, l'envoyant se faire foutre chaque fois qu'il menaçait de les brider. Car, on s'en doute, la *vox populi* n'avait pas la cote à Westminster, et c'était bien compréhensible à un moment où la presse critiquait le Premier ministre chaque fois qu'un député de sa tendance contribuait par ses débordements à mettre en relief l'hypocrisie fondamentale du Parti conservateur.

Non que le naufrage du gouvernement tory [1] fendît le cœur de Rodney Aronson qui votait travailliste – ou libéral démocrate – depuis qu'il avait l'âge de glisser un bulletin dans l'urne. Penser que le Parti travailliste pouvait bénéficier du climat actuel d'agitation politique était pour lui un sujet de satisfaction. Aussi, en d'autres circonstances, Rodney aurait accueilli avec joie les conférences de presse quotidiennes, les appels télé-

1. Conservateur. Au pluriel : tories. *(N.d.T.)*

phoniques indignés, les demandes d'élection partielle et les prévisions pessimistes quant au résultat des municipales prévues pour les semaines à venir. Mais dans la conjoncture actuelle, avec Luxford à la barre et bien décidé à y rester, Rodney grinçait des dents. Il essayait de se persuader que son malaise venait du fait que c'était lui le meilleur. Mais la vérité, c'est qu'il était jaloux.

Entré à *La Source* à seize ans comme factotum, il avait gravi tous les échelons avant de réussir à se hisser au poste de rédacteur en chef adjoint – numéro deux, s'il vous plaît – grâce à sa ténacité, à sa force de caractère et à son talent. Le fauteuil de rédacteur en chef lui revenait, c'était de notoriété publique dans la maison. Et Luxford ne l'ignorait pas. C'était bien pourquoi il l'observait en ce moment de son air rusé, lisant en lui comme en un livre, attendant sa réponse. « Vous n'avez pas l'instinct d'un tueur », lui avait-on dit. Bien, parfait. Les gens ne tarderaient pas à se rendre compte de leur erreur.

– Quelque chose vous préoccupe, Rod ? fit Luxford, baissant de nouveau le nez sur sa correspondance.

« Ton job », songea Rodney.

– L'affaire du prostitué de Paddington. On ferait peut-être bien d'arrêter les frais.

– Pourquoi ?

– Elle commence à sentir le réchauffé. Ça fait la une depuis vendredi déjà. Hier et aujourd'hui, on s'est contentés de faire une nouvelle mouture avec les papiers de dimanche et lundi. Mitch Corsico est sur une piste, d'accord. Mais en attendant qu'il nous rapporte des biscuits, on ferait mieux de lever le pied et de passer à autre chose.

Luxford posa la sixième lettre et tira sur ses célèbres favoris trop longs de l'air du supérieur hiérarchique qui fait mine de peser la suggestion avisée d'un collaborateur. Puis il s'empara de l'enveloppe numéro sept, inséra le coupe-papier sous le rabat et, gardant la pose, rétorqua :

– C'est le gouvernement qui s'est fourré dans ce pétrin. Le retour aux valeurs traditionnelles, ça figurait bien dans le manifeste du parti qu'a pondu le Premier ministre, non ? Il y a tout juste deux ans, non ? Eh bien, notre boulot, c'est de voir comment se traduit concrètement ce retour aux bonnes vieilles valeurs prôné par les tories et d'en rendre compte. Papa Epicier, tonton Cordonnier et pépé Retraité s'étaient imaginé que la morale allait retrouver droit de cité, qu'on allait rejouer *God Save the Queen* après la dernière séance. Nos députés conservateurs semblent être d'un avis différent.

— Certes, fit Rodney. Mais devons-nous pour autant passer pour des gens qui veulent faire tomber le gouvernement en ressassant les aventures d'un député débile et l'usage qu'il fait de sa queue à ses moments de loisir ? Bon Dieu, ce ne sont pas les munitions qui manquent pour atteindre les tories. Alors pourquoi ne pas...

— Est-ce que vous vous seriez découvert une conscience tout d'un coup ? (Le sourcil sarcastique, Luxford décacheta son enveloppe et en sortit l'unique feuillet qu'elle contenait.) Je n'aurais pas cru ça de vous, Rod.

Rodney se sentit rougir.

— Ce que je veux dire, c'est que quitte à tirer sur le gouvernement, autant ouvrir le feu sur quelque chose de plus substantiel que les fredaines des députés. Voilà des années que les journaux s'amusent à ce petit jeu et tout ça pour en arriver où ? Ces abrutis sont toujours au pouvoir.

— A ma connaissance, nos lecteurs sont satisfaits de la façon dont nous servons leurs intérêts. A combien m'avez-vous dit que nous tirions ces derniers temps ?

C'était le stratagème habituel de Luxford. Imparable. Car jamais il ne posait la question sans connaître la réponse. Comme pour mieux enfoncer le clou, il reporta toute son attention sur la lettre qu'il avait en main.

— Loin de moi l'idée de faire silence sur les débordements extraconjugaux des parlementaires. C'est notre gagne-pain, je le sais. Notre fonds de commerce. Mais il suffirait de donner un petit coup de pouce à l'affaire Larnsey, un éclairage légèrement différent et le gouvernement:...

Rodney s'aperçut soudain que Luxford avait décroché. Au lieu d'écouter son collaborateur, sourcils froncés, il examinait sa lettre. De nouveau, il tira sur ses favoris, mais de l'air cette fois de quelqu'un qui cogite réellement. Telle fut du moins l'impression de Rodney qui, sentant un sourd espoir palpiter en son cœur, s'enquit d'une voix qu'il s'efforça de rendre neutre :

– Quelque chose qui cloche, Den?

– Des conneries, fit Luxford, froissant la lettre dans sa paume. (Il l'envoya rejoindre les précédentes dans la corbeille et en attrapa une autre, qu'il décacheta.) De la couille, fit-il. Quand le populo décérébré prend la plume... (Il prit connaissance de la missive suivante et s'adressant à Rodney :) C'est toute la différence entre nous, Rod. Quelque part, vous considérez que nos lecteurs sont éducables. Alors que moi, je les vois tels qu'ils sont. Des prolos totalement incultes, des indécrottables. Qu'on doit nourrir à la petite cuiller, gaver d'opinions comme on leur ferait bouffer du porridge tiédasse. (Luxford repoussa son fauteuil en arrière.) Rien d'autre pour ce soir? Parce que j'ai encore une douzaine de coups de fil à passer. Et une famille qui m'attend.

« Et voilà, songea Rodney. Voilà tout ce que je récolte après vingt-deux ans de loyaux services dans ce torchon. » Mais pour toute réponse, il se contenta d'un :

– Non, Den. Rien d'autre. Pour le moment, en tout cas.

Il laissa choir le papier d'emballage de sa barre de Cadbury au milieu des lettres froissées et se dirigea vers la sortie.

– Rod, l'interpella Luxford au moment où il ouvrait la porte. (Rodney pivota.) Vous avez du chocolat plein la barbe.

Luxford souriait lorsque Rodney franchit le seuil.

Mais son sourire disparut instantanément lorsque l'autre fut parti. Dennis Luxford fit pivoter son fauteuil vers la corbeille et y repêcha la lettre en bouchon. La posant sur la table, il la défroissa et relut le bref message. Un nom, une phrase. Et aucun rapport avec les prostitués de seize ans, les voitures ou le député Sinclair Larnsey :

Luxford
Reconnaissez votre premier-né à la une, et Charlotte sera libérée.

Luxford fixa le message, cœur battant, oreilles sifflant. Il passa en revue une poignée d'expéditeurs potentiels mais c'était tellement invraisemblable qu'une seule conclusion s'imposa à lui : il s'agissait d'un coup de bluff. Malgré cela, il tria le contenu de la corbeille de façon à ne rien changer à l'ordre dans lequel il avait jeté son courrier. Il récupéra l'enveloppe qui avait renfermé le billet et l'étudia. Le cachet de la poste dessinait une lune aux trois quarts pleine à côté du timbre. Bien que pâli, le cachet était suffisamment net pour que Luxford pût se rendre compte que la missive avait été postée à Londres.

Luxford se renversa dans son fauteuil. Il relut la première partie de la phrase. *Reconnaissez votre premier-né à la une.* Charlotte, songea-t-il.

Ces dix dernières années, il ne s'était permis de penser à Charlotte qu'une fois par mois ; l'espace d'un quart d'heure, il se laissait alors aller à songer à cette paternité qu'il avait réussi à tenir secrète. Le reste du temps il s'efforçait de chasser la fillette de sa mémoire. Il n'avait parlé d'elle à âme qui vive. Certains jours il parvenait même à oublier totalement son existence.

S'emparant de la lettre et de son enveloppe, il se dirigea vers la fenêtre pour contempler Farrington Street à ses pieds et écouter les bruits étouffés de la circulation.

Quelqu'un, non loin d'ici, à Fleet Street, à Wapping ou dans la tour de verre de l'Isle of Dogs le guettait au tournant, attendant qu'il fasse une fausse manœuvre. Quelqu'un – qui savait quelles proportions pouvait prendre dans la presse une affaire sans rapport avec l'actualité pourvu qu'elle débouchât sur la chute d'une personnalité en vue – attendait qu'il réagisse, démontrant ainsi qu'il y avait un lien entre lui et la mère de Charlotte. Dès qu'il aurait commis cette imprudence, la presse bondirait et se mettrait en action. Un journal déterrerait l'histoire. Le reste suivrait. La mère de Charlotte et lui paieraient leur erreur. Elle serait clouée au pilori et perdrait tout crédit politique. Quant à lui, c'est sa vie personnelle qui en pâtirait.

Force lui fut de reconnaître avec un humour non dénué d'amertume qu'il s'était fait prendre à son propre piège. Si le gouvernement n'avait pas eu davantage à perdre que lui dans l'histoire, Luxford aurait conclu que la lettre émanait du locataire du 10 Downing Street décidé à lui montrer ce que ça faisait de se retrouver du mauvais côté du manche. Mais le gouvernement avait tout autant intérêt que lui à ce que la vérité sur Charlotte n'éclatât pas au grand jour. Et si le gouvernement n'était pour rien dans l'expédition de ce billet comminatoire, c'est qu'il venait d'un autre ennemi.

Et les ennemis, ça n'était pas ce qui lui manquait. Issus de tous les horizons. Tous crocs dehors, ils l'épiaient, guettant le moment favorable, espérant qu'il se trahirait.

Dennis Luxford était dans le journalisme d'investigation depuis trop longtemps pour faire un faux pas. Il n'avait pas insufflé une vie nouvelle à *La Source* sans savoir à quelles méthodes les journalistes recouraient lorsqu'ils traquaient la vérité. Aussi décida-t-il de jeter la lettre au panier et de la rayer de son esprit : ainsi ne fournirait-il aucune arme contre lui à ses ennemis. S'il en recevait une autre, il lui ferait subir le même sort.

Il la roula donc en boule pour la seconde fois et, tournant le dos à la fenêtre, s'apprêtait à la jeter dans la corbeille lorsque son regard tomba sur la pile déjà ouverte. Il se demanda s'il ne s'y trouvait pas une seconde missive de même nature mais qui n'aurait pas porté la mention *Confidentiel*, une missive sans nom de destinataire particulier, ou bien alors adressée à Mitch Corsico ou à l'un des reporters enquêtant sur la corruption sexuelle. Cette lettre-là serait rédigée de façon nettement plus explicite. Elle comporterait des noms, des dates, des lieux, et ce qui avait commencé comme un coup de bluff se transformerait en une traque effrénée de la vérité.

Il pouvait empêcher ça. Il lui suffisait de passer un coup de fil, de poser des questions : « Tu en as parlé à quelqu'un, à un moment quelconque, au cours de ces dix dernières années, Eve ? Tu as parlé de nous à quelqu'un ? »

Si tel n'était pas le cas, la lettre n'était rien d'autre qu'une manœuvre pour le déstabiliser. Donc il n'y avait pas de quoi fouetter un chat. Mais si Eve avait parlé, il fallait qu'elle sache que tous deux allaient subir un siège en règle.

2

Devant un public attentif, Deborah Saint James disposa trois clichés noir et blanc grand format sur l'une des tables de travail du laboratoire. L'intensité des rampes fluorescentes réglée, elle recula d'un pas en attendant les réactions de son mari et de sa collaboratrice, lady Helen Clyde. Il y avait maintenant près de quatre mois qu'elle travaillait sur cette série de portraits. Si les résultats de ses recherches lui plaisaient, elle éprouvait par ailleurs le besoin de plus en plus vif de contribuer réellement aux dépenses du ménage. Et elle tenait à ce que cette contribution fût régulière au lieu de se borner aux commandes sporadiques qu'elle décrochait à force de frapper à la porte des agences de publicité, revues, agences de presse et autres éditeurs. Depuis sa sortie de l'école de photographie, Deborah avait l'impression de passer les trois quarts de ses journées à transbahuter son press-book d'un bout de Londres à l'autre, alors que son désir le plus cher était d'être reconnue comme une artiste à part entière. Si des gens comme Stieglitz et Mapplethorpe y étaient arrivés, pourquoi pas elle ?

Mains plaquées paume contre paume devant la poitrine, Deborah guettait les réactions de son mari et d'Helen Clyde. Lorsqu'elle les avait interrompus, ils étaient plongés dans l'examen de la transcription d'une déposition de Simon sur les explosifs de type gélignite ; après quoi, ils devaient passer à une étude de traces d'outil relevées sur une entrée de serrure, étude destinée à fournir des éléments à la défense dans un procès pour meurtre. Malgré ce programme chargé, ils n'avaient pas rechigné à l'idée de faire une pause. Sur la brèche depuis neuf heures du matin, ils ne s'étaient interrompus que le temps de déjeuner et de dîner. Et pour autant que Deborah pût en juger, à neuf heures et demie du soir, Helen semblait prête à plier bagage et à souffler.

Simon était penché sur la photo d'un skinhead du National Front tandis qu'Helen étudiait une Jamaïcaine d'une douzaine d'années brandissant l'Union Jack. Le skin et la fillette se tenaient devant un fond portatif, confectionné par Deborah à l'aide de grands triangles d'un tissu grossier généreusement enduit de peinture.

Simon et Helen gardant le silence, Deborah expliqua :

– Je veux capter la personnalité du sujet. Pas en faire un objet. Je suis maître de l'arrière-plan – la toile que je peignais dans le jardin, en février dernier, tu t'en souviens, Simon ? –, mais pas de la personnalité. La personnalité varie d'un cliché à l'autre. Le sujet ne peut absolument pas tricher. La sensibilité de la pellicule est telle qu'il ne peut donner une fausse image de lui-même. Alors, qu'est-ce que vous en pensez ?

Dans son for intérieur, elle se dit que leur avis lui était indifférent. Cette nouvelle approche lui semblait prometteuse et elle était bien décidée à aller de l'avant. Pourtant, s'entendre dire par une tierce personne que son travail était bon l'aiderait. Même si cette tierce personne était son mari, l'homme certainement le moins enclin à dénigrer ses efforts.

Abandonnant le skinhead, contournant Helen qui étudiait toujours la Jamaïcaine au drapeau, Simon Saint James s'approcha du troisième portrait, celui d'un rasta vêtu d'un châle abondamment perlé par-dessus un tee-shirt troué.

– Où les as-tu prises, Deborah ?

– A Covent Garden. Près du musée du Théâtre. La prochaine fois, j'irai à l'église Saint-Botolph. Photographier des SDF.

Elle observa Helen qui s'approchait d'une autre photo, ravalant son envie de se ronger l'ongle du pouce en attendant le verdict.

– Magnifique, commenta Helen, relevant la tête.

– Vraiment ? Tu sais... C'est... c'est tellement différent de ce que je fais d'habitude... Je voulais... Tu vois... Je me sers d'un film Polaroid 8 × 10, et c'est exprès que j'ai laissé les perforations et les traces de produits chimiques sur les négatifs. Je veux *annoncer* la couleur, annoncer qu'il s'agit de photos. Les clichés, vois-tu, c'est la réalité artificielle, alors que les sujets eux-mêmes, c'est l'authenticité. Enfin... c'est le message que j'aimerais faire passer... (Deborah repoussa d'une main la masse cuivrée de ses cheveux qui lui cachait le visage. Les mots n'avaient jamais été son fort. Un soupir lui échappa.) C'est ce que j'ai voulu...

Son mari lui passa un bras autour des épaules et lui planta un baiser sur la tempe.

– Du bon travail, approuva-t-il. Tu en as pris beaucoup?

– Oh! des douzaines. Des centaines. Enfin, peut-être pas des centaines, mais une sacrée quantité. Je commence seulement à faire des tirages grand format. J'espère qu'ils seront suffisamment réussis pour être exposés... dans une galerie. Au même titre que des tableaux. Parce que, après tout, *c'est* de l'art et...

Son attention soudain attirée par un mouvement, elle laissa sa phrase en suspens. Se tournant vers la porte ouverte, elle aperçut son père – membre depuis des années du personnel des Saint James – qui avait atteint sans bruit le palier du dernier étage de la maison de Cheyne Row où était installé le labo.

– Mr Saint James, dit Joseph Cotter, qui n'avait jamais appelé son employeur par son prénom. (Pas plus qu'il n'avait vraiment réussi à s'habituer au fait que sa fille avait épousé ce dernier.) Vous avez des visiteurs. Je les ai fait entrer dans le bureau.

– Des visiteurs? s'étonna Deborah. Je n'ai pas entendu... On a sonné, Papa?

– Ces visiteurs-là n'ont pas besoin de sonner, répondit Cotter. (Entrant dans le labo, il eut un froncement de sourcils au vu des photos.) Sale tête, ce gars-là, dit-il en faisait référence au loubard du National Front. (Et, s'adressant au mari de Deborah:) C'est David. Avec un de ses amis. Un type qui a de drôles de bretelles et des chaussures deux tons.

– David? reprit Deborah. David Saint James? A Londres?

– Ici même, dans cette maison, souligna Cotter. Et

fichu comme l'as de pique pour changer. On se demande où il s'habille. A Oxfam, sûrement. Je vous prépare du café? Ils ont la tête de gens qui en boiraient bien une tasse.

Deborah dévalait déjà l'escalier, appelant : « David? David? »

– Du café, oui, fit son mari. Et comme je connais mon frère, apportez donc aussi ce qui reste du gâteau au chocolat. (Saint James se tourna vers Helen :) Laissons tomber tout ça pour l'instant, ça attendra demain. Tu t'en vas?

– Pas avant d'avoir dit bonjour à David.

Helen éteignit les rampes fluorescentes et emboîta le pas à Saint James, qui entreprit de négocier l'escalier avec lenteur, handicapé par sa jambe gauche appareillée. Cotter les suivait, fermant la marche.

La porte du bureau était ouverte. Dans la pièce, Deborah s'enquérait :

– Qu'est-ce que tu fabriques ici, David? Pourquoi ne pas nous avoir téléphoné? Sylvie n'est pas malade, au moins? Les enfants non plus, j'espère?

David déposa un rapide baiser sur la joue de sa belle-sœur.

– Non, non. Tout le monde va bien, Deb. Je suis de passage en ville pour une conférence sur le commerce européen. Dennis a réussi à retrouver ma trace. Ah, voilà Simon. Dennis Luxford, mon frère Simon. Ma belle-sœur. Et Helen Clyde. Comment vas-tu Helen? Ça fait des années qu'on ne s'est vus!

– A Noël dernier, répondit Helen. Chez tes parents. Mais il y avait tellement de monde que je te pardonne d'avoir oublié.

– J'ai dû passer la quasi-totalité de l'après-midi à squatter le buffet.

David se tapota le ventre. Son embonpoint était la seule caractéristique qui le différenciait de son frère cadet. Pour le reste, Saint James et lui se ressemblaient comme deux gouttes d'eau. Mêmes cheveux noirs bouclés, même stature, mêmes traits anguleux, mêmes yeux hésitant entre le gris et le bleu. Ainsi que Cotter l'avait souligné, il était habillé bizarrement. Avec ses sandales Birkenstock, ses chaussettes à losanges, sa veste de tweed et son polo, David était l'éclectisme vestimentaire personnifié. A ce titre, il faisait le désespoir des siens. En affaires, en revanche, c'était un génie. Il avait réussi à quadrupler les bénéfices de la compagnie maritime familiale depuis que Mr Saint James père avait pris sa retraite. Mais, à le voir ainsi accoutré, on ne s'en serait jamais douté.

— J'ai besoin de ton aide. (David s'installa dans l'un des deux fauteuils de cuir près de la cheminée. Puis il fit signe aux autres de prendre place avec l'assurance d'un chef d'entreprise habitué à commander une légion d'employés.) Ou plus exactement, Dennis a besoin de ton aide. D'où notre présence ici.

— Quelle sorte d'aide ?

Saint James observa l'homme qui accompagnait son frère. Il se tenait loin de la lumière, près du mur où Deborah avait l'habitude de faire ses accrochages. Comme Saint James put le constater, Luxford paraissait tenir la grande forme. C'était un type entre deux âges, de taille moyenne, dont le pimpant blazer bleu, le pantalon fauve, la cravate de soie et les chaussures deux tons suggéraient le dandy mais dont le visage exprimait une vague méfiance teintée pour l'instant d'une bonne dose d'incrédulité. Cette incrédulité, Saint James avait beau en connaître la cause, c'était à chaque fois un crève-cœur pour lui. Dennis Luxford avait besoin d'aide, mais il ne s'attendait pas à en recevoir de la part de quelqu'un qui, manifestement, était infirme. Saint James aurait voulu le détromper : « C'est ma jambe qui est handicapée, Mr Luxford. Mon cerveau, lui, fonctionne parfaitement. » Au lieu de cela, il attendit que son visiteur annonce la couleur cependant qu'Helen et Deborah prenaient place respectivement sur le canapé et l'ottomane.

Luxford n'eut pas l'air ravi de voir que les femmes allaient assister à l'entretien.

— Il s'agit d'une affaire personnelle, extrêmement confidentielle. Je n'ai pas envie...

— Ces trois personnes sont bien les dernières qui iraient vendre ton histoire aux médias, s'interposa David Saint James. D'ailleurs, elles ne savent même pas qui tu es. (Et s'adressant aux autres :) C'est vrai, ce que je dis, non ? A vos visages, je vois que vous ignorez qui est mon ami.

Et David de leur fournir des explications. Luxford et lui avaient fait leurs études à l'université de Lancaster.

Débatteurs féroces, ils devenaient compagnons de beuverie une fois les cours terminés. Au fil des années, ils étaient restés en contact, suivant attentivement la carrière l'un de l'autre. « Dennis est écrivain, précisa David. Le meilleur que j'aie jamais connu. » Dennis était venu à Londres pour réussir dans la littérature, poursuivit David. Mais il avait bifurqué en route, opté pour le journalisme et décidé d'y faire son trou. D'abord correspondant politique du *Guardian*, il était maintenant rédacteur en chef.

– Du *Guardian* ? questionna Saint James.

– De *La Source,* rectifia Luxford de l'air de quelqu'un qui met ses interlocuteurs au défi de porter un jugement sur sa situation.

Commencer au *Guardian* pour finir à *La Source* ne constituait peut-être pas une ascension fulgurante, mais Luxford n'avait pas envie qu'on critiquât sa carrière.

David parut ne pas remarquer ce regard. Car avec un mouvement de tête en direction de son camarade, il précisa :

– Il a repris *La Source* il y a six mois, Simon, après avoir fait du *Globe* le numéro un. Il était le plus jeune rédacteur en chef de toute l'histoire de Fleet Street lorsqu'il dirigeait le *Globe*. Et le plus talentueux. Le talent, il en a toujours à revendre. Même le *Sunday Times* en convient. Ils lui ont consacré une double page. C'était quand déjà, Dennis ?

Sans répondre à la question, Luxford parut grincer des dents sous les éloges. Après avoir ruminé un bon moment tout en tirant sur ses favoris trop longs, il finit par déclarer à David :

– Non. Ça ne marchera pas. Les risques sont trop grands. Je n'aurais pas dû venir.

– Nous allons vous laisser, décida Deborah. Helen, on y va ?

Mais Saint James, qui avait étudié le rédacteur en chef et détecté chez lui un trait de caractère troublant – l'habitude de manipuler la situation, peut-être –, intervint :

– Helen et moi travaillons ensemble, Mr Luxford. Si vous avez besoin de mon aide vous aurez également besoin de la sienne, même si vous avez l'impression de pouvoir vous passer de ses services. Quant à ma femme, sachez que je partage presque tout avec elle.

– Alors tant pis, fit Luxford, esquissant un mouvement de repli.

David Saint James le rappela d'un geste.

– Il va bien falloir que tu fasses confiance à quelqu'un. (Et s'adressant à son frère :) Le problème, c'est que la carrière d'un conservateur est en jeu.

– Cela ne devrait pas être pour vous déplaire, dit Saint James à Luxford. *La Source* n'a jamais caché à qui allaient ses sympathies politiques.

– Pas n'importe quel conservateur, reprit David. Raconte-lui tout, Dennis. Simon peut t'aider. C'est lui ou un inconnu qui n'aura pas forcément le même sens de l'éthique. Ou alors, la police. Et tu sais où ça peut te mener.

Tandis que Dennis Luxford pesait le pour et le contre, Cotter apporta café et gâteau au chocolat. Après avoir posé le plateau sur la table basse devant Helen, il jeta un regard par-dessus son épaule vers le seuil où un petit teckel à poils longs le surveillait d'un œil brillant de convoitise.

– Voyons, Peach, fit Cotter. Je t'avais pas dit de rester à la cuisine ? (La chienne agita la queue et aboya.) Le chocolat, elle en est folle, expliqua Cotter.

– Elle aime tout, rectifia Deborah.

La jeune femme se leva pour prendre les tasses qu'Helen remplissait. Cotter prit le petit chien dans ses bras et repartit vers l'arrière de la maison. Un instant plus tard, ils l'entendirent monter l'escalier.

– Lait, sucre, Mr Luxford ? questionna aimablement Deborah comme si Luxford n'avait pas mis en doute sa discrétion quelques secondes plus tôt. Un peu de gâteau ? C'est mon père qui l'a préparé. C'est un cuisinier hors pair.

Rompre le pain avec eux, c'était pour Luxford franchir une ligne qu'il aurait préféré ne pas franchir. Pourtant, il accepta. S'approchant du canapé, il s'y assit du bout des fesses pour réfléchir, tandis que Deborah et Helen continuaient à faire circuler gâteau et café. Enfin il se décida à parler.

– Très bien. Apparemment, je n'ai pas le choix.

Plongeant la main dans la poche intérieure de son blazer et dévoilant du même coup les bretelles à motif cachemire qui avaient tant impressionné Cotter, il sortit une enveloppe qu'il tendit à Saint James, précisant l'avoir reçue au courrier de l'après-midi.

Saint James étudia l'enveloppe avant d'en extraire le contenu. Il prit connaissance du billet. Il s'approcha de son bureau, fouilla un instant dans un tiroir, en retira un étui en plastique dans lequel il glissa le feuillet.

– Quelqu'un d'autre a manipulé ce document ?

– A part vous et moi, personne.

– Parfait. (Saint James passa l'étui à Helen. S'adressant à Luxford, il s'enquit :) Charlotte. Qui est-ce ? Et qui est votre premier-né ?

– C'est elle. Charlotte. On l'a kidnappée.

– Et vous n'avez pas alerté la police ?

– Impossible de mettre la police dans le coup. Songez à la publicité.

– Il n'y aura pas de publicité, souligna Saint James. En matière de kidnapping, la politique du Yard, c'est motus et bouche cousue. Mais je ne vous apprends rien : vous êtes journaliste et...

– Justement, je sais que la police « briefe » quotidiennement la presse quand les policiers travaillent sur un enlèvement, dit Luxford d'un ton vif. Les journalistes sont tenus de ne rien publier tant que la victime n'a pas été rendue à sa famille.

– Alors pourquoi est-ce que ça vous pose un problème, Mr Luxford ?

– A cause de l'identité de la victime.

– Votre fille.

– Oui. Et celle d'Eve Bowen.

Le regard d'Helen croisa celui de Saint James tandis qu'elle lui rendait la lettre du ravisseur. Il la vit hausser les sourcils.

– Eve Bowen ? dit Deborah. Je ne suis pas très au courant... Tu la connais, Simon ?

Eve Bowen, leur expliqua David, était sous-secrétaire d'Etat au ministère de l'Intérieur et, à ce titre, l'une des personnalités les plus en vue du gouvernement conservateur. Brillante, elle grimpait les échelons à une vitesse ahurissante et semblait en passe de devenir la nouvelle Margaret Thatcher. Elle était député de Marylebone, et c'était dans ce quartier qu'apparemment sa fille avait été enlevée.

– Lorsque j'ai reçu ça, fit Luxford en désignant la lettre, j'ai aussitôt téléphoné à Eve. Franchement, j'ai pensé à un coup de bluff. J'ai cru que quelqu'un avait réussi à faire le rapprochement entre nous. Qu'on essayait de m'obliger à réagir d'une façon qui aurait révélé la nature de nos relations passées. Je me suis dit qu'on cherchait à obtenir la preuve qu'Eve et moi étions liés par l'intermédiaire de Charlotte. Que le prétendu enlèvement de Charlotte – et ma réaction à cette mise en scène – fournirait la preuve en question.

– Pourquoi chercherait-on à avoir la preuve que vous avez eu une liaison avec Eve Bowen ? questionna Helen.

– Afin de pouvoir vendre l'histoire aux médias. Inutile de vous dire l'effet que ça ferait, dans la presse, si on venait à savoir que je suis le père de la fille unique d'Eve Bowen. Surtout étant donné la façon dont elle a...

Il parut chercher un euphémisme, qui lui échappa.

Saint James termina la phrase à sa place sans essayer d'enjoliver.

– ... la façon dont elle a utilisé l'illégitimité de cette enfant pour servir ses propres intérêts ?

– Le fait est qu'elle l'a bien utilisée, convint Luxford. Vous imaginez la réaction de la presse, apprenant qu'Eve Bowen a eu une folle aventure avec un type comme moi ? Dans le milieu, tout le monde en ferait des gorges chaudes.

Saint James n'avait aucun mal à imaginer la chose. Le député de Marylebone s'était dépeinte sous les traits d'une femme déchue mais qui s'était rachetée, d'une femme courageuse qui avait refusé l'avortement – solution reflétant l'érosion des valeurs dans notre société –, assumé son statut de fille-mère et adopté l'attitude juste par rapport à un enfant né hors mariage. L'illégitimité de sa fille – jointe au fait qu'Eve Bowen avait toujours noblement tu le nom de son père – n'était pas, au contraire, étrangère à son élection au Parlement. Miz [1] Bowen défendait publiquement la morale, la religion, les valeurs traditionnelles, la solidarité familiale, le dévouement à la royauté et au pays. Bref, tout ce que *La Source* tournait en dérision chez les conservateurs.

– Cette histoire l'a merveilleusement servie, remarqua Saint James. Un homme ou une femme politique qui reconnaît publiquement ses imperfections... Difficile de résister à ça quand on est électeur. *A fortiori* quand on est Premier ministre et qu'on a besoin de femmes

1. Cette version phonétique de Ms permet de neutraliser Mrs et Miss. *(N.d.T.)*

dans son gouvernement. Au fait, sait-il que la petite a été kidnappée ?

– Aucun membre du gouvernement n'est encore au courant.

– Et vous êtes certain qu'elle a été kidnappée ? (Saint James désigna du doigt le papier posé sur ses genoux.) Le message est rédigé à la main dans une écriture proche des caractères d'imprimerie. Ça pourrait être l'œuvre d'un enfant. Qu'est-ce qui nous prouve que Charlotte n'est pas derrière tout ça ? La petite connaît votre existence ? Elle aurait tenté de forcer la main de sa mère d'une certaine façon ?

– Evidemment que non. Seigneur, elle n'a que dix ans. Eve ne lui a jamais rien dit.

– Vous en êtes sûr ?

– Sûr, non. Je ne peux que me fier à la parole d'Eve.

– Et vous-même, vous n'en avez parlé à personne ? Vous êtes marié ? Vous en avez parlé à votre femme ?

– Je n'en ai parlé à personne, dit-il d'un ton ferme sans répondre aux deux autres questions. Eve non plus, d'après ce qu'elle m'a affirmé. Mais elle a sûrement laissé échapper un mot, une allusion, une remarque en passant. Dit quelque chose devant quelqu'un qui avait une dent contre elle.

– Personne n'a de dent contre vous ?

Les yeux noirs d'Helen étaient sans malice, son expression parfaitement neutre. On eût dit qu'elle ignorait que la philosophie de *La Source* consistait à remuer la boue pour déterrer l'info au plus vite et la publier avant ses confrères.

– La moitié du pays a une dent contre moi, reconnut Luxford. Mais si on venait à savoir que je suis le père de la fille illégitime d'Eve Bowen ça ne briserait pas pour autant ma carrière. Compte tenu de mes options politiques, je serais un temps la risée générale. Seulement ça s'arrêterait là. C'est Eve, pas moi, qui se trouve dans une situation délicate.

– Alors pourquoi vous avoir envoyé la lettre à vous ? s'enquit Saint James.

– Nous en avons reçu chacun une. La mienne est arrivée par la poste. La sienne l'attendait à son domicile, où, selon sa gouvernante, elle lui avait été portée spécialement.

Saint James réexamina l'enveloppe contenant la

lettre de Luxford. Le cachet de la poste était vieux de vingt-quatre heures.

– Quand Charlotte a-t-elle disparu?

– Cet après-midi. Entre Blandford Street et Devonshire Place Mews.

– Avez-vous reçu une demande de rançon?

– Non. On m'a simplement demandé de reconnaître publiquement que j'étais le père de Charlotte.

– Ce que vous n'êtes pas disposé à faire.

– Détrompez-vous. Evidemment, j'aimerais mieux m'abstenir, car ça va me créer des difficultés. Mais je suis prêt à en passer par là. C'est Eve qui refuse d'en entendre parler.

– Vous l'avez vue?

– Je l'ai eue au bout du fil. Après ça, j'ai téléphoné à David. Je me souvenais qu'il avait un frère... Je savais que vous vous occupiez plus ou moins d'enquêtes criminelles ou que cela vous était arrivé dans le temps. J'ai pensé que vous pourriez m'aider.

Saint James secoua la tête et rendit lettre et enveloppe à Luxford.

– Non. C'est du ressort de la police. Et ça peut être traité avec discrétion.

Luxford, qui n'avait encore touché ni à son gâteau ni à son café, tendit la main vers sa tasse. Il but une gorgée, reposa la tasse sur sa soucoupe. Mais il dut mal calculer son coup car quelques gouttes débordèrent, lui éclaboussant les doigts. Il n'essaya même pas de s'essuyer tandis qu'il reprenait la parole.

– Ecoutez-moi. Vous ne connaissez pas les méthodes des journalistes. Les flics se rendront d'abord au domicile d'Eve sans que nul ne le sache, c'est exact. Seulement ils auront besoin de lui parler à nouveau. Et pas envie d'attendre une heure qu'elle ait regagné son domicile de Marylebone. Alors ils iront la trouver à son bureau, au ministère, qui est à deux pas du Yard. Et cette affaire va certainement être confiée à Scotland Yard à moins que nous...

– Si le Yard prend les choses en main, les enquêteurs ne seront pas en uniforme, souligna Saint James. Ainsi personne au Home Office...

– Parce que vous croyez qu'ils ont besoin d'être en tenue? Il n'y a pas un journaliste au monde qui ne soit capable de reconnaître un flic en civil. Bref, un homme du Yard se pointe au ministère et demande à parler au sous-secrétaire d'Etat. Le correspondant de l'un ou l'autre journal le repère. Au Home Office, c'est bien le diable s'il n'y a pas quelqu'un qui se montre prêt à faire l'indic – secrétaire, employé, gardien, fonctionnaire de trente-sixième zone couvert de dettes qui ne crache pas sur l'argent. Quoi qu'il en soit, quelqu'un cafte. Quelqu'un du ministère vend la mèche au journaliste. La machine se met alors en branle, l'attention du quotidien pour lequel il travaille se focalise sur Eve Bowen. « Qui est cette femme ? Comment se fait-il que la police soit venue la trouver ? Et au fait, qui est le père de sa fille ? » Il ne leur faudra pas longtemps pour établir un lien entre Charlotte et moi.

– Si vous n'avez parlé à personne, c'est peu probable, remarqua Saint James.

– Peu importe ce que j'ai dit ou non, poursuivit Luxford. Le problème, c'est qu'Eve a parlé. Elle prétend que non, mais c'est faux. Quelqu'un est au courant. On nous guette en coulisse. Mettre la police sur le coup – et le ravisseur compte bien nous pousser à la faute –, c'est le meilleur moyen pour que l'histoire s'étale à la une. Si cela se produit, c'en est fini d'Eve. Il lui faudra démissionner de son poste de sous-secrétaire d'Etat et elle perdra vraisemblablement son siège de député dans la foulée. Peut-être pas tout de suite, mais aux prochaines élections.

– A moins qu'elle ne devienne l'objet de la sympathie générale, auquel cas cette affaire sert à merveille ses intérêts.

– C'est ignoble, cette remarque. Comment osez-vous suggérer une chose pareille ? Elle est la mère de Charlotte, bon sang.

Deborah se tourna vers son mari. Elle était assise sur l'ottomane devant son fauteuil et toucha discrètement sa jambe valide avant de se lever.

– Je peux te parler un instant, Simon ?

Saint James vit qu'elle avait les joues rouges. Il regretta aussitôt de l'avoir laissée assister à l'entretien. Dès qu'il avait su qu'il s'agissait d'un enfant, il aurait dû la faire sortir sous un prétexte ou sous un autre. Les enfants – et son inaptitude à en avoir – étaient la plus grande faiblesse de Deborah.

Lui emboîtant le pas, il pénétra dans la salle à manger

de l'autre côté du couloir. Elle se tenait près de la table, les mains derrière le dos, contre le plateau impeccablement ciré.

— Je sais à quoi tu penses, mais tu te trompes. Tu n'as pas besoin de me protéger.

— Je ne veux pas être mêlé à cette affaire, Deborah. C'est trop risqué. Si quelque chose arrivait à cette petite fille, je ne me le pardonnerais pas.

— Il ne s'agit pas d'un enlèvement classique. Il n'y a pas eu de demande de rançon. Seulement de publicité. Il n'y a pas eu de menaces de mort non plus. Si tu ne les aides pas, ils s'adresseront à quelqu'un d'autre.

— Ou à la police. C'est d'ailleurs par là qu'ils auraient dû commencer.

— Mais tu as déjà participé à des enquêtes de ce genre. Helen aussi. Pas récemment, c'est vrai. Mais dans le passé. Et tu t'en es très bien sorti.

Saint James ne répondit pas. Il savait pertinemment ce qu'il lui fallait faire. Et il l'avait déjà fait. Dire à Luxford qu'il ne voulait pas être mêlé à cette histoire. Seulement Deborah le regardait avec insistance et il pouvait lire sur son visage la confiance totale qu'elle avait en lui.

— Fixe-toi un délai, lui conseilla-t-elle. Je ne sais pas, dis-leur que tu consacreras un, deux jours à cette affaire. Le temps de trouver une piste. De parler aux gens qui la connaissent. Comme ça, au moins, tu seras sûr que l'enquête est menée correctement. Et c'est bien ce que tu souhaites, n'est-ce pas ? Etre sûr que tout est fait dans les règles. C'est pour cela que tu lui conseilles de s'adresser à la police, non ?

Saint James lui effleura la joue, qu'il trouva brûlante. Ses yeux paraissaient exorbités. Malgré ses vingt-cinq ans, elle-même avait l'air d'une petite fille. Jamais il n'aurait dû la laisser écouter l'histoire de Luxford. Il aurait mieux fait de la renvoyer travailler dans son labo photo. Il aurait dû insister pour qu'elle quitte la pièce. Il aurait dû... Saint James s'interrompit abruptement. Deborah avait raison. Il passait son temps à essayer de la protéger. Il ne songeait qu'à la protéger. C'était le fléau, la plaie de leur mariage, l'inconvénient d'être de onze ans l'aîné d'une femme qu'on avait connue bébé.

— Ils ont besoin de toi, dit-elle. Je crois que tu devrais leur donner un coup de main. Au moins parler à la mère. Savoir ce qu'elle a à dire. Tu pourrais t'en occuper ce soir. Helen et toi vous pourriez aller la trouver. Tout de suite.

De sa main elle recouvrit celle de son mari, toujours posée contre sa joue.

– Je ne peux pas leur promettre de leur consacrer deux jours.

– Ça ne fait rien, du moment que tu t'en occupes. C'est d'accord ? Tu vas faire quelque chose ? Je suis sûre que tu ne le regretteras pas.

« C'est déjà fait », songea Saint James. Mais il hocha malgré tout la tête en signe d'assentiment.

Dennis Luxford eut tout loisir de se mettre en ordre psychologiquement avant de rentrer chez lui. Il habitait à Highgate dans le nord de Londres, assez loin de chez les Saint James, de Chelsea et de la Tamise, et tout en pilotant sa Porsche au milieu de la circulation il s'employa à rassembler ses esprits et à se composer un masque afin de donner le change à sa femme.

Il lui avait téléphoné après avoir parlé à Eve. Il arriverait plus tard que prévu, lui avait-il expliqué. Désolé, chérie. Un impondérable. J'ai un photographe en planque à South Lambeth, qui attend que le petit ami de Larnsey mette le nez dehors, et j'ai un reporter prêt à recueillir la déclaration du gamin. Nous avons retardé le lancement des rotatives afin que l'info soit dans l'édition du matin. Je dois rester sur place. Je ne bouleverse pas trop tes projets pour ce soir, j'espère ?

Fiona lui dit que non. Elle faisait la lecture à Leo lorsque le téléphone avait sonné. Ou plus exactement elle avait lu avec Leo parce que personne ne faisait la lecture à son fils quand il avait décidé de s'y mettre. Il avait choisi Giotto, confia Fiona avec un soupir. Encore Giotto. J'aimerais qu'il s'intéresse à une autre période de l'histoire de l'art. Les sujets religieux, ça m'endort.

C'est bon pour ton âme, lui avait dit Luxford de façon humoristique tout en pensant : « A son âge pourquoi est-ce qu'il ne lit pas plutôt des livres sur les dinosaures ? Sur les constellations ? Sur les chasseurs de gros gibier ? Sur les serpents ou les grenouilles ? » Pourquoi un enfant de huit ans s'obstinait-il à lire un livre sur un peintre du XIVe siècle ? Et pourquoi sa mère l'y encoura-geait-elle ?

Ils étaient trop proches l'un de l'autre, songea Lux-ford une fois de plus. Leo et sa mère avaient beaucoup trop d'affinités. Ça ferait un bien fou au petit d'entrer à Baverstock à l'automne prochain. Leo n'était pas très chaud, Fiona non plus. Mais Luxford savait que ça leur ferait du bien à tous les deux. Est-ce que Baverstock n'avait pas fait de lui un homme ? N'était-ce pas à l'édu-cation qu'il avait reçue dans cette *public school* qu'il devait d'être où il était aujourd'hui ?

Il s'efforça d'oublier où il était aujourd'hui, ce soir, à cet instant précis. Il lui fallait effacer de sa mémoire la lettre et tout ce qui en avait découlé. C'était la seule façon de garder son masque.

Pourtant, telles des vaguelettes, les pensées venaient se briser contre les barrières qu'il avait dressées pour s'en protéger et au cœur de ces pensées se trouvait sa conversation avec Eve.

Il ne lui avait pas parlé depuis le jour où elle lui avait annoncé qu'elle était enceinte, cinq mois exactement après le congrès du Parti conservateur où ils s'étaient rencontrés. Pas exactement *rencontrés*, parce qu'il l'avait connue à l'université, croisée au journal, jugée séduisante, bien qu'il trouvât ses opinions politiques répugnantes. Lorsqu'il l'avait aperçue à Blackpool au milieu des grands manitous du Parti conservateur en costume gris, cheveux gris et visage gris, il avait éprouvé pour elle la même attirance et la même répulsion. Mais ils étaient confrères alors – lui dirigeait le *Globe* depuis deux ans, elle était correspondante politique du *Daily Telegraph* – et en dînant ou en prenant un verre avec leurs collègues, ils avaient eu l'occasion de croiser le fer à propos de la mainmise des conservateurs sur le pou-voir. De la joute oratoire au corps à corps pur et dur, le pas avait été vite franchi. Et à plusieurs reprises. Quand ça ne se produit qu'une fois, on peut toujours trouver une excuse : excès de boisson, poussée d'hormones, et tirer un trait. Seulement là, la liaison s'était poursuivie fiévreusement pendant toute la durée du congrès. Avec pour résultat Charlotte.

Qu'est-ce qui avait bien pu lui passer par la tête ? se demanda Luxford. Lors du congrès, il y avait un an qu'il connaissait Fiona et il était décidé à l'épouser, à gagner

sa confiance, son cœur, sans parler de son corps volup-
tueux. Et voilà qu'à la première occasion, il avait tout
fait foirer. Pas tout, cependant. Parce que Eve, non
contente de refuser le mariage, avait repoussé avec la
dernière énergie la demande qu'il s'était cru obligé de
lui faire du bout des lèvres en apprenant son état. Elle
était bien décidée à réussir en politique. Et épouser
Dennis Luxford ne faisait pas partie de son plan de carrière. « Bon sang, lui avait-elle dit. Tu croyais vraiment
que j'aurais épousé le roi du ragot rien que pour pouvoir mettre un nom dans la case " père " de l'extrait de
naissance du bébé ? Tu es encore plus marteau que je ne
croyais. » Ils s'étaient donc séparés. Et, au cours des
années qui avaient suivi, tandis qu'elle grimpait allègre-
ment les échelons, il s'était parfois dit qu'Eve avait
réussi à faire ce dont lui-même avait été incapable : une
coupure chirurgicale qui lui avait permis de s'amputer
de son passé.

Mais en fait, il n'en était rien. Comme il le découvrit
en lui téléphonant. Charlotte, par sa présence, l'avait
empêchée de tirer un trait sur le passé.

– Qu'est-ce que tu veux ? lui avait-elle demandé
lorsqu'il avait réussi à la joindre dans le bureau du chef
de file des parlementaires à la Chambre des communes.
Pourquoi me téléphones-tu ?

La voix était basse, laconique. A l'arrière-plan, un
brouhaha touffu.

– Il faut que je te parle.

– Franchement, pas moi.

– Il s'agit de Charlotte.

Il perçut une sorte de sifflement. La voix d'Eve ne
changea pas.

– Elle n'a rien à voir avec toi et tu le sais.

– Evelyn. Je sais que mon coup de fil est inattendu.

– Effectivement tu tombes mal.

– Désolé. Tu n'es pas seule. Tu ne peux pas changer
de poste ?

– Je n'ai aucune intention...

– J'ai reçu une lettre. Qui m'accuse.

– Ça ne me surprend pas. Ce genre de lettres doit
être monnaie courante pour toi.

– Quelqu'un est au courant.

– De quoi ?

– De nous. De Charlotte.

Cela parut la déstabiliser l'espace d'un instant. Dans un premier temps, elle garda le silence. Il crut l'entendre tapoter de l'ongle contre le micro. Puis elle dit d'un ton abrupt :

– Tu me racontes des bêtises.

– Ecoute, écoute ça. (Il lui lut le bref message. Elle ne souffla mot. Dans la pièce où elle se trouvait, un homme éclata d'un rire proche de l'aboiement.) Premier-né, souligna Luxford. Quelqu'un est au courant. Tu as fait des confidences à quelqu'un ?

– Libérée ? « Charlotte sera *libérée* ? » (Nouveau silence au cours duquel Luxford eut l'impression de l'entendre réfléchir, évaluer les dégâts et les retombées politiques.) Donne-moi ton numéro, dit-elle finalement. Je te rappellerai.

Ce qu'elle avait fait. Mais lorsqu'il l'avait eue au bout du fil, elle avait adopté un autre ton.

– Dennis, qu'as-tu fait, sacré bon sang ?

Larmes, terreur, hystérie maternelle, éclats de voix : rien de tout ça. Seulement ces quelques mots. Qui sonnaient le glas de tous ses espoirs : non, il ne s'agissait pas d'un coup de bluff. Charlotte avait disparu. Quelqu'un l'avait enlevée, quelqu'un qui savait la vérité. Ou qui avait agi pour le compte d'une tierce personne qui la connaissait.

Il lui fallait absolument cacher la vérité à Fiona. Elle avait mis un point d'honneur à n'avoir aucun secret pour lui. Dieu sait ce qui se passerait si elle venait à découvrir *le* secret qu'il lui avait soigneusement dissimulé. C'était déjà assez moche d'être le géniteur d'un enfant qu'il n'avait jamais vu. A la rigueur, Fiona pourrait passer là-dessus. Mais avoir engendré cet enfant alors même qu'il était occupé à faire la conquête de Fiona, à l'apprivoiser, à construire avec elle une relation privilégiée... Elle interpréterait leur vécu de couple comme une série de mensonges. Et le mensonge, ça, elle ne le pardonnerait pas.

Luxford quitta Highgate Road et s'engagea dans Millfield Lane le long de Hampstead Heath, où de petites lueurs dansantes sur le sentier bordant les étangs indiquaient que des cyclistes profitaient du temps clément de ce mois de mai finissant malgré l'heure tardive et l'obscurité. Il ralentit lorsque le mur de brique ceinturant sa propriété émergea d'une haie de troènes et de houx. S'engageant entre les piliers, il remonta l'allée en pente conduisant à la villa où il vivait avec sa femme et son fils depuis huit ans.

Fiona était dans le jardin. De loin, Luxford vit son peignoir de mousseline blanche qui se détachait sur la toile de fond des fougères d'un vert proche de l'encre noire et il la rejoignit. Il suivit les dalles de pierre irrégulières, frôlant souplement l'helxine déjà humide de rosée. Sa femme avait-elle entendu la voiture arriver ? En tout cas, elle n'en montra rien. Elle se dirigeait vers le plus grand des arbres du jardin, un charme pleureur sous lequel, au bord du bassin, était installé un banc de bois.

Lorsqu'il arriva à sa hauteur, elle était assise sur le banc, ses longues jambes de mannequin, ses pieds fins et racés dissimulés sous les plis de sa robe de chambre. Ses cheveux étaient retenus par des pinces, dégageant son visage, et la première chose qu'il fit en s'asseyant après l'avoir embrassée tendrement, ce fut de retirer les pinces afin que sa chevelure glisse librement jusqu'à sa poitrine. Chaque fois qu'il la voyait, il était tout retourné, éprouvant un mélange de terreur, de désir et de stupeur à l'idée d'avoir pour femme cette créature sublime.

Il fut content qu'il fît nuit, ce qui facilitait leurs retrouvailles. Il fut content aussi qu'elle ait choisi de s'aventurer dehors, car le jardin – point d'orgue de sa vie domestique selon la définition de Fiona elle-même – lui fournissait un moyen de diversion commode.

– Tu n'as pas froid comme ça ? Tu veux ma veste ?

– Il fait doux. Je n'ai pas pu me résigner à rester enfermée. Tu crois que ce glorieux mois de mai va être suivi d'un été pourri ?

– C'est en général le cas.

Un poisson heurta un nénuphar d'un coup de nageoire, ridant l'eau lisse du bassin.

– Ce n'est pas juste, protesta Fiona. L'été devrait toujours tenir les promesses du printemps. (D'un geste, elle désigna un bouquet de jeunes bouleaux dans un creux à quelques mètres de là.) Les rossignols sont revenus. Et nous avons observé une famille de traquets avec Leo cet après-midi. On a donné à manger aux écureuils. Chéri, il faut absolument que Leo arrête de mettre la nourriture sur sa paume. Ce n'est pas la première fois que je lui en fais la remarque. Il prétend que la rage n'existe pas en Angleterre et refuse de comprendre qu'il fait courir des risques à l'animal en le laissant approcher de trop près les humains. Tu ne veux pas lui en toucher un mot ?

S'il devait parler à Leo, ce ne serait pas des écureuils. Enfin, Dieu merci, cette curiosité à l'égard des animaux était naturelle chez un gamin de son âge.

Fiona poursuivit. Sentant qu'elle y allait sur la pointe des pieds, Luxford se raidit l'espace d'un instant avant de comprendre où elle voulait en venir.

– Il m'a reparlé de Baverstock, chéri. Il n'a pas l'air décidé à y aller. Mais alors pas du tout. Tu ne t'en es pas aperçu ? Je lui ai pourtant expliqué je ne sais combien de fois que c'était ton école, je lui ai demandé s'il n'avait pas envie d'être un ancien de Baverstock comme son père. Il prétend que non, que ça ne lui dit rien, et que ça n'a pas d'importance, parce qu'après tout ni son grand-père ni son oncle Jack ne sont des anciens de Baverstock, ce qui ne les a pas empêchés de réussir dans la vie.

– On a déjà abordé le sujet, Fiona.

– Je sais, chéri. A de nombreuses reprises, même. Si je te rapporte les paroles de Leo, c'est pour que tu saches à quoi t'en tenir demain matin. Car il a décidé de te parler au petit déjeuner d'homme à homme. A condition que tu sois levé avant son départ pour l'école, bien sûr. Je l'ai prévenu que tu rentrerais tard ce soir. Ecoute, chéri. Le rossignol. C'est ravissant. Au fait, ton article, tu l'as eu ?

Luxford faillit se faire piéger. Il faut dire qu'elle avait parlé d'une voix si douce... Et puis il savourait le soyeux de ses cheveux contre sa paume. Il essayait de mettre un nom sur le parfum qu'elle portait. Il pensait à la dernière fois où ils avaient fait l'amour en plein air. Aussi faillit-il rater la transition, cette façon subtile et bien féminine de faire dévier la conversation.

– Non, fit-il avant d'enchaîner, sans mentir cette fois : Le prostitué continue à se terrer chez ses parents. Nous avons lancé l'impression sans lui.

– Une soirée à attendre pour rien, c'est moche.

– Un bon tiers de mon boulot consiste à attendre des papiers qui ne viennent pas. Un autre à décider ce qu'on publiera pour boucher les trous. Rodney est d'avis qu'on devrait lever le pied. On a eu un petit accrochage à ce propos cet après-midi.

– Au fait, il a appelé dans la soirée. C'était peut-être à ce sujet. Je lui ai dit que tu étais encore au bureau. Il m'a dit qu'il avait appelé là-bas mais qu'il n'avait pas réussi à te joindre. Vers huit heures et demie. Sans doute étais-tu sorti grignoter quelque chose?

– A huit heures et demie? .

– C'est ce qu'il m'a dit, oui.

– C'est à cette heure-là que j'ai pris mon sandwich, je crois. (Luxford s'agita, mal à l'aise, moite. Il n'avait jamais menti à sa femme, en tout cas jamais après le congrès conservateur de Blackpool. Et comme à l'époque Fiona et lui n'étaient pas encore mariés, ça ne comptait pas vraiment. Avec un soupir, il ramassa un caillou. D'une pichenette, il l'expédia dans le bassin. Il observa le poisson qui filait vers l'endroit où l'eau se ridait dans l'espoir d'attraper un insecte.) On devrait prendre des vacances, dit-il. Dans le midi de la France. Louer une voiture, faire un tour en Provence. Et louer une maison là-bas pendant un mois. Qu'en penses-tu? Cet été?

Doucement, elle rit. Il sentit sa main fraîche sur sa nuque. Les doigts de Fiona glissèrent dans ses cheveux.

– Tu crois que tu réussirais à t'absenter tout un mois? Tu mourrais d'ennui au bout d'une semaine. Tu te rongerais les sangs en pensant à Rodney Aronson, qui profiterait de ce que tu as le dos tourné pour faire des ronds de jambe à tout le monde, du directeur au portier. Il est bien décidé à te piquer ton job, tu sais.

Oui, songea Luxford, c'était exactement le but que s'était fixé Aronson. Il tenait Luxford à l'œil depuis son arrivée à *La Source*, guettant la plus petite erreur de sa part pour aller la signaler au directeur et assurer son propre avenir. Si l'existence de Charlotte Bowen constituait l'erreur en question... Mais il était impossible que Rodney fût au courant pour Charlotte. Aucune chance. Pas la moindre.

– Tu es bien silencieux, remarqua Fiona. Fatigué?

– Je réfléchissais.

– A quoi?

– A la fois où nous avons fait l'amour dans le jardin. La dernière fois. Impossible de me rappeler quand c'était. Tout ce dont je me souviens, c'est qu'il pleuvait.

– Septembre dernier.

Il lui jeta un regard par-dessus son épaule.

– Tu t'en souviens.

– C'était près des bouleaux, là où l'herbe est touffue. Nous avions bu du vin, mangé du fromage. Nous avions laissé de la musique à la maison. Nous avions pris la vieille couverture dans le coffre de la voiture.

– Vraiment ?

– Oui.

Au clair de lune, elle avait l'air merveilleuse. Une véritable œuvre d'art. Ses lèvres pleines étaient une invite, sa gorge un appel au baiser, son corps sculptural une tentation.

– La couverture, remarqua Luxford. Elle est toujours dans le coffre.

Les lèvres pleines s'incurvèrent.

– Va la chercher, dit-elle.

3

Sous-secrétaire d'Etat au ministère de l'Intérieur, député de Marylebone depuis six ans, Eve Bowen habitait Devonshire Place Mews, ruelle en arceau pavée et bordée d'anciennes écuries transformées en garages et en résidences chics. Située à l'extrémité nord-est de ces *mews*, sa demeure était une impressionnante affaire de deux étages – ardoise, boiseries blanches et brique – agrémentée d'un toit en terrasse d'où pendaient des guirlandes de lierre.

Saint James s'était entretenu avec Eve Bowen au téléphone avant de quitter Chelsea. Après avoir composé le numéro, Luxford avait dit simplement : « J'ai trouvé quelqu'un, Evelyn. Il faut que tu lui parles. » Et de tendre le récepteur à Saint James sans lui laisser le temps de réagir. La conversation de Saint James avec le député avait été brève. Il allait passer la voir immédiatement en compagnie de son associée. Madame le sous-secrétaire d'Etat avait-elle des précisions à leur communiquer avant leur arrivée ?

A cette question, elle avait répondu par une autre. Brutale.

– Comment avez-vous fait la connaissance de Luxford ?

– Par l'intermédiaire de mon frère.

– Que fait-il ?

– Des affaires. Il est de passage à Londres où il assiste à une conférence. Il vient de Southampton.

– Serait-ce un homme qui a des comptes à régler ?

– Avec le gouvernement ? Le ministère de l'Intérieur ? Sincèrement, j'en doute.

– Très bien. (Elle lui indiqua son adresse, terminant de façon énigmatique par ces mots :) Tenez Luxford à l'écart de tout ceci. Si jamais vous repérez des gens suspects aux abords de la maison, ne vous arrêtez pas. Nous nous verrons plus tard. C'est clair ?

Très clair. Un bon quart d'heure après le départ de Dennis Luxford, Saint James et Helen Clyde prirent le chemin de Marylebone. Il était onze heures du soir lorsque, quittant Marylebone High Street, ils s'engagèrent dans Devonshire Place Mews. Après avoir longé la ruelle afin de s'assurer que nul ne rôdait dans le voisinage, Saint James immobilisa sa vieille MG devant chez Eve Bowen et relâcha en douceur l'embrayage manuel.

Une lanterne éclairait la porte d'entrée. A l'intérieur, une lumière dessinait des rais de longueur inégale sur les rideaux fermés des fenêtres du rez-de-chaussée. A peine eurent-ils sonné que des pas vifs claquèrent dans le vestibule vraisemblablement pavé de marbre ou carrelé. Un verrou bien huilé fut tiré. La porte s'ouvrit.

– Mr Saint James ? fit Eve Bowen en reculant dans l'ombre dès que la lumière l'inonda. (Une fois Saint James et Helen à l'intérieur, elle ferma la porte et remit le verrou.) Par ici. (Elle les conduisit vers la droite, leur fit franchir un sol dallé de tomette rouge et les introduisit dans un salon où, sur une petite table près d'un fauteuil, une serviette bourrée jusqu'à la gueule vomissait chemises cartonnées, feuilles dactylographiées, coupures de presse, messages téléphoniques et documents divers. Eve Bowen rabattit le couvercle de la sacoche sans prendre la peine d'en ranger le contenu. Elle attrapa un verre épais de couleur verte et le vida puis se resservit du vin blanc d'une bouteille posée dans un seau à même le sol.) Je serais curieuse de savoir combien il vous paie pour jouer cette comédie.

– Je vous demande pardon ? fit Saint James, interloqué.

– Il y a du Luxford là-dessous, c'est certain. Mais je vois à votre visage qu'il ne vous a pas encore mis au courant. Très astucieux de sa part.

Elle reprit place sur le siège qu'elle occupait avant leur arrivée et leur indiqua de la main un canapé et des fauteuils aux allures d'énormes coussins terre de Sienne cousus bout à bout. Elle posa son verre de vin sur ses genoux, le tenant en équilibre à deux mains sur la sobre jupe droite de son tailleur noir à fines rayures. Saint James se rappela une interview d'Eve Bowen qu'il avait lue quelque part, interview réalisée peu de temps après qu'elle eut été pressentie pour occuper les fonctions de sous-secrétaire d'Etat au Home Office qui étaient actuellement les siennes. Jamais, avait-elle fermement déclaré, elle ne s'amuserait à attirer l'attention sur sa personne comme le faisaient ses consœurs de la Chambre des communes. Elle ne voyait pas la nécessité de se pavaner dans des tenues tapageuses pour se distinguer des hommes : elle entendait laisser à son seul intellect le soin de faire la différence.

– Dennis Luxford est un homme sans conscience, fit-elle tout de go. (La parole était brève, le ton tranchant.) C'est lui qui est derrière cette opération. Pas directement, bien sûr : il a beau avoir l'esprit tordu, il n'irait pas jusqu'à enlever lui-même des fillettes de dix ans en pleine rue. Mais ne vous y trompez pas : il veut vous faire prendre des vessies pour des lanternes et à moi aussi. Pas question que je tombe dans le panneau.

– Qu'est-ce qui vous fait croire qu'il est mouillé dans l'affaire ? dit Saint James en s'asseyant sur le canapé étonnamment confortable en dépit de sa surprenante absence de forme.

Il positionna sa jambe appareillée de façon à être le plus à l'aise possible. Helen resta debout près de la cheminée non loin d'une collection de trophées alignés dans une niche afin de pouvoir observer tranquillement Miz Bowen à son insu.

– C'est simple : deux personnes sur terre connaissent l'identité du père de ma fille. Moi. Et Dennis Luxford.

– Votre fille l'ignore ?

– Bien sûr. Je ne lui en ai jamais parlé. Et il est impossible qu'elle ait découvert seule la vérité.

– Vos parents ? Votre famille ? Personne n'est au courant ?

– Personne, Mr Saint James. Sauf Dennis et moi. (Elle avala une gorgée de vin.) Son journal n'a qu'un objectif : faire tomber le gouvernement. Dennis se trouvant en possession d'éléments susceptibles de lui permettre d'écraser le Parti conservateur une fois pour toutes, il fait feu de tout bois pour parvenir à ses fins.

– J'ai peur de ne pas très bien suivre votre raisonnement.

– Voyons, vous ne trouvez pas que tout cela tombe un peu trop à pic ? La disparition de ma fille. La lettre du ravisseur qui est entre les mains de Luxford. Une demande de publicité. Juste après les excentricités de Sinclair Larnsey à Paddington avec un prostitué mineur.

– Mr Luxford ne m'a pas paru se comporter comme quelqu'un qui aurait orchestré un kidnapping susceptible d'être monté en épingle par les tabloïds, remarqua Saint James.

– Pas par les tabloïds, par *un* tabloïd. Le sien. Vous ne pensez tout de même pas qu'il va se laisser doubler par ses confrères. Un scoop pareil...

– Il m'a paru aussi désireux que vous de garder l'affaire secrète.

– Seriez-vous de cette race de gens qui étudient le comportement humain, Mr Saint James ? Entre autres choses.

– Je pense qu'il n'est pas mauvais d'essayer de se faire une idée de ceux qui vous demandent votre aide. Avant d'accepter de les dépanner. C'est toujours comme cela que je procède en tout cas.

– Vous êtes perspicace. Lorsque nous aurons du temps devant nous, il faudra que je vous demande de me dire ce que vous pensez de moi. (Elle posa son verre près de son porte-documents. Puis elle ôta ses lunettes rondes à monture d'écaille et frotta les verres contre le bras du fauteuil comme pour les nettoyer et étudier Saint James en même temps. La monture était de la même couleur que les cheveux d'Eve Bowen, impeccablement coupés à la Jeanne d'Arc. Lorsqu'elle remit ses lunettes, celles-ci touchèrent le bord de la frange qui lui cachait les sourcils.) Permettez-moi de vous poser une question. Vous ne trouvez pas bizarre que Mr Luxford ait reçu cette lettre par la poste ?

– Si, bien sûr, répondit Saint James. Le cachet de la poste date d'hier. Et il y a tout lieu de penser que la lettre a été postée avant-hier.

– Alors que ma fille était bien tranquillement à la maison. Autrement dit, si on examine froidement les faits, on peut dire qu'on est en présence d'un ravisseur qui était sûr que le kidnapping réussirait lorsqu'il a mis sa lettre à la boîte.

– Ou alors d'un ravisseur qui sait qu'un échec est sans importance parce que, si sa tentative avorte, la lettre n'aura aucun impact sur son destinataire. Si le ravisseur et le destinataire ne sont qu'une seule et même personne. Ou que le ravisseur a été engagé par le destinataire de la lettre.

– Ah, vous voyez.

– Je n'avais pas négligé le cachet de la poste, Miz Bowen. Et je ne prends pas pour argent comptant tout ce qu'on me raconte. Je suis prêt à admettre que Dennis Luxford n'est pas blanc dans cette histoire. Comme je suis prêt à vous soupçonner, vous aussi, d'être impliquée.

Sa bouche s'incurva en un sourire bref. Elle eut un mouvement de tête assez sec.

– Bien, bien. Vous n'êtes pas à la botte de Luxford, alors. Vous ferez l'affaire.

Se levant, elle s'approcha d'une sculpture trapézoïdale en bronze placée sur une sellette entre les deux fenêtres. Ayant incliné la sculpture, elle retira de sous le socle une enveloppe qu'elle tendit à Saint James avant de regagner son siège.

– On l'a déposée chez moi aujourd'hui. Vraisemblablement entre une heure et trois heures de l'après-midi. Ma gouvernante – Mrs Maguire – l'a trouvée en rentrant de sa visite hebdomadaire chez son bookmaker. Elle l'a mise avec le reste du courrier – elle porte mon nom comme vous le voyez – et n'y a repensé que lorsque je lui ai téléphoné à sept heures, pour lui demander des nouvelles de Charlotte, après avoir reçu le coup de fil de Dennis Luxford.

Saint James examina l'enveloppe. Blanche, ordinaire, c'était le genre d'article qu'on pouvait se procurer n'importe où, que ce soit chez Boots ou chez le marchand de journaux du coin. Après avoir enfilé des gants en latex, il vida l'enveloppe de son contenu. Ayant déplié l'unique feuillet, il le plaça dans un étui en plastique qu'il avait apporté à cet effet. Après quoi, il retira ses gants et prit connaissance du message.

Eve Bowen
Si vous voulez savoir ce qui est arrivé à Lottie, téléphonez à son père. Et faites vite.

– Lottie, observa Saint James.

– Un diminutif qu'elle s'est donné.

– Et Luxford, il l'appelle comment ?

La question ne parut pas prendre Eve Bowen au dépourvu. Elle était persuadée que Luxford était impliqué et rien ne l'en ferait démordre.

– J'imagine que ce genre de détail n'est pas impossible à découvrir, Mr Saint James. En tout cas, de toute évidence, quelqu'un l'a découvert.

– Ou alors ce quelqu'un était déjà au courant.

Saint James montra la lettre à Helen qui la lut avant de prendre la parole.

– Vous avez appelé Mrs Maguire à sept heures ce soir, Miz Bowen. Il y avait plusieurs heures que votre fille avait disparu. Mrs Maguire n'avait rien remarqué ?

– Si.

– Elle ne vous a pas prévenue ?

Le ministre bougea imperceptiblement dans son fauteuil. Elle eut comme un soupir.

– A plusieurs reprises cette année – depuis mon entrée en fonctions au ministère – Charlotte a fait des bêtises. Mrs Maguire sait que c'est à elle de régler ce genre de problèmes sans me déranger au travail. Elle a pensé que Charlotte avait remis ça.

– Pourquoi ?

– Parce que le mercredi après-midi elle a sa leçon de musique et qu'elle n'aime pas ça. C'est une corvée pour elle. Elle y va en traînant les pieds et presque tous les mercredis après-midi elle menace de se jeter par la fenêtre ou de se débarrasser de sa flûte. Ne la voyant pas revenir immédiatement à la maison après sa leçon, Mrs Maguire s'est dit que c'était reparti pour un tour. Ce n'est qu'à six heures qu'elle a commencé à donner des coups de téléphone à droite et à gauche pour voir si par hasard Charlotte ne serait pas allée chez une de ses camarades de classe au lieu de se rendre à sa leçon.

– Elle va seule à sa leçon ? s'enquit Helen.

Le député devina aussitôt la question subsidiaire : une fillette de dix ans cavalait sans surveillance dans les rues de Londres ?

– Les enfants se déplacent en troupeau aujourd'hui, au cas où vous ne l'auriez pas remarqué. Je doute que Charlotte ait été seule. Lorsque c'est le cas, Mrs Maguire s'efforce de l'accompagner.

– S'efforce, reprit Helen en écho.

– Oui. Charlotte n'aime pas être suivie comme un toutou par une Irlandaise obèse affublée de collants qui pochent aux genoux et d'un pull mangé aux mites. Mais dites-moi, nous sommes là pour parler de la façon dont j'élève ma fille ? Ou de l'endroit où elle se trouve ?

Saint James sentit, plus qu'il ne vit, la réaction d'Helen. Hostilité d'un côté, incrédulité de l'autre : dans la pièce l'air parut crépiter. Ce n'était pas le genre d'attitude qui les aiderait à résoudre le problème. Aussi se hâta-t-il de faire dévier la conversation.

– Après s'être assurée que Charlotte n'était pas chez une camarade de classe, Mrs Maguire ne vous a pas téléphoné ?

– A la suite de l'incident du mois dernier, je lui avais clairement fait comprendre quelles étaient ses responsabilités concernant ma fille.

– Quelle sorte d'incident ?

– Un incident qui reflète bien le tempérament buté de ma fille. (Le député but une gorgée de vin.) Charlotte s'était cachée dans la chaufferie de Sainte-Bernadette – l'école primaire qu'elle fréquente à Bland-fort Street – parce qu'elle refusait d'aller chez son psychothérapeute. C'est un rendez-vous hebdomadaire, elle sait pertinemment qu'elle doit s'y rendre ; mais une fois par mois environ, elle fait la mauvaise tête. C'est ce qui s'est produit ce jour-là. Sous le coup de la panique, Mrs Maguire m'a téléphoné en voyant que Charlotte n'était pas là à l'heure où elle devait l'emmener à son rendez-vous. Il m'a fallu quitter mon bureau pour partir à sa recherche. Après cet incident, Mrs Maguire et moi avons eu un petit entretien. Je lui ai reprécisé quelles étaient ses obligations concernant ma fille. Et la plage horaire pendant laquelle il lui incombait de veiller impérativement sur Charlotte.

Helen, qui avait l'air de plus en plus intriguée par les méthodes du ministre en matière d'éducation, semblait prête à lui poser de nouvelles questions. Saint James ne lui en laissa pas le loisir. Inutile de mettre Miz Bowen davantage sur la défensive.

– Sa leçon de musique avait lieu où ?

Non loin de Sainte-Bernadette, lui dit Eve Bowen, dans un quartier de *mews* appelé Cross Keys Close, non loin de Marylebone High Street. Charlotte s'y rendait à pied tous les mercredis au sortir de la classe. Son professeur, un homme, s'appelait Damien Chambers.

– Votre fille est-elle allée à sa leçon aujourd'hui ?

En effet. Mrs Maguire avait téléphoné à Mr Chambers lorsqu'elle avait commencé ses recherches vers six heures. Selon lui, la fillette était partie à son heure habituelle, sa leçon terminée.

– Il nous faudra questionner cet homme, souligna Saint James. Il s'en étonnera probablement. Vous avez songé à cet aspect de la question ?

Eve Bowen avait apparemment déjà accepté le fait qu'une enquête – même non policière – sur la disparition de sa fille ne pourrait se faire sans que soient interrogés ceux qui étaient les derniers à l'avoir vue. Et les personnes interrogées se demanderaient sans doute pourquoi un handicapé et son assistante fouinaient, essayant de reconstituer les allées et venues de la fillette. Impossible d'y échapper. La curiosité de ceux qui seraient contactés pourrait les inciter à glisser des tuyaux à l'un ou l'autre des tabloïds ; mais c'était un risque que la mère de Charlotte était disposée à courir.

– Lorsque la police s'en mêle, les choses revêtent tout de suite un caractère officiel, dit-elle. Mais si nous procédons de cette manière, cette histoire ne peut donner lieu qu'à des spéculations inexploitables par la presse.

– Les spéculations peuvent se muer en une véritable tempête, remarqua Saint James. J'aimerais que vous fassiez appel à la police, Miz Bowen. Sinon aux autorités locales, du moins au Yard. Travaillant au ministère de l'Intérieur, vous avez tout pouvoir pour obtenir que l'affaire lui soit confiée.

– En effet. Mais je ne veux pas de l'intervention de la police.

L'expression du visage d'Eve Bowen était déterminée. Helen et lui auraient pu discuter pendant un bon quart d'heure que cela n'y aurait rien changé. La seule chose qui comptait à ses yeux, c'était de retrouver Charlotte et vite. Il lui demanda un signalement de la petite fille ainsi qu'une photo. Il voulut également savoir ce qu'elle portait ce matin-là. Eve Bowen répondit qu'elle n'avait pas vu sa fille, qu'elle ne la voyait jamais le matin, étant toujours partie avant le réveil de Charlotte. Mais la petite devait certainement avoir son uniforme. En haut il y avait une photo d'elle en uniforme, justement. Elle quitta la pièce pour aller la chercher. Ils l'entendirent monter l'escalier.

– Franchement, pour être bizarre, c'est bizarre, Simon, fit Helen à voix basse, dès qu'ils se retrouvèrent seuls. A l'entendre, on croirait presque... (Elle hésita, les bras autour de la taille.) Tu ne trouves pas sa réaction anormale ?

Saint James se leva afin d'aller examiner les trophées. Tous portaient le nom d'Eve Bowen et lui avaient été décernés au titre de l'épreuve de dressage dans divers concours hippiques. Qu'elle eût remporté une douzaine de prix pour s'être livrée à ce genre d'exercices n'avait rien d'étonnant. Il se demanda si son personnel, au ministère, réagissait aussi bien que les chevaux qui lui étaient passés entre les mains.

– Elle est persuadée que Luxford est derrière cette affaire, Helen. Pas pour faire du mal à l'enfant, seulement pour la déstabiliser, elle. Et de toute évidence, elle n'a pas l'intention de se laisser démonter.

– Tout de même, on pourrait s'attendre à ce que cette belle façade se fissure dans l'intimité.

– C'est une femme politique. Elle se doit d'être prudente. De cacher son jeu.

– Mais il s'agit de sa fille. Qu'est-ce que cette gamine fabrique dans les rues toute seule ? Et qu'a fait sa mère de sept heures jusqu'à maintenant ? (D'un geste, Helen désigna la table, la serviette et les documents qui s'en échappaient.) C'est plutôt étonnant qu'une mère dont on vient de kidnapper l'enfant réussisse à se concentrer sur son travail, non ? Ce n'est pas naturel. Rien de tout cela n'est naturel.

– Entièrement d'accord. Mais elle ne se fait aucune illusion sur la façon dont nous allons évaluer la situation. (Saint James examina les rangées de photos côtoyant pêle-mêle trois plantes vertes sur une table en chrome et verre.) Elle n'est pas arrivée en un temps record au poste qu'elle occupe sans se douter de l'allure que vont avoir les choses.

Il remarqua une photo d'Eve Bowen et du Premier ministre, une autre d'Eve Bowen et du ministre de l'Intérieur, une troisième d'Eve Bowen entourée de constables attendant de serrer la main de la princesse royale.

– « Les choses », reprit ironiquement Helen, m'ont l'air remarquablement détachées, si tu veux mon avis.

Une clé tourna dans la serrure de la porte d'entrée

tandis qu'Helen parlait. La porte s'ouvrit, se referma. Le verrou fut tiré. Des pas claquèrent sur les tomettes de terre cuite et un homme s'encadra dans la porte du salon. Un mètre quatre-vingts, carrure étroite, silhouette mince. Ses yeux thé naviguèrent de Saint James à Helen mais il ne souffla mot. Il semblait fatigué et ses cheveux couleur vieux chêne étaient en désordre comme s'il les avait ébouriffés pour se masser le cuir chevelu.

– Bonsoir. Où est Eve ?

– En haut, fit Saint James. Partie chercher une photo.

– Une photo ? (Il jeta un regard à Helen, reporta les yeux sur Saint James. Sans doute lut-il quelque chose d'inquiétant sur leur visage car d'amical le ton vira instantanément au méfiant.) Que se passe-t-il ? (Il y avait une pointe d'agressivité dans la voix ; c'était un homme qui avait l'habitude qu'on lui réponde tout de suite et avec déférence. On ne recevait pas des inconnus chez soi, à près de minuit, sans raison grave, fût-on ministre. Haussant le ton, il se tourna vers l'escalier, appela :) Eve ? (S'adressant à Saint James, il ajouta :) Il s'est passé quelque chose ? Eve va bien ? Est-ce que le Premier ministre...

– Alex.

Saint James ne vit pas Eve Bowen mais l'entendit descendre vivement l'escalier.

– Que se passe-t-il ? répéta Alex.

Ignorant la question, elle lui présenta Helen et Saint James en précisant :

– Mon mari. Alexander Stone.

Saint James ne se rappelait pas avoir lu que le ministre était marié. Toutefois, lorsque Eve Bowen présenta son mari, il se dit qu'il devait avoir classé le renseignement dans un coin poussiéreux de sa mémoire car il était peu probable qu'il eût oublié qu'Alexander Stone était le mari d'Eve Bowen. Stone était l'un des chefs d'entreprise de pointe du pays. Restaurateur de haute volée, il était propriétaire d'une demi-douzaine d'établissements de Hammersmith à Holborn. C'était un chef inventif, originaire de Newcastle, qui avait réussi à se débarrasser de son épouvantable accent du nord-est de l'Angleterre au cours d'un parcours admirable qui l'avait conduit de l'hôtel Brown – où il avait travaillé comme pâtissier – à son statut actuel de restaurateur prospère. Stone personnifiait l'idéal du Parti conservateur : issu d'un milieu fort simple – et sans rien demander au gouvernement –, il avait réussi dans sa profession. Il incarnait le dynamisme et la libre entreprise. Bref, c'était le mari rêvé pour un député tory.

– Il s'est passé quelque chose, en effet, expliqua Eve Bowen en lui posant une main apaisante sur le bras. J'ai peur que ce ne soit pas très agréable.

De nouveau, Stone regarda Saint James puis Helen. Saint James quant à lui s'efforça d'assimiler : Eve Bowen n'avait pas encore fait part à son mari de l'enlèvement de sa fille... Il s'aperçut qu'Helen en faisait autant de son côté. Leurs visages devaient être intéressants à étudier, car Alexander Stone les examina attentivement cependant que lui-même devenait blême.

– Papa, dit-il. Il est mort ? Le cœur ?

– Il ne s'agit pas de ton père, Alex. C'est Charlotte. Elle a disparu.

Il braqua les yeux sur sa femme.

– Charlotte, répéta-t-il. Charlotte. Charlie. Qu'est-ce que tu dis ?

– Elle a été kidnappée.

Il parut sidéré.

– Quoi ? Quand ? Qu'est-ce que...

– Cet après-midi. Après sa leçon de musique.

De sa main droite, il s'ébouriffa les cheveux encore un peu plus.

– Merde, Eve. Qu'est-ce que c'est que ce bordel ? Pourquoi ne m'as-tu pas téléphoné ? J'étais au Couscous, tu le sais. Pourquoi tu ne m'as pas appelé ?

– Je ne l'ai appris qu'à sept heures. Et les choses se sont passées terriblement brutalement.

– Vous êtes de la police, dit-il à Saint James.

– Pas de police, dit sa femme.

Il pivota vers elle.

– Tu as perdu la tête ? Enfin quoi, bordel...

– Alex. (Voix basse, insistante.) Si tu allais m'attendre dans la cuisine ? Nous préparer à dîner ? Donne-moi une minute, je vais tout t'expliquer.

– Expliquer quoi ? Ce qui se passe ? Enfin quoi, merde, qui sont ces gens ? Je veux que tu me répondes, Eve.

– Un peu de patience. (De nouveau, elle lui toucha le bras.) Je t'en prie. Laisse-moi d'abord en finir ici.

– Pour qui me prends-tu? Pour un de tes sous-fifres? Si tu crois que tu peux me renvoyer comme ça...

– Je ne te renvoie pas. Simplement laisse-moi terminer.

Stone se dégagea. « Sacré putain de bordel de merde », gronda-t-il. A grandes enjambées, il traversa le séjour, la salle à manger et poussa une porte battante qui devait donner accès à la cuisine.

Eve Bowen le suivit du regard. Derrière la porte battante, des portes de placard s'ouvrirent, se refermèrent avec bruit. Les casseroles tintèrent sur les plans de travail. De l'eau coula.

– Voilà Charlotte, dit-elle en tendant la photo à Saint James.

– Je vais avoir également besoin de son emploi du temps. D'une liste de ses amies. Ainsi que des adresses des endroits qu'elle fréquente.

Elle eut un hochement de tête en signe d'assentiment bien qu'à l'évidence elle eût rejoint en pensée son mari dans la cuisine.

– Bien sûr, dit-elle.

Elle regagna son fauteuil, prit un stylo et un carnet; lorsqu'elle pencha la tête ses cheveux lui cachèrent le visage.

Ce fut Helen qui posa la question.

– Pourquoi ne pas avoir prévenu votre mari, Miz Bowen? Lorsque vous avez appris la disparition de Charlotte. Pourquoi ne pas lui avoir téléphoné?

Eve Bowen releva la tête. Elle semblait parfaitement maîtresse d'elle-même, comme si la seule traversée de la pièce lui avait donné le temps de refouler des émotions susceptibles de la trahir.

– Je ne voulais pas qu'il soit la victime de Dennis Luxford, dit-elle. Je trouve qu'il y en a déjà suffisamment comme ça.

Alexander Stone s'activait avec rage. Il versa du vin rouge dans le mélange d'huile d'olive, de tomates en quartiers, d'oignons, de persil et d'ail. Il baissa le feu sous la casserole et, s'éloignant de son plan de cuisson dernier cri, s'approcha de la planche à découper où il se mit à tailler en lamelles les chapeaux d'une douzaine de champignons. Il les plaça dans un bol et les rapporta vers le plan de cuisson. Sur une plaque, l'eau d'un grand faitout commençait à bouillir. La vapeur s'élevait vers le plafond en plumets translucides qui soudain lui rappelèrent Charlie. Plumes d'oiseaux fantômes. Tel est le nom qu'elle leur aurait donné en traînant son tabouret vers la plaque pour bavarder avec lui tandis qu'il travaillait.

« Nom de Dieu ! » songea-t-il.

Crispant un poing, il s'administra un coup violent sur la cuisse. Ses yeux le brûlaient, il se dit que ses verres de contact réagissaient mal à la chaleur ambiante et à l'arôme puissant des oignons et de l'ail qui mijotaient. Puis il se traita de lâche et arrêta de se démener, tête basse. Sa respiration haletante n'était pas sans ressembler à celle d'un coureur de fond, et il essaya de se calmer. Puis il s'obligea à regarder la vérité en face : il ne disposait encore d'aucun élément d'information et tant qu'il en serait ainsi, se mettre en rogne constituerait un gaspillage d'énergie. Fulminer, pester ne lui servirait pas à grand-chose. Et à Charlie non plus.

« Très bien, se dit-il. Bon. Vaque à tes occupations. Attends la suite. »

Il s'éloigna du plan de cuisson. Sortit du freezer un paquet de fettuccine. Il avait enlevé les pâtes de leur emballage et s'apprêtait à les jeter dans l'eau bouillante lorsqu'il s'aperçut qu'il ne sentait pas le froid contre sa paume. Du coup, il laissa tomber les pâtes brusquement dans le faitout et un geyser jaillit, lui éclaboussant la main. La brûlure, en revanche, il la sentit, et d'instinct il fit un bond en arrière comme un apprenti cuistot qui vient de se faire ébouillanter dans une cuisine.

– Bon Dieu, chuchota-t-il. Et merde.

Il s'approcha du calendrier accroché près du téléphone mural. Histoire d'en avoir le cœur net. Peut-être avait-il oublié pour une fois de noter son emploi du temps de la semaine, omis de préciser le nom du restaurant dont il devait superviser la bonne marche ce jour-là, oublié de s'assurer que Mrs Maguire, Charlie, sa femme pouvaient le joindre en cas d'urgence... Mais dans la case correspondant au mercredi, il avait bien inscrit *Couscous*. Tout comme dans celle de la veille il avait marqué *Sceptre*. Et dans celle du lendemain *Demoiselle*. Non, il n'avait pas fait d'erreur, il avait donc tous les éléments en main. Ce qui signifiait qu'il pouvait donner libre cours à sa fureur, défoncer les portes des placards à coups de poing, fracasser les verres et les assiettes par terre, lancer les couverts contre les murs, vider le frigo et en piétiner le contenu...

– Ils sont partis.

Il pivota sur ses talons. Eve était sur le seuil. Après avoir retiré ses lunettes, elle les essuya d'un geste las après la doublure de soie noire de sa veste.

– Ce n'était pas la peine que tu te casses la tête, lui dit-elle avec un mouvement de menton vers le plan de cuisson. Mrs Maguire a sûrement prévu quelque chose pour nous. Cela ne m'étonnerait pas : elle laisse toujours quelque chose pour...

Elle s'arrêta net, remit ses lunettes.

Pour Charlotte. Mais elle ne put se résoudre à terminer sa phrase : pas question de prononcer le nom de sa fille. Le prononcer aurait fourni une ouverture à son mari avant qu'elle soit prête. Et elle n'était pas femme politique pour rien : elle savait comment s'y prendre pour conserver l'avantage.

Comme si son mari n'avait pas mis un repas en train, elle s'approcha du réfrigérateur. Alex la regarda sortir les deux assiettes recouvertes de papier d'aluminium dont il avait déjà inspecté le contenu, les poser sur le plan de travail, soulever le papier et examiner les macaronis au gratin, les légumes variés et les pommes de terre nouvelles en robe des champs saupoudrées d'un audacieux soupçon de paprika que Mrs Maguire avait préparés.

– Seigneur, murmura-t-elle en fixant les morceaux de cheddar épars et grumeleux sur les macaronis figés.

– Je lui laisse quelque chose pour Charlie tous les jours. Elle n'a qu'à le réchauffer. Mais elle refuse. Pour elle, c'est de la vulgaire tambouille. Même si ça porte des noms alambiqués.

– Parce que ça, ça n'en est pas ?

Eve versa le contenu des assiettes dans l'évier et, ayant appuyé sur le bouton, elle laissa le broyeur faire son œuvre. L'eau coulait. Alex regardait sa femme qui elle-même regardait l'eau, sachant qu'elle mettait cet intermède à profit pour se mettre en condition avant la conversation qui allait suivre. Elle avait la tête baissée, les épaules tombantes. Son cou blanc et vulnérable faisait appel à sa pitié. Mais il n'était pas ému.

raversa la cuisine, arrêta le broyeur et ferma le
et. La prenant par le bras, il la fit pivoter vers lui.
ntit son bras se raidir. Il retira sa main.

– Que s'est-il passé ?

– Exactement ce que je t'ai dit. Elle a disparu alors
qu'elle rentrait de sa leçon de musique.

– Maguire n'était pas avec elle ?

– Apparemment, non.

– Bon sang, Eve. Combien de fois en avons-nous discuté ? Si on ne peut pas lui faire confiance...

– Elle a cru que Charlotte était avec des copines.

– Elle a cru. Elle a *cru*, bordel de merde. (De nouveau il éprouva le besoin de frapper. Si la gouvernante
avait été là, il lui aurait sauté à la gorge.) Pourquoi ?
questionna-t-il avec violence. Est-ce que tu peux me
dire pourquoi ?

Elle ne fit pas semblant de ne pas comprendre. Elle
pivota vers lui, bras repliés devant la poitrine, mains
plaquées contre les coudes. Cette attitude la coupait de
lui plus efficacement que si elle était allée se réfugier à
l'autre bout de la pièce.

– J'avais besoin de réfléchir, Alex.

Intérieurement, il la remercia de ne pas essayer de se
dérober, de ne pas lui resservir le mensonge auquel elle
avait eu recours précédemment lorsqu'elle lui avait dit
que les choses s'étaient passées trop brutalement. Mais
cette gratitude ne le menait pas très loin.

– Réfléchir à quoi ? fit-il avec un calme poli. Pour
moi le problème est simple. (Se servant de son pouce et
de trois doigts, il énuméra.) On peut le décomposer en
quatre phases. Charlie est enlevée. Tu me téléphones au
restaurant. Je passe te prendre à ton bureau. Nous
allons trouver la police.

– Ce n'est pas aussi simple que ça.

– Tu n'as pas l'air de réussir à dépasser la phase un.
Tu coinces. Je me trompe ? (Le visage d'Eve ne changea
pas. Il exprimait toujours un parfait sang-froid, sang-
froid qui était un must dans sa profession mais le fit sortir de ses gonds, lui.) Bon Dieu ! C'est ça ?

– Tu veux des explications ?

– Je veux que tu me dises qui étaient ces gens, là, au
salon, bordel. Je veux que tu me dises pourquoi tu n'as
pas appelé la police, bon Dieu de merde. Je veux que tu
m'expliques pourquoi tu n'as pas jugé utile de m'avertir
que ma propre fille...

62

– Belle-fille, Alex.

– Seigneur. Si j'avais été son « vrai » père – le pour-voyeur de ce putain de sperme –, j'aurais eu droit à un coup de fil, c'est bien ça?

– Pas tout à fait. Le père de Charlotte est déjà au courant. C'est lui qui m'a téléphoné pour me prévenir qu'elle avait été kidnappée. Je crois que c'est lui qui l'a fait enlever.

A cet instant précis, l'eau déborda, se répandant à gros bouillons sur le brûleur. Comme emprisonné jusqu'aux hanches dans du porridge gluant, Alex se traîna jusqu'à la table de cuisson et, machinalement, remua les pâtes, baissa le feu, souleva le faitout tandis que les mots *le père de Charlotte, le père de Charlotte, le père de Charlotte* résonnaient dans sa tête. Il posa la fourchette sur son support avant de se tourner vers sa femme. En temps normal elle avait le teint pâle, mais à la lumière de la cuisine elle paraissait blême.

– Le père de Charlotte, dit-il.

– Il prétend avoir reçu un mot du ravisseur. J'en ai reçu un, moi aussi.

Alex vit ses doigts se crisper sur ses coudes. Il eut l'impression qu'elle bandait ses muscles, que le pire était à venir.

– Continue.

– Tes pâtes, tu ne t'en occupes pas?

– Je n'ai pas très faim. Et toi?

De la tête, elle fit non. L'abandonnant un instant, elle retourna dans le salon. Pendant son absence, il remua comme un automate sauce et pâtes, se demandant quand il retrouverait l'appétit. Lorsqu'elle revint, elle tenait une bouteille et deux verres. Elle versa du vin au bar qui prolongeait le plan de cuisson. Fit glisser l'un des verres dans sa direction.

Il comprit qu'elle ne cracherait le morceau que s'il l'y forçait. Le reste, elle le lui raconterait – ce qui était arrivé à Charlie, à quelle heure, comment elle l'avait appris. Mais le nom, elle ne le lâcherait que s'il insistait. En six ans de mariage, elle ne lui avait jamais révélé l'identité du père de Charlotte, gardant jalousement le secret. Alex n'avait pas éprouvé le besoin de la pousser dans ses retranchements. Après tout, cet homme appar-tenait au passé d'Eve et Alex ne souhaitait qu'une chose : faire partie de son présent et de son avenir.

– Pourquoi l'a-t-il enlevée ?

Sans manifester la moindre émotion, elle énonça les conclusions auxquelles elle avait abouti.

– Parce qu'il veut que le public sache qu'il est son père. Parce qu'il veut mettre les tories dans l'embarras. Parce que si le gouvernement continue à être éclaboussé par des scandales et des affaires de mœurs qui émoussent la confiance du public dans ses élus, le Premier ministre se verra contraint de faire procéder à de nouvelles élections, et que les tories les perdront. Ce qui est son objectif.

Alex reprit les mots qui lui faisaient le plus peur et lui semblaient le plus révélateurs.

– Affaires de mœurs ?

Eve esquissa un petit sourire sans joie.

– De mœurs, oui.

– Qui est-ce, Eve ?

– Dennis Luxford.

Le nom n'évoquait rien pour lui. Des années, il avait passé des années à trembler, s'interroger, se livrer à toutes sortes de suppositions, et ce nom ne signifiait rien pour lui. Que dalle. Elle comprit tout de suite qu'il ne faisait pas le rapprochement. Avec un rire amer d'auto-dérision, elle s'approcha de la petite table installée devant la fenêtre en saillie donnant sur le jardin. Un porte-revues en rotin flanquait l'une des chaises. C'était là que Mrs Maguire rangeait la littérature bas de gamme qu'elle lisait le matin pendant sa pause thé de onze heures. Du porte-revues, Eve sortit un tabloïd. Elle le posa sur le bar et l'étala devant Alex.

Dans le bandeau rouge sang, les lettres d'un jaune criard proclamaient *La Source*. Au-dessous, une énorme manchette annonçait : « La femme du député était cocue. » La manchette était agrémentée de deux photos couleurs. L'une de Sinclair Larnsey, député de l'East Norfolk, mine sombre, émergeant d'un immeuble en compagnie d'un gentleman d'âge mûr avec canne, qui sentait son président d'association de circonscription à plein nez. L'autre d'une Citroën magenta assortie de la légende : « Baisomobile de Sinclair Larnsey. » Le reste de la une était consacré à « Gagnez un séjour de rêve » (page 11), « Prenez le petit déjeuner avec votre star préférée » (page 8) et « Bientôt le procès du meurtrier du champion de cricket » (page 29).

Alex Stone fronça les sourcils. Le tabloïd était d'un mauvais goût ahurissant, difficile de faire plus racoleur, ce qui était sans aucun doute le but recherché. Ça devait se vendre à des millions d'exemplaires; les banlieusards en quête de distraction dans les transports en commun devaient se jeter dessus. Toutefois le caractère sordide de la publication indiquait clairement l'impact qu'elle devait avoir sur l'opinion publique.

Qui lisait ces conneries, franchement... En dehors de personnes comme Mrs Maguire dont on pouvait difficilement prétendre qu'elles appartenaient à l'élite intellectuelle de la nation.

Se dirigeant de nouveau vers le porte-revues en rotin, Eve y prit trois autres quotidiens qu'elle étala soigneusement sur le bar. « Encore un squelette dans le placard du Premier ministre : un de ses proches collaborateurs touchait des pots-de-vin ! » L'article occupait la une. « Le député tory avait une maîtresse » faisait la couverture du deuxième journal. Quant au troisième, il posait, toujours en première page, cette angoissante question : « Qui tient chaud à la princesse la nuit ? »

– Je ne pige pas, dit Alex. Ton histoire ne ressemble en rien à celles-là. Pourquoi les journaux te prendraient-ils pour cible ? Qu'est-ce qu'on peut te reprocher ? Tu as fait une erreur. Tu t'es retrouvée enceinte. Tu as mis un enfant au monde. Tu l'as élevé, tu as continué ton petit bonhomme de chemin. Pas de quoi en chier une pendule.

– Tu ne comprends pas.

– Quoi ?

– Dennis Luxford. *La Source* est son journal, Alex. Le père de Charlotte est rédacteur en chef de ce torchon et il en dirigeait un autre tout aussi peu ragoûtant lorsque nous nous sommes... (Elle cilla et l'espace d'un instant il crut qu'elle allait perdre son sang-froid.) C'était ça, son métier, lorsque nous avons eu cette aventure à Blackpool... Remuer la merde, déterrer les potins les plus salaces pour éclabousser ceux qu'il voulait humilier.

La quittant des yeux, il reporta son regard sur les journaux. Il n'avait peut-être pas bien entendu et dans ce cas il n'avait pas besoin de la croire. Elle esquissa un geste et lorsqu'il releva la tête, il constata qu'elle avait pris son verre et le tenait comme pour porter un toast. Ce qu'elle ne fit d'ailleurs pas.

– Et voilà... à Blackpool, Eve Bowen, futur député tory, futur sous-secrétaire d'Etat, futur Premier ministre, petit reporter ultraconservateur bien-pensant, faisait la bête à deux dos avec le roi du ragot. Tu parles d'un scoop ! Les journaux vont s'en donner à cœur joie. A commencer par celui-ci.

Alex chercha quoi dire. Difficile. Pour l'instant, comme anesthésié, il ne sentait que la pellicule de glace qui lui emprisonnait le cœur à la vitesse de l'éclair. Même ses mots lui parurent rendre un son assourdi.

– Tu n'étais pas membre du Parlement à l'époque.

– Si tu crois que les gens vont s'embarrasser de ce genre de détail... Le public, ça va l'émoustiller, de nous imaginer tous les deux en train de rôder dans l'hôtel, à Blackpool, et de nous fixer fébrilement des rendez-vous. De m'imaginer, moi, jambes écartées sur un lit anonyme, attendant pantelante que Luxford me pilonne avec son énorme engin. Et le lendemain, changement à vue, reprenant mon personnage de sainte-nitouche pour l'édification de mes collègues. Et gardant soigneusement le secret pendant toutes ces années. Agissant comme si je trouvais moralement répréhensible tout ce que cet homme représente.

Alex la fixa, passant en revue les traits familiers. Chevelure impeccable, yeux noisette, menton trop ferme, lèvre supérieure trop mince. « C'est mon épouse, songea-t-il. C'est la femme que j'aime. Celle avec laquelle je suis pleinement moi-même. Est-ce que je la connais, seulement ? » D'un ton morne, il dit :

– Et ce n'est pas le cas ? Ce n'était pas le cas ?

Les yeux noisette parurent s'assombrir. Lorsqu'elle parla, ce fut d'une voix étrangement lointaine.

– Comment peux-tu me poser une question pareille, Alex ?

– Parce que je veux savoir. J'ai le droit de savoir.

– De savoir quoi ?

– Qui tu es, bon sang.

Sans souffler mot, elle croisa longuement son regard. Puis elle prit le faitout sur la plaque, le porta jusqu'à l'évier et versa les fettuccine dans une passoire. S'aidant d'une fourchette, elle souleva deux ou trois pâtes.

– Trop cuites, Alex. Ça m'étonne de toi, une erreur pareille.

– Réponds-moi.

– Je viens de le faire, il me semble.

– L'erreur, c'était la grossesse, insista-t-il. Pas le choix du partenaire. Tu savais qui c'était lorsque tu as couché avec lui. Tu savais forcément qui c'était.

– Oui, c'est exact. Tu veux me faire dire que ça m'était égal ?

– Je veux que tu me dises la vérité.

– Très bien. Ça n'avait pas d'importance. Je voulais coucher avec lui.

– Pourquoi ?

– Il me stimulait intellectuellement. C'est rare, les hommes qui prennent la peine de s'intéresser à l'intellect d'une femme quand ils veulent la séduire.

Alex se raccrocha désespérément à ce mot.

– Il t'a séduite.

– La première fois, oui. Mais après, non. Après on était partants tous les deux.

– Tu as baisé avec lui plus d'une fois, alors.

Contrairement à ce qu'il aurait souhaité, le mot ne la fit pas sursauter.

– J'ai baisé avec lui pendant toute la durée du congrès. Toutes les nuits. Et le matin aussi.

– Génial. (Il rassembla les journaux et les remit dans le porte-revues en rotin. S'approchant de la plaque de cuisson, il attrapa la casserole de sauce. Il en jeta le contenu dans l'évier et le regarda disparaître en glougloutant dans le broyeur. Elle était debout près de l'égouttoir, tout près de lui, et pourtant il ne pouvait se décider à lui faire face. Il lui semblait avoir reçu un coup mortel. L'esprit engourdi, sous le choc, c'est tout juste s'il réussit à dire :) Alors il a enlevé Charlie. Luxford.

– Il l'a fait enlever. Et s'il reconnaît publiquement à la une de son journal qu'il est son père, elle sera libérée.

– Pourquoi ne pas appeler la police ?

– Parce que j'ai bien l'intention de le coincer.

– Quitte à utiliser Charlie pour y arriver ?

– Comment ça, à utiliser Charlotte ?

A ces mots, il retrouva ses sensations, sa combativité.

– Où l'a-t-il emmenée, Eve ? Est-ce qu'elle sait seulement ce qui se passe ? Est-ce qu'elle a faim ? Froid ? Est-ce qu'elle tremble de peur ? Est-ce qu'elle est terrorisée ? Elle a été enlevée en pleine rue par un inconnu, je te signale. Ne me dis pas que la seule chose qui te préoccupe, c'est de préserver ta réputation et de coincer ce fumier de Luxford ?

– Il ne s'agit pas de faire un référendum sur la maternité, dit-elle tranquillement. J'ai commis une erreur dans ma vie. J'ai payé. Je paie toujours. Je paierai jusqu'à ma mort.

– C'est d'une enfant que nous parlons, pas d'une erreur. Une enfant de dix ans.

– J'ai bien l'intention de la retrouver. Mais je m'y prendrai à ma façon. Plutôt crever que d'entrer dans son jeu. Jette donc un œil à son journal si tu ne vois pas où il veut en venir, Alex. Et avant de me taxer d'égocentrisme, demande-toi quel effet un scandale aussi retentissant aurait sur Charlotte s'il venait à faire la une.

Evidemment, il connaissait la réponse. L'un des cauchemars de l'homme politique était la soudaine exhumation d'un squelette qu'il avait – à tort – cru avoir enterré avec soin. Dépoussiéré, exposé aux regards du public, ce squelette rendait aussitôt suspects les prises de position, commentaires et intentions de son propriétaire. Son existence – n'eût-elle qu'un rapport lointain avec la vie actuelle du politicien concerné – exigeait que les motivations de ce dernier fussent examinées à la loupe, ses commentaires étudiés au microscope, ses allées et venues suivies de près, ses lettres et ses discours épluchés et que tout le reste fût soigneusement humé et reniflé afin d'y débusquer le fumet de l'hypocrisie. Cet examen minutieux s'appliquait également à tous les membres de sa famille qui se voyaient traînés dans la boue au nom du droit – divin – du public à l'information. Parnell en avait fait l'expérience. Profumo aussi. Quant à Yeo et Ashby, le scalpel de la dissection avait entaillé la chair de leur vie privée. Ni ses prédécesseurs au Parlement, ni la monarchie n'étant à l'abri des révélations et du ridicule, Eve savait qu'elle n'y échapperait pas. Et cela d'autant moins que Luxford était mû par de puissants démons : souci de faire monter les tirages à tout prix et haine viscérale du Parti conservateur.

Alex se sentit écrasé. Physiquement, il avait besoin d'agir. Intellectuellement, de comprendre. Emotionnellement, de prendre la fuite. Partagé entre l'aversion et la compassion, il était déchiré par la lutte que ces deux sentiments antagonistes se livraient en lui. Il se força à laisser la compassion l'emporter sur la répulsion pour l'instant du moins.

D'un mouvement du menton, il indiqua le séjour.

– Cet homme et cette femme, c'étaient qui?

En regardant Eve, il comprit qu'elle se figurait l'avoir convaincu.

– Lui a travaillé pour Scotland Yard dans le temps. Elle... Je ne sais pas. C'est son assistante, je crois.

– Tu es sûre qu'ils peuvent se charger de cette affaire?

– Oui.

– Pourquoi?

– Parce que lorsqu'il m'a demandé de lui communiquer l'emploi du temps de Charlotte, il me l'a fait rédiger deux fois. Une fois en écriture normale. Et une fois en script.

– Je ne te suis pas.

– Il a en sa possession les deux billets du ravisseur, Alex. Celui que j'ai reçu. Et celui que Dennis a reçu. Il veut étudier mon écriture et la comparer à celle de ces deux lettres. Bref, essayer de voir s'il est possible que je sois impliquée. En clair, il n'a confiance en personne. Ce qui signifie, je crois, que nous pouvons lui faire confiance.

4

– Vers cinq heures cinq, dit Damien Chambers, ses voyelles traînantes trahissant le natif de Belfast. Il lui arrive de rester plus longtemps. Comme elle sait que je n'ai pas d'autres élèves avant sept heures, elle s'attarde parfois après sa leçon. Elle aime que je joue du sifflet pendant qu'elle joue des cuillers. Mais aujourd'hui elle n'avait pas envie de traîner. Alors elle a filé. Aux environs de cinq heures.

S'aidant de trois doigts minces, il fourra de fines mèches de cheveux roux abricot dans la queue-de-cheval dont il venait de rajuster l'élastique. Puis il attendit la question suivante.

Saint James et Helen avaient tiré le professeur de musique de Charlotte du lit mais le jeune homme n'avait pas protesté. Après s'être exclamé simplement : « Disparu ? Lottie Bowen a disparu ? Merde, alors ! » il leur avait demandé de l'excuser un instant et s'était précipité à l'étage. De l'eau s'était mise à couler rudement dans une baignoire. Une porte avait été ouverte puis fermée. Une minute s'était écoulée. La porte s'était rouverte et refermée. L'eau s'était arrêtée de couler. Chambers les avait rejoints au rez-de-chaussée à grand renfort de claquements de savates, vêtu en tout et pour tout d'un peignoir en tissu écossais rouge d'où émergeaient des chevilles couleur d'os blanchi. Ses pieds étaient chaussés de pantoufles en cuir éraflé.

Damien Chambers habitait une des maisons de poupée de Cross Keys Close, dédale d'étroites ruelles pavées éclairées par des réverbères à l'ancienne, où régnait une atmosphère louche qui incitait le passant à regarder par-dessus son épaule et à se hâter. Saint James et Helen n'avaient pas pu aller en voiture jusque chez Chambers – jamais la MG n'aurait réussi à se faufiler dans les ruelles et si elle y était parvenue, Saint James n'aurait pas réussi à faire demi-tour. Aussi l'avaient-ils laissée non loin de là, à Bulstrode Place, pour se frayer un chemin à pied à travers le labyrinthe de passages et atteindre le numéro 12 où résidait le professeur de Charlotte Bowen.

Pour l'heure, ils étaient assis dans son séjour, à peine plus spacieux qu'un compartiment de chemin de fer du début du siècle. Une épinette voisinait tant bien que mal avec un piano électrique, un violoncelle, deux violons, une harpe, un trombone, une mandoline, un dulcimer, deux pupitres bancals et une demi-douzaine de moutons de poussière de la taille d'un rat d'égout. Saint James et Helen avaient pris place sur la banquette devant l'épinette. Damien Chambers s'était posé sur le bord d'une chaise métallique, les mains bien calées sous les aisselles, posture qui n'ajoutait rien à son malheureux mètre soixante-deux.

– Lottie voulait apprendre le tuba, dit-il. La forme lui plaisait. Pour elle, les tubas ressemblaient à des oreilles d'éléphant en or. Evidemment, les tubas sont en cuivre, pas en or. Mais Lottie, les détails, ça n'est pas son fort. (Il cilla, s'éclaircit la gorge et déglutit.) J'aurais très bien pu lui apprendre le tuba – je peux enseigner pratiquement n'importe quoi. Mais sa mère n'était pas d'accord. Au début, elle voulait que la petite fasse du violon. Ç'a duré six semaines, le temps que Lottie rende ses parents dingues avec les grincements de son crincrin. Après, elle a voulu lui faire faire du piano. Seulement elle n'avait pas assez de place pour en installer un chez elle et Lottie refusait d'étudier sur celui de l'école. Alors on s'est rabattus sur la flûte. C'est petit, c'est facile à transporter et ça ne fait pas trop de bruit. Il y a près d'un an qu'elle a commencé. Mais les résultats sont médiocres. Forcément, elle ne veut pas travailler. Et sa meilleure copine – une certaine Breta – a horreur de la flûte et la tanne toujours pour qu'elle joue. Qu'elle s'amuse avec elle, je veux dire. Pas qu'elle joue de la flûte.

Saint James plongea la main dans la poche de sa veste pour y prendre la liste qu'Eve Bowen lui avait confiée.

Il la parcourut du regard. « Breta », dit-il. Ce nom ne figurait pas sur la liste. Non sans surprise, il constata qu'il n'y avait en fait de noms que ceux des adultes que voyait Charlotte, lesquels étaient classés par profession : professeur de danse, psychothérapeute, directeur de chorale, professeur de musique. Il fronça les sourcils.

– C'est exact. Breta. J'ignore son nom de famille. Un vrai petit monstre, d'après Lottie. Vous ne devriez pas avoir de mal à la dénicher. Lottie et elle sont toujours en train de faire les quatre cents coups. Faucher des bonbons. Asticoter les vieux du quartier. S'introduire en douce chez le bookmaker. Se faufiler dans les cinémas sans billet. (Il leur adressa un sourire bref.) Vous ne connaissez pas l'existence de Breta ? Miz Bowen ne vous en a pas parlé ?

Il enfouit ses mains plus profond sous ses aisselles ce qui le fit se voûter davantage. Damien Chambers avait beau avoir la trentaine, dans cette position il ressemblait davantage à l'un des contemporains de Charlotte qu'à un homme qui aurait pu être son père.

– Que portait-elle lorsqu'elle est sortie de chez vous, cet après-midi ? questionna Saint James.

– Ce qu'elle portait ? Comme vêtements, vous voulez dire ? Son uniforme. Elle n'a rien enlevé. Pas même son cardigan. Pourquoi l'aurait-elle enlevé ?

Saint James sentit qu'Helen lui jetait un regard gêné. Il montra à Chambers la photo qu'Eve Bowen lui avait prêtée.

– Oui, confirma le professeur de musique. C'est bien ce qu'elle porte habituellement. C'est son uniforme. Une horreur, ce vert. On dirait de la moisissure. Elle ne l'aimait guère. Ses cheveux sont plus courts que sur la photo. Elle était allée chez le coiffeur samedi dernier. On lui avait fait une coupe à la Beatles, au bol. Elle rouspétait à cause de sa coiffure cet après-midi : elle trouvait qu'avec ses cheveux ras elle avait l'air d'un garçon. Elle m'a dit qu'elle voulait porter du rouge à lèvres et des boucles d'oreilles pour que les gens sachent à quoi s'en tenir. Mais que Cito... c'est comme ça qu'elle appelle son beau-père, j'imagine que vous êtes au courant ; c'est le diminutif de *Papacito* : Lottie apprend l'espagnol... Cito lui avait rétorqué que c'était pas la peine, que le rouge à lèvres et les boucles d'oreilles ne permettaient plus de distinguer à coup sûr les hommes des femmes de nos jours. Je ne pense pas qu'elle ait compris le sens de sa phrase. Toujours est-il que la semaine dernière elle a piqué un tube de rouge à sa mère. Elle s'en était mis pour venir chez moi, on aurait dit un clown parce qu'elle s'était maquillée sans miroir. Je lui ai conseillé de monter regarder la tête qu'elle avait dans la glace des W-C. (Il mit la main devant sa bouche, toussa, fourra de nouveau la main sous son aisselle et commença à battre la mesure avec le pied.) C'est la seule fois où elle est allée au premier.

Sur la banquette, près de lui, Saint James sentit Helen se raidir. Observant le professeur de musique, il se demanda quelle était la cause de son agitation.

— Est-ce que Breta accompagnait parfois Charlotte à sa leçon ?

— Presque toujours.

— Et aujourd'hui ?

— Oui. Du moins Lottie m'a dit que Breta était avec elle.

— Vous ne l'avez pas vue ?

— Je ne la laisse pas entrer : elle distrait Lottie. Je préfère qu'elle attende au Prince Albert. Elle rôde autour des tables, dehors. Vous avez dû le voir, le pub. Dans Bulstrode Place, au coin.

— C'est là qu'elle était aujourd'hui ?

— Lottie m'a dit qu'elle l'attendait au pub, en effet, que c'était pour ça qu'elle voulait filer. Il n'y a pas d'autre endroit où se donner rendez-vous dans le coin. (D'un air pensif, il se mordit la lèvre.) Je ne serais pas surpris qu'il y ait du Breta là-dessous. Je parle de la fugue de Lottie. Parce qu'elle a fait une fugue, n'est-ce pas ? Vous m'avez dit qu'elle avait disparu, mais vous ne pensez pas tout de même qu'il y a derrière tout ça... quelque chose de... pas catholique ?

Il grimaça en prononçant ces deux derniers mots et son pied battit la mesure avec une énergie décuplée.

Helen se pencha en avant. La pièce était si exiguë que leurs genoux à tous trois se touchaient presque. Elle posa doucement les doigts sur la jambe droite de Chambers. Il s'arrêta aussitôt de taper du pied.

— Désolé, dit-il. Je suis nerveux. Comme vous pouvez le constater.

— En effet, observa Helen. Pourquoi ?

— Ce n'est pas bon pour mon image de marque, cette

histoire. Si ça se trouve, je suis le dernier à avoir vu Lottie. Et ça la fiche mal.

– Nous ne savons encore pas qui l'a vue en dernier, dit Saint James.

– Si jamais les journaux s'emparent de... (Chambers parut se recroqueviller de plus belle.) Je donne des cours de musique aux enfants. Vous pensez bien que ça n'arrangera pas mes affaires si on apprend que l'une de mes élèves a disparu au sortir de sa leçon. J'aimerais mieux éviter cela. Je mène une existence paisible et j'aimerais bien que cela continue.

Saint James dut reconnaître que ce n'était pas complètement idiot comme raisonnement : le gagne-pain de Chambers était en jeu. Néanmoins sa réaction paraissait exagérée.

Saint James fit remarquer à Chambers que celui qui avait enlevé Charlotte – à supposer que la fillette ait été enlevée et ne soit pas partie se cacher quelque part avec une amie – devait forcément bien connaître le trajet qu'elle empruntait pour se rendre de l'école Sainte-Bernadette à sa leçon de musique et de là à son domicile.

Chambers opina. Mais l'école était à deux pas d'ici et il n'y avait qu'un chemin pour y arriver – celui que Saint James et Helen avaient pris. Découvrir le trajet suivi par Lottie n'avait pas dû prendre longtemps à quelqu'un de motivé, souligna-t-il.

– Avez-vous remarqué quelqu'un qui aurait traîné dans le coin ces derniers jours ? questionna Saint James.

Chambers avait la tête d'un homme qui aurait bien aimé pouvoir dire oui, ne serait-ce que pour éloigner de lui les soupçons. Mais il répondit que non, qu'il n'avait vu personne. Evidemment, il y avait des policiers qui faisaient des rondes à pied dans le quartier – difficile de ne pas les repérer. Et de temps en temps, un touriste égaré débarquait dans Marylebone alors qu'il voulait se rendre à Regent's Park. Mais à part ces gens-là et les habitués comme le facteur, les préposés à la voirie et les clients du pub qui traînaient au Prince Albert à l'heure de la pause déjeuner avant de regagner leur lieu de travail, il n'avait remarqué personne d'insolite. D'un autre côté, comme il ne sortait pas beaucoup, Mr Saint James ferait peut-être bien d'interroger ses voisins. Sûrement que dans l'impasse quelqu'un avait vu quelque chose.

Comment une enfant pouvait-elle disparaître sans que quiconque remarque quoi que ce soit d'anormal ? A condition bien sûr qu'elle ait disparu. Parce qu'elle pouvait très bien être avec Breta. Tout ça, c'était peut-être encore un tour de Breta.

– Ce n'est pas tout, n'est-ce pas, Mr Chambers ? dit Helen d'une voix empreinte de réelle sympathie. Il y a autre chose que vous aimeriez nous dire ?

Le regard du musicien passa d'elle à Saint James.

– Il y a quelqu'un chez vous, n'est-ce pas ? fit Saint James. Quelqu'un vers qui vous vous êtes précipité lorsque nous sommes arrivés.

Damien Chambers rougit, devint carrément prune.

– Ça n'a rien à voir avec cette affaire, je puis vous l'assurer.

Rachel, elle s'appelait Rachel, leur dit-il à voix basse. Rachel Mountbatten. Violoniste au Philharmonique. Ils se connaissaient depuis des mois et des mois. Hier soir ils avaient dîné ensemble assez tard. Après quoi il l'avait invitée à prendre un verre et elle avait accepté sans se faire prier. Et lorsqu'il lui avait proposé de monter dans sa chambre... C'était la première fois que ça arrivait. Il aurait voulu que tout soit parfait. Là-dessus, ils étaient venus frapper à sa porte. Et maintenant ils l'interrogeaient.

– Rachel n'est pas... Pas vraiment libre, expliqua-t-il. Elle a cru que c'était son mari quand vous avez frappé. Voulez-vous que je l'appelle ? Je préférerais éviter ça. Cela risque de tout gâcher entre nous. Mais si vous y tenez, je vais aller la chercher. Encore que je n'aie pas l'intention de l'utiliser comme alibi si les choses devaient en arriver là. Je veux dire si je me trouvais dans l'obligation de vous fournir un alibi. Cela ne se fait pas, n'est-ce pas ?

Mais à cause de Rachel, il préférait rester à l'arrière-plan, quitte à passer pour un égoïste. Il ne se désintéressait pas du sort de la fillette, non, mais cette histoire avec Rachel, c'était terriblement important pour lui... Il espérait qu'ils comprendraient.

En retournant à la voiture de Saint James, Helen dit :

– De plus en plus étrange, Simon. Il y a quelque chose qui me chiffonne chez la mère. Quelque chose qui ne colle pas chez Mr Chambers. Est-ce qu'on nous manipulerait ?

– Dans quel but?

– Je l'ignore. (Elle se glissa dans la MG, attendit qu'il l'ait rejointe et ait mis le contact avant de poursuivre.) Personne ne se comporte normalement. Eve Bowen, dont la fille a été enlevée en pleine rue, refuse de mettre la police sur le coup. Alors que, compte tenu du poste qu'elle occupe au ministère de l'Intérieur, elle pourrait bénéficier du concours des plus fins limiers de Scotland Yard sans que personne le sache. Dennis Luxford, qui devrait faire ses choux gras de cette affaire, refuse d'y toucher. Damien Chambers, dont la maîtresse est au premier étage – je suis sûre qu'il n'avait aucune intention de lui demander de descendre –, a peur d'être mêlé à la disparition d'une fillette de dix ans. A condition qu'il s'agisse bien d'une disparition. Peut-être que ça n'en est pas une. Peut-être qu'ils savent tous où se trouve Charlotte. Peut-être est-ce pour cela qu'Eve Bowen semblait si calme et Damien Chambers si agité alors que ç'aurait dû être le contraire.

Saint James prit la direction de Wigmore Street. Il bifurqua vers Hyde Park sans répondre.

– Tu n'étais pas chaud pour t'occuper de ça, n'est-ce pas? poursuivit Helen.

– Je n'ai aucune expérience dans ce domaine, Helen. Je suis expert médico-légal, pas détective privé. Confie-moi des taches de sang, des empreintes et je me fais fort de répondre à toutes tes questions. Mais dans une histoire de ce genre, je ne suis pas dans mon élément.

– Alors pourquoi...? (Elle le regarda. Avec sa perspicacité habituelle.) Deborah.

– Je lui ai dit que je parlerais à Eve Bowen. C'est tout. Je lui ai promis que je l'inciterais à faire intervenir la police.

– Et tu l'as fait, souligna Helen. (Elle poussa un soupir. Ils se faufilèrent au milieu des embouteillages de Marble Arch et s'engagèrent dans Park Lane avec sa rangée d'hôtels brillamment éclairés et ses taxis à la queue leu leu.) Et maintenant, qu'est-ce qu'on fait?

– On a deux solutions. Soit on s'occupe de ça nous-mêmes en attendant qu'Eve Bowen craque. Soit on se passe de son accord et on fait appel immédiatement au Yard. (Quittant un instant la rue des yeux, il lui jeta un coup d'œil de biais.) La seconde solution serait de loin la plus facile.

Elle croisa son regard.

– Laisse-moi y réfléchir.

A peine entrée dans le hall de son immeuble, Helen se débarrassa de ses chaussures. « Ouf », chuchota-t-elle, soulagée d'échapper aux contraintes de la mode. Se baissant pour ramasser ses souliers, elle traversa d'un pas fatigué le vestibule de marbre et monta l'escalier jusqu'à son appartement, six pièces au premier étage d'un immeuble victorien sis dans Kensington et dont le séjour donnait sur un rectangle de verdure qui avait nom Onslow Square. Comme elle avait pu le voir d'en bas, il y avait de la lumière dans le salon. Etant donné que l'éclairage n'était pas commandé par minuteur et qu'elle n'avait pas laissé de lampe allumée avant de partir rejoindre Simon au labo ce matin-là, la lueur brillant tel un phare à travers les rideaux de la porte-fenêtre ouvrant sur le balcon ne pouvait s'expliquer que par la présence d'un visiteur sur l'identité duquel il lui était impossible de se tromper.

Sa clé à la main, elle hésita devant la porte. Elle repensa aux paroles de Simon. Comme ce serait facile, en effet, de faire appel à la police à l'insu d'Eve Bowen. N'y avait-il pas en ce moment même un inspecteur de la Criminelle du Yard qui l'attendait derrière ce battant de chêne massif ?

Un mot. Il lui suffirait de dire un mot à Tommy et il prendrait les choses en main, veillant à ce que toutes les mesures appropriées soient prises. Pose d'écoutes téléphoniques. Enquête sur les personnes en rapport – même lointain – avec le sous-secrétaire d'Etat, le rédacteur en chef de *La Source* et leur fille. Analyse minutieuse des lettres du ravisseur. Armée de constables chargés de patrouiller dans les rues de Marylebone demain matin, d'interroger les témoins éventuels de la disparition de la fillette et de passer le quartier au peigne fin afin de trouver un indice expliquant ce qui était arrivé à Charlotte Bowen. Prise d'empreintes, lesquelles seraient remises aux services compétents. Signalement de Charlotte mis dans la mémoire de l'ordinateur de la Police nationale. Priorité serait donnée à l'affaire Bowen, les meilleurs éléments seraient mis sur le coup. Tommy n'interviendrait vraisemblablement que pour ouvrir le bal : l'affaire serait sans doute confiée à des gens du Yard plus haut placés que lui dans la hiérarchie, les recherches confiées à d'autres inspecteurs lorsqu'il aurait précisé à ses collègues que la petite disparue était la fille d'Eve Bowen.

Ce qui signifiait que le Yard suivrait la procédure habituelle. Et donc que les médias seraient mis au courant.

Helen fronça les sourcils en regardant son trousseau de clés. Si seulement elle pouvait être sûre que c'était à Tommy – et à lui seul – que serait confiée l'affaire... Mais c'était impossible.

A peine eut-elle ouvert la porte qu'elle l'appela. « Par ici, Helen », répondit-il. Suivant le son de sa voix, elle parvint dans la cuisine et le trouva planté devant le grille-pain, manches de chemise roulées jusqu'au coude, col déboutonné et cravate ôtée. Sur le plan de travail se trouvait un pot de Marmite [1]. Il tenait une liasse de papiers à la main et les parcourait, la lumière de la cuisine faisant briller ses cheveux blonds en désordre. Il la regarda par-dessus le bord de ses lunettes tandis qu'elle laissait tomber ses chaussures par terre.

– Il est tard, dit-il en posant papiers et lunettes sur le plan de travail. J'ai bien failli renoncer. Rentrer chez moi.

– Ce n'est pas ton dîner, si ? (Elle laissa choir son sac à bandoulière sur la table, tria rapidement son courrier, prit une lettre de sa sœur Iris et s'approcha de Tommy. Il lui passa la main dans les cheveux – tiédeur de sa paume contre la nuque d'Helen – et l'embrassa. Sur la bouche, le front, de nouveau sur la bouche. Il la serra contre lui tout en attendant que son toast soit prêt. Elle décacheta la lettre, reprit :) Ce n'est pas ton dîner, si ? (Comme il ne répondait pas immédiatement, elle ajouta :) Tommy, rassure-moi, ce n'est pas là tout ton dîner. Que tu es agaçant ! Pourquoi est-ce que tu ne manges pas ?

Il posa ses lèvres contre sa tempe.

– Je ne vois pas le temps passer. (Il avait l'air fatigué.) J'ai passé la quasi-totalité de la journée et une partie de la soirée sur l'affaire Fleming [2] avec les repré-

1. Pâte à base de levure que l'on étale sur du pain. *(N.d.T.)*
2. Voir, du même auteur, *Un goût de cendres.*

sentants du ministère public. A recueillir les dépositions des témoins. Engager la procédure de comparution devant le juge. Faire face aux exigences des avocats. Réclamer divers comptes rendus. Organiser des conférences de presse. J'en passe et des meilleures. Alors ça m'est sorti de la tête.

– Tu as oublié de manger ? Comment est-ce possible ? Quand tu as l'estomac vide, tu ne t'en rends pas compte ?

– J'oublie, Helen.

– Pas moi.

– Ça, je sais. (Le toast jaillit du grille-pain. L'embrochant sur les dents d'une fourchette, il le tartina de Marmite. Appuyé contre le plan de travail, il mastiqua pendant un moment avant de remarquer non sans un certain étonnement :) Seigneur, mais c'est dégoûtant ce truc-là. Dire que j'en avalais des pots entiers à Oxford.

– On a le palais moins difficile à vingt ans. Si tu avais eu une bouteille de gros rouge pour accompagner ce festin, tu te serais offert un voyage dans le passé.

Elle déplia la lettre.

– Qu'est-ce qui se passe ? questionna-t-il.

Elle parcourut quelques lignes, se mit à réciter.

– Iris me parle du nombre de veaux nés au ranch cette année. De la joie qu'elle a eue de survivre à un autre hiver dans le Montana. Les notes de Jonathan sont très décevantes, paraît-il, elle me demande si elle doit l'envoyer en pension en Angleterre – sûrement pas ! Le séjour de Maman a été une réussite grâce à Daphné qui les a empêchées de se sauter à la gorge. Elle me demande quand je vais me décider à aller la voir. Je suis autorisée à t'emmener maintenant qu'entre nous les choses sont « officielles », pour reprendre son expression. Et elle veut savoir quand le mariage sera célébré : elle prétend qu'il va lui falloir se mettre au régime pendant trois mois au moins si elle veut pouvoir se montrer en public.

Helen replia la lettre et la fourra dans son enveloppe. Elle s'était bien gardée de mentionner les développements extatiques de sa sœur à propos des fiançailles d'Helen avec Thomas Lynley, huitième comte d'Asherton, développements truffés de « enfin enfin enfin » soulignés en gras, d'une douzaine de points d'exclamation et de spéculations paillardes sur ce qu'allait être l'existence d'Helen en compagnie de Lynley.

– C'est tout.

– Je voulais dire, fit Tommy mastiquant toujours son toast, ce soir. Qu'est-ce qui se passe?

– Ce soir?

Helen, qui visait l'insouciance, ne réussit à atteindre qu'un compromis précaire entre la futilité et la culpabilité. Le visage de Tommy s'altérant légèrement, elle essaya de se persuader qu'il avait l'air plus déconcerté que soupçonneux.

– Tu travailles tard, non? lui fit-il remarquer, la fixant de ses yeux attentifs.

Pour échapper à l'examen, Helen empoigna la bouilloire, la remplit et la reposa sur le brûleur. Elle alla chercher la boîte à thé dans le placard et à l'aide d'une cuiller versa la dose voulue dans une théière en porcelaine.

– J'ai eu une journée abominable, commenta-t-elle. Des traces d'outil sur une surface métallique. Je suis restée l'œil collé au microscope au point d'avoir l'impression de perdre la vue. Mais tu connais Simon. Pourquoi s'arrêter à huit heures du soir quand on a encore au moins quatre heures devant soi avant de tomber d'épuisement? Heureusement, j'ai réussi à obtenir deux pauses repas; mais ça, c'est parce que Deborah était là. Sur ce plan-là, il te ressemble. Manger est le cadet de ses soucis. Les hommes que je connais ne tournent décidément pas rond. Pourquoi ce rejet de la nourriture?

Elle sentait que Tommy l'observait tandis qu'elle remettait le couvercle de la boîte de thé et la rangeait dans le placard. Elle sortit deux tasses, les posa sur des soucoupes et prit deux cuillers dans un tiroir.

– Deborah a fait des portraits magnifiques, poursuivit-elle. Je voulais t'en apporter un pour te le montrer mais j'ai oublié. Tant pis. Ce sera pour demain.

– Tu travailles demain?

– Nous en avons encore pour des heures, je le crains. Peut-être même des jours. Pourquoi? Tu avais des projets?

– La Cornouailles lorsque l'affaire Fleming sera un peu mieux débroussaillée.

La Cornouailles. Helen se sentit le cœur léger à la pensée du soleil, du vent du large, de la compagnie de Tommy, d'un Tommy libéré de ses soucis professionnels.

– Quelle bonne idée, mon chéri!

– Tu pourras t'absenter?

– Quand ?

– Demain soir. Ou après-demain.

S'absenter, Helen voyait mal comment. Et dans le même temps, elle voyait mal comment dire à Tommy que ça allait lui poser un problème. Elle collaborait de façon sporadique avec Simon et même lorsqu'il avait du travail urgent, des comptes rendus d'expertise à rédiger, une conférence ou un cours à préparer pour la fac, Simon était le plus compréhensif des employeurs. Si tant est qu'on pût le qualifier ainsi. Ces dernières années, ils avaient pris l'habitude de travailler ensemble, mais de façon tout à fait informelle. Aussi pouvait-elle difficilement prétendre que Simon risquait de ruer dans les brancards si elle lui faisait part de son intention d'aller passer quelques jours en Cornouailles. Jamais il ne se serait opposé à ce qu'elle parte en temps normal. Et Tommy le savait très bien. Seulement, là, les circonstances étaient exceptionnelles. Et cela, pour plusieurs raisons. En temps normal, elle ne serait pas restée dans la cuisine à souhaiter désespérément que l'eau bouille, ce qui lui aurait fourni un prétexte pour ne pas répondre et l'aurait dispensée d'inventer une explication qui ne fût pas un mensonge éhonté. L'idée de mentir à Tommy lui faisait horreur : il s'en apercevrait et se demanderait pourquoi. Après tout, elle avait un passé presque aussi tumultueux que le sien. Et lorsque des amants – surtout des amants dont les chemins ne se sont jamais croisés par le passé – commencent à tergiverser, c'est que l'un des éléments de ce passé a refait surface pour se glisser dans le présent. N'était-ce pas ce que Tommy s'imaginerait ?

« Seigneur ! » songea Helen. La tête commençait à lui tourner. Est-ce que l'eau allait bouillir, oui ou zut ?

– Il me faudra une demi-journée pour vérifier la comptabilité de la propriété, poursuivit Tommy. Mais après cela, nous serions tranquilles. Tu pourrais passer cette demi-journée avec Maman, non ?

Oui. Bien sûr. Elle n'avait pas encore vu lady Asherton depuis que – pour reprendre l'expression d'Iris – « les choses » avaient enfin pris une tournure officielle avec Tommy. Les deux femmes s'étaient téléphoné. Elles étaient tombées d'accord pour reconnaître qu'elles avaient des tas de choses à discuter quant à l'avenir. C'était l'occasion rêvée. Seulement, elle ne pouvait pas s'absenter. Ni demain ni après-demain vraisemblablement.

C'était le moment de dire la vérité à Tommy : Simon et moi sommes sur une affaire, chéri. Quoi ? Rien de grave. Pas important. Ne t'inquiète pas.

Encore un mensonge. Un embrouillamini en perspective.

Helen jeta un regard implorant à la bouilloire. Comme en réponse à ses prières, cette dernière eut le bon goût de siffler. Helen se précipita vers le brûleur.

– ... ils semblent décidés à débarquer en Cornouailles, poursuivait Tommy. Pour célébrer l'événement le plus vite possible. Une idée de tante Augusta. Tu la connais, dès qu'il s'agit de faire la fête...

– Tante Augusta ? De quoi parles-tu ? fit Helen avant de se rendre compte qu'il parlait de leurs fiançailles pendant qu'elle-même se demandait quel mensonge lui concocter. Désolée, chéri, j'ai perdu le fil. Je pensais à ta mère.

Elle versa l'eau dans la théière, remua avec vigueur et alla chercher du lait dans le réfrigérateur.

Tommy garda le silence tandis qu'elle préparait le plateau. Elle le souleva en disant :

– Allons nous installer confortablement dans le salon, chéri. J'ai peur d'être à court de Lapsang Souchong. Il faudra te contenter d'Earl Grey.

Ce à quoi il répondit :

– Que se passe-t-il, Helen ?

« Zut ! » songea-t-elle.

– Comment ça, que se passe-t-il ?

– Je ne suis pas idiot. Je vois bien que tu es préoccupée.

Elle soupira, optant pour une demi-vérité.

– Les nerfs, dit-elle. Désolée. (Elle songea : « Pourvu qu'il s'en tienne là. » Et pour l'empêcher de la cuisiner davantage, elle ajouta :) La façon dont les choses ont évolué entre nous. Le fait que tout soit décidé. Je me demande si ça va marcher.

– Tu as la frousse ? Tu traînes les pieds, tout d'un coup, à l'idée de m'épouser ?

– Non. (Elle sourit.) Je n'ai pas la frousse. Quant à mes pieds... les pauvres, ils sont dans un état... Je me demande où j'avais la tête quand j'ai acheté ces chaussures. Vert mousse, assorties à mon tailleur, c'est vrai. Mais là-dedans je souffre le martyre. A deux heures, j'avais l'impression d'être sur la croix. Approche-toi, viens me masser. Et raconte-moi ta journée.

Manifestement, le mensonge ne passait pas : il n'y avait qu'à voir la façon dont il l'observait, la gratifiant de son regard scrutateur d'inspecteur. Il y avait peu de chances qu'elle sorte indemne de l'examen. Lui tournant le dos, elle gagna le salon. Elle versa le thé.

– Alors, l'affaire Fleming est bouclée ? fit-elle, faisant allusion à l'enquête qui l'avait absorbé ces dernières semaines.

Il prit son temps pour la rejoindre. Et lorsqu'il s'y décida, au lieu de rallier le canapé près duquel elle avait posé sa tasse, il se dirigea vers un lampadaire qu'il alluma, vers une lampe près du canapé, puis vers une autre près d'un fauteuil qu'il alluma également, éliminant toutes les zones d'ombre.

Après ça seulement, il la rejoignit. Mais, au lieu de s'asseoir à ses côtés, il prit place dans un fauteuil juste en face d'elle, de façon à pouvoir l'observer. Ce qu'il se mit à faire tandis qu'elle prenait sa tasse et buvait une gorgée de thé.

Il allait certainement insister pour connaître la vérité. Lui dire : « Que se passe-t-il vraiment, Helen, et arrête de me mentir. Quand on me ment, je le sens ; je n'ai pas côtoyé des raconteurs de bobards pendant des années pour rien et j'aimerais autant être sûr que la femme que je vais épouser n'en fait pas partie. Si tu veux bien, tirons ça au clair tout de suite, car je commence à me poser des questions te concernant, nous concernant. Et tant que mes inquiétudes n'auront pas été dissipées, je vois mal quel genre d'avenir nous pouvons avoir tous les deux. »

Seulement, les mains pendant entre les genoux, son thé fumant dans la tasse à laquelle il n'avait pas touché, le visage grave, la voix... hésitante, ce fut quelque chose de bien différent qu'il lui dit.

– Tu dois parfois avoir l'impression que je suis envahissant, que je te bouscule, Helen. Je n'ai qu'une excuse : un sentiment d'urgence. J'agis comme si j'étais persuadé que le temps nous est compté, qu'il nous faut passer à l'acte sans plus tarder. Aujourd'hui. Ce soir. Tout de suite. Ce sentiment d'urgence ne me quitte pas quand je pense à toi.

Elle posa sa tasse sur la table.

– Tu me bouscules... Je ne comprends pas.

– J'aurais dû t'appeler pour te prévenir que je serais là à ton retour. Je n'y ai pas pensé. (La quittant des yeux, il contempla ses mains. S'efforça d'adopter un ton léger.) Ecoute, chérie, je comprendrais fort bien que, ce soir, tu aies envie... (Il leva la tête, prit une profonde inspiration, souffla.) Et puis merde ! (Se lançant carrément :) Helen, est-ce que tu ne préférerais pas être seule ce soir ?

Du canapé, elle l'observa, gagnée par l'attendrissement, désarmée, avec l'impression de s'enfoncer dans des sables mouvants. Et alors même que son instinct la poussait à réagir pour se dégager, son cœur lui tenait un autre langage, lui chuchotant qu'elle ne pouvait pas faire ça. Longtemps les qualités de Tommy l'avaient laissée insensible, toutes ces qualités qui incitaient les autres à le considérer comme un parti exceptionnel. Son physique la laissait de marbre le plus souvent. Sa fortune lui était indifférente. Sa nature passionnée s'avérait parfois fatigante. Son ardeur était flatteuse, mais les femmes qu'il avait poursuivies de ses assiduités étaient si nombreuses qu'elle avait des doutes sur l'authenticité de sa flamme. Son intelligence était séduisante, certes, mais elle connaissait des hommes aussi vifs d'esprit, brillants et doués que Tommy. Mais ça... Devant ça, Helen était sans défense. Dans un univers peuplé de mâles décidés à conserver leur flegme à tout prix, la vulnérabilité d'un homme était une chose qui la faisait fondre.

Se levant du canapé, elle s'approcha de lui, s'agenouilla près de son fauteuil et le regarda bien en face.

– Seule ? C'est bien le dernier endroit où j'aie envie d'être, dit-elle doucement.

Cette fois ce fut la lumière qui la réveilla. Une lumière si éblouissante que Charlotte crut que la Sainte-Trinité l'inondait de sa grâce. Les explications de sœur Agnetis au cours d'instruction religieuse à Sainte-Bernadette lui revinrent en mémoire. La sœur dessinait un triangle dont chacun des angles portait un nom : Père, Fils, Saint-Esprit ; puis à l'aide d'une craie spéciale d'un jaune doré, elle traçait des rayons de soleil qui partaient des côtés du triangle. Seulement en réalité ce n'étaient pas des rayons de soleil, précisait sœur Agnetis, mais la grâce. Quand on était en parfait état de grâce, on pouvait aller au paradis.

Cette incandescence d'un blanc cru fit ciller Lottie. C'était sûrement la Sainte-Trinité, se dit-elle ; car à l'instar de Dieu, ça flottait et ça se balançait dans l'air. Et de cet îlot de blancheur au milieu de l'obscurité, une voix jaillit, s'adressant à elle comme Dieu s'était adressé à Moïse de derrière le buisson ardent.

– Tiens. Mange.

L'éclairage aveuglant diminua d'intensité. Une main se tendit. Un bol en métal heurta bruyamment le sol près de la tête de Lottie. Puis la lumière s'abaissa pour atteindre son niveau, siffla tel de l'air s'échappant d'un pneu et claqua en touchant le sol. Charlotte recula de peur d'être brûlée, elle s'éloigna le plus possible. C'est alors qu'elle s'aperçut que la flamme était surmontée d'un chapeau et qu'elle reposait sur un support. Une lanterne, c'était une lanterne. Rien à voir avec la Sainte-Trinité. Donc elle n'était pas morte.

Une silhouette apparut au bord de la flaque lumineuse, vêtue de noir, comme déformée par un miroir de foire. Bouche sèche, Lottie parvint à articuler :

– Où elles sont, mes lunettes ? J'en ai besoin. Je vois pas bien sans mes lunettes.

– T'en as pas besoin dans l'obscurité, dit-il.

– Je suis pas dans l'obscurité : vous avez apporté de la lumière. Donnez-moi mes lunettes. J'les veux. Si vous me les rendez pas, je raconte tout.

– Tu les auras, tes lunettes. Chaque chose en son temps.

Il posa quelque chose par terre. *Clink*. Quelque chose de haut, de cylindrique, de rouge. Une bouteille Thermos, songea Lottie. Après avoir dévissé le bouchon, il versa du liquide dans le bol. Parfumé. Chaud. L'estomac de Lottie se mit à gargouiller.

– Où est ma maman ? Vous avez dit qu'elle était dans une planque. Qu'on allait la retrouver. Mais c'est pas une planque, ici. Alors où est-ce qu'elle est ? Où elle est ?

– Calme-toi.

– Je crierai si je veux. Maman ! Maman !

Elle esquissa un mouvement pour se mettre debout.

Une main jaillit, lui bâillonnant la bouche, doigts plantés telles des griffes dans ses joues. La main la tira sèchement en avant. Charlotte tomba, atterrit sur les genoux, sur quelque chose de râpeux – une pierre ? – et de coupant.

– Maman ! hurla-t-elle lorsque la main la relâcha. Mammm...

La main la fit taire, lui trempant la tête dans la soupe. La soupe était chaude. Brûlante, même. Elle ferma les yeux, les plissant. Elle toussa. Décocha des coups de pied. Lui griffa les bras.

– Tu vas te tenir tranquille, maintenant, Lottie ? lui souffla-t-il à l'oreille.

De la tête, elle fit oui. Il la releva. La soupe dégoulina le long de son visage sur le devant de son uniforme. Elle toussa de nouveau. S'essuya après la manche de son cardigan.

Il faisait froid dans cet endroit. Le vent s'infiltrait on ne savait d'où. Lorsqu'elle jeta un coup d'œil autour d'elle, elle constata qu'au-delà du cercle lumineux dessiné par la lanterne elle ne distinguait rien. De lui, elle ne voyait pas grand-chose : une grosse chaussure, un genou, ses mains. Elle esquissa un mouvement de recul à leur vue. Les mains s'emparèrent de la Thermos et versèrent de la soupe dans le bol.

– Inutile de t'époumoner, personne ne peut t'entendre.

– Pourquoi vous m'avez empêchée de crier, alors ?

– Parce que j'aime pas les petites filles qui crient.

Du bout de l'orteil, il poussa le bol dans sa direction.

– Faut que j'aille au petit coin.

– Après. Mange d'abord.

– C'est du poison ?

– Ben voyons ! Comme si, morte, tu pouvais me servir à quelque chose. Mange.

– J'ai pas de cuiller.

– T'avais pas besoin de cuiller tout à l'heure, si ? Allez, mange.

Il s'éloigna un peu plus de la lumière. Lottie entendit un *crisst* et aperçut la flamme d'une allumette. Il se pencha et, lorsqu'il se tourna vers elle de nouveau, elle distingua le bout rougeoyant de sa cigarette.

– Où est ma maman ? (Elle prit le bol en posant la question. C'était du potage aux légumes comme celui de Mrs Maguire. Elle avait une faim de loup et elle l'avala, se servant de ses doigts pour attraper les légumes et les fourrer dans sa bouche.) Où est ma maman ? répéta-t-elle.

– Mange.

Tout en soulevant son bol, elle l'observa. C'était pour elle à peine plus qu'une ombre. Et sans ses lunettes, une ombre très floue.

– Qu'est-ce que t'as, à me zieuter comme ça ? Tu peux pas regarder ailleurs ?

Elle baissa les yeux. Inutile d'essayer de le voir. Tout ce qu'elle réussissait à distinguer, c'était sa silhouette. Une tête, deux épaules, deux bras, deux jambes. Il prenait bien soin de rester en dehors de la lumière.

C'est alors qu'elle se dit qu'elle avait été kidnappée. Un frisson la parcourut. Si violent qu'elle renversa sa soupe. Le liquide lui coula sur la main et dégoutta sur la jupe de la robe-tablier de son uniforme. Qu'est-ce qui se passait quand les gens étaient kidnappés ? Elle essaya de se rappeler. C'était une histoire d'argent, non ? On vous cachait jusqu'à ce que quelqu'un paie pour vous récupérer. Seulement Maman n'avait pas beaucoup d'argent. Mais Cito en avait, lui.

– Vous voulez que Papa vous donne de l'argent ?

Il grogna.

– Ce que je veux obtenir de ton père n'a rien à voir avec de l'argent.

– Mais vous m'avez kidnappée, non ? On n'est pas du tout dans une planque et je suis sûre que ma maman n'est pas là. Alors si c'est pas une planque et que Maman est pas là, c'est que vous m'avez enlevée pour avoir de l'argent. C'est pas ça ? Pourquoi autrement... (Cela lui revint. Sœur Agnetis faisait les cent pas devant la classe, leur racontant l'histoire de sainte Maria Goretti qui était morte parce qu'elle avait voulu rester pure. Est-ce que sainte Maria Goretti avait été enlevée, elle aussi ? N'était-ce pas comme ça que l'horrible histoire avait commencé ? Quelqu'un l'avait enlevée, quelqu'un qui voulait souiller le temple du Saint-Esprit en elle. Lottie reposa le bol par terre avec soin. Ses mains étaient gluantes de soupe et elle les essuya avec la jupe de sa robe-tablier. Elle ne savait pas très bien comment le temple de l'Esprit-Saint pouvait être souillé, mais si cela avait un rapport avec le fait de manger de la soupe aux légumes offerte par un inconnu alors elle devait refuser de l'avaler.) J'en ai assez, dit-elle en ajoutant après coup : Merci, merci beaucoup.

– Finis-la.

– J'en veux plus.

– Je t'ai dit de la finir. De l'avaler jusqu'à la dernière goutte. Tu m'entends ? (Il fit un pas en avant, versa le reste de la Thermos dans le bol. De petites perles jaunes flottaient à la surface du breuvage. Elles se rapprochèrent l'une de l'autre, formant un collier.) Tu veux que je t'aide, peut-être ?

La voix ne plut pas à Lottie. Elle savait ce qu'il voulait dire. Il allait lui retremper la figure dans la soupe. Et l'y maintenir jusqu'à ce qu'elle étouffe ou qu'elle mange. Elle se dit qu'elle n'aimerait pas mourir étouffée. Alors elle prit le bol. Dieu lui pardonnerait, non ?

Lorsqu'elle eut terminé, elle reposa le bol par terre.

– Faut que j'aille au petit coin.

Quelque chose de métallique atterrit au cœur du cercle de lumière. Encore un bol mais plus large et plus épais celui-là, avec une guirlande de marguerites peinte dessus et un rebord incurvé genre gueule de pieuvre. Déroutée, elle fixa l'objet.

– Je veux plus de soupe. J'ai mangé tout ce que vous m'avez donné. Faut que j'aille au petit coin.

– Eh bien, vas-y. Tu sais pas ce que c'est que ça ?

Elle comprit qu'il voulait qu'elle fasse dans le bol, et devant lui. Il voulait qu'elle baisse sa culotte et s'accroupisse pour faire pipi pendant qu'il la regarderait et l'écouterait. Exactement comme Mrs Maguire qui, postée de l'autre côté de la porte, ne manquait jamais de dire à Charlotte tous les matins : « Alors mon petit chat, tout se passe bien, on va à la selle ? »

– J'peux pas. Pas devant vous.

– Alors tant pis, dit-il en retirant le bol.

Vif comme l'éclair, il s'empara de la Thermos, du bol de soupe et de la lanterne. La lumière s'éteignit. Lottie sentit un *chhh* tandis que quelque chose atterrissait par terre à côté d'elle. Elle poussa un petit cri, s'écarta. Un filet d'air glacé lui passa au-dessus de la tête tel un vol de fantômes émergeant d'un cimetière. Un *plonk !* résonna, bientôt suivi d'un *clac !* Elle comprit qu'elle était seule.

De la main, elle tapota le sol à l'endroit où le *chhh* s'était fait entendre. Il lui avait jeté une couverture. Une couverture qui empestait et qui était rugueuse au toucher. Elle la prit quand même et se la plaqua contre le ventre, s'efforçant de ne pas penser à ce que la présence de cette couverture signifiait quant au temps qu'elle allait passer dans cet endroit sombre.

– Faut que j'aille au petit coin, pleurnicha-t-elle. (La boule dans sa gorge revint, sa poitrine se serra de nouveau. Non, non. Faut pas, faut pas.) Faut que j'aille au petit coin.

Elle se laissa tomber sur le sol. Ses lèvres tremblaient, ses yeux s'embuaient de larmes. Elle se plaqua une main sur la bouche, ferma les yeux. Elle déglutit, essayant de faire descendre la boule qu'elle avait dans la gorge.

« Pense à quelque chose d'agréable », lui aurait conseillé sa mère.

Alors elle pensa à Breta. Elle prononça son nom. Le chuchota. Le répéta.

– Breta. Ma meilleure meilleure amie. Breta.

Breta, c'était ce à quoi elle pouvait penser de plus agréable. Les moments où elle était avec Breta à raconter des histoires, à faire la folle. Ça, c'était agréable.

Elle se demanda comment Breta s'en serait sortie à sa place. Dans le noir. Qu'aurait donc fait Breta ?

D'abord elle aurait fait pipi, songea Lottie. Breta aurait sûrement fait pipi. Elle aurait dit : « Vous m'avez enfermée dans ce trou noir, d'accord, mais vous pouvez pas m'obliger à faire vos quatre volontés. Moi, je vais faire pipi. Ici, tout de suite. Et pas dans le bol. A même le sol. »

Le sol. Lottie se dit que Breta aurait compris qu'elle n'était pas dans un cercueil. A cause du sol. Dur comme du roc. Seulement...

Lottie passa la main sur le sol sur lequel il l'avait traî-née, sur lequel elle s'était coupé le genou. C'était sûre-ment la première chose que Breta aurait faite en ouvrant les yeux dans le noir. Breta aurait essayé de deviner où elle se trouvait. Au lieu de rester allongée à geindre comme un bébé.

Lottie renifla et promena les doigts par terre. Le sol était inégal, semé de renflements : c'était pour ça qu'elle s'était entaillé le genou. Suivant du doigt le bourrelet, elle s'aperçut qu'il dessinait un rectangle. Lequel se pro-longeait par un autre rectangle. Puis par un autre encore.

– Des briques, chuchota-t-elle.

Breta aurait été drôlement fière d'elle !

Un sol de briques. Que tirer de ce renseignement ? Est-ce que ça pouvait l'éclairer sur la nature de l'endroit où elle se trouvait ? Si elle se déplaçait inconsidérément, elle risquait l'accident. Elle pouvait trébucher. Se casser la figure. Tomber tête la première dans un puits. Ou encore...

« Un puits dans le noir ? aurait remarqué Breta. Je crois pas que ça soit un puits, Lottie. »

A quatre pattes, Lottie avança, continuant de tâter le sol. Soudain ses doigts rencontrèrent du bois. Une surface râpeuse, pleine d'échardes et de têtes de clous froides au toucher. Une caisse, songea-t-elle. Une pile de caisses, même. Le long desquelles elle progressa centimètre par centimètre.

Soudain elle entra en contact avec une surface lisse et renflée. Lorsqu'elle tâtonna, l'objet remua, faisant entendre un bruit d'eau inégal. Le bruit familier lui rappela l'eau et le sable, les jeux du bord de mer.

— Un seau en plastique, dit-elle, toute fière.

Breta n'aurait pas réussi à l'identifier aussi vite.

Elle se pencha pour en renifler le contenu. Inodore. Elle trempa les doigts dans le liquide et les porta à sa langue.

— De l'eau, dit-elle.

Un seau d'eau.

Elle sut tout de suite ce que Breta aurait fait à sa place. Elle aurait dit : « Bon, faut que je fasse pipi, Lot », et elle aurait fait dans le seau.

C'est ce que Lottie décida de faire. Ayant vidé le seau, elle baissa sa culotte et s'accroupit. Un jet d'urine chaude jaillit. Elle s'installa tant bien que mal sur le bord du seau et posa sa tête sur ses genoux. Elle avait un genou qui la lançait à l'endroit où elle s'était coupée. Elle le lécha et eut un goût de sang dans la bouche. Elle se sentit soudain très fatiguée. Très seule. Et elle cessa tout d'un coup de penser à Breta.

— J'veux ma maman, chuchota-t-elle.

Mais elle savait bien ce que Breta rétorquerait en entendant ça.

« Tu t'es jamais demandé si ta maman pouvait ne pas vouloir de toi ? »

5

Saint James laissa Helen et Deborah dans Marylebone High Street devant une épicerie à l'enseigne du Potiron, où une dame d'un certain âge tenant en laisse un fox-terrier impatient faisait péniblement son choix parmi des petits paniers de fraises. Munies de la photo de Charlotte Bowen, Helen et Deborah devaient parcourir à pied le secteur voisin de Sainte-Bernadette autour de Blandfort Street, les rues proches de la maison de poupée de Damien Chambers sise dans Cross Keys Close et les alentours de Devonshire Place Mews. Leur objectif était double. Primo, tenter de mettre la main sur toute personne susceptible d'avoir vu Charlotte dans l'après-midi de la veille. Secundo, repérer tous les itinéraires susceptibles d'avoir été empruntés par la petite entre l'école et la maison de Chambers, puis entre cette dernière et son domicile. Les deux jeunes femmes allaient s'occuper de Charlotte. Saint James de l'amie de celle-ci, Breta.

Longtemps après avoir déposé Helen à Onslow Square, longtemps après que Deborah fut montée se coucher, Saint James avait erré comme une âme en peine. Il avait commencé par rôder dans le bureau-bibliothèque, prenant des livres au hasard sur les étagères tout en buvant deux cognacs et faisant semblant de lire. Du bureau, il s'était rendu dans la cuisine où il s'était préparé une tasse d'Ovomaltine – à laquelle il n'avait pas touché – et avait passé dix minutes à jeter une balle de tennis à Peach qui s'amusait à la lui rapporter. Il monta jusqu'à la chambre et regarda dormir sa femme. En fin de compte il gagna son laboratoire. Les photos de Deborah étaient toujours sur le plan de travail à l'endroit où elle les avait disposées un peu plus tôt dans la soirée et, à la lueur du plafonnier, il étudia la photo de la petite Jamaïcaine à l'Union Jack. Elle ne devait guère avoir plus de dix ans. L'âge de Charlotte Bowen.

Saint James remit les clichés dans la chambre noire de Deborah et alla chercher les étuis où il avait rangé les billets du ravisseur adressés à Eve Bowen et à Dennis Luxford. Près des billets écrits à la main dans des caractères proches des caractères d'imprimerie, il posa la liste – rédigée en écriture scripte – qu'Eve Bowen lui avait remise. Il alluma trois lampes très fortes, attrapa une loupe et s'attaqua à l'examen comparatif des deux messages et de la liste.

Il se concentra sur les points communs. En l'absence de mots identiques, il lui fallait se pencher avec soin sur les lettres présentes dans les deux documents. Le *f*, le double *t* et celle des lettres de l'alphabet qui était la plus révélatrice lorsqu'on analysait une écriture, à savoir la lettre *e*, sorte de lettre témoin.

La barre du *f* de *Luxford* dans le mot adressé à ce dernier était semblable à celle du *faites* figurant sur le billet reçu par Eve Bowen. Le double *t* de *Charlotte* et le double *t* de *Lottie* étaient barrés de la même façon. Quant au *e*, sa courbe inférieure était toujours liée à la lettre qui suivait tandis que la courbe initiale n'était jamais liée à celle qui précédait. L'écriture des deux billets était à cheval entre écriture scripte et écriture cursive. Même pour un œil non exercé, il ressortait d'un examen rapide de ces documents qu'ils avaient été rédigés par un scripteur unique.

Saint James s'empara de la liste d'Eve Bowen et s'efforça de débusquer les subtiles ressemblances qui trahissent ceux-là mêmes qui s'efforcent de déguiser leur graphisme. La façon dont on écrit est si profondément enracinée dans l'inconscient qu'à moins de surveiller avec minutie le tracé de chacun de ses jambages, hampes et autres barres, un scripteur cherchant à déguiser son écriture s'expose à coup sûr à commettre au moins une erreur. C'était cette erreur que Saint James allait traquer : boucle caractéristique d'un *l*, ouverture d'un *o*, facture de la courbe d'un *r*, espacement entre les mots, similitude dans la façon d'orienter le stylo en fin de mot.

Saint James étudia les lettres une à une à l'aide de sa loupe. Il examina ensuite chaque mot. Il mesura l'espace entre les mots ainsi que la largeur, la hauteur et l'épaisseur des lettres. Il soumit à ce traitement les deux messages du kidnappeur et la liste d'Eve Bowen. Obtint un résultat identique. Les lettres avaient été rédigées par le même scripteur, lequel n'était pas Eve Bowen.

Saint James se cala sur son tabouret et réfléchit à la direction dans laquelle cette conclusion allait inévitablement l'entraîner.

Si Eve Bowen avait dit la vérité – si Dennis Luxford était le seul, avec elle, à connaître l'identité du père naturel de Charlotte –, la prochaine étape consistait à obtenir un échantillon de l'écriture de Luxford pour l'analyser. Toutefois entreprendre, dans ce but, un voyage à travers le labyrinthe de la graphologie constituait une perte de temps. Car si Dennis Luxford était bel et bien derrière la disparition de Charlotte – et compte tenu du fait qu'il était journaliste et qu'il connaissait les méthodes de travail de la police –, il n'aurait pas eu la bêtise de rédiger à la main les lettres annonçant son enlèvement.

Et c'était ça, justement, que Saint James trouvait bizarre. Ce qui le mettait mal à l'aise. Que quelqu'un ait rédigé ces lettres à la main. Car elles n'avaient été ni tapées à la machine ni composées à l'aide de lettres découpées dans les journaux. Cette donnée suggérait deux possibilités. Ou le ravisseur ne s'attendait pas à être pris. Ou alors il ne s'attendait pas à être puni une fois la lumière faite sur l'histoire.

Quoi qu'il en soit, celui qui avait cueilli Charlotte Bowen dans la rue connaissait parfaitement les habitudes de la fillette ; à moins qu'il n'ait consacré un certain temps à les étudier avant de passer à l'action. Dans le premier cas, il y avait gros à parier qu'un membre de la famille était impliqué. Dans le second, il y avait de fortes chances que le ravisseur de Charlotte l'ait suivie et épiée avant de commettre son forfait. Or un « suiveur » attire forcément l'attention. Et si quelqu'un dans cette histoire avait remarqué qu'on la filait, c'était Charlotte. Ou son amie Breta.

Ce fut en pensant à Breta que Saint James prit la

direction de Devonshire Place Mews après avoir déposé sa femme et Helen Clyde dans Marylebone High Street.

On chantait *a cappella* derrière la porte de la maison d'Eve Bowen. Lorsque Saint James sonna, il perçut une voix masculine qui psalmodiait comme il est d'usage dans les monastères ou les cathédrales. En réponse à son coup de sonnette, le chant s'interrompit brutalement : il en conclut qu'il devait s'agir d'un enregistrement dont on avait baissé en hâte le son. Un instant plus tard, le verrou fut tiré et la porte s'ouvrit.

Il s'était attendu à voir paraître Eve Bowen ou son mari. Mais il se trouva face à une femme au visage rubicond et à la silhouette piriforme dans son immense pull orange et son caleçon cramoisi qui pochait aux genoux.

– Les abonnements, les Témoins de Jéhovah, les mormons, je ne veux rien de tout ça, merci, dit-elle très vite avec un accent irlandais à couper au couteau.

Saint James se dit que, d'après la description d'Eve Bowen, ce devait être la gouvernante, Mrs Maguire. Avant qu'elle lui claque la porte au nez, il déclina son identité et demanda à parler à Eve Bowen. Mrs Maguire changea brutalement de ton. D'abord hostile, elle prit une voix de conspirateur :

– C'est vous qui vous occupez de Charlie ?

Saint James dit que oui. La gouvernante recula avec empressement pour le laisser passer. Elle le conduisit dans le séjour où un austère *Sanctus* s'échappait en sourdine d'un magnétophone. L'appareil jouxtait une table basse sur laquelle avait été installé un autel de fortune. Deux bougies à la flamme tremblotante flanquaient un crucifix ; de part et d'autre des bougies se dressaient deux statuettes : une mince statue de la Vierge aux mains tendues, aux paumes ébréchées et une autre d'un saint barbu qui portait un châle vert pardessus sa longue robe safran.

A la vue de cet autel, Saint James pivota vers Mrs Maguire et remarqua que sa main droite était crispée autour d'un rosaire.

– Je récite tous les mystères ce matin, dit Mrs Maguire, énigmatique, avec un mouvement de tête vers l'autel. Joyeux, douloureux et glorieux. Les trois. Je resterai à genoux tant que je n'aurai pas fini. C'est ma façon à moi de contribuer au retour de Charlie, même si elle est modeste. Je prie saint Jude et la Sainte Vierge.

Il y en aura sûrement un des deux qui nous ramènera Charlie.

Elle ne semblait pas se rendre compte qu'elle était debout après avoir déclaré qu'elle resterait agenouillée. Elle s'approcha du magnétophone, appuya sur une touche. Le chant cessa.

– Si je ne peux pas être dans une véritable église, rien ne m'empêche de m'en fabriquer une. Le Seigneur est compréhensif.

Elle embrassa la croix qui terminait le long chapelet et plaça le rosaire avec amour aux pieds de saint Jude. Elle disposa le chapelet de façon que les grains ne se chevauchent pas et que la croix soit bien visible.

– Elle n'est pas là, dit-elle à Saint James.

– Miz Bowen n'est pas là ?

– Mr Alex non plus.

– Ils sont partis à la recherche de Charlotte ?

De ses doigts carrés, Mrs Maguire effleura de nouveau la croix du rosaire. On aurait dit qu'elle passait mentalement en revue une bonne douzaine de réponses, cherchant la plus charitable. Elle renonça et finit par dire :

– Non.

– Alors où...

– Lui est au restaurant. Elle, aux Communes. Il voulait rester à la maison, mais elle veut que tout ait l'air aussi normal que possible. C'est pour ça que je suis là au lieu d'être à Saint-Luc où j'aurais pu réciter mon chapelet devant le Saint Sacrement. (Se rendant compte de l'étonnement que suscitait chez Saint James ce désir de respecter le train-train habituel, elle enchaîna très vite :) N'allez pas vous faire des idées, jeune homme. Miss Eve m'a téléphoné à une heure quinze du matin. Je dormais pas – elle non plus –, je n'ai pas fermé l'œil de la nuit. Elle m'a prévenue que vous alliez prendre cette affaire en main et que tous les trois – Mr Alex, elle-même et moi – nous devrions rester calmes et vaquer à nos occupations comme si de rien n'était. Dans l'intérêt de Charlie. C'est pour cela que je suis venue. Et qu'elle – Dieu la bénisse – est partie travailler et faire comme si l'IRA était son seul souci au monde.

A ces mots, l'intérêt de Saint James s'éveilla.

– Miz Bowen est directement impliquée dans ce qui touche à l'IRA ?

95

– Depuis le début. A peine entrée au ministère de l'Intérieur il y a deux ans, elle était à fond dans les lois anti-terroristes, les lois interdisant la détention de Semtex [1], les lois réclamant des peines de prison plus sévères pour les membres de l'IRA. Comme s'il n'y avait pas une solution plus simple que ces discussions à n'en plus finir à la Chambre des communes.

La législation concernant l'IRA. Peut-être y avait-il là une piste ; en tout cas, cela lui faisait un os à ronger, se dit Saint James. Un député de l'envergure d'Eve Bowen ne pouvait faire mystère de sa position sur la situation en Irlande du Nord. Elle ne devait pas non plus avoir intérêt à la garder secrète. Cet aspect – joint au fait que les Irlandais jouaient un rôle, fût-ce secondaire, dans sa vie de tous les jours et celle de sa fille – était à creuser au cas où Breta ne leur serait d'aucun secours.

Mrs Maguire désigna du geste la direction prise la veille par Alex Stone lorsqu'il avait quitté le séjour.

– Si vous voulez qu'on bavarde, autant que je travaille pendant ce temps-là. Faire comme si tout était normal m'aidera peut-être. (Et lui faisant traverser la salle à manger, elle le conduisit dans une cuisine hypermoderne. Sur l'un des plans de travail, un coffret en acajou contenant des couverts était grand ouvert. Près du coffret, un pot de polish et une poignée de chiffons noircis.) Le jeudi, c'est le jour de l'argenterie, expliqua Mrs Maguire. Je sais pas comment Miss Eve fait pour ne pas s'effondrer, mais si elle tient le choc je devrais pouvoir y arriver aussi. (Elle déboucha le pot et reposa le couvercle sur le plan de travail en granit. Elle fit une grimace. Elle plongea son chiffon dans le pot. Baissant la voix, elle murmura :) Ce n'est qu'un bébé. Doux Jésus, aidez-nous. Ce n'est qu'un bébé.

Saint James s'assit au bar aménagé dans le prolongement de la plaque de cuisson. Il regarda Mrs Maguire appliquer du produit sur une cuiller de service.

– Quand avez-vous vu Charlotte pour la dernière fois ?

– Hier matin. Je l'ai accompagnée jusqu'à l'école comme d'habitude.

– Vous l'accompagnez tous les matins ?

– Seulement lorsque Mr Alex ne peut pas l'emmener. Mais accompagnée, c'est pas vraiment le mot. Je dirais

---

1. Explosif militaire. *(N.d.T.)*

plutôt que je m'efforce de la tenir à l'œil. Histoire de m'assurer qu'elle va bien en classe au lieu d'aller rôder je ne sais où.

– Elle a déjà fait l'école buissonnière ?

– Au début, oui. Elle n'aime pas Sainte-Bernadette. Elle préférerait aller dans une école laïque. Mais Miss Eve ne veut pas en entendre parler.

– Miz Bowen est catholique ?

– Miss Eve est pratiquante mais pas catholique. Elle assiste régulièrement au service dominical de l'église anglicane de Sainte-Marylebone.

– C'est étrange, alors, qu'elle ait choisi une école catholique pour sa fille.

– Elle pense que Charlie a besoin d'être tenue. Et la discipline, c'est dans les écoles catholiques que ça se trouve.

– Et vous, qu'en pensez-vous ?

Mrs Maguire examina la cuiller, sourcils froncés.

– De quoi ?

– Est-ce que Charlotte a besoin d'être tenue ?

– Une enfant élevée avec poigne n'a pas besoin de discipline, Mr Saint James. En tout cas, mes cinq enfants n'en ont pas eu besoin. Mes frères et sœurs non plus. Pourtant nous étions dix-huit entassés dans trois pièces dans le comté de Kerry. Mais jamais notre mère n'a eu besoin de nous donner une tape sur le derrière pour nous faire filer droit. Seulement voilà, les temps ont changé. Notez que ce n'est pas à moi de jeter la pierre à Miss Eve – une femme formidable qui a succombé à un moment de faiblesse – ni de critiquer l'éducation qu'elle donne à sa fille. Le Seigneur est là pour nous pardonner nos péchés et il y a longtemps qu'Il lui a pardonné les siens. En outre, il y a des choses qui vous viennent naturellement quand on est femme. Et d'autres non.

– Par exemple ?

Mrs Maguire se concentra sur l'astiquage de la cuiller.

– Miss Eve fait de son mieux. Elle fait du mieux qu'elle peut. Ç'a toujours été comme ça.

– Il y a longtemps que vous travaillez pour elle ?

– Charlie avait six semaines quand je suis entrée à son service. Bébé, elle n'arrêtait pas de brailler. A croire que Dieu l'avait envoyée sur terre pour mettre à l'épreuve la patience de sa mère. Elle n'a commencé à se calmer qu'au moment où elle a appris à parler.

– Et votre patience à vous, elle ne l'a pas usée ?

– Elever cinq enfants, ça vous apprend à être patiente. Les cris, les comédies de Charlie, ça n'a pas été du nouveau pour moi.

– Et le père de Charlotte ? glissa Saint James avec un grand naturel. Comment s'en sortait-il, lui ?

– Mr Alex ?

– Je parle du vrai père de Charlotte.

– Celui-là, je le connais pas. Jamais on n'a reçu une lettre, ni une carte, ni un coup de téléphone, ni un signe quelconque de lui. Pas une seule fois. Miss Eve soutient que c'est très bien comme ça. Même maintenant. Vous vous rendez compte... Doux Jésus, le mal que ce monstre lui a fait. (Mrs Maguire approcha sa manche volumineuse de son visage et se frotta les yeux.) Excusez-moi. Je suis complètement déboussolée. Je suis là, à faire l'argenterie comme tous les jeudis. Je sais que c'est la meilleure solution. Que c'est pour le bien de Charlie. Mais franchement je trouve ça insensé. Dingue.

Saint James la regarda prendre une fourchette et l'astiquer ainsi qu'Eve Bowen le lui avait demandé. Mais son cœur semblait ailleurs et ses lèvres tremblaient tandis qu'elle passait le produit sur l'argenterie. Les émotions de cette femme semblaient authentiques, mais Saint James n'oubliait pas que sa spécialité était l'étude des preuves et des indices et non l'analyse psychologique des témoins et suspects potentiels. Il ramena la conversation sur l'école, sur les matins où elle accompagnait Charlie à l'école. Il lui demanda d'essayer de se souvenir si elle n'avait pas vu dans la rue quelqu'un qui aurait pu être là pour surveiller Charlotte, quelqu'un qui lui aurait paru bizarre. Qui aurait fait désordre dans le paysage.

L'espace d'un instant, elle fixa le coffret d'argenterie. Elle finit par lui dire qu'elle n'avait rien remarqué de particulier. Seulement elles empruntaient Marylebone High Street, n'est-ce pas, et la rue était toujours pleine de gens qui allaient et venaient. Les livreurs, les employés de bureau qui se rendaient à leur travail, les commerçants qui ouvraient leur magasin, des joggers et des cyclistes, toutes sortes de personnes qui se hâtaient vers un bus ou un métro. Elle n'avait rien remarqué, non. Elle n'avait pas pensé à prêter attention à ce qui se passait. Elle surveillait Charlie afin de s'assurer que la petite allait bien à l'école. Elle pensait à la journée de travail qui s'annonçait et préparait le menu du repas de Charlie. Puisse le Seigneur lui pardonner de ne pas avoir fait plus attention, de ne pas avoir davantage ouvert l'œil, de ne pas avoir couvé du regard sa petite Charlie comme elle était censée le faire, comme on la payait pour le faire...

Mrs Maguire laissa tomber argenterie et polish. Elle pêcha un mouchoir dans sa manche, se moucha bruyamment et dit :

— Seigneur, faites qu'on ne touche pas à un cheveu de sa tête. Nous finirons bien par reconnaître l'œuvre de Votre main dans cette affaire. En temps utile nous finirons par comprendre Votre dessein.

Saint James se demanda quelle signification pouvait bien avoir – en dehors de sa simple horreur – la disparition de la fillette. La religion n'expliquait pas les mystères, les cruautés et les incohérences de la vie.

— Avant de disparaître, il semblerait que Charlotte ait été en compagnie d'une autre petite fille. Est-ce que vous pourriez me parler d'une nommée Breta ?

— Je n'ai pas grand-chose à vous en dire et surtout pas du bien. C'est une gamine insupportable dont les parents ont divorcé. D'après ce que raconte Charlie, j'ai cru comprendre que sa mère s'intéressait davantage au disco qu'à sa fille et à ses allées et venues. Elle n'a pas rendu service à Charlie, cette peste-là.

— Vous dites qu'elle est insupportable. Comment ça ?

— Sans arrêt à jouer des tours pendables. Et toujours à vouloir que Charlie en fasse autant.

Breta était un véritable petit démon, expliqua Mrs Maguire. Elle piquait des bonbons chez les marchands de Baker Street. Elle entrait sans payer chez Mme Tussaud. Elle traçait ses initiales au feutre sur les murs du métro.

— C'est une camarade de classe de Charlotte ?

Oui. Les journées et les soirées de Charlie étaient tellement minutées par Miss Eve et Mr Alex que sa seule chance de se faire des amis, c'était à l'école.

— Quand est-ce que la gamine aurait le temps d'être avec elle autrement ? fit Mrs Maguire. (Répondant à ses autres questions, elle précisa qu'elle-même ne connaissait pas le nom de famille de la petite, qu'elle ne l'avait jamais encore rencontrée, mais qu'il y avait de fortes

chances que ses parents soient des étrangers.) Au chômage, ajouta-t-elle. Des gens qui dansent toute la nuit,
dorment toute la journée et touchent les allocations de
chômage sans rougir pour autant.

Saint James réfléchit à ce trait étonnant de la vie de
Charlotte Bowen. Lorsque lui-même était gamin, ses
parents connaissaient le nom, l'adresse, le numéro de
téléphone et vraisemblablement le groupe sanguin de
tous ses copains de classe et de leurs parents. Lorsqu'il
s'était révolté à ce sujet, sa mère lui avait vertement
rétorqué que passer au crible les coordonnées de ses
camarades entrait dans ses attributions de parent. Il se
demanda quel rôle exactement jouaient Eve Bowen et
Alexander Stone dans la vie de Charlotte.

Mrs Maguire parut lire dans ses pensées car elle
enchaîna :

– Charlie n'a pas une minute à elle, Mr Saint James.
Miss Eve met un point d'honneur à ce qu'il en soit ainsi.
La petite a une leçon de danse le lundi, elle voit son
psychologue le mardi, elle a une leçon de musique le
mercredi, elle fait du sport le jeudi. Le vendredi, elle se
rend chez sa mère à son bureau de Marylebone où se
tient sa permanence. Le seul moment où elle a le temps
de se faire des amis, c'est à l'école. Et là, les bonnes
sœurs veillent. Autrement dit, elle ne court aucun
risque. Ou du moins elle ne devrait pas en courir.

– Quand est-ce que Charlotte joue avec Breta ?

– Quand elle réussit à trouver un créneau dans son
emploi du temps surchargé. A l'école, les jours où il y a
sport. Avant de se rendre à ses rendez-vous. Les enfants
trouvent toujours du temps pour jouer avec leurs camarades.

– Et le week-end ?

Charlie passait le week-end avec ses parents, expliqua
Mrs Maguire. Avec les deux. Ou tantôt avec Mr Alex
dans l'un de ses restaurants. Et tantôt avec Miss Eve
dans son bureau de Parliament Square.

– Les week-ends sont réservés à la famille, fit-elle
d'un ton impliquant que cette règle lui semblait plutôt
rigide. Ils sont très occupés, vous savez. Ils devraient
connaître les amis de Charlie. Savoir ce qu'elle fabrique
quand ils ne sont pas avec elle. Mais ça n'est pas toujours le cas. Dieu le leur pardonne, parce que je vois
mal comment ils vont pouvoir se le pardonner.

100

L'école Sainte-Bernadette était dans Blandford Street à deux pas de Marylebone High Street et à quelque cinq cents mètres de Devonshire Place Mews. L'établissement, trois étages de brique nantis d'une croix en guise d'épi de faîtage et d'une statue de la sainte éponyme engoncée dans sa niche surmontant le porche d'entrée, était dirigé par les sœurs des Saints Martyrs. Les religieuses formaient un groupe de femmes dont l'âge moyen tournait autour des soixante-dix ans. Elles portaient d'épaisses robes noires, de gros rosaires de bois noués autour de la taille, des plastrons blancs et des guimpes évoquant des cygnes décapités. L'école était aussi immaculée qu'un calice poli et repoli. Les fenêtres étincelaient, les murs vierges de toute tache ressemblaient à l'âme d'un bon chrétien, les linoléums gris luisaient de propreté et l'air sentait le polish et le désinfectant. Bref la propreté était telle que c'était à dégoûter le démon d'essayer de nouer des relations avec les membres de l'établissement.

Au terme d'une brève conversation avec la directrice, une religieuse nommée sœur Marie de la Passion qui écouta le visiteur les mains pieusement jointes sous son plastron, ses yeux noirs perçants rivés sur son visage, Saint James fut conduit dans l'escalier jusqu'au premier étage, suivit sœur Marie de la Passion le long d'un couloir silencieux plein de portes fermées derrière lesquelles on étudiait avec le plus grand sérieux. Au bout du couloir, sœur Marie de la Passion frappa un coup avant d'entrer. Les élèves – environ vingt-cinq fillettes assises en rang d'oignons – se mirent debout à grand renfort de raclements de chaises, stylos et règles à la main. En chœur, elles s'écrièrent : « Bonjour, ma sœur ! » A quoi la religieuse répondit par un bref hochement de tête. Les petites filles se rassirent en silence et poursuivirent leurs devoirs. Elles semblaient faire de l'analyse logique et leurs doigts étaient souillés d'encre à force de tirer des traits pour séparer les propositions.

Sœur Marie de la Passion s'entretint brièvement à voix basse avec une religieuse qui s'avança à sa rencontre de la démarche claudicante d'une patiente récemment opérée de la hanche. Elle avait un visage ridé comme un abricot sec et d'épaisses lunettes sans monture. Ce bref échange terminé, la seconde religieuse hocha la tête et se dirigea vers Saint James. Elle le rejoignit dans le couloir, ferma la porte derrière elle tandis que sœur Marie de la Passion la remplaçait.

– Je suis sœur Agnetis, dit-elle à Saint James. Sœur Marie de la Passion m'a fait part de l'objet de votre visite. Il s'agit de Charlotte Bowen.

– Elle a disparu.

La religieuse pinça les lèvres. Ses doigts effleurèrent le rosaire qui ceinturait sa taille et lui pendait jusqu'au genou.

– Petit démon, dit-elle, ça ne me surprend pas autrement.

– Pourquoi dites-vous cela, ma sœur ?

– Charlotte ne sait que faire pour attirer l'attention. En classe, au réfectoire, en cours d'éducation physique, à l'heure de la prière. C'est sûrement encore un de ses tours pour mettre tout le monde en émoi. Ce ne serait pas la première fois qu'elle nous ferait le coup.

– Charlotte s'est déjà sauvée ?

– Elle nous a déjà fait des comédies. La semaine dernière encore, avec les produits de maquillage de sa mère qu'elle avait apportés à l'école. Elle s'est barbouillée de rouge dans les toilettes à l'heure du déjeuner. On aurait dit un clown quand elle est arrivée en classe, ce qui était le but qu'elle s'était fixé. Quand on va au cirque, on regarde les clowns, n'est-ce pas ? (Sœur Agnetis s'interrompit pour plonger dans les profondeurs caverneuses de sa poche. Elle en retira un mouchoir en papier froissé dont elle se tapota les commissures des lèvres, épongeant la salive qui s'y était accumulée pendant qu'elle parlait.) Pas moyen de la faire tenir tranquille à son pupitre plus de vingt minutes d'affilée. Elle ne tient pas en place. Il faut qu'elle aille examiner les livres, tripoter la cage du hamster, secouer les troncs...

– Les troncs ?

– Oui. L'argent pour les missions, dit sœur Agnetis en reprenant le fil de son discours. Elle voulait être chef de classe. Mais quand les petites ont voté pour une autre élève, elle est devenue hystérique et il a fallu la faire sortir de la classe pour le reste de la journée. Elle ne comprend pas pourquoi nous exigeons qu'elle soit impeccable, que ce soit sur elle ou dans son travail. Elle refuse d'obéir aux règles qui lui déplaisent. Et quant au cours d'instruction religieuse, elle prétend que n'étant pas catholique, elle n'est pas tenue d'y assister. Voilà à quoi on s'expose en acceptant des élèves non catholiques. Ce n'est pas moi qui ai pris cette décision, notez bien. Nous sommes ici pour servir la communauté. (Ayant remis le Kleenex dans sa poche, elle adopta la même posture que sœur Marie de la Passion : mains jointes sous son plastron. Comme Saint James prenait le temps d'assimiler et d'évaluer la portée des données qu'elle venait de lui fournir à propos de Charlotte, elle ajouta :) Je suppose que vous me trouvez sévère. Toutefois je suis persuadée que sa mère se ferait un plaisir de confirmer mes dires : sa fille a vraiment un caractère difficile. Et c'est plus d'une fois que nous l'avons convoquée.

– Miz Bowen ?

– Pas plus tard que mercredi dernier, je lui ai rapporté l'affaire du rouge à lèvres. Eh bien, je puis vous assurer qu'elle a sévèrement puni la petite pour avoir filé avec ses affaires sans sa permission.

– Elle l'a punie comment ?

Sœur Agnetis sortit les mains de sous son plastron et, paumes en l'air, lui fit comprendre qu'elle l'ignorait.

– Suffisamment pour la faire tenir tranquille jusqu'à la fin de la semaine en tout cas. Le lundi, évidemment, elle est redevenue elle-même.

– Insupportable ?

– Egale à elle-même.

– Peut-être que les camarades de classe de Charlotte ont une part de responsabilité dans ses écarts de conduite.

Sœur Agnetis prit la remarque pour une insulte.

– La discipline règne dans mes cours, monsieur.

Saint James émit des bruits qui se voulaient rassurants.

– Je pensais à une amie de Charlotte, à l'école. Il y a de fortes chances qu'elle sache où se trouve Charlotte. Ou alors qu'elle ait remarqué quelque chose – sur le trajet entre ici et la maison – qui soit de nature à nous donner une idée de l'endroit où Charlotte pourrait se trouver. C'est à cette fillette que j'aimerais parler. Breta.

– Breta.

Sœur Agnetis fronça ses sourcils rares. Elle s'approcha du judas vitré pratiqué dans la porte de sa salle de classe et jeta un coup d'œil à l'intérieur comme pour y chercher la fillette en question.

– Je n'ai personne de ce nom dans ma classe.

– C'est sûrement un surnom, suggéra Saint James.

De nouveau, elle s'approcha du judas et examina la pièce.

– Sanpaolo peut-être. Brittany Sanpaolo.

– Puis-je lui parler?

Sœur Agnetis alla chercher la petite fille, une gamine de dix ans au visage renfrogné, plutôt grassouillette, boudinée dans son uniforme. Ses cheveux étaient coupés trop court pour sa face de pleine lune et lorsqu'elle ouvrit la bouche pour parler, Saint James vit briller un appareil dentaire.

Elle n'y alla pas par quatre chemins.

– Lottie Bowen? fit-elle d'une voix incrédule. (Puis elle poursuivit en faisant siffler les consonnes.) C'est pas mon amie. Ça, sûrement pas. Je peux pas la voir en peinture. Elle me donne envie de vomir. (Après un rapide coup d'œil en direction de sœur Agnetis, elle s'excusa :) Désolée, ma sœur.

– Je l'espère bien, dit sœur Agnetis. Répondez aux questions qu'on vous pose.

Ce que Brittany avait à dire à Saint James se résumait à peu de choses. Et elle le lui dit comme si elle n'avait attendu que ce moment pendant tout le premier trimestre. Enfin, elle allait pouvoir vider son sac. Lottie Bowen se payait la tête des autres filles. Elle critiquait leurs cheveux, elle se moquait de leur physique, elle se moquait de leurs réponses en classe, elle se moquait de leur poids, de leur voix. Et surtout elle se moquait de Britanny Sanpaolo. Intérieurement, Saint James adressa des remerciements ironiques à sœur Agnetis pour lui avoir collé dans les pattes cette peu agréable enfant. Au moment où il allait interrompre ses litanies – Lottie passe son temps à parler de sa mère pour se faire mousser, elle n'arrête pas de la ramener à propos de ses vacances avec ses parents, elle se vante des cadeaux qu'on lui fait –, Brittany se lança dans la péroraison proprement dite, déclarant d'un ton ferme que personne n'aimait Lottie, que personne ne voulait déjeuner avec elle, que personne ne voulait d'elle à l'école, que personne ne voulait être son amie... A l'exception de cette débile de Brigitta Walters. Et celle-là, tout le monde savait pourquoi elle se cramponnait à Lottie.

– Brigitta ? fit Saint James, se disant qu'il progressait enfin, car après tout Brigitta était plus près de Breta que Brittany.

Brigitta était dans la classe de sœur Vincent de Paul, leur indiqua Brittany. Charlotte et elle chantaient ensemble à la chorale.

Cinq minutes suffirent à Saint James pour apprendre de la bouche de sœur Vincent de Paul – octogénaire à l'ouïe défectueuse – que Brigitta Walters n'était pas à l'école ce jour-là. Et la religieuse n'avait pas même reçu un mot des parents pour expliquer son absence ; mais c'était de plus en plus fréquent, il fallait s'y faire. Les parents de nos jours étaient trop pris pour passer un coup de téléphone, trop occupés pour s'intéresser de près à la vie de leurs enfants, trop débordés pour être polis, trop...

Saint James coupa court et remercia sœur Vincent de Paul. Muni de l'adresse et du numéro de téléphone de Brigitta Walters, il prit la fuite.

Les choses semblaient commencer à prendre tournure.

6

– Alors, qu'est-ce qu'on a au menu pour demain ? fit Dennis Luxford, pointant l'index vers Sarah Happleshort, rédactrice.

D'un coup de langue, elle colla son chewing-gum contre sa joue et attrapa ses notes.

Rassemblés autour de la grande table du bureau de Luxford, les journalistes attendaient la fin de la conférence de rédaction quotidienne. C'était au cours de cette réunion que l'on fixait le sommaire de *La Source* du lendemain, que l'on décidait de l'éclairage à donner aux sujets et que l'on apprenait avec quoi Luxford avait l'intention de faire la une. Le rédacteur de la rubrique sport s'était battu pour que la couverture de la sélection de l'équipe nationale de cricket soit renforcée, suggestion qui avait été accueillie par des huées de dérision en dépit de la mort récente du meilleur batteur anglais. A côté du « Paso doble à Paddington » – et malgré l'identité de la personne qui avait été arrêtée et accusée d'avoir orchestré la mort par asphyxie de ce joueur de cricket de premier plan –, ce fait divers n'était que de la roupie de sansonnet. En outre, c'était pratiquement de l'histoire ancienne, une histoire qui plus est dont les retombées comiques ne faisaient pas le poids comparées aux efforts déployés par les tories pour minimiser les dégâts causés par Sinclair Larnsey et sa rencontre avec le mineur prostitué dans la Citroën aux vitres embuées – « Ce fumier n'achète même pas anglais », avait pesté Sarah Happleshort, furibarde –, où le couple « dis-

cutait des dangers du racolage sur la voie publique »
lorsque la police locale l'avait brutalement interrompu.

Sarah prit un crayon pour pointer les données sur sa
liste.

— Larnsey a rencontré le comité exécutif de sa circonscription. Rien de précis n'a encore filtré. Mais,
d'après une source digne de foi, on va lui demander de
donner sa démission. Le comté d'East Norfolk semble
disposé à pardonner une défaillance occasionnelle. Au
nom de la charité chrétienne et du précepte selon lequel
celui qui n'a jamais péché est autorisé à jeter la première pierre. Mais l'indulgence a ses limites : pas question de passer l'éponge sur les faiblesses d'hommes
mariés rencontrant des mineurs dans des automobiles et
échangeant avec eux des sécrétions contre de l'argent
liquide. La question cruciale que se posent les membres
du comité est la suivante : sont-ils d'accord pour provoquer une élection partielle alors que la popularité du
Premier ministre est en chute libre ? Si la réponse est
non, ils ont l'air de se moquer du retour aux valeurs traditionnelles. Si c'est oui, il y a de fortes chances que le
siège de Larnsey soit récupéré par un travailliste, ce
dont ils sont bien conscients.

— La politique, c'est toujours pareil, rouspéta le
rédacteur de la rubrique sport.

Rodney Aronson mit son grain de sel.

— Le sujet commence à perdre de sa fraîcheur.

Luxford fit celui qui ne les entendait pas. Le responsable du sport allait se battre pour avoir son papier sur
le cricket, et tant pis si l'actualité de ce dernier n'était
plus aussi brûlante. Quant à Rodney, il avait un compte
à régler, et ça n'avait rien à voir avec l'état de fraîcheur
d'un sujet. Pendant toute la journée, il avait surveillé le
rédac-chef tel un scientifique étudiant la division d'une
amibe, et Luxford commençait à se dire que si cet examen n'avait que peu de rapport avec le sommaire de la
prochaine édition de *La Source*, il en avait en revanche
beaucoup avec les questions qu'Aronson se posait à son
sujet. Pourquoi Luxford n'avait-il pas mangé, pourquoi
avait-il sursauté à chaque sonnerie du téléphone,
pourquoi s'était-il jeté sur le courrier et en avait-il pris
connaissance avec autant d'attention ?

— Le prostitué a tiré sa révérence au public, poursuivait Sarah Happleshort, par l'intermédiaire de son père. Je cite : « Daffy est désolé de ce qui arrive à Mr Larnsey. Daffy le trouve plutôt sympa. »

– Daffy ? reprit d'un ton incrédule le responsable du service photo. Larnsey baise avec un prostitué qui s'appelle Daffy ?

– Peut-être qu'il fait coin-coin quand il lâche la purée, dit le rédacteur de la rubrique économie.

Gloussements dans la salle. Sarah enchaîna :

– On a quand même une citation du gamin qu'on peut utiliser pour le chapeau. (Et au rédacteur de la rubrique sport qui s'apprêtait une nouvelle fois à plaider la cause de son joueur de cricket asphyxié.) Allons, Will. Sois réaliste. Ça fait six jours que la mort de Fleming fait la couverture. Le sujet est éculé. Mais ça... Imagine ça, photo à l'appui. Daffy s'adressant à la presse qui l'interroge sur son mode de vie. « Quel effet ça fait de tirer des coups dans des bagnoles avec des mecs entre deux âges ? » Et lui : « Faut bien gagner sa croûte, pas vrai ? » La voilà notre accroche. Après quoi, en page 6, on tartine un commentaire sur ce que les conservateurs et leur gestion aberrante ont conduit les adolescents à faire. Rodney pourra rédiger le papier.

– En d'autres circonstances, je me serais fait un plaisir de les allumer, dit Rodney, bon garçon. Mais cet article-là, c'est à Dennis de le signer. Sa plume est nettement plus incisive que la mienne, et les conservateurs ont bien mérité de se faire étriller par le maître. Qu'en dites-vous, Den ? Vous êtes partant ? (Il se fourra un morceau de chocolat Aero dans la bouche tout en parlant. Puis, d'un air inquiet :) Vous n'avez pas l'air dans votre assiette aujourd'hui. Est-ce que vous couvez quelque chose ?

Luxford examina Rodney cinq secondes. Manifestement, c'était tout autre chose que Rodney aurait aimé pouvoir lui dire : « Alors, Den ? On perd la main ? On les a à zéro ? » Seulement il n'avait pas le cran d'y aller aussi carrément. Luxford se demanda s'il avait assez de dossiers compromettants dans ses archives pour lourder ce petit salaud comme il le méritait. Rien n'était moins sûr : Rodney était beaucoup trop malin.

– On fait la une avec Larnsey, décréta Luxford. Publiez la photo du gamin. Préparez-moi une prémaquette du chapeau, de l'accroche et de la photo avant de passer l'article. Et remettez le cricket à la rubrique sport en fin de journal.

Il poursuivit sans consulter une seule fois ses notes. Economie, politique, affaires étrangères, faits divers. Il aurait pu se servir de son carnet sans qu'aucun des rédacteurs présents le respecte moins pour autant, mais il voulait montrer à Rodney qui était le patron.

Le brouhaha d'une fin de réunion éclata. Le rédacteur du sport ronchonna, se plaignant de ce que le sens des valeurs se perdait. Le responsable du service photo lança à la cantonade dans la salle de rédaction : « Où est passé Dixon ? Il me faut un gros plan de Daffy. » Un concert de sifflements et de coin-coin salua sa remarque. Sarah Happleshort rassembla ses notes tout en échangeant des blagues avec les faits divers et la politique. Les trois journalistes qui se dirigeaient vers la sortie durent s'écarter pour laisser le passage à la secrétaire de Luxford.

Miss Wallace annonça :

– Un appel pour vous, Mr Luxford. J'ai expliqué à votre correspondant que vous étiez en réunion, j'ai essayé de prendre ses coordonnées, mais il a refusé de me les donner. Il a déjà appelé deux fois. Il attend au bout du fil.

– Qui ça, il ?

– Il refuse de décliner son identité. Il veut vous parler de... l'enfant. C'est le terme qu'il a utilisé, Mr Luxford. Je suppose qu'il veut parler du jeune homme qui... l'autre nuit... à la gare... (Là-dessus, elle rougit comme une pivoine. Une fois de plus, Dennis Luxford se demanda comment Miss Wallace avait réussi à rester si longtemps à *La Source*. Il en avait hérité de son prédécesseur, lequel s'était souvent payé sa tête à cause de sa sensibilité à fleur de peau.) Je lui ai dit que le reporter qui enquêtait sur cette affaire s'appelait Mitch Corsico. Mais il m'a affirmé que vous ne voudriez pas qu'il parle à Mr Corsico.

– Vous voulez que je le prenne, Den ? questionna Rodney. Il ne faudrait tout de même pas que le premier charlot venu se mette à décrocher son téléphone chaque fois qu'il a envie de tailler une bavette avec le rédacteur en chef.

Luxford sentit les muscles de son abdomen se contracter à l'idée de ce que pouvaient cacher les mots : « Il veut vous parler de l'enfant. » Aussi trancha-t-il :

– Je vais prendre la communication. Passez-le-moi.

Miss Wallace regagna son bureau pour exécuter les ordres du patron.

– Den, vous créez un précédent, fit Rodney. Lire les lettres de tous ces tordus, c'est une chose, mais prendre leurs appels...

Le téléphone sonnait.

– Votre sollicitude me va droit au cœur, Rod, fit Luxford en s'approchant de son bureau pour décrocher. (Après tout, Miss Wallace avait peut-être vu juste en supposant qu'il s'agissait du jeune prostitué. Ou alors l'appel pouvait n'être qu'une péripétie supplémentaire dans une journée déjà chargée. Décrochant le récepteur, il s'annonça :) Luxford à l'appareil.

Voix d'homme à l'autre bout du fil :

– Et le papier, Luxford ? Je la tuerai si vous ne publiez pas ce papier.

Après avoir annulé une réunion et en avoir décalé une autre, Eve Bowen réussit à arriver chez Harrods à cinq heures. Elle avait laissé le soin à son assistant de réorganiser son emploi du temps, de téléphoner aux uns et aux autres avec des excuses appropriées. Elle avait intercepté ses regards inquisiteurs alors qu'elle demandait qu'on lui amène sa voiture immédiatement. Elle aurait fort bien pu se rendre à pied de Parliament Square au ministère de l'Intérieur, et Joel Woodward ne l'ignorait pas. Il en conclut donc que son laconique « Un problème de dernière minute, Joel. Annulez la réunion de quatre heures et demie » n'avait rien à voir avec le travail.

Joel allait évidemment s'interroger : il était d'une curiosité sans bornes dès qu'il s'agissait de sa vie privée. Mais il ne se hasarderait pas à lui poser des questions de nature à l'obliger à inventer des mensonges alambiqués. Pas plus qu'il ne ferait part à d'autres des soupçons que pouvait lui inspirer le coup de fil qu'elle avait reçu. D'un ton faussement détaché, il lui demanderait peut-être à son retour si tout s'était bien passé et il s'efforcerait d'évaluer la part de vérité contenue dans sa réponse. Il pouvait également téléphoner à droite et à gauche afin d'essayer de savoir où elle s'était rendue, relever des contradictions entre ses allées et venues et ce qu'elle lui en avait dit. Mais, quelles que soient les conclusions de Joel, il les garderait pour lui. Il personnifiait le fonctionnaire dévoué à la monarchie et au pays, ainsi qu'à son employeur bien sûr, et il prisait trop l'importance relative de son métier pour risquer de s'attirer ses foudres. Aux yeux de Joel Woodward il était préférable d'être ne fût-ce que partiellement dans le secret des dieux – c'est-à-dire à même de faire comprendre à l'aide d'un silence ou d'un simple hochement de tête aux collègues moins bien placés que lui dans la hiérarchie qu'il était au fait des affaires du sous-secrétaire d'Etat au Home Office – que d'être relégué dans une position où il ignorerait tout et où il lui faudrait compter sur son intelligence et ses compétences pour s'imposer.

Quant à son chauffeur, son travail consistait à tenir un volant. Et il avait l'habitude de la conduire, dans la même journée, dans des endroits aussi divers que Bethnal Green, Mayfair et la prison de Holloway. Il ne se poserait pas la moindre question lorsqu'elle lui ordonnerait de l'emmener chez Harrods.

Il la déposa devant l'entrée donnant sur Hans Crescent. A son « Vingt minutes, Fred », il répondit par un grognement simien. Elle franchit les portes de bronze devant lesquelles veillaient les vigiles chargés d'intercepter d'éventuels terroristes décidés à troubler la bonne marche des affaires et se dirigea vers les escalators. Bien qu'il fût déjà tard dans l'après-midi, les escalators grouillaient de monde. Elle se trouva prise en sandwich entre un trio de femmes voilées de la tête aux pieds et un quarteron d'Allemands ployant sous les paquets.

Au quatrième étage, elle se fraya un chemin à travers la lingerie, les maillots de bain, des jeunes filles en chapeau de paille et des rastas pour se rendre au rayon dernier cri où – derrière un assortiment de jeans noirs, débardeurs noirs, boléros noirs, gilets noirs et bérets noirs – était aménagé le Way In, snack qui accueillait la clientèle branchée du magasin.

Dennis Luxford était déjà à pied d'œuvre. Il avait réussi à dénicher une table de coin tout chrome et plateau noir, partiellement dissimulée par un énorme pilier métallique. Il buvait dans un grand verre une boisson gazeuse et faisait semblant d'étudier la carte.

Eve ne l'avait pas revu depuis l'après-midi où elle lui avait annoncé qu'elle était enceinte. Leurs chemins auraient pu se croiser au cours des dix années qui avaient suivi le congrès de Blackpool. Surtout lorsqu'elle avait commencé à se faire connaître dans le monde politique. Seulement elle avait veillé à ce qu'il n'en fût rien. De son côté, il s'était montré tout aussi désireux de garder ses distances. Comme sa situation de rédacteur en chef au *Globe*, puis à *La Source* ne l'obligeait pas à frayer avec les politiciens, il n'avait plus jamais assisté à un congrès conservateur ni à aucune autre manifestation susceptible de les mettre en contact.

Il n'avait pratiquement pas changé. Même crinière blond cendré, mêmes vêtements élégants, même silhouette mince, mêmes favoris trop longs. Et toujours – alors qu'il se levait pour l'accueillir – la même cicatrice au menton, souvenir d'une bagarre de dortoir pendant son premier mois à Baverstock. Ils s'étaient amusés à comparer leurs cicatrices entre deux séances de galipettes à Blackpool quelque dix ans auparavant. Elle avait voulu savoir pourquoi il ne s'était pas laissé pousser la barbe pour dissimuler la sienne. Et lui, pourquoi elle portait une frange trop longue pour camoufler celle qui lui zébrait le sourcil droit.

– Dennis, dit-elle, ignorant la main qu'il lui tendait. (Elle déplaça son verre et le posa de l'autre côté de la table de façon que ce soit lui et non elle qui fasse face à l'intérieur du magasin. Elle posa son porte-documents par terre et s'assit à la place qu'il occupait un instant auparavant.) J'ai dix minutes à t'accorder. (Repoussant la carte, elle demanda au serveur :) Un espresso, c'est tout. (Et lorsque le serveur eut tourné les talons, elle reprit, s'adressant à Dennis :) Si tu as chargé l'un de tes sbires de fixer ces tendres instants sur la pellicule pour qu'ils figurent dans l'édition de demain, sache qu'il se cassera le nez : il ne photographiera que ma nuque. Et comme je n'ai absolument pas l'intention de quitter ces lieux en ta compagnie, autant te faire une raison : tes lecteurs n'auront pas l'occasion d'apprendre qu'il existe un lien entre nous.

Elle constata que Dennis, pourtant très doué dès lors qu'il s'agissait de dissimuler, paraissait déconcerté par ses paroles.

– Pour l'amour du ciel, Evelyn, ce n'est pas pour ça que je t'ai téléphoné.

– Cesse de me prendre pour une idiote. Nous savons très bien toi et moi à qui vont tes sympathies politiques. Tu aimerais bien renverser le gouvernement. Mais tu ne crois pas que tu prends un gros risque dans cette affaire ? Imagine que tes liens avec Charlotte soient connus ?

– Je crois t'avoir dit dès le départ que j'étais prêt à reconnaître devant le monde entier que j'étais son père si c'est nécessaire pour...

– Ce n'est pas de ces liens-là que je parle, Dennis. L'histoire ancienne a moins d'intérêt que l'actualité. Tu es mieux placé que quiconque pour le savoir. Ce dont je parle, c'est de relations plus récentes. Pas de celles qui t'ont permis d'engendrer ma fille.

Elle se cala sur sa chaise tandis qu'on lui apportait son café. Le serveur enfonça le piston dans la cafetière. Il demanda à Dennis s'il voulait un autre Perrier et comme Dennis faisait oui de la tête, il disparut afin d'aller le chercher. Pendant ce temps, Dennis étudia Eve. L'air perplexe, il ne fit aucun commentaire, attendant qu'ils soient seuls pour reprendre la parole.

– Je n'ai pas eu de relations récentes avec Charlotte, dit-il.

L'air pensif, elle remua son café et se mit à l'observer à son tour. Il lui sembla voir des gouttes de sueur perler à la racine de ses cheveux. Elle se demanda pourquoi il transpirait. Etait-ce le résultat des efforts qu'il faisait pour lui monter ce bateau ou la conséquence du stress engendré par la nécessité de la convaincre avant le bouclage de l'édition du lendemain de son journal sordide ?

– Tu as été en relation avec elle récemment, j'en ai peur. Et j'aimerais que tu saches que ton plan risque de ne pas se dérouler comme prévu. Tu peux bien détenir Charlotte en otage aussi longtemps que tu le souhaites pour essayer de me manipuler, Dennis. Mais je vais te dire comment tout ça va se terminer : tu seras obligé de me la rendre et je veillerai à ce que tu sois accusé de kidnapping. Ce qui n'arrangera ni tes affaires ni ta réputation. Même si, j'en conviens, cela fait de l'excellente copie pour le journal dont tu ne seras plus le rédacteur en chef.

Comme il la regardait dans les yeux, elle se rendit compte que ses pupilles se dilataient. Sans doute essayait-il de savoir jusqu'à quel point elle bluffait.

– Tu es folle ? Je n'ai pas Charlotte. Je ne détiens pas Charlotte. Je n'ai pas enlevé Charlotte. Bordel de merde, je ne sais même pas où...

Des rires jaillirent à la table voisine, qui l'interrompirent. Trois jeunes femmes venaient de se laisser tomber sur leurs sièges. Et elles comparaient bruyamment les mérites de la tarte aux fruits et du cake au citron pour savoir de ces deux gâteaux lequel était le plus reconstituant après les fatigues d'un après-midi de shopping chez Harrods.

Dennis se pencha en avant et dit avec concision :

– Bon Dieu, Evelyn, écoute-moi. Ce que je te raconte, c'est vrai. Je n'ai pas Charlotte. Je n'ai pas la moindre idée de l'endroit où elle se trouve. Mais quelqu'un l'a enlevée et m'a téléphoné il y a une heure et demie.

– C'est ce que tu m'as dit.

– C'est la vérité. Pour l'amour du ciel, pourquoi est-ce que j'inventerais une histoire pareille ? (Empoignant sa serviette, il la tortilla entre ses doigts. Baissant la voix, il poursuivit :) Ecoute-moi, tu veux bien ?

Il jeta un coup d'œil à la table voisine où les jeunes femmes optaient à l'unanimité pour le cake au citron. Il se tourna de nouveau vers Eve. Il s'arrangea pour dissimuler son visage à la vue des clients du restaurant, lui donnant l'impression – bien joué, songea-t-elle en le saluant intérieurement – qu'il considérait lui aussi comme vital que personne ne découvrît qu'ils se rencontraient. Puis il lui relata sa prétendue conversation avec le kidnappeur.

– Il veut que l'article paraisse dans le journal de demain, fit Dennis. « Je veux les faits concernant votre premier-né dans le canard, Luxford. A la une. Je veux que vous racontiez toute l'histoire sans omettre un seul détail. Surtout pas son nom. Je veux voir son nom écrit dans le journal. Je veux cette putain d'histoire en entier. » Je lui ai dit que ce n'était peut-être pas possible. Qu'il fallait que je te parle d'abord. Que je n'étais pas seul en cause, que je devais prendre en considération le point de vue de la mère.

– Très aimable à toi. Tu t'es toujours beaucoup soucié des sentiments d'autrui.

Eve se versa encore un peu de café, y ajouta du sucre.

– Il n'a pas marché, dit Dennis, ignorant le sarcasme.

Il m'a demandé quand je m'étais soucié des sentiments de la mère. Si même je m'en étais jamais soucié.

— Cet homme possède décidément un don de double vue.

— Ecoute-moi, bon Dieu. Il a dit : « Quand est-ce que vous vous êtes intéressé à la maman, Luxford ? Quand vous avez fait votre coup ? Quand vous lui avez dit : " Et si on avait une petite conversation ? " Une conversation... Quelle connerie, espèce d'enfoiré. » C'est ça qui m'a mis la puce à l'oreille... Evelyn, il doit s'agir de quelqu'un qui était au congrès de Blackpool. Parce que des conversations, on en a eu, toi et moi, à Blackpool. C'est d'ailleurs comme ça que tout a commencé entre nous.

— Inutile de me rappeler les détails, dit-elle, glaciale.

— On a cru être discrets, mais si ça se trouve on a fait une gaffe. Et pendant tout ce temps-là, quelqu'un nous a guettés, attendant le moment propice.

— Le moment de quoi ?

— De te démolir. Ecoute. (Dennis tourna sa chaise vers Eve, qui résista à la tentation de s'écarter.) Quoi que tu penses, l'enlèvement de Charlotte n'a rien à voir avec le renversement du gouvernement.

— Comment peux-tu dire une chose pareille, compte tenu de la façon dont ton journal couvre l'affaire Sinclair Larnsey ?

— Parce que cette affaire n'a rien à voir avec l'affaire Profumo. L'incident de Paddington, surtout dans le contexte du retour aux valeurs traditionnelles, fait apparaître le gouvernement sous un jour ridicule, mais ce dernier ne va pas tomber pour autant. Ce n'est ni toi ni Larnsey qui allez provoquer la chute du gouvernement. Vos histoires, c'est de la roupie de sansonnet. Rien à voir avec un député qui ment. Avec des espions russes œuvrant en coulisse. Cela n'est pas un complot. C'est d'ordre personnel. Et la personne qui est visée, c'est toi. Ce qui est en danger, c'est ta carrière. Tu devrais t'en rendre compte.

Impulsivement, il tendit le bras et lui emprisonna le poignet entre ses doigts. Eve sentit la chaleur de ses doigts se communiquer à ses veines.

— Retire ta main, s'il te plaît. (Comme il ne s'exécutait pas immédiatement, elle le fixa.) Dennis, je t'ai dit...

– Je ne suis pas sourd. (Pourtant, il ne bougea pas.) Pourquoi est-ce que tu me hais à ce point ?

– Ne sois pas grotesque. Pour te haïr, il faudrait que je prenne le temps de penser à toi. Ce n'est pas le cas.

– Tu mens.

– Et toi, tu te fais des idées. Retire ta main avant que je ne t'asperge de café.

– Je t'ai proposé de t'épouser, Evelyn, souviens-toi. Tu as refusé.

– Inutile de revenir là-dessus, c'est le passé. Je le connais aussi bien que toi.

– Ce n'est donc pas parce qu'on ne s'est pas mariés que tu me détestes. Peut-être est-ce parce que tu savais que je ne t'aimais pas. C'est ça qui choquait tes principes puritains ? C'est ça qui te choque encore ? Savoir que tu n'étais pour moi qu'un divertissement ? Avoir couché avec un homme qui ne voulait que te baiser ? Ou est-ce que l'acte lui-même constituait un péché moins impardonnable que le plaisir qui allait avec ? Je parle du tien, bien sûr. Car Charlotte est la preuve vivante du mien.

Le besoin de le frapper la démangeait. S'ils n'avaient pas été dans un endroit public, elle ne s'en serait pas privée. Elle mourait d'envie de le gifler.

– Je te méprise, dit-elle.

Il ôta sa main.

– Pourquoi ? Parce que je t'ai émue jadis ? Ou parce que je t'émeus maintenant ?

– Tu ne m'émeus pas. Tu n'y as jamais réussi.

– Tu te fais des illusions, Eve. Illusions, c'est bien le terme que tu as utilisé tout à l'heure, n'est-ce pas ?

– Comment oses-tu...

– Quoi ? Dire la vérité ? Ce qu'on a fait, on l'a fait et on s'est éclatés tous les deux. N'essaie pas de récrire l'histoire sous prétexte que tu refuses de voir la réalité en face. Et ne t'en prends pas à moi de ce que je t'ai fait prendre ton pied. Pour la seule et unique fois de ta vie, si ça se trouve.

Elle poussa sa tasse vers le centre de la table. Devançant ses intentions, il se leva et posa un billet de dix livres près de son verre de Perrier.

– Ce type veut l'article dans le journal de demain. A la une. Toute l'histoire, du début jusqu'à la fin. Je suis disposé à rédiger le papier. Je peux attendre jusqu'à neuf heures ce soir pour lancer les rotatives. Si jamais tu te décidais à prendre enfin l'affaire au sérieux, tu sais où me trouver.

– La taille démesurée de ton ego a toujours été le moins séduisant de tes traits de caractère, Dennis.

– Et le tien, le besoin d'avoir le dernier mot. Seulement dis-toi que tu n'as aucune chance de sortir vainqueur de ce bras de fer. Tu ferais bien de t'en rendre compte avant qu'il ne soit trop tard. N'oublie pas qu'une autre vie que la tienne est en jeu.

Pivotant sur ses talons, il la planta là.

Elle s'aperçut que les muscles de son cou et de ses épaules étaient comme tétanisés. Du bout des doigts, elle les massa pour les détendre. Dennis Luxford incarnait tout – absolument tout – ce qu'elle méprisait chez les hommes, et leur rencontre n'avait fait que la conforter dans cet état d'esprit. Seulement voilà, elle n'avait pas réussi à se frayer un chemin jusque-là pour laisser un homme lui dicter sa conduite. Elle n'allait pas capituler maintenant. Il pouvait essayer de la manipuler à coups de lettres de ravisseur apocryphes, d'appels téléphoniques imaginaires, de démonstrations totalement mensongères d'une inquiétude paternelle parfaitement frelatée. Il pouvait essayer de faire vibrer la corde de l'instinct maternel, pour lui indissociable de la condition de femme. Il pouvait jouer l'indignation, la sincérité ou la perspicacité politique. Ça ne changeait rien au fait que *La Source*, depuis six mois sous la houlette de Dennis Luxford, avait fait tout ce qui était en son sordide pouvoir pour humilier le gouvernement et faire avancer la cause de l'opposition. Cela elle le savait aussi bien que le premier lecteur venu. Et si Luxford s'imaginait – parce qu'il s'était attaqué à sa fille – qu'Eve Bowen allait publiquement confesser ses péchés de jeunesse, détruire sa carrière et mettre ainsi un autre fagot au pied du bûcher sur lequel la presse entendait faire brûler le gouvernement... Non, décidément rien n'était plus grotesque.

En dernière analyse, c'était de son journal qu'il s'agissait. De la guerre des tirages, du positionnement politique, des recettes publicitaires et du prestige éditorial. Elle était devenue un pion dans l'ascension ou le maintien au pouvoir de Luxford. Il n'avait commis qu'une erreur : supposer qu'elle se laisserait manœuvrer sur l'échiquier à sa guise.

C'était un salaud. Il avait toujours été un salaud.

Eve se leva et prit sa serviette. Elle se dirigea vers la sortie du snack. Il y avait un moment que Dennis était parti, aussi n'avait-elle aucune raison de craindre que quiconque fît le rapprochement entre sa présence chez Harrods et la sienne. Tant pis pour lui, songea-t-elle. Les choses ne se passaient pas toujours comme on le souhaitait.

Rodney Aronson eut du mal à en croire ses yeux. Il rôdait autour des portants chargés de vêtements et des couvre-chefs épars sur les comptoirs depuis que Luxford était entré dans le snack. Gêné par l'arrivée d'un vendeur en nage qui poussait devant lui un portant chargé de blazers noirs croisés ornés de boutons d'argent de la taille d'un Frisbee, il avait raté l'arrivée de la femme. Et lorsqu'il avait essayé de la voir après que Pue-la-sueur eut disposé ses pantalons avec un soin maniaque, il n'avait réussi à entrevoir qu'un dos mince sanglé dans une veste bien coupée et une masse lisse de cheveux couleur de hêtre à l'automne. Il avait bien essayé d'en apercevoir davantage, mais sans succès. Il ne pouvait se permettre d'attirer l'attention de Luxford.

Regarder Luxford se raidir à chaque sonnerie du téléphone, le voir pivoter dans son fauteuil afin de dissimuler son visage, se faire rembarrer d'un sec « Occupez-vous de l'éditorial sur le prostitué, Rodney », jouer au chat et à la souris avec le rédacteur en chef, le voir se glisser furtivement dans un taxi à Ludgate Circus, le suivre dans un autre taxi tel un détective dans un film noir à petit budget, ç'avait été une chose parfaitement excusable dans la série : « Les intérêts du journal me tiennent à cœur. » Mais ça... Ça, c'était autre chose. L'intensité de la conversation entre Luxford et Cheveux cuivrés indiquait qu'il s'agissait d'autre chose que d'un rendez-vous professionnel au cours duquel le rédacteur en chef s'apprêtait à déballer des secrets maison. Car ce que Rodney cherchait, bien sûr, c'était une occasion de faire tomber Luxford et de prendre sa place – une place qui lui revenait de droit – à la tête de la conférence de rédaction quotidienne. Seulement la rencontre dont il était témoin – et au diable la distance qu'il devait observer – comportait toutes les caractéristiques d'un rendez-vous amoureux : les têtes inclinées l'une vers l'autre, les épaules qui se voûtaient comme pour protéger l'entretien animé, Luxford tournant sa chaise vers celle de l'inconnue, sans compter ce tendre petit moment – main posée sur le poignet à défaut de se glisser sous la jupe. Et le signe le plus irréfutable de tous : le fait qu'ils étaient arrivés séparément et repartis de même. Aucun doute : ce vieux Den faisait du rentre-dedans à une femme qui n'était pas la sienne.

Ce connard devait avoir perdu la tête. Rodney suivit l'inconnue de loin et la détailla. Belles jambes, petit cul fantastique. Le reste, pour autant que la coupe stricte de son tailleur permît d'en juger, semblait à l'avenant. Seulement il ne fallait pas oublier que contrairement à Rodney – qui lorsqu'il regagnait ses pénates n'avait qu'une grosse Betsy pour lui faire des gâteries –, Dennis Luxford, lui, avait une Fiona pour décorer son foyer. Fiona la fabuleuse. Fiona, cadeau des dieux. Fiona jadis baptisée Pommettes à cause de ses célèbres os malaires qui avaient orné la couverture des magazines de mode. Sachant que Fiona l'attendait à la maison – Rodney s'échauffa en songeant à la tenue, à l'état d'esprit et à la fièvre avec lesquels une enchanteresse comme Fiona devait accueillir son seigneur et maître à son retour de Fleet Street le soir –, pourquoi Luxford allait-il tremper ailleurs son biscuit ? Qu'un homme pût tromper une créature comme Fiona, qu'il pût seulement envisager de tromper une femme comme Fiona, cela n'avait pas de sens. D'un autre côté, si Luxford entretenait une liaison subreptice avec Cheveux cuivrés alors même qu'il était l'époux de Pommettes, cela expliquait son air préoccupé, ses nerfs à fleur de peau et sa mystérieuse disparition de la veille. Il n'était pas à la maison, avait déclaré son époustouflante épouse. Il n'était pas à la boîte, avaient déclaré les petits copains de la salle de rédaction. Il n'était pas dans sa voiture non plus s'il fallait en croire son téléphone de bord. Sur le moment, Rodney s'était satisfait de cette explication commode : Luxford était sorti grignoter un morceau. Mais maintenant il savait que si grignotage il y avait eu, celui-ci s'était effectué en compagnie de Cheveux cuivrés.

Le visage de l'inconnue lui était bougrement familier même si Rodney n'arrivait pas à mettre un nom dessus.

Pointure du barreau ou cadre très supérieur, en tout cas, c'était quelqu'un.

Il se rapprocha de sa proie tandis qu'ils arrivaient en vue des escalators. Il n'avait réussi à jeter qu'un seul et unique coup d'œil à son visage lorsqu'elle était sortie du snack; le reste du temps, il ne l'avait aperçue que de dos. S'il parvenait à l'examiner ne fût-ce que quinze secondes, il réussirait à l'identifier, il en était certain.

Impossible. A moins de la bousculer, de la doubler puis de descendre l'escalator à reculons afin de l'avoir en face de lui, c'était impossible. Il lui fallait se contenter de la filer dans l'espoir qu'elle se trahirait d'une manière ou d'une autre.

Elle gagna directement le rez-de-chaussée, perdue au milieu d'une cohue de clients dont la plupart, comme elle, faisaient route vers les sorties. Torrent bouillonnant de sacs verts, ils caquetaient dans toutes les langues en ponctuant leurs phrases de gestes violents. Pour la seconde fois de la journée – la première, ç'avait été dans l'escalier en suivant Luxford –, il comprit pourquoi il ne franchissait jamais le seuil du grand magasin Harrods.

Du fait de l'heure tardive, le rez-de-chaussée était bondé et les clients se bousculaient pour atteindre les portes. Tandis que Cheveux cuivrés leur emboîtait le pas, Rodney espéra qu'elle se dirigerait vers la station de métro de Knightsbridge. Certes, sa tenue évoquait davantage les limousines, les taxis, une voiture particulière. Mais il n'était pas interdit d'espérer. Parce que si elle prenait le métro, il pourrait la filer. Il n'aurait qu'à la suivre jusqu'à son domicile, où découvrir son identité ne serait plus qu'un jeu d'enfant.

Ses espoirs s'envolèrent lorsqu'il atteignit la sortie dix secondes après elle. Il parcourut des yeux le trottoir, cherchant les cheveux maintenant familiers, examinant la foule qui tournait le coin de Basil Street pour gagner la station Knightsbridge. Il la repéra au milieu des clients du magasin et dans un premier temps crut qu'elle allait bien gentiment prendre le métro. Mais, tandis qu'il trottait derrière elle et bifurquait dans Hans Crescent, il la vit se diriger à grands pas vers une Rover noire dont descendit un chauffeur en costume foncé. En se glissant sur le siège arrière, elle se tourna vers Rodney et de nouveau, l'espace d'un instant, il aperçut son visage.

Il s'empressa de le mémoriser : cheveux raides, lunettes à monture d'écaille, lèvre inférieure charnue, menton pointu. Ses vêtements, son porte-documents, son maintien, son allure déterminée : tout en elle dénotait la femme de pouvoir. Ce n'était pas le genre de fille avec laquelle – selon lui – un salopard comme Dennis Luxford pouvait s'amuser à tromper sa femme. Mais, d'un autre côté, un type devait éprouver une véritable satisfaction d'homme des cavernes à coucher dans son lit une femme de cet acabit. Rodney lui-même n'était pas porté sur les fortes personnalités. Mais Luxford – personnalité forte, lui aussi – avait dû trouver irrésistible la perspective de dégeler cette tigresse, de la séduire et enfin de la vaincre. Qui était-ce donc ?

Il regarda sa voiture se glisser dans le flot de la circulation de cette fin d'après-midi. Elle arrivait dans sa direction. Alors qu'elle passait à sa hauteur, Rodney quitta des yeux la passagère pour regarder le chauffeur puis la voiture. C'est alors qu'il distingua la plaque d'immatriculation et surtout les trois dernières lettres de la plaque. Ses yeux s'écarquillèrent. Les lettres faisaient partie d'une série bien particulière. Et il avait traîné suffisamment ses guêtres autour de Westminster pour savoir à quel type de voitures cette série était attribuée. Sa bouche s'incurva vers le haut. C'est tout juste s'il ne poussa pas un cri de triomphe.

Alors même que la voiture tournait le coin, Rodney s'appliqua à faire défiler tous les détails dans sa mémoire.

Les plaques minéralogiques appartenaient au gouvernement. Ce qui signifiait que la Rover appartenait à la flotte du gouvernement. Ce qui signifiait aussi que Cheveux cuivrés était membre du gouvernement. Ce qui signifiait enfin – et à cette idée Rodney ne put retenir un rugissement de joie – que Dennis Luxford, supporter du Parti travailliste, rédacteur en chef d'un journal d'obédience travailliste, baisait avec l'Ennemi.

7

Lorsque Saint James déclara à l'assistant d'Eve Bowen qu'il attendrait le retour du député, il eut droit à un regard franchement désapprobateur. « C'est comme vous voudrez. Asseyez-vous là », fit le jeune homme, les narines pincées, indiquant par sa mimique que la présence de ce visiteur inattendu lui plaisait à peu près autant que celle d'un gaz suspect émanant du chauffage central. Après quoi, il vaqua à ses occupations avec une mine d'employé zélé décidé à montrer quel fardeau la visite inopinée de Saint James représentait pour lui. Ses allées et venues incessantes donnaient le tournis : du téléphone aux fax, des classeurs métalliques à un calendrier géant accroché au mur. En l'observant, Saint James ne put s'empêcher de songer au lapin blanc d'*Alice au pays des merveilles*. Même si, physiquement, il ressemblait davantage à la hampe d'un drapeau d'où flottaient, telle une bannière bulbeuse, des cheveux couleur de Guinness.

Le jeune homme se leva d'un bond à l'instant où Eve Bowen pénétra dans le bureau, quelque vingt minutes après l'arrivée de Saint James. Il se précipita vers la porte.

– J'allais envoyer nos limiers à vos trousses, dit-il en la débarrassant de son porte-documents. (Il se saisit au passage d'une poignée de messages et poursuivit :) La réunion du comité exécutif a été remise à demain. Le débat aux Communes commencera à huit heures ce soir. La délégation des douanes voudrait organiser un déjeuner et non un dîner. L'université de Lancaster aimerait que vous prononciez une allocution devant l'Association des féministes du Parti conservateur, en juin. Et Mr Harvie demande si vous allez vous décider à trancher en ce qui concerne Salisbury : avons-nous réellement besoin d'une autre prison et faut-il absolument qu'elle soit construite dans sa circonscription ?

Eve Bowen lui arracha les messages des mains.

– J'ai beau m'être m'absentée deux heures, je sais toujours lire, Joel. Vous n'avez rien de plus intéressant à faire ?

Ainsi mouché, l'assistant eut un frémissement de colère.

– Virginia est partie, Miz Bowen. J'ai pensé qu'il valait mieux, comme ce monsieur souhaitait attendre votre retour, ne pas laisser le bureau vide.

A ces mots, Eve Bowen leva le nez de ses messages et aperçut Saint James. Sans lui adresser un regard, elle dit à Joel :

– Faites un break, allez dîner. Je n'aurai pas besoin de vous avant vingt heures. (Puis elle ajouta à l'adresse de Saint James :) Par ici, je vous prie.

Et elle l'introduisit dans son bureau.

Une table de travail en bois faisait face à la porte. Eve Bowen s'approcha de la console qui était derrière et se versa de l'eau d'une bouteille Thermos dans un gobelet en plastique. Elle fouilla dans son tiroir, sortit un flacon d'aspirines et en fit tomber quatre dans sa paume. Une fois qu'elle eut avalé les comprimés, elle s'enfonça dans le fauteuil de cuir vert, ôta ses lunettes et dit :

– Eh bien ?

Saint James commença par lui faire part des éléments qu'Helen et Deborah avaient réussi à déterrer après leur enquête à Marylebone. Il les avait retrouvées au Rising Sun à cinq heures de l'après-midi. Comme lui, elles avaient la certitude que les renseignements qu'ils recueillaient commençaient à s'organiser, à ressembler à une piste susceptible de les mener jusqu'à Charlotte Bowen.

Dans plusieurs magasins du quartier, on avait reconnu la fillette à sa photo. « Bavarde comme une pie. » « Un vrai moulin à paroles, cette gamine. » Tels étaient les commentaires qui étaient revenus le plus fréquemment. Si personne n'avait réussi à mettre un nom sur son visage, ceux qui l'avaient reconnue étaient capables en revanche de préciser quand ils l'avaient vue pour la dernière fois. California Pizza dans Blandford Street, Chimes Music Shop dans Marylebone High Street et Golden Hind Fish and Chips dans Marylebone Lane avaient réussi à dire exactement quand ils avaient aperçu la fillette pour la dernière fois. A la pizzeria comme chez le disquaire, Charlotte était en compagnie d'une autre gamine de Sainte-Bernadette, toute contente de laisser la petite Bowen claquer des billets de cinq livres pour lui payer tantôt de la pizza et des Coca, et tantôt des CD. Ça, ça s'était passé le lundi et le mardi précédant la disparition de Charlotte. Au Golden Hind – établissement le plus proche du domicile du professeur de musique et donc de l'endroit où Charlotte avait vraisemblablement été enlevée –, elles avaient appris que la fillette passait tous les mercredis. Ce jour-là, elle posait une poignée de pièces graisseuses sur le comptoir de verre pour acheter un cornet de frites et un Coca. Après avoir aspergé ses frites d'une dose de vinaigre à faire pleurer à gros bouillons une personne dotée de papilles normalement constituées, elle sortait les manger dehors. Interrogé, le patron de la gargote réfléchit, s'efforçant de se rappeler si Charlotte était venue seule ou non. Il commença par dire qu'elle était seule, puis avoua qu'au fond il était bien incapable de se prononcer, vu que le boui-boui servait de lieu de rendez-vous à tous les petits vauriens du coin à la sortie des cours. Que par ailleurs il était infichu de distinguer les garçons des filles et encore moins de savoir qui accompagnait qui.

A la pizzeria et chez le disquaire, en revanche, Helen et Deborah avaient obtenu un signalement de la gamine qui accompagnait Charlotte les après-midi précédant sa disparition. Cheveux frisottés, taches de rousseur, elle affectionnait les bérets fuchsia voire les serre-tête fluo et elle se rongeait atrocement les ongles. De plus, comme Charlotte, elle portait l'uniforme de Sainte-Bernadette.

– Qui est-ce ? questionna Eve Bowen. Et qu'est-ce qu'elle fabrique avec Charlotte quand celle-ci est censée être à son cours de danse ou chez son psychologue ?

Tout donnait à penser, lui répondit Saint James, que Charlotte passait un moment avec elle avant de se rendre à ses rendez-vous. Les deux magasins l'avaient confirmé : les fillettes s'étaient pointées dans la demi-heure suivant leur sortie de l'école. La petite fille s'appelait Brigitta Walters. Est-ce qu'Eve Bowen la connaissait ?

Le député dit que non. Qu'elle ne l'avait jamais rencontrée. En ce qui la concernait, elle avait rarement l'occasion de voir Charlotte et lorsque c'était le cas, elle préférait se trouver en tête à tête avec sa fille, ou bien sortir avec elle et son mari. Mais pas avec les amies de la petite.

– Il y a peu de chances que vous connaissiez Breta, alors, fit Saint James.

– Breta ?

Et Saint James de résumer ce qu'il savait à propos de Breta en concluant :

– Dans un premier temps, j'ai cru que Breta et Brigitta n'étaient qu'une seule et même personne puisque Mr Chambers nous avait dit que Breta accompagnait généralement Charlotte à sa leçon de musique.

– Mais ce n'est pas le cas ?

En guise de réponse, Saint James lui relata sa rencontre avec Brigitta, qu'il avait trouvée à Wimpole Street, au lit, avec un rhume de cerveau carabiné. Cette rencontre avait eu lieu sous l'œil méfiant de sa grand-mère, dotée elle aussi d'une impressionnante masse de cheveux frisés et qui était restée pendant tout l'entretien sur un rocking-chair dans un coin de la pièce avec des allures de duègne revêche. A peine avait-il mis le pied dans la chambre de la petite qu'il avait compris : il se trouvait bien en présence de la camarade qui accompagnait Charlotte à la pizzeria et chez le disquaire. Sa chevelure n'eût-elle pas été frisée comme la toison d'un mouton fraîchement tondu, son serre-tête vert fluo ne l'eût-il pas trahie, qu'il l'aurait reconnue à sa façon de se ronger systématiquement les ongles. Elle ne s'interrompait que pour répondre à ses questions.

Au début, il avait pensé avoir réussi à remonter la piste, avoir retrouvé Breta. Seulement elle ne s'appelait pas Breta et Breta n'était pas son surnom. Et en plus elle n'avait même pas de surnom. Son prénom lui venait de sa grand-tante suédoise qui habitait Stockholm avec son quatrième mari, sept lévriers et des monceaux de fric. Beaucoup plus de fric que n'en avait jamais eu Lottie Bowen. Brigitta allait chez sa grand-tante tous les étés avec sa grand-mère. D'ailleurs s'il voulait la voir, elle pouvait lui montrer sa photo.

Saint James avait demandé à la petite fille si elle connaissait Breta. Evidemment, qu'elle la connaissait. C'était une copine de Lottie qui fréquentait une école laïque à Marylebone, lui confia-t-elle avec un regard entendu à sa grand-mère. Une école où les professeurs étaient des gens normaux qui s'habillaient comme des gens normaux et pas des vieilles dames qui bavotaient en parlant.

— Auriez-vous une idée du nom de cette école ? demanda Saint James à Eve Bowen.

Elle réfléchit à la question et dit :

— Il s'agit peut-être de Geoffrey Shenkling. (C'était une école primaire située dans Crawford Place non loin d'Edgware Road. Saint James avait des chances d'y trouver Breta parce que c'était là que Charlotte aurait voulu que sa mère l'inscrive.) Elle tenait absolument à aller là-bas. Surtout pas à Sainte-Bernadette. Elle n'a pas changé d'avis sur ce point, d'ailleurs. Je la soupçonne de tout faire pour se faire renvoyer de Sainte-Bernadette et me forcer à la mettre à Shenkling.

— Sœur Agnetis m'a confié que Charlotte n'était pas passée inaperçue lorsqu'elle a emporté votre rouge à lèvres à l'école.

— Elle fouille tout le temps dans ma trousse de maquillage. Quand ce n'est pas dans mes vêtements.

— C'est un sujet de dispute entre vous ?

Eve Bowen se frotta les paupières avec le pouce et l'index comme pour chasser sa migraine. Puis elle remit ses lunettes.

— Elle n'a pas un caractère facile. Faire plaisir, être gentille, ce n'est pas dans son tempérament.

— Toujours d'après sœur Agnetis, Charlotte a été punie pour cette histoire de rouge à lèvres. Sévèrement, même.

Eve Bowen lui décocha un regard neutre avant de répondre.

— Je ne suis pas du genre à rester les bras croisés quand on me désobéit.

— Comment réagit-elle quand vous la punissez ?

— Elle boude. Et après, elle recommence. A faire des siennes.

– Est-ce qu'elle a déjà fugué ? Ou menacé de le faire ?

– Vous portez une alliance : vous avez des enfants, Mr Saint James ? Non ? Eh bien, si vous en aviez, vous sauriez qu'un enfant puni menace souvent de fuguer. « Je vais me sauver, tu vas voir, tu le regretteras. Tu verras si tu le regrettes pas. »

– Comment Charlotte a-t-elle pu faire la connaissance de Breta ?

Le député se mit debout et se dirigea vers la fenêtre, les mains plaquées contre les coudes.

– Je vous vois venir. Charlotte apprend à Breta que sa mère la bat : c'est sûrement comme ça qu'elle a décrit les cinq tapes sur le derrière que je lui ai administrées la troisième – et non la première – fois où je l'ai surprise avec mon rouge à lèvres. Breta lui conseille de flanquer la frousse à sa maman. Les deux gamines s'enfuient, attendant que Maman comprenne la leçon et revienne à de meilleurs sentiments.

– C'est un scénario à envisager. Les enfants agissent souvent sans très bien savoir l'impact que leur conduite aura sur leurs parents.

– Souvent ? Vous voulez dire tout le temps. (Elle examina Parliament Square. Puis, levant les yeux, parut se plonger dans l'étude de l'architecture gothique du palais de Westminster. Faisant toujours face au paysage, elle enchaîna :) Si l'autre petite est inscrite à Shenkling, il est possible que Charlotte l'ait aperçue au bureau de ma circonscription car elle y est tous les vendredis après-midi. Breta sera venue à la permanence avec son père ou sa mère, elle sera allée faire un tour pendant que nous parlions. Et en passant la tête par la porte de la salle de conférences, elle aura vu Charlotte en train de faire ses devoirs. (Cette fois, elle tourna le dos à la fenêtre.) Mais Breta n'a rien à voir là-dedans. Charlotte n'est pas avec elle.

– Il faut cependant que je lui parle. Si quelqu'un est capable de nous fournir un signalement du ravisseur éventuel de Charlotte, c'est Breta. Il n'est pas impossible qu'elle l'ait vu hier après-midi. Peut-être même avant, s'il épiait les allées et venues de votre fille.

– Inutile de vous adresser à Breta pour avoir le signalement de celui qui a enlevé Charlotte. Ce signalement, vous l'avez. Son kidnappeur, vous l'avez rencontré. C'est Dennis Luxford.

Plantée devant la fenêtre sur fond de clarté déclinante, elle lui résuma son entretien avec Luxford, lui rapporta l'histoire du coup de téléphone du ravisseur telle que Luxford la lui avait racontée. Elle lui parla des menaces qui pesaient sur la vie de Charlotte et des exigences du ravisseur : la publication des circonstances de sa naissance – avec tous les noms, les dates et les lieux – à la une de l'édition du lendemain de *La Source*, le tout rédigé par Dennis Luxford en personne.

En apprenant que des menaces avaient été proférées contre la fillette, Saint James entendit aussitôt un signal d'alarme se déclencher dans sa tête. D'un ton ferme, il observa :

– Mais cela change tout. Elle est en danger. Nous devons...

– Pensez-vous ! Dennis Luxford veut que je la croie en danger.

– Miz Bowen, vous êtes dans l'erreur. Et nous allons téléphoner immédiatement à la police.

Elle retourna vers la console et se versa un autre gobelet d'eau de la Thermos. Elle l'avala d'un trait, regarda son visiteur droit dans les yeux et lui dit avec un calme parfait :

– Mr Saint James, réfléchissez. Comme vous devez vous en douter, je n'aurais aucun mal à empêcher la police d'enquêter sur cette affaire : il me suffit de passer un coup de téléphone. Et si vous vous figurez que je ne le ferai pas, vous vous trompez.

A ces mots, Saint James éprouva une sensation d'ahurissement total. Jamais il n'aurait cru un tel entêtement possible chez un homme ou une femme confronté à une situation pareille. Toutefois, comme elle continuait sur le même ton, il ne put que se rendre à l'évidence : il ne lui restait qu'une seule chose à faire. Il se maudit de s'être laissé embarquer dans cette lamentable affaire. Comme si elle suivait le cheminement de ses pensées et avait deviné la conclusion à laquelle il avait abouti, elle poursuivit :

– Je vous laisse imaginer l'impact de la publication de cet article sur les tirages et les recettes publicitaires du journal de Mr Luxford. Qu'il soit lui-même directement impliqué n'aura aucune conséquence fâcheuse sur les ventes. Au contraire : son rôle dans l'affaire les fera vraisemblablement grimper. Et il le sait. Oh ! bien sûr, il sera un peu gêné par ces révélations; mais, après tout, Charlotte est la preuve vivante de sa virilité. Ce n'est pas vous qui me contredirez, les hommes ont une tendance à prendre des airs penauds de petit garçon quand leurs prouesses sexuelles sont étalées à la une. Mais ça ne dure pas. Dans notre société, c'est la femme qui doit payer le prix fort quand il s'avère qu'elle a péché.

– Mais l'illégitimité de Charlotte n'est pas un secret.

– Absolument pas. C'est l'identité de son père qui en est un. Et c'est le choix malencontreux, hypocrite de ce père qui me sera reproché. Parce qu'en dépit de ce que vous pouvez penser, il s'agit là de politique, Mr Saint James. Pas de la vie ou de la mort d'une fillette. Ni même de morale. J'ai beau ne pas être un personnage aussi en vue que le Premier ministre, le ministre de l'Intérieur ou celui des Finances, la publication par *La Source* de ce papier juste après l'affaire Sinclair Larnsey mettra un terme à ma carrière. Certes, pour l'instant, je garderai mon siège de député de Marylebone. Dans une circonscription où j'ai été élue avec une majorité d'à peine huit cents voix, il est peu probable qu'on me demande de démissionner car cela entraînerait une élection partielle. Mais il y a toutes les chances que je sois lâchée par mon comité lors des prochaines élections générales. Et à supposer que ce ne soit pas le cas, que le gouvernement survive à ce dernier coup, quel genre de poste me confiera-t-on une fois mes ébats avec Dennis Luxford étalés sur la place publique ? Car ce n'est pas une longue liaison que nous avons vécue ; je n'ai pas été la pauvre petite femme qui se consume d'amour pour un homme qu'elle adore mais ne pourra jamais avoir, je n'ai pas été « séduite » comme cette gourde de Tess d'Urberville. Entre Luxford et moi, ç'a été une histoire de cul. Oui, Mr Saint James, Luxford, l'ennemi public numéro un du Parti conservateur ! Alors vous croyez que le Premier ministre va me féliciter ? Sûrement pas. Mais quel papier ça va faire à la une !

Saint James constata qu'elle avait enfin perdu son sang-froid. Lorsqu'elle rajusta ses lunettes, il vit que ses mains tremblaient. Elle jeta un coup d'œil autour d'elle comme si cet amoncellement de cahiers, de classeurs, de rapports, de lettres, de photos et d'éloges encadrés devait désormais circonscrire le domaine de sa vie politique.

– Luxford est un monstre. S'il n'a pas publié cet article plus tôt, c'est que le moment n'était pas opportun. Avec l'affaire Larnsey, c'est bon.

– Les scandales sexuels n'ont pas manqué ces dix dernières années et la presse s'en est largement fait l'écho, souligna Saint James. J'ai du mal à croire que Luxford ait attendu tout ce temps.

– Regardez les sondages, Mr Saint James. La cote du Premier ministre n'a jamais été aussi basse. Un journal travailliste ne pourrait mieux choisir son moment pour s'en prendre aux tories et espérer que ses attaques entraîneront la chute du gouvernement tout entier. Et ces attaques, on m'en tiendra pour responsable, je puis vous l'assurer.

– Mais si Luxford est derrière tout cela, fit Saint James, lui-même risque gros. Il peut se retrouver en prison pour le kidnapping de sa propre fille si nous arrivons à en apporter la preuve.

– Il est journaliste. Pour un papier, ces gens-là sont prêts à tout.

Un pan de robe de chambre jaune attira soudain l'attention de Saint James qui leva la tête. Sur fond de couloir obscur, Deborah l'observait depuis le seuil du laboratoire.

– Tu ne viens pas ? questionna-t-elle. Tu t'es couché à une heure impossible hier. Tu veilles encore ce soir ?

Il posa la loupe sur l'étui en plastique contenant la lettre du ravisseur reçue par Dennis Luxford. Il se redressa sur son tabouret, les muscles raidis, et fit la grimace. Deborah fronça les sourcils en le voyant tendre le bras vers son cou. Elle s'approcha et lui écarta doucement la main. Repoussant ses cheveux trop longs, elle lui piqua un baiser sur la nuque et entreprit de le masser. Il se laissa faire.

– Le lis, murmura-t-il, tandis que ses muscles crispés se détendaient doucement.

– Quoi, le lis ?

– Ton parfum sent le lis. Ça me plaît.

– Tant mieux. Si seulement cela pouvait t'inciter à te coucher à une heure décente...

Il lui embrassa la paume.

– Aucun problème. Et à n'importe quelle heure.

– On ne serait pas plus à l'aise dans la chambre pour faire ça ?

– Il y a des tas de choses qu'on pourrait faire plus commodément dans la chambre. Tu veux que je t'en cite quelques-unes ?

Elle rit. Elle s'approcha davantage de lui et lui passa les bras autour de la taille. Puis elle se serra contre lui.

– Sur quoi travailles-tu ? Tu n'as pratiquement pas desserré les dents à table. C'est au point que Papa m'a demandé si tu avais soudain pris en aversion son canard à l'orange. Je lui ai dit que tant qu'il continuerait à faire le canard à l'orange avec du poulet, il n'y aurait pas de problème. Ce sont les canards et les lapins que Simon refuse de manger, lui ai-je rappelé. Jamais il ne touchera à un canard ni à un lapin. A un faon non plus. Je ne sais pas pourquoi, mais Papa a du mal à comprendre. Sans doute parce qu'il n'a jamais été un fan de Donald ou de Bambi.

– J'ai dû trop regarder Walt Disney quand j'étais petit.

– C'est sûrement ça. Moi-même, je ne me suis toujours pas remise de la mort de la mère de Bambi.

Il éclata de rire.

– Inutile de me le rappeler. Tu pleurais à chaudes larmes : il a fallu que je te porte pour sortir du cinéma. Même la glace n'a pas réussi à te consoler. Si tu étais restée jusqu'au bout tu aurais vu que ça se terminait bien.

– Oui, seulement ça touchait un point trop sensible, mon amour. A l'époque.

– Evidemment, et je ne m'en suis rendu compte qu'après. C'était moins d'un an après la mort de ta mère... Quelle idée a bien pu me passer par la tête ? Mais sur le moment je me suis dit : « Tiens, je vais emmener la petite Deborah voir cet adorable film pour son anniversaire. Je l'ai vu quand j'avais son âge et je l'avais adoré. » J'ai cru que ton père allait m'arracher les yeux quand je lui ai expliqué ce qui t'avait mise dans un état pareil.

– Rassure-toi, il t'a pardonné. Moi aussi. Mais tu avais toujours de drôles d'idées sur la façon de fêter mon anniversaire. Tu m'emmenais voir les momies. La chambre des horreurs au musée Tussaud. Ou voir la mère de Bambi se faire tuer.

– Eh bien, ça prouve que je ne suis pas doué pour m'occuper des enfants. C'est peut-être aussi bien qu'on n'en ait pas... (Il s'arrêta net. Lui prit les mains entre les siennes sans lui laisser le temps de reculer.) Désolé. (Comme elle ne répondait pas tout de suite, il pivota sur son tabouret de façon à la regarder bien en face. Elle semblait repasser en esprit les mots qu'il venait de prononcer, analysant leur tonalité autant que leur contenu.) Je suis désolé.

– Tu pensais vraiment ce que tu viens de dire ?

– Non. C'est sorti comme ça. J'ai parlé sans réfléchir. J'ai... baissé ma garde.

– Je ne veux pas que tu sois sur tes gardes avec moi. (Elle recula d'un pas. Ses mains qui lui avaient réchauffé le corps jouaient avec la ceinture de sa robe de chambre.) Je veux que tu sois toi-même. Que tu dises ce que tu penses. Pourquoi est-ce que tu ne veux pas arrêter d'essayer de me protéger ?

Il réfléchit. Pourquoi les gens refusaient-ils de dire le fond de leur pensée ? Pourquoi prenaient-ils des gants pour se parler ? Que craignaient-ils ? De perdre un être cher, évidemment. C'était la hantise générale, même si l'on survivait lorsque cela se produisait. Deborah était bien placée pour le savoir.

Il tendit le bras. Elle se raidit.

– Deborah, je t'en prie. (Elle s'approcha.) Ce que tu veux, je le veux aussi. Mais contrairement à toi, je ne le veux pas plus que tout au monde. Ce qui m'importe le plus au monde, c'est toi. Chaque fois que tu as perdu un bébé, c'est une partie de toi que j'ai perdue. Je ne voulais pas que ça continue comme ça parce que je savais où cela nous mènerait. Si je pouvais supporter de te perdre un peu, je savais que je ne pourrais jamais supporter de te perdre complètement. Et ça, mon amour, c'est la vérité. Tu veux des enfants à tout prix. Pas moi. Pour moi, il y a un prix que je ne suis pas prêt à payer.

Les yeux de Deborah s'emplirent de larmes. Avec désespoir, il songea qu'ils allaient s'enfoncer une nouvelle fois dans une de ces discussions éprouvantes qui pouvaient durer jusqu'à l'aube, une discussion qui ne résoudrait rien, ne leur apporterait la paix ni à l'un ni à l'autre, et risquerait de déclencher chez elle un nouvel épisode dépressif. Mais elle le surprit, ce qui lui arrivait fréquemment.

– Merci, chuchota-t-elle. (Avec la manche de sa robe de chambre, elle s'essuya les yeux.) Tu es vraiment merveilleux.

– Je ne me sens pas particulièrement merveilleux ce soir.

– Non, c'est ce que je vois. Tu as l'air préoccupé depuis que tu es rentré. Qu'est-ce que tu as ?

– Un sentiment de malaise de plus en plus prononcé.

– A cause de Charlotte Bowen ?

Il lui rapporta sa conversation avec la mère de la petite fille. Lui précisant que la vie de Charlotte était menacée. Horrifiée, elle porta une main à ses lèvres.

– Je suis coincé, expliqua-t-il. Si l'on veut que cette enfant soit retrouvée, il va falloir que je m'en occupe.

– Pourquoi ne pas téléphoner à Tommy ?

– Inutile. Compte tenu du poste qu'elle occupe au ministère de l'Intérieur, Eve Bowen peut empêcher la police d'intervenir aussi longtemps qu'elle le souhaitera. Et elle m'a fait clairement comprendre que c'était bien son intention.

– Dans ce cas, que pouvons-nous faire ?

– Tenir bon. Espérer que Bowen a raison.

– Mais tu penses qu'elle a tort ?

– Je ne sais que penser.

Deborah se voûta.

– Oh ! Simon ! dit-elle, désolée. Mon Dieu, tout ça, c'est ma faute.

Incontestablement, c'était sur sa demande qu'il était intervenu, mais il ne servirait pas à grand-chose de remuer le couteau dans la plaie.

– Normalement, poursuivit-il, je devrais me féliciter, me dire qu'on a avancé dans notre enquête. On connaît l'itinéraire de Charlotte pour rentrer chez elle à sa sortie de l'école ou de chez son professeur de musique. Les boutiques où elle a fait halte. On a réussi à retrouver une de ses camarades et on a des chances de mettre la main sur une autre. Seulement, j'ai une impression de malaise. Je ne vois pas très bien où tout ça peut nous mener.

– C'est pour cela que tu examines de nouveau les lettres du ravisseur ?

– Je les examine parce que je ne sais pas quoi faire d'autre à ce stade des opérations. Et ça, ça me plaît encore moins que de ne pas savoir où me mènent mes recherches.

Il se pencha pour éteindre les deux lampes qui éclairaient de leur lumière crue la table du laboratoire, laissant les plafonniers dispenser une clarté plus douce.

– C'est dans cet état d'esprit que Tommy doit se trouver en permanence quand il enquête, remarqua Deborah.

– Oui, seulement, lui, il est inspecteur de police. Il a la patience nécessaire pour recueillir les indices, les rassembler et les faire « parler ». Moi je ne l'ai pas, cette patience. Et je doute qu'elle me vienne un jour. (Saint James prit les étuis en plastique et les rangea en haut d'un classeur métallique près de la porte.) Or si nous sommes en présence d'un authentique kidnapping, et non de ce qu'Eve Bowen est décidée à prendre pour un canular monté par Luxford afin de causer du tort au gouvernement et de servir les intérêts de son journal, il est urgent d'aller au fond des choses. Seulement ce sentiment d'urgence, il semble que je sois le seul à l'éprouver.

– Dennis Luxford l'éprouve aussi.

– Mais il est aussi intraitable qu'elle sur la façon dont l'affaire doit être menée. (Il revint vers la table, vers Deborah.) C'est bien ce qui me trouble dans cette histoire. Et je n'aime pas être troublé. Ça me distrait. Ça m'empêche de voir clair. Moi qui suis habitué à évoluer dans un monde limpide.

– C'est parce que les balles, les cheveux et les empreintes ne discutent pas, souligna Deborah. Ils n'ont pas de point de vue à exprimer.

– Mon travail consiste à m'occuper des objets, pas des gens. Les choses coopèrent : elles restent bien gentiment inertes sous le microscope ou dans le chromatographe. Les gens, non.

– Mais à ce stade, il n'y a pas trente-six solutions.

– Comment ça ?

– On a deux pistes. L'école Geoffrey Shenkling. Et les squats de George Street.

– Les squats ? Quels squats ?

– Helen et moi t'en avons parlé cet après-midi, Simon. Au pub. Au Rising Sun. Tu ne t'en souviens pas ?

Cela lui revint tout d'un coup. Une rangée d'immeubles abandonnés à mi-chemin entre Sainte-Bernadette et le domicile de Damien Chambers. Excitées comme des puces, Helen et Deborah les lui avaient décrits tout en prenant le thé. Les bâtiments étaient à proximité de l'endroit probable de l'enlèvement, ils étaient commodément situés par rapport au domicile de l'enfant. Dans le même temps, ils étaient trop décrépits, leur aspect était suffisamment peu engageant pour ôter à un passant éventuel l'envie de s'y aventurer. Mais pour quelqu'un qui était en quête d'une cachette, ils étaient parfaits ; ils constituaient un élément des plus intéressants dans la résolution de l'énigme de la disparition de Charlotte. Les squats ne figuraient pas au programme de la journée. Helen et Deborah les avaient mis au programme du lendemain ; car le port de jean, tennis, sweat-shirt et torche faciliterait leurs recherches. Saint James poussa un soupir écœuré en se rendant compte qu'il avait complètement oublié cette histoire d'immeubles menaçant ruine.

– Une raison de plus pour laquelle je n'aurais aucune chance de réussir comme détective privé, dit-il.

– Tu vois que nous avons une piste.

– Je ne me sens pas mieux pour autant.

Elle lui prit la main.

– J'ai confiance en toi.

Mais sa voix trahissait l'angoisse qu'elle éprouvait à savoir que la vie d'une enfant était en jeu.

Charlotte émergea du sommeil comme elle émergeait de l'eau pour remonter à bord du bateau dans la baie de Fermain lorsqu'elle allait en vacances avec ses parents à Guernesey. Mais, à l'inverse de ce qui se passait l'été, à Guernesey, elle émergea dans les ténèbres.

Sa bouche était pâteuse, ses paupières collées, sa tête pesait plus lourd que le sac de farine dans lequel Mrs Maguire puisait pour préparer ses scones. Ses mains étaient si faibles que c'est à peine si elle pouvait attraper la laine nauséabonde de la couverture afin d'envelopper dedans plus étroitement son corps secoué de frissons. « Je me sens pas bien », songea-t-elle, et il lui sembla presque entendre sa grand-mère dire à son grand-père : « Peter, viens jeter un coup d'œil. Je crois que la petite est malade. »

D'abord elle avait eu le vertige. Puis ses jambes

s'étaient mises à trembler. Ne voulant pas s'asseoir à même le sol de brique, elle avait essayé de retrouver le chemin des caisses pour s'asseoir dessus. Seulement elle avait pris la mauvaise direction et trébuché sur la couverture qu'il lui avait jetée en partant. Elle avait complètement oublié la couverture. Les bords étaient trempés par l'eau qu'avait contenue le seau avant qu'elle ne décide de le vider pour faire pipi dedans.

A la pensée de cette eau, Lottie essaya de déglutir. Si elle ne l'avait pas répandue par terre, elle aurait de quoi boire. Maintenant, impossible de savoir quand on lui donnerait de l'eau, du jus de pomme ou de la soupe pour faire disparaître cette sensation de langue pâteuse.

C'était la faute de Breta. Lottie se raccrocha à cette idée pour ne pas sombrer de nouveau. Tout ça, c'était la faute de Breta. Jeter l'eau, c'était un coup à la Breta. Un mauvais coup ; une idée idiote.

Elle croyait toujours tout savoir, Breta. Elle lui répétait sans cesse : « Tu veux que je sois ta meilleure amie, n'est-ce pas ? » Aussi lorsque Breta lui disait : « Fais ceci, Lottie Bowen, fais ça, et grouille », Lottie obéissait. Parce que c'était génial d'être la meilleure amie de quelqu'un. Avoir une meilleure copine, ça voulait dire être invitée à un goûter d'anniversaire, c'était quelqu'un avec qui jouer à faire semblant, quelqu'un avec qui piquer des fous rires quand on allait dormir chez elle, quelqu'un à qui envoyer des cartes postales pendant les vacances et avec qui partager des secrets. Une meilleure amie, c'est ce que Lottie voulait le plus au monde. Aussi faisait-elle toujours ce qu'il fallait pour en avoir une.

Mais peut-être que Breta n'aurait pas vidé le seau après tout. Peut-être qu'elle aurait fait pipi devant lui, dans la gueule de la pieuvre qu'il avait posée par terre, elle aurait fait pipi tout en lui riant au nez. Ou bien peut-être qu'elle aurait essayé de trouver un récipient quelconque une fois qu'il aurait eu le dos tourné. Ou alors peut-être qu'elle ne se serait même pas donné cette peine. Peut-être qu'elle se serait tout bonnement accroupie près des caisses, quitte à en mettre partout. Si Lottie avait opté pour l'une de ces solutions, elle aurait de quoi boire maintenant. De l'eau sale, peut-être. De l'eau franchement dégoûtante. Mais de l'eau pour sa bouche pâteuse.

– J'ai froid, murmura-t-elle. Soif.

Breta lui demanderait pourquoi elle s'obstinait à rester par terre si elle avait froid et soif. Breta lui dirait : « C'est pas du camping que tu fais, Lottie. Pourquoi fais-tu comme si tu campais ? Pourquoi faut-il toujours que tu te comportes comme une bonne petite ? »

Lottie savait ce que Breta ferait à sa place. Sautant sur ses pieds, elle explorerait la pièce. Elle s'arrangerait pour découvrir la porte par où il était entré et ressorti. Elle crierait. Elle hurlerait. Elle donnerait des coups de poing sur cette porte. Elle s'efforcerait d'attirer l'attention.

Lottie sentit ses yeux se fermer. Ses paupières étaient trop lourdes pour combattre l'obscurité. Et de toute façon il n'y avait rien à voir. Il avait fermé à clé en partant, elle avait bien reconnu le bruit. Il n'y avait pas d'issue.

Ça, bien sûr, Breta ne le croirait pas. « Comment ça, pas d'issue ? T'es débile ! Il est entré. Il est ressorti. Débrouille-toi pour trouver la porte, démolis-la au lieu de geindre, Lottie. »

« Je geins pas », songea Lottie.

A quoi Breta répondrait : « Oh ! mais si, tu geins. Quel bébé tu fais ! »

Lottie s'entortilla dans la couverture. Les pans humides lui collaient désagréablement aux jambes. Elle replia les jambes, se roulant en boule. Elle ferma les mains et enfouit ses poings serrés sous son menton. Elle plaqua ses poings contre sa gorge pour s'empêcher de penser à la soif.

Elle entendait Breta la traiter de bébé.

– J'suis pas un bébé.

« Ah non ? Alors prouve-le. Prouve-le, Lottie Bowen. »

« Prouve-le. » C'était comme ça que Breta obtenait ce qu'elle voulait. « Prouve-moi que tu n'es pas un bébé, prouve-moi que tu veux être mon amie, prouve-moi que c'est moi que tu préfères, prouve-moi que tu sais tenir ta langue. » Prouver, prouver, toujours prouver. « Verse le bain moussant dans la baignoire et laisse l'eau déborder pour qu'on croie que c'est de la neige. Pique le rouge à lèvres de ta mère et mets-en à l'école. Jette ta culotte dans la cuvette des W.-C. et promène-toi sans toute la journée. Fauche-moi un Twix... Non, prends-en deux. Entre bonnes copines, c'est des choses qui se font.

C'est ça que ça veut dire, être la meilleure amie de quelqu'un. Tu ne veux pas être la meilleure amie de quelqu'un ? »

Lottie en avait envie. Très envie même. Et Breta avait des amies. Des douzaines et des douzaines d'amies. Si Lottie voulait les collectionner, elle aussi, il allait falloir qu'elle s'arrange pour ressembler davantage à Breta. Ce que Breta ne cessait de lui dire depuis le début.

Prenant appui sur ses mains, Lottie décolla le derrière du sol. Un vertige la prit, qui lui donna l'impression d'être sur la mer moutonnante. Elle replia les genoux de façon que seuls ses pieds et ses fesses soient encore en contact avec le sol. Lorsque le vertige fut passé, elle se releva. Elle tangua, mais ne tomba pas.

Une fois debout, elle hésita. Elle ébaucha un pas en avant dans le noir, doigts papillotant telles les antennes d'un insecte. Le froid la fit frissonner. Elle compta ses pas. Centimètre après centimètre, elle progressa sur le sol.

Quel genre d'endroit cela pouvait-il bien être ? Ce n'était pas une grotte. Il y faisait noir comme dans une grotte mais les grottes n'étaient pas pavées de brique et elles n'avaient pas de porte. Alors qu'est-ce que c'était ? Où était-elle ?

Mains tendues devant elle, elle atteignit un mur. La texture du mur sous ses paumes lui sembla familière. Des briques. Elle se traîna en aveugle le long de la paroi telle une taupe. Du bout des doigts, elle explora la surface rugueuse vers le haut puis vers le bas. Elle cherchait une fenêtre – les murs, c'est généralement percé de fenêtres, n'est-ce pas ? –, une fenêtre condamnée par des planches mais pas hermétiquement condamnée et qui lui aurait permis de jeter un coup d'œil dehors.

« Faut pas t'attendre à trouver une fenêtre, Lottie, aurait dit Breta tandis que Lottie explorait le mur à tâtons. Tu distinguerais des rais de lumière entre les planches. Or il n'y a pas de lumière. C'est donc qu'il n'y a pas de fenêtre, idiote. »

Breta avait raison. Malgré tout Lottie trouva la porte. Le bois sentait le moisi, il était rugueux au toucher ; de la main, elle tâtonna à la recherche de la poignée. Elle tourna celle-ci sans résultat. Elle se mit à donner des coups de poing sur la paroi. Puis à crier.

– Laissez-moi sortir! Maman! Maman!

Pas de réponse. Elle colla l'oreille contre le battant mais n'entendit pas un bruit. De nouveau elle tapa sur la porte. Aux bruits sourds que faisaient ses poings contre le bois, elle comprit que la porte était très épaisse, peut-être aussi épaisse qu'une porte d'église.

Une église? Est-ce qu'elle était dans la crypte d'une église?

Là où on entasse les cadavres? Breta aurait éclaté de rire. Elle se serait mise à faire des bruits de fantôme et à courir autour de la pièce avec un drap sur la tête.

Lottie eut un mouvement de recul en songeant aux cadavres et aux fantômes. Du coup, elle se remit à explorer de plus belle. « Sortir, songea-t-elle. Faut absolument que je sorte. » Elle poursuivit son chemin collée contre le mur jusqu'à ce qu'elle se cogne le genou. Celui qui était déjà esquinté.

Elle fit une grimace de douleur mais n'eut pas un gémissement, pas un cri. Tendant les doigts, elle essaya de savoir dans quoi elle s'était cognée. Du bois, mais pas du bois rugueux comme celui des caisses. A tâtons, elle explora cette surface. On aurait dit une planche. Large comme deux mains. Au-dessus se trouvait une autre planche de la même largeur. Au-dessous, une troisième. Une quatrième semblait partir à l'assaut du mur.

Un escalier, songea-t-elle.

Elle se hissa sur les marches. Celles-ci, terriblement hautes, faisaient penser davantage à un escabeau qu'à un escalier. Il lui fallait se servir de ses mains et de ses pieds pour progresser. Tandis qu'elle grimpait, elle se souvint d'une promenade à Greenwich, du *Cutty Sark*, elle se souvint d'être montée à bord du bateau grâce à des marches comme celles-ci. Mais elle ne pouvait pas se trouver à l'intérieur d'un bateau. Un bateau en brique? Il aurait coulé comme une pierre. Il n'aurait pas flotté une seconde. Et puis à supposer qu'elle soit à bord d'un bateau, est-ce qu'elle ne sentirait pas sous ses pieds le roulis? Est-ce qu'elle n'entendrait pas le craquement des mâts? Est-ce qu'elle n'aurait pas dans les narines l'air marin? Est-ce qu'elle...

Sa tête heurta le plafond. Elle poussa un cri aigu de surprise. Elle se baissa. Elle songea aux escaliers qui conduisaient à des plafonds – au lieu de conduire à des paliers, c'est-à-dire à des portes auxquelles on pouvait frapper –, les escaliers ne conduisaient pas sans raison à des plafonds. Il devait y avoir une porte, une trappe peut-être, comme dans la grange de Grand-père où on grimpait à l'échelle pour atteindre le grenier.

Paume tendue, elle tâtonna à la recherche du plafond. Elle redoubla de précautions pour terminer l'ascension. Du bout des doigts, elle explora le plafond méthodiquement en partant du mur. Elle rencontra ce qui lui sembla être le coin d'une trappe. Puis un autre. Elle s'efforça de rapprocher ses mains du centre puis elle poussa. Pas très fort parce qu'elle avait dans les bras une sensation bizarre. Mais elle poussa.

Elle sentit la trappe céder. S'accordant un instant pour souffler, elle effectua une autre tentative. La trappe était lourde. On aurait dit qu'un poids avait été posé dessus pour l'empêcher de sortir, de se faire remarquer, d'embêter le monde. Comme d'habitude. Du coup, elle se mit en colère.

– Maman! Maman, tu es là? Maman! Maman!

Pas de réponse. Elle poussa de nouveau. Puis elle se servit de son dos et de ses épaules pour faire pression sur la trappe. Une fois. Puis deux. De toutes ses forces. Grognant comme grognait Mrs Maguire lorsqu'elle déplaçait le réfrigérateur pour nettoyer derrière. Avec un grincement, la trappe s'ouvrit. Vertige et faiblesse disparurent. Elle avait réussi, elle avait réussi, toute seule. Sans que Breta mette son grain de sel et lui dise comment s'y prendre.

Elle se hissa dans la salle du dessus. Il y faisait presque aussi sombre qu'en bas, mais pas tout à fait. A quelques mètres, un rectangle flou était bordé d'un liseré gris qui luisait. Charlotte s'en approcha, constata que c'était une fenêtre en retrait grossièrement condamnée par des planches et laissant filtrer de la lumière. C'était ça, le gris luisant qu'elle avait aperçu : l'obscurité nocturne ponctuée par la lune et les étoiles, et formant contraste avec l'épais mur de ténèbres à l'intérieur.

Dans l'ombre, grâce à la lumière grise – et bien que n'ayant pas de lunettes –, Lottie réussit à distinguer des formes. Un poteau au centre de la pièce. Identique au mât enrubanné qu'elle avait vu jadis sur le pré communal du village près de la ferme de son grand-père. Seulement beaucoup plus gros. Au-dessus du poteau, une poutre épaisse qui faisait toute la largeur de la pièce. Et au-dessus de cette poutre, à peine visible dans le noir, une sorte de roue énorme couchée sur le flanc qui évoquait une soucoupe volante. Le mât se dressait vers la roue, qu'il transperçait avant de disparaître dans l'obscurité.

Lottie s'approcha tout doucement du poteau pour le toucher. Il était froid. On aurait dit du métal, pas du bois. Du métal plein de petites bosses, du métal rouillé. Il y avait un truc gluant à la base du poteau. Elle leva les yeux, les plissa, s'efforçant de distinguer la roue. Celle-ci semblait pourvue d'immenses dents. Un poteau et une roue d'engrenage, songea-t-elle. Passant un bras autour du mât, elle s'interrogea sur la nature de sa trouvaille.

Une fois, elle avait vu l'intérieur d'une pendule, une pendule qui était sur la cheminée du séjour de Grand-mère. Oncle Jonathan l'avait offerte à Grand-mère pour son anniversaire, mais la pendule ne marchait pas bien parce que c'était un objet ancien. Alors Grand-père l'avait démontée sur la table de la cuisine. Elle était constituée de roues emboîtées les unes dans les autres et c'était cet ensemble de roues qui faisait fonctionner tout le mécanisme. Toutes les petites roues avaient des dents. Semblables aux dents de cette grosse roue-là.

Une horloge, décida-t-elle. Une horloge géante. Elle tendit l'oreille, guettant le tic-tac. Seulement elle n'entendit aucun bruit. Pas le moindre tic-tac, rien. Cassée, songea-t-elle. Comme la pendule de la cheminée. Mais contrairement à celle de Grand-mère, celle-ci était immense. Une horloge d'église, peut-être. Une horloge de clocher se dressant fièrement au milieu d'une petite place. Ou alors une horloge de château fort.

Les châteaux forts l'entraînèrent dans une autre direction. Vers des souterrains et des cachots. Vers des pièces où brûlait un grand feu et qui regorgeaient de roues dentelées, de pointes et d'appareils bizarres. Vers des prisonniers hurlants et des geôliers masqués de cuir bien décidés à leur arracher des aveux.

La torture, songea Lottie. Aussitôt le poteau contre lequel elle était appuyée et la roue géante qui le surplombait prirent une nouvelle signification. Lâchant la poutre énorme, elle recula en hâte, les jambes en coton. Peut-être aurait-il mieux valu ne rien savoir.

Soudain le froid jaillit, filtrant du plancher et lui enveloppant les genoux. Puis un *boum* parut rebondir contre les murs de la pièce du dessous. Le silence remplaça le froid, suivi par un grincement métallique.

Lottie constata que la trappe par laquelle elle s'était glissée à l'étage était maintenant éclairée d'une lueur dansante. Elle entendit ensuite une sorte de chuintement. Au-dessous d'elle, quelqu'un vêtu de lourds vêtements se déplaçait. Puis un homme dit : « Où est-ce qu'elle a bien... » Et il y eut un bruit de caisses heurtées.

Il croyait qu'elle s'était échappée, comprit Lottie. C'est donc qu'il y avait un moyen de sortir de cet endroit. Si elle parvenait à l'empêcher de se douter qu'elle avait découvert l'escalier, à l'empêcher de savoir qu'elle avait repéré la trappe, alors, une fois qu'il serait parti à sa recherche, elle pourrait essayer de trouver le chemin de la sortie et se sauver pour de bon.

Traversant la pièce à pas feutrés, elle rabattit tout doucement la trappe. Puis elle s'assit dessus, espérant que son poids suffirait à la maintenir fermée s'il tentait de faire pression dessus. A travers les fentes du plancher, elle distinguait la lumière. Celle-ci s'intensifia. Elle entendait le pas lourd de l'homme sur les marches. Elle retint son souffle. La trappe se souleva de deux centimètres à peine. Elle s'abaissa puis se souleva de nouveau de deux centimètres encore. « Merde, dit-il. Merde. » La trappe fut de nouveau rabattue. Lottie l'entendit redescendre.

La lumière s'éteignit avec un craquement. La porte donnant sur l'extérieur s'ouvrit et se ferma avec un bruit mat. Puis, silence.

Lottie aurait voulu battre des mains. Crier. Oubliant sa langue pâteuse, sa soif, elle releva la trappe. Breta ne s'en serait pas mieux tirée. Breta ne l'aurait pas mené en bateau comme elle venait de le faire. En fait, Breta lui aurait probablement expédié le seau à la figure avant de se sauver à toutes jambes. Breta n'aurait pas eu l'idée de jouer au plus fin avec lui, pas pensé à lui faire croire qu'elle s'était échappée.

En bas, il faisait noir ; mais cette fois l'obscurité n'effraya pas Lottie parce qu'elle savait que ça n'allait pas durer. A tâtons, elle descendit les marches et se dirigea vers les caisses. La sortie était de ce côté, évidemment. Les caisses dissimulaient une ouverture de la taille de Lottie.

Lottie cala son épaule contre la première caisse. Breta n'en reviendrait pas quand elle lui raconterait l'histoire. Et Cito, est-ce qu'il ne serait pas scié d'apprendre comment Lottie s'en était sortie ? Et Maman, ne serait-elle pas fière d'apprendre que sa fille avait...

Soudain, un claquement métallique.

La lumière bondit dans sa direction comme un coup de poing.

Lottie pivota, poings plaqués contre la bouche.

– C'est Papa qui va te sortir d'ici, Lottie, dit-il. Pas question que tu t'en tires par tes propres moyens.

Elle plissa les yeux. Il était tout en noir et elle ne le voyait pas. Elle ne distinguait que sa silhouette. Elle abaissa ses poings.

– Je peux sortir toute seule, dit-elle. Vous allez voir si je peux pas. Et quand je serai dehors Maman vous coincera. Elle fait partie du gouvernement. Elle met les gens en prison. Elle les boucle à Scrubs et elle jette la clé. C'est ce qui va vous arriver. Vous verrez si c'est pas vrai.

– Ah oui, Lottie, vraiment ? Non, je ne crois pas. Pas si Papa dit la vérité, en tout cas. C'est un drôle de fortiche, Papa. Un comédien de première. Seulement personne n'est encore au courant. Maintenant il va avoir l'occasion de montrer ce qu'il sait faire au monde entier. Il va pouvoir raconter ce qui s'est passé. La véritable histoire. Et sauver du même coup la peau de sa gamine.

– Quelle histoire ? questionna Lottie. Cito ne sait pas raconter les histoires. C'est Mrs Maguire qui les raconte. Elle les invente au fur et à mesure.

– Eh bien, il va falloir que tu aides Papa à en inventer une. Approche, Lottie.

– Non, dit Lottie. J'ai soif, je refuse. Donnez-moi à boire.

Il posa quelque chose par terre. *Clonk.* De l'orteil, il poussa l'objet vers la lumière. La grande Thermos rouge. Lottie fit un pas en avant.

– C'est pour toi, dit-il. Mais après. Quand tu auras aidé Papa à écrire l'histoire.

– Je vous aiderai jamais.

– Non ? (Il agita un sac en papier dans le noir.) Petit pâté à la viande. Jus de pomme bien frais et pâté à la viande tout chaud.

Lottie avait la langue de plus en plus pâteuse, son palais aussi était pâteux. Et son estomac criait famine, ce dont elle ne s'était pas vraiment rendu compte plus tôt. Seulement, lorsqu'il avait parlé de pâté, son ventre lui avait paru sonner creux.

Lottie savait qu'elle aurait dû lui tourner le dos, lui dire de partir. Et si elle n'avait pas eu si soif, si sa gorge n'avait pas été aussi sèche et si son estomac ne s'était pas mis à gargouiller, si elle n'avait pas humé l'odeur du pâté, c'est certainement ce qu'elle aurait fait. Elle lui aurait ri au nez. Elle aurait tapé des pieds. Elle aurait crié, hurlé. Mais le jus de pomme. Frais et sucré et après ça, la nourriture...

Elle s'avança vers la lumière, vers lui. Très bien. Elle allait lui montrer de quoi elle était capable. Elle n'avait pas peur.

– Qu'est-ce que je dois faire ? questionna-t-elle.

– Ça, c'est gentil, fit-il avec un rire.

8

Il était dix heures passées lorsque, roulant au bord du lit conjugal, Alexander Stone consulta son réveil digital. Les yeux écarquillés, il fixa les chiffres rouges, marmonnant : « Bon Dieu » en se rendant compte de ce que cela signifiait. Il n'avait pas bronché lorsque, sur l'autre table de chevet, le réveil d'Eve avait sonné à cinq heures du matin comme d'habitude. Les deux tiers de la bouteille de vodka qu'il avait descendue la veille entre neuf heures et onze heures trente avaient eu raison de lui.

Pour boire, il s'était assis dans la cuisine, à la petite table carrée donnant sur le jardin. Au premier verre de vodka il avait ajouté du jus d'orange ; mais ensuite il avait bu l'alcool pur. Il y avait vingt-quatre heures qu'il connaissait enfin la vérité. Outre qu'il se demandait si la vérité avait un rapport avec l'endroit où se trouvait Charlie – comme Eve semblait le croire –, il essayait dans le même temps d'éviter de s'interroger sur ce que les actions et les réactions de sa femme impliquaient par rapport à cette vérité. Aussi se sentait-il paralysé. Il voulait agir mais n'avait pas la moindre idée de ce qu'il devait faire. Les questions se bousculaient dans son esprit. Et il n'y avait personne à la maison pour y répondre. Eve était aux Communes et n'en sortirait qu'après minuit. Alors il avait décidé de boire. De boire pour se soûler. Sur le moment, ça lui avait paru être la meilleure méthode pour effacer des faits qu'il se serait bien passé de connaître.

Luxford, songea-t-il. Ce putain de Dennis Luxford. Avant mercredi soir, il ignorait tout de ce salopard ;

mais, depuis, Luxford et surtout la brusque apparition du personnage dans leur vie étaient passés au premier plan de ses préoccupations.

Il se redressa dans le lit avec circonspection. Son estomac protesta lorsqu'il changea de position. Le mobilier de la chambre parut tournoyer sous l'effet de la vodka que son organisme n'avait pas encore totalement assimilée et du fait qu'il n'avait pas mis ses verres de contact.

Tendant le bras vers sa robe de chambre, il se mit debout avec précaution. Ayant réussi à ravaler une nausée, il se dirigea vers la salle de bains et tourna les robinets. Il contempla son reflet dans la glace. Sans ses lentilles, il ne distinguait qu'une image floue. Toutefois il y voyait assez pour apercevoir les détails les plus révélateurs : yeux injectés de sang, teint blême, peau qui pendait. « Je ressemble à une merde de chien desséchée », songea-t-il.

Il s'aspergea d'eau froide. Se sécha le visage. Il mit ses verres de contact et attrapa son nécessaire à raser. Il s'efforça d'oublier nausée et migraine en s'enduisant le visage de crème à raser.

D'étranges bruits montaient du rez-de-chaussée – chants de moines dans un monastère ? – mais soigneusement étouffés. Eve avait dû dire à Mrs Maguire de faire attention. « Mr Stone n'était pas bien la nuit dernière, avait-elle dû expliquer à la gouvernante avant de quitter la maison à son heure habituelle, c'est-à-dire avant l'aube. Il faut absolument qu'il dorme. Je ne veux pas qu'on le dérange. » Mrs Maguire avait dû se plier à la consigne. Obéir, c'était ce que tout le monde faisait lorsque Eve Bowen donnait des ordres.

– Inutile que tu ailles trouver Dennis, lui avait-elle dit. C'est à moi de gérer ça.

– J'ai tenu lieu de père à Charlie ces six dernières années, j'ai des choses à lui dire, à ce fumier.

– Ressusciter le passé ne servira à rien, Alex.

Encore un ordre implicite. « Ne t'approche pas de Luxford. Reste à l'écart de cet aspect de ma vie. »

Alex n'était pas le genre d'homme à se tenir à l'écart de quoi que ce soit. S'il avait brillamment réussi dans les affaires, ce n'était pas en laissant aux autres le soin de monter au créneau. Après avoir passé la nuit qui avait suivi la disparition de Charlie sur son lit, les yeux au pla-

146

fond, l'esprit occupé à échafauder des plans pour la ramener saine et sauve à la maison, il était allé travailler hier pour faire plaisir à Eve et conserver le train-train qu'elle semblait décidée à garder. Mais le soir, sur le coup de neuf heures, il avait craqué. Décidé qu'il n'allait pas laisser passer encore une journée sans essayer de mettre au moins un de ses plans à exécution. Il téléphona donc au bureau d'Eve et insista pour que son onctueux assistant lui transmette un message à la Chambre des communes. « Faites-le immédiatement », avait-il dit à Woodward lorsque ce dernier avait commencé à dévider une kyrielle d'excuses pour le décourager. « Tout de suite. Il s'agit d'une urgence. Compris ? » Elle avait fini par le rappeler à dix heures et demie et, au son de sa voix, il avait compris qu'elle s'imaginait que Luxford avait cédé et que Charlie était de retour.

– Non, rien de nouveau, avait-il dit en réponse à sa question.

D'une voix légèrement altérée, elle avait poursuivi :
– Dans ce cas, pourquoi m'appelles-tu ?

Ulcéré, il avait démarré au quart de tour :
– Parce que notre fille a disparu, fit-il avec une politesse de commande. Parce que j'ai passé la journée à faire comme si tout était normal. Parce que je ne t'ai pas parlé depuis ce matin et que j'aimerais bien savoir ce qui se passe, bordel. Ça te va comme explication, Eve ?

Il l'imagina jetant un regard par-dessus son épaule car sa voix baissa encore d'une octave.
– Alex, je te rappelle des Communes. Ce n'est pas la peine, j'espère, de te faire un dessin.

– Garde tes manières condescendantes pour tes collègues. Ne joue pas à ça avec moi.

– Ce n'est ni le lieu ni l'heure...

– Dis donc, tu n'avais qu'à m'appeler, toi. A n'importe quel moment de la journée. Ça t'aurait évité de me téléphoner de cette putain de Chambre des communes. Où tout le monde risque de surprendre notre conversation. Parce que c'est ça qui te tracasse, hein ?

– Tu as bu ?

– Où est ma fille ?

– Impossible de discuter de ça maintenant.

– Tu préfères que je vienne ? Comme ça tu pourras

me faire un topo sur la disparition de Charlie à portée d'oreille des journalistes parlementaires qui sont toujours à rôder dans les couloirs. Ça ferait de la bonne copie. Ah, mais c'est vrai, j'oubliais. La presse, tu n'en veux pas.

– Ne me fais pas ça, Alex. Tu es dans tous tes états et je le comprends, tu as de bonnes raisons de...

– Je te remercie.

– ... mais que ce soit clair : la seule façon de traiter ce problème...

– ... c'est de le traiter à la manière d'Eve Bowen. Alors dis-moi, jusqu'à quand as-tu l'intention de laisser Luxford faire pression sur toi ?

– Je l'ai rencontré. Je lui ai exposé ma position.

Les doigts d'Alex se refermèrent autour du fil du téléphone. Dommage que ça n'ait pas été le cou de Luxford.

– Quand ?

– Cet après-midi.

– Et alors ?

– Il n'a pas l'intention de me la rendre. Du moins pour le moment. Mais il va falloir qu'il s'y résigne parce que je lui ai clairement fait comprendre que je refusais de jouer son jeu. Ça va, Alex ? Tu es content ? Je t'en ai dit assez ?

A l'évidence, elle voulait raccrocher. Retourner aux Communes. Reprendre le débat, affronter ses adversaires, leur montrer qu'elle pouvait leur arracher les couilles d'un simple coup de dents.

– Je veux parler à ce fumier.

– Ça ne servira à rien. Reste en dehors de cette affaire, Alex. Promets-moi de ne pas t'en mêler.

– Pas question que je passe encore une journée comme celle-là. Pas question de continuer à jouer cette foutue comédie. Alors que Charlie est séquestrée je ne sais où... Non, je refuse.

– Très bien. Comme tu voudras. Mais ne t'approche pas de Luxford.

– Pourquoi ? (La question lui échappa. Mais n'était-elle pas au cœur même de toute l'affaire ?) Tu le veux pour toi toute seule, Eve ? Comme à Blackpool ?

– C'est dégoûtant, ta remarque. Je vais mettre un terme à cette conversation. Nous reparlerons quand tu auras dessoûlé. Demain matin.

Et elle avait raccroché. Et lui avait bu la vodka. Bu jusqu'à ce que le sol de la cuisine commence à tanguer. Puis après avoir monté l'escalier en titubant, il était tombé en travers du lit comme une bûche, tout habillé. Au cours de la nuit elle avait dû lui retirer son pantalon, sa chemise et ses chaussures parce qu'il ne portait que son caleçon et ses chaussettes en sortant du lit.

Il avala six comprimés d'aspirine et revint dans la chambre. Il s'habilla lentement, attendant que l'aspirine agisse, apaise le tonnerre qui lui résonnait dans la tête. Il avait raté la conversation du matin avec Eve, mais c'était aussi bien. Dans l'état où il se trouvait, il n'aurait pas été à la hauteur. Force lui fut de reconnaître qu'elle avait fait preuve d'une mansuétude inhabituelle en le laissant cuver au lieu de le secouer et de l'obliger à avoir l'entretien qu'il avait exigé. Elle l'aurait réduit en bouillie en trois phrases et sans se fatiguer encore. Pourquoi était-elle partie sans se croire obligée de lui faire une démonstration de sa supériorité écrasante ? Il se demanda ce que cela révélait concernant l'état d'esprit d'Eve et surtout celui de leur couple. Puis il se demanda pourquoi il se posait des questions sur leur couple : c'était bien la première fois. Mais en son for intérieur il connaissait la réponse et malgré ses efforts pour la chasser de son esprit, il la vit, étalée sur la table de la cuisine, lorsqu'il descendit.

Mrs Maguire n'était pas dans les parages. Mais son exemplaire de *La Source* se trouvait là où elle l'avait laissé.

Vraiment bizarre, songea Alex. Mrs Maguire apportait ce torchon chez eux depuis toujours. Mais avant mercredi soir, avant le moment où Eve avait délibérément attiré son attention dessus, il n'y avait jamais jeté le moindre coup d'œil. Oh ! ses yeux étaient parfois tombés sur un article lorsque par hasard il prenait une page du quotidien pour y jeter le marc de café. Avec un sourire sarcastique, il s'était vaguement demandé combien de cellules grises Mrs Maguire se bousillait chaque jour en lisant ce torche-cul. Mais ça n'avait jamais été plus loin.

Maintenant le tabloïd semblait l'attirer comme un aimant. Sans se préoccuper de son corps qui exigeait du café chaud, il se dirigea vers la table et contempla le journal.

« Faut bien gagner sa croûte, pas vrai ? » proclamait un gros titre à la une au-dessus d'une photo d'un ado en cuir violet. Le gamin sortait d'un pavillon et marchait le long d'un sentier de brique en souriant à la caméra d'un air canaille comme s'il savait à l'avance quel genre de manchette accompagnerait son portrait. Il s'appelait Daffy Dukane et, d'après le tabloïd, c'était le prostitué mineur qui avait été surpris dans une automobile en compagnie de Sinclair Larnsey, député de l'East Norfolk. La manchette suggérait que les antécédents de Daffy Dukane – absence d'études dignes de ce nom faisant de lui un chômeur chronique statistiquement voué à le rester – l'avaient obligé à monnayer ses charmes pour survivre. Le lecteur désireux de se reporter en page 4 y trouverait un éditorial fustigeant le gouvernement qui avait poussé des centaines de gamins de seize ans à cette extrémité. « Et voilà où on en est », annonçait l'éditorial. Lorsque Alex vit que l'édito était dû à la plume d'un certain Rodney Aronson et non à celle de Dennis Luxford, il le sauta. Parce que c'était Dennis Luxford qu'il avait envie de connaître. Pour des raisons n'ayant aucun rapport avec sa tendance politique.

Comment avait-elle formulé cela : ils avaient baisé toutes les nuits et tous les matins. Et pas parce que ce salaud l'avait séduite : parce qu'elle l'avait bien voulu, qu'elle avait envie de lui. Ils avaient copulé comme des bêtes et ni la personnalité de Luxford ni l'idéologie qu'il représentait ne l'avaient arrêtée.

Alex feuilleta les pages du tabloïd. Il ne voulut pas s'avouer ce qu'il cherchait mais chercha quand même. Il parcourut le journal de la première à la dernière page et lorsqu'il l'eut feuilleté en entier, il fouilla dans le porte-revues en rotin pour y prendre les autres numéros de *La Source* que Mrs Maguire avait apportés.

Il lui semblait voir la chambre d'hôtel. Il voyait les doubles rideaux orange et le faux chêne incontournable du mobilier. Il voyait le désordre ahurissant qu'Eve semait sur son passage : porte-documents, papiers, magazines, produits de maquillage, les chaussures par terre, le sèche-cheveux sur la commode, les serviettes trempées abandonnées en un tas humide. Il voyait un chariot du service d'étage et les reliefs d'un repas. A la lueur d'une ampoule laissée allumée dans la salle de bains, il voyait le lit, les draps froissés. Même elle, il la voyait, car il savait – depuis des années, il le savait – qu'elle devait avoir les genoux relevés, les jambes passées autour du torse de cet homme, les mains dans ses cheveux ou sur son dos, et qu'elle allait jouir très vite, avec des cris de plaisir, disant : « Chéri, non, arrête, c'est trop... » Et c'était tout ce qu'il voyait.

Écœuré, il envoya promener la pile de tabloïds par terre. C'est de Charlie qu'il s'agit, se dit-il, essayant de bien se fourrer ça dans le crâne. Pas d'Eve. Pas de ce qui se passait il y a onze ans alors que je ne la connaissais même pas, quand j'ignorais jusqu'à son existence, quand ses faits et gestes ne me regardaient pas, quand sa personnalité... Mais justement, c'était ça, le problème. Savoir qui sa femme avait été jadis, qui elle était maintenant.

Alex s'approcha de l'évier pour boire son café noir et amer. Façon comme une autre de s'empêcher de s'appesantir sur le sujet. Mais une fois qu'il l'eut avalé, se brûlant le palais et la gorge, il pensa de nouveau à elle.

Est-ce qu'il la connaissait ? Etait-il possible de la connaître ? Après tout, c'était une femme politique et elle était rompue à toutes les ficelles d'un métier qui oblige ceux qui l'exercent à se comporter comme des caméléons.

Il passa en revue sa carrière. Elle avait rejoint l'Association des conservateurs de Marylebone et c'est là qu'ils s'étaient rencontrés : elle avait travaillé pour le parti à ses côtés. Elle avait fait ses preuves si souvent et de façon si convaincante que, contrairement à ce qui se faisait d'ordinaire, c'était le comité exécutif de la circonscription qui lui avait demandé de s'inscrire sur la liste des candidats : Eve ne s'était pas portée candidate de son propre chef. Et il avait assisté à son interview avant qu'elle ne soit désignée comme candidate des conservateurs pour la circonscription de Marylebone. Il l'avait entendue défendre avec ardeur les idéaux du parti. Lui-même partageait ses vues concernant la famille, l'importance des petites entreprises, les aspects néfastes de l'aide accordée par le gouvernement, mais jamais il n'aurait pu les exposer aussi clairement. Elle semblait savoir ce que les membres du comité exécutif allaient lui demander avant même qu'ils lui posent la question. Elle avait parlé de la nécessité de rendre les rues aux passants, la nuit, grâce à des mesures de sécurité renforcées. Elle avait esquissé un plan pour que les membres du Parti conservateur soient encore plus nombreux à Marylebone. Elle avait exposé différentes façons de soutenir le Premier ministre. Elle avait toujours quelque chose de stimulant, de neuf à proposer concernant les femmes battues, les cours d'éducation sexuelle, l'avortement, la durée des peines de prison, les personnes âgées et handicapées, les impôts, les dépenses, la façon de faire campagne. Vive, brillante, elle avait fait une forte impression sur les membres du comité avec sa parfaite maîtrise des dossiers et des chiffres. Et sans que cela lui coûtât le moindre effort. C'est d'ailleurs bien pourquoi Alex se demandait maintenant si elle pensait vraiment ce qu'elle disait, si elle était capable d'être sincère.

Il se demanda ce qui le gênait le plus : qu'Eve pût ne pas être ce qu'elle prétendait être ou qu'elle ait pu mettre sa personnalité entre parenthèses afin de tirer un coup avec quelqu'un qui était pour tout ce contre quoi elle-même se battait.

Parce que c'était ça, la vérité concernant Luxford. Jamais il n'aurait été rédacteur en chef de ce torchon s'il avait défendu d'autres valeurs. Sa politique, Alex la connaissait. Ce qui lui restait à découvrir, c'était l'homme. Car découvrir l'homme lui permettrait de comprendre. Et comprendre, c'était essentiel s'il devait aller au fond de...

« C'est ça. » Alex eut une grimace sarcastique ; il se félicita de l'état de déliquescence où il était parvenu. Trente-six heures. Même pas. Il lui avait fallu moins de trente-six heures pour passer de la condition d'être humain raisonnable à celle d'abruti décérébré. L'envie farouche de retrouver sa fille, d'éviter qu'on lui fasse du mal s'était évaporée et muée en besoin primitif d'anéantir l'ex-compagnon de lit de sa partenaire. Inutile de continuer à se raconter des salades : ce n'était pas pour comprendre Luxford qu'il voulait le voir. Mais pour lui taper dessus. Et pas à cause de Charlie. Pas à cause de ce qu'il faisait endurer à Charlie. A cause d'Eve.

Alex se rendit compte qu'il ne lui avait jamais demandé le nom du père de Charlie parce qu'il n'avait jamais vraiment tenu à le savoir. Savoir oblige à réagir. Ce qu'il avait toujours cherché à éviter dans ce cas précis.

152

— Merde, chuchota-t-il.

Les mains sur les paillasses de part et d'autre de l'évier, il se pencha. Peut-être qu'il aurait mieux fait d'imiter sa femme et d'aller travailler aujourd'hui. Au boulot il fallait s'activer. A la maison il se retrouvait seul avec ses pensées. Des pensées à vous rendre cinglé.

Il lui fallait sortir. Agir.

Il se versa une autre tasse de café et l'avala d'un trait. Sa tête ne lui faisait plus aussi mal et sa nausée commençait à se dissiper. Il remarqua alors plus nettement le chant quasi monacal qu'il avait entendu à son réveil et se dirigea de ce côté, c'est-à-dire dans le séjour.

Mrs Maguire était à genoux devant la table basse sur laquelle se dressaient un crucifix, deux statuettes et des bougies. Les yeux fermés, elle remuait les lèvres en silence. Toutes les dix secondes environ, ses doigts quittaient un grain de rosaire pour se refermer sur le suivant, et tandis qu'elle priait, des larmes coulaient de ses cils charbonneux. Les pleurs ruisselaient sur ses joues rebondies pour aller s'écraser sur son pull. La vue des deux grosses taches d'humidité qui décoraient ses seins opulents permit à Alex de se faire une petite idée du temps qu'elle avait passé à pleurer.

Le chant provenait d'un magnétophone d'où s'échappaient, lentes et solennelles, des voix mâles qui psalmodiaient des *miserere nobis* en rafales. Alex, qui ne connaissait pas le latin, ne pouvait évidemment pas traduire. Pourtant les mots lui semblèrent bien adaptés aux circonstances. Du coup, il retrouva ses esprits.

Pas question de rester les bras croisés à ne rien faire. Il pouvait agir et il allait s'y mettre. Il ne s'agissait pas d'Eve. Il ne s'agissait pas de Luxford. Pas davantage de ce qui s'était passé entre eux. Il s'agissait de Charlie, qui était bien incapable de comprendre pourquoi ses parents se déchiraient. Et Charlie, oui, Charlie, c'était quelqu'un pour qui il pouvait agir.

Dennis Luxford laissa passer un instant avant de klaxonner lorsque Leo sortit de chez le dentiste. Au soleil éblouissant de cette fin de matinée, les cheveux blond-blanc de son fils voletaient sous la brise. Leo regarda à gauche puis à droite, le front plissé de perplexité. Il pensait voir la Mercedes de Fiona, trois immeubles après le cabinet du Dr Wilcot, là où elle l'avait déposé une heure plus tôt. Mais il ne s'attendait pas à ce que son père ait décidé de déjeuner en tête à tête avec lui avant de le reconduire à son école de Highgate.

– Je vais le chercher, avait dit Luxford à Fiona alors qu'elle s'apprêtait à quitter la maison pour passer prendre Leo et le ramener en classe. (Voyant son air dubitatif, il avait enchaîné :) Tu m'as bien dit qu'il voulait me parler, chérie. Au sujet de Baverstock. Tu te rappelles ?

– Oui, mais c'était hier matin, répondit-elle.

Aucun reproche dans ses paroles : elle ne lui tenait pas rigueur de ne pas avoir réussi à se lever suffisamment tôt pour avoir une conversation avec Leo au petit déjeuner. Pas plus qu'elle ne lui en voulait d'être rentré bien après minuit, la veille. Elle ne pouvait pas savoir qu'il avait attendu en vain jusqu'à onze heures un message d'Eve Bowen lui donnant le feu vert pour publier à la une de son journal la vérité sur Charlotte. Pour Fiona, ce qui s'était passé la nuit dernière n'était qu'un contretemps de plus dans une vie de famille qui en était truffée. Journaliste, Dennis n'avait pas d'heure. Le sachant, elle se contentait de le tenir au courant des faits et gestes de leur fils. Deux jours plus tôt, Leo lui avait fait part de son désir de parler à son père ; il avait voulu que cet entretien ait lieu le matin. Hier matin. Elle n'était pas certaine que ce fût encore le cas aujourd'hui. Elle avait de bonnes raisons de douter : Leo était aussi changeant que la météo anglaise.

Luxford klaxonna. Leo pivota vers lui. Ses cheveux voletèrent de plus belle – le soleil l'enveloppait d'un halo lumineux – et un sourire éclaira son visage. C'était un sourire enchanteur, comme celui de sa mère, et chaque fois qu'il le voyait, Luxford sentait son cœur se serrer tandis qu'en pensée il intimait à Leo l'ordre de se durcir, d'être plus dégourdi, de se promener les poings serrés et de raisonner comme un loubard. Naturellement, Luxford ne voulait pas que son fils se transforme en loubard, seulement qu'il ait la mentalité d'un petit dur.

Leo agita la main. Il rajusta son sac à dos sur son épaule, esquissa un petit saut et se dirigea d'un pas joyeux vers son père. Sa chemise blanche dépassait de son pantalon et de son pull bleu marine d'un côté. Ce débraillé plut à Luxford. Pareil manque d'intérêt pour son apparence allait à l'encontre des habitudes de Leo mais reflétait parfaitement l'attitude d'un petit garçon ordinaire.

Leo monta dans la Porsche.

– Papa ! (Il corrigea aussitôt :) Bonjour. Je cherchais Maman. Elle m'avait dit qu'elle serait chez le boulanger. Par là.

Il tendit le doigt vers la boutique.

Luxford en profita pour jeter un coup d'œil de biais aux mains de Leo. Absolument impeccables. Les ongles, coupés ras, étaient nets. Luxford stocka cette donnée avec les autres. Cela l'agaça. Pourquoi diable n'avait-il pas les ongles sales ? Des croûtes ? Des sparadraps ? Bon sang, ces mains, c'étaient les mains de Fiona avec leurs longs doigts fuselés et leurs ongles ovales aux impeccables cuticules en demi-lune. Est-ce que son patrimoine génétique avait joué un rôle dans la conception de son fils ? Leo allait même hériter de la silhouette longiligne de Fiona – et non de la carrure compacte de Luxford –, et Luxford ne cessait de s'interroger sur ce que Leo allait bien pouvoir faire de ce corps svelte. Il se plaisait à penser que son fils ferait de la course de fond, du saut à la perche, du saut tout court. Il refusait d'admettre que Leo pût devenir ce qu'il souhaitait être : danseur.

– Tommy Tune est très grand, avait souligné Fiona quand Luxford avait dit « Non, pas question, je refuse », lorsque Leo avait demandé une paire de chaussures de claquettes pour son anniversaire. Et Fred Astaire, aussi, chéri.

– Là n'est pas la question, avait répondu Luxford, les dents serrées. Pas question que Leo devienne danseur, pas question que je lui achète ces chaussures.

Leo avait trouvé la parade. A l'aide de colle forte, il avait fixé des pièces aux bouts et aux talons de sa meilleure paire de chaussures et, avec l'enthousiasme de son âge, s'était mis à faire des claquettes sur le carrelage de la cuisine. Fiona avait trouvé ça très astucieux. Et Luxford décrété que c'était du sabotage et de l'insubordination. Pour le punir, il avait privé Leo de sortie pendant deux semaines. Non que le fait d'être bouclé à la maison gênât beaucoup Leo. Il était content de rester dans sa chambre à lire ses livres d'art, s'occuper de ses oiseaux et accrocher tantôt dans un ordre tantôt dans un autre les photos des danseurs qu'il admirait.

– Au moins, il se passionne pour la danse moderne, souligna Fiona. Ce n'est pas comme s'il voulait étudier le ballet.

– Pas question, et je ne reviendrai pas sur ma décision, dit Luxford.

Il s'empressa de s'assurer que Baverstock n'avait pas mis la danse à son programme depuis que lui-même avait été élève dans cet établissement.

– On devait aller manger des petits pains briochés avec Maman, disait Leo. En sortant de chez le dentiste. Mais j'ai la bouche dans un drôle d'état, alors je sais pas si c'était une bonne idée au fond. Comment tu la trouves, ma bouche ? J'ai une drôle de sensation.

– Elle m'a l'air bien, dit Luxford. Je pensais qu'on pourrait peut-être déjeuner ensemble. A condition que tu puisses te permettre de rater encore une heure de cours. Et que ça ne soit pas trop pénible pour ta bouche.

Leo sourit.

– C'est pas gentil de me taquiner ! (Se tortillant sur son siège, il attrapa la ceinture de sécurité.) Mr Potter veut que je chante en solo pour la fête des parents. Il m'a dit ça hier. Maman t'en a parlé ? Un alléluia. (Il se remit bien d'aplomb sur son siège.) C'est pas un vrai solo parce que le reste de la chorale chantera en même temps que moi. Mais quand même il y a un passage où je chante tout seul pendant près d'une minute. Ça compte comme un solo, non ?

Luxford aurait bien aimé lui demander s'il n'avait pas une meilleure idée pour la fête des parents. Pourquoi ne pas construire une maquette ou bien faire un speech exhortant ses condisciples à une rébellion politique ? Ravalant ses mots, il démarra et se glissa dans la circulation de cette fin de matinée.

– J'ai hâte de t'entendre, fit-il avant d'ajouter, ce qui était un mensonge éhonté : J'ai toujours voulu faire partie de la chorale à Baverstock. Ils ont une chorale formidable, là-bas, mais je chante comme une casserole.

– C'est vrai ? fit Leo, flairant le mensonge avec une perspicacité héritée elle aussi de sa mère. C'est drôle. J'aurais jamais pensé que tu pourrais avoir envie de faire partie d'une chorale, Papa.

– Pourquoi pas ? fit Luxford avec un regard de biais à son fils.

Leo appuyait délicatement du bout des doigts sur sa lèvre supérieure, pour voir comment elle réagissait à la pression.

– Je suis sûr qu'on pourrait s'esquinter la lèvre sans s'en rendre compte quand on sort de chez le dentiste, dit le petit garçon pensivement. Je suis même sûr qu'on pourrait se mordre la lèvre sans s'en rendre compte. (Puis, toujours comme sa mère, il détourna la conversation, prenant son interlocuteur par surprise.) Je pensais que tu trouverais ça bébête, que je chante dans une chorale.

Luxford n'était pas décidé à se laisser détourner de son sujet. Il n'était pas décidé non plus à laisser son fils le prendre pour sujet d'analyse. Fiona s'en chargeait suffisamment comme ça.

– Est-ce que je t'ai dit qu'à Baverstock il y avait un club de canoë ? De mon temps ça n'existait pas. Ils s'entraînent dans la piscine, ce sont des canoës monoplaces. Et chaque année ils organisent une expédition sur la Loire. (Est-ce qu'une lueur d'intérêt venait de s'allumer dans les yeux de Leo ? Luxford se persuada que oui et poursuivit :) Les canoës, ils les construisent eux-mêmes. Et pendant les vacances de Pâques, ils vont camper une semaine et pratiquer toutes sortes d'activités. Alpinisme, parachutisme ascensionnel, tir, camping, secourisme. Ce genre de choses.

Leo baissa la tête. Son pull s'était pris dans la ceinture de sécurité, dégageant la boucle de la ceinture de son pantalon qu'il se mit à tripoter.

– Ça te plaira, Baverstock. Encore plus que tu ne crois, dit Luxford, s'efforçant de faire comme s'il était sûr de l'adhésion pleine et entière de Leo. (Il tourna dans Highgate Hill, prenant la direction de High Street.) Où veux-tu qu'on déjeune ?

Leo haussa les épaules. Luxford le vit se mordiller la lèvre.

– Ne fais pas ça, Leo. Pas tant que tu es sous l'effet du produit anesthésiant.

Leo parut s'enfoncer davantage dans son siège.

Le petit garçon n'émettant aucune suggestion, Luxford choisit au hasard et se gara près d'un café-restaurant branché de Pond Square. Il poussa son fils à l'intérieur, faisant mine de ne pas remarquer que la démarche dansante de Leo s'était transformée en un traînement de pieds à serrer le cœur. Il le conduisit vers une table, lui tendit un menu plastifié ivoire et lut à haute voix les plats du jour indiqués à la craie sur le tableau noir.

– Qu'est-ce que tu prends?

De nouveau, Leo haussa les épaules. Il reposa le menu, appuya sa joue au creux de sa paume et commença à taper du bout de sa chaussure sur le pied de sa chaise métallique. Avec un soupir, il rapprocha le vase posé au milieu de la table et redisposa fleurs blanches et feuillages de façon qu'on pût les voir de tous côtés. Il fit cela machinalement comme si c'était chez lui une seconde nature. Ce geste quasi réflexe hérissa le poil de son père et eut raison de sa patience.

– Leo!

Cette fois la voix de Luxford avait perdu toute bonhomie.

Leo retira brusquement la main du vase. Reprenant le menu, il fit mine de l'étudier.

– Je me demandais... attaqua-t-il d'une voix presque inaudible, le menton en dedans pour bien montrer que c'était à lui-même que s'adressait la question.

– Quoi donc?

– Rien, rétorqua Leo, heurtant de nouveau du pied le pied de sa chaise.

– Ça m'intéresse. Quoi?

Leo leva le nez vers les fleurs.

– Je me demandais pourquoi les monnaies-du-pape de Maman sont plus petites que celles-ci.

Luxford reposa son menu. Son regard navigua des fleurs – dont on ne lui aurait jamais fait prononcer le nom, l'eût-on menacé de mort – à son invraisemblable fils. Baverstock s'imposait, ça oui! Et le plus tôt serait le mieux. Autrement, dans un an, les excentricités de Leo seraient sans remède. Comment cet enfant pouvait-il savoir toutes ces choses? Fiona lui parlait certes de différents sujets. Sans pour autant toutefois lui faire des conférences sur les merveilles de la botanique ni l'encourager à dévorer des livres d'art ou à admirer Fred Astaire. « Dennis, cet enfant me dépasse, lui disait-elle après que Leo fut monté se coucher. Il a de la personnalité et une personnalité si attachante... Pourquoi faudrait-il l'obliger à te ressembler? »

Mais Luxford n'essayait pas de faire de Leo une version miniature de lui-même. Seulement de faire de Leo une version miniature de l'adulte que deviendrait ce dernier. Il refusait de penser que le garçonnet de huit ans pouvait être une forme larvée du Leo de demain. Le petit garçon avait besoin de conseils, d'une main ferme pour le guider et de quelques années de pension loin de chez lui.

Lorsque la serveuse vint prendre la commande, Luxford choisit du veau.

— Tu vas manger un bébé de vache, fit Leo en frissonnant. (Lui-même choisit un sandwich au fromage blanc et à l'ananas. Avec des frites, précisa-t-il.) Les frites, c'est en plus, ajouta-t-il à l'adresse de son père avec son honnêteté habituelle.

— Parfait, dit Luxford.

Ils commandèrent à boire et, lorsque la serveuse eut tourné les talons, se mirent à regarder les monnaies-du-pape que Leo avait redisposées dans leur vase.

Il était tôt pour déjeuner, un peu avant midi, aussi avaient-ils le restaurant pratiquement pour eux seuls. Il n'y avait que deux autres tables occupées à l'autre bout de la salle et abritées derrière des arbres en pots, si bien qu'ils ne risquaient pas d'être distraits. Tant mieux, songea Luxford, parce qu'il allait vraiment falloir qu'ils parlent.

Il décida d'amorcer.

— Leo, tu ne sautes pas de joie à l'idée d'aller à Baverstock. Je le sais : ta mère me l'a dit. Mais il faut que tu saches que je ne prendrais jamais une décision pareille si je n'étais pas persuadé d'agir pour ton bien. C'est mon ancienne école, tu le sais, et elle a eu une influence formidable sur moi. C'est elle qui m'a modelé, donné du cran, de l'assurance. Elle t'en donnera aussi.

Leo contre-attaqua aussitôt, réutilisant l'argument déjà présenté à sa mère. Décochant des coups de pied à sa chaise, il bougonna :

— Grand-père n'y est pas allé. Oncle Jack non plus.

— C'est exact. Mais je veux que tu aies davantage de cartes en main qu'eux.

— Pourquoi, le magasin c'est pas bien ? Travailler à l'aéroport, c'est pas bien ?

Questions innocentes, voix calme et innocente. Seulement Luxford n'était pas d'humeur à se lancer dans une discussion sur le magasin d'électroménager tenu par son père ou sur la situation de son frère membre d'une équipe de sécurité à Heathrow. Leo, ça lui aurait plu, en revanche, d'aborder ce sujet : les projecteurs se seraient détournés de lui et la conversation aurait pris un tout autre tour. Mais Leo ne faisait pas la loi pour l'instant.

– C'est un privilège de pouvoir étudier dans une école comme Baverstock.

– Tu m'as toujours dit que les privilèges, c'est idiot, objecta Leo.

– Pouvoir aller dans une école comme Baverstock, c'est une occasion sur laquelle il ne faut pas cracher. N'importe quel garçon sensé serait heureux d'être à ta place. (Luxford regarda son fils jouer avec son couteau et sa fourchette, glisser la lame du premier entre les dents de la seconde. Il n'avait absolument pas l'air impressionné par cette histoire de privilèges. Luxford poursuivit :) L'enseignement qu'on donne là-bas est un enseignement de pointe. Tu auras des ordinateurs à ta disposition. Des cours de haut niveau dans les disciplines scientifiques. L'établissement est doté d'un centre technique où tu pourras construire absolument tout ce que tu voudras. Un hovercraft même, si ça te dit.

– J'ai pas envie d'y aller.

– Tu te feras des dizaines d'amis, et tu te plairas tellement là-bas en fin de compte que tu ne voudras même pas rentrer à la maison pendant les vacances.

– Je suis trop petit, dit Leo.

– Ne sois pas ridicule. Tu es presque deux fois plus grand que les garçons de ton âge, et à l'automne tu feras au moins dix centimètres de plus que les autres élèves de ta classe. De quoi as-tu peur ? Qu'on te persécute, qu'on te prenne comme tête de Turc ? C'est ça ?

– Je suis trop petit, insista Leo.

Il se tassa sur sa chaise et examina la sculpture qu'il venait de faire avec sa fourchette et son couteau.

– Leo, je viens de te dire qu'en ce qui concerne la taille...

– Je n'ai que huit ans, dit-il d'une voix atone.

Il braqua sur son père ses yeux bleus comme le ciel d'Écosse – ce maudit gosse avait *aussi* les yeux de Fiona –, des yeux emplis de larmes.

– Pour l'amour du ciel, ne pleure pas, dit Luxford. (A ces mots, les vannes s'ouvrirent comme de bien

entendu.) Leo ! ordonna Luxford, mâchoires serrées.
Leo ! Je t'en prie !

Le petit garçon baissa la tête. Ses épaules tressau-
tèrent.

– Ça suffit, siffla Luxford. Redresse-toi. Immédiatement.

Leo essaya de se dominer mais n'y parvint pas et se
mit à sangloter.

– Je... Je... peux pas. Papa, je... peux pas.

Ce fut à cet instant que la serveuse arriva avec leur
commande.

– Voulez-vous que je... Est-ce qu'il... (Elle resta plantée à trois pas de la table, une assiette dans chaque
main, le visage empreint de sympathie.) Oh ! pauvre
petit, dit-elle comme si elle parlait à un oiseau. Vous
voulez que j'aille lui chercher quelque chose ? Que je lui
donne quelque chose de spécial ?

« Du cran, songea Luxford ; mais ça, ça n'est sûrement pas au menu. »

– Ça va aller. Leo, ton déjeuner est servi, redresse-
toi.

Leo releva la tête. Son visage était marbré comme la
chair d'une fraise. Son nez coulait. Il poussa un soupir.
Luxford sortit un mouchoir de sa poche, le lui tendit.

– Mouche-toi. Et mange.

– Peut-être qu'un dessert lui ferait plaisir ? suggéra la
serveuse. Ça te plairait, un dessert, mon petit cœur ? (Et
à Luxford en baissant la voix :) Quel joli minois ! On
dirait un ange.

– Merci, dit Luxford. Il a tout ce dont il a besoin pour
l'instant.

Pour l'instant. Mais après ? Luxford n'en savait rien.
Il attrapa son couteau et sa fourchette et se mit à couper
sa viande. Leo dessinait des guirlandes de sauce brune
sur ses frites. Il posa la bouteille de sauce et contempla
son assiette avec des lèvres tremblantes. Il allait
remettre ça. C'était reparti pour une nouvelle crise de
larmes.

Tout en mangeant son veau délicieusement cuit et
vraiment parfait, Luxford dit :

– Mange, Leo.

– Je n'ai pas faim. C'est ma bouche.

– Je t'ai dit de manger, Leo.

Leo renifla, prit une frite, qu'il se mit à mâcher avec

161

ses dents de devant. Luxford continua de couper sa viande tout en examinant son fils. Leo mordit une deuxième fois dans la frite puis une troisième. Luxford savait qu'il pouvait le forcer à manger normalement ; mais il n'était pas partant pour une nouvelle séance en public.

– Leo.

– Je mange. (Leo prit la moitié de son sandwich et le tint de telle sorte qu'un tiers de l'ananas et du fromage blanc dégringolèrent sur la table.) Beurk.

– Leo, tu te conduis comme un...

Luxford chercha un autre mot cependant que la voix de sa femme résonnait à ses oreilles : « Il se conduit comme un enfant parce que c'est un enfant, Dennis. Pourquoi en serait-il autrement ? Il n'a que huit ans. Et lui n'exige pas de toi l'impossible, il me semble. »

Avec ses doigts, Leo ramassa le fromage blanc et l'ananas et laissa tomber le tout sur ses frites. Il reprit de la sauce, qu'il fit couler sur ce salmigondis. Il remua de l'index. Il essayait de faire sortir son père de ses gonds et Luxford en était conscient. Inutile de parcourir les livres de psychologie de Fiona pour en avoir confirmation. Seulement il n'avait pas du tout l'intention de se laisser pousser à bout.

– Je sais que tu es terrifié à l'idée de partir, dit-il. (Voyant les lèvres de son fils se remettre à trembler, il poursuivit en hâte :) C'est naturel, Leo. Mais Baverstock n'est pas à l'autre bout du monde. Tu ne seras qu'à une cinquantaine de kilomètres de la maison. (Le visage du petit garçon indiquait que pour lui ces cinquante kilomètres équivalaient à la distance séparant la Terre de Mars. Sa mère résidant sur une planète et lui-même sur une autre. Luxford savait que quoi qu'il dise, il ne pourrait rien changer au fait que Leo devrait se rendre à Baverstock seul. Aussi dit-il d'un ton ferme :) Il faut que tu me fasses confiance, mon grand. Il y a des choses auxquelles on ne peut pas couper. Et la pension fait partie des passages obligés. Maintenant, mange.

Il reporta toute son attention sur son déjeuner, indiquant par là que la discussion était terminée. Mais elle ne s'était pas déroulée comme il l'avait prévu et la petite larme qui coulait le long de la joue de Leo lui prouva qu'il avait complètement loupé son coup. Ce soir, Fiona ne manquerait pas de le lui faire savoir.

Il soupira. Il avait mal aux épaules. Trop de choses à porter sans doute. Et trop de problèmes en tête. Il ne pouvait pas s'occuper à la fois de Leo, de Fiona, des turpitudes péripatéticiennes de Sinclair Larnsey, d'Eve, des manigances de Rod Aronson, des lettres anonymes, des coups de téléphone de menaces et de tout ce qui était arrivé à Charlotte.

Il avait essayé de chasser la petite fille de son esprit et il y était parvenu pendant presque toute la matinée, se disant que c'était sur Evelyn que le péché d'inaction retomberait si jamais il arrivait malheur à Charlotte. Il ne faisait pas partie de sa vie – sa mère ne l'avait pas souhaité – et rien de ce qu'il ferait n'y changerait quoi que ce soit maintenant. Il n'était pas responsable de ce qui arrivait à l'enfant. Encore que, d'une certaine façon, si. Il était même entièrement responsable, et il le savait.

La nuit dernière, assis à son bureau, il avait fixé le téléphone, songeant : « Allez, Evelyn. Téléphone. Dépêche-toi », jusqu'à ce qu'il lui fût impossible de retarder davantage le lancement des rotatives. Le papier était prêt. Les noms, les dates et les lieux y figuraient. Tout ce qui lui manquait, c'était un coup de téléphone d'Eve pour que l'article passe à la une là où le ravisseur de Charlotte le souhaitait. Après quoi la petite fille serait libérée et ramenée chez elle. Seulement il n'avait pas reçu de coup de téléphone. Le journal avait fait sa une avec l'histoire du prostitué. Et maintenant Luxford attendait la suite des événements.

Il tâcha de se persuader que le kidnappeur irait tout bonnement raconter son histoire à un concurrent, le *Globe* en bonne logique. Mais alors qu'il avait presque réussi à se fourrer dans la tête que c'était un simple coup de pub que le ravisseur souhaitait obtenir, de quelque support qu'il vînt, il entendit de nouveau la voix au téléphone. « Je la tuerai si vous ne publiez pas ce papier. » Et il ignorait ce qui comptait le plus pour le ravisseur : les menaces de mort, la publication de l'article ou le fait qu'il paraisse dans le journal de Luxford et pas dans un autre.

En ne passant pas le papier, il mettait le kidnappeur au pied du mur. Savoir qu'Evelyn, par son silence, en faisait autant n'était pas pour apaiser ses craintes. Elle lui avait clairement dit chez Harrods qu'elle le croyait responsable de la disparition de Charlotte. Partant de là, il était peu probable qu'elle revienne sur ses positions et cesse d'essayer de prouver qu'il bluffait, certaine qu'il ne lèverait jamais la main sur sa fille.

Il n'y avait qu'une solution : faire changer Evelyn d'avis. Se battre pour l'amener à modifier son état d'esprit. Lui faire comprendre qu'il n'était pas comme elle l'imaginait.

Seulement il n'avait pas la moindre idée de la façon dont il allait s'y prendre.

9

Helen Clyde n'arrivait pas à se souvenir de l'endroit où elle avait entendu l'expression « décrocher le pompon » pour la première fois. Sans doute dans une série policière américaine qu'elle suivait, adolescente, avec son père. Ce dernier était en effet un fana de polars noirs. Lorsqu'il n'était pas occupé à mettre au point d'ingénieux montages financiers, il lisait Raymond Chandler et Dashiell Hammett en attendant la énième rediffusion à la télévision d'un film d'Humphrey Bogart. Il préférait Humphrey Bogart à tout autre. Et quand par malheur Sam Spade et Philip Marlowe n'étaient pas au programme à la BBC, le père d'Helen se rabattait sur les contrefaçons pâlichonnes qui leur avaient succédé. C'était sûrement de là que venait l'expression « décrocher le pompon » qui, telle une graine, avait été semée dans son esprit au cours des heures passées devant les images mouvantes du téléviseur. Cette graine fleurit subitement alors qu'elle explorait, à Marylebone, les alentours de Cross Keys Close et interrogeait la personne habitant au numéro 4. Ce fut là, effectivement, qu'elle décrocha le pompon.

Ce matin-là, à neuf heures et demie, ils s'étaient partagé le travail en trois chez les Saint James. Simon continuerait à chercher Breta, poussant jusqu'à l'école Geoffrey Shenkling. Deborah recueillerait un échantillon de l'écriture de Dennis Luxford afin de pouvoir l'éliminer de la liste des auteurs potentiels des lettres rédigées par le ravisseur. Quant à Helen, elle interrogerait les habitants de Cross Keys Close pour essayer de savoir si quelqu'un avait été vu rôdant dans les parages les jours précédant la disparition de Charlotte.

– L'écriture de Luxford, c'est probablement une perte de temps, avait fait observer Saint James. J'ai du mal à croire qu'il ait rédigé la lettre lui-même s'il a enlevé la petite. Mais il nous faut en avoir la certitude. Ça fait partie du travail. Aussi mon amour, si tu veux bien te charger de *La Source*...

Deborah devint cramoisie.

– Simon, mon Dieu, je suis nulle à ce jeu! Tu le sais. Qu'est-ce que je vais bien pouvoir lui raconter?

– La vérité par exemple, lui avait dit Saint James.

Deborah n'avait pas eu l'air convaincue. Son expérience de détective amateur se limitait à une tentative d'entrée par effraction en compagnie d'Helen, près de quatre ans plus tôt, et encore c'était Helen qui avait tenu le premier rôle, Deborah se contentant de jouer les utilités.

– Ma chérie, l'encouragea Helen, tu n'as qu'à penser à Miss Marple. Ou à Tuppence. Pense à Tuppence. Ou à Harriet Vane.

Deborah avait finalement décidé d'emporter ses appareils photo qui lui tiendraient lieu de couverture.

– C'est un journal, après tout, expliqua-t-elle fébrilement de peur que Saint James et Helen insistent pour qu'elle parte les mains vides. Je me sentirai moins mal à l'aise avec mon matériel. J'aurai l'air dans mon élément; il y a des photographes là-bas, non? Des tas de photographes. Au journal. Bien sûr qu'il y en a.

– Incognito! s'écria Helen. C'est une idée de génie, ma chérie. Exactement ce qu'il te fallait. En te voyant, personne ne pourra deviner la raison de ta présence là-bas et Mr Luxford sera tellement touché par cette preuve de tact qu'il s'empressera de coopérer. Deborah, tu étais faite pour ce job.

Deborah avait ri. Comme d'habitude, les plaisanteries d'Helen avaient eu raison de ses réticences. Après avoir rassemblé son matériel, elle s'était mise en route. Saint James et Helen l'avaient bientôt imitée.

Depuis que Saint James l'avait déposée au coin de Marylebone High Street et de Marylebone Lane pour poursuivre son chemin vers l'ouest en direction d'Edgware Road, Helen n'avait cessé de questionner les uns et les autres. Elle avait commencé par les boutiques de

Marylebone Lane, parlant de la disparition d'une fillette dont elle brandissait la photo sans jamais révéler son identité. Helen avait mis tous ses espoirs dans le propriétaire de la gargote à l'enseigne du Golden Hind Fish and Chips : Charlotte faisant halte dans cet établissement tous les mercredis avant sa leçon de musique, les cinq tables bancales du Golden Hind ne pouvaient pas fournir meilleur poste d'observation. Il y en avait une, notamment, où un type en planque aurait pu s'installer dans un coin, derrière une machine à sous, avec une vue excellente cependant sur tous les passants évoluant dans Marylebone Lane.

Mais malgré les encouragements qu'Helen lui prodigua en forme de mantra : « Ç'aurait pu être un homme, ç'aurait pu être une femme, ç'aurait pu être quelqu'un que vous n'avez encore jamais vu ici », le patron secoua la tête tout en versant de l'huile végétale dans l'un des énormes bacs où il préparait ses frites. Certes, il aurait fort bien pu y avoir une nouvelle tête dans le coin, mais comment aurait-il pu la repérer ? Sa boutique – Dieu merci, en ces temps de crise – ne désemplissait pas. Si un client de passage était venu s'acheter un morceau de morue, il se serait dit qu'il s'agissait d'un employé travaillant dans les bureaux donnant sur Bulstrode Place. C'était plutôt là-bas qu'elle devrait enquêter. Les immeubles abritant les entreprises étaient dotés de baies vitrées donnant sur la rue. A maintes reprises, il avait surpris secrétaires ou gratte-papier à bayer aux corneilles, le nez au carreau, au lieu de bosser. C'est pour ça, passez-moi l'expression, que ce putain de pays se barre en couilles. La conscience professionnelle fout le camp. Au boulot, c'est à celui qui en fera le moins. Les jours fériés sont trop nombreux. Les gens passent leur temps à tendre la main, à demander des sous au gouvernement. Profitant de ce qu'il reprenait son souffle pour disserter plus longuement sur son thème de prédilection, Helen se dépêcha de le remercier et lui laissa la carte de Saint James. Si jamais il se souvenait de quelque chose...

Les entreprises installées sur Bulstrode Place lui prirent plusieurs heures de son temps. Il lui fallut mettre en œuvre toutes ses ressources, mêler habilement persuasion et faux-fuyants afin de franchir le barrage des réceptionnistes et des vigiles et d'arriver à rencontrer des employés ayant un ordinateur ou un bureau près des fenêtres donnant sur Bulstrode Place et Marylebone Lane. Là encore elle fit chou blanc, décrochant en tout et pour tout une offre d'emploi des plus douteuses émanant d'un cadre concupiscent.

Elle n'eut pas davantage de résultats au Prince Albert, où le tenancier du pub lui rit carrément au nez. « Quelqu'un qui traîne dans le secteur ? Quelqu'un qui n'a pas l'air dans son élément ? Mais, mon chou, on est à Londres. Les gens qui traînent, je ne vois que ça : c'est mon fonds de commerce. Et quant à avoir l'air déplacé, vous voulez me dire ce qui a l'air déplacé aujourd'hui ? Il faudrait qu'un type arrive chez moi couvert de sang comme un vampire pour que je le remarque. Et encore... Je ne sais même pas si j'y prêterais tellement attention par les temps qui courent. La seule chose qui m'intéresse, c'est de savoir s'ils ont de quoi payer leurs consommations. »

Après ça, elle attaqua la pénible traversée de Cross Keys Close. Jamais elle n'avait fréquenté un quartier ressemblant si fort à celui où avait rôdé Jack l'Eventreur. Même en plein jour il y avait de quoi avoir les nerfs à vif. Des immeubles étroits bordaient les ruelles, aussi le soleil ne dispensait-il ici et là sur un toit qu'une clarté en lame de couteau ou une petite flaque de lumière devant un seuil convenablement exposé. Il n'y avait pratiquement personne dans le secteur – la présence d'un étranger n'aurait donc pas manqué d'attirer l'attention –, mais il n'y avait pratiquement personne non plus dans les minuscules habitations.

Helen évita d'aller frapper chez Damien Chambers, remarquant cependant que la musique d'un clavier électrique s'échappait de chez lui. Elle se concentra sur les voisins du professeur de musique et questionna les habitants de la ruelle pavée. Pour seuls compagnons, elle n'avait que deux chats – un roux et un tigré, maigres à faire peur – et une petite créature à fourrure et museau pointu. Cette dernière trottinait sur de minuscules pattes. Sa présence indiquait qu'il valait mieux ne pas s'attarder dans le quartier.

Helen montra la photo de Charlotte. Elle expliqua que la fillette avait disparu, esquivant les questions du genre : « Qui est-ce ? Vous croyez que sa disparition n'est pas catholique ? » Une fois les préliminaires terminés, elle allait droit au but : il y avait de fortes chances que la fillette ait été enlevée. N'aurait-on pas remarqué dans le voisinage quelqu'un qui n'était pas du quartier ? Quelqu'un de suspect ? Quelqu'un qui aurait traîné dans le coin un peu trop longtemps ?

Au numéro 3 et au numéro 7, les deux femmes qu'elle interrogea – et qui suivaient la même causerie télévisée – lui fournirent des réponses identiques à celles que Simon et elle avaient obtenues de Damien Chambers dans la nuit de mercredi. Laitier, facteur, livreurs : telles étaient les seules personnes aperçues dans les *mews*. Le numéro 6 et le numéro 9 l'accueillirent avec des regards totalement abrutis. D'une demi-douzaine d'autres maisons, elle n'obtint strictement rien vu qu'il n'y avait personne. C'est au numéro 5 qu'elle marqua un point.

A peine eut-elle frappé à la porte qu'elle eut l'impression d'être bien tombée. Jetant par hasard un œil à l'étage, elle aperçut une physionomie flétrie qui l'observait furtivement à travers les rideaux mal tirés de l'unique fenêtre du premier. D'un geste de la main, elle salua et s'efforça de prendre l'air aussi inoffensif que possible. Ayant élevé la voix, elle s'enquit : « Je peux vous parler un instant ? » Plissement d'yeux au premier étage. Helen eut un sourire encourageant. Le visage disparut. Elle frappa de nouveau. Plus d'une minute s'écoula avant que la porte s'ouvre au bout de sa chaîne.

– Merci infiniment, dit Helen. J'en ai pour une minute, fit-elle, fouillant dans son sac pour y prendre la photo de Charlotte.

Dans le visage fané, les yeux l'observaient avec circonspection. Helen n'aurait su dire s'ils appartenaient à une femme ou à un homme car leur propriétaire était vêtu d'un survêtement vert unisexe et de baskets.

– C'est à quel sujet ? questionna Visage flétri.

Helen sortit la photo, et expliqua la disparition de Charlotte. Visage flétri tendit une main tavelée de taches de vieillesse vers le cliché et le tint entre des doigts aux ongles écarlates. Voilà qui réglait la question du sexe. A moins, évidemment, que la pauvre malheureuse n'ait été un travelo du troisième âge.

– Cette petite fille a disparu, dit Helen. A Cross Keys Close vraisemblablement. Nous essayons de savoir si quelqu'un ne serait pas venu rôder par ici la semaine derrière.

– C'est Pewman qui a téléphoné à la police, dit la femme en rendant la photo à Helen. (Elle s'essuya le nez d'un revers de main et, de la tête, désigna le numéro 4 de l'autre côté de la ruelle.) Pewman, répéta-t-elle. Pas moi.

– La police ? Quand ?

Elle haussa les épaules.

– Il y avait un clochard qui traînait dans le secteur au début de la semaine. Vous voyez le genre. Ces gars font les poubelles en quête de nourriture. Pewman, ça lui a pas plu. Notez que ça plaît à personne. Mais c'est sûrement lui qui a prévenu la police.

Helen s'empressa de prendre la parole avant que la femme ne lui claque la porte au nez.

– Vous dites qu'il y avait un vagabond dans le quartier, Mrs... (Le cœur plein d'espoir, elle attendit que la femme se présente, signe qu'elle se dégelait et commençait à se sentir en confiance. Mais Visage flétri ne mangeait pas de ce pain-là. Se mordant la lèvre, elle décocha à Helen un regard dépourvu d'aménité. Helen enchaîna :) Ce vagabond est resté dans le coin plusieurs jours ? Et vous dites que Pewman... Mr Pewman... a téléphoné à la police ?

– Le constable l'a fait déguerpir. (Elle sourit. A la vue de ses dents, Helen se promit d'aller plus régulièrement chez son dentiste.) J'ai assisté à la scène. Le clochard est tombé dans la poubelle en se plaignant des brutalités policières. Mais c'est Pewman, le responsable. C'est lui qui a téléphoné à la police. Z'avez qu'à lui demander.

– Est-ce que vous pourriez me décrire...

– Mmmmmmouais. Ça, c'est dans mes cordes. Il était beau mec. L'air sérieux. Un casque de cheveux bruns. Beau garçon. Soigné. Moustache dessinée au pinceau. Dégageant un air d'autorité.

– Oh ! je suis désolée, fit Helen, se forçant à rester aimable. Je parlais du vagabond, pas du policier.

– Ah, l'autre. (La femme s'essuya de nouveau le nez.) Il portait du marron, un genre d'uniforme de l'armée.

– Kaki ?

– Ouais, c'est ça. Froissé comme s'il avait dormi avec. Des grosses boots. Pas de lacets. Un sac en toile... Un gros sac en toile.

– Un sac de marin?

– Exact.

Le signalement devait correspondre à celui d'une bonne dizaine de milliers d'hommes circulant actuellement dans Londres. Helen insista.

– Vous n'avez rien remarqué de particulier? Un détail. Ses cheveux, par exemple. Son visage. Son corps.

Question à ne pas poser. La femme sourit et Helen eut droit à une nouvelle exhibition de chicots.

– Je zieutais plus le flic que le clochard. Il avait un beau petit cul, le flic. J'aime bien les hommes qui ont un cul ferme, pas vous?

– Si, si. Les postérieurs masculins, je ne peux pas résister, dit Helen. Mais pour en revenir au...

Visage flétri ne se souvenait que de ses cheveux.

– Gris, ils étaient gris. Les mèches collées pendaient de sous un béret en tricot. Le bonnet... (Elle se passa un ongle le long de la mâchoire et se cura deux dents en réfléchissant.) Bleu marine, le bonnet. Pewman a prévenu les flics quand il s'est attaqué à sa poubelle. Pewman sait sûrement mieux que moi à quoi y ressemble.

Pewman, heureusement, le savait. Et, coup de chance, il était chez lui. Il était scénariste, expliqua-t-il à Helen qui l'avait surpris au beau milieu d'une phrase.

Helen alla donc droit au but.

– Ah oui, fit Pewman, je me souviens de lui.

Et de fournir à Helen un signalement époustouflant de précision. Le clochard, âgé d'environ cinquante à soixante-cinq ans, mesurait autour d'un mètre soixante-quinze. Il avait le visage basané, ridé de quelqu'un qui est resté trop longtemps au soleil, ses lèvres étaient tellement gercées qu'elles étaient pleines de peaux mortes, ses mains étaient esquintées – on apercevait des traces de coupures sur le dos –, son pantalon était maintenu à l'aide d'une cravate qu'il avait passée dans les boucles de la ceinture. Et, conclut Pewman, l'une de ses chaussures était surélevée.

– Surélevée?

– Oui. Il avait une semelle qui faisait un bon centimètre et demi de plus que l'autre. Peut-être qu'il avait eu la polio étant petit? (Il éclata de rire en voyant la tête ahurie d'Helen.) Je suis écrivain, dit-il en guise d'explication.

– Je vous demande pardon?

– Il avait un physique intéressant, c'est pour ça que j'ai noté son signalement quand je l'ai vu fouiller dans ma poubelle. On ne sait jamais. Ça peut toujours être utile.

– Et vous avez appelé la police, si j'en crois votre voisine, Mrs... euh...

Helen tendit vaguement la main vers le trottoir d'en face où elle s'aperçut que sa conversation avec Mr Pewman était épiée derrière les rideaux mal tirés.

– Moi ? (Il secoua la tête.) Pas du tout. Pauvre mec. Jamais je ne lui aurais mis les flics au train. Il n'y avait pas grand-chose dans ma poubelle et je l'aurais volontiers laissé gratter dedans. C'est sûrement quelqu'un d'autre. Miss Schickel du 10. (Roulant les yeux, il eut un mouvement de tête en direction du numéro 10 un peu plus bas dans la ruelle.) C'est un de ces spécimens qui ont de la poigne à revendre, genre : « J'ai survécu au Blitz, etc. » Les gens dans la mouise, ces bonnes femmes-là, elles peuvent pas les blairer. Elle a dû dire au type de se tirer et, comme il n'obtempérait pas, elle aura alerté les flics. Et continué d'appeler jusqu'à ce qu'ils se décident à faire le nécessaire.

– Vous l'avez vu se faire éjecter ?

Non. Il l'avait simplement vu fouiller dans la poubelle. Bien qu'incapable de dire combien de temps exactement l'homme avait traîné dans le secteur, il était sûr cependant qu'il était resté plus d'une journée. Parce que malgré son manque de compréhension à l'égard des laissés-pour-compte, Miss Schickel n'avait pas dû alerter la police la première fois qu'elle l'avait surpris en train de fouiller dans ses ordures.

Est-ce qu'il savait quel jour exactement le vagabond s'était fait virer ?

Il réfléchit en jouant avec un crayon. Il finit par dire que ça devait être deux jours plus tôt. Mercredi peut-être. Oui, mercredi, sûr, parce que sa mère téléphonait toujours le mercredi et que lorsqu'il l'avait eue au bout du fil, il avait regardé par la fenêtre et aperçu le pauvre gars. Il ne l'avait pas revu depuis.

Et c'est à ce moment-là qu'Helen se souvint de l'expression entendue dans les films noirs. Elle avait fini par décrocher le pompon. C'était une piste solide.

L'existence de cette piste mit du baume au cœur de Saint James. Avec la bénédiction de la directrice de Geoffrey Shenkling, il avait interrogé toutes les élèves de sexe féminin dotées d'un prénom ressemblant même de loin au surnom Breta. C'est ainsi qu'il avait rencontré des Alberta, des Bridget, des Elizabeth, des Berthe, des Babette, des Rita âgées de huit à douze ans, de toutes ethnies, religions et dispositions. Certaines timides. D'autres apeurées. D'autres extraverties. D'autres encore ravies d'échapper à un cours. Mais aucune d'entre elles ne connaissait Charlotte Bowen. Que ce fût sous le nom de Charlotte, de Lottie ou de Charlie. Et aucune d'entre elles n'était jamais allée à la permanence d'Eve Bowen le vendredi après-midi dans le sillage d'un parent ou d'un ami. Il avait quitté l'école avec une liste des élèves absentes ce jour-là et de leur numéro de téléphone, mais quelque chose lui disait que Shenkling allait le mener à une impasse.

– Si tel est le cas, il va nous falloir enquêter dans les autres écoles de Marylebone, dit Saint James. Pendant ce temps-là, les heures passent et c'est autant de gagné pour le kidnappeur. Tu sais, Helen, si deux autres sources ne nous avaient pas confirmé que Breta était une amie de Charlotte, je parierais que Damien Chambers l'a inventée mercredi soir pour que nous lui fichions la paix.

– Le fait qu'il ait mentionné Breta nous a fourni un point de départ pour mener notre enquête, fit Helen pensivement.

Ils s'étaient retrouvés dans Marylebone High Street, au Rising Sun, où Saint James, l'air songeur, buvait une Guinness tandis qu'Helen se requinquait avec un verre de vin blanc. Ils étaient arrivés pendant l'accalmie séparant le déjeuner du dîner et, à l'exception du patron du pub qui essuyait les verres et les rangeait sur l'étagère au fur et à mesure, il n'y avait personne dans le bar.

– Mais tu aurais du mal à me faire croire qu'il a réussi à obtenir de Mrs Maguire et de Brigitta Walters qu'elles confirment son histoire concernant Breta. Pourquoi le feraient-elles ?

– Mrs Maguire est irlandaise, non ? Et Damien Chambers ? Il a un accent irlandais.

– De Belfast, confirma Saint James.

– Peut-être qu'ils sont de mèche.

Saint James songea de nouveau au poste qu'occupait Eve Bowen au ministère de l'Intérieur, et à l'intérêt qu'elle portait à l'IRA selon Mrs Maguire. Mais il secoua la tête.

– Et Brigitta Walters ? Quelle est sa place dans tout ça ? Pourquoi est-ce qu'elle raconterait la même histoire au sujet de Breta si ce n'était pas vrai ?

– Peut-être que nous avons trop restreint le champ de nos recherches, dit Helen. Nous avons pensé que Breta pouvait être une camarade d'école ou une voisine. Mais Charlotte pourrait l'avoir connue ailleurs. Pourquoi pas à l'église ? Au catéchisme ? A la chorale ?

– Il n'a jamais été question de ça.

– Aux guides ?

– On nous l'aurait dit.

– Pourquoi pas au cours de danse, alors ? Nous n'avons pas enquêté de ce côté-là et pourtant ce cours a été mentionné à plusieurs reprises.

Effectivement, ils n'avaient pas mis leur nez là-dedans. C'était une possibilité. Il y avait également sa psychologue. Les deux pistes devaient être remontées : peut-être que là se trouvait la clé de l'énigme. Mais si tel était le cas, se demanda Saint James, pourquoi traînaient-ils les pieds ? La réponse, il la connaissait. Il replia les doigts et sentit ses ongles s'enfoncer dans sa paume.

– J'ai envie de laisser tomber, Helen.

– Cette affaire ne nous facilite la vie ni à l'un ni à l'autre.

Il la regarda vivement.

– Tu lui as parlé ?

– A Tommy ? Non. (Helen soupira.) Il m'a posé des questions, bien sûr. Il sait que je suis préoccupée. Mais jusqu'à maintenant j'ai réussi à le convaincre que c'était seulement de la nervosité prénuptiale.

– Ça ne va pas lui plaire, que tu lui mentes.

– Ce n'est pas vraiment un mensonge. Je suis nerveuse. Je ne suis toujours pas sûre.

– De Tommy ?

– D'avoir envie de me marier avec Tommy. Ou avec qui que ce soit. « Jusqu'à ce que la mort nous sépare », cette phrase me met mal à l'aise. Comment puis-je jurer un amour éternel à un homme alors que je suis incapable de rester attachée à une paire de boucles d'oreilles pendant un mois ? (Repoussant son verre de vin, elle renonça à poursuivre.) Mais je ne t'ai pas dit, j'ai quelque chose qui va te faire plaisir.

Et d'expliquer. Ses explications réconfortèrent Saint James. La présence du vagabond à Cross Keys Close était le premier élément collant avec un autre déjà en leur possession.

– Les squats de George Street, dit Saint James après avoir réfléchi un instant aux données fournies par Helen. Deborah me les a remis en mémoire hier soir.

– Mais bien sûr, fit Helen. Ce serait une planque idéale pour un SDF.

– Pour un SDF ou quelqu'un d'autre, dit Saint James. (Il vida son verre.) Poursuivons nos recherches.

Deborah s'impatientait. Elle avait commencé par attendre Dennis Luxford deux heures à la réception de *La Source*, observant les allées et venues des journalistes pour se distraire.

Pendant ce laps de temps, elle était allée relancer la réceptionniste à peu près toutes les demi-heures. Malheureusement la réponse à sa question était toujours la même. Mr Luxford n'était pas encore là. Et non, il y avait fort peu de chances qu'il empruntât une autre porte que celle de devant. Lorsqu'elle avait insisté pour que la jeune femme appelle le bureau de Dennis Luxford afin de s'assurer que le rédacteur en chef n'était pas arrivé, celle-ci avait obtempéré avec une mauvaise humeur d'adolescente. « Alors, il est là, oui ou zut ? » avait grommelé la réceptionniste dont la plaque indiquait qu'elle s'appelait Charity. Deborah se dit qu'elle portait décidément très mal son nom.

Une bonne heure après l'heure normale du déjeuner, Deborah sortit de l'immeuble afin d'aller se sustenter. Elle découvrit ce qu'elle cherchait dans un bar à vins de St Bride Street où un plat de *penne all' arrabbiata*, du pain à l'ail et un verre de vin rouge, s'ils n'arrangèrent pas son haleine, lui donnèrent un sérieux coup de fouet. Après quoi elle se propulsa de nouveau avec ses appareils jusqu'à Farrington Street.

Cette fois quelqu'un d'autre attendait Dennis Luxford. Charity crut d'ailleurs devoir l'en informer en s'exclamant : « Vous revoilà ? Vous alors, vous ne lâchez pas facilement le morceau ! Joignez-vous à la foule. »

Deborah s'aperçut qu'entre autres qualités Charity possédait le don d'exagérer. Car la foule se résumait à une seule personne. Un homme assis au bord d'un des canapés de la réception. Chaque fois que quelqu'un franchissait les portes à tambour, il levait les yeux avec l'air de vouloir sauter sur ses pieds.

Deborah lui adressa un aimable signe de tête. Il fronça les sourcils, releva sèchement le poignet de sa chemise afin de consulter sa montre et se dirigea d'un pas rapide vers la réception, où il échangea des mots vifs avec Charity. Elle commençait à s'échauffer, disant : « Dites donc, calmez-vous. Pourquoi est-ce que je vous mentirais ? » lorsque Dennis Luxford franchit enfin le seuil.

Deborah se mit debout.

– Vous voyez, fit Charity. (Et elle appela :) Mr Luxford ?

L'homme qui guettait l'arrivée du rédacteur en chef pivota, tournant le dos à Charity.

– Luxford ?

Luxford adopta aussitôt un air circonspect : l'intonation de l'inconnu était tout sauf amicale. Il jeta un coup d'œil au vigile qui montait la garde près de la porte. Ce dernier s'avança.

L'inconnu se présenta :

– Alexander Stone. Je suis le mari d'Eve.

Luxford l'examina, puis il adressa un imperceptible mouvement de la tête au vigile, lui faisant signe de reculer.

– Par ici, fit-il en se dirigeant vers les ascenseurs.

C'est alors qu'il vit Deborah.

Deborah comprit qu'elle n'était pas du tout à sa place. Doux Jésus, l'homme qui attendait Luxford n'était autre que le mari d'Eve Bowen, lequel – d'après ce qu'on leur avait dit – ne savait même pas que Dennis Luxford était le père de la fille d'Eve. Or il affichait un tel empire sur lui-même que Deborah comprit en un éclair qu'il avait appris la vérité et était encore sous le choc. En d'autres termes, il était capable de dire n'importe quoi, de faire une scène, de se montrer violent. Bref, il était imprévisible. Et le sort – sans parler des instructions de son mari – l'avait mise en situation d'avoir éventuellement affaire à lui.

Elle aurait bien voulu se glisser dans un trou de souris. Disparaître au cœur de la terre. Mais pour reparaître où ? En Chine ? Sur l'Himalaya ? Au Bangladesh ?

Luxford jeta un regard curieux à sa sacoche.

– Qu'est-ce que c'est que tout ça ? Vous avez du nouveau ?

– Luxford, fit Stone, il faut que je vous parle.

– Chacun son tour, dit Luxford par-dessus son épaule avant d'ajouter à l'adresse de Deborah : Suivez-moi dans mon bureau.

Mais Stone n'entendait pas rester dans le hall. Lorsque les portes de l'ascenseur s'ouvrirent, il emboîta le pas à Deborah et Luxford. Le vigile esquissa de nouveau un mouvement en avant, montrant par là qu'il se tenait prêt à intervenir. Luxford leva la main pour le stopper : « Pas de problème, Jerry. » Et il appuya sur le bouton du onzième étage.

Il n'y avait personne d'autre dans l'ascenseur.

– Eh bien ? dit Luxford à Deborah.

Elle se demanda comment amener la chose. « Mon mari a besoin d'un échantillon de votre écriture afin de s'assurer que vous n'êtes pas le kidnappeur. » Voilà qui suffirait à mettre le feu aux poudres et inciterait Alexander Stone à sauter à la gorge du rédacteur en chef. Impossible de faire ça. Stone semblait éprouver une telle animosité à l'égard de Luxford qu'elle devait agir avec la plus grande discrétion.

– Simon m'a demandé de passer. Il y a un petit détail qu'il aimerait régler, dit-elle.

Stone parut alors se rendre compte que sa présence avait un rapport avec la disparition de sa belle-fille.

– Qu'est-ce que vous savez ? questionna-t-il brusquement. Qu'avez-vous découvert ? Comment se fait-il que vous ne nous ayez pas prévenus ?

– Simon s'est entretenu avec votre femme hier après-midi, dit Deborah, les joues rouges. Elle ne vous l'a pas dit... ? (« Manifestement, elle ne lui a rien dit, espèce d'idiote », s'admonesta Deborah. D'un ton qui se voulait assuré, elle ajouta :) Il lui a fait un rapport complet sur la situation à son bureau. Je veux dire... il s'est rendu à son bureau pour lui faire un rapport.

« Génial, songea-t-elle. Une vraie pro. » Elle se mordit la lèvre supérieure pour l'empêcher de trembler.

Au cinquième, les portes de l'ascenseur s'ouvrirent, deux hommes et une femme s'engouffrèrent dans la cabine, ce qui évita à Deborah de gaffer davantage. Ils parlaient politique. Très calmement, la femme énonça : « Selon une source digne de foi... » A ces mots, les deux hommes ricanèrent d'un air entendu, ce qui la poussa à continuer. « Non, écoutez. Il assistait à un dîner à Downing Street. Et le Premier ministre a bel et bien confié à quelqu'un pendant l'apéritif que le public se foutait pas mal de savoir qui baisait avec qui et où du moment que les impôts n'augmentaient pas. D'accord, il parlait bas, mais si Mitch réussit à obtenir confirmation, nous pourrons... »

– Pam, dit Luxford. (La femme se tourna vers lui.) Plus tard.

Le regard de la journaliste quitta Luxford pour se poser sur ses compagnons. Avec une petite grimace, elle s'excusa d'avoir manqué de discrétion. Lorsque les portes de l'ascenseur s'ouvrirent au onzième étage, elle disparut dans la salle de rédaction.

Luxford entraîna Deborah et Alexander Stone vers son bureau de l'autre côté de la salle de rédaction, à gauche des ascenseurs. Un petit groupe de gens munis de carnets et de papiers s'affairaient autour de sa secrétaire et tandis que Luxford s'avançait, un homme courtaud vêtu d'une saharienne se détacha du lot.

– Den ? Qu'est-ce que... (Il jeta un regard à Deborah puis à Stone et de nouveau à la sacoche de Deborah dans laquelle il parut lire comme une sorte de présage.) On allait commencer la conférence de rédaction sans vous.

– Décalez-la d'une heure, dit Luxford.

– Est-ce bien raisonnable, Den ? Vous êtes sûr qu'on peut se permettre de prendre encore du retard ? La nuit dernière, ç'a déjà posé des problèmes, mais...

Luxford invita Deborah et Stone à pénétrer dans son bureau. Puis il pivota sur ses talons.

– J'ai un problème à régler, Rodney. La conférence se tiendra dans une heure. Si l'impression est retardée ce n'est pas la fin du monde. C'est clair ?

– Seulement ça fait encore des heures supplémentaires à payer, remarqua Rodney.

– Oui. En effet. (Luxford ferma la porte.) Et maintenant à nous, dit-il à Deborah.

– Ecoutez-moi, espèce de salaud, intervint Stone en barrant la route à Luxford qui s'approchait de sa table de travail.

Deborah se rendit compte qu'il était plus grand de dix centimètres que le rédacteur de *La Source*, mais que les deux hommes semblaient en excellente condition physique. Et Luxford n'avait pas la tête de quelqu'un qui cède devant une tentative d'intimidation.

– Mr Luxford, attaqua-t-elle bravement. En réalité, il s'agit d'une formalité, j'aurais besoin de...

– Qu'en avez-vous fait ? questionna Stone. Qu'avez-vous fait de Charlie ?

Luxford ne broncha pas.

– Evelyn se trompe. Mais, apparemment, je n'ai pas réussi à la convaincre. Peut-être que j'aurai davantage de chance avec vous. Asseyez-vous.

– De quel droit est-ce que vous me donnez des ordres...

– Parfait. Restez debout si ça vous chante. Mais reculez : je n'ai pas l'habitude de parler aux gens dans les narines et ce n'est pas maintenant que je vais m'y mettre.

Stone ne bougea pas. Les deux hommes étaient pratiquement front contre front. Stone remua la mâchoire. Luxford se raidit. Mais resta calme.

– Ecoutez-moi, Mr Stone. Je n'ai pas Charlotte.

– Vous voulez essayer de me faire croire qu'un type comme vous n'irait pas jusqu'à enlever une gamine de dix ans ?

– Je ne m'y hasarderais pas, fit Luxford. Mais il y a une chose que je peux vous assurer : vous ignorez tout de ce qu'un type comme moi peut faire et malheureusement je n'ai pas le temps de vous éclairer sur ce point.

D'un geste violent, Stone désigna le mur près de la table de conférence où était accrochée une rangée de une. Ces premières pages présentaient certains des articles les plus croustillants de *La Source*, couvrant un vaste éventail depuis le ménage à trois formé par le trio de vedettes d'un feuilleton télévisé de l'après-guerre aux mœurs prétendument saines jusqu'au compte rendu d'un coup de fil passé par la princesse de Galles.

— C'est inutile, je n'ai aucun besoin de vos lumières. Votre conception du journalisme est claire, dit Stone.

— Parfait. (Luxford consulta sa montre.) Notre conversation n'en sera donc que plus brève. Pourquoi êtes-vous venu ? Est-ce que vous pourriez m'exposer rapidement la raison de votre présence chez moi ? Car j'ai du travail et je dois parler à Mrs Saint James.

Deborah, qui avait posé sa sacoche sur un canapé beige adossé au mur, sauta sur la perche que Luxford venait de lui tendre.

— Effectivement. Je vais avoir besoin de...

— Les types dans votre genre passent leur temps à se planquer, dit Stone en faisant un pas vers Luxford d'un air agressif. Derrière leur boulot, leur secrétaire, leur accent snob. Je veux que vous sortiez de votre tanière, que vous jouiez franc jeu. Compris ?

— Je l'ai déjà expliqué à Evelyn : je suis tout à fait disposé à jouer franc jeu. Si elle n'a pas jugé bon de vous en faire part, je ne vois pas très bien ce que je peux faire.

— Laissez Eve en dehors de tout ça.

Luxford haussa imperceptiblement un sourcil.

— Excusez-moi, Mr Stone, fit-il, contournant son visiteur pour s'approcher de son bureau.

— Mr Luxford, réattaqua Deborah d'un ton plein d'espoir, si je pouvais...

Stone attrapa Luxford par le bras.

— Où est Charlie ?

Les yeux de Luxford se braquèrent sur le visage crispé de Stone.

— Reculez, Mr Stone. Ne faites rien que vous puissiez regretter. Je n'ai pas enlevé Charlotte, j'ignore où elle se trouve. Ainsi que je l'ai expliqué à Evelyn hier après-midi, je n'ai aucune raison de vouloir que notre passé soit étalé dans la presse. Il se trouve que j'ai une femme et un fils qui ignorent tout de l'existence de Charlotte et que j'aimerais que ça continue comme ça. Quoi que vous-même et votre femme en pensiez. Si Evelyn et vous parliez davantage, peut-être que vous sauriez...

Stone accentua sa pression sur le bras de Luxford qui le secoua rudement. Deborah vit les yeux du rédacteur en chef se plisser.

— Il ne s'agit pas d'Eve. Ne mêlez pas Eve à cette histoire.

– Elle y est mêlée. C'est de sa fille que nous parlons.
– Et de la vôtre. (Stone prononça ces mots d'un air de dégoût. Il relâcha le bras de Luxford. Le rédacteur en chef le dépassa et s'approcha de son bureau.) Quel genre d'homme faut-il être pour engendrer un enfant et lui tourner le dos, Luxford? Quel genre d'homme faut-il être pour refuser la responsabilité de son passé?

Luxford appuya sur un bouton d'ordinateur et ramassa au passage une poignée de messages. Il les examina rapidement, les mit de côté et passa en revue une pile de lettres non décachetées. Il prit une enveloppe rembourrée posée sous les lettres et leva la tête pour répondre.

– Bien sûr, c'est le passé qui vous intéresse en priorité. Pas le présent.

– Espèce de salopard...

– C'est ça. Dites-moi, Mr Stone, qu'est-ce qui vous tracasse vraiment? La disparition de Charlotte ou le fait que j'aïe baisé avec sa mère?

Stone s'élança. Avec une rapidité qui la surprit elle-même, Deborah l'imita. Stone atteignit le bureau, les mains tendues vers Luxford. Deborah l'attrapa par le bras gauche et le tira en arrière.

Stone pivota vers elle, ayant manifestement oublié à qui il avait affaire. Son poing était fermé, son bras prêt à se détendre, il frappa. Deborah essaya d'esquiver mais elle ne fut pas assez prompte. Un coup violent l'atteignit sur le côté de la tête. Elle perdit l'équilibre.

Les oreilles bourdonnantes, Deborah perçut des jurons. Puis la voix de Luxford qui aboyait:

– Allez chercher un vigile. Vite.

Elle aperçut des pieds, un bas de pantalon, et entendit Stone qui disait:

– O mon Dieu. Merde. Merde.

Une main se posa sur son dos, une autre sur son bras.

– Non, ça va. Je vous assure, ça va très bien... Ce n'est rien...

La porte du bureau s'ouvrit. Une autre voix masculine résonna:

– Den? Zut, est-ce que je peux...

– Foutez le camp!

La porte se referma.

Deborah réussit à s'asseoir.

Stone lui prêta main-forte. Son visage avait pris la couleur de la pâte à pain.

– Désolé. Je ne voulais pas... Mon Dieu, qu'est-ce qui se passe ?

– Poussez-vous, ordonna Luxford. Bon Dieu, poussez-vous.

Il aida Deborah à se mettre sur pied, l'entraîna vers le canapé et s'accroupit pour examiner son visage. Ce fut lui qui répondit à la question de Stone.

– Ce qui se passe, c'est que vous l'avez agressée.

Deborah leva une main comme pour protester.

– Non, non. Je me suis jetée en travers de son chemin. Il ne pouvait pas savoir...

– Il ne sait foutre rien, fit sèchement Luxford. Tenez. Laissez-moi regarder. Vous vous êtes cogné la tête ? (Ses doigts lui palpèrent tout doucement le crâne.) Ça fait mal ?

Elle dit que non. Pour l'instant, elle était plus secouée que physiquement meurtrie ; elle aurait mal plus tard. Elle était gênée. Elle détestait être le point de mire – préférant se fondre dans le paysage – or sa réaction impulsive lorsque Stone avait bondi l'avait placée bien malgré elle sous le feu des projecteurs. Elle profita de cet instant pour exposer à Luxford l'objet de sa visite, persuadée qu'Alexander Stone ne piquerait pas une nouvelle crise de sitôt.

– En fait, je suis venue vous demander un échantillon de votre écriture, dit-elle au rédacteur de *La Source*. Ce n'est qu'une formalité, mais Simon aimerait... y jeter un coup d'œil.

Luxford hocha la tête. Il n'eut pas l'air du tout de prendre mal la requête.

– Evidemment. J'aurais dû penser à lui en donner un l'autre soir. Vous êtes sûre que tout va bien ?

Faisant oui de la tête, elle le gratifia d'un sourire qu'elle espéra convaincant. Luxford se releva. Stone s'était replié vers la table de conférence à l'autre bout de la pièce. Il avait tiré un siège dans lequel il s'était laissé tomber, la tête dans les mains.

Luxford prit une feuille de papier et commença à écrire. La porte de son bureau s'ouvrit et le vigile en uniforme s'enquit :

– Un problème, Mr Luxford ?

Luxford leva le nez. Il examina Stone un instant avant de répondre :

– Restez dans le secteur, Jerry, je vous ferai signe si

j'ai besoin de vous. (Le vigile s'éclipsa. Luxford dit à Stone :) Je devrais vous faire jeter dehors. Je le ferai – vous pouvez me croire – si vous ne vous décidez pas à m'écouter.

Stone resta tête baissée.

– Je vous écoute.

– C'est ça, écoutez-moi bien. Quelqu'un a pris Charlotte en otage et menace de la tuer. Quelqu'un qui veut savoir la vérité nous concernant, Evelyn et moi. J'ignore qui est ce quelqu'un et pourquoi il a attendu si longtemps pour mettre la pression sur nous. Pourtant c'est bel et bien ce qui est en train de se passer. Nous pouvons soit faire intervenir la police, soit essayer de prouver qu'il bluffe. Seulement pour ne rien vous cacher, je ne crois pas à un coup de bluff. Aussi à mon avis vous avez deux solutions, Stone. Ou vous réussissez à convaincre votre femme que la situation est grave, ou vous jouez le coup comme elle le souhaite, quitte à en subir les conséquences pour le restant de vos jours. En ce qui me concerne, j'ai fait ce que je pouvais.

D'une voix sourde, Stone énonça :

– Dans le panneau.

Il rit d'un rire étouffé et sarcastique.

– Quoi ?

– Je suis tombé dans le panneau. (Il releva la tête.) Vous m'avez eu en beauté.

Luxford le dévisagea d'un air incrédule.

– Mr Stone, je suis sûre que... intervint Deborah.

– Ne vous fatiguez pas, s'interposa Luxford. Il a trouvé le méchant. Ils ont trouvé le méchant. Inutile de gaspiller votre salive.

Il tourna les yeux vers l'enveloppe rembourrée qu'il tenait à la main. Celle-ci était fermée à l'aide d'agrafes qu'il fit sauter.

– Nous nous sommes tout dit, Mr Stone. Vous retrouverez votre chemin tout seul ou vous avez besoin d'aide ?

Il ouvrit l'enveloppe sans attendre la réponse et en fixa le contenu. Deborah le vit déglutir.

Tant bien que mal, elle réussit à se mettre debout.

– Mr Luxford ? (Et d'ajouter en voyant l'objet posé sur le courrier :) Non, n'y touchez pas.

C'était un petit magnétophone.

10

Rodney Aronson avait un œil braqué sur l'écran de son ordinateur et l'autre sur la porte du cabinet de travail de Luxford. Ce n'était pas un mince exploit compte tenu du fait que son bureau était à un bout de la salle de rédaction et celui de Luxford à l'autre, et que l'espace entre les deux était occupé par de multiples tables, classeurs métalliques, terminaux et journalistes sans cesse en mouvement. Les membres de la conférence de rédaction étaient retournés vaquer à leurs occupations lorsque Luxford avait repoussé ladite conférence d'une heure. Si la décision du rédacteur en chef les avait intrigués, aucun d'entre eux ne s'était appesanti et personne n'avait fait le moindre commentaire. Seul Rodney était resté dans les parages et avait bien examiné le visage de l'homme qui accompagnait Luxford. Quelque chose dans son expression – une animosité à fleur de peau qui ne demandait qu'à éclater – avait incité Rodney à s'attarder dans le cagibi méticuleusement rangé de Miss Wallace pour le cas où un incident se serait produit.

Effectivement, il s'était passé quelque chose. Mais lorsque, réagissant aux éclats de voix et au bruit de chute, Rodney avait précipitamment ouvert la porte du bureau de son supérieur afin de lui montrer à quel point son sort lui tenait à cœur, il n'avait pas été peu surpris de voir la femme rousse étalée par terre. Mr Coup-de-poing était penché au-dessus d'elle, ce qui laissait suggérer qu'il était responsable de sa chute. Que se passait-il, bon sang ?

Une fois que Luxford – l'ingratitude incarnée, comme

184

d'habitude – l'eut sèchement chassé de son bureau, Rodney envisagea différentes possibilités. A coup sûr, Cheveux roux était une journaliste photographe. Comment expliquer sinon la sacoche qu'elle trimbalait ? Sans doute était-elle venue vendre des clichés au journal. *La Source* achetait régulièrement des photos aux journalistes indépendants, aussi n'était-il pas rare que des photographes se pointent avec une moisson d'instantanés compromettant telle ou telle personnalité. Membre de la famille royale surpris dans une attitude rien moins que royale. Figure éminente du microcosme politique en train de s'en payer crapuleusement une tranche. Seulement les free-lance qui avaient des photos à vendre ne traitaient généralement pas avec le rédacteur en chef. Ils ne le rencontraient même jamais. La personne à laquelle ils avaient affaire, c'était le responsable du service photo ou l'un de ses assistants.

Alors, ça voulait dire quoi ? Luxford escortant Cheveux roux dans son bureau ? Encore qu'escorter ne fût pas vraiment le terme. Luxford avait plutôt escamoté Cheveux roux dans son bureau. Et il avait pris soin de ne laisser personne lui adresser la parole. Pas plus à elle qu'à Mr Coup-de-poing d'ailleurs. Et lui, qui était-ce, bon Dieu ?

Coup-de-poing ayant mis KO la rouquine, Rodney en déduisit qu'il devait être décidé à empêcher ses photos de paraître dans le quotidien et donc qu'il était quelqu'un. Mais qui ? Il n'avait pas l'air d'appartenir au gratin. Ce qui voulait sans doute dire qu'il avait été photographié en compagnie d'une personne dont il cherchait à protéger la réputation.

Quelle touchante pensée. Peut-être que les jours de la chevalerie n'étaient pas morts, au fond. Mais dans ce cas, pourquoi Coup-de-poing avait-il expédié une femme au tapis ? N'était-ce pas plutôt à Luxford qu'il aurait dû s'en prendre ?

Rodney tenait le cher Den à l'œil depuis son rendez-vous chez Harrods. Il avait passé la soirée de la veille à *La Source* et s'était employé à mettre les nerfs de Luxford à rude épreuve, faisant irruption dans son bureau d'heure en heure et lui demandant avec des grincements de dents d'inquiétude quand les rotatives allaient être lancées. A deux reprises, Luxford lui avait dit de rentrer. Mais Rodney était resté dans le secteur, bien décidé à savoir pourquoi Luxford, frôlant la catastrophe, retardait le tirage. Après tout c'était son boulot, de veiller au grain. Si Luxford était en train de craquer – ce qui semblait être le cas –, il allait falloir que quelqu'un se tienne prêt à ramasser les morceaux lorsqu'il s'effondrerait.

Rodney se dit que le report de l'impression avait un rapport avec le rendez-vous chez Harrods. Il se dit qu'il avait mal interprété ce rendez-vous, qu'il n'avait rien compris au film. Après avoir supposé que Luxford s'envoyait en l'air avec la femme retrouvée au café, il avait révisé ses positions en constatant que le report de l'impression avait eu lieu dans la foulée du rendez-vous censément galant.

Ç'avait un rapport avec un papier, bien sûr. Et le tendre moment surpris au restaurant mis à part, cette explication était beaucoup plus plausible qu'une liaison. Après tout que ce fût la nuit, le matin ou l'après-midi, Luxford pouvait goûter aux charmes sculpturaux de la fabuleuse Fiona. La femme de chez Harrods était jolie, mais elle n'arrivait pas à la cheville de l'époustouflante épouse de Luxford.

En outre, elle était membre du gouvernement, ce qui rendait plus vraisemblable encore le fait qu'elle pût avoir des renseignements à lui communiquer. Si tel était le cas, il devait s'agir de révélations croustillantes concernant de grosses pointures : ministre de la Justice, ministre de l'Intérieur, peut-être même Premier ministre. Les histoires les plus ahurissantes avaient généralement pour protagonistes des grands manitous ayant des affaires de cul avec des partenaires nettement moins bien placées dans la hiérarchie, surtout si les préliminaires amoureux s'accompagnaient de confidences relevant du secret défense. Et il n'était pas idiot de supposer qu'une femme membre du gouvernement, révoltée dans son âme de féministe par la façon honteuse dont ses consœurs étaient traitées, ait décidé de cracher le morceau. Si cette femme comptait dénoncer les agissements de quelqu'un d'important, qu'elle voulait garder l'anonymat et qu'elle avait dans ses relations un rédacteur en chef, pourquoi ne pas proposer le sujet directement à ce dernier ?

Bien sûr, bien sûr. Est-ce que Luxford ne pianotait pas comme un malade sur le clavier de son ordinateur hier lorsque Rodney était rentré de chez Harrods ? Et pour quelle autre raison aurait-il retardé le lancement des rotatives sinon pour avoir un complément d'information à propos de son article ? Luxford n'était pas un imbécile. Il ne s'amuserait pas à publier des histoires de va-et-vient copulatoires sans recouper les informations. Sa source étant une femme, il y avait gros à parier qu'il s'agissait d'une femme plaquée. Luxford était trop malin pour se laisser embringuer dans une affaire de vengeance : aussi avait-il attendu confirmation, retardant le tirage du journal. Seulement, en voyant qu'elle était incapable de lui donner le nom de quelqu'un qui fût capable de corroborer ses dires, il avait renoncé à publier son papier, l'avait gelé.

Mais Rodney n'était pas plus avancé concernant l'identité de l'informatrice.

Depuis son retour de chez Harrods, il s'était employé à ses moments de loisir à éplucher d'anciens numéros de *La Source*, cherchant un indice qui le mettrait sur la piste de l'inconnue. Si elle appartenait au gouvernement, quelqu'un de la maison avait forcément passé un papier sur elle à un moment ou un autre. Il avait laissé tomber ses recherches la veille au soir à onze heures et demie mais s'y était recollé ce matin à ses moments perdus. Un peu avant midi, tandis que Mitch Corsico rendait compte des derniers développements de l'affaire « Paso doble à Paddington » – Larnsey avait enfin eu un entretien avec le Premier ministre ; il s'était refusé à tout commentaire à sa sortie du Numéro 10 ; Daffy Dukane avait engagé un agent, lequel était prêt à négocier les conditions d'une interview exclusive qui allait coûter la peau du dos –, Rodney qui avait surpris au vol une remarque de Corsico à propos de la bibliothèque s'était mentalement administré une claque sur le front. Pourquoi perdait-il son temps à éplucher d'anciens numéros du journal alors qu'il lui suffisait pour découvrir l'identité de la femme de chez Harrods de descendre trois étages pour consulter à la bibliothèque le *Guide de la Chambre des communes* afin de voir si la source de Luxford était un député et non un fonctionnaire habilité à utiliser à l'occasion une voiture de la flotte gouvernementale ?

Et de fait il l'y dénicha à la page 357, tout sourire, grosses lunettes et frange trop longue. Eve Bowen, député de Marylebone, sous-secrétaire d'Etat au Home Office. Rodney poussa un sifflement de satisfaction. Effectivement elle était assez jolie, mais ce n'était pas pour son physique que Luxford l'avait rencontrée.

Sous-secrétaire d'Etat, Bowen devait venir en troisième, quatrième ou cinquième position au ministère de l'Intérieur. Autant dire qu'elle frayait régulièrement avec les décideurs. Ce qu'elle avait à offrir à Luxford devait être de l'or en barre. Comment diable Rodney allait-il s'y prendre pour mettre la main sur l'information et la refiler au directeur de *La Source*, manip qui le ferait passer aux yeux de ce dernier pour un reporter féroce, un rédacteur sagace et un homme ayant l'oreille des puissants ? A moins de parvenir à prendre télépathiquement connaissance du mot de passe permettant d'accéder au terminal de Luxford où, avec un peu de pot, il réussirait à dénicher le papier rédigé la veille au soir par ce dernier, Rodney n'avait pas la moindre idée sur la façon de procéder. En tout cas, en découvrant l'identité d'Eve Bowen, il avait fait un sérieux pas en avant et de cela, au moins, il pouvait se réjouir.

C'était un début. Muni du nom d'Eve et compte tenu des renvois d'ascenseur que les journalistes parlementaires lui devaient, Rodney avait bon espoir. Il allait pouvoir contacter quelques-uns de ses correspondants et voir ce qu'il pourrait déterrer de ce côté-là. Il lui faudrait y aller sur la pointe des pieds. Inutile de mettre un concurrent sur la piste des révélations que *La Source* s'apprêtait à faire. Mais s'il jouait le coup avec doigté... s'il prétendait, par exemple, que le tabloïd se proposait d'étudier le rôle des femmes aux Communes... voire s'il allait jusqu'à prétendre vouloir connaître les réactions de ces dames au vent de débraguettage qui soufflait ces temps-ci sur le Parlement... Il réussirait sûrement à découvrir un détail dénué d'intérêt pour un journaliste parlementaire mais capital pour lui qui, sachant que Bowen et Luxford s'étaient rencontrés en secret, saurait comment interpréter une anomalie dans le comportement d'Eve Bowen – anomalie que personne d'autre n'aurait relevée.

Mais oui. C'était la solution. Il attrapa son Filofax. Sarah Happleshort fit irruption, dépiautant une tablette de Wrigley à la menthe.

– Une étoile est née. A toi de jouer, Rodney.

Il la regarda d'un œil vide d'expression, occupé qu'il était à se demander auquel de ses correspondants il allait pouvoir téléphoner.

– Le rêve de la doublure devient réalité. (Du coude, Sarah indiqua le bureau de Luxford.) Dennis a eu une urgence. Il s'est absenté pour le reste de la journée. Tu prends le relais. On se réunit ici ? Ou dans le bureau du patron ?

Rodney plissa les yeux : il venait de comprendre la portée des propos de Sarah. Le manteau du pouvoir glissait sur ses épaules et il prit le temps d'en savourer la douce chaleur enveloppante. Puis, s'efforçant d'adopter un air inquiet :

– Une urgence ? Pas un problème chez lui, j'espère ? Sa femme ? Son fils ?

– Aucune idée. Il est parti en compagnie de l'homme et de la femme avec lesquels il se trouvait en arrivant ici. A propos, tu sais qui c'est, ces gens-là ? Non ? Hum. (Elle jeta un regard par-dessus son épaule vers l'autre extrémité de la salle de rédaction. D'un ton pensif, elle ajouta :) Je parie qu'il y a anguille sous roche. Qu'en dis-tu ?

Rodney n'avait aucune envie qu'Happleshort, narines frémissantes, se jette sur cette piste toute fraîche.

– Je dis que nous avons un journal à sortir. Rendez-vous dans le bureau de Den. Rassemble les autres et donne-moi dix minutes.

Lorsqu'elle fut partie exécuter ses ordres – *ses ordres*, ça, c'était une expression qui sonnait bien –, Rodney se replongea dans son Filofax. Dix minutes, c'était plus de temps qu'il ne lui en fallait pour passer le coup de fil qui assurerait son avenir.

Les squats décrits par Helen et Deborah n'étaient encore que des squats en gestation, comme Saint James put le constater. Ils étaient situés dans George Street, non loin d'un restaurant japonais chichement pourvu – luxe rarissime – d'un parking où Saint James et Helen garèrent la MG.

George Street était typique du Londres moderne : c'était une rue où il y avait de tout, depuis la digne United Bank du Koweït jusqu'à des immeubles abandonnés attendant qu'un promoteur s'intéresse à leur sort. Les immeubles vers lesquels Helen et lui se dirigèrent avaient jadis comporté une rangée de magasins en rez-de-chaussée et, au-dessus, trois étages d'appartements. Les portes vitrées et les vitrines des boutiques avaient été remplacées par des feuilles de tôle en travers desquelles étaient clouées des planches. Les fenêtres des logements au-dessus des commerces n'étaient ni condamnées ni brisées, ce qui faisait de ces locaux des squats potentiels tout indiqués.

Tandis que Saint James examinait les bâtiments, Helen remarqua :

– Impossible d'entrer par-devant.

– Effectivement, c'est condamné. Et de toute façon je vois mal quelqu'un essayant de passer par le devant. Il y a trop d'allées et venues dans la rue. Trop de risques d'être repéré par un passant qui, se souvenant de vous, téléphonerait aux autorités.

– Téléphonerait... ? (Le regard d'Helen passa des immeubles à Saint James et sa voix vibra d'excitation.) Simon, tu veux dire que Charlotte est ici ? Dans l'un de ces bâtiments ?

Il les contemplait en fronçant les sourcils, ces bâtiments, aussi ne répondit-il que lorsqu'elle lui reposa la question.

– Il nous faut lui parler, Helen. A condition qu'il existe, bien sûr.

– Tu penses au vagabond ? Mais deux personnes de Cross Keys Close nous en ont parlé. Comment diable pourrait-il ne pas exister ?

– D'accord, elles ont vu quelqu'un, fit Saint James. Seulement tu n'as pas trouvé que le signalement fourni par Mr Pewman avait quelque chose de bizarre ?

– Ce que j'ai trouvé bizarre, c'est la précision avec laquelle il l'a décrit.

– C'est juste. Mais ce signalement ne t'a pas semblé étonnamment convenu ? Correspondant à celui d'un SDF comme il en existe des centaines. Le sac de toile, les vêtements kaki, le bonnet en tricot, les cheveux, le visage ridé, buriné. Le visage, surtout.

Le visage d'Helen, lui, s'éclaira.

– Tu veux dire que cet homme était déguisé ?

– Se déguiser, ç'aurait été une solution idéale pour aller reconnaître le terrain, non ?

– Oui, tu as raison. Tout en fouillant dans les poubelles, il pouvait épier tranquillement Charlotte. Mais pas la kidnapper. Vêtu en clodo, il lui aurait flanqué une frousse horrible, elle aurait crié, se serait débattue et quelqu'un s'en serait souvenu. Peut-être qu'après avoir repéré ses allées et venues il s'est débarrassé de son déguisement pour l'enlever, qu'est-ce que tu en penses ?

– Dans ce cas, il avait besoin d'un endroit pour se changer. Changer de tenue sans être vu. Se mettre dans la peau du clochard puis en sortir afin de kidnapper Charlotte le moment venu.

– Les squats.

– C'est une possibilité. On jette un œil ?

Bien que protégés par la loi, les squatters étaient néanmoins tenus de respecter une procédure, sous peine d'être accusés d'avoir pénétré par effraction dans une propriété privée. Le squatter devait changer les serrures et apposer sur la porte un panneau indiquant son intention d'occuper une habitation laissée à l'abandon, et cela avant l'intervention de la police. Toutefois, un individu désireux de passer inaperçu, de ne pas attirer l'attention des policiers ne s'amuserait pas à respecter la procédure pour faire valoir ses droits sur un appartement abandonné. Au contraire, il s'arrangerait pour prendre discrètement possession des lieux et s'introduirait dans l'immeuble par des voies moins conventionnelles.

– Essayons de passer par-derrière, dit Saint James.

La rangée d'immeubles se terminait à chaque extrémité par une ruelle. Saint James et Helen optèrent pour la plus proche et la suivirent jusqu'à une petite place. L'un des côtés de la place était occupé par un garage sur plusieurs niveaux, deux autres par la façade arrière des bâtiments environnants, un autre par les jardins des immeubles abandonnés de George Street. Ces jardins étaient ceinturés d'un mur de brique crasseuse d'environ trois mètres soixante de haut dont le sommet disparaissait sous un amoncellement de plantes sauvages. A moins de s'être muni au préalable d'un matériel d'alpiniste, le squatter n'avait qu'un moyen de s'introduire dans les lieux : passer par la ruelle, un peu plus loin.

A cet endroit-là, deux barrières en bois non fermées donnaient sur une petite cour cernée d'un mur de brique, l'un des côtés de la cour n'étant autre que le mur d'un des jardins de derrière. Cette cour avait servi de dépotoir aux anciens locataires qui y avaient entreposé matelas, sommiers à ressorts, poubelles, tuyaux, vieux landau et échelle démantibulée.

L'échelle semblait pleine de promesses. Saint James la tira de sous l'un des matelas. Malheureusement le bois était pourri et les barreaux restants ne paraissaient pas suffisamment solides pour supporter le poids d'un adulte. Aussi, après l'avoir abandonnée, Saint James se mit-il à examiner un grand conteneur à ordures vide qui se trouvait placé derrière l'une des barrières.

— Tu as vu, il a des roues, remarqua Helen. On fait un essai ?

— Bien sûr.

Le conteneur étant rouillé, tout laissait à penser que ses roues ne fonctionneraient pas. Cependant, lorsque Saint James et Helen commencèrent à le pousser vers le mur du jardin, ils constatèrent qu'il roulait très bien, à croire qu'on lui avait récemment mis de l'huile.

L'ayant positionné à l'endroit voulu, Saint James s'aperçut que le conteneur pouvait leur permettre de franchir le mur sans encombre. Il tâta les flancs et le couvercle métalliques afin d'en éprouver la solidité. Le tout lui sembla en bon état. Puis il surprit Helen qui le regardait d'un air inquiet, sourcils froncés. Il savait très bien à quoi elle pensait : « Pas vraiment une activité pour un type dans ton état, Simon. » Bien sûr, elle se tairait, ne voulant pas lui faire de la peine en lui rappelant son handicap.

— C'est la seule façon d'entrer, répondit-il. J'y arriverai, Helen.

— Et comment tu feras pour franchir le mur dans l'autre sens ?

— Je trouverai bien à l'intérieur de quoi m'aider. Sinon il faudra que tu ailles chercher du renfort. (Elle n'eut pas l'air enthousiaste.) C'est le seul moyen, répéta-t-il.

Elle réfléchit, s'inclina, disant :

— Laisse-moi au moins t'aider à escalader ce mur. D'accord ?

Il évalua la hauteur du mur et celle du conteneur. D'un hochement de tête, il approuva la suggestion d'Helen. Il se hissa tant bien que mal jusqu'au sommet du conteneur grâce à la force impressionnante qu'il avait acquise dans les bras et le torse depuis que la partie inférieure de son corps était handicapée. Une fois debout sur le couvercle, il se tourna vers Helen et l'aida à le rejoindre. De leur perchoir, ils pouvaient atteindre le sommet du mur de brique, mais il leur était impossible d'apercevoir ce qu'il y avait derrière. Saint James comprit qu'Helen avait raison : il allait avoir besoin de son aide.

Il lui fit la courte échelle.

– Toi d'abord. J'aurai besoin que tu me donnes un coup de main pour passer de l'autre côté.

Il lui donna de l'élan. Elle s'agrippa au faîte du mur en mortier. Ahanant, elle parvint à s'asseoir à califourchon sur le mur. Une fois assise correctement, elle prit le temps d'examiner l'arrière du bâtiment et le jardin.

– C'est bien ce que nous pensions, dit-elle.

– Quoi ?

– On est venu ici. (Sa voix vibrait d'excitation.) Il y a un vieux buffet que l'on a placé debout près du mur. De façon à pouvoir entrer et sortir sans problème. Tiens. (Elle lui tendit la main.) Viens jeter un œil. Il y a une chaise aussi pour descendre du buffet. Et on distingue même un chemin à travers les herbes. Récent, le chemin.

Sa main droite sur le mur, la gauche étreignant celle d'Helen, Saint James s'efforça de la rejoindre. Ce n'était pas un mince exploit malgré ce qu'il lui avait affirmé quelques instants plus tôt. Sa jambe appareillée ne lui facilitait pas la tâche. Il avait le front moite de sueur lorsqu'il réussit son coup.

Il put alors se rendre compte par lui-même. Le buffet – suffisamment esquinté pour ressembler à un meuble ayant passé des années dans le jardin – semblait avoir été traîné de sous l'une des fenêtres, dessinant à travers la végétation le sentier qu'Helen avait mentionné. Et ce sentier avait effectivement l'air récent.

– Le pompon, murmura Helen avec un sourire. On a décroché le pompon.

– Quoi ?

– Rien, fit-elle. La voie est toute tracée : il suffit d'utiliser le buffet. Je t'accompagne ?

Il hocha la tête, pas mécontent de la proposition. Elle se laissa glisser sur le buffet et, de là, sur la chaise qui jouxtait le meuble. Saint James la suivit.

Le jardin n'était qu'un carré de six mètres de côté. Il disparaissait sous un fouillis d'herbes folles, de lierre et de genêts. Bien que livrée à elle-même, cette variété d'arbuste avait prospéré : des fleurs d'un jaune éclatant resplendissaient tel le soleil sur trois côtés du carré et près de la porte de service du bâtiment.

Blindée, en acier, d'un seul tenant, cette porte épousait exactement le chambranle et ne comportait ni poignée ni charnières apparentes. La seule façon de la franchir, c'était de faire sauter la serrure.

Les fenêtres du rez-de-chaussée n'avaient pas été aussi bien protégées. Certes, à l'intérieur, elles étaient condamnées par des planches, mais, à l'extérieur, les vitres étaient cassées. En examinant la situation de plus près, Saint James s'aperçut que l'une des planches avait été déclouée de façon à permettre à un visiteur d'entrer et sortir sans trop de difficulté. Helen alla chercher la chaise tandis que lui-même s'occupait de retirer la planche.

– On se demande pourquoi, après s'être donné la peine de faire poser une porte blindée, les propriétaires n'ont pas mieux barricadé leurs fenêtres, dit-elle.

Saint James monta sur la chaise pour atteindre l'appui.

– Ils pensaient peut-être que la porte serait suffisamment dissuasive. Quant à la fenêtre, qu'elle ait pu être utilisée régulièrement, ça me semble peu probable.

– Mais comme solution de dépannage... dit pensivement Helen. C'est parfait, non ?

– Absolument.

La fenêtre donnait dans une sorte de réserve constituant l'arrière du magasin en rez-de-chaussée. Cette pièce renfermait des placards, des étagères et un lino poussiéreux sur lequel, bien que la lumière fût faible, Saint James distingua des traces de pas.

Saint James – qui était sur l'appui de la fenêtre – se laissa glisser sur le sol, attendit qu'Helen le rejoigne et sortit une torche de sa poche. Il la braqua sur les empreintes qui s'éloignaient vers le magasin.

Dans la réserve, l'air était imprégné d'un relent de rouille et de moisissure. Tandis qu'ils avançaient avec prudence le long d'un couloir conduisant à la façade, d'autres odeurs leur parvinrent : remugle fétide d'excréments et d'urine émanant de toilettes dont on n'avait pas tiré la chasse depuis bien longtemps, odeur de plâtre provenant de trous dans les murs, odeur écœurante et douceâtre d'un corps en décomposition. Cette dernière provenait d'un rat dont le cadavre en partie déchiqueté gisait au pied de l'escalier, à l'endroit où la réserve rejoignait le magasin.

Les empreintes de pas ne se dirigeaient pas vers la boutique, qui était noire comme un four du fait que vitrines et porte étaient recouvertes d'une plaque de tôle. Au contraire, elles montaient l'escalier. Avant de les suivre, Saint James balaya le magasin avec sa torche. Il n'y avait rien à voir si ce n'est un présentoir à journaux renversé, une vieille glacière veuve de son couvercle, une collection de journaux jaunis et une demi-douzaine de cartons écrabouillés.

Saint James et Helen tournèrent le dos à la boutique et suivirent les empreintes. Helen évita le rat crevé avec un frisson de dégoût et agrippa impulsivement le bras de Saint James.

– Brrr, ce sont des souris qui trottent dans les murs, tu crois ?

– Des rats, plutôt.

– On a du mal à imaginer que quelqu'un puisse vivre ici.

– Effectivement, ça n'est pas le Savoy.

Saint James monta au premier étage où les fenêtres non condamnées laissaient entrer le soleil de cette fin d'après-midi.

Il semblait n'y avoir qu'un appartement par étage. Suivant les empreintes qui se chevauchaient sur les marches, ils atteignirent le palier du premier. Jetant un coup d'œil par la porte qui pendait sur ses gonds, ils aperçurent une pièce aux murs couverts de graffiti et de tags. L'inscription « Tueurs de flics » s'étalait en grosses lettres bleues entourées de hiéroglyphes n'ayant de sens que pour des tagueurs ; une moquette orange déchirée recouvrait le sol par endroits. Il n'y avait pas grand-chose dans l'appartement, à l'exception d'un monceau de mégots, paquets de cigarettes froissés, bouteilles vides, boîtes de bière, sacs et gobelets en papier provenant d'un fast-food, ainsi qu'un trou béant au plafond indiquant qu'on avait fait main basse sur le plafonnier.

Le deuxième étage ressemblait au premier. Seule différence, le choix de la peinture en bombe adoptée par le tagueur. Là, les tags étaient rouges. Le slogan « Tueurs de flics » s'accompagnait de sanguinolents dessins de policiers tripes à l'air. Là aussi, la moquette était en lambeaux et jonchée d'un amas de détritus. De part et d'autre de la porte de la cuisine, un canapé et un fauteuil se faisaient pendant, tous deux constellés de trous de cigarettes dont l'un – de taille respectable – indiquait une tentative caractérisée d'incendie criminel.

Les empreintes de pas les menèrent jusqu'en haut de l'immeuble dans l'appartement du troisième. Là, elles s'enfonçaient dans la moquette. Comme aux deux premiers étages, cette moquette était orange et on pouvait voir qu'après avoir été décollée des murs et roulée, elle avait été récemment remise en place. Elle n'était pas déchirée mais couverte de taches de toutes sortes, allant du vin rouge à l'urine de chien.

Comme celle des appartements des étages inférieurs, la porte était ouverte ; mais elle tenait encore sur ses gonds. Elle avait en outre été équipée d'un moraillon.

Saint James rejoignit Helen à l'intérieur. Qui disait moraillon disait cadenas, aussi se mit-il en quête de ce dernier. Contrairement aux deux précédents, le logement était propre, même si les murs étaient tagués et couverts de graffiti. Ne trouvant pas de cadenas par terre ni sur les étagères de la bibliothèque métallique, Saint James se dirigea vers la cuisine afin de voir si par hasard ce n'était pas là qu'il le découvrirait.

Saint James inventoria tiroirs et placards, découvrit un gobelet en fer-blanc, une fourchette aux dents tordues, une poignée de clous et deux pots de conserve en verre sales. L'eau gouttait du robinet dans l'évier. Il tourna le robinet à fond, constata que l'eau était limpide et non brunâtre.

Il regagna le séjour tandis qu'Helen émergeait de la chambre, le visage illuminé.

– Simon, tu as remarqué...

– Oui. Il y a eu quelqu'un ici. Mais pas un simple visiteur de passage, quelqu'un qui a trouvé refuge là quelque temps.

– Donc tu avais raison. Concernant le vagabond.

– Cela pourrait n'être qu'une coïncidence.

– Je ne crois pas. (Elle fit un geste en direction de la salle de bains.) La glace au-dessus du lavabo a été nettoyée. Pas sur toute sa surface, juste sur un coin. Mais

196

suffisamment grand pour qu'on puisse se voir dedans. (Elle attendit qu'il réagisse. Comme Saint James ne bronchait pas, elle poursuivit avec pétulance :) Il avait besoin d'une glace pour se déguiser, non ?

C'était une possibilité, mais Saint James hésitait à tirer des conclusions à partir d'indices aussi minces. Se pouvait-il qu'ils aient réussi à dénicher le repaire du SDF du premier coup ? Il s'approcha de la fenêtre du séjour. Elle était noire de crasse, à l'exception d'un petit carré luisant de propreté.

Saint James regarda par la vitre. Il songea au contraste entre cet appartement et les deux précédents, aux empreintes de pas, au morillon et au cadenas qui l'accompagnait. De toute évidence, personne ne squattait les lieux en permanence – l'absence de mobilier, d'instruments de cuisine, de vêtements et de nourriture le prouvait. Mais quelqu'un s'était installé là quelque temps, et récemment... La moquette déroulée, l'eau limpide, l'absence de détritus l'incitaient à tirer cette conclusion.

– Je suis d'accord avec toi, Helen, quelqu'un a séjourné ici, fit-il en s'approchant du carreau. (La fenêtre donnait sur George Street, et également sur l'entrée du parking du restaurant japonais où Saint James avait garé sa MG. Il changea de position afin d'observer les lieux.) Mais de là à savoir si c'est ton clochard, Helen...

Il s'interrompit. Il plissa les yeux, regardant côté nord une rue située au-delà du parking. « Impossible », songea-t-il. Franchement, c'était à peine croyable. Et pourtant...

– Qu'est-ce qu'il y a ?

Sans détourner les yeux, il attrapa Helen à tâtons par le bras et la traîna vers la fenêtre. Il la fit mettre devant lui, lui dirigea la tête vers le restaurant japonais et posa ses mains sur ses épaules.

– Tu vois le restaurant ? Le parking ?

– Oui, pourquoi ?

– Regarde derrière le parking. Tu aperçois l'autre rue ?

– Evidemment que je la vois. Ma vue est aussi bonne que la tienne.

– Et de l'autre côté de la rue, l'immeuble, tu le vois ?

– Quel... Ah, l'immeuble en brique ? Avec le

porche? J'aperçois l'entrée et des fenêtres. (Elle se tourna vers lui.) Pourquoi? Qu'est-ce que c'est?

– Blandfort Street, Helen. Et ça, par ce petit coin de fenêtre, le seul qui soit propre, c'est une vue de Sainte-Bernadette.

Les yeux d'Helen s'écarquillèrent. Elle pivota vers la fenêtre.

– Simon!

Après avoir déposé Helen à Onslow Square, Saint James réussit à garer sa MG dans Lordship Place et, d'un coup d'épaule, ouvrit la barrière donnant sur le jardin de derrière de sa maison de Cheyne Row. Cotter était dans la cuisine, où il épluchait des pommes de terre nouvelles au-dessus de l'évier tandis que Peach, assise à ses pieds, attendait qu'on pense à elle. La petite chienne regarda Saint James, agita la queue en signe de bienvenue, mais resta à côté de Cotter pour le cas où il lui glisserait une friandise. Le chat – un gros matou gris qui répondait au nom d'Alaska et faisait environ deux fois la taille du minuscule teckel – était allongé sur le rebord de la fenêtre au-dessus de l'évier et il salua l'arrivée de Saint James d'un mouvement d'ennui félin, soulevant et abaissant la queue avant de se replonger dans l'état de semi-somnolence qui était ordinairement le sien.

– C'est pas trop tôt, dit Cotter à Saint James en s'attaquant à une pomme de terre légèrement abîmée.

Saint James consulta du regard l'horloge rouillée accrochée au-dessus de la cuisinière. Il n'était pas encore l'heure de dîner.

– Un problème?

Cotter fit *hum hum*. Du bout de son économe, il désigna l'escalier.

– Deb est rentrée. Pas seule. En compagnie de deux types. Ça fait plus d'une heure qu'ils sont là. Ils ont pris le thé. Bu du sherry. Repris le thé. Rebu du sherry. L'un d'entre eux voulait partir, mais Deb l'en a empêché. Ils vous attendent.

– Qui est-ce?

Saint James s'approcha de l'évier, prit une poignée de carottes coupées en rondelles et se mit à mastiquer.

198

– Ça, c'est pour le dîner, protesta Cotter. (Il laissa tomber la pomme de terre épluchée dans l'eau et en prit une autre.) L'un d'eux est déjà venu ici. C'est celui qui était avec David l'autre soir.

– Dennis Luxford.

– L'autre, j'en sais rien. Il a l'air à deux doigts d'exploser. Ils se regardent en chiens de faïence depuis qu'ils sont là, prêts à se sauter à la gorge. S'ils ne l'ont pas fait, c'est parce que Deborah ne les a pas quittés d'une semelle.

Saint James se fourra les rondelles de carotte dans la bouche et monta l'escalier, se demandant à quoi il avait exposé sa femme lorsqu'il l'avait chargée d'aller chercher un échantillon de l'écriture de Luxford. C'était pourtant simple, comme mission. Qu'avait-il bien pu se passer ?

Il ne tarda pas à le découvrir en rejoignant le trio dans le bureau-bibliothèque encombré des vestiges du thé et du sherry. Debout devant la table de travail de Saint James, Luxford parlait au téléphone. Deborah se pétrissait les jointures de la main droite avec sa main gauche. Quant au second visiteur – lequel n'était autre qu'Alexander Stone –, planté devant les étagères, il contemplait Luxford d'un air de répulsion tel que Saint James se demanda comment Deborah avait réussi à l'empêcher de perdre son sang-froid.

Elle bondit sur ses pieds en voyant son mari :

– Simon ! Dieu merci, te voilà, mon amour !

La ferveur avec laquelle elle prononça ces mots permit à Saint James de se faire une idée de l'état de ses nerfs.

D'une voix sèche, Luxford disait :

– Pas question que je vous donne le feu vert. Attendez d'avoir de mes nouvelles... Inutile de discuter, Rod. Je suis suffisamment clair ou vous voulez un dessin ?

S'adressant apparemment à Deborah, Alexander Stone s'exclama :

– Enfin ! Faites-lui écouter la bande, qu'on confonde Luxford une bonne fois pour toutes.

Deborah se dépêcha de mettre Saint James au courant. Tandis que Luxford raccrochait brutalement au nez de son correspondant, Deborah s'approcha du bureau pour y prendre une enveloppe renforcée.

– Mr Luxford a reçu ça cet après-midi.

– Soyez plus précise dans votre façon de présenter les faits, corrigea Stone. L'enveloppe se trouvait sur le bureau de Luxford cet après-midi. Elle a pu être déposée là à n'importe quelle heure. Par n'importe qui.

– Nous n'allons pas recommencer, fit Luxford. Ma secrétaire vous a dit que l'enveloppe avait été apportée par un coursier à une heure.

– Un coursier que vous auriez pu engager vous-même.

– Pour l'amour du ciel, fit Luxford d'un ton las, très las.

– On n'y a pas touché, Simon. Je veux dire pas avec nos doigts. (Deborah tendit l'enveloppe à son mari et le regarda jeter un œil au magnétophone.) Mais quand on a vu ce que c'était, on a écouté la bande. Je me suis servie d'un crayon non taillé pour appuyer sur le bouton *start*. Côté mine, pas côté gomme. (Elle rougit et ajouta à voix basse :) C'est bien comme ça qu'il fallait procéder, non ? Je n'étais pas très sûre de mon coup, mais je me suis dit qu'il fallait qu'on sache si l'enregistrement avait un rapport avec l'affaire.

– Tu as bien fait, dit Saint James, prenant dans sa poche ses gants de latex.

Il les enfila, sortit le magnétophone de l'enveloppe, écouta le message.

Une frêle voix enfantine résonna. « *Cito...* »

– Seigneur...

Stone fit face aux étagères et prit un livre au hasard.

« *Le monsieur, là, il dit que tu peux me faire sortir. Il dit que tu as une histoire à raconter qui intéresse tout le monde. Qu'il faut que tu dises la vérité. Il dit que tu es quelqu'un de bien, que personne ne connaît la vérité et que tu dois la dire, mettre tout le monde au courant. Si tu racontes l'histoire comme il faut, Cito, j'aurai la vie sauve.* »

Stone appuya son poing contre son front et baissa la tête.

Sur la bande, après un *clic* à peine audible, la petite voix continua :

« *Cito, j'ai été obligée de faire cette bande pour avoir du jus de fruits, si tu savais, j'avais tellement soif.* » Nouveau petit *clic*. « *C'est quoi, cette histoire que tu dois raconter ? Je lui ai dit au monsieur que tu racontais pas d'histoires. Je lui ai dit que c'était Mrs Maguire qui racontait les histoires. Mais il dit que tu sais de quoi il s'agit. »* Nouveau *clic. « J'ai juste une couverture. Y a pas de petit coin. Mais y a des briques. » Clic. « Un mât. » Clic.* L'enregistrement prit fin abruptement.

— C'est bien la voix de Charlotte ? demanda Saint James.

Toujours tourné vers les étagères, Stone murmura en guise de réponse :

— Vous êtes un fumier, Luxford. Je vais vous tuer.

Saint James leva la main pour empêcher Luxford de répliquer. Il repassa la bande.

— Il y a des coupures dans le message, des coupures maladroites, dit-il.

— Et alors ? lança Stone. On sait qui l'a réalisé, cet enregistrement.

Saint James poursuivit :

— De deux choses l'une : ou le kidnappeur ne dispose pas du matériel adéquat ou bien il se moque que nous sachions qu'il a trafiqué la bande.

— Les briques et le mât ? questionna Deborah.

— Il les a laissés sans doute pour nous induire en erreur. Charlotte croit fournir un indice à son beau-père. Mais le ravisseur sait que cet indice ne nous mettra pas sur la voie. Pourquoi ? Parce que la petite n'est pas où elle se figure être. (Il s'adressa à Stone :) Damien Chambers m'a dit qu'elle vous appelait Cito.

Toujours tourné vers les étagères, Stone hocha la tête en signe d'assentiment.

— Comme c'est à vous qu'elle s'adresse sur la bande, cela signifie que le kidnappeur ne lui a pas encore révélé le nom de son véritable père. Il lui a simplement fourni les grandes lignes du message : s'il veut la faire relâcher, son père doit dire la vérité. Elle est persuadée que c'est vous, Mr Stone, qui devez dire la vérité. Et non Mr Luxford.

Stone remit en place le livre qu'il avait pris sur l'étagère.

— Vous n'allez pas croire ces conneries, fit-il en jetant à Saint James un regard incrédule.

— Pour l'instant, je vais faire comme si la bande était authentique, expliqua Saint James. C'est la voix de Charlotte, vous êtes bien d'accord ?

— Evidemment, que c'est sa voix. Il la retient prisonnière. Il l'a obligée à enregistrer ce texte. Et maintenant il nous faut lui manger dans la main, faire ses quatre volontés. Seigneur, regardez l'enveloppe si vous ne me croyez pas. Elle porte son nom. Le nom de son journal. L'adresse. Rien d'autre. Ni timbre. Ni cachet de la poste. Rien.

— Si le pli a été apporté par coursier, c'est normal qu'il n'y ait ni timbre ni cachet de la poste.

— Un coursier... Dites plutôt que c'est lui qui l'a « apporté ». Ou un complice. (S'éloignant des étagères, Stone s'approcha du canapé et se tint derrière, s'agrippant au dossier.) Regardez-le. Bon Dieu, regardez-le. Vous savez quel homme c'est. Vous savez ce qu'il veut.

— Je veux récupérer Charlotte saine et sauve, dit Luxford.

— Mais non. Ce qui vous intéresse, c'est votre putain de papier. Votre histoire. Celle d'Eve.

Saint James intervint :

— Montons jusqu'à mon labo, je vous prie. (Baissant la voix il ajouta à l'adresse de sa femme :) Tu t'en es sortie comme un chef, mon cœur, merci.

Avec un sourire tremblant, elle s'éclipsa, manifestement ravie de lui laisser le contrôle de la situation.

Saint James prit le magnétophone, l'enveloppe et l'échantillon de l'écriture de Luxford et s'engagea dans l'escalier. Les deux autres le suivirent. La tension entre eux était si vive qu'elle en était presque palpable. Saint James s'émerveilla de la façon dont Deborah avait réussi à s'en tirer car les deux hommes n'avaient visiblement qu'une envie : se réduire mutuellement en bouillie.

— Qu'est-ce que vous comptez faire ? questionna Alexander Stone.

— Eliminer certaines zones d'ombre, répondit Saint James.

Il alluma les rampes du labo et s'approcha d'un des placards métalliques d'où il sortit un tampon-encreur et une demi-douzaine de bristols blancs. Il posa les cartes sur l'un des plans de travail, y ajoutant un pot de poudre, un gros pinceau et la petite torche qu'il avait transportée sur lui ce jour-là.

— Vous d'abord, dit-il à Dennis Luxford qui était appuyé contre le chambranle de la porte tandis qu'Alexander Stone errait au milieu des paillasses, passant en revue le matériel considérable de Saint James. Ensuite ce sera au tour de Mr Stone.

– Quoi? fit Stone.

– La prise d'empreintes. C'est une simple formalité, mais j'aimerais m'en débarrasser le plus vite possible. Mr Luxford?

Dennis Luxford jeta un long regard à Stone avant de s'approcher du plan de travail et de laisser Saint James prendre ses empreintes. Le message contenu dans ce long regard était clair : il collaborait avec Saint James, il n'avait rien à cacher.

– Mr Stone? dit Saint James.

– Pourquoi diable...

– Comme Mr Saint James vient de vous le dire, commenta Luxford en s'essuyant les doigts pour enlever l'encre qui les maculait, il lui faut éliminer certaines zones d'ombre.

– Merde, marmonna Stone entre ses dents avant de laisser Saint James opérer.

La prise d'empreintes terminée, Saint James s'occupa du magnétophone. Promenant dessus le faisceau de sa torche, il cherchait les empreintes qui apparaîtraient lorsque l'appareil serait éclairé sous le bon angle. Il retira la bande de la mini-cassette et promena également sa torche dessus. A la lumière rien n'apparut.

Tandis que les deux hommes le regardaient faire de part et d'autre du plan de travail, il trempa son pinceau dans la poudre – il avait choisi du rouge car c'était la couleur qui contrasterait le plus avec le noir du magnétophone – et il la passa sur l'appareil, d'abord sur une face puis sur l'autre.

– On l'a essuyé, commenta-t-il, voyant que la poudre ne mettait pas d'empreintes en évidence.

Il procéda de la même façon avec la minicassette. Résultat identique. Aucune empreinte.

– C'est quoi, ces zones d'ombre que vous voulez éliminer? questionna Stone. Il n'est pas idiot. Il ne va pas s'amuser à laisser traîner ses empreintes.

Saint James émit un petit bruit qui se voulait d'assentiment.

– C'est déjà un premier point d'acquis : il n'est pas idiot.

Il retourna le magnétophone de façon à faire apparaître la partie arrière. Il fit coulisser le couvercle du logement renfermant les piles, le retira et le posa sur la table. Puis à l'aide d'un scalpel, il ôta les piles et les posa sur une feuille de papier blanc. Après quoi il prit sa torche et la braqua sur la face interne du couvercle et sur les deux piles. Et il sourit.

– Du moins, pas complètement idiot, corrigea-t-il. Mais on ne peut pas penser à tout.

– Vous avez trouvé quelque chose ? questionna Dennis Luxford.

– Une empreinte complète, très nette, sur le couvercle. Des empreintes fragmentaires sur les piles.

De nouveau, il eut recours à la ninhydrine en poudre pour révéler les traces latentes. Les deux hommes l'observaient en silence tandis qu'à l'aide du pinceau il saupoudrait de produit chimique couvercle et piles, respectant le sens du dessin papillaire et se débarrassant de l'excès de poudre en soufflant dessus. Sans quitter les empreintes des yeux – les évaluant, les étudiant –, il tendit le bras pour prendre une feuille de plastique enduite d'adhésif. Le couvercle ne devait pas poser de problèmes insurmontables. Mais les piles risquaient de lui donner du fil à retordre.

Avec un soin minutieux, il appliqua l'adhésif sur les empreintes, supprimant jusqu'à la plus infime poche d'air. Puis il appuya avec son pouce sur le couvercle et avec la gomme d'un crayon sur les piles. Ayant retiré l'adhésif d'un coup sec, il transféra les empreintes sur les bristols vierges précédemment sortis du placard à cet effet, bristols qu'il se dépêcha d'étiqueter.

Il désigna l'empreinte relevée sur le couvercle. Souligna la présence et l'orientation des crêtes.

– Pouce, main droite, conclut-il. Pour les traces relevées sur les piles, c'est plus difficile à dire car elles sont fragmentaires. J'ai envie de dire index et pouce.

Dans un premier temps, Saint James effectua une comparaison avec les empreintes de Stone. Il se munit d'une loupe, plus pour frimer que par réelle nécessité, car il voyait bien qu'il n'y avait aucun rapport. Il fit subir le même traitement aux empreintes de Luxford et obtint un résultat quasiment similaire. Les volutes des trois empreintes de pouce – celle de Stone, celle de Luxford et celle qui avait été relevée sur le magnétophone – étaient totalement différentes. L'une simple, l'autre en spirale et la troisième double.

Alexander Stone parut lire les conclusions de Saint James sur son visage.

– Ça ne vous surprend pas, j'imagine. Il n'est pas seul sur ce coup. C'est impossible.

Saint James ne répondit pas immédiatement. Il s'empara de l'échantillon d'écriture de Luxford et compara celle-ci avec celle des billets qu'Eve Bowen et lui avaient reçus. Il prit tout son temps pour étudier les lettres, les espaces entre les mots, les particularités infimes des graphies. Mais il ne put trouver aucune similitude.

Il releva la tête.

– Mr Stone, vous allez devoir vous rendre à la raison car vous êtes le seul à pouvoir convaincre votre femme. Si le texte de l'enregistrement ne vous a pas persuadé de l'urgence...

– Bon Dieu, fit Stone d'une voix emplie non de rage mais de stupeur. Alors il vous a embobiné, vous aussi. Mais pourquoi s'en étonner ? Après tout, c'est lui qui vous a engagé. Il est normal que vous appuyiez sa version des faits.

– Pour l'amour du ciel, Stone, rendez-vous à la raison, fit Luxford.

– Si vous croyez que je ne vois pas clair dans votre jeu, vous vous trompez, rétorqua Stone. Vous êtes décidé à couler ma femme et vous avez trouvé le moyen d'y arriver. Ainsi que le personnel nécessaire pour vous aider dans votre entreprise. Tout ça... (d'un mouvement de la main, il désigna le laboratoire)... fait partie d'une vaste comédie.

– Si vous en êtes sûr, allez trouver la police, dit Saint James.

– Ben voyons, fit Stone avec un sourire désabusé, vous avez si bien manœuvré que c'est notre seul recours à présent. Seulement l'intervention de la police, vous savez comme moi où elle peut nous conduire. Dans les rédactions des journaux. Là où Luxford voulait nous amener. Tout ça – lettres du ravisseur, enregistrement, empreintes – n'est rien d'autre qu'un jeu de piste conçu pour nous obliger à faire les quatre volontés de Luxford. Or Eve et moi sommes d'accord sur ce point : il n'est pas question que nous nous laissions dicter notre conduite.

– Alors que la vie de Charlotte est en jeu ? dit Luxford. Mais bon Dieu, mon vieux, vous ne pouvez pas courir le risque de la laisser se faire tuer par un malade.

Stone pivota dans sa direction. Luxford changea vivement de position comme pour se mettre en garde.

– Mr Stone, écoutez-moi, intervint Saint James. Si Mr Luxford voulait égarer nos soupçons, il ne se serait pas débrouillé pour que quelqu'un laisse une empreinte de pouce à l'intérieur du magnétophone : il aurait fait en sorte qu'il y ait des traces de doigts sur tout l'appareil. L'empreinte qui est sur le couvercle ainsi que celles qui sont sur les piles indiquent que le ravisseur a commis une erreur. Il a oublié d'acheter des piles neuves quand il a fait enregistrer le message par Charlotte. Il s'est contenté de tester celles qui étaient dans l'appareil pour s'assurer qu'elles marchaient encore, oubliant qu'il avait laissé ses empreintes dessus et sur le couvercle le jour où il les y avait mises. Pour le reste, il a utilisé des gants, puis il a essuyé la cassette et le magnétophone. Je suis prêt à parier que si nous essayions de relever des empreintes sur les lettres – ce qui serait possible mais nous prendrait un temps précieux –, nous trouverions uniquement celles de Mr Luxford et les miennes sur la lettre qu'il a reçue, et celles de votre femme sur la lettre qui lui était destinée. Cela ne nous conduira nulle part. Cela mettra encore plus en danger la vie de votre belle-fille. Croyez-moi, je n'essaie pas de vous inciter à convaincre votre femme de laisser Mr Luxford publier son papier. Mais à persuader votre femme de téléphoner aux autorités compétentes.

– C'est la même chose, dit Stone.

Luxford parut craquer. Il assena un coup de poing sur le plan de travail.

– J'ai eu dix ans pour ruiner la réputation de votre femme, bordel de merde. Dix années pendant lesquelles j'aurais pu passer sa photo à la une des deux journaux où j'ai travaillé et la couvrir de ridicule. Seulement je ne l'ai pas fait. Est-ce que vous vous êtes demandé pourquoi ?

– Le moment n'était pas propice.

– Ecoutez-moi ! Vous croyez savoir quel genre de type je suis. Très bien, admettons. Ce ne sont pas les scrupules qui m'étouffent et je me fous pas mal de savoir si le moment est propice ou non. Si j'avais voulu publier un papier sur ma liaison avec Evelyn, je l'aurais fait. Sans un remords. Je n'ai aucun respect pour elle. Sa politique me révulse. Je sais exactement quelle femme c'est, et je serais ravi de la montrer sous son véritable jour. Seulement je me suis abstenu. Non que ça ne m'ait pas démangé, notez bien ; mais encore une fois, je me suis abstenu. Alors réfléchissez, mon vieux. Demandez-vous pourquoi.

– Le scandale vous aurait éclaboussé aussi. Pourquoi se salir soi-même quand on peut faire autrement ?

– Vous n'y êtes pas. C'est parce que je ne suis pas seul en cause.

– Vraiment ? Qui d'autre est en cause ?

– Mais... ma fille, bon Dieu ! Charlotte est ma fille. (Luxford s'interrompit comme s'il attendait que ses paroles se frayent un chemin dans l'esprit de Stone. Saint James vit Alexander Stone se voûter. Baissant le ton, Luxford enchaîna :) En cherchant à frapper Evelyn, j'aurais atteint Charlotte. Pourquoi aurais-je fait une chose pareille ? Je suis sans illusions, Mr Stone, la presse, je la connais : je l'ai faite. Croyez-moi, la publicité soulevée par cette affaire aurait eu des retombées terribles pour Charlotte.

D'une voix sourde, Stone énonça :

– Ce sont les mots d'Eve. C'est pour protéger Charlie qu'elle refuse d'agir.

Luxford ne parut pas convaincu mais au lieu de discuter, il enchaîna :

– Dans ce cas, vous devez la convaincre de prendre des mesures. Quelles qu'elles soient. C'est la seule façon de s'en sortir.

Stone posa les mains sur le plan de travail.

– Je regrette qu'il n'y ait pas de dieu pour me dire quoi faire, dit-il doucement et se parlant à lui-même.

Les autres ne bronchèrent pas. Dans la rue, une voix d'enfant s'exclama : « Menteur ! Sale menteur ! T'as dit que tu le ferais et tu l'as pas fait, je vais tout leur raconter ! Je vais tout leur raconter ! »

Stone prit une profonde inspiration. Il déglutit, releva la tête.

– Je peux utiliser votre téléphone ? fit-il à Saint James.

11

Mr Czvanek quitta le bureau d'Eve Bowen convaincu que madame le député l'avait écouté et compris, et surtout qu'elle allait intervenir pour régler son problème : l'ouverture récente d'une galerie de jeux au-dessous de son appartement de Praed Street. Comme si, avec la circulation, la proximité de la gare de Paddington et les allées et venues nocturnes des prostitués des deux sexes sur lesquelles la police fermait les yeux alors qu'il s'acharnait à lui téléphoner régulièrement, le quartier n'était pas assez bruyant comme ça. Mr Czvanek – qui vivait avec sa vieille mère, sa femme et leurs six enfants dans trois pièces dont il espérait bien s'échapper un jour afin de connaître une existence meilleure – voyait ses rêves tomber peu à peu en quenouille et sa patience s'émousser.

Dans son anglais approximatif, il lui avait confié ses malheurs :

– Vous êtes mon dernier espoir, Mrs Parlement. Mes voisins m'ont dit de venir vous trouver, que vous pourriez m'aider. Ma mère, ma femme et moi, la rue, les voitures, ça nous dérange pas. Mais c'est les enfants. C'est pas bon, pour eux, de grandir au milieu du péché. De ces gens qui se vendent dans la rue. De ces jeunes qui fument, qui se droguent dans la galerie de jeux. Tout ça, c'est mauvais pour les enfants. Les voisins, y m'ont dit que vous pourriez intervenir. Que vous pourriez... (La cheville gauche calée sur le genou droit, il triturait le revers de son pantalon tout en cherchant ses mots. Il n'avait pas arrêté depuis le début de l'entretien et le tissu commençait à être en piteux état lorsqu'il conclut :)... les chasser, ces ordures. Eux partis, mes enfants grandiraient en paix. C'est le rêve d'un père, ça, de savoir que ses enfants grandissent en paix. Vous avez des enfants, vous, Mrs Parlement ? (Il s'était emparé de la photo de famille politiquement correcte où figuraient côte à côte Eve, Alex et Charlotte, charmant portrait d'une famille dont les membres débordaient visiblement d'affection les uns pour les autres. Il avait laissé une énorme empreinte de pouce sur le cadre en argent.) C'est votre mari ? Votre fille ? Alors vous me comprenez.

Eve avait émis les bruits convenus, pris des notes. Elle lui avait expliqué les objectifs de la commission chargée d'étudier les problèmes de sécurité dans le secteur. Elle avait souligné le fait que Praed Street était situé dans un quartier d'affaires doublé d'un quartier « chaud » et que si elle pouvait lui certifier que des mesures de répression plus sévères seraient prises à l'encontre des prostitués des deux sexes, elle n'avait en revanche aucun droit de regard sur les boutiques bordant la rue, du fait que ce type de commerce était autorisé à s'implanter dans cette artère. La galerie de jeux resterait en place à moins que le manque de clients ne l'oblige à mettre la clé sous la porte. Toutefois, elle pouvait lui promettre que les flics du coin iraient régulièrement patrouiller dans la galerie, s'assurant qu'il n'y avait pas de drogue, veillant à ce que le règlement concernant la consommation d'alcool soit respecté, et renvoyant chez eux les jeunes qui traînaient par là à des heures indues. Lorsqu'on vivait dans une grande ville, on était obligé de faire des compromis. Et en ce qui le concernait, il allait devoir supporter la galerie de jeux, du moins pour l'instant.

Il avait paru satisfait. Il s'était levé. Avait souri. Et d'un ton lyrique déclaré :

– L'Angleterre est un grand pays. Même un homme comme moi peut voir Mrs Parlement. Il entre, il s'assied, il lui parle. Ça, c'est bien.

Eve lui avait serré la main comme elle serrait celle de tous les électeurs venus la consulter pendant sa permanence : une de leurs mains fermement prise en sandwich entre les siennes. Lorsque la porte se fut refermée derrière Mr Czvanek, elle appuya sur le bouton de l'interphone pour parler à sa secrétaire.

– Laissez-moi quelques minutes de répit, Nuala. Il y en a encore combien ?

– Six, répondit Nuala à voix basse du bureau voisin. Et Mr Woodward a encore téléphoné. Il prétend que c'est très urgent. Il m'a dit qu'il fallait que vous le rappeliez dès que vous auriez un instant.

– C'est à quel sujet ?

– Je lui ai posé la question, Miz Bowen. (La voix de Nuala indiquait qu'elle ne goûtait guère cette manie de Joel Woodward de jouer à l'espion, de faire de la rétention d'information comme si les messages qu'il avait à transmettre à Eve Bowen relevaient du secret défense.) Voulez-vous que je l'appelle ?

– Je vais d'abord recevoir mes autres électeurs. Un petit instant.

Eve retira ses lunettes et les posa sur sa table de travail. Depuis trois heures de l'après-midi, elle était à l'Association de la circonscription où elle assurait sa permanence habituelle du vendredi. Mais en dehors du fait que les électeurs s'étaient présentés nombreux et qu'elle devait rencontrer son président d'association, les choses ne s'étaient pas passées comme d'habitude. Au lieu de conduire les entretiens avec son efficacité coutumière, elle avait eu du mal à fixer son attention. A plusieurs reprises, sous prétexte de prendre des notes, elle avait même été obligée de faire répéter ses interlocuteurs. C'était peut-être normal pour un député moyen, mais pas pour Eve Bowen, qui s'enorgueillissait de posséder une mémoire prodigieuse et une agilité d'esprit étonnante. Le fait qu'elle eût des difficultés à être attentive, à suivre les doléances de ses électeurs – dont elle aurait en temps normal classé, étiqueté et résolu les problèmes comme en se jouant – lui montrait avec quelle facilité un observateur pourrait conclure à l'existence d'une faille dans sa formidable carapace.

Confrontée à la disparition de Charlotte, elle avait décidé de se conduire normalement, de faire comme si de rien n'était. Jusqu'à maintenant elle y était parvenue ; mais les effets de la tension commençaient à se faire sentir et cela l'agaçait plus encore que la disparition de Charlotte. Il y avait quarante-huit heures que sa fille avait été enlevée, et Eve savait que pour remporter la victoire contre Dennis Luxford il lui fallait tenir bon car le siège promettait d'être long. La seule façon d'y arriver, c'était de se focaliser à fond sur son travail.

C'était pour cela qu'elle n'avait pas rappelé Joel Woodward : elle ne voulait pas courir le risque de laisser son assistant la déstabiliser plus qu'elle ne l'était déjà. Elle sortit par la petite porte qui donnait sur le couloir menant à l'arrière de l'immeuble. Elle s'enferma dans les toilettes où elle se fit couler de l'eau sur les paumes pour se débarrasser de la poignée de main collante de Mr Czvanek. Elle se mit un peu d'anticernes sous les yeux, et du crayon rose sur la lèvre supérieure. Elle fit tomber un cheveu resté accroché à sa veste, elle redressa le col de son chemisier. Puis elle recula et s'examina dans la glace. « J'ai l'air normale », décida-t-elle. Seuls ses nerfs étaient en pelote depuis qu'elle avait quitté Parliament Square.

La rencontre avec la journaliste était sans importance. Les députés étaient harcelés par les journalistes parlementaires. Ces derniers voulaient des réponses à leurs questions, des interviews, des détails, la confirmation d'une information. Ils vous promettaient l'anonymat, la reproduction exacte de vos propos, juraient que votre nom n'apparaîtrait pas. Ils passaient leur temps à battre la semelle aux Communes, au ministère de l'Intérieur ou bien à Parliament Square. Il n'y avait donc rien d'anormal à ce qu'une journaliste l'aborde tandis qu'elle traversait le vestibule afin de rejoindre sa voiture pour aller tenir, avec une heure de retard, sa permanence du vendredi à Marylebone. Ce qui avait été bizarre, ç'avait été la suite.

Tarp. « Diana Tarp » avait-elle précisé alors qu'Eve pouvait parfaitement lire son nom sur le badge qu'elle portait en sautoir au bout d'une chaîne. Correspondante du *Globe*, elle voulait interviewer le sous-secrétaire d'Etat. Le plus vite possible.

Surprise par cette attaque frontale, Eve s'était immobilisée devant la porte d'où elle apercevait sa Rover et le chauffeur qui l'attendaient le long du trottoir.

— Je vous demande pardon ? (Et sans laisser à Diana Tarp le temps de répondre, elle avait poursuivi :) Si vous voulez une interview, Miz Tarp, passez par mon bureau au lieu de m'aborder comme le ferait une vulgaire prostituée. Excusez-moi.

Au moment où elle dépassait la journaliste, celle-ci lui dit sans hausser le ton :

— Je pensais que vous seriez soulagée que je vous

contacte directement au lieu de passer par vos collaborateurs.

Eve, qui s'était tournée vers la porte, ralentit l'allure et s'immobilisa.

– Quoi?

La journaliste la regarda droit dans les yeux.

– Vous savez comment ça se passe dans les bureaux, Miz Bowen. Un journaliste passe un coup de fil mais refuse de laisser un message. Cinq minutes après, la moitié des collaborateurs de la personne contactée sont au courant. Cinq minutes après encore, tout le monde s'interroge sur la raison de cet appel. J'ai pensé que vous préféreriez faire l'économie des bruits de couloir. Bref, éviter que mon coup de fil ne s'ébruite.

Eve se sentit soudain glacée. Mais l'instant d'après, elle fut prise d'une telle rage qu'elle préféra se taire. Elle fit passer son porte-documents d'une main dans l'autre, consulta sa montre tout en s'interdisant de rougir de fureur.

Enfin elle dit :

– J'ai bien peur de ne pas avoir de temps à vous consacrer maintenant, Miz...

Elle jeta un coup d'œil au badge de son interlocutrice.

– Tarp, Diana Tarp, fit la journaliste d'un ton signifiant que la prestation d'Eve la laissait de marbre.

– C'est cela, Tarp. Si vous ne voulez pas passer par mes collaborateurs, donnez-moi votre carte, je vous appellerai dès que possible. Je ne peux pas faire mieux. On m'attend à ma permanence où je suis déjà en retard.

Après une pause pendant laquelle les deux femmes se jaugèrent, Diana Tarp tendit une carte à Eve Bowen. Mais sans cesser de la fixer.

– J'espère bien avoir de vos nouvelles.

A l'arrière de la Rover, tout en roulant vers Marylebone, Eve examina la carte de visite. Sur le bristol figuraient le nom de la journaliste, ses coordonnées, son téléphone au bureau, son Alphapage et son numéro de fax. De toute évidence, Diana Tarp avait mis toutes les chances de son côté pour qu'on puisse la joindre.

Eve déchira la carte en deux, en quatre puis en huit. Lorsqu'elle en eut fait des confetti, elle garda les morceaux au creux de sa paume et les jeta finalement dans le caniveau lorsque la Rover s'arrêta devant l'Association de sa circonscription. « Au diable, Diana Tarp », songea Eve.

« Ce n'est rien », conclut-elle. La façon de procéder de la journaliste avait été inhabituelle mais peut-être était-ce son style. Il se pouvait qu'elle fût en train de préparer un sujet sur le nombre croissant de femmes députés ou la nécessité de nommer davantage de femmes au gouvernement. Peut-être enquêtait-elle sur l'un des multiples problèmes qui étaient de la compétence du Home Office. Peut-être voulait-elle se renseigner sur les changements de politique en matière d'immigration ou de réforme des prisons. Peut-être voulait-elle lui parler de la position du gouvernement concernant la tendance en faveur d'un cessez-le-feu permanent avec l'IRA. Peut-être encore fouinait-elle à la recherche d'informations susceptibles de nuire au MI5. Qui sait... Ce n'étaient pas les sujets d'articles qui manquaient. Ce qui l'avait déstabilisée, c'était le moment que la journaliste avait choisi pour solliciter une interview.

Eve remit ses lunettes et arrangea ses cheveux de façon que sa frange dissimule sa cicatrice. Elle dit à son reflet dans la glace : « Député, sous-secrétaire d'Etat. » Une fois ces éléments de son personnage soigneusement remis d'aplomb, elle regagna son bureau et appuya sur le bouton de l'interphone pour faire entrer l'électeur suivant.

L'entretien – une conversation embrouillée avec une mère célibataire de trois enfants qui en avait un quatrième en route et était venue rouspéter à propos de la place qu'elle occupait sur la liste d'attente pour obtenir une HLM – fut interrompu par Nuala. Cette fois-ci, au lieu d'appuyer sur l'interphone, elle frappa discrètement à la porte et l'ouvrit au moment où Miss Peggy Hornfisher, s'énervant, lançait :

– Qu'est-ce que j'y peux, moi, s'ils ont tous le même père ? Pourquoi ça serait un handicap dans mon dossier ? Si j'avais couché à droite et à gauche et pondu des gosses sans connaître le nom de leur père, je serais en tête de liste maintenant ; vous le savez aussi bien que moi. Et ne me dites pas d'aller voir les responsables des HLM. Parce que je leur ai déjà parlé. C'est vous qui devriez aller les trouver, ces enfoirés. C'est pour ça qu'on vous a élue, non ?

– Excusez-moi, Miz Bowen, fit Nuala, évitant ainsi à Eve d'expliquer à Miss Hornfisher les subtilités de l'attribution des logements sociaux.

Le fait que Nuala ait interrompu la visiteuse indiquait qu'il s'agissait d'un problème urgent.

Eve gagna la porte et rejoignit Nuala dans le couloir.

– Votre mari vient de téléphoner.

– Pourquoi ne me l'avez-vous pas passé, Nuala ?

– Il a refusé. Il m'a dit de vous dire de rentrer immédiatement. Lui-même est en route, il vous retrouvera à la maison. (Nuala dansa d'un pied sur l'autre. Pour avoir eu maintes fois l'occasion d'avoir Alex au bout du fil, elle savait qu'il n'était pas dans ses habitudes de donner des ordres à sa femme par personne interposée.) C'est tout.

Eve sentit la panique l'effleurer, mais réussit néanmoins à se dominer. Avec un sang-froid parfait, elle expliqua à Nuala :

– Son père n'est pas bien.

Là-dessus, elle regagna son bureau. Fit des excuses à Miss Hornfisher, des promesses, et commença à enfourner ses affaires dans son porte-documents tandis que Peggy Hornfisher se traînait dehors. Les pensées se bousculaient dans son esprit mais elle s'efforça de rester calme. Charlotte. C'était au sujet de Charlotte qu'Alex avait appelé. Sans cela il ne lui aurait pas demandé de rentrer toutes affaires cessantes. C'était donc qu'il y avait du nouveau. Luxford avait relâché la pression. Eve avait tenu bon, refusé de céder, ne s'était pas laissé attendrir par la prestation de Luxford, elle lui avait montré qu'elle avait des couilles...

Le téléphone sonna. Elle décrocha brusquement.

– Quoi ?

– C'est encore Joel Woodward, annonça Nuala.

– Impossible de lui parler maintenant.

– Miz Bowen, c'est urgent.

– La barbe, passez-le-moi.

Soudain elle entendit la voix de son assistant qui, faisant preuve d'une indocilité atypique, s'exclamait :

– Merde ! Pourquoi est-ce que vous ne m'avez pas rappelé ?

– A qui croyez-vous parler au juste, Joel ?

– Je sais à qui je parle. Et il y a autre chose que je sais. Il se passe du louche ici, et je pensais que ça vous intéresserait de savoir de quoi il s'agit.

214

Saint James partit en compagnie de Luxford et Stone. La circulation du vendredi soir était chargée. Le mois de mai, le début de la saison touristique, les amateurs de théâtre et de cinéma se précipitant au spectacle contribuaient à embouteiller les rues.

Saint James monta dans le véhicule de Luxford, et ils suivirent Stone. Luxford appela sa femme avec son téléphone de voiture pour la prévenir qu'il arriverait en retard à la maison. Il ne lui dit pas pourquoi et ajouta à l'intention de Saint James :

– Fiona ignore tout de cette histoire. Je ne sais comment lui présenter la chose. Seigneur, quel gâchis. (Il suivait des yeux la voiture qui les précédait, les mains placées très bas sur le volant.) Me croyez-vous impliqué dans ce qui est arrivé à Charlotte ?

– Ce que je pense n'a aucune importance, Mr Luxford.

– Vous regrettez d'être mêlé à tout ça.

– Oui, en effet.

– Pourquoi avoir accepté, dans ce cas ?

Saint James regarda par la vitre. Ils dépassaient Hyde Park. A travers les branches des platanes, il voyait des gens se promener dans la lumière déclinante. Certains tenant des chiens en laisse. D'autres bras dessus, bras dessous. D'autres encore, avec des enfants dans des poussettes. Il aperçut une jeune femme qui soulevait un bébé en l'air en le tenant à bout de bras.

– C'est trop compliqué à expliquer, j'en ai peur, dit-il, soulagé que Luxford s'en tienne là.

Lorsqu'ils débarquèrent à Marylebone, Mrs Maguire s'en allait, un sac à dos jaune à l'épaule, un sac en plastique à la main. Elle échangea quelques mots avec Alexander Stone tandis que Luxford se garait un peu plus loin dans les *mews*. Le temps qu'ils arrivent à la hauteur de la maison, la gouvernante avait disparu.

– Eve est là, dit Stone. Je passe devant. Accordez-moi quelques instants.

Ils attendirent dehors. De temps en temps, une voiture passait dans Marylebone High Street. Un brouhaha de voix étouffé s'échappait du Devonshire Arms. A part ça, le silence régnait dans les *mews*.

Plusieurs minutes s'écoulèrent avant que la porte s'ouvre.

– Entrez, dit Stone.

Eve Bowen les attendait dans le séjour. Près de la sculpture où, deux soirs plus tôt, elle avait caché le mot du ravisseur. Elle avait l'air d'un guerrier prêt à se battre au corps à corps. Elle personnifiait le calme. Un calme intimidant.

– Passez la bande, dit-elle.

Saint James s'exécuta. Le visage d'Eve resta impassible tandis que la voix frêle de Charlotte résonnait. Toutefois Saint James crut la voir déglutir lorsque la petite fille dit : « *Cito, j'ai été obligée de faire cette bande pour avoir du jus de fruits, si tu savais, j'avais tellement soif.* »

Une fois la bande terminée, Eve se tourna vers Luxford :

– Merci. Maintenant tu peux partir.

Luxford tendit la main comme pour la toucher mais ils se tenaient de part et d'autre de la pièce.

– Evelyn...

– Va-t'en.

– Eve, fit Stone, nous allons téléphoner à la police. Inutile de jouer le jeu à sa façon. Il n'a pas à passer ce papier.

– Non, dit-elle.

Son visage était aussi impassible que sa voix. Saint James s'aperçut qu'elle n'avait pas quitté Luxford des yeux depuis qu'ils étaient tous dans le séjour. Ils se tenaient comme des acteurs sur une scène, chacun respectant ses marques : Luxford près de la cheminée, Eve de l'autre côté de la pièce, Stone près de la porte de la salle à manger, Saint James non loin du canapé. Comme c'était lui qui se trouvait le plus près d'elle, il essaya de lire sur son visage, lequel était aussi indéchiffrable que celui d'un chat aux aguets.

– Miz Bowen, dit-il sans élever le ton et bien décidé à ce que le calme continue de régner, nous avons progressé aujourd'hui.

– C'est-à-dire ?

Elle regardait toujours Luxford. Et comme si ce regard était un défi qu'elle lui lançait, il ne fit rien pour s'y soustraire.

Saint James entreprit de lui parler du clochard aperçu par deux des habitants de Cross Keys Close. Il lui parla du flic qui avait chassé le SDF, ajoutant :

– L'un des policiers du commissariat de Marylebone se souviendra certainement de cet homme et de son signalement. Vous devriez les contacter. De la sorte, les inspecteurs de la Criminelle qui mèneront l'enquête ne partiront pas de zéro. Ils disposeront d'une piste solide.

– Non, dit-elle. Tu vas devoir trouver mieux que ça, Dennis. Il est hors de question que tu mènes le bal.

Elle transmettait manifestement à Luxford un message qui n'avait de sens que pour lui. Saint James ne parvint pas à deviner de quoi il s'agissait, mais il eut l'impression que Luxford le recevait cinq sur cinq. Les lèvres du rédacteur en chef s'entrouvrirent, mais il ne souffla mot.

– Nous n'avons pas le choix, Eve, dit Stone. Dieu sait que j'aimerais t'épargner tout ça, mais Luxford pense...

Son regard le réduisit au silence. Un regard au laser, brutal, acéré. Trahison, disait ce regard.

– Toi aussi, fit-elle.

– Non. Je suis de ton côté, Eve.

– Alors écoute bien. (Elle reporta les yeux sur Luxford.) L'une des journalistes parlementaires m'a demandé une interview cet après-midi. Tu ne trouves pas ça étonnant comme coïncidence étant donné les circonstances ?

– Ça ne veut rien dire, dit Luxford. Pour l'amour du ciel, Evelyn, tu es sous-secrétaire d'Etat. Des demandes d'interviews, tu en reçois à la pelle.

– Elle voulait me voir le plus vite possible, poursuivit Eve comme si Luxford n'était pas intervenu. Et sans passer par mon secrétariat, sous prétexte que je préférerais sans doute ne pas mettre la puce à l'oreille de mes collaborateurs.

– C'était quelqu'un de mon journal ? s'enquit Luxford.

– Tu ne serais pas bête à ce point-là. Du journal où tu travaillais précédemment. Et je trouve ça étonnant encore une fois.

– C'est une coïncidence, tu l'as dit toi-même.

– Peut-être. Mais ce n'est pas tout.

– Quoi ? fit Stone. Que se passe-t-il, Eve ?

– Cinq journalistes ont téléphoné aujourd'hui après trois heures et demie. C'est Joel qui a pris les appels. D'après lui, tous ont l'air dévorés de curiosité et ils veulent des informations. Joel était dans tous ses états.

Est-ce que j'ai une idée de ce qu'ils cherchent ? Comment doit-il gérer ce soudain afflux de coups de fil ? Qu'est-ce qui les intéresse à ce point, Miz Bowen ?

— Non, Evelyn, la détrompa Luxford. Je n'ai parlé à personne. Ça n'a rien à voir...

— Sors de chez moi, espèce de salaud, dit-elle calmement. Plutôt mourir que de te céder.

Saint James s'entretint avec Luxford près de sa voiture. Le rédacteur en chef de *La Source* était bien la dernière personne au monde pour laquelle il se serait attendu à éprouver un mouvement de pitié. Pourtant c'était ce qu'il ressentait. L'homme était blême. La transpiration trempait son élégante chemise bleue. Il empestait la sueur.

D'une voix d'accidenté de la route encore sous le choc, il énonça :

— Que fait-on ?

— Je vais lui reparler.

— Nous n'avons pas le temps.

— Je vais lui parler maintenant.

— Elle ne cédera pas. (Son regard se braqua vers la maison, ce qui ne leur apprit rien si ce n'est que des lumières avaient été allumées dans le séjour ainsi que dans une chambre du premier.) Elle aurait dû avorter. Je me demande pourquoi elle ne l'a pas fait. Sans doute pour avoir une raison concrète de me haïr.

— Comment ça, de vous haïr ?

— Oui, de me haïr parce que je l'avais séduite. Ou que je lui avais donné envie de se faire séduire. La deuxième explication me paraît plus plausible. Certaines personnes sont terrifiées lorsqu'elles découvrent qu'elles ont besoin de quelqu'un.

— En effet. (Saint James toucha le toit de la voiture de Luxford.) Rentrez chez vous. Et laissez-moi voir ce que je peux faire.

— Rien, prédit Luxford.

— Laissez-moi essayer quand même.

Il attendit que Luxford ait démarré avant de rebrousser chemin jusque chez les Stone. Ce fut Alexander Stone qui lui ouvrit.

— Vous devriez vous barrer, fit-il tout de go. Eve en a

suffisamment bavé comme ça. Seigneur, dire que j'ai failli avaler les boniments de Luxford, tomber dans le panneau, moi aussi... Je ne sais pas ce qui me retient de flanquer des coups de poing dans les murs.

– Je ne suis du côté de personne, Mr Stone, fit Saint James. Laissez-moi faire part à votre femme des résultats de mon enquête d'aujourd'hui. Elle a le droit d'être informée, vous en conviendrez avec moi.

Stone pesa les paroles de Saint James. Tout comme Luxford, il semblait à bout de forces, contrairement à Eve Bowen, qui avait eu l'air prête à tenir encore quinze rounds et à sortir vainqueur du combat.

Stone hocha la tête et recula. Il grimpa les marches du perron d'un pas lourd tandis que Saint James reprenait le chemin du séjour tout en se demandant quels arguments utiliser pour obliger cette femme à agir avant qu'il soit trop tard. Au lieu de l'autel dressé par Mrs Maguire, il vit un jeu d'échecs sur la table basse. Les pièces étaient pour le moins insolites. Saint James prit les rois. D'un côté, Harold Wilson. De l'autre, Margaret Thatcher. Il les remit en place avec soin.

– Il a réussi son coup, on dirait, il vous a persuadé qu'il tenait à Charlotte.

Relevant la tête, Saint James aperçut Eve Bowen dans l'encadrement de la porte. Son mari était derrière elle, une main sur son coude.

– Eh bien, c'est faux. Il ne l'a pas vue une seule fois. En dix ans, il aurait pu essayer. Je ne l'aurais pas laissé faire, remarquez.

– Peut-être que c'est ça qui l'a dissuadé.

– Peut-être. (Elle pénétra dans le séjour. S'assit dans le fauteuil qu'elle avait occupé mercredi soir. A la lueur de la lampe, il constata que son visage était serein.) C'est un comédien hors pair, Mr Saint James. Je suis mieux placée que quiconque pour le savoir. Il va tâcher de vous convaincre que notre aventure m'a rendue amère. S'efforcer de vous persuader que ma conduite est due au fait que je m'en veux d'avoir cédé à ses charmes. Pendant que vous vous focalisez sur moi et sur mon refus d'admettre que Dennis Luxford est un brave garçon, qu'il a un bon fond, il tirera les ficelles dans la coulisse, faisant monter la pression à sa guise. (Elle appuya la tête sur le dossier du fauteuil, ferma les yeux.) C'était astucieux de sa part, le coup de l'enregistrement.

J'ai bien failli mordre à l'hameçon. Seulement je le connais, je sais qu'il est capable de tout.

– C'était la voix de votre fille.

– Oui, c'était Charlotte.

Saint James se dirigea avec peine vers le canapé. Sa mauvaise jambe semblait peser une tonne et son escalade de l'après-midi lui avait mis le dos en triste état. Il ne restait plus à l'une de ses fameuses migraines qu'à se déclarer et ce serait complet. Mais auparavant il avait une décision à prendre.

– Je vais vous dire ce que je sais.

– Et vous nous laisserez nous débrouiller seuls ensuite.

– En effet. En conscience, je ne peux pas continuer à m'occuper de cette affaire.

– C'est donc que vous croyez Luxford, alors.

– Oui, Miz Bowen. Je n'ai guère de sympathie pour lui. Je n'aime pas beaucoup ce qu'il représente. Je pense que son journal devrait disparaître. Mais je le crois.

– Pourquoi ?

– Parce que, comme il l'a souligné à juste titre, il aurait pu déballer toute votre histoire il y a dix ans. Lorsque vous vous êtes présentée à la députation. Il n'a aucune raison de la raconter maintenant. Si ce n'est pour sauver votre fille. Sa fille.

– Sa progéniture, Mr Saint James. Pas sa fille. Charlotte est la fille d'Alex. (Ouvrant les yeux, elle tourna la tête dans sa direction sans la décoller du dossier.) Vous ne connaissez rien à la politique, n'est-ce pas ?

– A votre niveau ? Non, effectivement.

– Il s'agit d'une question de politique, Mr Saint James. Comme je me tue à vous le dire depuis le début. Une simple question de politique.

– Je ne le crois pas.

– Je sais. C'est pourquoi nous sommes dans une impasse. (D'un geste las, elle l'encouragea à poursuivre :) Très bien, je vous écoute. Racontez-moi tout et allez-vous-en. Nous prendrons une décision et vous serez hors du coup.

Alexander Stone prit place dans le fauteuil aux allures d'oreiller qui faisait pendant au canapé, près de la cheminée et en face de sa femme. Il s'assit tout au bord, les coudes sur les genoux, tête baissée, les yeux sur ses chaussures.

Débarrassé d'une responsabilité qu'il n'avait pas souhaité assumer, Saint James ne se sentit pas pour autant libéré. Le fardeau qu'il portait lui semblait même encore plus pesant. Il s'efforça d'en faire abstraction. Après tout, cette affaire n'était pas de son ressort.

– Je suis allé à l'école Shenkling comme convenu, attaqua-t-il. (Il vit Alexander Stone relever la tête.) J'ai interrogé toutes les gamines de huit à douze ans. La petite que nous cherchons n'était pas là-bas. J'ai la liste des élèves qui étaient absentes pour le cas où vous voudriez leur téléphoner.

– Qu'est-ce que c'est que cette histoire ? questionna Stone.

– Il s'agit d'une amie de Charlotte, expliqua sa femme tandis que Saint James lui remettait sa liste.

– Le professeur de musique de Charlotte...

– Chambers, fit Stone.

– Damien Chambers, oui, enchaîna Saint James, nous a dit que Charlotte était souvent en compagnie d'une camarade le mercredi, jour de sa leçon. Et apparemment cette petite était avec Charlotte mercredi dernier. Nous avons essayé de la retrouver dans l'espoir qu'elle pourrait nous donner des précisions sur ce qui s'est passé cet après-midi-là. Nous n'y sommes pas encore parvenus.

– Mais le signalement du clochard, intervint Eve Bowen. C'est du concret.

– Certes. Si vous pouviez mettre la main sur la gamine et obtenir confirmation du signalement du SDF – ou du fait que le clochard était de retour dans le quartier lorsque Charlotte s'est rendue à sa leçon –, vous auriez quelque chose de plus solide à fournir aux autorités.

– Où donc peut-elle être ? questionna Eve Bowen. Si elle n'est ni à Sainte-Bernadette ni à Shenkling ?

– Dans une autre école de Marylebone. A moins qu'elle ne fréquente le cours de danse de Charlotte. Ou le même psychothérapeute. Mais elle est forcément quelque part.

Eve Bowen hocha la tête. Pensivement, elle porta ses doigts à sa tempe.

– Je n'avais pas pensé à ça... mais ce prénom... Vous êtes sûr que c'est une fillette que nous cherchons ?

– Ce n'est pas un prénom banal, pourtant tous ceux qui m'en ont parlé m'ont dit qu'il s'agissait d'une fille.

– Un prénom pas banal, fit Alexander Stone. Qui est-ce ? Pourquoi est-ce que nous ne la connaissons pas ?

– Mrs Maguire la connaît. Ou du moins elle connaît son existence. Ainsi que Mr Chambers et l'une des camarades de Charlotte à Sainte-Bernadette. C'est une petite que Charlotte voit à la sauvette. Quand elle a une minute de libre.

– Comment s'appelle-t-elle ?

– Breta, dit Eve Bowen à son mari. Ça te dit quelque chose, Alex ?

– Breta ? (Alexander Stone se mit debout. S'approcha de la cheminée où il prit la photo d'une toute petite fille assise sur une balançoire, qu'il poussait avec un grand sourire.) Mon Dieu.

– Quoi ? questionna Eve.

– Vous avez passé ces deux derniers jours à chercher Breta ? fit Stone à Saint James, l'air abattu.

– Pratiquement, oui. Avant d'apprendre l'existence du clochard, c'est tout ce que nous avions à nous mettre sous la dent.

– Eh bien, j'espère que les renseignements que vous possédez sur le vagabond sont plus fiables que ceux que vous avez sur Breta. (Stone eut un rire empreint de désespoir. Il reposa la photo sur la cheminée.) Génial. (Il jeta un regard à sa femme, détourna les yeux.) D'où tu sors, Eve ? Mais d'où tu sors, bordel ? Tu vis ici ou tu viens seulement en visite ?

– De quoi parles-tu ?

– De Charlie. De Breta. Du fait que ta fille, Eve... ma fille, la nôtre, n'a pas une seule amie au monde et que tu ne le sais même pas.

Saint James sentit son sang se glacer dans ses veines en commençant à comprendre ce que ces mots signifiaient. Il vit Eve Bowen perdre une fraction de seconde son étonnant self-control.

– Qu'est-ce que tu racontes ? lança-t-elle.

– La vérité, fit Stone, éclatant de nouveau d'un rire qui cette fois frôlait l'hystérie. Breta n'existe pas, Eve. Breta est une invention. Tu as engagé quelqu'un, tu lui as fait passer Marylebone au peigne fin, tout ça pour quoi ? Pour retrouver la copine imaginaire de Charlie.

12

Charlotte chuchota : « Breta. Tu es ma meilleure amie, Breta. » Seulement comme ses lèvres lui semblaient ne former qu'une croûte et que sa bouche lui paraissait pleine de miettes de pain desséché, elle se dit que Breta ne risquait pas de l'entendre et encore moins de lui répondre.

Son corps était douloureux. Toutes ses articulations étaient douloureuses. Elle n'aurait su dire combien de temps s'était écoulé depuis qu'elle avait enregistré le message pour Cito, mais elle avait l'impression que cela faisait des jours, des mois, des années. Une éternité.

Elle avait faim, elle avait soif. Elle avait comme un nuage devant les yeux, un nuage plaqué contre ses paupières, un nuage qui lui emplissait la tête. Jamais elle n'avait connu un tel état de fatigue. Si son corps n'avait pas été si pesant, ses bras et ses jambes si lourds, ses maux de ventre l'auraient sérieusement inquiétée. Il y avait un bout de temps maintenant qu'elle avait avalé le pâté à la viande et le jus de pomme. Heureusement, elle en avait encore un peu le goût en passant la langue sur son palais.

Une crampe lui transperça l'estomac. Allongée sur la couverture humide, elle replia les genoux et se recroquevilla sur elle-même, ce qui eut pour effet de faire glisser la couverture de quelques dizaines de centimètres et d'exposer son corps à l'air humide de sa sombre prison. « J'ai froid », dit-elle à travers ses lèvres craquelées et, cessant de se tenir le ventre à deux mains, elle resserra son cardigan autour de son torse. Après quoi, elle mit une main entre ses jambes pour la réchauffer et fourra l'autre dans la poche de son cardigan.

C'est alors qu'elle le sentit au fond de sa poche. Ses yeux s'ouvrirent dans l'obscurité, et elle se demanda comment elle avait pu oublier Widgie. Comme amie, décidément, elle n'était pas à la hauteur : elle ne pensait qu'à elle et à parler à Breta, alors que pendant ce temps-là Widgie avait froid, peur, faim et soif. Comme sa maîtresse.

« Excuse-moi, Widgie », fit-elle en refermant les doigts autour de la petite boule d'argile qui – comme Cito le lui avait expliqué – avait été façonnée puis vernie avant d'être enfermée dans un petit pétard en compagnie d'un bonbon. Les piquants du dos de Widgie et le bout pointu qui lui servait de museau lui chatouillaient la paume. Cito et elle l'avaient repéré au milieu d'autres figurines dans une boutique de Camden Passage où ils étaient allés chercher un cadeau pour la fête des Mères.

– Un hérisson, un hérisson ! avait glapi Lottie, l'index tendu vers la bestiole. Cito, regarde, c'est Mrs Tiggy-Winkle [1].

– Pas tout à fait, Charlie, avait rétorqué Cito.

Ce qui était vrai car, contrairement à Mrs Tiggy-Winkle, le hérisson miniature n'arborait ni jupon rayé, ni bonnet, ni robe. Il ne portait pas de vêtements. Il n'avait que ses piquants et sa mignonne petite tête de hérisson. Mais malgré son absence d'atours, ça restait un hérisson, et les hérissons étaient les animaux préférés de Lottie. Alors Cito le lui avait offert et depuis il n'avait pas bougé de sa poche, lui servant de porte-bonheur. Comment est-ce qu'elle avait pu oublier Widgie alors qu'il ne l'avait pas quittée d'une semelle ?

Lottie le sortit de sa poche et le posa contre sa joue. Il était glacé. Elle en conçut du remords : elle aurait dû lui tenir chaud. S'occuper de lui. Non, décidément, elle n'avait pas été à la hauteur.

Tâtonnant dans l'obscurité, elle attrapa un pan de couverture et en enveloppa le hérisson. Malgré ses lèvres sèches, elle réussit à murmurer : « Tu es bien au

1. Dame hérisson, héroïne d'une histoire de Beatrix Potter. (N.d.T.)

chaud comme ça, Widgie. Ne t'inquiète pas. On va pas tarder à rentrer à la maison. »

Parce qu'ils allaient rentrer. Cito raconterait l'histoire que le kidnappeur voulait entendre, et ce serait la fin de cette aventure. Fini l'obscurité. Fini le froid. Fini les briques qui lui tenaient lieu de couche et le seau qui lui tenait lieu de toilettes. Cito devrait demander à Mrs Maguire de l'aider parce que, pour les histoires, il n'était pas très doué, commençant toujours de la même façon. « Il était une fois une vilaine sorcière et une très, très belle petite princesse aux cheveux bruns et courts qui avait des lunettes... » Si le ravisseur désirait entendre autre chose, Cito devrait demander un coup de main à Mrs Maguire.

Lottie essaya d'évaluer le temps qui s'était écoulé depuis qu'elle avait enregistré la bande. D'évaluer combien de temps encore il faudrait à Cito pour mettre l'histoire au point une fois qu'il aurait pris connaissance de son message. Elle essaya aussi de deviner quel genre d'histoire le kidnappeur aimait et comment Cito la lui ferait parvenir. Est-ce qu'il l'enregistrerait au magnétophone ou est-ce qu'il la lui raconterait par téléphone ?

Elle était trop fatiguée pour imaginer les réponses à ses propres questions. Trop fatiguée pour avoir fût-ce une idée des réponses. Une main dans la poche de son cardigan, l'autre coincée entre ses jambes, les genoux remontés sous le menton, elle ferma les yeux et songea à dormir. Elle était si fatiguée. Si affreusement, si horriblement fatiguée...

Soudain, lumière et bruit jaillirent simultanément. Semblables à un coup de tonnerre mais à l'envers. Un craquement violent d'abord, suivi d'un *boum* très fort ; puis, les paupières à vif, Lottie ouvrit les yeux.

Blessée par la lumière, elle eut un hoquet de douleur. Ce n'était pas la lueur d'une lanterne cette fois, mais la lumière du jour, le soleil. Le soleil brillait par une porte et, l'espace d'une seconde, c'est tout ce qu'elle distingua. Une clarté incandescente presque insoutenable. Telle une taupe, elle esquissa un mouvement de recul, plissa les yeux, poussa un cri et se recroquevilla de plus belle.

A travers les fentes de ses paupières, elle le vit alors s'encadrer dans la porte et rester planté là, jambes écartées, tournant le dos à la lumière. Dans le triangle formé par ses jambes, elle crut distinguer du bleu et du vert ; elle songea au jour, au ciel et aux arbres ; mais sans ses lunettes, il lui était impossible de savoir où était quoi.

– Y me faut mes lunettes, bafouilla-t-elle.

– T'en as pas besoin. T'as pas besoin de tes lunettes.

– Mais je...

– Ta gueule !

Lottie se ratatina sous sa couverture. Elle distinguait sa silhouette mais avec cette lumière crue qui l'éclairait par-derrière – une lumière si intense, si féroce qu'elle semblait près de la dévorer toute crue –, elle ne distinguait rien d'autre. Ses mains exceptées. Des mains gantées. Dans l'une, il tenait la Thermos rouge. Dans l'autre, un objet qui ressemblait à un cylindre. Les yeux de Lottie fixèrent avidement la Thermos. Du jus de fruits, songea-t-elle. Frais, sucré, rafraîchissant. Mais au lieu de déboucher la bouteille et de lui verser à boire, il jeta le cylindre par terre sur les briques, près de sa tête. Plissant les yeux, elle constata que c'était un journal.

– Papa n'a pas dit la vérité. Papa n'a pas dit un mot. Dommage, Lottie, non ?

Il y avait quelque chose dans sa voix... Lottie sentit ses yeux la piquer, ses entrailles se retourner.

– J'ai essayé de vous le dire, murmura-t-elle. Cito sait pas raconter les histoires. Il est pas doué pour les histoires.

– C'est bien le problème. Mais tant pis, on va l'aider, toi et moi, on va l'encourager. Tu es prête ?

– J'ai essayé de lui dire... (Lottie s'efforça de déglutir. Elle tendit un bras vers la Thermos.) J'ai soif.

Elle aurait voulu redresser la tête, se lever, courir vers la lumière, mais elle s'en sentait incapable. Elle était incapable d'agir. Les larmes se mirent à couler de ses yeux.

« Espèce de bébé », aurait dit Breta.

D'un coup de pied, il ferma la porte, mais pas complètement. Le rai de lumière restant permit à Lottie de repérer l'emplacement de la porte et la direction vers laquelle courir pour l'atteindre.

Seulement elle était trop mal en point. Trop ankylosée. Trop affamée, assoiffée, épuisée. En outre, il n'était qu'à deux pas d'elle : une seconde lui suffit pour franchir la distance qui les séparait ; et elle se retrouva le nez sur ses chaussures et le bas de son pantalon.

226

Il s'agenouilla, elle s'écarta. Elle sentit une bosse sous sa tête, comprit qu'elle avait roulé sur Widgie. Pauvre Widgie. « J'ai pas été à la hauteur. » Elle se déplaça pour ne pas écraser le hérisson.

– Voilà qui est mieux, dit-il. Je préfère quand tu te débats pas.

Comme à travers un brouillard, elle le vit déboucher la Thermos.

– Mes lunettes. Je peux avoir mes lunettes ?

– T'as pas besoin de tes lunettes pour ça, dit-il. (Lui passant une main sous la nuque, il lui souleva la tête.) Papa aurait dû publier l'histoire. (Il serra plus fort, lui tirant les cheveux.) Papa aurait dû respecter les règles du jeu.

– Je vous en prie, non... (Lottie sentit ses entrailles remuer comme de la gelée. Elle commença à gratter le sol avec ses pieds et ses mains.) Ça fait mal. Ne faites pas... Ma maman...

– Rassure-toi. Je vais pas te faire de mal. Absolument pas. Tu verras. Tu veux boire maintenant ?

Il la tenait d'une poigne ferme et pourtant Charlotte ne perdit pas espoir. Il n'avait pas l'intention de lui faire du mal finalement.

Seulement au lieu de verser le jus de fruits de la Thermos dans le gobelet et de porter le gobelet à ses lèvres, il l'attrapa par la nuque et lui renversa la tête en arrière avant d'approcher carrément la Thermos de ses lèvres. Puis il commença à verser.

– Avale, murmura-t-il. Tu as soif. Avale. Ça va aller, tu vas voir.

Elle toussa, crachota, avala le liquide. Froid, le liquide, désaltérant. Mais ça n'était pas du jus de fruits.

– C'est pas...

– Du jus de fruits ? Pas cette fois. Mais c'est rafraîchissant, non ? Allez, finis-le.

Elle se débattit, mais lorsqu'elle gigota, il se contenta de resserrer sa prise. Alors elle comprit que la seule façon d'en finir, d'être libre, c'était d'obéir. Aussi se mit-elle à boire. Et lui à verser, verser.

Bientôt, sans avoir eu le temps de savoir ce qui lui arrivait, elle eut l'impression de flotter, de dériver. Elle vit sœur Agnetis. Elle vit Mrs Maguire. Elle vit Maman et Cito et la baie de Fermain. Puis les ténèbres l'engloutirent de nouveau.

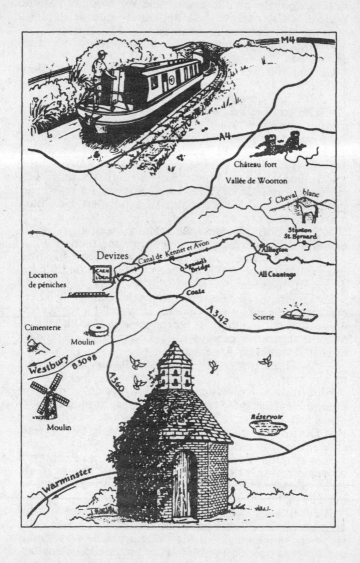

M4

A4

Château fort

Vallée de Wootton

Cheval blanc

Stanton
St. Bernard

Canal de Kennet et Avon

Devizes

Allington

Spendds
Bridge

All Cannings

CAEN
LOCKS

Location
de péniches

Coate

A342

Scierie

Cimenterie

Moulin

Westbury

B5098

A360

Réservoir

Moulin

Warminster

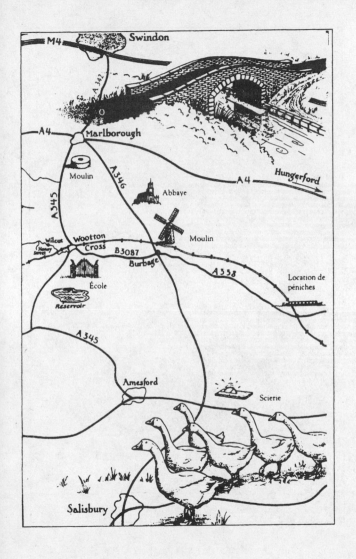

DEUXIÈME PARTIE

13

Il était cinq heures cinquante-cinq de l'après-midi lorsque Robin Payne reçut l'appel tant attendu. Cet appel arrivait trois semaines après la fin de son stage, deux semaines après qu'il eut été officiellement nommé constable et moins de vingt-quatre heures après qu'il eut décidé que la seule façon de mettre un terme à ses angoisses – il appelait ça le trac – était de téléphoner à son sergent à son domicile pour le supplier de le mettre sur la première affaire criminelle qui se présenterait.

– On a hâte de se faire connaître ? lui avait demandé finement le sergent Stanley. On veut passer directeur de la police avant d'avoir trente ans ?

– Je veux seulement qu'on me donne l'occasion d'utiliser mes compétences, chef.

– Tes compétences, sans blague. (Le sergent avait ricané.) Crois-moi, petit, c'est pas les occasions d'utiliser tes compétences qui manqueront. Tu regretteras le jour où tu t'es mis en tête de faire partie de la brigade criminelle.

Robin, qui en doutait, chercha une explication capable de satisfaire son supérieur.

– Ma mère m'a élevé dans l'idée qu'il fallait faire ses preuves.

– Mais tu as toute la vie devant toi.

– Je sais. Alors, vous êtes d'accord ?

– D'accord pour quoi, tronche de cake ?

– Pour me mettre sur la première affaire criminelle qui se présentera.

– Ouais. Peut-être. On verra, s'était contenté de

répondre le sergent. (Et lorsqu'il lui avait téléphoné pour lui donner satisfaction, il avait terminé en disant :) Tu veux faire tes preuves, fils ? Eh bien, c'est le moment.

Laissant l'étroite rue principale de Wootton Cross derrière lui, Robin dut s'avouer que sa requête n'avait peut-être pas été si inspirée que ça. Il avait l'estomac noué, ce qui ne facilitait pas la digestion des canapés qu'il avait avalés à l'occasion des fiançailles maternelles – le coup de téléphone du sergent l'avait fort heureusement soustrait au spectacle peu appétissant de sa mère et de son promis, un type gras à lard et aux cheveux graisseux, qui n'arrêtaient pas de se sucer la poire – et pour tout dire, il se demandait même s'il n'allait pas vomir cette montagne de nourriture. Mais qu'est-ce que le sergent irait s'imaginer si son nouveau constable était malade en présence de son premier cadavre ?

Car c'était bien un cadavre qu'il allait voir, d'après ce que Stanley lui avait expliqué, un cadavre d'enfant retrouvé sur la berge du canal de Kennet et Avon.

– Juste après Allington, lui avait précisé Stanley. Il y a un chemin qui longe Manor Farm. Coupe à travers champs, puis file vers le sud-ouest, jusqu'au pont. C'est là-bas que ça se passe.

– Je vois où c'est. (Robin n'avait pas passé vingt-neuf ans dans le comté sans l'avoir parcouru à pied de fond en comble. Pendant des années, les balades avaient été son unique dérivatif et le seul moyen d'échapper à sa mère et à l'asthme dont elle souffrait. Il lui suffisait d'entendre prononcer le nom d'un lieu-dit – Kitchen Barrow Hill, Witch Plantation, Stone Pit, Furze Knoll – pour visualiser aussitôt l'endroit. Au point que l'un de ses professeurs lui avait dit qu'en géographie il possédait le *la* absolu. « Vous avez un avenir tout tracé dans la topographie, la cartographie, la géographie ou la géologie, alors qu'est-ce qui vous tente ? » Mais rien de tout cela n'intéressait Robin. Lui, ce qu'il voulait, c'était devenir flic. Redresseur de torts. C'était même une passion chez lui.) Je peux être sur place dans vingt minutes, avait-il dit au sergent. (Et de questionner, inquiet :) Il ne se passera rien d'important avant que je sois là-bas ?

Le sergent Stanley avait ricané.

– Si j'élucide l'affaire avant ton arrivée, sois tranquille : je garderai mes conclusions pour moi. Vingt minutes, tu dis ?

234

– Peut-être même moins.

– Pas la peine de te tuer au volant, fiston. C'est un cadavre qu'on a sur les bras, pas un incendie.

Malgré cela, Robin effectua le trajet en un quart d'heure, piquant vers le nord et Marlborough, puis bifurquant direction le nord-ouest juste après la poste du village, fonçant sur la route de campagne qui sinuait à travers les terres fertiles, les collines dénudées, les myriades de tumulus et autres sites préhistoriques qui composaient la vallée de Wootton. Cette vallée avait toujours été pour lui un havre de paix ; c'était là qu'il allait marcher le plus volontiers pour oublier les tribulations d'une vie passée en compagnie d'une mère invalide. En cette fin d'après-midi de mai, la vallée était paisible ; la brise agitait les champs de foin et il allait bientôt être débarrassé de sa mère. Sam Corey n'était pas un type pour elle : il avait au moins vingt ans de trop, il passait son temps à lui peloter les fesses, à lui faire des bisous dans le cou et à lui adresser des clins d'œil salaces et des réflexions qui ne l'étaient pas moins sur la façon dont il entendait faire grincer les ressorts de son matelas dès qu'il serait seul avec sa « petite caille ». Robin ne voyait vraiment pas ce qu'elle lui trouvait. Malgré tout, aux fiançailles, il avait souri, levé son verre à la santé de l'heureux couple, bu du champagne chaud. Et lorsque le téléphone avait sonné, il avait pris ses jambes à son cou, s'efforçant de ne pas penser aux excentricités auxquelles le couple ne manquerait pas de se livrer dès qu'il aurait le dos tourné. Ça n'avait rien d'agréable d'imaginer sa mère en train de se payer une partie de jambes en l'air. Encore moins avec un amant de cet acabit.

Le hameau d'Allington était au creux d'un virage. Il comportait deux fermes dont les bâtiments, granges et autres dépendances constituaient les édifices les plus importants de la région. Un enclos servait à délimiter le hameau, à l'intérieur duquel paissait un troupeau de vaches aux mamelles gonflées de lait. Robin contourna l'enclos et coupa par Manor Farm, où une femme à l'air exténué rabattait trois enfants vers un cottage à colombages au toit de chaume.

Le chemin du sergent Stanley n'était en fait qu'un chemin de terre. Il longeait deux maisons au toit de tuiles rouges et traçait une incision nette à travers champs. De la largeur d'un tracteur, il comportait des ornières laissées par les pneus et, en son centre, une traînée d'herbe. Des barbelés de part et d'autre du chemin ceinturaient les champs où se dressaient quelque trente centimètres de blé verdoyant.

La voiture de Robin cahotait le long du chemin au fil des ornières. Il y avait un peu plus d'un kilomètre et demi jusqu'au pont. Il pilotait l'Escort avec des soins de nourrice dans l'espoir que cette nouvelle expédition sur les routes de campagne ne ferait pas trop souffrir la suspension.

Au loin, il vit que le chemin montait pour franchir la bosse du pont d'Allington. Des deux côtés du pont, des véhicules étaient garés sur la bande d'ortie blanche faisant office de bas-côté. Trois d'entre eux étaient des voitures pie. Un autre, une fourgonnette. Le quatrième engin, une moto Ariel bleue, moyen de locomotion préféré du sergent Stanley.

Robin s'arrêta derrière l'une des voitures pie. A l'ouest du pont, un groupe de policiers en uniforme – il n'y avait pas si longtemps encore, il en faisait partie – progressait de part et d'autre du canal : les uns inspectant le sentier sur la berge sud du canal, les autres avançant précautionneusement à travers la végétation épaisse, de l'autre côté, cinq mètres plus loin. Un photographe mitraillait la scène derrière un bouquet de roseaux tandis que le médecin légiste attendait patiemment non loin de là, mains gantées de blanc, sacoche de cuir noir à ses pieds. A l'exception des gloussements des canards et des sarcelles qui s'ébattaient sur l'eau, il n'y avait pas un bruit. Tout le monde se taisait. Robin se demanda si c'était par respect pour la mort ou si c'était un comportement de professionnels concentrés sur leur travail. Il frotta ses paumes moites contre son pantalon. Il déglutit, ordonna à son estomac de se tenir tranquille et descendit de voiture pour s'occuper de son premier meurtre. Même si personne n'avait encore prononcé le mot. Le sergent Stanley s'était borné à lui dire : « On a retrouvé le corps d'un enfant. » De là à savoir s'il s'agissait d'un meurtre... Ce serait au médecin légiste de se prononcer.

Le sergent Stanley était en action sur le pont. Il parlait à un jeune couple qui se tenait par la taille. Pour se tenir chaud ? C'était probable car ils n'étaient guère couverts. La femme portait trois triangles de tissu noir, chacun de la grosseur d'une paume, en guise de maillot. L'homme, un caleçon blanc. Le couple sortait manifestement d'une pénichette ancrée à l'est de la touffe de roseaux. Les mots *jeunes mariés* tracés à la crème à raser sur les fenêtres de l'embarcation indiquaient la raison de leur présence dans le secteur. Au printemps et en été, il y avait beaucoup de touristes qui naviguaient sur le canal. Ou qui parcouraient à pied le chemin de halage, visitant les écluses, dormant à la belle étoile, de Reading jusqu'à Bath.

Le sergent Stanley leva le nez tandis que Robin approchait. Il referma son carnet d'un geste sec et dit au couple : « Bougez pas, d'accord ? » avant de fourrer son carnet dans la poche arrière de son jean. Il fouilla dans son blouson de motard en cuir et en sortit un paquet d'Embassy qu'il offrit à Robin. Tous deux allumèrent une cigarette.

— Par ici, dit le sergent Stanley. (Il indiqua à Robin la pente conduisant au chemin de halage. Il tenait sa cigarette entre le pouce et l'index et, comme à son habitude, parlait avec la bouche de travers comme si ses mots devaient rester strictement entre son interlocuteur et lui.) Des jeunes mariés en voyage de noces. (Avec un grognement, il désigna le bateau du bout de sa cigarette.) Ils l'ont loué. Comme il est un peu tôt pour s'amarrer pour la nuit et qu'il n'y a pas grand-chose à regarder dans les environs, pas besoin de se creuser la cervelle pour deviner ce qu'ils avaient en tête quand ils se sont arrêtés. (Les yeux vers la péniche, il poursuivit :) Regarde-la, petite tête. La fille. Regarde-la bien.

Robin obtempéra. La culotte du maillot de la jeune femme était constituée, derrière, par deux malheureux centimètres de tissu qui disparaissaient entre ses fesses rebondies et bronzées. Le jeune homme avait posé une main de propriétaire sur l'un de ces globes appétissants. Robin entendit le sergent Stanley siffler entre ses dents.

— C'est le moment ou jamais d'exercer ses prérogatives de mari, pas vrai ? Je me la ferais bien, moi, cette gamine. Crénom de Dieu, quel cul elle a. Pas toi, petit ?

— Moi ?

— Si tu pouvais te la taper...

Robin rougit comme une tomate jusqu'à la racine des cheveux et baissa la tête. Du bout de sa chaussure, il gratta le sol puis fit tomber la cendre de sa cigarette sans répondre.

– Voilà comment je vois les choses, poursuivit le sergent Stanley, bouche toujours de guingois. Nos tourtereaux s'arrêtent pour tirer un coup. C'est la cinquième fois de la journée, mais ce sont des jeunes mariés, que diable ! Il sort amarrer le bateau ; il a les mains tremblantes, la queue qui frétille tel un périscope s'efforçant de débusquer l'ennemi. Il trouve un endroit où enfoncer le piquet autour duquel passer l'amarre. Tu le vois, le piquet ? Mais juste à ce moment-là, il découvre le corps de l'enfant. Cul-de-bronze et lui courent comme des dératés jusqu'à Manor Farm et composent le 999 de là-bas. Cette fois, ils n'ont qu'une hâte : mettre les bouts. Et on se doute de ce qui les pousse à foutre le camp, pas vrai ?

– Vous ne pensez pas qu'ils ont quelque chose à voir avec le...

– Le... ? (Le sergent secoua vigoureusement la tête.) Tu rigoles ! Ils ont d'autres chats à fouetter. Si tu crois que la découverte d'un cadavre peut calmer les ardeurs de certains, tu te fourres le doigt dans l'œil. (D'une pichenette, il expédia sa cigarette en direction des malards : elle grésilla au contact de l'eau. L'un des canards s'empressa de la repêcher. Stanley eut un sourire, marmonna :) C'est vrai que ça bouffe tout, ces bêtes-là, des vrais charognards ! Allez, viens un peu zieuter ton premier cadavre. Oh ! mais dis donc, tu m'as l'air mal en point, mon gars. Tu vas pas me dégobiller dessus, quand même ?

Non, lui certifia Robin, il n'allait pas vomir. Simplement, il était un peu angoissé. Forcément, il ne voulait pas partir du mauvais pied en présence de son supérieur hiérarchique, c'était ça qui lui mettait les nerfs en pelote. Il aurait bien voulu expliquer ce qu'il ressentait à Stanley, il aurait également voulu le remercier de l'avoir mis sur le coup, mais il s'abstint. Inutile de faire naître des doutes sur ses capacités dans l'esprit du sergent. Quant à lui exprimer sa gratitude, compte tenu des circonstances, ce n'était peut-être pas la réaction à laquelle on s'attendait de la part d'un constable récemment affecté à la brigade criminelle.

Stanley appela le couple qui avait découvert le corps :
– Hé là, vous deux, vous éloignez pas. J'en ai pas fini

avec vous. (Puis il emmena Robin jusqu'au chemin de halage.) Très bien. Maintenant voyons un peu ce que tu as dans le ciboulot. (Et de lui désigner les flics en uniforme qui ratissaient les berges du canal.) C'est probablement du temps de perdu, le ratissage. Pourquoi?

Robin observa les policiers. Ils avançaient sans un mot, restant en ligne. Absorbés par leur travail, ils ne se laissaient distraire par rien d'autre.

— Du temps de perdu? (Et histoire de gagner quelques précieuses secondes de réflexion, il écrasa sa cigarette contre la semelle de sa chaussure puis fourra le mégot dans sa poche.) Ben... disons qu'ils ont peu de chances d'en trouver, des empreintes, si c'est ce qu'ils cherchent. Y a trop d'herbe sur le chemin de halage, trop de fleurs et d'herbes folles sur la berge. Mais... (Il hésita, se demandant s'il devait apporter un correctif à la conclusion un peu hâtive de son sergent. Finalement, il décida de courir le risque.) Mais y a pas que des empreintes qu'ils pourraient trouver. S'il s'agit d'un meurtre, bien sûr. C'en est un, chef?

Stanley ignora la question, ses yeux se plissèrent et il se fourra une autre cigarette dans la bouche.

— Par exemple?

— Si c'est un meurtre? Tout, n'importe quoi. Des fibres, des mégots, une arme, une touffe de cheveux, une douille. N'importe quoi.

Stanley alluma sa cigarette à l'aide d'un briquet en plastique. Le briquet avait la forme d'une femme penchée en avant, mains emprisonnant ses chevilles. La flamme lui jaillit artistiquement du derrière.

— Pas mal, fit Stanley.

Robin se demanda si le sergent faisait allusion à sa réponse ou au briquet.

Stanley avança le long du chemin de halage. Robin lui emboîta le pas. Ils se dirigèrent vers les roseaux. Le médecin légiste gravissait la berge en pente, peinant au milieu des touffes épaisses de saxifrage dorée et de primevères, ses bottes en caoutchouc gluantes de boue et d'algues. Un peu plus haut, deux biologistes attendaient, mallette ouverte. A côté d'eux, une housse à cadavre était étalée sur le chemin.

— Alors? dit Stanley au médecin légiste.

Ce dernier avait manifestement été surpris en pleine partie de tennis parce qu'il était encore en tenue et portait un bandeau autour du front, contraste incongru avec ses Wellington en caoutchouc noir qui lui montaient jusqu'au genou.

– On constate la présence de crêtes papillaires exploitables bien qu'un peu fripées sur les paumes et la plante d'un pied, dit-il. Le corps a dû séjourner dans l'eau dix-huit heures au moins. Vingt-quatre heures au plus.

Stanley hocha la tête et fit rouler sa cigarette entre ses doigts. Puis, s'adressant à Robin :

– Jette un œil, fils. (Au médecin légiste, avec un sourire, il précisa :) C'est une grande première pour Roby, ici présent, Bill. Un dépucelage en quelque sorte. Qu'est-ce qu'on parie, qu'il va gerber ?

Le médecin légiste parut écœuré. Il rejoignit les deux enquêteurs sur le chemin de halage et dit calmement à Robin :

– Ça m'étonnerait. Les yeux sont ouverts, c'est toujours un choc, bien sûr. Mais il n'y a pas encore de signes de décomposition.

Robin hocha la tête, prit une profonde inspiration et carra les épaules. Il lui semblait que tout le monde le guettait au tournant – le sergent, le médecin légiste, les flics en uniforme, le photographe, les biologistes –, mais il était bien décidé à ne manifester qu'un flegme professionnel.

Piétinant les touffes de fleurs sauvages, il descendit le long de la berge du canal. Le silence parut s'intensifier autour de lui, le sensibilisant d'autant plus aux bruits qu'il faisait. Respiration sifflante, battements de cœur, bruit mat de ses chaussures écrasant fleurs et herbes folles. Sous ses semelles la boue faisait un bruit de succion. Il contourna les roseaux.

Le corps était juste derrière. Robin aperçut tout d'abord un pied hors de l'eau, dans les roseaux, comme si l'enfant avait été amarré là pour une raison quelconque, puis il vit l'autre pied, lequel était dans l'eau et fripé ainsi que le médecin légiste l'avait fait remarquer. Ses yeux naviguèrent des jambes au derrière, puis à la tête. Celle-ci était tournée sur le côté, les yeux à demi ouverts et congestionnés. Les cheveux bruns et courts flottaient en ondulant doucement à la surface de l'eau. Tandis que Robin contemplait le cadavre, se creusant la cervelle à la recherche de la question qu'il convenait de poser – persuadé qu'il la connaissait, cette question, qu'elle était rangée dans une case de sa mémoire, qu'il allait la retrouver et montrer à son chef qu'il était en pilotage automatique et maîtrisait parfaitement la situation –, il vit quelque chose d'argenté frétiller devant la bouche à demi ouverte de l'enfant : un poisson pressé de goûter la chair morte.

Il fut pris d'un étourdissement. Ses mains devinrent moites. Par miracle, toutefois, il parvint à retrouver ses automatismes. Quittant le corps des yeux, il sut quelle était la question à poser et il la posa d'une voix qui ne tremblait pas.

– C'est un garçon ou une fille ?

En guise de réponse, le médecin légiste ordonna :

– Apportez-moi la housse. (Puis il rejoignit Robin au bord du canal. L'un des policiers en tenue baissa la fermeture Eclair. Deux autres, chaussés de hautes bottes en caoutchouc, pataugèrent dans l'eau. Sur un signe du médecin, ils retournèrent le corps, le mirent sur le dos.) Une fille, dit le médecin en voyant le pubis glabre. (Les flics retirèrent le corps du canal et l'introduisirent dans le sac, mais avant qu'ils aient fermé la fermeture à glissière, le médecin légiste s'agenouilla sur un genou près de l'enfant. Il lui appuya sur la poitrine. Des bulles blanches mousseuses semblables à des bulles de savon s'échappèrent d'une de ses narines.) Noyade, constatat-il.

– Ce n'est pas un meurtre, alors ? fit Robin au sergent.

– A toi de me le dire, mon gars, dit Stanley avec un haussement d'épaules. Quelles sont les différentes possibilités d'après toi ?

Tandis que l'on emportait le corps et que les biologistes descendaient la berge munis de leurs flacons et de leurs mallettes, Robin réfléchit à la question de son patron et aux réponses à faire. Apercevant le bateau des jeunes mariés, il observa :

– Peut-être qu'elle était en vacances. Qu'elle est tombée d'une péniche.

Stanley hocha la tête comme s'il soupesait cette hypothèse.

– Aucune disparition d'enfant ne nous a été signalée.

– On l'a poussée d'un bateau, alors. Une poussée franche qui n'aurait pas laissé de traces sur le corps.

241

– Possible, reconnut Stanley. Dans ce cas, c'est un meurtre. Quoi d'autre ?

– C'est peut-être une gamine du coin ? D'Allington ? Ou d'All Cannings ? On peut arriver ici facilement en coupant à travers champs.

– Même remarque que tout à l'heure.

– Aucune disparition n'a été signalée ?

– Exact. Quoi d'autre ?

Stanley attendit sans s'impatienter le moins du monde.

Robin formula la dernière hypothèse.

– C'est un crime crapuleux, alors. Est-ce qu'on l'a... (Dansant d'un pied sur l'autre, il chercha un euphémisme.) Est-ce qu'on lui a fait... subir des sévices ?

Stanley haussa un sourcil, intéressé. Robin s'empressa de poursuivre.

– C'est une possibilité, non ? Même si, à première vue, le corps ne présente pas... ne porte pas de... (Il s'ordonna de se ressaisir. S'éclaircit la gorge.) Ça pourrait être un viol, patron, à ceci près qu'on n'observe aucune trace de violence sur le corps. En tout cas, après un examen superficiel.

– Une coupure au genou, dit le légiste resté sur le chemin de halage. Des ecchymoses près de la bouche et sur le cou. Deux marques de brûlure sur les joues et le menton. Brûlures au premier degré.

– Pourtant... commença Robin.

– Il y a plusieurs façons de violer, souligna Stanley.

– Alors je suppose... (Ne sachant comment poursuivre, il s'en tint à un prudent :) Nous n'avons pas tellement d'éléments, chef...

– Et quand on n'a pas beaucoup d'éléments, qu'est-ce qu'on fait ?

La réponse coulait de source.

– On attend les résultats de l'autopsie.

Stanley porta un doigt à son sourcil comme pour saluer la perspicacité de son constable.

– Quand les aurez-vous ? dit-il au légiste.

– Les résultats préliminaires, demain. En milieu de matinée. Si je n'ai pas d'autre client avant. (Adressant un signe de tête à Robin et à Stanley, il dit aux policiers en uniforme :) Chargez-la dans la camionnette.

Et il suivit le corps jusqu'au minivan.

Robin accompagna le petit groupe du regard. Sur le

pont, le jeune couple attendait toujours. Tandis que passait le petit cadavre, la jeune femme plaqua son visage contre la poitrine de son mari. Il la serra contre lui, une main dans ses cheveux, l'autre sur sa fesse. Robin détourna les yeux.

– Et maintenant, lui demanda Stanley, on fait quoi ? Robin réfléchit.

– On essaie de savoir qui c'était.

– Avant ça.

– Avant ? On prend la déposition des jeunes mariés et on la leur fait signer. Ensuite, on interroge l'ordinateur central. Ce n'est pas parce qu'aucune disparition n'a été signalée dans le secteur qu'il n'y en a pas eu d'autres de signalées ailleurs et d'enregistrées dans l'ordinateur.

Stanley remonta la fermeture Eclair de son blouson de cuir et tapota les poches de son jean. Il sortit un trousseau de clés qu'il fit tinter dans sa main.

– Et avant ça, petit ?

Robin réfléchit. Il contempla le canal comme pour y puiser l'inspiration. Fallait-il le faire draguer ?

Stanley finit par avoir pitié de lui.

– Avant de recueillir les dépositions de nos tourtereaux et d'interroger l'ordinateur central, il faut qu'on se débarrasse de ce monde-là. (Du pouce, il désigna le pont.)

Une voiture poussiéreuse venait de s'immobiliser près du parapet. Une femme munie d'un carnet et un homme d'un appareil photo en descendirent. Robin les vit se précipiter vers les jeunes mariés. Echanger avec eux quelques mots, que la femme s'empressa de noter. Le photographe commença à prendre des clichés.

– La presse ? fit Robin. Comment est-ce qu'ils ont fait pour être là si vite ?

– Dieu merci, ça n'est que la presse écrite. Pas la télévision, répliqua Stanley. Enfin, pas encore.

Il s'éloigna afin de s'occuper des médias.

Dennis Luxford effleura du doigt la joue rougie de Leo. Elle était trempée de larmes. Il remonta les couvertures autour des épaules de son fils avec un frémissement de culpabilité teinté d'agacement. Pourquoi fallait-il que cet enfant complique toujours tout ?

Luxford murmura son nom. Leo. Il lissa ses cheveux brillants et s'assit au bord du lit. Leo ne bougea pas d'un centimètre. De deux choses l'une : ou il était profondément endormi ou il simulait mieux que Luxford ne l'aurait cru. De toute façon il n'y avait pas moyen de discuter avec lui. Sans doute était-ce mieux ainsi étant donné la façon dont les discussions s'achevaient.

Luxford poussa un soupir. Fils. Il songea à tout ce que cette syllabe contenait de responsabilités, d'amour aveugle et d'espoir fragile. Il se demanda pourquoi il s'était cru capable de devenir un bon père, pourquoi il avait pensé aux satisfactions que lui apporterait la paternité alors que le plus souvent être père était un travail à plein temps, exigeant des trésors de perspicacité qui mettaient sa patience à rude épreuve. Vraiment, c'était trop pour un seul homme. Luxford se demanda comment les autres s'en sortaient.

Il connaissait une partie de la réponse. Les autres pères n'avaient pas de fils comme Leo. Un coup d'œil à la chambre du garçonnet – ainsi qu'une brève plongée dans ses souvenirs pour comparer cette pièce avec celle qu'il avait partagée, enfant, avec son frère – suffit à Luxford pour s'en assurer une fois de plus. Les murs étaient couverts de photos en noir et blanc sur lesquelles s'ébrouaient des danseurs : de Fred et Ginger en tenue de soirée à Gene, Debbie et Donald faisant des claquettes sous la pluie. Une pile de livres d'art était posée sur un bureau en pin à côté d'un bloc de papier Canson où l'on avait dessiné un ange agenouillé, tête coiffée d'une auréole, ailes repliées, comme tous les anges du XIVe siècle. Luxford examina la cage des passereaux : celle-ci contenait de l'eau propre, des graines propres, du papier propre par terre. Une bibliothèque abritait des livres reliés, rangés par noms d'auteur depuis Dahl jusqu'à Dickens. Et dans un coin, une malle en bois aux charnières de fer noir renfermait une batte de cricket, une raquette de tennis, un ballon de foot, des rollerblades, une panoplie de chimiste, une collection de soldats de plomb ainsi qu'une tenue de karatéka miniature auxquels Leo n'avait jamais touché.

– Leo, dit doucement Luxford. Qu'est-ce que je dois faire ?

Rien, lui aurait rétorqué Fiona d'un ton ferme. Rien du tout. Il va bien. Il est parfait comme il est. C'est toi qui as un problème.

Luxford chassa de son esprit la remarque de Fiona. Se baissant, il effleura des lèvres la joue de son fils et éteignit la lampe de chevet. Il resta assis un instant au bord du lit, attendant de pouvoir distinguer dans l'obscurité soudaine et grâce à la lumière s'échappant des rideaux les contours du mobilier et les marges blanches des photos, puis il sortit.

En descendant, il trouva sa femme dans la cuisine. Debout devant le plan de travail, elle versait des grains dans un moulin à café. A peine son pas eut-il résonné sur le carrelage qu'elle mit l'appareil en marche.

Il décida de prendre son mal en patience. Elle versa de l'eau dans une machine à cappuccino et brancha la prise. Puis elle tassa le café fraîchement moulu dans le filtre et mit la machine en marche. Un voyant ambré s'alluma. Et la machine se mit à ronronner. Plantée devant, elle attendait que son espresso soit prêt, lui tournant le dos avec soin.

Ces signaux, il les connaissait. Les messages qu'une femme peut transmettre à un homme rien qu'en lui montrant son dos, il les connaissait. Malgré tout il s'approcha, lui posa les mains sur les épaules. Ecartant ses cheveux, il lui embrassa le cou. Pourquoi ne pas essayer de faire semblant ?

– Ça va t'empêcher de fermer l'œil, murmura-t-il.

– Tant mieux. Je n'ai pas l'intention de dormir ce soir.

Elle n'ajouta pas *avec toi* mais Luxford comprit exactement son état d'esprit. Il le sentait à la façon dont ses muscles se crispaient sous ses doigts. Il ôta les mains de ses épaules.

Redevenue libre de ses mouvements, elle alla chercher une tasse, qu'elle plaça sous la machine. L'espresso commença à couler doucement du filtre.

– Fiona. (Il attendit qu'elle le regarde. Mais elle n'en fit rien, concentrée sur la préparation du café.) Désolé. Je ne voulais pas le perturber. Je ne voulais pas que les choses aillent aussi loin.

– Vraiment ? Alors qu'est-ce que tu cherchais, au juste ?

– A lui parler. J'ai déjà essayé au déjeuner, vendredi, mais sans résultat. J'ai pensé que si je refaisais une tentative en profitant de ce que nous étions tous les trois, on pourrait peut-être arriver à un résultat en faisant l'économie d'une scène.

– C'est ça que tu ne peux pas supporter, n'est-ce pas ? (Elle s'approcha du réfrigérateur d'où elle sortit un carton de lait. Elle en versa une dose minuscule dans un gobelet en acier inoxydable. Elle retourna près de la machine à cappuccino et posa le gobelet sur le plan de travail.) Les scènes. Il est hors de question qu'un garçon de huit ans fasse une scène, pas vrai, Dennis ?

Elle régla un bouton et fit chauffer le lait. Elle fit tourner le petit pot avec vigueur. L'air chaud siffla. Le lait commença à mousser.

– Permets-moi de ne pas être d'accord avec ta façon de présenter les choses, Fi. Si tu crois que c'est facile de donner des conseils à un enfant qui voit dans toutes les amorces de discussion un prétexte pour faire une crise d'hystérie.

– Il n'a pas fait de crise d'hystérie.

Elle posa avec violence le pot à lait sur le plan de travail.

– Fiona.

– Il ne faisait pas de crise d'hystérie.

Luxford se demanda comment il fallait appeler cela. Ses remarques pourtant soigneusement préparées sur les mérites et les avantages de Baverstock avaient été rapidement saluées par des larmes. Les larmes avaient prélude aux sanglots. Les sanglots aux hurlements. Et les hurlements aux battements de pied sur le sol et aux coups de poing dans les coussins du canapé. Est-ce que ce comportement ahurissant – dont Leo était de surcroît coutumier – ne méritait pas d'être qualifié d'hystérique ?

Baverstock allait l'en guérir : c'était d'ailleurs pour ça que Luxford était décidé à arracher Leo au cocon que sa femme avait tissé autour de lui et à le plonger dans un monde plus viril. Il faudrait bien qu'un jour Leo apprenne à se débrouiller seul, à survivre. A quoi bon laisser l'enfant fuir indéfiniment ce qu'il devrait fatalement affronter ?

Luxford avait choisi son moment pour aborder le sujet. Vivante image de la famille modèle, ils étaient tous trois réunis dans la salle à manger pour y prendre le repas du soir. Au menu, le plat préféré de Leo, du poulet tikka, qu'il avait attaqué avec enthousiasme tout en parlant d'un documentaire sur les loirs qu'il avait suivi à la BBC et à propos duquel il avait pris une foule de notes. « Tu crois qu'ils pourraient s'acclimater dans le jardin, Maman ? En général, ils préfèrent les vieilles maisons, les greniers et les espaces entre les murs. Mais ils sont si mignons... En leur arrangeant un coin à eux... dans un an ou deux... peut-être qu'ils... » C'était à ce moment-là que Luxford avait décidé de mettre les choses au point et de dire une fois pour toutes à Leo où il serait, exactement, dans un an ou deux.

— J'étais loin de me douter que tu t'intéressais à ce point aux sciences naturelles, Leo. Tu n'as jamais pensé à devenir vétérinaire ?

Vétérinaire. Les lèvres de Leo formèrent le mot. Fiona jeta un coup d'œil aigu à Luxford. Ce dernier décida de ne pas tenir compte de son air menaçant et poursuivit sur sa lancée :

— Vétérinaire, c'est un beau métier. Mais avant de passer à la théorie, il faut se familiariser avec les animaux. De l'expérience, tu auras le temps d'en acquérir à Baverstock ; tu dépasseras même les autres étudiants de la tête et des épaules lorsque tu intégreras l'école vétérinaire. Il y a un truc qui va drôlement te plaire, à Baverstock : c'est la ferme modèle. Est-ce que je t'en ai parlé ? (Sans laisser à Leo une chance de réagir, il enchaîna :) Eh bien, c'est le moment.

Et d'attaquer son monologue dithyrambique sur les plaisirs de l'élevage. En fait, il savait peu de choses sur la ferme de l'école, mais il n'hésita pas à broder sans vergogne : après-midi au soleil dans les collines sous le vent, joies de l'agnelage, problèmes posés par l'élevage des bovins, la castration des étalons. Bref, il évoqua une foule d'animaux. Il ne parla pas des loirs, bien sûr. Du moins, pas des loirs dûment répertoriés. Mais il laissa espérer au garçonnet que dans les dépendances, les granges, voire même les greniers au-dessus des dortoirs, il devait être possible de dénicher des loirs.

Il termina son développement en disant :

— La ferme, c'est une sorte de club ; pas une matière obligatoire. Ça te permettra de faire plus ample connaissance avec les animaux et donc, ensuite, de faire tes études de vétérinaire plus facilement.

Tout le temps que Luxford avait discouru, le regard de Leo avait fait la navette entre le visage de son père et le bord de son verre de lait. Luxford s'étant tu, le garçonnet fixa son gobelet et se pétrifia sur son siège, frappant avec sa chaussure le pied de sa chaise. *Clonk, clonk*. De plus en plus fort. Le regard fixe de Leo, son pied qui battait la mesure, ses silences étaient aussi révélateurs que le dos que Fiona lui avait présenté. Mais c'était également une source d'irritation pour Luxford. Bon sang, songea-t-il. Les autres enfants allaient à l'école sans faire d'histoires. Ils bouclaient leur malle, entassaient des provisions dans leur coffre à provisions, emportaient un souvenir de la maison et ils partaient. Non sans appréhension, soit, mais en ayant le bon goût d'afficher un air serein. Persuadés que leurs parents agissaient pour leur bien et sans se croire obligés de faire une comédie. Car Luxford n'en doutait pas un instant : les battements de pied allaient se terminer par une scène aussi sûrement que le crépuscule prélude à la nuit.

Il essaya de présenter les choses sous un aspect positif.

– Pense aux amis que tu vas te faire là-bas, Leo.

– J'en ai déjà, des amis, énonça Leo, les yeux sur son verre de lait.

Il parlait avec l'horripilant accent londonien à la mode, ponctué d'inesthétiques coups de glotte. De ça aussi, Dieu merci, l'école privée le débarrasserait.

– Pense aux relations que tu te feras. Des relations solides. Je t'ai dit combien d'anciens de Baverstock je voyais encore chaque année ? Je t'ai dit combien le réseau des anciens élèves était puissant ?

– Maman n'est pas allée en pension. Maman est restée à la maison, elle est allée en classe à l'école publique. Et puis elle a travaillé.

– Evidemment. Elle avait même un bon métier. Mais... (Dieu du ciel, le gamin n'envisageait tout de même pas de devenir mannequin comme sa mère ? Danseur, c'était déjà dur à avaler ; mais mannequin... *Mannequin*, Leo ? Leo, défiler sur un podium, le pelvis en avant, le coude agressif et la main à la taille, la chemise savamment déboutonnée ? Leo, balancer les hanches, inviter le public à tâter la marchandise ? Impensable. Leo n'était pas davantage mûr pour embrasser cette carrière qu'il n'était taillé pour devenir astronaute. Quoique... s'il persistait dans cette voie... Luxford s'efforça de reprendre les rênes de son imagination ; inutile de s'emballer. Avec gentillesse, il dit :) Les femmes, c'est pas pareil, Leo. Elles n'ont pas les

248

mêmes centres d'intérêt. C'est pour ça qu'elles sont éle-
vées différemment. Ce qu'il te faut, c'est une éducation
d'homme, pas une éducation de fille. Parce que tu es
appelé à vivre dans un monde d'hommes et pas dans un
monde de femmes, n'est-ce pas ? (Pas de réaction.)
N'est-ce pas, Leo ?

Luxford vit les yeux de Fiona braqués sur lui. Il était
en terrain glissant. Un véritable cloaque. S'il s'aventurait dans ces eaux-là, il risquait de sombrer.

Malgré tout, il décida de courir le risque. La question
allait être réglée et pas plus tard que ce soir.

– Evoluer dans un monde d'hommes nécessite des
traits de caractère qu'on acquiert plus facilement quand
on est pensionnaire dans une école privée, Leo.
Volonté, ressources morales, vivacité intellectuelle, âme
de chef, esprit de décision, connaissance de soi, sens de
l'histoire. Voilà ce que je veux te voir acquérir. Tu verras, quand tu auras terminé tes études, tu me diras
merci. « Papa, franchement, j'arrive pas à le croire.
Quand je pense que je me suis fait tirer l'oreille pour
aller à Baverstock. Je sais pas comment te remercier
d'avoir insisté, de m'avoir fait comprendre que c'était la
meilleure solution... »

– Je veux pas y aller, dit Leo.

Luxford décida d'ignorer cette manifestation de
rébellion. La rébellion ouverte n'était pas le fort de Leo
et d'ailleurs rien ne disait qu'il avait eu l'intention de se
révolter.

– On fera un saut là-bas avant la rentrée, histoire de
passer les lieux en revue. Comme ça, tu auras une
bonne longueur d'avance sur tes camarades quand ils
arriveront. Et tu pourras les piloter dans l'école. Ce sera
sympa, non ?

– Je veux pas. Je veux pas y aller.

Le second *je veux pas* avait été prononcé sur un ton
plus aigu, avec plus d'insistance que le premier.

Luxford s'efforça de garder son calme.

– Il le faudra bien, Leo. Il n'est pas question que je
revienne sur ma décision. Je comprends que tu ne sois
pas follement enthousiaste ou même que tu aies peur.
Le changement, c'est traumatisant pour beaucoup de
gens. Mais une fois que tu te seras acclimaté...

– Non, dit Leo. Non, non, non !

– Leo.

– Je veux pas y aller !

Il repoussa sa chaise loin de la table et se leva, prêt à quitter la pièce.

– Remets cette chaise en place.

– J'ai fini.

– Pas moi. Et tant que je ne t'aurai pas donné la permission...

– Maman !

Ce SOS – et ce qu'il révélait quant à la nature des relations entre la mère et le fils – fut la goutte d'eau qui fit déborder le vase. Tendant le bras, Luxford attrapa son fils par le poignet, le tira vers la table.

– Tu vas t'asseoir et attendre pour partir que je t'en donne la permission. C'est clair ?

Leo poussa un cri.

– Dennis, fit Fiona.

– Et toi, fit Luxford à Fiona, ne te mêle pas de ça.

– Maman !

– Dennis ! Lâche-le. Tu lui fais mal.

Les paroles de Fiona eurent l'effet d'un déclencheur sur le garçonnet. Leo se mit à pleurnicher. Puis à pleurer. Puis à sangloter. Et ce qui avait commencé comme une banale conversation dégénéra rapidement en une scène au terme de laquelle un Leo hurlant, tapant du pied, tapant du poing, avait dû être transporté dans sa chambre où il était peu probable – du fait qu'y étaient accumulées ses précieuses affaires – qu'il fît autre chose que se cogner la tête contre ses oreillers. Ce qu'il avait fait, jusqu'à épuisement complet.

Luxford et sa femme avaient terminé leur dîner en silence. Ils avaient mis la cuisine en ordre. Puis Luxford avait fini de lire le *Sunday Times* tandis que Fiona, profitant des derniers rayons de lumière, allait travailler dans le jardin près de l'étang. Elle n'était rentrée qu'à neuf heures et demie, il l'avait entendue prendre une douche. Lui-même était allé jeter un œil dans la chambre de Leo où il avait trouvé son fils endormi. Il s'était demandé pour la énième fois comment résoudre le conflit sans faire abusivement preuve d'autorité et se comporter comme ces *pater familias* pour lesquels il avait le plus profond mépris.

Fiona versait le lait fumant dans sa tasse. Elle se plaignait toujours du prix ahurissant qu'on vous comptait dans un café pour un tiers de tasse d'espresso et deux tiers de mousse de la consistance du duvet de pissenlit, aussi se préparait-elle un café au lait au lieu d'un cappuccino. Elle fit tomber trois cuillerées à soupe de mousse sur le breuvage et versa dessus un peu de cannelle. Puis elle retira méticuleusement le filtre de la machine et le déposa tout aussi méticuleusement dans l'évier.

Tout dans ses gestes annonçait : « Je n'ai pas envie de discuter. »

Un imprudent n'aurait pas tenu compte de l'avertissement. Un homme plus avisé aurait saisi l'allusion. Tel Feste [1], Luxford feignit de ne pas comprendre.

– Le changement lui fera du bien, Fiona. Leo a besoin d'un environnement plus stimulant. D'une atmosphère qui lui forgera le caractère. De contacts suivis avec des enfants issus de bonnes familles, d'un bon milieu. Il a tout à gagner à Baverstock. Tu devrais t'en rendre compte.

Prenant sa tasse de café au lait, elle but. Puis elle se tapota la lèvre supérieure à l'aide d'une petite serviette carrée. Elle s'appuya contre le plan de travail, bien décidée à ne pas s'installer plus confortablement pour poursuivre la discussion.

Elle tenait sa tasse à la hauteur de ses seins, observant la mousse et la cannelle.

– Quel hypocrite tu fais, dit-elle, s'adressant à la mousse. Quand je pense que tu as toujours prêché l'égalité. Que tu es même allé, pour démontrer à quel point tu y croyais, jusqu'à épouser une femme issue d'une famille de minables...

– Tais-toi.

– ... du sud de Londres. Des gens qui habitaient de l'autre côté du fleuve. La fille d'un plombier et d'une femme de chambre. Des gens qui parlent d'aller aux *ouatères* comme d'autres, plus raffinés, vont au petit coin sans pour autant que ceux qui les écoutent fassent une attaque ou se croient obligés d'en faire une... Quelle horreur ! Quelle décadence ! Comment as-tu fait pour tomber si bas ? Comment as-tu pu m'épouser si tu étais persuadé qu'il te fallait des contacts avec des familles « bien », des gens d'un bon milieu ? Par goût du défi, peut-être ?

– Fiona, ma décision concernant Leo n'a rien à voir avec ces histoires de classe sociale.

1. Bouffon d'Olivia, personnage de *La Nuit des rois*. (N.d.T.)

– Tes écoles ont tout à voir avec les histoires de classe au contraire : il s'agit de côtoyer des « BCBG », de se faire de « belles » relations pour plus tard, d'adopter l'accent chic, le style vestimentaire, les manières, les hobbies, la profession, le comportement des membres du gratin. Les malheureux qui essaient de s'en sortir en comptant sur leurs seules capacités et leur seul talent, tu t'en fiches.

Elle avait utilisé ses armes à bon escient. Des armes d'autant plus efficaces qu'elle s'en servait rarement. Les soldats, dans les tranchées, ne se comportaient pas autrement : ils attendaient leur heure, évitant les obus, trompant l'adversaire en lui laissant croire qu'ils disposaient d'un armement dérisoire.

D'un ton raide, Luxford dit :

– Je veux que Leo ait ce qu'il y a de mieux. Cet enfant a besoin d'être mis sur les rails. A Baverstock, on s'en chargera. Navré que tu ne t'en rendes pas compte.

Levant les yeux de son café, elle croisa son regard.

– Ce que tu veux, c'est qu'il change d'atmosphère. Je te connais, Dennis, tu te fais un sang d'encre. Tout ça parce que tu le trouves... excentrique. C'est le mot que tu utiliserais, n'est-ce pas ? Même si ce n'est pas celui qui te vient spontanément à l'esprit.

– Je veux qu'il soit correctement aiguillé, Fi. Qu'on lui fixe un objectif. Ce n'est pas en restant à la maison...

– Je crois que tu te trompes. Un objectif, il en a un. Seulement, c'est un objectif que tu désapprouves. Je me demande pourquoi.

Elle sirota son café.

Il eut l'impression de recevoir un avertissement, mais refusa d'en tenir compte, ce qui eût été se comporter comme un lâche.

– Ne joue pas à la psychologue avec moi. Lis ces âneries si tu ne peux pas t'en empêcher : je n'y vois aucun inconvénient et ça semble te distraire. Mais épargne-moi les diagnostics.

– Tu crèves de trouille, avoue-le, poursuivit-elle comme s'il n'était pas intervenu. Leo aime la danse, il aime les oiseaux, les animaux, il chante à la chorale, il se passionne pour l'art du Moyen Age. Quelle horreur ! Est-ce que par hasard tu aurais engendré une tapette ? Et si tel était le cas, est-ce que ça ne serait pas la dernière des choses à faire que de l'envoyer en pension dans une école de garçons ? A moins qu'au contraire, abordé dans les douches par un grand sûr de son affaire, pris de panique, Leo ne se dérobe aux avances, se débarrassant comme par enchantement de ses pulsions aberrantes ?

Ils s'entre-regardèrent. Il se demanda ce qu'elle lisait sur son visage, si elle se rendait compte qu'il s'était raidi, que le sang affluait soudain à ses extrémités. Tout ce qu'il voyait de son côté, c'était qu'elle essayait de jauger ses réactions.

— Tes lectures ont dû te l'apprendre : il y a des choses qui ne peuvent être étouffées.

— Les préférences sexuelles ? Bien sûr qu'on ne peut les étouffer. Ou si elles le sont, c'est momentanément. Mais le reste ? Le reste, on peut le tuer à jamais.

— Quoi, le reste ?

— L'artiste qui sommeille en chacun de nous. L'âme de l'artiste. Tu t'efforces de détruire celle de Leo. C'est au point que j'en arrive à me demander quand tu as perdu la tienne.

Elle quitta la cuisine. Il entendit claquer ses sandales de cuir sur le parquet. Elle s'éloignait en direction du séjour. De la fenêtre de la cuisine, il vit la lumière s'allumer dans cette partie de la maison. Tandis qu'il regardait de ce côté, Fiona s'approcha des vitres et ferma les rideaux.

Il tourna le dos. Mais en se détournant, il se trouva nez à nez avec ses rêves. Des rêves auxquels il avait renoncé. Il était parti avec l'idée de faire carrière dans la littérature, d'imprimer sa marque dans le monde des lettres. Il allait devenir le Pepys du XXᵉ siècle. Il possédait la langue. Il maniait les idées comme personne. « Le meilleur écrivain que j'aie jamais rencontré », avait dit David Saint James en le présentant à son frère la semaine dernière. Tout ça pour aboutir à quoi ?

Il lui avait fallu se montrer réaliste. Gagner sa croûte. Se trouver un toit.

Accessoirement, il avait fini par avoir le pouvoir ; mais ça, c'était secondaire. Le plus important, ç'avait été qu'il lui avait fallu grandir. Comme tout le monde. Et Leo devrait lui aussi passer par là.

Luxford décida qu'entre Fiona et lui la conversation n'était pas terminée. Si elle voulait jouer à la psychologue, elle devrait étudier ses propres motivations par rapport à son fils. Son comportement à l'égard de Leo méritait d'être analysé de près. De même que méritait d'être examinée cette façon de constamment s'interposer entre les envies de Leo et les souhaits de son père.

Il se leva afin de la rejoindre, prêt pour une nouvelle prise de bec. Il entendait la télévision. Il voyait les images mouvantes contre le mur. Il ralentit le pas. Sa volonté de s'expliquer avec sa femme s'émoussa. Fiona devait être plus perturbée qu'il ne l'avait pensé car elle n'allumait la télévision que lorsqu'elle cherchait à s'abrutir.

Il s'approcha de la porte. Elle était recroquevillée dans un coin du canapé, un oreiller sur le ventre pour se tenir compagnie. Son désir de se battre s'évanouit lorsqu'il la vit. Il s'effaça tout à fait lorsqu'elle énonça, sans tourner la tête dans sa direction :

– Je ne veux pas qu'il aille en pension. Ne fais pas ça, chéri. Ce n'est pas bien.

Derrière elle, sur l'écran, Luxford constata que l'on en était au bulletin d'informations du soir. Le visage du présentateur céda la place à une vue aérienne d'un coin de campagne. Sur l'écran, on vit sinuer une rivière qu'enjambaient des ponts, un patchwork de champs, des voitures cahotant le long d'un étroit chemin.

– Les petits garçons sont plus coriaces que tu ne crois, dit Luxford à sa femme. (S'approchant du canapé, il se tint derrière elle, lui touchant l'épaule.) Je comprends que tu veuilles le garder, Fi. Mais il ne faut pas que tu te cramponnes à lui. Il a besoin de faire des expériences.

– Il est trop jeune pour les expériences.

– Il s'en sortira très bien.

– Imagine que ce ne soit pas le cas.

– Pourquoi ne peux-tu pas prendre les choses comme elles viennent ?

– J'ai peur pour lui.

– C'est normal, tu es sa mère. (Changeant de position, Luxford alla s'asseoir sur le canapé, lui retira le coussin des mains, la prit dans ses bras et l'embrassa. Sa bouche avait un goût de cannelle.) Est-ce qu'on ne pourrait pas essayer de présenter un front uni ? Au moins en attendant de voir comment les choses évoluent ?

– J'ai parfois l'impression que tu veux détruire ce qu'il a de différent, d'unique.

– Si c'est unique, c'est indestructible.

Elle tourna la tête pour pouvoir le regarder.

– Tu crois vraiment ?

– Tout ce que j'ai pu être, enfant, vibre encore en moi, dit-il, décidé à mettre un terme à la querelle sans se soucier de savoir s'il mentait ou non. Ce que Leo a d'unique continuera de vivre. A condition que ce soit suffisamment fort et authentique.

– On ne devrait pas faire subir l'épreuve du feu à des enfants de huit ans.

– Il faut qu'ils montrent de quoi ils sont capables.

– C'est pour ça que tu veux l'envoyer à Baverstock ? Pour le mettre à l'épreuve ? Tester sa détermination à être ce qu'il est ?

La regardant droit dans les yeux, il mentit sans une once de remords.

– C'est pour ça, oui.

L'attirant contre lui, il reporta son attention sur les infos. Une femme reporter occupait cette fois l'écran, micro en main. Derrière elle s'étendait une nappe d'eau tranquille qui – vue d'avion – aurait pu être une rivière, mais était en fait comme elle le précisa : « .... le canal de Kennet et Avon, où, en fin d'après-midi, le corps d'une fillette de six à dix ans a été découvert par Mr et Mrs Esteban Marquedas, jeunes mariés en voyage de noces, venant de Reading et se rendant à Bath à bord d'une péniche. Une enquête est en cours, mais nul ne sait pour l'instant s'il s'agit d'un meurtre, d'un suicide ou d'un accident. La brigade criminelle locale s'est rendue sur les lieux et les policiers interrogent l'ordinateur central afin d'essayer d'identifier la victime. Toute personne susceptible de communiquer des renseignements aux enquêteurs est priée de contacter le service de police régional d'Amesford. » La journaliste indiqua le numéro à composer, qui s'afficha au même moment au bas de l'écran. Elle termina en donnant son nom et les coordonnées de la chaîne pour laquelle elle travaillait, puis se tourna vers le canal et le contempla d'un air solennel, le seul sans doute qui lui parût convenir aux circonstances.

Fiona lui parlait mais Luxford n'entendit rien. Il entendait une voix d'homme menacer *Je la tuerai, Luxford, si vous ne publiez pas ce papier*. La voix d'Eve qui disait *Plutôt mourir que de te céder*. Sa propre voix répétant en substance ce qu'il venait d'apprendre aux infos.

Il se leva abruptement. Fiona prononça son nom. Il secoua la tête, s'efforçant d'inventer une excuse. Tout ce qu'il réussit à trouver fut :

– Zut ! J'ai oublié de dire un mot à Rodney concernant la conférence de rédaction de demain.

Et il partit en quête d'un téléphone aussi éloigné que possible du séjour et de Fiona.

14

Ce fut le lendemain après-midi à cinq heures que l'inspecteur Thomas Lynley apprit qu'on avait trouvé un mort près du canal. Il venait de regagner New Scotland Yard après un nouvel entretien avec le parquet. Il n'aimait pas tellement être mêlé à des affaires de meurtre médiatiques et celle-ci – le décès par asphyxie d'un membre de premier plan de l'équipe de cricket d'Angleterre – l'avait obligé à se trouver dans la lumière des projecteurs beaucoup plus qu'il ne l'aurait souhaité. Toutefois l'intérêt porté par les médias à cette histoire s'émoussait à mesure que le système judiciaire s'en emparait. Et il était peu probable que les journalistes recommencent à s'y intéresser avant le procès. Aussi Lynley avait-il l'impression d'être enfin débarrassé du fardeau qu'il avait traîné pendant des semaines.

D'un pas plus léger, il avait réintégré son bureau pour y mettre un peu d'ordre. Lors de sa dernière enquête, le chaos avait pris des proportions gigantesques. Outre les rapports, notes, transcriptions d'interrogatoires, documents de scène de crime et journaux qui l'avaient aidé à résoudre l'affaire, s'entassaient les cartes, graphiques, horaires, sorties d'ordinateurs, messages téléphoniques, dossiers et autres éléments en provenance de la salle d'opérations qu'on lui avait confiés pour qu'il les trie, les range, et les fasse parvenir à qui de droit. Il s'était attelé à ce travail de classement une bonne partie de la matinée avant d'aller retrouver les avocats de l'accusation. Et il était bien décidé à en finir avant la fin de la journée.

En atteignant son cabinet de travail, il constata que quelqu'un avait décidé de l'aider dans sa colossale entreprise. En effet, le sergent Barbara Havers, assise par terre en tailleur au milieu d'une pile de classeurs, cigarette au bec, contemplait à travers la fumée un rapport agrafé ouvert sur ses genoux. Sans lever le nez, elle dit :

— Comment est-ce que vous procédez, au juste, monsieur ? Ça fait une heure que je suis là et je n'ai toujours pas compris votre méthode de classement. C'est ma première clope, au fait. Il fallait absolument que je passe mes nerfs sur quelque chose. Alors, si vous me mettiez au parfum ? C'est quoi, votre méthode ? Vous avez fait trois piles ? Documents à conserver, documents à dispatcher et documents à mettre au panier ?

— J'ai fait des piles, un point c'est tout, expliqua Lynley. (Il retira sa veste, qu'il posa sur le dos d'une chaise.) Je croyais que vous deviez rentrer. Vous n'allez pas à Greenford, ce soir ?

— Si, mais y a pas le feu. J'arriverai quand j'arriverai. Vous voyez ce que je veux dire.

Effectivement, il voyait. La mère du sergent était installée à Greenford en qualité d'hôte payant dans une maison tenue par une dame qui s'occupait de personnes âgées infirmes ou – comme Mrs Havers – perdant la raison. Havers effectuait le pèlerinage aussi souvent que ses horaires aberrants le lui permettaient. Toutefois, d'après les remarques laconiques que le sergent lui avait faites ces six derniers mois, Lynley avait cru comprendre que Barbara n'était jamais certaine que sa mère la reconnaîtrait.

Elle tira une longue bouffée de sa cigarette avant de l'écraser contre la paroi de la poubelle métallique et de l'envoyer rejoindre les papiers. Elle crapahuta au milieu des dossiers épars afin de s'emparer de son sac à bandoulière en toile informe. Ayant fouillé dedans, elle en sortit une poignée d'objets disparates d'où elle extirpa des Juicy Fruit. Elle dépapillota deux tablettes, qu'elle se fourra dans la bouche.

— Comment est-ce que vous avez pu laisser les choses dégénérer à ce point ?

D'un geste, elle désigna la pièce et s'appuya contre le mur. Elle posa son talon gauche sur son pied droit et admira ses chaussures : elle portait des baskets montantes rouges qui faisaient très classe avec son pantalon marine.

– « L'anarchie mène le monde », dit Lynley en guise de réponse.

– Je ne sais pas si elle mène le monde, mais ce qui est sûr, c'est qu'elle fait la pluie et le beau temps dans votre bureau.

– Je me suis laissé dépasser par les événements, poursuivit-il avant d'ajouter avec un sourire : Mais, au moins, les choses ne se sont pas écroulées. Ce qui signifie, je pense, que le centre tiendra bon.

Barbara fronça les sourcils, pinça les lèvres, cherchant un sens à ses paroles.

– De quoi parlez-vous, monsieur ?

– C'est de la poésie. (Il s'approcha de sa table de travail et inspecta d'un air sombre la pile des classeurs, livres, cartes et documents qui s'y trouvaient entassés.) « Les choses s'écroulent ; le centre cède. L'anarchie mène le monde. » C'est un poème.

– Oh ! un poème. Génial. Je suis touchée de vos efforts pour boucher les trous de ma culture. Shakespeare ?

– Non. Yeats.

– De mieux en mieux. Les allusions littéraires que je préfère, ce sont les allusions obscures. Revenons à nos moutons. Qu'est-ce qu'on va faire de tout ce bazar ?

– Prier pour qu'un incendie se déclare.

Entendant quelqu'un s'éclaircir discrètement la voix, ils se tournèrent vers la porte. Une véritable vision se tenait dans l'encadrement en tailleur croisé rose fuchsia dans l'encolure duquel un jabot de soie crème moussait abondamment. Au centre du jabot était niché un camée ancien. Il ne manquait plus à la secrétaire de leur commissaire qu'un chapeau à larges bords pour pouvoir filer à Ascot.

– Quel désordre, inspecteur Lynley. (Dorothea Harriman secoua tristement la tête en contemplant la pièce.) Vous devez viser une promotion. Seul le commissaire Webberly est capable de mettre encore plus de fouillis dans son bureau. La seule différence, c'est qu'il n'a pas besoin d'autant de documents pour y arriver.

– Vous venez nous donner un coup de main, Dee ? fit Havers, toujours assise par terre.

Harriman leva une main aux ongles impeccablement manucurés.

– Désolée. J'ai autre chose à faire, sergent. Vous aussi, d'ailleurs. Sir David veut vous voir. Tous les deux.

Havers se frappa la tête contre le mur.

– Pitié, tirez-nous une balle dans la tête tout de suite, gémit-elle.

– Bonne idée, fit Lynley.

Sir David Hillier venait de passer adjoint au préfet de police. Les deux derniers accrochages entre Lynley et Hillier avaient failli dégénérer en conflit ouvert. Quelle que fût la raison pour laquelle Hillier souhaitait les voir maintenant, elle ne devait rien avoir d'agréable.

– Le commissaire Webberly est avec lui, poursuivit charitablement Harriman, sentant qu'ils avaient besoin d'encouragements. Et je crois savoir de source sûre qu'ils ont passé une heure en compagnie de sir Richard Hepton en personne. Il est arrivé à pied et reparti de même. Qu'est-ce que vous dites de ça?

– Le Home Office étant à cinq minutes de marche du Yard, rien, fit Lynley.

– Ça vous laisse froid? Le ministre de l'Intérieur vient au Yard, il s'enferme une heure durant avec sir David, et ça vous laisse de marbre?

– Il doit être maso, commenta Havers.

– Au bout d'une demi-heure, ils ont demandé au commissaire Webberly de les rejoindre et ils ont discuté tous les trois pendant trente bonnes minutes. Puis sir Richard est reparti. Sir David et le commissaire Webberly m'ont envoyé vous chercher. Ils vous attendent. A l'étage au-dessus.

A l'étage au-dessus, autrement dit dans les nouveaux locaux affectés à sir David et dont il avait pris possession à la vitesse de l'éclair aussitôt que sa promotion avait été rendue officielle. On y jouissait d'une vue déprimante sur Victoria Street, et les murs ne disparaissaient pas encore sous les photos d'Hillier: celles-ci étaient disposées avec soin sur le sol, comme si l'on s'était déjà préoccupé de leur futur accrochage qui devait être le plus flatteur possible. Le cliché occupant la place centrale était un agrandissement de sir David recevant son titre de chevalier. Mains jointes et tête baissée, il était à genoux, affichant un air d'humilité qu'on ne lui avait pas revu depuis.

Sir David était en gris cet après-midi, dans un costume sur mesure assorti au gris de son imposante tignasse. Les mains jointes sur un sous-main de cuir, il était assis à un bureau grand comme une table de ping-pong de façon que la lumière du plafonnier fasse briller de mille feux sa chevalière. Formant un angle droit parfait avec le bord du sous-main, un carnet jaune couvert de son écriture audacieuse était posé le long de son bras.

Le commissaire Webberly – supérieur hiérarchique direct de Lynley – était perché du bout des fesses sur l'un des fauteuils au design d'avant-garde affectionnés par Hillier. Il tenait à la main un cigare encore sous cellophane et le faisait rouler pensivement le long de son pouce. Il avait l'air d'un plouc dans son costume de tweed aux poignets esquintés.

Hillier attaqua sans préambule.

– On a retrouvé le corps d'un enfant dans le Wiltshire, la nuit dernière. Un enfant de dix ans. Il s'agit de la fille du sous-secrétaire d'Etat au ministère de l'Intérieur. Le Premier ministre veut que le Yard se charge de l'enquête. Le ministre de l'Intérieur également. J'ai pensé à vous.

Les soupçons de Lynley s'éveillèrent automatiquement. Hillier ne pensait à lui que lorsqu'il y avait anguille sous roche. Havers semblait, elle aussi, avoir des appréhensions, car elle lui glissa un regard de biais comme pour jauger sa réaction. Se rendant compte qu'il y avait un malaise, Hillier poursuivit d'un ton bref :

– Les choses n'ont pas toujours été au beau fixe entre nous, ces dix-huit derniers mois, inspecteur. Mais nous portons chacun une part de responsabilité.

Lynley releva la tête, prêt à contester la formulation d'Hillier. Ce dernier parut le sentir, car il enchaîna très vite :

– Et la mienne est sans doute la plus importante. Mais j'ai des ordres, je dois y obéir. Quoi qu'il en soit, j'aimerais tirer un trait sur le passé. Vous vous sentez d'humeur à en faire autant ?

– Si vous me confiez une enquête, monsieur, je collaborerai, fit Lynley.

– Vous devrez faire plus que ça, inspecteur. Vous allez devoir passer à mon bureau chaque fois que je vous le demanderai afin de me rendre compte des progrès de l'enquête : je devrai de mon côté être en mesure de tenir le Premier ministre et le ministre de l'Intérieur au courant heure par heure. Autrement dit, pas question, cette fois, de faire de la rétention d'information.

– David, intervint Webberly d'un ton signifiant : « Vous partez du mauvais pied. »

– Il me semble vous avoir communiqué les faits qui étaient en ma possession, dit Lynley à Hillier d'un ton uni.

– Uniquement quand j'ai fait pression sur vous, précisa Hillier. Or je n'ai pas envie de vous mettre la pression, cette fois-ci. L'enquête va être suivie minutieusement par les uns et les autres, du Premier ministre au dernier des députés tories. Nous ne pouvons pas nous permettre de ne pas faire du travail d'équipe. S'il y avait des frictions entre nous, sachez que des têtes tomberaient.

– Je comprends l'enjeu, monsieur, dit Lynley.

Et cet enjeu était effectivement de taille, le ministère de l'Intérieur ayant la haute main sur New Scotland Yard.

– Parfait. Vous m'en voyez ravi. Alors, écoutez bien. Il y a à peine une heure, le ministre de l'Intérieur m'a demandé de mettre mes meilleurs éléments sur l'affaire. C'est vous que j'ai choisi. (Jamais Hillier n'avait été aussi près de faire un compliment à l'inspecteur.) Est-ce que c'est clair ? ajouta-t-il pour le cas où Lynley n'aurait pas perçu l'hommage oblique rendu à ses capacités.

– Très clair, fit Lynley.

Avec un hochement de tête, Hillier entreprit de communiquer les détails de l'affaire à son subordonné. La fille d'Eve Bowen, sous-secrétaire d'Etat au ministère de l'Intérieur, avait été enlevée le mercredi précédent alors qu'elle sortait de chez son professeur de musique pour rentrer chez elle à Marylebone. Dans les heures qui avaient suivi le kidnapping, le ravisseur avait envoyé des lettres, formulé des exigences. Une cassette avait été enregistrée par l'enfant.

– Il y a eu demande de rançon ? questionna Lynley.

Hillier fit non de la tête. Le kidnappeur voulait que le père naturel de l'enfant se désigne comme tel dans la presse. Le père n'avait pu donner satisfaction au kidnappeur car la mère n'était pas d'accord. Quatre jours après, l'enfant avait été retrouvée noyée.

– Meurtre ?

– Nous n'avons pas encore de preuves tangibles, dit Webberly. Mais c'est probable.

Hillier ouvrit un tiroir et en sortit un dossier qu'il tendit à Lynley. Le dossier contenait, outre le compte rendu de la police, les photos du corps. Lynley les étudia avec soin, mémorisant le nom de l'enfant, Charlotte Bowen, et le numéro de l'affaire qui était inscrit au dos de chacun des clichés. Apparemment il n'y avait pas de traces de violences sur le corps. A première vue on pouvait conclure à une noyade accidentelle. A un détail près cependant.

– Je ne vois pas d'écume au bord des narines, dit-il en passant les photos à son sergent.

– D'après la Criminelle d'Amesford, le médecin légiste en a fait sortir des poumons. Mais seulement après avoir appuyé sur la poitrine de la petite, dit Webberly.

– Intéressant.

– N'est-ce pas ?

– Voilà ce que nous voulons, intervint Hillier sans cacher son agacement. (Ce n'était un secret pour aucun de ses collaborateurs : sir David ne s'intéressait pas plus aux indices recueillis sur une scène de crime qu'aux dépositions des témoins, à la vérification des alibis ou à la collecte des données. Ce qui le fascinait, c'était l'aspect politique des enquêtes et, vue sous cet angle, cette affaire s'annonçait riche en rebondissements.) Voilà ce que nous voulons, répéta-t-il. Un homme du Yard à chacun des échelons de l'enquête. A Londres comme dans le Wiltshire.

– Ça va pas être de la tarte, dit Havers. Pour ménager les susceptibilités...

– Le ministre de l'Intérieur se fiche pas mal de savoir si les susceptibilités des uns ou des autres en souffrent, sergent. Il veut que nous intervenions à tous les niveaux de l'enquête, c'est donc ce que nous allons faire. Il y aura quelqu'un dans le Wiltshire pour diriger cet aspect des opérations, quelqu'un qui s'occupera de l'enquête à Londres et quelqu'un qui assurera la liaison entre le ministère de l'Intérieur et Downing Street. Si l'un des policiers pressentis avait des difficultés à accepter cette méthode de travail, il va de soi qu'il serait automatiquement remplacé par un autre.

263

Lynley tendit les photos à son sergent tout en demandant à Hillier :

– Qu'est-ce que la police de Marylebone vous a communiqué pour l'instant ?

– Rien.

Le regard de Lynley passa de Hillier à Webberly, qui se mit soudain à contempler le sol.

– Rien ? Qui est notre contact au commissariat de Marylebone ?

– Nous n'en avons pas. Le commissariat de Marylebone n'est pas intervenu.

– Ne m'avez-vous pas dit que la petite fille avait disparu mercredi dernier ?

– Si. Sa famille n'a pas téléphoné à la police.

Lynley s'efforça d'assimiler la nouvelle. Cinq jours s'étaient écoulés depuis la disparition de la fillette. D'après Hillier et Webberly, l'un des parents avait reçu des coups de téléphone. Une bande avait été enregistrée. Des lettres expédiées. Des exigences formulées. L'enfant n'avait que dix ans. Et maintenant elle était morte.

– Ils sont fous ? Qu'est-ce que c'est que ces gens ? Leur enfant disparaît et ils ne lèvent pas le petit doigt...

– Ce n'est pas tout à fait ça, Tommy. (Webberly releva la tête.) Ils ont demandé de l'aide. Ils ont fait immédiatement appel à quelqu'un. Mercredi dernier dans la soirée. Mais ça n'était pas à la police.

En voyant l'expression qui se peignait sur le visage de Webberly, Lynley se raidit. Il eut la nette impression qu'indépendamment du fait qu'Hillier appréciait ses compétences à leur juste valeur, ce n'était pas l'unique raison pour laquelle il l'avait choisi pour enquêter sur cette affaire.

– Ils se sont adressés à qui ?

Webberly poussa un soupir et fourra son cigare dans sa poche poitrine.

– Justement, c'est là que ça se corse, dit-il.

Lynley prit la direction de la Tamise au volant de sa Bentley. Il se cramponnait avec force au volant. Il ne savait que penser de ce qu'il venait d'apprendre et s'efforçait de s'empêcher de réagir. « Commence par te rendre là-bas, se dit-il en tâchant de rester raisonnable. Débrouille-toi pour arriver entier et cuisine-les afin d'essayer d'avoir le fin mot de l'histoire. »

Havers l'avait suivi pendant qu'il traversait à grandes enjambées le parking souterrain.

– Ecoutez-moi, monsieur, lui avait-elle dit avant de finir par se suspendre à son bras en constatant qu'il continuait d'avancer sans répondre, plongé dans ses pensées.

N'ayant pas réussi à l'arrêter, elle s'était résolument plantée devant lui.

– Ecoutez-moi. Vous feriez mieux de ne pas y aller tout de suite. De commencer par vous calmer. Voyez Eve Bowen. Demandez-lui de vous raconter sa version des faits.

Sidéré par l'attitude d'Havers, il avait fixé son sergent.

– Je suis calme, Havers. Filez dans le Wiltshire. Faites votre boulot. Et laissez-moi faire le mien.

– Parfaitement calme ? Vous déconnez ! Regardez-vous : vous êtes à deux doigts d'exploser. Si Bowen l'a engagé pour retrouver sa fille – comme Webberly nous l'a précisé il y a à peine un quart d'heure –, c'est à titre professionnel que Simon est intervenu.

– Entièrement d'accord avec vous. C'est pourquoi j'aimerais que ce soit lui qui me fournisse les éléments. Ça me semble logique, comme point de départ.

– Cessez de faire l'autruche. Les éléments, vous vous en battez l'œil. Ce qui vous pousse, c'est le désir de vous venger. Ça se voit comme le nez au milieu de la figure.

Lynley se dit qu'elle déménageait.

– Ne soyez pas ridicule, Havers. Qu'est-ce que c'est que cette histoire de vengeance ?

– Vous savez très bien de quoi je parle. Vous auriez dû voir votre tête lorsque Webberly nous a fait son topo sur les activités des uns et des autres depuis mercredi. Vous êtes devenu blanc de colère et vous n'avez toujours pas récupéré.

– C'est ridicule.

– Vraiment ? Ecoutez, je connais Simon. Et vous aussi. Qu'est-ce que vous croyez qu'il ait fait ? Vous vous imaginez qu'il est resté le derrière sur sa chaise à se tourner les pouces en attendant que la petite fille soit retrouvée morte à la campagne ? Vous croyez que c'est comme ça que les choses se sont passées ?

– Ce qui s'est passé, fit-il d'un ton raisonnable, c'est qu'un enfant est mort. Et que cette mort aurait pu être évitée si Simon et Helen avaient eu la présence d'esprit d'alerter la police immédiatement.

Havers se planta devant lui, les poings sur les hanches, en une mimique qui signifiait : « Nous y voilà ! »

– Ah, c'est ça, n'est-ce pas ? C'est ça que vous ne digérez pas.

– Comment ça, que je ne digère pas ?

– C'est Helen. Pas Simon. Pas même la mort de cette fillette. Helen était mêlée à l'affaire et vous n'étiez pas au courant. C'est ça qui vous reste en travers de la gorge, pas vrai, inspecteur ? Et c'est pour ça que vous vous précipitez chez Simon.

– Havers, dit Lynley, j'ai du pain sur la planche. Ôtez-vous de mon chemin. Si vous ne vous poussez pas immédiatement, je vous fais affecter à une autre enquête.

– Très bien, continuez à vous voiler la face. Et pendant que vous y êtes, faites-moi le coup du supérieur hiérarchique, abusez de votre autorité.

– C'est la première fois que vous allez diriger l'un des « bras » d'une enquête. Vous devriez y regarder à deux fois avant d'essayer de me forcer la main ; je pourrais vous sacquer.

La lèvre supérieure d'Havers se retroussa. Elle secoua la tête.

– Bon Dieu, dit-elle. Vous êtes vraiment salaud quand vous vous y mettez.

Pivotant dans ses baskets montantes, elle s'éloigna en direction de sa voiture, rajustant la courroie de son sac en toile qui glissait.

Lynley monta dans la Bentley. Pour se défouler, il fit gronder inutilement le moteur, ce qui lui procura un instant d'intense satisfaction. Une minute plus tard, il avait quitté le parking en sous-sol et filait vers Victoria Street. Intellectuellement, il s'employait à organiser l'enquête. Mais, émotionnellement – ainsi qu'Havers l'avait deviné avec sa foutue intuition –, il ne pensait qu'à Helen. Parce que Helen lui avait délibérément menti mercredi dernier. Ses propos insouciants sur son état de nerfs, le mariage, leur avenir n'étaient qu'un stratagème pour camoufler ses activités et celles de

Simon. Et le résultat de tous ces mensonges, c'était la mort d'une petite fille.

Il appuya à fond sur l'accélérateur. Il était coincé au milieu de huit cars de touristes qui essayaient de fuir les abords immédiats de l'abbaye de Westminster avant de se rendre compte que, du fait de l'heure, il aurait mieux fait de choisir un autre itinéraire pour gagner la Tamise. La circulation étant dense, il eut amplement le temps de s'interroger sur le comportement de ses amis et d'en peser les conséquences avant de réussir à s'extraire des embouteillages de l'heure de pointe aux abords de Parliament Square pour prendre la direction du sud et de Chelsea.

La circulation était décidément très chargée : il lui fallait se faufiler au milieu des taxis et des bus. Arrivé à la hauteur d'Albert Bridge, il s'engagea dans l'étroit croissant que formait Cheyne Walk et de là dans Cheyne Row. Il réussit à garer la Bentley comme avec un chausse-pied en haut de la ruelle et prit le dossier concernant la mort de Charlotte Bowen. Il revint à pied vers le fleuve pour gagner la grande maison de brique couleur terre de Sienne sise au coin de Cheyne Row et de Lordship Place. Le silence absolu qui régnait dans le quartier agit sur lui comme un baume. Il prit une profonde inspiration afin de se calmer. « Très bien, songea-t-il, garde ton sang-froid. Tu es venu chercher les renseignements à la source, un point c'est tout. C'est l'endroit logique par où commencer ton enquête et rien dans ton attitude ne doit donner à penser que tu es fou de rage. » Les conseils d'Havers lui demandant d'aller trouver Eve Bowen en premier ne faisaient que refléter son inexpérience. Il était inutile de commencer par aller trouver Eve Bowen alors que les éléments dont il avait besoin pour démarrer son enquête se trouvaient à Chelsea. Là était la vérité. Et prétendre qu'il cherchait à se venger ou qu'il se mentait était totalement faux. Vu ? Vu.

Il actionna le heurtoir. Au bout d'un moment, il appuya sur la sonnette. Il entendit le chien aboyer puis le téléphone sonner. La voix de Deborah lança : « Seigneur, je ne sais plus où donner de la tête. » Puis elle s'écria : « Je m'occupe de la porte. Vous pouvez répondre au téléphone ? »

Le verrou fut tiré. Deborah apparut sur le seuil, pieds

nus, jambes nues dans un jean coupé à hauteur des cuisses ; elle avait les mains pleines de farine, son tee-shirt noir était également maculé de farine. Son visage s'éclaira lorsqu'elle le vit.

– Tommy ! Ça alors ! On parlait de toi il n'y a pas cinq minutes.

– Il faut que je voie Helen et Simon.

Son sourire s'évanouit. Elle le connaissait suffisamment pour déduire de son intonation et des efforts qu'il déployait pour rester neutre que quelque chose n'allait pas.

– Dans la cuisine. Dans le laboratoire. Helen est dans la cuisine. Simon dans son labo. Papa et moi étions en train de montrer à Helen... Tommy, est-ce qu'il y a quelque chose... qui ne va pas ?

– Tu veux bien aller chercher Simon ?

Il la laissa grimper quatre à quatre jusqu'au dernier étage de la maison. Lui-même se dirigea vers l'arrière afin de prendre l'escalier qui conduisait à la cuisine en demi-sous-sol. S'échappant de la cuisine, le rire d'Helen fit écho à la voix de Joseph Cotter. Cotter disait :

– Le secret, c'est les blancs. C'est grâce aux blancs que les gâteaux prennent cette couleur et cet aspect brillant. Mais il faut d'abord séparer les jaunes des blancs. Pour cela on cogne la coquille contre le bord du bol. On se sert ensuite des deux moitiés de la coquille pour mettre le jaune d'un côté, le blanc de l'autre.

– C'est tout ? C'est vraiment tout ? répondit Helen. Mais c'est enfantin. Même un imbécile y arriverait. Même moi j'y arriverais.

– C'est enfantin, renchérit Cotter. Essayez.

Lynley descendit l'escalier. Cotter et Helen étaient de part et d'autre de la grande table qui occupait le centre de la cuisine. Helen était enveloppée dans un immense tablier blanc et Cotter avait remonté ses manches de chemise jusqu'au coude. Devant eux s'empilaient des bols, des moules, des sachets de raisins secs, des paquets de farine et toutes sortes d'ingrédients. Dans l'un des petits bols, Helen s'employait à séparer le blanc du jaune. Les moules contenaient le fruit de son travail : des boules de pâte truffées de raisins secs de la taille d'une tasse à thé.

Le teckel des Saint James fut le premier à repérer Lynley. La petite chienne léchait la farine par terre autour d'Helen mais, sentant sa présence, elle leva la tête et poussa un aboiement aigu.

Helen leva le nez, une moitié d'œuf dans chaque main. Comme celui de Deborah quelques instants plus tôt, son visage s'éclaira d'un sourire.

— Bonjour, Tommy ! Tu ne me croiras jamais : j'ai fait des scones.

— Il faut qu'on parle, Helen.

— Pas maintenant. Cotter va me montrer comment mettre la touche finale dès que j'aurai séparé le blanc du jaune. Je crois que je m'en sors comme un chef. Ce n'est pas Cotter qui dira le contraire.

Mais Cotter avait apparemment déchiffré l'expression de Lynley.

— Je vais terminer. C'est l'affaire d'une minute. C'est simple comme bonjour. Allez avec lord Asherton.

— Mais non, dit-elle.

— Helen, intervint Lynley.

— Pas question de laisser mon travail en plan au moment stratégique. Je veux le voir terminé. Tommy attendra, n'est-ce pas, chéri ?

Le mot affectueux le fit grincer des dents.

— Charlotte Bowen est morte.

Helen, qui tenait les deux moitiés de la coquille d'œuf, les posa sur la table.

— O mon Dieu !

Ayant évalué la situation, Cotter prit le petit teckel sous son bras et décrocha sa laisse. Il sortit sans un mot. Un instant plus tard, la grille donnant sur Lordship Place grinça et se referma.

— Qu'est-ce que tu t'imaginais ? fit Lynley. Explique-moi à quoi tu jouais, Helen.

— Que s'est-il passé ?

— Je viens de te le dire. La fillette est morte.

— Comment ? Quand ?

— Qu'est-ce que ça peut faire ? Ce qui compte, c'est qu'elle aurait pu être sauvée. Ce décès aurait pu être évité. A l'heure qu'il est, elle pourrait être de retour chez ses parents si vous aviez eu assez de bon sens pour prévenir la police.

Elle esquissa un imperceptible mouvement de recul et d'une voix faible murmura :

— Tu n'as pas le droit de dire ça. On nous avait demandé notre aide. Les parents ne voulaient pas que la police intervienne.

– Je me moque de ce que l'on vous a demandé, Helen. La vie d'une enfant était en jeu. Cette petite est morte. Elle ne retournera pas chez ses parents. On l'a retrouvée noyée dans le canal de Kennet et Avon, son corps était accroché à un bouquet de roseaux où il pourrissait. Alors...

– Tommy, fit Saint James d'un ton sec du haut de l'escalier. (Derrière lui se tenait Deborah.) Inutile d'enfoncer le clou.

– Est-ce que l'on t'a prévenu ? questionna Lynley.

– Barbara Havers vient de me téléphoner. (Il descendit péniblement l'escalier conduisant à la cuisine, suivi de Deborah. Le visage de la jeune femme était de la couleur de la farine qui maculait son tee-shirt. Saint James et elle vinrent se placer de part et d'autre d'Helen, de l'autre côté de la table.) Je suis désolé, dit Saint James d'un ton calme. Je ne voulais pas que ça se termine comme ça. Je pense que tu t'en doutes.

– Dans ce cas, pourquoi n'avoir rien fait pour empêcher cette mort ?

– J'ai essayé.

– Quoi ? Qu'est-ce que tu as essayé ?

– De leur parler. D'abord à la mère puis au père. De leur faire entendre raison. De les convaincre de téléphoner à la police.

– Mais tu n'as pas retiré tes billes. Tu n'as pas essayé de leur forcer la main. Ça, tu ne l'as pas fait.

– Au départ, non, j'en conviens. Aucun de nous ne s'est défilé.

– Aucun de... (Lynley fixa Deborah qui triturait l'ourlet de son tee-shirt d'un air consterné.) Deborah ? Deborah était dans le coup ? Mais, bon Dieu, vous avez tous complètement perdu la tête ? A la rigueur, je comprends qu'Helen soit intervenue : c'est ta collaboratrice, elle a un minimum d'expérience. Mais Deborah ? Deborah ? Pourquoi pas Peach pendant que vous y étiez !

– Tommy, intervint Helen.

– Qui d'autre ? questionna Lynley. Qui d'autre a participé à l'opération ? Cotter était dans le coup, lui aussi ? Ou est-ce que vous vous y êtes mis à trois seulement pour tuer Charlotte Bowen ?

– Tommy, ça suffit, fit Saint James.

– Je n'ai pas fini. Tous les trois, vous êtes responsables et je vais vous montrer de quoi.

Il ouvrit la chemise qu'il avait apportée.

– Pas ici, objecta Saint James.

– Ah, non ? Tu ne veux pas voir comment ça s'est terminé ? (Lynley lança sur la table une photo qui atterrit juste sous le nez de Deborah.) Jette un œil. Et grave-la dans ta mémoire, pour le cas où tu déciderais d'en tuer d'autres.

Deborah porta un poing à sa bouche mais cela n'empêcha pas son cri de fuser. Saint James l'écarta rudement de la table. Il dit à Lynley :

– Débarrasse le plancher, Tommy.

– Ce serait trop simple.

– Tommy ! fit Helen en tendant la main vers lui.

– Je veux que tu me fasses part de ce que tu sais, fit Lynley à Saint James. De tout ce que tu sais. De tous les détails. Et malheur à toi si tu en oublies.

Saint James, qui avait pris sa femme dans ses bras, énonça lentement :

– Pas maintenant. Je suis sérieux. Va-t'en.

– Pas tant que je n'aurai pas ce que je suis venu chercher.

– Je crois que tu as eu ce que tu cherchais, fit Saint James.

– Dis-lui tout, fit Deborah contre l'épaule de son mari. Je t'en prie, Simon. Dis-lui tout.

Lynley vit Saint James peser soigneusement le pour et le contre. Se tournant vers Helen, il finit par dire :

– Emmène Deborah là-haut.

– Qu'elle reste ici, intervint Lynley.

– Helen, répéta Saint James.

Un instant s'écoula avant qu'Helen ne prenne une décision.

– Suis-moi, Deborah, dit-elle avant d'ajouter à l'adresse de Lynley : A moins que tu ne comptes nous empêcher de monter ? Tu es suffisamment costaud pour ça. En outre je me demande si tu reculerais à l'idée de frapper des femmes. Vu qu'apparemment tu ne recules devant rien en ce moment.

Elle passa devant lui, son bras autour des épaules de Deborah. Elles montèrent l'escalier et refermèrent la porte derrière elles.

Mâchoires crispées, Saint James contemplait la photo. Dehors, Lynley entendit le chien aboyer. Cotter crier. Enfin, Saint James releva la tête.

– Tu as vraiment dépassé les bornes, dit-il.

Bien que sachant à quoi Saint James faisait allusion, Lynley fit celui qui ne comprenait pas.

– C'est entendu, dit-il d'un ton uni. J'ai dépassé les bornes. Et maintenant, si tu me racontais tout ?

Ils s'observèrent de part et d'autre de la grande table. Un long moment s'écoula et Lynley se demanda si son ami allait collaborer ou s'il allait garder le silence pour le punir. Près de trente secondes s'écoulèrent avant que Saint James prenne la parole.

Il raconta l'histoire en termes laconiques sans regarder Lynley. Il lui fit un compte rendu de tout ce qui s'était passé depuis la disparition de Charlotte Bowen. Il lui exposa les faits. Passa en revue les preuves qu'il détenait. Expliqua les mesures qu'il avait prises et ce qui l'avait amené à les prendre. Il lui précisa le nom des protagonistes et ce qu'il pensait de chacun d'eux. Lorsqu'il eut fini, les yeux toujours braqués sur la photo, il dit :

– C'est tout. Laisse-nous, Tommy.

Lynley comprit qu'il était temps de se montrer magnanime.

– Simon...

Saint James l'interrompit.

– Va-t'en.

Lynley obtempéra.

La porte du bureau-bibliothèque était fermée. Or, lorsque Deborah l'avait fait entrer, elle était ouverte. Lynley comprit que c'était là qu'Helen avait emmené la jeune femme. Sans frapper au préalable, il tourna la poignée.

Deborah était assise sur l'ottomane, bras croisés, dos voûté. Helen avait pris place en face d'elle sur le canapé. Elle tenait un verre à la main.

– Bois-en encore un peu.

– Je ne peux plus, répondit Deborah.

Lynley prononça le nom d'Helen. Aussitôt Deborah pivota, s'écartant de la porte. Helen posa le verre sur la table près du canapé, effleura le genou de Deborah et s'approcha de Lynley. Sortant dans le couloir, elle referma la porte derrière elle.

– J'y suis allé un peu fort, dit Lynley. Désolé.

Helen eut un sourire incertain.

— Désolé ? Permets-moi d'en douter. Je crois plutôt que tu es content de toi. Tu t'es bien défoulé ?

— Bon sang, Helen. Ecoute-moi.

— Dis-moi une chose, Tommy. Tu as d'autres accusations à lancer avant de partir ? Je serais navrée que tu t'en ailles sans nous avoir copieusement traînés dans la boue.

— Tu n'as pas le droit, Helen. Ton indignation...

— Et toi, tu n'avais pas le droit de nous juger.

— Une petite fille est morte.

— Nous n'y sommes pour rien. Je refuse, tu m'entends, Tommy, je refuse de te demander pardon à genoux. Je n'ai rien fait de mal. Simon et Deborah, non plus.

— Si ce n'est me raconter des mensonges.

— Des mensonges ?

— Tu aurais pu me dire la vérité, mercredi. Je t'ai posé des questions et toi, tu m'as menti.

Elle porta la main à son cou. A la lueur assez faible du couloir, ses yeux prirent un ton plus foncé.

— Sale hypocrite. Mon Dieu, je n'arrive pas à le croire... Ainsi il ne s'agit pas de Charlotte Bowen. Ça n'a rien à voir avec Charlotte Bowen. C'est à cause de moi que tu viens jusqu'ici cracher ton venin. Parce que je t'ai caché quelque chose. Parce que j'ai osé garder pour moi une chose que tu n'avais pas le droit de savoir pour commencer.

— Est-ce que tu as perdu la tête ? Une fillette est morte. Morte, Helen. Je n'ai tout de même pas besoin de te faire un dessin — alors qu'est-ce que c'est que ces histoires de droit ? La seule personne qui ait des droits, c'est celle dont la vie est en danger.

— Et Thomas Lynley, évidemment. Le tout-puissant lord Asherton qui est né avec une cuiller en argent dans la bouche. Avoue franchement, c'est bien de ça qu'il s'agit : de tes droits, de ton précieux droit de savoir. La petite Bowen n'est qu'un prétexte.

— Ça n'a aucun rapport avec nous. Ne déforme pas les choses.

— Ce n'est pas la peine que je les déforme. Je vois clair, tu sais.

— Vraiment ? Alors le reste aussi, tu le vois, j'imagine. Si tu m'avais mis au courant, elle serait peut-être

encore en vie à l'heure qu'il est. Chez ses parents. Elle
s'en serait peut-être tirée au lieu de finir noyée dans un
canal.

– Tu l'aurais sauvée parce que je t'aurais dit la
vérité ?

– Ç'aurait été un début, en tout cas.

– C'était impossible.

– Il n'y avait qu'un moyen de la sauver, c'était
d'opter pour cette solution.

– Vraiment ? (Elle recula, l'examinant d'un air de
pitié.) Ça va peut-être te surprendre, Tommy, et ne
crois surtout pas que c'est de gaieté de cœur que je te le
dis, car je sais que ça va te faire un choc : tu n'es pas
omnipotent et, contrairement à ce que tu t'imagines, tu
n'es pas Dieu non plus. Maintenant, si tu veux bien
m'excuser, je dois m'occuper de Deborah.

Elle tendit la main vers la poignée de la porte.

– On n'en a pas encore fini.

– Toi, peut-être. Mais moi, si.

Sur ces mots, elle le planta là, devant les boiseries
sombres de la porte. Il les fixa sans mot dire. Il s'efforça
de refouler son envie de décocher des coups de pied
dedans. Pendant leur bref entretien, il avait crispé les
poings, prêt à cogner. L'envie de frapper le tenaillait
encore, mais plus pour se faire mal que pour la blesser,
elle.

Il se força à s'éloigner de la bibliothèque. Il s'obligea
à se diriger vers la porte. Une fois dehors, il se força à
inspirer un bon coup.

Il lui semblait entendre Havers commenter l'entretien
qu'il venait d'avoir avec ses amis : « Beau travail, inspecteur. J'ai même pris des notes. Accusations, insultes,
vous vous êtes mis tout le monde à dos. Excellent
moyen de les convaincre de coopérer. »

Mais qu'était-il censé faire d'autre ? Aurait-il dû les
féliciter de s'être mêlés bêtement de ce qui ne les
regardait pas ? Aurait-il dû leur apprendre poliment le
décès de la fillette ? Aurait-il même dû utiliser le mot
décès – un mot neutre – pour les ménager, les empêcher de se sentir responsables ? Ce qu'ils étaient, nom
de Dieu.

« Ils ont fait de leur mieux, lui aurait dit Havers.
Simon vous a fait son rapport. Ils ont suivi toutes les
pistes. Retracé ses allées et venues le mercredi. Montré

sa photo à tous les commerçants de Marylebone. Parlé à ceux qui avaient été les derniers à l'apercevoir. Qu'auriez-vous fait de plus, inspecteur ? »

Vérifié les antécédents des uns et des autres. Mis des lignes sur écoute. Lancé une douzaine d'enquêteurs de la Criminelle dans Marylebone. Confié la photo de la petite à la télé pour qu'on la passe aux infos, demandé leur aide aux téléspectateurs. Introduit dans la mémoire de l'ordinateur central le nom et le signalement de la petite. Et ça n'était qu'un début.

« Et si les parents vous avaient interdit de mettre la machine policière en branle ? lui aurait demandé Havers. Qu'est-ce que vous auriez fait, inspecteur ? Qu'auriez-vous fait s'ils vous avaient lié les mains comme ils avaient lié celles de Simon ? »

Seulement ils n'auraient pas pu empêcher Lynley d'agir. On ne téléphonait pas à la police pour lui signaler un délit et lui dicter ensuite sa conduite. Saint James le savait, même si Helen et Deborah l'ignoraient. Dès le début ils avaient eu la possibilité de mener l'enquête de façon totalement différente. Et tous, ils le savaient.

Mais ils avaient promis...

Lynley entendait la voix d'Havers, mais de plus en plus lointaine. Et son dernier argument était le plus facile à réfuter. Leur parole ne pesait pas lourd face à la vie d'un enfant.

Lynley descendit les marches du perron. Il se sentait soulagé car il était persuadé d'avoir raison. Il regagna la Bentley et il déverrouillait sa portière lorsqu'il entendit une voix lancer son nom.

Saint James s'approchait. Son visage était indéchiffrable et, lorsqu'il arriva à la hauteur de la voiture, il se contenta de lui tendre une enveloppe en disant :

– Tu vas avoir besoin de ça.

– Qu'est-ce que c'est ?

– Une photo de classe de Charlotte. Les billets écrits par le ravisseur. Les empreintes relevées sur le magnétophone. Les empreintes de Luxford et celles de Stone.

Lynley hocha la tête, acceptant les documents. Ce faisant, il s'aperçut que, bien que persuadé de la justesse des propos indignés dont il avait abreuvé ses amis et la femme qu'il aimait, il éprouvait de la gêne face à la conduite élégante de Saint James et à ce que cette élégance impliquait. Cette gêne l'irrita, lui rappelant qu'il

275

avait des obligations dans la vie, lesquelles dépassaient le cadre de son métier.

Il tourna les yeux vers le bout de la rue à l'endroit où Cheyne Row faisait un coude au creux duquel se dressait une vieille maison de brique qui aurait eu grand besoin d'être retapée. Remise d'aplomb par quelqu'un qui s'y serait intéressé de près, la maison aurait pu valoir une fortune. Telle qu'elle était, elle était pratiquement inhabitable.

— Bon sang, Simon, qu'aurais-tu voulu que je fasse ?

— Nous faire un peu plus confiance.

Lynley se retourna vers lui. Sans lui laisser le temps de commenter sa réponse, Saint James poursuivit, adoptant un ton neutre et protocolaire :

— J'ai oublié un détail. Webberly s'est trompé sur un point. La police de Marylebone est intervenue. Même si cette intervention n'a qu'un rapport indirect avec le kidnapping. Un agent a chassé un clochard de Cross Keys Close le jour où Charlotte Bowen a été enlevée.

— Un clochard ?

— Il est possible qu'il ait trouvé refuge dans un squat de George Street. Il faudra que tu tires ça au clair.

— Je vois. C'est tout ?

— Non. Helen et moi pensons que ce n'était peut-être pas un clochard.

— Qui, alors ?

— Quelqu'un qui, de crainte d'être reconnu, s'était déguisé.

15

Rodney Aronson retira l'emballage de sa barre de Kit Kat. Puis il en cassa un morceau qu'il se fourra dans la bouche. Avec délices, il explora du bout de la langue les creux et les bosses résultant de l'heureux mariage des fèves de cacao et des amandes. Le Kit Kat de l'après-midi – dont Rodney avait différé la dégustation jusqu'à ce que son besoin quasi maladif de chocolat fût le plus fort – réussit presque à lui faire oublier Dennis Luxford. Mais pas tout à fait.

Dans son bureau, à la table de conférence, Luxford examinait les deux maquettes de la une du lendemain que Rodney venait de lui apporter. Tout en les étudiant, le rédacteur en chef de *La Source* faisait courir son pouce droit le long de la cicatrice qui lui barrait le menton tandis que, du gauche, il suivait le tracé de son biceps sous sa chemise blanche. Luxford avait beau être l'image vivante de la concentration, Rodney – fort des renseignements qu'il avait réussi à glaner ces jours derniers – se demandait jusqu'à quel point cette prestation n'était pas destinée à sa seule édification.

Evidemment, le rédac-chef de *La Source* ignorait que Rodney avait joué au chat et à la souris avec lui. Aussi se pouvait-il que l'attention qu'il portait à l'étude des maquettes fût authentique. Pourtant l'existence même de ces deux maquettes de une incitait Rodney à s'interroger sur les motivations de Luxford. Ce dernier ne pouvait plus continuer à prétendre que l'histoire de Larnsey et du prostitué méritait d'occuper la première page, non, en tout cas pas depuis que la nouvelle de la mort de la petite Bowen s'était répandue dans tout Fleet Street à la suite du communiqué officiel émanant du ministère de l'Intérieur, lequel était tombé dans l'après-midi.

Rodney avait encore en tête les réactions de ses collègues – sourcils froncés, yeux écarquillés, mâchoire pendante – en pleine conférence de rédaction au moment où Luxford leur avait fait part de ses desiderata alors même que venait d'éclater la nouvelle du décès de Charlotte : une maquette de une avec une photo prise un an plus tôt de Daffy Dukane en tête à tête avec Larnsey, qu'un des archivistes avait réussi à déterrer dans les archives photographiques du journal aux termes de fouilles minutieuses et prolongées dignes d'un archéologue. Au vu sans doute des mimiques de ses collègues et devant leurs protestations incrédules, Luxford avait demandé que soit réalisée une seconde maquette, comportant une photo du sous-secrétaire d'Etat au ministère de l'Intérieur, une photo spontanée d'Eve Bowen saisie au vol entre deux rendez-vous. En aucun cas – Luxford avait été formel sur ce point – il ne voulait d'une photo posée ou d'un portrait officiel, et il était hors de question qu'il publie l'une ou l'autre en première page à côté du récit de la mort de la petite. Il lui fallait impérativement un cliché récent, un cliché du jour, un cliché tout chaud. Et si l'on ne pouvait pas le lui fournir avant le lancement de l'impression, tant pis, il ferait la une avec Sinclair Larnsey et Daffy Dukane. Quant à l'affaire Bowen, elle serait reléguée en page intérieure.

– Mais, Bowen, c'est notre article de une, avait protesté Sarah Happleshort. Larnsey, c'est de l'histoire ancienne. Qu'est-ce que ça peut faire que les photos soient récentes ou non ? De toute façon, on va être obligés d'utiliser une photo de classe de la petite. Et ce ne sera pas une photo récente. Alors qui diable se soucie de savoir si celle de sa mère l'est, récente ou non ?

– Moi, dit Luxford. Nos lecteurs. Le directeur. Si vous voulez qu'on passe le papier, débrouillez-vous pour obtenir la photo qui va avec.

Rodney soupçonnait Luxford d'essayer de leur mettre des bâtons dans les roues. Pour un peu il aurait parié que personne n'arriverait à dénicher l'instantané voulu à temps.

Mais il se trompait. Car à cinq heures et demie précises de l'après-midi, Eve Bowen était sortie du Home Office par une porte dérobée et *La Source*, qui avait placé ses chasseurs d'images ainsi que des reporters photographes indépendants partout où le sous-secrétaire d'État était susceptible de se rendre – que ce fût au 10 Downing Street chez le Premier ministre, ou à son club de gymnastique –, avait réussi à la prendre montant dans une voiture qui l'attendait non loin de là, tandis que le ministre de l'Intérieur la tenait avec sollicitude par le coude.

L'instantané était impeccable de netteté. Certes, Bowen n'avait pas vraiment l'allure d'une mère éplorée – elle ne pressait pas de mouchoir de dentelle contre sa joue, elle ne portait pas de lunettes noires pour camoufler des yeux injectés de sang –, mais incontestablement elle était l'héroïne du jour et cela personne ne pouvait le nier. Même si, à en juger par sa physionomie, Dennis Luxford avait l'air de vouloir essayer.

– Qu'est-ce que vous avez pondu d'autre là-dessus ? questionna Luxford après avoir lu les quatre courts paragraphes casés tant bien que mal sous le bandeau annonçant : « La fille d'un député de premier plan est retrouvée morte ! » dans des couleurs suffisamment agressives pour que les tabloïds passent des mains des marchands de journaux dans celles des acheteurs en autant de temps qu'il en fallait aux trente-cinq pence pour changer de main. Comparé à celui de la première, le bandeau de la seconde maquette – « Larnsey et Daffy au temps de leur bonheur » – faisait pâle figure.

Rodney farfouilla dans une liasse de papiers pour y prendre la suite de l'article. C'était un brouillon qu'il avait fait sortir sur imprimante par Happleshort au cas où. Luxford en prit connaissance.

– C'est du solide, commenta Rodney. On a pris pour point de départ le communiqué officiel. On a recoupé toutes les informations. On ne devrait pas tarder à en savoir davantage.

Luxford leva la tête.

– Comment ça, davantage ?

Rodney constata que Luxford avait les yeux injectés de sang et la peau prune dessous. Guettant les moindres réactions de son patron pour pouvoir mieux les disséquer, il dit avec un haussement d'épaules négligent :

– Je parle des infos que les flics et Bowen ont gardées pour eux.

Luxford posa le texte de l'article près de la maquette. Rodney s'efforça d'interpréter la précision du geste. Est-ce que le rédac-chef essayait de gagner du temps ? D'échafauder une stratégie ? De prendre une décision ? Il attendit que Luxford pose la question qui semblait aller de soi : « Qu'est-ce qui vous fait croire à de la rétention d'information ? »

Mais la question ne vint pas.

– Il n'y a qu'à mettre les faits bout à bout, Den, fit Rodney. La petite habite Londres mais on l'a retrouvée morte dans le Wiltshire. C'est le seul élément dont il est fait état dans le communiqué officiel du ministère de l'Intérieur, à quoi il faut ajouter les formules « circonstances mystérieuses » et « en attendant les résultats de l'autopsie ». Je ne sais pas ce que vous en pensez, vous, de ces conneries, mais moi je trouve que ça sent mauvais.

– Vous suggérez quoi ?

– Qu'on mette Corsico sur le coup. C'est d'ailleurs déjà fait, ajouta vivement Rodney. Il attend dehors. Il regagnait la salle de rédaction au moment précis où je prenais les maquettes pour vous les apporter. Vous voulez que je... ? (Rodney esquissa un geste, montrant qu'il était parfaitement d'accord pour que Mitch Corsico se joigne à eux.) Il a fait le maximum concernant l'affaire Larnsey, souligna Rodney. Je me suis dit que c'était du gâchis de ne pas utiliser ses compétences sur ce coup-là. Ça va faire du bruit, cette affaire Bowen. Alors, c'est d'accord ?

Adoptant un ton qui se voulait enjôleur, il avait mis le paquet : il fallait qu'il montre combien l'intérêt du journal lui tenait à cœur. Que pourrait faire Luxford, sinon s'incliner ?

– Allez le chercher, dit le rédacteur en chef.

Il s'enfonça dans son fauteuil et se frotta la tempe du pouce et de l'index.

– Très bien. (Rodney se fourra un autre morceau de Kit Kat dans la bouche. Il le cala au creux de sa joue de façon que le chocolat fonde et pénètre lentement dans son organisme à la manière d'une perfusion. Il se dirigea vers la porte, l'ouvrit et dit d'un ton vibrant :) Mitch, mon grand. Ramène-toi. C'est le moment de tout raconter à papa.

Mitch Corsico remonta son jean, qu'il s'obstinait à porter sans ceinture, et d'un lob puissant expédia un trognon de pomme dans la corbeille jouxtant le bureau de Miss Wallace. Il attrapa au vol son blouson en jean, sortit tant bien que mal un carnet crasseux de sa poche et traversa le cagibi de Miss Wallace à grand renfort de claquements de ses bottes de cow-boy tout en disant :

– Je crois qu'on tient un truc fumant pour demain. Et je peux vous assurer que, pour l'instant, on est seuls sur le coup. Ça va être possible de retarder l'impression ?

– Du moment que c'est pour toi, rien n'est impossible, dit Rodney. Il s'agit de l'affaire Bowen ?

– Affirmatif.

Rodney ferma la porte derrière le jeune reporter. Corsico s'approcha de la table de conférence où siégeait Luxford. Désignant du doigt les maquettes et le brouillon de l'article sur le décès de la petite Bowen, il remarqua :

– Ça pue, cette affaire. La seule chose qu'ils ont consenti à nous communiquer, c'est qu'on avait retrouvé un corps dans le Wiltshire. Après quoi, quand on a essayé d'en savoir davantage, ils nous l'ont jouée à la « vous n'avez pas honte ». Résultat, il a fallu qu'on se casse le cul pour avoir des détails qu'ils auraient très bien pu nous fournir. L'âge de la petite, le nom de l'école qu'elle fréquentait, l'état du corps, le moment exact où celui-ci a été découvert. Bref, c'est parce qu'on a creusé comme des malades qu'on a réussi à obtenir tout ça. Sarah vous l'a dit ?

– Elle vient de nous remettre la version définitive de l'article. C'est vraiment un papier superbe. (Rodney s'approcha du bureau de Luxford et y posa une cuisse. Le fait d'être le seul à détenir certains renseignements lui donnait des ailes : il y avait dix heures qu'il était sur la brèche mais il pétait tellement la forme qu'il aurait pu travailler encore dix heures de plus.) Vas-y, mets-nous au parfum, dit-il à Corsico avant d'ajouter à l'adresse de Luxford : Mitch a quelque chose qu'il va absolument falloir publier demain pour accompagner ça.

Il désigna la maquette de une consacrée à Charlotte Bowen, comme s'il ne doutait pas un instant de la décision du rédacteur en chef.

Luxford n'avait pas vraiment le choix en l'occurrence et Rodney le savait. Il avait peut-être temporisé, essayé de gagner du temps lors de la conférence de rédaction en exigeant de ses gars deux maquettes et une photo récente d'Eve Bowen qu'il croyait impossible à obtenir, mais à présent il était coincé. Certes il était rédac-chef, mais il rendait compte au directeur, et le directeur s'attendrait à ce que le journal publie le papier sur la petite Bowen à la une et en page centrale. Ça barderait si la bobine de Sinclair Larnsey et non celle d'Eve Bowen ornait la première page de *La Source* le lendemain matin. Et ce serait Luxford qui trinquerait.

Rodney, très intrigué, se demandait pourquoi Luxford avait traîné les pieds au lieu de prendre une décision rapide concernant le choix de la une. Et il était d'autant plus intrigué qu'il était au courant du rendez-vous de Luxford chez Harrods avec l'un des principaux protagonistes de l'affaire. Dans quelle mesure pouvait-on parler de coïncidence ? Quel rapport y avait-il entre ce rendez-vous mystérieux avec Eve Bowen et la découverte, trois jours plus tard, du corps de sa fille ? Comment est-ce que ce rendez-vous s'articulait avec ce qui avait suivi : l'impression différée par Den sous un prétexte futile, l'arrivée à *La Source* de la photographe rousse et de l'inconnu qui l'avait envoyée au tapis, le fait que Den fût sorti en hâte du journal dix minutes après le KO et maintenant cette mort... Rodney avait passé une bonne partie du week-end à se demander ce que Luxford manigançait et lorsque l'affaire Bowen avait éclaté, il avait immédiatement mis Corsico sur le coup, sachant que s'il y avait du louche, Mitch le découvrirait.

Il adressa un sourire à Corsico :

– Vas-y, on t'écoute.

Corsico ôta son cher Stetson. Il regarda Luxford comme s'il attendait le feu vert. Luxford hocha la tête.

– Très bien. Pour commencer, c'est motus et bouche cousue du côté du chargé de relations avec la presse dans le Wiltshire. Aucun commentaire pour l'instant. Les faits bruts, c'est tout : nom des personnes qui ont découvert le corps, heure et lieu de la découverte, état du corps, etc. Eve Bowen et son mari sont allés l'identifier vers minuit à Amesford. C'est là que ça commence à devenir intéressant. (Il passa d'une fesse sur l'autre comme s'il s'apprêtait à tailler une bonne bavette. Les yeux vissés sur le reporter, Luxford attendit la suite.)

J'ai posé les questions préliminaires d'usage au chargé de relations avec la presse. Nom de l'inspecteur chargé de l'enquête, heure de l'autopsie, nom du médecin légiste, estimation de l'heure de la mort. Il n'a fait aucun commentaire. Les informations sont sévèrement filtrées.

— Y a pas là de quoi retarder l'impression, commenta Luxford.

— C'est vrai. Je sais. Ça les amuse de faire joujou avec la presse. De nous tenir la dragée haute. Seulement j'ai un indic de première au commissariat de Whitechapel, et elle...

— Qu'est-ce que Whitechapel vient faire là-dedans ?

Pour bien montrer son agacement, Luxford consulta ostensiblement sa montre.

— A première vue, rien. Mais attendez la suite. J'ai passé un coup de fil à mon informatrice, lui demandant d'interroger l'ordinateur central de la police. Histoire de voir si je ne pouvais pas obtenir des tuyaux sur la petite. Mais — et c'est là que ça se corse — elle n'a trouvé aucune trace de rapport.

— Quel genre de rapport ?

— Un rapport faisant état de la découverte du corps.

— Et alors, c'est ça, votre nouvelle renversante ? C'est pour ça que vous voulez que je retarde l'impression ? Peut-être que les flics ont tout bonnement pris du retard dans leur paperasserie.

— Possible. Mais ma copine n'a trouvé aucune trace non plus de la disparition de la fillette. Bien que — et Whitechapel s'est défoncé pour m'obtenir l'info — son corps ait séjourné plus de dix-huit heures dans l'eau.

— Ça, c'est intéressant, observa Rodney. (Avec un coup d'œil inquisiteur à Luxford, il ajouta :) Je me demande ce que ça signifie. Qu'est-ce que vous en pensez, Den ?

Luxford ignora la question. Levant la main, il appuya son menton sur ses jointures. Rodney s'efforça de lire en lui. Son visage trahissait un ennui certain. Mais son regard semblait circonspect. De la tête, Rodney fit signe à Corsico de continuer. Corsico poursuivit, s'animant à mesure qu'il parlait.

— Dans un premier temps, je me suis dit qu'il n'y avait pas de quoi fouetter un chat. Personne n'avait signalé la disparition de la petite, OK. Mais après tout, c'était le week-end. Peut-être qu'il y avait eu un malentendu, qu'on s'était mélangé les pinceaux. Ses parents la croyant chez ses grands-parents, ces derniers persuadés qu'elle était chez une tante ou un oncle ou que la petite passait la nuit chez une camarade. Ce genre d'embrouilles, quoi. Mais je me suis dit que ça valait le coup de vérifier. Et j'ai bien fait. (Corsico ouvrit son carnet. Plusieurs pages s'en détachèrent. Il les ramassa et les fourra dans une poche de son jean.) Eve Bowen a une Irlandaise à son service. Une grosse bonne femme avec un caleçon qui poche aux genoux. Patty Maguire. On a eu une petite conversation d'un quart d'heure tous les deux après l'annonce, par le ministère de l'Intérieur, du décès de la fillette.

– Vous êtes allé chez le député ?

– Oui, je me suis pointé là-bas le premier.

– Ça m'étonne pas de toi, mon grand, murmura Rodney.

Corsico baissa modestement les yeux sur son carnet et fit mine de l'examiner.

– Déguisé en livreur de fleurs, précisa-t-il.

Rodney sourit :

– Astucieux.

– Et alors ? voulut savoir Luxford.

– Elle priait dans le séjour, à genoux. Je lui ai dit que je serais très content de l'accompagner – ça nous a bien pris trois quarts d'heure. Après ça on est allés à la cuisine boire une tasse de thé et elle m'a craché le morceau. (Il tourna sa chaise de façon à faire face à Luxford.) La gamine a disparu mercredi dernier, Mr. Luxford. Enlevée en pleine rue, vraisemblablement par un pervers. Mais le député et son mari n'ont pas signalé sa disparition aux flics. Qu'est-ce que vous dites de ça ?

Rodney, sidéré, siffla doucement. Même lui ne s'attendait pas à ça. Il se dirigea vers la porte, l'ouvrit, s'apprêtant à demander à Sarah Happleshort de remanier la une.

– Qu'est-ce que vous faites, Rodney ? dit Luxford.

– J'appelle Sarah. Le temps presse.

– Fermez la porte.

– Mais, Den...

– Fermez la porte. Et asseyez-vous.

Rodney sentit la moutarde lui monter au nez. L'assurance de Luxford, cette certitude qu'il avait d'être obéi au doigt et à l'œil quoi qu'il dise le mirent hors de lui.

– C'est du solide, cette histoire, observa Rodney. Je vois pas pourquoi vous voulez la faire passer à la trappe.

– Est-ce que vous avez eu confirmation de tout ça ? demanda Luxford à Corsico.

– Confirmation ? s'étonna Rodney. Vous oubliez que c'est à la bon Dieu de gouvernante que Mitch a parlé. Si quelqu'un est bien placé pour savoir que la petite a été enlevée et que la police n'a pas été prévenue, c'est elle.

– Vous avez obtenu confirmation ? répéta Luxford.

– Den ! s'exclama Rodney, persuadé que Luxford allait jeter le papier aux oubliettes.

A moins, bien sûr, que Corsico n'ait été suffisamment malin pour penser à s'entourer de toutes les garanties possibles et imaginables.

– J'ai fait trois commissariats de Marylebone où j'ai des contacts : Albany Street, Greenberry Street, Wigmore Street. Aucune disparition d'enfant n'est consignée sur les mains courantes.

– C'est de la dynamite, souffla Rodney.

Il aurait voulu pousser un cri de triomphe mais s'abstint.

Corsico poursuivit :

– J'avoue que là, j'ai pas compris. Des parents qui n'appellent pas les poulets pour leur signaler la disparition de leur gamine, quel genre de parents est-ce que ça peut bien être ? (Il tourna de nouveau sa chaise face à la table, répondant à sa propre question.) Des parents qui voulaient s'en débarrasser ?

Luxford demeura impavide. Rodney poussa un long sifflement.

– J'me suis dit qu'en creusant, je pourrais peut-être avoir la solution, dit Corsico. Et j'ai creusé.

– Et alors ? questionna Rodney, voyant que l'article commençait à prendre tournure.

– Alors j'ai d'abord découvert que le mari d'Eve Bowen – un certain Alexander Stone – n'était pas le père de la petite.

– Franchement, ça n'est pas un scoop, laissa tomber Luxford. N'importe quel commentateur politique aurait pu vous l'apprendre, Mitchell.

– Ah ouais ? Eh ben pour moi, c'en était un. J'ai trouvé que c'était intéressant, comme développement. Et quand je tombe sur un développement intéressant, je remonte la piste. Je me suis donc rendu à Sainte-

285

Catherine où j'ai consulté l'acte de naissance de la gamine afin de voir qui était son vrai père. Je pensais pouvoir l'interviewer. Vous voyez ce que je veux dire, le père éploré, sous le coup du décès de son enfant.

Il attrapa son blouson, fouilla dans une poche puis dans une autre. Il en sortit un morceau de papier plié en quatre qu'il déplia et défroissa sur la table. Puis il le tendit à Luxford.

Rodney attendit, retenant son souffle. Luxford prit connaissance du papier, releva la tête et dit :

– Eh bien ?

– Eh bien quoi ? s'enquit Rodney.

– Le nom du père ne figure pas sur l'acte de naissance, expliqua Corsico. La case « père » est vierge.

– Je sais lire, dit Luxford. Mais comme Eve Bowen n'a jamais dévoilé son identité, il n'y a pas vraiment de quoi tomber à la renverse.

– Ce n'est peut-être pas surprenant. Mais c'est peut-être une piste. Et surtout, ça nous permet de donner un certain éclairage à notre article.

Luxford rendit la copie de l'acte de naissance à Corsico. En même temps il parut scruter le jeune reporter comme on étudie une forme de vie difficilement identifiable.

– Où voulez-vous en venir exactement ?

– Pas de nom du père sur l'acte de naissance. Disparition de la petite passée sous silence. C'est de la rétention d'information, Mr Luxford. C'est un thème qui revient constamment dans la vie de cette gamine de sa naissance à sa mort. On peut bâtir notre papier autour de ce thème. Si on choisit cet angle – qu'on y ajoute un édito sur les secrets de famille et leurs effets pervers –, croyez-moi, même un débile pourra réussir à déterrer ce qu'il y a de moche dans la vie du député Bowen et à nous le communiquer. Y a qu'à voir les réactions de notre lectorat face à l'affaire Larnsey... Dès qu'on aura passé notre papier axé sur le goût d'Eve Bowen pour les cachotteries, tous ses ennemis nous appelleront pour nous refiler des tuyaux qui nous conduiront tout droit où nous voulons arriver.

– Où ? questionna Luxford.

– Au coupable. Parce que j'en mettrais ma main au feu, c'est ça, sa dernière cachotterie. (Corsico se passa les doigts dans les cheveux pour les discipliner.) Pour moi, elle sait qui a enlevé sa fille. Ou alors c'est elle qui a organisé le kidnapping. Je ne vois que ça qui puisse expliquer le fait qu'elle n'a pas prévenu la police. Ce sont les deux seules explications possibles et les seules qui me semblent raisonnables. Maintenant, si nous ajoutons cette information au fait qu'elle a tenu secrète l'identité du père de la gamine, je pense que vous voyez où je veux en venir.

– Franchement, non.

Les antennes de Rodney se dressèrent immédiatement. Cette intonation de Luxford, il la connaissait bien : unie, polie à l'extrême. Luxford donnait du mou. Si Corsico tombait dans le panneau, il s'emparerait de la corde tendue pour se la passer autour du cou et se pendre. Ce serait la fin de l'article.

Il se décida à intervenir, disant d'un ton qu'il espéra suffisamment ferme :

– Du bon boulot de journaliste d'investigation, Mitch. Mais on va faire les choses dans l'ordre, obtenir toutes les confirmations nécessaires. D'accord ?

Corsico ne saisit pas la perche.

– Ecoutez, je suis prêt à parier vingt-cinq livres qu'il y a un rapport entre la disparition de l'enfant et le père. Et je parie même vingt-cinq de mieux qu'en épluchant le passé d'Eve Bowen, on le trouve, le rapport.

Rodney enjoignit silencieusement à Corsico de cesser d'ouvrir sa grande gueule. D'un signe, il tenta de lui faire comprendre qu'il avait intérêt à la boucler ; seulement le reporter était lancé, bien décidé à faire valoir son point de vue. Après tout Luxford avait toujours apprécié sa façon de voir les choses. Pourquoi Corsico aurait-il eu des raisons de penser qu'il allait déplaire au patron aujourd'hui ? La cible n'était-elle pas un député tory ? Est-ce que les efforts déployés par Corsico pour couler les conservateurs n'avaient pas toujours fait les délices de Luxford jusque-là ?

– Est-ce que ce lien serait vraiment si difficile que ça à découvrir ? disait Corsico. On a la date de naissance de la petite. Il suffit de replonger neuf mois en arrière et de fouiner dans le passé d'Eve Bowen afin de voir ce qu'elle fabriquait à ce moment-là. D'ailleurs, j'ai déjà commencé. (Il tourna deux pages de son carnet, lut et dit :) Ouais, c'est ça. Le *Daily Telegraph*. Elle travaillait comme correspondante politique au *Daily Telegraph* à l'époque. Le voilà, notre point de départ.

– Et après ça ?

– Je sais pas encore. Mais j'ai ma petite idée.

– Allez-y, je vous écoute.

– Je parie qu'elle baisait avec un des grands manitous du Parti conservateur, histoire de se faire mettre sur la liste des candidats d'une circonscription. Le ministre de la Justice, le ministre de l'Intérieur, le ministre des Affaires étrangères. Un type de cette envergure. Sa récompense ? Un siège aux Communes. La seule chose à faire, c'est de découvrir qui la tringlait. Une fois qu'on aura le nom du type, il ne nous restera plus qu'à monter la garde devant chez lui jusqu'à ce qu'il se décide à nous parler. Et c'est comme cela qu'on arrivera à faire le lien entre ça (il agita l'acte de naissance) et la mort de la gamine.

– Charlotte, lui rappela Luxford.

– Hein ?

– La petite s'appelait Charlotte.

– Ah oui, oui, Charlotte.

Corsico griffonna dans son carnet.

Luxford posa les doigts sur la maquette de la une et la redressa légèrement de façon qu'elle fût strictement parallèle au bord de son bureau. Dans le silence qui suivit, le bruit de la salle de rédaction prit une tout autre ampleur. Les téléphones sonnaient, des éclats de rire résonnaient, quelqu'un s'écria : « Merde, à l'aide ! Une clope ou je crève ! »

« Crever », songea Rodney. Corsico allait se faire descendre en flammes. Rodney voyait ça arriver aussi sûrement qu'il voyait la barre de Kit Kat qu'il allait enfourner dès que la réunion serait terminée. La seule chose qu'il se demandait, c'était comment Luxford allait s'y prendre pour scier Corsico. Le rédacteur en chef ne tarda pas à éclairer sa lanterne.

S'adressant à Corsico, Luxford dit :

– J'attendais mieux de vous. Beaucoup mieux.

Corsico s'arrêta d'écrire, le crayon en l'air.

– Quoi ?

– J'attendais du meilleur boulot.

– Qu'est-ce que...

– J'espérais mieux que ce conte de fées à la mords-moi-le-nœud, Mitchell.

– Voyons, Den, attendez un instant, intervint Rodney.

– Non, rétorqua Luxford. C'est vous qui allez attendre, Rod, et vous aussi, Mitch. Cette affaire ne concerne pas un simple citoyen. Mais un député. Et pas n'importe quel député : un sous-secrétaire d'Etat. Vous voulez vraiment me faire croire qu'un putain de sous-secrétaire d'Etat irait perdre son temps à téléphoner au commissariat du coin pour signaler aux flics la disparition de sa fille ? Alors qu'il lui suffit d'enfiler un couloir pour demander au ministre de l'Intérieur d'intervenir personnellement ? Alors qu'elle peut exiger que cette intervention soit discrète ? Dans un putain de gouvernement dont le mot d'ordre est justement la discrétion ? Réfléchissez : elle pouvait obtenir du Yard qu'il traite cette affaire en priorité sans qu'aucun commissariat en sache rien. Alors pourquoi aurait-elle mis au parfum le commissariat de Marylebone ? Vous voulez me faire croire qu'on tient un papier de une de nature à mettre Bowen en difficulté parce qu'elle n'a pas donné de coup de fil aux flics de son quartier ? (Repoussant sa chaise, il se dressa sur ses pieds.) Qu'est-ce que c'est que ce travail, Corsico ? Sortez de mon bureau, ne revenez que lorsque vous aurez à me soumettre un sujet digne d'être publié.

Corsico tendit la main vers la photocopie de l'acte de naissance.

– Et ça ?

– Eh bien quoi, ça ? fit Luxford. C'est un acte de naissance où il manque un nom. Il doit bien en exister des centaines de milliers, ça n'a rien d'un scoop. Quand le ministre de l'Intérieur ou le préfet de police vous auront déclaré officiellement tout ignorer de la disparition de cette enfant avant sa mort, alors nous aurons une raison de retarder le tirage de l'édition de demain. En attendant, cessez de me faire perdre mon temps.

Corsico s'apprêtait à reprendre la parole. Levant la main, Rodney l'arrêta net. Il n'arrivait pas à croire que Luxford pût recourir à ce prétexte pour geler le papier même s'il en mourait d'envie. Il lui fallait absolument en avoir le cœur net.

– OK, Mitchell, retour à la case départ, dit-il à Corsico. On recoupe toutes les informations. On vérifie plutôt deux fois qu'une. (Il se dépêcha de poursuivre avant que Corsico ne commence à discutailler.) Dennis, on passe quoi, pour la une, demain ?

– L'article sur Eve Bowen tel qu'il a été écrit. Pas de modifs. Et pas un mot sur l'absence de rapport de la police.

– Bordel de... souffla Corsico. Mon histoire tient la route. J'en suis sûr.

– Votre histoire, c'est de la merde, trancha Luxford.

– C'est...

– On va retravailler dessus, Den.

Rodney empoigna Corsico par le bras et s'empressa de le faire sortir de la pièce dont il referma la porte derrière eux.

– Qu'est-ce qui se passe, putain de bon Dieu de chiotte ? lança Corsico. C'est un truc fumant que je lui apporte sur un plateau. Et on le sait tous les deux. Alors à quoi ça rime ces conneries à propos de... Ecoutez, si on publie pas cet article, quelqu'un d'autre va s'en charger. Voyons, Rodney, quoi ! Je devrais foncer au *Globe* et leur vendre ce papier. C'est un scoop. Bordel de merde, je devrais...

– Continue à bosser dessus, dit tranquillement Rodney en jetant un regard pensif vers le bureau de Luxford.

– Quoi ? Vous voulez que j'obtienne du préfet de police des révélations de mauvais goût sur un député ? Sans blague, vous rigolez !

– Non. Laisse tomber le préfet. Suis la piste.

– La piste ?

– D'après toi, il y a un lien entre l'enfant, l'acte de naissance, tout ça ?

Corsico se redressa. S'il avait porté une cravate, il est probable qu'il l'aurait redressée aussi.

– Ouais. Je me casserais pas le cul comme ça si y en avait pas.

– Alors trouve-le. Et reviens me voir.

– Et après, qu'est-ce qui se passera ? Luxford...

– J'emmerde Luxford. Accroche-toi à cette affaire, ne lâche surtout pas le morceau. Le reste, je m'en charge.

Corsico jeta un rapide coup d'œil au bureau du rédacteur en chef.

– C'est un sacré bon Dieu de sujet, une vraie bombe, dit-il avec dans la voix, soudain, un soupçon de gêne.

Rodney l'empoigna par l'épaule et le secoua.

– En effet, dit-il. Alors fonce. Ecris le papier et file-le-moi.

– Et après ?

– Je saurai quoi en faire, Mitch.

Dennis Luxford appuya sur le bouton pour allumer l'écran de son ordinateur et se laissa tomber dans son fauteuil. Les chiffres se mirent à luire sourdement sur l'écran, mais il n'arrivait pas à se concentrer. S'il avait allumé son écran, c'était simplement pour se donner une contenance. Il pourrait toujours se tourner vers le moniteur et passer en revue d'un air absorbé les données qui y étaient affichées au cas où un journaliste s'engouffrerait dans son bureau, s'attendant à voir son rédac-chef surveiller les progrès de l'enquête menée par tous les reporters de Londres, lesquels, à cette heure, devaient fouiller les moindres coins et recoins de la vie privée d'Eve Bowen. Car Mitch Corsico ne devait pas être seul sur le coup.

Luxford le savait : il était peu probable que Mitch Corsico et Rodney Aronson aient été convaincus par ses démonstrations d'indignation. Depuis le temps qu'il occupait le fauteuil de rédacteur en chef, au *Globe* d'abord puis à *La Source,* c'était la première fois qu'il empêchait de paraître un article aussi fielleux et aussi fumant que cette histoire de député omettant de prévenir la police de l'enlèvement de son enfant. Et en plus il s'agissait d'un député tory. Il aurait dû se frotter les mains de tenir un sujet pareil. Il aurait dû sauter sur l'occasion de présenter l'absence de coup de fil d'Evelyn à la police sous la forme d'une condamnation habile et bien sentie du Parti conservateur tout entier. Voilà des gens qui proclamaient avec un zèle quasi religieux leur attachement aux valeurs traditionnelles de la société anglaise dont l'une était évidemment la famille et qui, lorsque l'intégrité de cette institution était menacée de la façon la plus atroce qui fût – l'enlèvement d'un enfant –, ne mettaient même pas les autorités compétentes au courant afin qu'elles lancent les recherches. L'occasion était belle de monter en épingle des faits encore squelettiques pour pondre un papier qui peindrait les conservateurs sous leurs véritables couleurs, c'est-à-dire comme des hypocrites. Non seulement il n'avait pas sauté sur l'occasion mais il avait pratiquement tout fait pour étouffer le sujet dans l'œuf.

Dans le meilleur des cas, il avait gagné un peu de temps. Que Corsico ait réussi à mettre la main si vite sur l'acte de naissance – qu'il ait une idée de la façon dont il allait s'y prendre pour creuser le passé d'Evelyn – montrait bien que le secret entourant la naissance de Charlotte n'allait pas pouvoir durer indéfiniment maintenant qu'elle était morte. Mitchell Corsico avait de l'initiative et jadis Luxford se serait félicité de le compter parmi les membres de son équipe. L'instinct de ce garçon, le don qu'il avait pour débusquer la vérité étaient ahurissants ; quant à ses facultés de persuasion, elles confinaient à l'art. Luxford pouvait le retarder dans ses recherches en lui mettant des bâtons dans les roues, en émettant des hypothèses douteuses concernant le ministère de l'Intérieur et New Scotland Yard et en ordonnant au gamin de les vérifier soigneusement. Mais il ne pouvait pas stopper son avance à moins de le flanquer carrément à la porte. Ce qui aurait pour résultat de lui faire prendre ses carnets, son Filofax et son flair et d'aller offrir le tout à un concurrent, le *Globe* vraisemblablement. Et le *Globe* n'aurait pas les raisons qu'avait Luxford de faire passer à la trappe un article qui ferait éclater la vérité.

Charlotte. Bon Dieu, songea Luxford, il ne l'avait jamais rencontrée. Certes, il avait vu les photos officielles lorsque Evelyn s'était portée candidate à la députation, photos du futur député posant chez elle entourée de sa petite famille souriante. Mais ça n'avait pas été plus loin. Et même à ce moment-là, il s'était contenté de jeter un coup d'œil de mépris aux clichés, mépris dont il gratifiait immanquablement tous les candidats et leurs comédies obligées en période électorale. Il n'avait pas vraiment regardé la petite. Il ne s'était pas donné la peine d'étudier son visage. C'était sa fille, mais la seule chose qu'il savait d'elle, c'était son prénom. Et aujourd'hui, qu'elle était morte.

Il avait téléphoné à Marylebone de sa chambre, le dimanche soir. En entendant sa voix, il avait dit :

– Je viens d'entendre les infos à la télé. Evelyn, on a retrouvé un corps.

– Seigneur. Espèce de monstre. Tu ne reculeras devant rien pour me faire céder.

– Non ! écoute-moi. Dans le Wiltshire. On a retrouvé une petite fille. Morte. La police ignore son identité. Les flics demandent à toute personne susceptible de... Evelyn.

Elle lui avait raccroché au nez. Il ne lui avait pas reparlé depuis.

D'un côté, il se disait qu'elle méritait de tout perdre. D'être jugée et reconnue publiquement coupable. Elle méritait que la naissance, la vie, la disparition, la mort de Charlotte, bref tous les détails, soient étalés à la une pour l'édification de ses compatriotes. Et elle méritait de perdre sa situation. Mais, d'un autre côté, il n'arrivait pas à se résoudre à l'idée de participer à la curée. Parce qu'il voulait croire que, quelles que fussent ses fautes, elle les avait payées, et cher, avec la mort de son enfant.

Il ne l'avait pas aimée à Blackpool, pas plus qu'elle ne l'avait aimé, lui. Leur expérience s'était bornée à la rencontre brutale de deux corps, leur libido s'étant trouvée décuplée par le fait qu'ils étaient des opposés polaires. Ils n'avaient rien en commun si ce n'est leur capacité à défendre des points de vue contradictoires et le désir de sortir vainqueur des polémiques qu'ils entamaient. Elle était aussi vive d'esprit, aussi sûre de soi que lui. Et lui, rompu aux joutes oratoires, ne l'avait absolument pas intimidée. D'ailleurs, leurs discussions se terminaient généralement par des matchs nuls. Seulement, comme il avait l'habitude d'écraser ses adversaires à plate couture et qu'il n'avait pas réussi à la vaincre avec des mots, il avait eu recours à d'autres moyens. Trop jeune et trop stupide, il s'imaginait encore que la soumission d'une femme au lit était une preuve de la suprématie masculine. Lorsqu'il en avait terminé avec elle, tout gonflé de la joie de l'avoir terrassée, il s'était attendu à ce que, l'œil radieux, le sourire somnolent, elle se retire dans l'ombre avec une délicatesse bien féminine pour le laisser régner sans partage sur la troupe de leurs collègues.

Le fait qu'elle ne se soit pas réfugiée dans quelque coin sombre après qu'il l'eut séduite, qu'elle ait fait comme si de rien n'était, que son esprit fût plus incisif que jamais l'avait d'abord mis dans une rage insensée avant de lui donner envie de remettre ça. Au lit, au moins, il n'y aurait entre eux ni symétrie ni égalité. Au lit, au moins, le vainqueur, ce serait toujours lui. Au lit, ce sont les hommes qui font la loi et les femmes qui se soumettent.

Pas Evelyn. Rien de ce qu'il avait pu faire, rien de ce qu'elle pouvait ressentir n'avait réussi à lui faire perdre son self-control. Pour eux, la sexualité n'était qu'un autre champ de bataille où l'arme utilisée n'était plus le langage mais le plaisir.

Le pire, c'est qu'elle se rendait parfaitement compte de ce qu'il manigançait. Et la dernière fois qu'elle avait joui, ce dernier matin, alors que tous deux avaient des trains à prendre et des rendez-vous auxquels se rendre, elle avait approché de son visage celui de Dennis Luxford encore luisant de ses sécrétions intimes, martelant calmement : « Je ne me sens pas diminuée pour autant. Absolument pas. Pas même par ça. »

Il avait honte de penser que de ces accouplements bestiaux une vie innocente avait surgi. Obnubilé par le besoin de la réduire, il s'était totalement désintéressé des conséquences de ses actes, ne prenant aucune précaution, ne se souciant pas de savoir si elle-même en prenait. Il n'avait pas pensé à ce qu'ils faisaient en termes de procréation éventuelle. Il n'avait vu dans leur relation qu'une épreuve de dressage, le désir de lui prouver – et de se prouver – qu'il lui était supérieur.

Il ne l'avait pas aimée. Pas plus que l'enfant. Il n'avait voulu ni de l'une ni de l'autre. Pour apaiser les tourments de sa conscience, il avait certes « fait le nécessaire », mais de façon à ne jamais se sentir impliqué personnellement. Il n'aurait donc rien dû éprouver aujourd'hui si ce n'est de l'amertume et un choc devant l'attitude d'Evelyn, dont l'entêtement égoïste avait provoqué la mort de cette enfant.

Mais ce qu'il ressentait allait en fait bien au-delà de l'amertume et du choc. Il avait l'impression d'être noué, rongé par la culpabilité, la colère, l'angoisse et le regret. Car s'il était responsable de la venue au monde d'une fillette qu'il n'avait jamais cherché à connaître, il savait également qu'il était responsable de la mort d'une enfant qu'il ne connaîtrait jamais. Cette réalité, rien ne pourrait la changer désormais. Elle était irréversible.

D'un geste lent, il approcha le clavier. Il fit apparaître sur l'écran l'article qui aurait pu sauver la vie de Charlotte. Il relut la première ligne : « J'avais trente-six ans lorsque j'ai mis une femme enceinte. » Dans le silence de son bureau – silence rompu par les bruits extérieurs du journal qu'il avait été engagé pour relancer en partant pratiquement de zéro –, il mit mentalement un point final à cette affaire sordide : « Et quarante-sept lorsque j'ai tué son enfant. »

16

A son arrivée à Devonshire Place Mews, Lynley constata que Hillier s'était employé à obéir aux ordres du ministre de l'Intérieur. Une barrière interdisait en effet l'entrée des *mews*. Près du cheval de frise se tenait un agent de police, et devant la porte de la maison d'Eve Bowen, un second agent.

Derrière la barrière et débordant dans Marylebone High Street, les médias étaient rassemblés au crépuscule. Il y avait là plusieurs équipes de télévision occupées à installer des projecteurs afin de pouvoir filmer les comptes rendus de leurs correspondants, des journalistes de la presse écrite qui aboyaient des questions à l'agent se trouvant près d'eux, ainsi que des photographes qui piaffaient, prêts à mitrailler toute personne mêlée de près ou de loin à l'affaire.

Lorsque Lynley immobilisa sa Bentley pour montrer ses papiers à l'agent posté près du cheval de frise, les reporters se précipitèrent. Un concert de questions jaillit. S'agissait-il d'un homicide? Si oui, avait-on des suspects? La rumeur selon laquelle la petite Bowen avait l'habitude de faire des fugues était-elle fondée? Est-ce que Scotland Yard allait travailler avec la police locale? Etait-il exact que des preuves capitales allaient être retirées du domicile du député ce soir? Lynley souhaitait-il s'étendre sur l'un ou l'autre des aspects de l'affaire? Ce qui était arrivé à la petite avait-il un rapport avec les sévices à enfant, la traite des Blanches, le culte du démon, la pornographie, les sacrifices rituels? Est-ce que l'IRA était impliquée?

Est-ce que l'enfant avait subi des sévices sexuels avant de mourir ?

– Aucun commentaire, dit Lynley, qui ajouta à l'adresse de l'agent de police : Dégagez la voie.

Sur ces mots, il pénétra au volant de la Bentley dans Devonshire Place Mews.

Alors qu'il descendait de voiture, il entendit des pas rapides qui se dirigeaient vers lui. Se retournant, il aperçut le constable Winston Nkata qui s'avançait, venant de l'autre bout des *mews*.

– Eh bien ? s'enquit Lynley lorsque Nkata l'eut rejoint.

– J'ai fait chou blanc. (Nkata examina la rue.) Il n'y a que deux maisons dans lesquelles j'ai trouvé porte close. Les habitants que j'ai interrogés n'ont rien vu. Tous connaissaient la petite – cette moufflette papotait avec tout le monde –, mais personne ne l'a vue mercredi dernier. (Nkata glissa un calepin à reliure de cuir dans la poche intérieure de sa veste. Son stylomine suivit le même chemin après qu'il en eut soigneusement rentré la mine.) J'ai taillé une bavette avec un retraité au premier étage du numéro 21. Le vieux passe ses journées dans un lit surélevé, un vrai lit d'hôpital. Il surveille de près ce qui se passe dans la rue. Il n'a rien remarqué d'anormal la semaine dernière. Seulement les allées et venues habituelles. Facteur, laitier, gens du quartier. D'après lui, chez les Bowen, tout est réglé comme du papier à musique. Alors vous pensez bien que si quelque chose de bizarre s'était produit, il aurait été au courant : il est aux premières loges.

– Pas de clochard dans le secteur ?

Lynley raconta à Nkata ce que Saint James avait découvert.

Nkata fit non de la tête.

– Absolument pas. Et s'il y en avait eu un, notre retraité s'en serait souvenu. Il connaît à fond le coin et les habitudes des gens. Il a été jusqu'à me dire qui se faisait sauter par des petits jeunes quand son mec n'était pas là. Ce qui d'après lui se produit trois, quatre fois par semaine.

– Vous en avez pris bonne note, j'espère ?

Avec un sourire, Nkata leva la main en signe de dénégation.

– J'ai raccroché les gants.

– Ravi de l'apprendre. (Lynley désigna de la tête le domicile d'Eve Bowen.) Vous avez vu quelqu'un entrer ou sortir ?

– Le ministre de l'Intérieur est venu, il est resté près d'une heure. C'est un grand type maigre avec une masse de cheveux. Il avait une pile de carnets et de chemises avec lui. Il est reparti en compagnie d'une bonne femme trapue munie d'un fourre-tout en toile. Il l'a fait monter en vitesse dans la voiture et ils ont filé. C'est la gouvernante, sûrement. Elle pleurait, le nez dans la manche de son pull. Ou alors elle dissimulait son visage aux photographes.

– C'est tout ?

– Oui, c'est tout. A moins que quelqu'un n'ait atterri en parachute dans le jardin de Miz Bowen. Les journalistes en seraient bien capables. Comment est-ce qu'ils ont fait pour être là aussi vite ?

– Mercure a dû leur donner un coup de main. A moins que le vaisseau *Enterprise* ne les ait déposés.

– C'est pas à moi que ça arriverait. Je suis resté coincé dans un embouteillage devant Buck House. Pourquoi est-ce qu'ils ne déménagent pas ce foutu palais et qu'ils ne l'installent pas ailleurs ? Là où il est, il gêne la circulation, barrant la route à ceux qui essaient d'avancer.

– Certains députés trouveraient l'image particulièrement bien choisie, Winston. Mais je doute que Miz Bowen soit du nombre. Allons la voir.

L'agent de police de garde devant la porte vérifia les papiers de Lynley avant de les laisser entrer. A l'intérieur, un autre agent était assis dans un fauteuil en rotin au pied de l'escalier. Pour tuer le temps, elle faisait les mots croisés du *Times*. Elle se leva, un petit dictionnaire à la main, à l'entrée de Lynley et de Nkata. Elle les conduisit dans le séjour que prolongeait un coin salle à manger. Sur la table, le repas : des côtelettes d'agneau dans une sauce qui se figeait, de la gelée à la menthe, des petits pois et des pommes de terre. Le couvert était mis pour deux personnes. Une bouteille de vin ouverte. On n'avait touché ni à la nourriture ni au vin.

Par-delà la table, des portes-fenêtres ouvraient sur le jardin. Celui-ci était en fait une cour dallée de tomettes, lesquelles étaient ceinturées de massifs impeccablement entretenus. Au centre, l'eau coulait d'une petite fontaine. A une table en fer forgé verte située à gauche des portes-fenêtres, Eve Bowen était assise dans l'ombre grandissante, un carnet à spirales ouvert devant elle et un verre à moitié plein d'un vin couleur rubis à portée de main. Cinq autres carnets étaient empilés sur une chaise près d'elle.

– Madame, dit la femme flic, c'est New Scotland Yard.

Ce fut tout pour les présentations. Lorsque Eve Bowen leva le nez, l'agent fit demi-tour et regagna la maison.

– Je me suis entretenu avec Mr Saint James, dit Lynley après s'être présenté et avoir présenté Nkata. Il va falloir que nous vous parlions franchement. Ça risque d'être pénible, mais on ne peut pas faire autrement.

– Ainsi, il vous a tout dit.

Eve Bowen ne regarda ni Lynley ni Nkata qui, après avoir sorti de sa poche son calepin recouvert de cuir, réglait la longueur de la mine de son stylo. Elle examinait les papiers posés devant elle qu'elle avait détachés du carnet. La lumière baissait trop vite pour qu'elle pût continuer à lire et elle n'essaya d'ailleurs pas de faire semblant. Tout en attendant la réponse de Lynley, elle se contenta de tripoter le bord d'un des documents.

– C'est exact, dit Lynley.

– Et qu'est-ce que vous avez répercuté à la presse?

– Je n'ai pas pour habitude de m'entretenir avec les médias, si c'est ce qui vous tracasse.

– Pas même lorsque ceux-ci vous promettent de ne pas vous citer?

– Miz Bowen, révéler vos secrets à la presse ne m'intéresse pas. En fait, vos secrets ne m'intéressent absolument pas.

– Pas même pour de l'argent, inspecteur?

– C'est exact.

– Pas même si l'on vous offrait un pot-de-vin équivalent à trois ou quatre mois de salaire? Est-ce que cette somme ne vous donnerait pas soudain envie de vous intéresser à tous mes secrets?

Lynley sentit le regard de Nkata se tourner vers lui. Il savait ce que le constable attendait. Que l'inspecteur Lynley monte sur ses grands chevaux, indigné par cette insulte à son intégrité. Que lord Asherton s'indigne, lui, qu'on pût croire son compte en banque à plat.

– Ce qui m'intéresse, c'est ce qui est arrivé à votre fille. Si votre passé a un rapport avec la mort de Charlotte, vous pouvez être sûre que la presse s'en emparera. Autant en être avertie dès maintenant, cela vous évitera les surprises. Mais ce déballage ne sera certainement pas aussi pénible que le malheur qui vient de vous frapper. Est-ce que nous pourrions en parler ?

Elle le gratifia d'un regard scrutateur dans lequel il ne lut ni frémissement ni émotion. Mais de toute évidence elle avait dû prendre une décision, car avec un imperceptible mouvement de menton en guise d'assentiment, elle enchaîna :

– J'ai téléphoné à la police du Wiltshire. Nous sommes allés identifier le corps la nuit dernière.

– Nous ?

– Mon mari et moi.

– Où est Mr Stone ?

Elle baissa les paupières, prit son verre de vin mais n'y toucha pas.

– Alex est en haut. Sous calmants. La vue de Charlotte la nuit dernière... Je crois que pendant tout le trajet, il s'était raccroché à l'idée que ce ne serait pas elle. Je crois même qu'il avait réussi à s'en convaincre. Aussi, lorsqu'il a vu le corps, il s'est effondré. (Elle rapprocha son verre en le faisant glisser sur le plateau de la table.) Notre société attend trop des hommes et pas assez des femmes.

– Impossible de savoir à l'avance comment on va réagir à un décès, dit Lynley.

– C'est vrai. (Elle fit légèrement tourner son verre et regarda osciller le liquide qu'il contenait.) Les policiers du Wiltshire savaient qu'elle s'était noyée. Mais ils ont refusé de nous en dire davantage. Où, quand, comment. Pas un mot là-dessus. Et je trouve ça bizarre.

– Il leur faut attendre les résultats de l'autopsie, remarqua Lynley.

– Dennis a téléphoné ici. M'assurant avoir appris la nouvelle aux infos.

– Luxford ?

– Dennis Luxford.

– Mr Saint James m'a dit que vous le soupçonniez d'être mêlé à cette affaire.

– Parfaitement. (Abandonnant le verre, elle commença à mettre de l'ordre dans ses papiers, les ali-

299

gnant d'un mouvement de somnambule. Lynley se demanda si elle n'était pas sous calmants elle aussi tellement ses gestes étaient ralentis.) Si j'ai bien compris, inspecteur, pour l'instant il n'y a pas de preuves indiquant que Charlotte a été assassinée. C'est exact ?

Lynley ne se sentait pas d'humeur à formuler ses soupçons bien qu'il eût examiné les photos prises à l'endroit où le corps avait été retrouvé.

– Seule l'autopsie pourra nous apprendre ce qui s'est passé exactement.

– Bien sûr. Cela rejoint la version officielle de la police. Je comprends. Seulement j'ai vu le cadavre. Je... (Ses phalanges blanchirent tandis qu'elle claquait les doigts contre le plateau de la table. Un moment s'écoula avant qu'elle poursuive et ils perçurent nettement le concert étouffé des voix des reporters dans Marylebone High Street.) J'ai vu le corps en entier, pas seulement le visage. Et il ne portait pas de marques. Nulle part. Aucune marque distinctive. On ne l'avait pas ligotée. Pas lestée d'un poids. Elle ne semblait pas s'être débattue contre un agresseur qui lui aurait maintenu la tête sous l'eau. Ça vous fait penser à quoi, inspecteur, cette absence de marques ? Autant vous le dire : moi, ça me fait penser à un accident.

Lynley s'abstint de la contredire. Il était plus curieux de voir où ses réflexions allaient l'entraîner que de rectifier les idées fausses qu'elle pouvait avoir sur les submersions accidentelles.

– Son plan a cafouillé, poursuivit-elle. Il avait l'intention de la séquestrer jusqu'à ce que je cède à ses exigences. Et après ça, il l'aurait relâchée sans lui faire de mal.

– Vous parlez de Mr Luxford ?

– Il ne l'aurait ni tuée ni fait exécuter. Il la lui fallait en vie pour m'obliger à coopérer. Seulement voilà, il y a eu un impondérable, son plan a capoté. Résultat, elle est morte. Elle ne comprenait rien à ce qui se passait. Elle devait être terrifiée. Si ça se trouve, elle s'est échappée. Je vois assez Charlotte réussissant à s'échapper. Peut-être qu'elle courait. Il faisait nuit. Elle était à la campagne. Elle ne connaissait pas le terrain. Elle ne connaissait même pas l'existence du canal puisqu'elle n'avait jamais mis les pieds dans le Wiltshire.

– Est-ce qu'elle savait nager ?

– Oui. Mais si elle courait... Imaginons qu'en courant elle soit tombée, se soit cogné la tête... Vous voyez ce que je veux dire.

– Nous n'excluons aucune hypothèse, Miz Bowen.

– Dennis est sur la liste des suspects, alors ?

– Avec les autres.

Elle contempla ses papiers et laissa tomber :

– Il n'y en a pas d'autre.

– Impossible de tirer une conclusion de ce genre, fit Lynley, sans avoir examiné soigneusement au préalable tous les aspects de l'affaire. (Il tira à lui l'une des trois autres chaises groupées autour de la table. Puis il fit signe à Nkata de l'imiter.) Je vois que vous avez apporté du travail.

– C'est donc par là que vous entendez commencer ? Vous voulez savoir pourquoi le sous-secrétaire d'Etat est tranquillement assis dans son jardin avec ses dossiers tandis que son mari – qui n'est même pas le père de sa fille – est en haut, écrasé de chagrin ?

– J'imagine que vous avez d'énormes responsabilités et que...

– Non, vous vous dites que je n'ai pas de cœur. Pour vous, c'est encore la conclusion la plus logique. Il vous faut observer mon comportement. Cela fait partie de votre job. Il vous faut vous demander quelle sorte de mère je suis. Vous êtes à la recherche du ravisseur de ma fille et, après tout, j'aurais pu organiser moi-même ce kidnapping. Pourquoi autrement serais-je occupée à compulser mes dossiers comme si de rien n'était ?

Lynley se pencha, posa sa main non loin de la sienne qui était sur une pile de documents.

– Comprenez-moi bien, mes remarques ne doivent pas nécessairement être interprétées comme des jugements, Miz Bowen.

Il l'entendit déglutir.

– Dans l'univers où j'évolue, les gens passent leur temps à vous juger.

– C'est de votre univers qu'il va nous falloir parler.

Ses doigts se crispèrent sur les papiers comme si elle avait décidé de les froisser. Faisant un effort de volonté, elle parvint à les décrisper.

– Je n'ai pas pleuré. C'était ma fille et je n'ai pas pleuré. Il me regarde, et il attend que mes larmes coulent. Parce que si je pleure, lui pourra me réconforter. Tandis que si je ne pleure pas, il est perdu, déboussolé. Il ne sait pas à quoi se raccrocher. Seulement voilà, je ne peux pas pleurer.

– Vous êtes encore sous le choc.

– Pas du tout. Et c'est bien ça, le pire. Ne pas être sous le choc alors que tout le monde s'attend à ce que ce soit le cas. Médecin, famille, collègues. Tous attendent que je donne des signes reconnaissables de détresse maternelle afin d'ajuster leur comportement en conséquence.

Lynley savait qu'il était inutile de dresser la liste des réactions qu'il avait pu observer chez les uns ou les autres au fil des années face à une mort brutale. Effectivement, ses réactions à elle n'étaient pas conformes à ce que l'on pouvait attendre d'une femme dont la fillette de dix ans a été enlevée, séquestrée, puis retrouvée morte. Malgré tout, son absence d'émotion n'indiquait pas pour autant que sa réaction manquait d'authenticité. Il savait aussi que Nkata la consignait dans son carnet, car le constable avait commencé à écrire dès qu'Eve Bowen s'était mise à parler.

– On enquêtera sur Mr Luxford, lui dit-il. Mais il ne sera pas le seul suspect possible sur lequel nous enquêterons. Si l'enlèvement de votre fille était le premier pas destiné à vous mettre hors jeu politiquement parlant...

– Nous devons nous demander qui, en dehors de Dennis, avait intérêt à arriver à ce résultat, termina-t-elle pour lui. C'est bien cela ?

– Oui. C'est effectivement un élément à prendre en considération. Ainsi que les sentiments qui pourraient conduire quelqu'un à vous faire tomber. Jalousie, ambition politique, vengeance. Vous êtes-vous aliéné des gens dans l'opposition ?

Un sourire ironique étira ses lèvres.

– Aux Communes, vos ennemis ne sont pas nécessairement assis en face de vous, inspecteur. Ils sont assis derrière, avec le reste de vos collègues.

– Pour mieux vous frapper dans le dos, observa Nkata.

– En effet, oui.

– Votre ascension a été relativement rapide, n'est-ce pas ? fit Lynley.

– Six ans.

– Depuis votre première élection ? (Comme elle faisait oui de la tête, il poursuivit.) Vous n'avez pas perdu de temps. D'autres végètent dans l'ombre depuis des années. Qui auraient pu essayer de se faire une place au sein du gouvernement avant vous.

— Ce ne serait pas la première fois qu'un jeune député ferait la pige à ses aînés. Ce n'est pas seulement une question d'ambition, mais de talent.

— Je le reconnais, fit Lynley. Mais quelqu'un d'aussi ambitieux et d'aussi doué que vous pourrait avoir pris ombrage de ce que vous l'avez court-circuité en décrochant un poste au ministère de l'Intérieur. Peut-être qu'il en est venu à désirer votre perte. Se servant pour cela du mystère qui entoure la naissance de Charlotte et l'identité de son père. Si tel est le cas, notre homme est quelqu'un qui aurait, lui aussi, assisté au congrès conservateur de Blackpool où votre fille a été conçue.

Eve Bowen inclina la tête, examina attentivement Lynley et dit non sans surprise :

— Mr Saint James vous a vraiment fait un compte rendu complet.

— Je vous avais dit que je m'étais entretenu avec lui.

— Je pensais qu'il vous aurait épargné les détails sordides.

— Je pouvais difficilement faire mon travail sans savoir que Mr Luxford et vous aviez été amants à Blackpool.

Aussitôt elle leva un doigt, rectifiant :

— Partenaires, inspecteur. Quoi que nous ayons pu être l'un pour l'autre, Dennis Luxford et moi n'avons jamais été des amants.

— Peu importe le nom que vous donnez à vos relations ; ce qui compte, c'est que quelqu'un en connaissait l'existence. Ce quelqu'un s'est livré à un rapide calcul...

— La personne dont vous parlez pourrait aussi bien être une femme, intervint Nkata.

— Entièrement d'accord, fit Lynley. Quelqu'un sait que Charlotte est née après le congrès. Cette personne était à Blackpool il y a onze ans. Et c'est quelqu'un qui a une dent contre vous, qui veut vraisemblablement prendre votre place.

Elle parut opérer une sorte de retrait tout en réfléchissant à cette description du kidnappeur potentiel.

— Joel serait certainement ravi de prendre ma place. C'est lui qui dirige la plupart de mes affaires. Mais il est peu probable qu'il...

– Joel ? fit Nkata, stylomine en l'air. Son nom de famille ?

– Woodward. Mais il était trop jeune à l'époque. Il n'a que vingt-neuf ans. Jamais il n'aurait assisté au congrès de Blackpool. A moins, bien entendu, qu'il n'y ait accompagné son père.

– Et qui est son père ?

– Le colonel Julian Woodward. Président de l'Association de ma circonscription. Il y a des dizaines d'années qu'il se dévoue pour le Parti conservateur. J'ignore s'il était à Blackpool, mais ce n'est pas impossible. Et Joel peut fort bien s'être trouvé là-bas en sa compagnie. (Elle leva son verre mais sans boire, le tenant à deux mains.) Joel est mon assistant. Il a des ambitions politiques. Nous nous heurtons parfois. Et pourtant... (Elle secoua la tête.) Je ne crois pas que ce soit Joel. Il connaît mon emploi du temps mieux que quiconque. Ainsi que celui d'Alex et de Charlotte. C'est indispensable. Cela fait partie de son travail. Mais pour réussir à faire une chose pareille... Comment s'y serait-il pris ? Il n'a pas quitté Londres où il a travaillé pendant toute l'affaire.

– Il a passé tout le week-end à Londres ? insista Lynley.

– Que voulez-vous dire ?

– Le corps a été retrouvé dans le Wiltshire. Mais ça ne signifie pas pour autant que Charlotte a été séquestrée là-bas depuis mercredi. On aurait pu la cacher n'importe où, même ici, à Londres. Et ensuite la transporter dans le Wiltshire au cours du week-end.

– Une fois morte, vous voulez dire, voulut savoir Eve Bowen.

– Pas forcément. Si on la retenait prisonnière à Londres et que pour une raison quelconque c'était devenu trop dangereux, on a pu la transférer ailleurs.

– Celui qui l'a emmenée devait connaître le Wiltshire. Si on l'a cachée là-bas avant... Avant ce qui est arrivé.

– Oui. C'est un élément à prendre en compte, ça aussi. Résumons. Quelqu'un qui était à Blackpool. Quelqu'un qui convoite votre poste. Quelqu'un qui a une dent contre vous. Quelqu'un qui connaît le Wiltshire. Est-ce que Joel colle à ce profil ? Ou son père ?

Elle regardait ses papiers puis sembla les traverser du regard. Se parlant à elle-même, elle dit :

– Joel m'a parlé... Jeudi soir... Il m'a dit...

– Ce type, Woodward, il a un lien avec le Wiltshire ? voulut savoir Nkata avant de continuer à prendre des notes dans son calepin.

– Non, il ne s'agit pas de Joel. (Elle feuilleta ses papiers. Les fourra dans le carnet. Elle prit un autre carnet sur la pile posée sur la chaise à côté d'elle.) Il s'agit de l'implantation d'une prison. Il est contre. Il a demandé à plusieurs reprises à s'entretenir avec moi à ce sujet, mais j'ai toujours refusé de lui donner un rendez-vous parce que... Blackpool... Attendez, bien sûr qu'il était à Blackpool !

– Qui ? demanda Lynley.

– Alistair Harvie. Il était au congrès de Blackpool. Je l'ai même interviewé pour le *Telegraph*. J'avais sollicité un entretien après son élection à la Chambre. C'était un homme qui avait du culot, son franc-parler, qui s'exprimait très bien. En outre, brillant, séduisant. Bref, le chouchou du Parti conservateur. Le bruit courait qu'il se verrait bientôt confier le poste de secrétaire particulier du ministre des Affaires étrangères et serait Premier ministre dans quinze ans. C'est pourquoi je tenais absolument à faire son portrait. Il a dit OK et m'a donné rendez-vous. Dans sa chambre. Sur le moment, je ne me suis pas méfiée. Et c'est alors qu'il a commencé ses travaux d'approche. « Il faut que vous appreniez à me connaître si vous voulez écrire un papier sur moi ; mais la réciproque est vraie. Moi aussi, j'ai besoin de vous connaître. A fond. » Si ma mémoire est bonne, je lui ai ri au nez. Je n'ai même pas fait semblant d'avoir mal compris afin de lui laisser la possibilité de sauver la face. Ce genre d'avance de la part d'un homme m'a toujours dégoûtée.

Elle trouva ce qu'elle cherchait dans le second carnet qu'elle ôta de la pile.

– C'est une prison. Il s'agit d'un projet qui est à l'étude depuis maintenant deux ans. Ce sera quelque chose de très cher qui sera à la pointe du progrès dans ce domaine. C'est une centrale prévue pour abriter trois mille hommes. Et à moins qu'il ne réussisse à nous en empêcher, elle sera construite dans la circonscription d'Alistair Harvie.

– Qui se trouve ? fit Lynley.

– Dans le Wiltshire.

Nkata plia sa silhouette longiligne et s'assit dans la Bentley sur le siège du passager, une jambe à l'intérieur et l'autre sur le trottoir. Son carnet en équilibre sur son genou, il continua de prendre des notes.

– Arrangez-vous pour que Hillier puisse les déchiffrer, lui dit Lynley. Apportez tout ça à son bureau demain matin. Et, si possible, évitez de le rencontrer. Il va sûrement essayer de nous coller au train, mais on va s'efforcer autant que faire se peut de le tenir à distance.

– Entendu. (Nkata leva la tête pour observer la maison d'Eve Bowen.) Qu'est-ce que vous en pensez ?

– Notre priorité, c'est le Wiltshire.

– Harvie ?

– C'est un début. Je vais mettre Havers sur le coup là-bas.

– Et ici, on fait quoi ?

– On creuse, Winston. (Lynley réfléchit à ce que Saint James lui avait confié.) Essayez de voir s'il n'y a pas quelqu'un d'autre qui aurait un lien avec Bowen et le Wiltshire. Je sais qu'on a déjà Harvie, mais ça me semble trop beau pour être vrai. Alors voyez du côté de Luxford, des Woodward père et fils. Enquêtez aussi du côté du professeur de musique de Charlotte puisque c'est le dernier à avoir vu la petite. N'oubliez pas non plus Maguire, la gouvernante. Ni le beau-père, Alexander Stone.

– D'après vous, il n'était pas aussi abattu que Miz Bowen a essayé de nous le faire croire ?

– Tout est possible, vous savez.

– Y compris la participation de Bowen à l'enlèvement ?

– Fouillez de ce côté-là aussi. Si les gens du ministère de l'Intérieur cherchaient un site dans le Wiltshire pour y implanter une prison modèle, ils ont dû envoyer une commission sur place pour étudier les diverses possibilités. Eve Bowen faisait peut-être partie de la commission, auquel cas cela lui aura permis de se familiariser avec le terrain. Il se peut, si elle-même est derrière cette histoire d'enlèvement, qu'elle ait su où faire cacher sa fille par un homme de main quelconque.

– La question qui se pose, c'est de savoir pourquoi elle aurait fait une chose pareille. Pourquoi aurait-elle orchestré le kidnapping de sa propre fille ? Qu'est-ce qu'elle avait à y gagner ?

– C'est une femme politique, dit Lynley. La réponse à votre question, c'est en étudiant le microcosme que vous l'aurez. En tout cas, on ne voit que trop bien ce qu'elle avait à y perdre.

– Si Luxford avait publié son article, elle pouvait tirer un trait sur sa carrière.

– C'est ce qu'on veut nous faire croire. L'accent a toujours été mis sur ce qu'elle risquait de perdre. Et d'après Saint James, tous les protagonistes – à l'exception du professeur de musique – ont dès le début insisté sur cet aspect de la question. Alors ne le perdons pas de vue. Seulement la police a toujours intérêt à ne pas suivre une piste qu'on lui indique avec autant d'insistance. C'est pourquoi on va fouiner pour essayer de découvrir ce que le député Bowen avait à gagner dans cette affaire.

Nkata finit de griffonner ses notes, qu'il ponctua d'un point judicieusement placé. Il marqua sa page avec le petit ruban de son calepin. Après quoi il remit carnet et stylomine dans sa poche et sortit de la voiture. De nouveau, il examina la façade de la demeure du sous-secrétaire d'Etat devant laquelle était planté, bras croisés sur la poitrine, le constable esseulé.

Se penchant, il lança une dernière remarque par la vitre baissée de la Bentley.

– Cette histoire risque de prendre une allure vraiment moche, n'est-ce pas, inspecteur ?

– Moche, elle l'est déjà.

En sortant de chez elle à Chalk Farm, Barbara Havers avait fait un détour vers l'ouest par Greenford et Hawthorne Lodge ; en conséquence, elle avait rejoint la M4 bien après l'heure de pointe. Pourtant, question fluidité, comme elle n'avait pas tardé à le constater, cela n'avait pas fait une grande différence. A l'entrée de Reading, une collision entre une Range Rover et un camion de tomates avait transformé la circulation sur l'autoroute en un solennel défilé de véhicules pataugeant dans une bouillie écarlate. Lorsqu'elle vit à perte de vue devant elle les feux arrière des automobiles qui la précédaient, Barbara rétrograda et tripota les boutons de la radio de la Mini pour trouver une station susceptible de la renseigner sur ce qui se passait ; après quoi, elle se prépara à une attente forcée. Avant de partir, elle avait consulté une carte et savait donc qu'elle pouvait abandonner l'autoroute si nécessaire afin de tenter sa chance sur la A4. Mais, pour cela, il fallait bien sûr qu'elle trouve une bretelle de sortie, ce qui n'était pas évident.

– Et merde, dit-elle.

Il allait lui falloir une éternité pour se sortir de ce guêpier. Et son estomac criait famine.

Elle aurait dû se préparer une collation et l'avaler en vitesse avant de prendre la route. Mais, sur le moment, dîner lui avait paru moins important que de glisser quelques vêtements de rechange et une brosse à dents dans son fourre-tout puis de se précipiter à Greenford pour annoncer la grande nouvelle à sa mère. « Je vais diriger l'enquête dans le Wiltshire, Maman. Qu'est-ce que tu en dis ? C'est pas de l'avancement, ça ? » Se voir confier une mission de cette importance, c'était autre chose que de monter au quatrième chercher des sandwiches pour Lynley. Pour Barbara, c'était un événement capital, et elle n'avait rien eu de plus pressé que de faire partager sa joie à quelqu'un.

Dans un premier temps, elle avait essayé d'en faire profiter ses voisins. Alors qu'elle regagnait son minuscule cottage situé au fond du jardin d'Eton Villas, elle avait fait halte devant l'appartement au rez-de-chaussée de l'immeuble édouardien afin de leur annoncer la nouvelle. Mais ni Khalidah Hadiyyah – fillette de huit ans qui accompagnait Barbara à Greenwich, au zoo ou improvisait avec elle des barbecues sur la pelouse – ni son père Taymullah Azhar n'étaient là pour pousser les cris de joie d'usage en apprenant sa promotion. Alors elle avait entassé pantalon, pull, linge et brosse à dents dans un sac et pris la direction de Greenford pour tout raconter à sa mère.

A Hawthorne Lodge, dans le coin-repas servant de salle à manger, Mrs Havers et ses compagnes étaient installées autour de la table avec Florence Magentry – leur garde-malade, infirmière, confidente, meneuse de jeux et délicieuse geôlière. Ensemble, elles s'étaient attelées à la confection d'un puzzle en trois dimensions :

une demeure victorienne s'il fallait en croire la photo qui ornait le couvercle de la boîte. Pour l'instant, d'après ce que Barbara put voir, ce qu'elles avaient réussi à fabriquer ressemblait plutôt à un monceau de ruines après le Blitz.

– C'est excellent, pour nous, comme activité, expliqua Mrs Flo en lissant avec soin des cheveux gris absolument impeccables. On tâte les pièces du bout des doigts, on fait le rapprochement entre ce qu'on voit, ce qu'on sent au toucher et les pièces dont on a besoin pour réaliser le puzzle. Et quand c'est fini, on a une jolie maison à regarder, n'est-ce pas, mes petites ?

Des murmures d'acquiescement s'échappèrent des bouches des trois femmes assises autour de la table et même des lèvres de Mrs Pendlebury, qui était complètement aveugle et se contentait de dodeliner de la tête dans son fauteuil tout en accompagnant Tammy Wynette, dont la voix s'échappait de la vieille chaîne stéréo de Mrs Magentry.

Elle tenait un morceau du puzzle au creux de sa main, mais au lieu d'en suivre les contours avec ses doigts, elle l'avait plaqué contre sa joue et chantonnait : « C'est dur, parfois, d'être une femme... »

Ça, c'était bien vrai, songea Barbara en prenant la chaise que Mrs Flo avait laissée vide près de sa mère. Mrs Havers se concentrait de toutes ses forces sur le puzzle. Elle s'efforçait de monter l'un des murs de la vaste demeure tout en confiant à Mrs Salkild et à Mrs Pendlebury que cette bâtisse ressemblait comme deux gouttes d'eau à celle où elle avait habité pendant son séjour à San Francisco, l'automne dernier.

– Quelle ville magnifique, fit-elle avec lyrisme. Toutes ces collines, ces tramways, ces mouettes volant au-dessus de la baie. Et le Golden Gate. Et le brouillard qui s'enroule autour des piliers telle de la barbe à papa... C'est vraiment magnifique.

Elle n'y avait jamais mis les pieds, enfin pas en réalité. Mais mentalement elle était allée partout et elle avait une demi-douzaine d'albums bourrés de prospectus d'agences de voyages dans lesquels elle avait soigneusement découpé des photos pour le prouver.

– Maman ? fit Barbara. J'ai fait un saut en passant. Je file dans le Wiltshire. Pour une enquête.

– Salisbury est dans le Wiltshire, annonça triomphalement Mrs Havers. Il y a une cathédrale. C'est là qu'on s'est mariés, Jimmy et moi. Je t'en ai parlé ? Evidemment la cathédrale n'est pas victorienne comme cette ravissante maison...

D'un mouvement vif, elle s'empara d'une autre pièce du puzzle, s'éloignant de Barbara.

– Maman, dit Barbara. Il fallait que je te le dise : c'est la première fois que je vais travailler seule. L'inspecteur Lynley va mener l'enquête à Londres et il m'en a confié l'autre partie. C'est moi qui serai responsable des opérations dans le Wiltshire.

– La cathédrale de Salisbury possède une flèche élégante, poursuivit Mrs Havers, têtue. Cent vingt-trois mètres de haut. C'est la plus haute d'Angleterre. La cathédrale elle-même est unique en son genre parce qu'elle a été conçue en une seule fois et construite en quarante ans. Mais l'orgueil de cet édifice...

Barbara prit la main de sa mère. Gênée par ce geste inattendu, Mrs Havers s'arrêta de parler.

– Maman, tu as entendu ? Je suis sur une enquête. Je dois partir ce soir ; je resterai absente quelques jours.

– La gloire de la cathédrale, son trésor, poursuivit Mrs Havers comme si de rien n'était, c'est l'un des trois exemplaires originaux de la Grande Charte. Tu te rends compte ? Quand Jimmy et moi y sommes allés la dernière fois – cette année, nous avons fêté notre trente-sixième anniversaire de mariage –, nous nous sommes promenés dans l'enceinte de la cathédrale et nous avons pris le thé dans un adorable petit salon d'Exeter Street. Le salon de thé n'était pas victorien, rien à voir avec ce puzzle ravissant que nous sommes en train de faire. Ce puzzle, vois-tu, c'est la réplique d'une demeure de San Francisco. Identique à celle où j'ai habité l'automne dernier. San Francisco est une si jolie ville. Des collines, des tramways. Et le Golden Gate. Avec le brouillard...

Elle libéra sa main et mit une pièce du puzzle en place.

Barbara la regarda. Sa mère l'examinait du coin de l'œil. Manifestement, elle fouillait dans sa mémoire afin d'y repêcher un nom pour le mettre sur la femme plutôt forte et négligée qui était assise près d'elle. Il lui arrivait parfois de prendre Barbara pour Doris, sa sœur, décédée pendant la Seconde Guerre mondiale. Parfois aussi elle la reconnaissait et l'appelait Barbara. Et certains

jours, comme celui-ci, elle semblait se dire qu'en continuant à parler elle réussirait à éviter de s'avouer qu'elle
n'avait pas la moindre idée de l'identité de Barbara.

– Je ne viens pas assez souvent, c'est ça ? fit Barbara
à Mrs Flo. Elle me reconnaissait, avant. Quand nous
vivions ensemble, elle me reconnaissait.

Mrs Flo eut un petit bruit de bouche plein de sympathie.

– L'esprit humain est un mystère, Barbie. Il ne faut
pas culpabiliser, vous n'y pouvez rien.

– Mais si je venais plus souvent... Elle vous reconnaît,
vous, non ? Et Mrs Salkild. Et Mrs Pendlebury. Parce
qu'elle vous voit tous les jours.

– Vous savez bien que vous ne pouvez pas passer la
voir tous les jours, dit Mrs Flo. Ça n'est pas votre faute.
Ça n'est la faute de personne. C'est la vie. Quand vous
avez décidé d'entrer dans la police, vous ne pouviez pas
deviner que votre maman se retrouverait dans cet état.
Vous n'avez pas choisi ce métier pour vous débarrasser
d'elle. Vous avez suivi votre voie, c'est tout.

Seulement, Barbara devait le reconnaître en son for
intérieur, ça la soulageait de ne plus avoir sa mère sur le
dos en permanence. Et ce soulagement était source de
culpabilité. Mais ce qui la faisait culpabiliser encore
plus, c'était le laps de temps qui s'écoulait entre les
sauts qu'elle faisait à Greenford pour lui rendre visite.

– Vous faites de votre mieux, conclut Mrs Flo.

Mais en réalité Barbara savait que ce n'était pas vrai.

Pour l'instant, coincée sur l'autoroute embouteillée
entre une caravane en forme d'escargot et un camion
diesel, elle pensait à sa mère et à la réaction qu'elle
avait souhaité obtenir d'elle. Franchement, à quoi
s'était-elle attendue ? Qu'aurait bien pu faire Mrs
Havers en apprenant la grande nouvelle ? « C'est moi
qui suis chargée de mener une partie de l'enquête,
Maman. – Formidable, ma chérie. Champagne. »

Débile. Barbara fouilla dans son sac pour y prendre
ses cigarettes tout en gardant l'œil sur la circulation.
Elle alluma sa cigarette, avala une bonne bouffée de
tabac, savourant en solo la perspective de se retrouver
seule sur une affaire. Certes, elle devrait collaborer avec
la brigade criminelle locale, mais elle rendrait compte
directement à Lynley. Et comme ce dernier serait à
Londres, occupé à finasser avec Hillier, la partie la plus

substantielle de l'enquête serait sous sa responsabilité : scène du crime, analyse des indices, autopsie, recherche du lieu où la petite Bowen avait été séquestrée, ratissage de la campagne, recherche de preuves. Quant à l'identité du kidnappeur, elle était bien décidée à la découvrir avant Lynley. Après tout, étant sur le terrain, elle était en meilleure position que lui pour y parvenir et si elle y arrivait, ce serait le coup de maître de sa carrière. Là, elle pourrait enfin décrocher de l'avancement. Comme Nkata n'aurait pas manqué de le lui rappeler. Tant mieux. Il y avait longtemps qu'elle aurait dû en avoir.

Elle réussit finalement à quitter la M4, empruntant la bretelle 12 à l'ouest de Reading. Du coup, elle se retrouva sur la A4, d'où elle fila vers Marlborough, ville au sud de laquelle se trouvait Wootton Cross. C'était au commissariat de Wootton Cross qu'elle devait retrouver les enquêteurs de la brigade criminelle d'Amesford chargés de l'affaire. Mais elle était terriblement en retard sur l'horaire prévu. Aussi lorsqu'elle s'engagea dans le minuscule parking aménagé derrière le carré de brique trapu tenant lieu de commissariat à Wootton Cross, elle se demanda si ses collègues n'avaient pas tout bonnement renoncé à la voir se pointer. Le commissariat, plongé dans l'obscurité, semblait désert – ce qui n'avait rien d'étonnant, après tout, parce que la nuit était tombée. En dehors de la sienne, la seule voiture en stationnement dans le parking était une Escort d'âge vénérable en aussi piteux état que la Mini.

S'étant rangée le long de l'Escort, elle ouvrit sa portière d'un coup d'épaule. Il lui fallut un moment pour étirer ses muscles contracturés et force lui fut de reconnaître qu'il y avait des avantages à travailler avec l'inspecteur Lynley, dont le moindre n'était pas sa somptueuse voiture. Lorsque ses contractures se furent un peu atténuées, elle s'approcha du commissariat, plissant les yeux afin d'essayer de voir par la vitre crasseuse de la porte de derrière fermée à clé ce qui se passait à l'intérieur.

La porte donnait sur un couloir traversant le bâtiment de part en part. Des portes étaient ouvertes de chaque côté du couloir central mais il n'y avait de lumière nulle part.

Sans doute ses collègues lui avaient-ils laissé un mot.

Barbara examina la marche – simple rectangle de béton – pour s'assurer que le vent n'y avait pas fait choir un quelconque bout de papier. Ne découvrant là qu'une boîte de Pepsi écrabouillée et trois préservatifs usagés – prendre des précautions, c'était bien ; mais pourquoi diable ceux qui avaient le bon goût de se protéger n'allaient-ils pas jusqu'à faire le ménage une fois leur affaire faite ? –, elle se dirigea vers l'avant du bâtiment. Ce dernier était placé à l'intersection de trois routes qui filaient dans Wootton Cross pour aboutir sur la place du village au centre de laquelle se dressait la statue de quelque roi obscur, l'air singulièrement mécontent d'avoir été immortalisé dans ce coin perdu de campagne. La mine lugubre, il contemplait le commissariat, l'épée dans une main, le bouclier dans l'autre, couronne et épaules copieusement aspergées de fiente de pigeon. Derrière lui, de l'autre côté de la rue, un pub à l'enseigne du King Alfred Arms permettait à ceux qui possédaient un minimum de jugeote de mettre un nom sur l'effigie du souverain esseulé. Le pub faisait des affaires en or à en juger par les flots de musique qui s'échappaient des fenêtres ouvertes et la présence mouvante de corps agglutinés derrière les carreaux. Barbara se dit que, logiquement, c'était là qu'elle avait le plus de chances de trouver ses collègues si jamais elle faisait chou blanc au commissariat.

C'est presque ce qui se produisit. Un panneau apposé sur la porte conseillait à ceux qui avaient besoin de la police après les heures ouvrables de téléphoner à Amesford. Barbara frappa sans conviction pour le cas où, fatigués de l'attendre, les hommes de la brigade criminelle auraient décidé de piquer un roupillon. Ne voyant pas de lumière s'allumer, elle comprit qu'il ne lui restait plus qu'à braver la foule et la musique du King Alfred Arms – en l'occurrence *In the Mood*, interprété avec plus d'enthousiasme que de précision par un groupe de septuagénaires au souffle aléatoire.

Barbara détestait entrer seule dans un pub : elle était toujours gênée de sentir les yeux des consommateurs se braquer sur elle pour la jauger. Mais il allait bien falloir qu'elle s'habitue à ce qu'on l'examine, non ? N'était-ce pas elle qui était chargée de diriger l'enquête dans ce coin perdu du Wiltshire ? Alors autant faire ses premières armes au King Alfred.

Elle ébaucha un mouvement pour traverser la rue, tendant automatiquement le bras vers son sac à bandoulière et ses cigarettes, histoire de se doper à la nicotine. Elle s'arrêta net. Son sac...

Dans la voiture, elle l'avait laissé dans la voiture. Absorbée dans ses pensées – n'était-ce pas elle le grand manitou de l'enquête dans le Wiltshire ? –, pressée de se faire connaître de ses collègues et de rouler les mécaniques, elle avait laissé la portière ouverte et les clés sur le contact.

– Bordel de merde !

Effectuant un rapide demi-tour, elle reprit à grandes enjambées la direction de son véhicule. Après avoir tourné le coin du commissariat, elle remonta l'allée, évita une poubelle et déboucha dans le minuscule parking. C'est alors qu'elle se félicita de porter des baskets.

Un homme en noir était en effet penché à mi-corps dans la Mini et, d'après ce qu'elle put en voir, il fouillait consciencieusement dans son sac.

17

Barbara se rua sur lui : il avait beau être grand, la colère et l'effet de surprise jouaient en sa faveur. Poussant un rugissement digne d'un maître en arts martiaux, elle ceintura le fouineur, le tira violemment hors de l'habitacle où il était plongé et le plaqua rudement contre la carrosserie.

– Police, fumier ! On ne bouge plus.

Déséquilibré, il tomba face contre terre. L'espace d'un instant, il se tordit comme s'il avait heurté un caillou dans sa chute, puis il sembla s'efforcer d'atteindre la poche droite de son pantalon. Barbara lui écrasa la main, marchant dessus de toutes ses forces.

– On ne bouge plus, je te dis !

D'une voix étouffée, il réussit à marmonner :

– Ma carte... Ma poche.

– Ouais, c'est ça, fit-elle, caustique. C'est quoi ta carte ? Une carte de pickpocket ? De voleur à la tire ? De braqueur de bagnole ?

– De police.

– De police ?

– Oui. Je peux me relever ? Ou me retourner, au moins ?

Putain de merde, songea Barbara, ça commençait bien. Et d'un ton soupçonneux :

– Qu'est-ce que vous fabriquiez, à fouiller dans mes affaires ?

– J'essayais de savoir à qui appartenait la voiture. Je peux me relever ?

– Restez où vous êtes. Retournez-vous mais restez allongé par terre.

– D'accord, fit-il sans pour autant bouger.

– Vous avez entendu ?

– Votre pied. Vous m'écrasez la main.

Elle retira en hâte sa chaussure de sport.

– Pas de mouvement brusque.

– Compris. (Poussant un grognement, il roula sur le côté puis sur le dos. D'en bas, il la dévisagea.) Je suis le constable Robin Payne. Et quelque chose me dit que vous êtes Scotland Yard.

Physiquement, il ressemblait à un jeune Errol Flynn qui aurait forcé sur la moustache. Et contrairement à ce que Barbara avait tout d'abord cru, il n'était pas vêtu de noir. Il portait un pantalon anthracite et un pull marine à col en V sur une chemise blanche. Le col de sa chemise était taché et poussiéreux – comme le pull et le pantalon – du fait de sa chute. En outre, le sang coulait de sa joue gauche, ce qui expliquait ses contorsions lorsqu'elle l'avait envoyé au tapis.

– Ce n'est rien, dit-il en voyant Barbara grimacer. J'en aurais fait autant.

Ils étaient dans le commissariat de police. Le constable Payne avait déverrouillé la porte de derrière et s'était dirigé vers une sorte de buanderie. Là, il avait ouvert les robinets en grand et laissé couler l'eau dans un bac en béton dégoûtant. Un pain de savon vert et grumeleux reposait sur un porte-savon rouillé près des robinets. Avant de l'utiliser, Payne prit un couteau de poche dans son pantalon et gratta le savon pour en faire partir la crasse. Tandis que l'eau tiédissait en coulant, il ôta son pull et le confia à Barbara en lui demandant de le tenir un moment. Puis il se débarbouilla le visage.

Barbara chercha des yeux une serviette. Un carré de tissu éponge suspendu à un crochet au dos de la porte attira son attention. Seulement il était d'une saleté repoussante et sentait le moisi. Elle se voyait mal le lui proposer. N'importe qui à sa place aurait refusé de s'en servir. « Merde, merde », songea-t-elle. Elle n'était pas du genre à se trimbaler avec des mouchoirs de lin parfumés en prévision d'occasions semblables ; quant aux

Kleenex froissés qui étaient au fond de la poche de sa veste, ce n'était pas ça qui lui permettrait de terminer ses ablutions. Avisant une rame de papier machine entamée, elle s'interrogea sur son pouvoir absorbant – la rame servait pour l'instant de butoir. A ce moment-là, il releva la tête, passa ses mains humides dans ses cheveux et résolut le problème : sortant sa chemise de son pantalon, il s'essuya avec les pans.

– Désolée, fit Barbara tandis qu'il s'épongeait le visage. (Elle aperçut son torse. « Pas mal du tout », songea-t-elle. Juste assez poilu pour être sexy sans aller jusqu'à donner l'impression qu'il avait des singes dans son arbre généalogique.) Quand je vous ai vu fouiller dans ma bagnole, ç'a été plus fort que moi : j'ai réagi machinalement.

– Question d'entraînement, dit-il, lâchant les pans de sa chemise pour les refourrer dans son pantalon. Ça prouve que vous avez de l'expérience. (Il eut un sourire désabusé.) Contrairement à moi. C'est pour ça que vous êtes à Scotland Yard. Quel âge avez-vous, au fait ? Je m'attendais à voir débarquer un quinquagénaire. Mon sergent est quinquagénaire.

– Trente-trois ans.

– Wouauah ! Vous devez être drôlement fortiche, alors.

Compte tenu de sa carrière en dents de scie au Yard, « fortiche » n'était pas le mot que Barbara aurait utilisé. Elle n'avait commencé à s'estimer à peu près efficace que depuis qu'elle faisait équipe avec Lynley – c'est-à-dire depuis trente mois.

Payne récupéra son pull et le secoua pour en faire tomber la poussière. Il l'enfila, se peigna de nouveau avec les doigts et dit :

– Parfait. Maintenant, la trousse de secours. (Il farfouilla sur une étagère encombrée fixée sous l'unique fenêtre de la buanderie. Une brosse à dents pratiquement sans poils dégringola par terre.) Ah, la voilà, fit Payne en attrapant une boîte métallique bleue couverte de poussière, dont il sortit un pansement adhésif qu'il posa sur sa coupure.

Après quoi, il gratifia Barbara d'un sourire.

– Ça fait combien de temps que vous êtes là-bas ? questionna-t-il.

– Où ça ?

– A New Scotland Yard.

– Six ans.

Il siffla en silence.

– Impressionnant. Et vous avez trente-trois ans, c'est ça ?

– Exact.

– Quand est-ce que vous êtes passée constable à la Criminelle ?

– A vingt-quatre ans.

Il haussa les sourcils, tapota son pantalon pour en chasser la poussière.

– Moi, il y a seulement trois semaines que je suis entré à la Criminelle. A la fin du stage. Mais vous devez vous en douter, non ? Que je suis un bleu. Etant donné ce qui s'est passé dans le parking. (Il tira sur son pull, ce qui fit ressortir ses épaules. Barbara remarqua qu'il avait également de très belles épaules.) Vingt-quatre ans, dit-il en se parlant à lui-même avec une certaine admiration. Moi, j'en ai vingt-neuf. Vous croyez que c'est trop tard ?

– Pour quoi faire ?

– Pour travailler à Scotland Yard, comme vous. C'est ce que je vise, le Yard. (Du bout du pied, comme un petit garçon, il s'amusa à soulever un coin du lino qui était déjà décollé.) Enfin... quand je serai suffisamment au point, bien sûr. Parce que, pour l'instant, j'ai encore des progrès à faire.

Ne sachant comment lui dire que son travail au Yard était souvent terne et ingrat, Barbara se contenta de questionner :

– Ça fait trois semaines que vous avez intégré la brigade criminelle ? C'est votre première enquête ?

En le voyant jouer du pied de plus belle avec le lino, elle comprit qu'elle tenait la réponse.

– Le sergent Stanley est plutôt fumasse que la direction de l'enquête ait été confiée à quelqu'un de Londres. Il a attendu au commissariat avec moi jusqu'à huit heures et demie et puis il s'est tiré. Il m'a dit de vous dire que vous le trouveriez chez lui au cas où vous auriez besoin de quelque chose ce soir.

– J'ai été coincée dans les embouteillages, expliqua Barbara.

– Moi je suis resté jusqu'à neuf heures et quart et puis je me suis dit que vous aviez dû aller à Amesford,

où se trouvent les bureaux de la Criminelle. Je m'apprê-
tais à me rendre là-bas lorsque vous êtes arrivée. Vous
voyant faire le tour du bâtiment, j'ai cru que vous
essayiez d'entrer par effraction.

– Où est-ce que vous étiez ? A l'intérieur ?

Il se frotta la nuque et éclata de rire, tête baissée, un
peu gêné.

– Pour ne rien vous cacher, j'étais en train de pisser.
Derrière le petit hangar, de l'autre côté du parking.
J'étais dehors, prêt à filer à Amesford ; je me suis dit
que j'aurais plus vite fait de pisser dans l'herbe que
d'ouvrir et de refermer la porte du commissariat. J'ai
même pas entendu arriver votre voiture. Quel abruti !
Venez, c'est par là.

Il se dirigea vers la partie avant du bâtiment, pénétra
dans une pièce succinctement meublée d'un bureau et
de classeurs métalliques, aux murs couverts de cartes
d'état-major. Un philodendron aux feuilles poussié-
reuses se dressait dans un coin. Une pancarte manus-
crite plantée dans le pot annonçait : *Défense de jeter du
café ou des mégots. Je suis une vraie plante, pas une poubelle.*

« Ben voyons », songea Barbara, sarcastique. Par son
aspect, ce sujet anémique lui rappelait ceux qu'elle avait
essayé de faire pousser chez elle.

– Pourquoi est-ce ici que le rendez-vous a été fixé, et
pas à Amesford ?

– Une idée du sergent Stanley, expliqua Robin. Il
s'est dit que vous voudriez d'abord vous rendre sur les
lieux du crime. Demain matin. Histoire de vous familiariser avec l'endroit. Ce n'est qu'à quinze minutes en voiture d'ici. Amesford est trente kilomètres plus loin.

Trente kilomètres sur une route de campagne, Barbara savait que cela signifiait trente bonnes minutes
supplémentaires de trajet. Elle aurait félicité le sergent
Stanley de sa perspicacité si elle ne s'était interrogée sur
ses motivations. D'un ton qu'elle s'efforça de rendre
aussi ferme que possible car la perspective d'y assister
ne l'enchantait guère, elle ajouta :

– Et l'autopsie, c'est prévu pour quand ?

– Demain matin. (Payne sortit de sous son bras une
petite pile de chemises.) Il faudra se lever aux aurores si
on veut d'abord aller sur les lieux du crime. A propos,
j'ai des documents à vous remettre.

Il lui tendit les chemises.

Barbara examina le tout. Il y avait là un second jeu de photos prises sur la scène du crime, une copie de la déposition du couple qui avait découvert le corps, des photographies prises à la morgue, une description minutieuse du cadavre – taille, poids, signes distinctifs cutanés (cicatrices, etc.) – ainsi qu'un jeu de radios. Le rapport précisait que du sang cardiaque avait été prélevé sur le cadavre aux fins d'examen toxicologique.

– Notre légiste voulait procéder à l'autopsie, dit Payne, mais le Home Office lui a demandé d'attendre que vous soyez là.

– On n'a pas retrouvé de vêtements près du corps ? Je suppose que la Criminelle a effectué des recherches approfondies.

– Rien du tout, dit-il. Dimanche soir, la mère de la fillette nous a fait une description assez précise de ce que portait la petite la dernière fois qu'on l'a vue. Nous avons fait circuler l'information mais ça n'a encore rien donné. Sa mère nous a dit... (S'approchant de Barbara, il feuilleta le rapport, une fesse posée sur le coin du bureau.) Sa mère nous a dit que lorsqu'elle avait été enlevée, elle devait avoir ses lunettes, et des livres de classe avec l'emblème de Sainte-Bernadette sur la page de garde. Elle devait également avoir sa flûte. Nous avons aussitôt transmis ces précisions à nos collègues. Quant à ce que nous avons pu établir... (Il feuilleta de nouveau le rapport pour trouver sa page.) Le corps est resté douze heures dans l'eau. Et avant sa mort, la petite s'est trouvée à proximité d'outillage lourd.

– Comment cela ?

Payne entreprit de lui fournir des explications. C'était un insecte inanimé retrouvé dans les cheveux de l'enfant qui leur avait permis d'aboutir à la première conclusion. Placé sous un verre de montre, l'insecte avait mis une heure et quart pour récupérer de son immersion dans l'eau du canal de Kennet et Avon, ce qui était à peu près le temps nécessaire à cet insecte de la famille des puces pour retrouver ses esprits après un séjour de douze heures dans un milieu liquide hostile. La seconde conclusion, c'était la présence d'une substance étrangère sous les ongles de l'enfant qui leur avait permis de la tirer.

– C'était quoi, cette substance ? questionna Barbara.

Il s'agissait d'un composé à base de pétrole, lequel était constitué de diverses substances polysyllabiques.

– En clair, de la graisse pour lubrifier le matériel lourd.

– Sous les ongles de Charlotte Bowen ?

– Exact, confirma-t-il. (Et de lui expliquer qu'on s'en servait pour entretenir les tracteurs, les moissonneuses-batteuses et autres machines agricoles de cette envergure. Du doigt, il pointa les cartes d'état-major.) Il y a des centaines de fermes dans le comté – des douzaines dans les environs immédiats. Nous avons quadrillé le secteur et avec l'aide de nos collègues de Salisbury, Marlborough et Swindon, nous allons les passer au peigne fin afin de trouver des preuves de la présence de la petite. C'est le sergent Stanley qui a mis ce dispositif en place. Les équipes ont commencé leurs recherches hier et avec un peu de chance... Bref, on ne sait jamais ce qu'elles peuvent découvrir. Même si c'est un travail qui va prendre un temps fou.

Barbara crut détecter une pointe de doute dans la voix du jeune homme et pour s'en assurer, elle s'enquit :

– Vous n'êtes pas d'accord avec cette approche ?

– C'est du travail de routine, il faut bien que ce soit fait. Pourtant...

Il s'approcha de la carte.

– Pourtant quoi ?

– Je ne sais pas. Une idée.

– On peut savoir ?

Hésitant manifestement, il lui jeta un coup d'œil. Elle savait très bien ce qu'il pensait : il s'était déjà rendu ridicule une fois ce soir et il n'avait pas vraiment envie de recommencer.

– Oubliez cette histoire de parking, constable. Nous étions tous deux sur les nerfs. Dites-moi plutôt à quoi vous pensez.

– Très bien, mais ce n'est qu'une idée. (Tout en parlant, il désigna du doigt divers points sur la carte.) Regardez. Il y a des champs d'épandage à Coate. Vingt-neuf écluses jusqu'à Caen Hill. Près de Devizes. Des appareils de pompage – des pompes éoliennes – près d'Oare et de Wootton Rivers.

– En effet, je vois ça. Où est-ce que vous voulez en venir ? voulut savoir Havers.

De la main, il l'encouragea à reporter son attention sur la carte.

– Dans la région, on trouve également des campings pour caravanes. Des moulins à vent. A Provender, Wilton, Blackland, Wootten. Il y a aussi une scierie à Honeystreet. Sans parler des quais où sont installés les loueurs de pénichettes pour les amateurs de promenades sur le canal.

Il se tourna vers elle.

– Si je comprends bien, de la graisse identique à celle qui était sous les ongles de la fillette, on peut en trouver dans chacun de ces endroits? Qui sont donc autant de lieux où on aurait pu la séquestrer? Ce n'est pas seulement dans les fermes qu'il faut faire des recherches, alors.

Comme à regret, il dit :

– Oui, monsieur. (Il se reprit et, avec une grimace, corrigea :) Je veux dire oui, madame... enfin... oui, sergent.

Barbara éprouva une sensation bizarre : c'était la première fois qu'elle était le chef de quelqu'un. Le ton déférent de Payne était agréable, ça la changeait de ce à quoi elle était habituée. Mais dans le même temps, ça créait entre eux une distance déconcertante.

– Appelez-moi Barbara.

Puis elle se concentra sur la carte, faisant mine d'ignorer l'embarras juvénile du constable.

– Ce qu'on cherche, c'est de l'outillage lourd. Et de l'outillage lourd, on en trouvera dans tous les endroits que je viens de vous citer, dit Payne.

– Mais le sergent Stanley n'a pas ordonné à ses hommes d'inspecter ces endroits?

– Le sergent Stanley...

De nouveau, Payne hésita, faisant se heurter ses incisives comme s'il hésitait à s'exprimer avec franchise.

– Eh bien quoi? le relança Barbara.

– L'arbre lui aura caché la forêt. Il a entendu graisse d'essieu, il a aussitôt pensé essieux, roues, véhicules, fermes. (Payne lissa avec soin un coin froissé de la carte et à l'aide d'une punaise la refixa au mur. Il semblait tellement concentré que Barbara en conclut que cette conversation le gênait. Il poursuivit :) Oh! et puis merde, il a raison raison. Après tout, il a des dizaines d'années d'expérience alors que moi je ne suis encore qu'un débutant. Comme vous avez pu le constater. Malgré tout, j'ai pensé...

– Vous avez bien fait de m'en parler, Robin. Il va falloir aller inspecter les endroits que vous avez mentionnés. Et tant qu'à faire, il vaut mieux que l'idée vienne de moi. Quand l'enquête sera bouclée, vous continuerez à travailler avec le sergent, ne l'oubliez pas.

Le jeune constable releva la tête, content et soulagé en même temps. Barbara n'arrivait pas à se rappeler dans quel état d'esprit pouvait se trouver un débutant impatient de réussir. Toujours est-il qu'elle éprouva de la sympathie pour le constable, se sentant un peu comme une grande sœur pour lui. Il avait l'air vif, sympathique. S'il arrivait à se défaire de sa gaucherie, il ferait certainement un excellent enquêteur.

– Autre chose? questionna-t-elle. Sinon il va falloir que j'aille prendre possession de ma chambre. Et téléphoner à Londres, histoire de savoir ce qui se passe là-bas.

– Ah oui, votre chambre.

Elle attendit qu'il lui dise où la brigade criminelle d'Amesford l'avait casée. Mais il ne semblait pas pressé de lui communiquer le renseignement. Il fit passer son poids d'un pied sur l'autre, sortit ses clés de voiture de sa poche et les agita.

– C'est un peu ennuyeux, amorça-t-il.

– Vous voulez dire qu'il n'y a pas d'endroit où je puisse loger?

– Si, si. Seulement... On s'attendait à ce que vous soyez plus vieille.

– Ah? Où est-ce que vous m'avez mise? A la maison de retraite avec le troisième âge?

– Non, chez moi.

– Chez vous?

Il se hâta d'expliquer que sa mère tenait un *bed and breakfast* dûment homologué et répertorié dans les guides touristiques, que Barbara aurait sa salle de bains – enfin, une douche plutôt, si ça ne l'embêtait pas trop –, qu'il n'y avait pas à proprement parler d'hôtel à Wootton Cross, mais qu'il y avait quatre chambres au-dessus du pub si elle préférait... Après tout, comme elle n'avait que trente-trois ans et lui vingt-neuf, elle pensait peut-être que ça la fichait mal d'habiter sous le même toit que lui...

La musique s'échappait tel un torrent du King Alfred Arms. Et le groupe qui interprétait *Yellow Submarine* ne semblait pas décidé à faire la pause de sitôt.

– Votre maison, elle est où ? demanda Barbara à Robin Payne. Par rapport au pub.

– A l'autre bout de la ville.

– Je suis preneur.

Eve Bowen n'alluma pas en entrant dans la chambre de Charlotte. La force de l'habitude. A son retour des Communes, le plus souvent longtemps après minuit, elle jetait un coup d'œil dans la chambre de sa fille. Par devoir. Les mères s'assuraient que leur enfant dormait quand il leur arrivait de rentrer bien après l'heure de leur coucher. Eve était mère, Charlotte était son enfant : Eve s'assurait donc que Charlotte dormait. En général, elle ouvrait doucement la porte. Si besoin était, elle remontait les couvertures. Elle ramassait Mrs Tiggy-Winkle et la remettait avec les autres hérissons en peluche de Charlotte. Elle vérifiait que le réveil de Charlotte était correctement réglé. Puis elle poursuivait son chemin.

Mais ça se bornait là : jamais elle ne restait debout au chevet de sa fille à évoquer le nouveau-né, le bébé ou l'enfant qu'elle avait été, à penser à l'adolescente ou à la femme qui sommeillait en elle. Jamais elle ne s'émerveillait des changements que le temps avait amenés chez elle. Elle ne méditait pas sur leur passé. Elle ne fantasmait pas non plus sur leur avenir. Sur le sien, en revanche, si. Pour ce qui était de son propre avenir, elle faisait même beaucoup plus que fantasmer. Elle travaillait, elle intriguait, elle planifiait, elle réalisait, elle manipulait, elle luttait, elle défendait des causes, elle condamnait. Mais pour ce qui était de l'avenir de Charlotte... L'avenir de Charlotte reposait entre ses mains.

Eve traversa la chambre dans l'obscurité. A la tête du petit lit vide, Mrs Tiggy-Winkle reposait au milieu d'un monceau d'oreillers en vichy. Machinalement, Eve prit la peluche et caressa la fourrure épaisse. Elle s'assit sur le lit. Puis elle se coucha au milieu des oreillers, Mrs Tiggy-Winkle coincée au creux du bras. Et elle se mit à réfléchir.

Elle n'aurait pas dû avoir le bébé. Elle s'en était rendu compte lorsque le médecin s'était exclamé : « Oh ! la jolie, l'adorable petite fille » en lui posant sur le ventre la chose gigotante et couverte de sang avant d'ajouter dans un chuchotement : « Je sais ce que vous ressentez, Eve. J'en ai trois. » Tous ceux qui étaient dans la pièce – des dizaines de personnes, lui avait-il semblé – avaient prononcé les phrases convenues sur la beauté de l'instant, le miracle de la naissance, le bonheur d'avoir mis au monde un bébé en parfaite santé, bien constitué, qui hurlait de toute la force de ses petits poumons. Merveilleux, miraculeux, étonnant, incroyable, ahurissant, extraordinaire. En l'espace de cinq minutes ç'avait été une pluie de qualificatifs dithyrambiques. Tout ça pour décrire un événement qui avait fait souffrir le martyre à Eve vingt-huit heures durant et l'avait laissée exténuée, n'aspirant qu'à la paix, au silence et à la solitude.

Elle brûlait de leur dire : « Emportez-la. Retirez-la de mon ventre. » Les paroles étaient prêtes à jaillir de ses lèvres. Elle se sentait à deux doigts de perdre le contrôle de ses nerfs. Mais c'était une femme qui, même dans les moments les plus durs, faisait passer son image avant tout le reste. Alors elle avait promené les doigts sur le petit crâne gluant et les épaules du nouveau-né qui s'époumonait, et elle avait adressé à l'assistance un sourire radieux. Ainsi lorsque, le moment venu, décidés à stopper son ascension, les tabloïds se mettraient à fouiner dans son passé en quête d'anecdotes peu flatteuses, ils auraient beau interviewer ceux qui avaient été là à la naissance de Charlotte, ils ne trouveraient rien à lui reprocher.

Lorsqu'elle s'était retrouvée enceinte, elle avait songé à avorter. Debout parmi la foule compacte des usagers du métro empruntant la Bakerloo Line, elle avait avisé le panneau accroché au-dessus d'une des vitres – *Clinique de Lambeth : aujourd'hui, les femmes ont le choix* – et elle s'était demandé si elle n'allait pas faire un saut dans le sud de Londres afin de mettre un terme aux multiples difficultés que cette grossesse ne manquerait pas de lui créer. Elle avait songé à prendre rendez-vous sous un faux nom. Envisagé de modifier son apparence, d'adopter un accent pour la circonstance. Mais elle avait repoussé ces stratagèmes qui ne faisaient que trahir l'hystérie d'une femme dont les hormones sont en plein désarroi. « Ne prends pas de décision hâtive, s'était-elle dit. Pèse soigneusement toutes les solutions, vois où ça te mène. »

Après avoir mûrement réfléchi, elle comprit que la seule solution sûre était d'avoir l'enfant, et de le garder. L'avortement risquait de se retourner contre elle plus tard lorsqu'elle se présenterait sous les traits d'une championne de la famille. Confier l'enfant à un service spécialisé dans les adoptions était certes une possibilité, mais pas si elle voulait se faire passer dans les campagnes politiques auxquelles elle était bien décidée à participer plus tard pour une mère qui travaille comme tant d'autres. Bien sûr, elle pouvait espérer faire une fausse couche ; seulement elle avait une santé de fer et ses organes étaient en parfait état. Et puis de toute façon, une fausse couche risquait de faire naître le doute dans l'esprit du public. Est-ce que, mère célibataire, elle n'avait pas provoqué cette fausse couche ? Est-ce que son mode de vie n'était pas en cause ? Est-ce qu'il lui serait arrivé de se droguer ? Est-ce qu'elle avait un passé d'alcoolique ? En politique, rien n'était plus pernicieux que le doute.

A l'origine, elle avait décidé de garder l'identité du père secrète, de ne la révéler à personne, pas même au principal intéressé. Sa rencontre inopinée avec Dennis Luxford cinq mois après le congrès de Blackpool avait fait capoter son plan. Il n'était pas idiot. Lorsqu'un jour dans un couloir à la Chambre, elle le vit de loin la détailler, scruter son visage, elle comprit qu'il avait deviné. Elle s'était excusée auprès du député dont elle sollicitait l'opinion pour le *Telegraph* et elle avait filé dans la bibliothèque. Là, tandis qu'elle rédigeait un message destiné à un autre député et se préparait à le mettre dans son casier, Luxford se matérialisa à ses côtés. « Il faut qu'on prenne un café. » A cela, elle avait répondu : « Inutile. » Il l'avait prise par le coude. D'un ton glacial, elle avait laissé tomber : « Pendant que tu y es, pourquoi ne fais-tu pas imprimer des faire-part ? » Sans un regard pour les dizaines de personnes qui évoluaient autour d'eux – touristes et hommes politiques –, il avait retiré sa main. « Je suis désolé », avait-il dit. « Ça, je m'en doute », avait-elle répondu.

D'entrée de jeu, elle lui avait déclaré ne pas vouloir qu'il s'immisce dans la vie de leur enfant. Et sauf une fois – un mois après la naissance – où il avait téléphoné pour essayer sans succès de lui faire part des dispositions financières qu'il désirait prendre pour Charlotte, il s'était bien gardé de faire intrusion dans leur existence. A plusieurs reprises pourtant elle avait cru qu'il essaierait d'intervenir. La première fois, lorsqu'elle s'était portée candidate à la députation. La seconde, quand elle s'était mariée, peu de temps après. Voyant qu'il s'était abstenu de se manifester, que les années passaient, elle s'était crue définitivement débarrassée.

Mais on ne se débarrasse jamais de son passé, songea Eve dans la chambre obscure de Charlotte. Et de nouveau, la vérité lui apparut : jamais elle n'aurait dû avoir cet enfant.

Elle se tourna sur le côté. Cala Mrs Tiggy-Winkle sous son menton. Replia les jambes et prit une profonde inspiration. La peluche sentait vaguement le beurre de cacahuète. Eve avait pourtant interdit à Charlotte de manger dans sa chambre. Est-ce que Charlotte lui aurait désobéi ? Est-ce qu'elle avait sali ce jouet – une somptueuse peluche de chez Selfridge – rien que pour contrarier sa mère ? Eve baissa la tête, enfouit le visage dans la fourrure vaguement poisseuse du hérisson et la renifla. Aucun doute, ça sentait...

– Eve ! (Des pas traversèrent rapidement la chambre. Eve sentit une main se poser sur son épaule.) Non. Pas comme ça. Pas seule. (Son mari essaya de la faire pivoter vers lui sur le lit. Comme elle se raidissait, il ajouta :) Laisse-moi t'aider, Eve.

Heureusement, il n'y avait pas de lumière, et heureusement elle pouvait se cacher le visage dans la fourrure du hérisson.

– Je te croyais en train de dormir.

Elle sentit le lit bouger tandis qu'il s'asseyait au bord. Il s'allongea près d'elle, leurs deux corps l'un contre l'autre telles deux petites cuillers dans leur coffret. Il lui passa un bras autour de la taille.

– Désolé.

Il parlait à voix basse. Elle sentit son souffle sur sa nuque.

– De quoi ?

– De m'être effondré. (Il avait la gorge serrée. Elle chercha sans le trouver un moyen de lui dire qu'il ne devait pas se croire obligé de la réconforter, surtout quand ce réconfort qu'il essayait de lui prodiguer l'affligeait, lui. Il poursuivit :) J'ai été pris au dépourvu. Je ne pensais pas que ça se terminerait comme ça. Pour Charlie. (Il lui prit la main qui tenait le hérisson.) Mon Dieu, Eve. Rien que de prononcer son nom, j'ai l'impression de tomber au fond d'un puits.

– C'est parce que tu l'aimais, chuchota Eve.

– Je ne sais même pas comment t'aider.

Alors elle lui fit ce cadeau : elle lui dit la vérité.

– Nul ne peut rien pour moi, Alex.

Il appuya les lèvres contre sa nuque. Il lui serra la main si fort qu'elle en eut mal aux jointures et dut mordre le hérisson pour s'empêcher de crier.

– Il faut que tu arrêtes, dit-il. Cesse de t'en vouloir. Tu as fait ce que tu estimais être le mieux. Tu ne pouvais pas savoir que ça tournerait de cette façon. Moi, je t'ai emboîté le pas. J'ai dit d'accord. Pas de police. Conclusion, nous sommes fautifs tous les deux. Je ne veux pas que tu portes ce fardeau seule, nom de Dieu.

Sa voix trembla sur le *Dieu*.

En l'entendant, elle se demanda comment il allait s'en tirer dans les jours à venir. Il était vital qu'il ne se trouve pas aux prises avec les médias. Les journalistes découvriraient forcément qu'elle n'avait pas téléphoné à la police pour lui signaler la disparition de Charlotte et une fois en possession de cet os, ils le rongeraient jusqu'à ce qu'ils découvrent pourquoi elle avait tenu les flics à l'écart. Qu'ils la questionnent elle, c'était une chose : elle avait l'habitude des duels avec les médias. Et à supposer qu'elle eût été incapable de leur tenir tête à coups de faux-fuyants, elle était la mère de la victime après tout, et si elle ne souhaitait pas répondre aux questions que les journalistes aboieraient sur son passage, nul ne pourrait en conclure qu'elle s'efforçait de les éviter. Mais Alex, c'était une autre histoire.

Elle l'imagina face à une douzaine de reporters le harcelant, lui posant des questions toutes plus incisives les unes que les autres. Elle l'imagina hors de lui, perdant le contrôle de ses nerfs et dévoilant du même coup le pot aux roses. « Je vais vous dire pourquoi nous n'avons pas téléphoné à cette putain de police », aboierait-il, furax. Et au lieu d'avoir recours à un subterfuge, il leur dévoilerait la vérité. Oh ! sans le faire exprès. Sans doute commencerait-il par quelque chose du genre : « C'est à cause des salopards comme vous que nous n'avons pas appelé les flics. » Eux bien sûr lui demanderaient des explications. « A cause de vous qui êtes toujours à l'affût d'une saloperie de sujet. Quand vous voulez une histoire pour en tirer un papier, vous ne reculez devant rien. – Ah bon ? Vous essayez de protéger Miz Bowen ? Pourquoi ? Elle a quelque chose à se reprocher ? – Non, non ! » Et ils continueraient à le harceler, resserrant la corde autour de son cou jusqu'à ce qu'il leur crache les faits. Il ne leur dévoilerait pas tout. Mais il leur en dirait assez pour leur donner envie d'en savoir davantage. Aussi était-il vital qu'il ne parle pas à la presse.

Il avait besoin d'un autre calmant, décida Eve. Deux même, comme cela il dormirait toute la nuit. Le sommeil était aussi important que le silence. Car sans sommeil on risquait de perdre son self-control. Elle esquissa un mouvement pour se lever, se mit en appui sur un coude. Elle lui prit la main, l'approcha un instant de sa joue et la reposa sur le lit.

– Où est-ce que tu...

– Je vais chercher les comprimés que le médecin nous a laissés.

– Pas maintenant, dit-il.

– Nous sommes épuisés tous les deux. La fatigue n'arrange rien.

– Mais prendre ces comprimés, c'est reculer pour mieux sauter. Tu t'en doutes bien.

Elle se raidit. Elle essaya de lire sur son visage afin de voir où il voulait en venir, mais l'obscurité le protégeait.

Il s'assit. Il fixa ses jambes un moment, parut rassembler ses pensées. Enfin il la fit asseoir à côté de lui, lui passa un bras autour de la taille et lui parla, les lèvres contre ses cheveux.

– Ecoute-moi, Eve. Tu es en sécurité ici. Tu comprends ? Avec moi, tu n'as absolument rien à craindre.

En sécurité, songea-t-elle.

– Ici, tu peux te laisser aller. Bien sûr, je ne ressens pas la même chose que toi – c'est impossible, je ne suis pas sa mère, je ne peux pas comprendre ce qu'une mère ressent à un moment pareil –, mais je l'aimais, Eve, je... (Il s'interrompit. Elle l'entendit déglutir tandis qu'il s'efforçait de rester maître de lui.) En avalant ces comprimés, tu ne fais que reculer le travail de deuil. Car c'est ce que tu as fait, n'est-ce pas ? Tout ça parce que je me suis effondré. A cause de ce que je t'ai dit l'autre soir, quand j'ai dit que tu ne vivais pas vraiment ici, que tu ne connaissais pas vraiment Charlie. Je suis désolé, j'ai disjoncté. Je veux que tu saches que je suis là maintenant, que tu peux te laisser aller.

Et il marqua une pause. Elle savait ce qu'elle était censée faire : se tourner vers lui, lui demander de la réconforter, exprimer de façon crédible son chagrin. Le manifester par des actes si elle ne pouvait l'exprimer par des mots.

— Laisse-toi aller, n'inhibe pas tes émotions, murmura-t-il. Je suis là.

Elle chercha fiévreusement une solution. Lorsqu'elle l'eut trouvée, elle baissa le menton et se força à se détendre.

— Je ne peux pas... (Elle reprit ostensiblement son souffle.) C'est trop lourd, Alex.

— Ça ne m'étonne pas. Vas-y doucement. Lâche doucement la vapeur. On a toute la nuit devant nous.

— Tu veux bien me prendre dans tes bras ?

— En voilà une question !

Il la serra contre lui. Elle passa ses bras autour de lui. Blottie au creux de son épaule, elle chuchota :

— C'est moi qui devrais être morte. Pas Charlotte. Moi.

— C'est normal. Tu es sa mère.

Il se mit à la bercer. Elle tourna son visage vers le sien.

— J'ai l'impression d'être morte à l'intérieur. Quelle différence cela ferait-il si le reste était mort aussi ?

— Je sais ce que tu ressens. Je te comprends.

Il lui caressa les cheveux. Posa sa main sur sa nuque. Elle leva la tête.

— Alex, serre-moi très fort. Empêche-moi de m'écrouler.

— Compte sur moi.

— Reste ici.

— Je ne te quitterai jamais, tu le sais.

— S'il te plaît, Alex.

— Oui.

— Reste avec moi.

— Oui.

Lorsque leurs bouches s'unirent, ce fut la conclusion logique de leur conversation. Et le reste suivit naturellement, facilement.

330

– Le comté a été quadrillé, disait Havers au téléphone. Le sergent – un type du nom de Stanley – a envoyé des constables dans toutes les fermes. Mais Payne pense...

– Payne ? questionna Lynley.

– Oui, le constable Payne. Il m'attendait au commissariat de Wootton Cross. Il appartient à la Criminelle d'Amesford.

– Ah bon, Payne.

– Il pense que c'est dommage de faire porter les recherches sur les seules machines agricoles. La graisse retrouvée sous les ongles de la petite pourrait provenir, selon lui, d'une foule d'autres endroits. Écluses, scierie, moulin, caravanes, quais. C'est pas idiot, comme idée.

Pensivement, Lynley s'empara du magnétophone voisinant sur son bureau avec trois photos de Charlotte Bowen confiées par la mère de la fillette, le contenu de l'enveloppe que Saint James lui avait remise à Chelsea, des photos et des rapports rassemblés par Hillier, et le résumé rédigé à la hâte par ses soins de tout ce que Saint James lui avait rapporté dans sa cuisine. Il était dix heures quarante-sept et il terminait une tasse de café tiède lorsque Havers l'avait appelé du Wiltshire, annonçant laconiquement : « Je loge dans un *bed and breakfast*. Lark's Haven, inspecteur. » Elle lui avait indiqué son numéro de téléphone avant de lui communiquer les éléments qu'elle avait recueillis. Il avait pris des notes. Graisse d'essieu, insecte, temps pendant lequel le corps avait séjourné dans l'eau. Il notait des noms de lieu de Wootton Cross à Devizes lorsque les réserves émises par Havers sur la façon dont le sergent Stanley avait organisé les recherches lui rappelèrent quelque chose.

– Un instant, sergent, fit-il, mettant en marche le magnétophone pour réécouter la voix de Charlotte Bowen : « *Cito*, fit la fillette. *Le monsieur, là, il dit que tu peux me faire sortir. Il dit que tu as une histoire à raconter qui in.téresse tout le monde.* »

– C'est la voix de la petite ? s'enquit Havers à l'autre bout de la ligne.

– Attendez un instant, fit Lynley. (Il fit avancer la bande. A toute vitesse. Puis il ralentit.) Écoutez-moi ça,

Havers : « *Y a pas de petit coin. Mais y a des briques. Un mât.* »

Lynley appuya sur la touche stop.

– Vous avez entendu ? On dirait bien qu'elle parle de l'endroit où elle est séquestrée.

– Des briques, un mât ? Ouais. C'est noté. Faut voir. (Une voix d'homme se fit entendre à l'arrière-plan. Havers plaqua une main sur le micro. Puis reprenant la parole, elle annonça d'une voix altérée :) Robin pense que nous tenons une piste avec cette histoire de briques et de mât.

– Robin ?

– Robin Payne. Le constable du Wiltshire. Sa mère tient le *bed and breakfast* où je suis descendue. Lark's Haven.

– Ah.

– Il n'y a pas d'hôtel à Wootton Cross et comme Amesford est à trente kilomètres et que la scène du crime est ici, je me suis dit...

– Sergent, votre logique est imparable.

– Bon, très bien, fit-elle en lui exposant son programme du lendemain : scène du crime pour commencer, ensuite autopsie, et après rendez-vous avec le sergent Stanley.

– Fouinez du côté de Salisbury pendant que vous y êtes, fit Lynley. (Il lui parla d'Alistair Harvie, de son antipathie pour Eve Bowen, de sa présence au congrès de Blackpool onze ans plus tôt, du fait qu'il s'opposait à ce qu'on construise une prison dans sa circonscription.) Harvie est le premier lien direct entre le congrès conservateur et le Wiltshire, conclut Lynley. C'est peut-être un peu trop évident, comme lien, mais ça mérite d'être approfondi.

– C'est noté, fit Havers tout en marmonnant : Harvie... Salisbury...

Lynley l'imagina griffonnant dans son carnet. Contrairement à celui de Nkata, c'était un vieux carnet à couverture cartonnée aux pages abondamment cornées. Lynley se demandait parfois si Barbara ne vivait pas dans un autre siècle.

– Vous avez votre téléphone portable, sergent ? vérifia-t-il.

– Une vraie saloperie, ces trucs-là, grommela-t-elle. Je les ai en horreur. Comment ça s'est passé avec Simon ?

Evitant de répondre, Lynley se lança dans une énumération des éléments consignés dans son résumé. Il termina en disant :

— Il a trouvé une empreinte sur le magnétophone. Dans le logement réservé aux piles, ce qui l'incite à penser qu'elle est authentique, qu'elle n'a pas été laissée là à dessein. Le service concerné s'en occupe. Mais si les gars nous sortent un nom des fichiers informatisés et qu'on s'aperçoit qu'il y a un récidiviste derrière le kidnapping, c'est que quelqu'un l'aura engagé pour faire le boulot.

— Ce qui peut nous ramener à Harvie.

— Ou à d'autres. Le professeur de musique. Les Woodward père et fils. Stone. Luxford. Bowen. Nkata s'occupe de tout ce petit monde.

— Et avec Simon ? Ça va, inspecteur ?

— Ça va, répondit Lynley. Ça va très bien.

Et sur ce mensonge, il raccrocha. Il termina son café maintenant à température de la pièce, et expédia le gobelet dans la poubelle. Il passa dix minutes à essayer de gommer de son esprit son entretien avec Saint James, Helen et Deborah, relisant le rapport de la police du Wiltshire. Après quoi, il rajouta quelques lignes à ses notes et mit ses documents en ordre, les classant dans des chemises. Lorsqu'il comprit qu'il ne pouvait plus continuer à faire l'autruche ni à ignorer ce qui s'était passé entre ses amis et lui, à Chelsea, il quitta son bureau.

Il se dit qu'il en avait assez fait pour aujourd'hui. Il était fatigué. Il avait besoin de se changer les idées, envie d'un whisky. Il avait un CD Deutsche-Grammophon qu'il n'avait pas encore écouté et une pile de courrier de sa propriété familiale en Cornouailles à laquelle il n'avait pas encore touché. Il lui fallait rentrer.

Mais plus il approchait d'Eaton Terrace, plus il avait conscience qu'il aurait mieux fait de prendre la direction d'Onslow Square. Il résista, refoulant cette impulsion, se répétant qu'il avait eu raison depuis le début. Mais il semblait que la voiture fût dotée d'une volonté propre car, malgré son désir de rentrer avaler un whisky et de se calmer en écoutant quelques mesures de Moussorgski, il se retrouva dans South Kensington et non à Belgravia, se garant à quelques pas de l'appartement d'Helen.

Elle était dans sa chambre, mais pas couchée en dépit de l'heure. Les portes de sa penderie étaient ouvertes et les tiroirs de sa commode par terre. Elle semblait plongée dans un grand ménage de printemps ou dans un nettoyage par le vide. Un volumineux carton était posé entre la commode et la penderie. Et dans ce carton elle était en train de déposer un carré de soie couleur prune soigneusement plié qui n'était autre qu'une de ses chemises de nuit. D'autres vêtements tout aussi soigneusement pliés s'empilaient dans le carton.

Il prononça son nom. Elle ne releva pas la tête. Sur le lit, il vit un journal resté ouvert. Lorsqu'elle parla, c'est au journal qu'elle fit allusion.

– Le Rwanda. Le Soudan, l'Ethiopie. Je perds mon temps en futilités à Londres – entretenue par mon père – tandis que tous ces gens meurent de faim quand ce n'est pas de dysenterie ou du choléra. (Elle tourna les yeux vers lui. Des yeux dont le brillant ne devait rien au bonheur.) C'est vraiment injuste, le destin. Je suis gâtée, pourrie. Et eux, là-bas, ils n'ont rien. Qu'est-ce que je peux faire ?

Elle s'approcha de la penderie, en sortit le peignoir prune assorti à la chemise de nuit. Elle le déposa avec précaution sur le lit, en noua la ceinture et se mit à le plier.

– Qu'est-ce que tu fabriques, Helen ? Tu ne penses tout de même pas...

Lorsqu'elle releva la tête, son expression le stoppa net.

– Aller en Afrique ? Leur proposer mon aide ? Moi, Helen Clyde ? Absurde.

– Ce n'est pas ce que je voulais...

– Où as-tu la tête ? Ce serait un coup à saboter ma manucure. (Elle posa le peignoir sur le tas de vêtements, retourna vers la penderie, examina cinq autres portemanteaux, et décrocha de son cintre une robe bain de soleil corail.) Franchement, tu me vois, moi, me rendre utile ? Sacrifier mes ongles ? Ce n'est pas mon genre.

Elle plia la robe avec un tel luxe de précautions qu'il comprit qu'il leur fallait vraiment parler. Au moment où il allait attaquer, elle l'interrompit.

– Je me suis dit que je pouvais leur envoyer des vêtements. Que je pouvais au moins faire ça. Et ne viens pas me dire que je suis ridicule.

– Ce n'est pas ce que je pense.

– Je sais à quoi tu penses, je ressemble à Marie-Antoinette distribuant de la brioche aux affamés. Qu'est-ce qu'une malheureuse Africaine va pouvoir faire d'un peignoir en soie quand ce dont elle a besoin, c'est de nourriture, de médicaments, d'un toit et d'espoir ?

Elle mit la robe bain de soleil dans le carton et retourna vers sa penderie pour continuer à examiner sa garde-robe. Elle choisit un tailleur en laine. Le posa sur le lit. Le brossa, vérifia les boutons, s'aperçut qu'il y en avait un qui allait lâcher et se dirigea vers sa commode d'où, après avoir fouillé dans un tiroir, elle sortit une petite corbeille en osier. Elle prit dans la corbeille une aiguille et une bobine de fil. Elle s'y reprit à deux fois mais ne réussit pas à enfiler son aiguille.

Lynley s'approcha et lui retira l'aiguille des mains.

– Arrête, Helen. Tu avais raison. Ce qui m'a mis hors de moi, c'est que tu m'aies menti. Pas la mort de la petite. Je suis désolé.

Elle baissa la tête et la lampe alluma des reflets cognac dans sa chevelure.

– Tu m'as vu sous mon plus mauvais jour ce soir, poursuivit Lynley. Dès que tu es en cause, je ne me contrôle plus. J'oublie tous les principes qu'on m'a inculqués. Tu as pu voir le résultat. Je ne suis pas fier de moi, je t'assure. Je te demande de me pardonner.

Elle ne répondit pas. Lynley aurait voulu la prendre dans ses bras. Cependant il n'esquissa pas un geste, car pour la première fois, terrifié, il se demandait comment il réagirait si elle le repoussait. Le cœur battant, il attendit qu'elle réponde. Lorsqu'elle parla, ce fut d'une voix presque inaudible, tête baissée, les yeux sur le carton.

– Dans un premier temps, l'indignation m'a soulevée. « Comment ose-t-il ? Pour qui se prend-il ? Pour Dieu ou quoi ? »

– Tu avais raison, dit Lynley. Tu avais raison, Helen.

– Mais quand j'ai vu Deborah, j'ai craqué. (Elle ferma les yeux comme pour chasser de sa rétine une image pénible. Elle s'éclaircit la gorge.) Simon ne voulait pas s'en mêler au début. Il leur a conseillé de faire appel à la police. C'est Deborah qui l'a persuadé de s'occuper de cette affaire. Et maintenant, elle se sent responsable de la mort de Charlotte. Elle n'a pas voulu laisser Simon jeter cette photo. Elle la tenait à la main quand elle est montée dans sa chambre.

Lynley se sentit encore plus mal.

– Je vais arranger ça.

– Tu lui as porté un coup mortel, Tommy. Lequel, je l'ignore, mais Simon, lui, le sait.

– Je vais lui parler. Leur parler. Ensemble. Séparément. Je vais faire le nécessaire.

– Il va falloir que tu fasses quelque chose, c'est sûr. Mais je doute que Simon accepte de te voir de sitôt.

– Je laisserai passer quelques jours.

Il attendit un signe de sa part, se rendant bien compte qu'il faisait preuve de lâcheté. Voyant qu'elle ne bronchait pas, il comprit que c'était à lui de faire le pas suivant, même si c'était difficile. Il leva la main, l'approcha de son épaule.

– J'aimerais être seule ce soir, Tommy.

– Très bien, dit-il sans en penser un mot.

Et il sortit dans la nuit.

18

Le lendemain matin à quatre heures et demie, lorsque son réveil sonna, Barbara Havers émergea du sommeil à sa manière habituelle. Avec un cri étranglé, elle se dressa d'un bond comme si la vitre de ses rêves avait été brisée non par une simple sonnerie mais à coups de marteau. Cherchant à tâtons le réveil, elle le fit taire tout en clignant furieusement des yeux dans l'obscurité. Un rai de lumière de l'épaisseur d'un doigt filtrait à travers les rideaux mal tirés. Se rendant soudain compte qu'elle n'était pas à Chalk Farm, elle fronça les sourcils. L'espace d'un instant, tout en se demandant où diable elle avait pu atterrir, elle s'efforça de mettre de l'ordre dans ses idées. Londres, Hillier, Scotland Yard, l'autoroute, ça, c'était hier. Puis la mémoire lui revenant, elle se souvint d'une jungle peuplée de chintz, d'oreillers en dentelle, de meubles pansus, de proverbes gnangnan brodés au petit point et de papier peint à fleurs. Des mètres, des kilomètres de papier peint à fleurs. Lark's Haven, le *bed and breakfast*. Voilà, elle était dans le Wiltshire.

Roulant vers le bord du lit, elle alluma la lampe. La lumière la fit loucher; elle atteignit tant bien que mal le pied du lit pour y prendre l'imperméable noir en plastique qui lui tenait lieu de robe de chambre au cours de ses déplacements. Elle l'enfila et, sous sa carapace crissante, traversa la pièce pour atteindre le lavabo où elle fit couler de l'eau. Puis, prenant son courage à deux mains, elle leva la tête vers la glace.

Qu'est-ce qui était pire? Son visage bouffi de sommeil et sa joue qui conservait encore l'empreinte de l'oreiller ? Ou le reflet dans le miroir du papier peint envahissant ? La tapisserie de la chambre croulait sous une avalanche de chrysanthèmes jaunes, de roses mauves, de rubans bleus et – impertinent défi aux lois de la vraisemblance comme de la botanique – de feuilles vert *et* bleu. Ce mièvre motif était repris sur le dessus-de-lit et les rideaux avec une profusion digne d'une Laura Ashley qui aurait pété les plombs. Barbara se représenta les touristes étrangers toujours avides de se frotter aux gens du cru, leurs cris d'extase devant le décor du *bed and breakfast*, si délicieusement british. « Oh ! Frank, c'est pas comme ça que tu voyais les cottages anglais ? N'est-ce pas que c'est chou ? Mignon. Adooooorâaaable. »

« Tu parles, à vomir, plutôt », songea Barbara.

Et en plus, Lark's Haven n'était même pas un cottage. C'était une vulgaire maison de brique située à l'extérieur du village, dans Burbage Road. Mais les goûts et les couleurs, ça ne se discutait pas. Et la mère de Robin Payne semblait trouver tout cela très bien.

– Maman a refait les tentures l'année dernière, lui avait expliqué Robin en la conduisant à sa chambre au premier. (Une petite plaque de céramique accrochée à la porte – non tapissée, la porte, Dieu merci – indiquait que la pièce portait le doux nom de « Cachette du grillon ».) Avec les conseils éclairés de Sam, avait ajouté Robin en roulant les yeux.

Barbara avait rencontré dans le séjour Corrine Payne et Sam Corey, son « promis ». Une sacrée paire de pigeons roucouleurs, ces deux-là, ce qui finalement n'avait rien d'étonnant dans un décor pareil. Lorsque Robin avait piloté Barbara de la cuisine vers le séjour, les tourtereaux s'étaient empressés de lui montrer combien ils s'aimaient. Si Corrine était la « petite caille » de Sam, ce dernier était le « petit cœur » de Corrine. Les amoureux n'avaient cessé de se manger des yeux jusqu'au moment où Corrine avait remarqué le pansement adhésif sur le visage de son fils.

La vue du sparadrap avait mis un terme momentané à leurs effusions, tapotis sur les mains, pinçotements de bras et de cuisses, et autres poutous sur les joues. En apercevant sa progéniture, Corrine s'était levée du canapé d'un bond, hurlant : « Robbie ! Ton visage, mon grand ! Qu'est-ce que tu as au visage ? » Là-dessus, elle avait sommé « petit cœur » d'aller lui chercher la teinture d'iode, l'alcool et le coton afin de soigner son fils adoré. Mais Sam n'avait pas eu le temps de s'exécuter que l'inquiétude de Corrine avait cédé la place à une crise d'asthme. Avec un vibrant « Je m'occupe de toi, ma petite caille », l'infatigable promis était parti chercher l'inhalateur au lieu de la trousse de secours. Laissant Corrine retrouver ses esprits grâce à l'appareil salvateur, Robin avait entraîné Barbara hors de la pièce.

– Désolé, avait-il murmuré lorsqu'ils étaient arrivés en haut. Ils ne sont pas toujours comme ça, vous savez. Seulement ils viennent de se fiancer. Alors, parfois, ils oublient tout le reste.

Barbara songea que le « parfois » ne s'imposait pas vraiment.

Mal à l'aise et la voyant garder le silence, Robin avait continué :

– On aurait mieux fait de vous réserver une chambre au King Alfred Arms. Ou dans un hôtel d'Amesford. Ou alors dans un autre *bed and breakfast*. Ici, franchement, ça craint. Ma mère et son fiancé sont des cassepieds. Mais lui n'est pas toujours là et je me suis dit...

– Robin, c'est parfait. Tout baigne, l'interrompit Barbara. Et je les trouve... (« A chier. » Le mot lui était venu spontanément à l'esprit. Toutefois elle se rabattit sur :) Ils s'aiment. Et vous savez ce que c'est, quand on est amoureux, ajouta-t-elle comme si elle-même était experte en la matière.

Robin marqua une pause avant de lui ouvrir la porte. Il parut soudain prendre conscience que Barbara était une femme, ce qui la déconcerta un peu sans qu'elle sût trop pourquoi.

– Vous êtes vraiment sympa, vous savez. (Puis se demandant comment elle allait prendre cette remarque, il s'empressa d'ajouter :) La salle de bains, c'est la porte à côté. J'espère que... Bon, enfin, dormez bien.

Puis il ouvrit la porte et fila gauchement comme quelqu'un qui ne sait que faire de sa carcasse, la laissant prendre possession des lieux.

Voilà, songea Barbara. Elle s'était installée aussi confortablement que possible dans la Cachette du grillon. Elle avait sorti slips et chaussettes de rechange. Son sweat-shirt pendait à un crochet derrière la porte. Sa chemise et son pantalon étaient suspendus dans le placard. Sa brosse à dents plantée dans un verre près du lavabo.

Elle se brossait précisément les dents avec sa vigueur matinale habituelle lorsqu'un coup fut frappé à la porte. Une voix enrouée s'enquit :

– Barbara, une tasse de thé ?

Du dentifrice plein la bouche, Barbara ouvrit la porte et tomba nez à nez avec Corrine Payne, un plateau dans les mains. Malgré l'heure peu chrétienne, Corrine, habillée de pied en cap, était maquillée et coiffée avec précision. Si elle n'avait pas changé de tenue et si ses cheveux noisette n'avaient pas été peignés de façon différente, Barbara aurait juré qu'elle ne s'était pas couchée de la nuit.

La respiration sifflante, Corrine lui adressa un sourire éblouissant et, d'un coup de hanche, referma la porte. Puis elle posa le plateau sur la commode.

– Ouf. Faut que je reprenne mon souffle. (Et elle s'appuya contre la commode en haletant.) Le printemps et l'été, c'est ce qu'il y a de pire pour moi. Avec tout le pollen qu'il y a dans l'air. (De la main, elle désigna le plateau.) Votre thé. Buvez. Dans une minute, je suis remise d'aplomb.

Tout en se rinçant la bouche, Barbara tenait l'autre femme à l'œil. Corrine en respirant faisait un bruit de ballon crevé qui se dégonfle lentement. Et si elle s'affaissait pendant que Barbara avalait gaiement son Oolong ?

Mais au bout d'un moment, au cours duquel Barbara entendit distinctement piétiner dans le couloir devant sa porte, Corrine dit :

– Ah, ça va mieux. Bien mieux. (De fait, sa respiration semblait moins stertoreuse.) Robbie est déjà à pied d'œuvre. Normalement, c'est lui qui aurait dû vous apporter votre thé. (Elle remplit la tasse de Barbara d'un liquide corsé, couleur de cannelle.) Mais il y a des limites : pas question qu'il monte leur thé aux jeunes femmes. Y a rien de pire, pour une femme, que d'être surprise par un homme avant d'avoir eu le temps de se rendre présentable. Vous n'êtes pas de cet avis ?

La seule expérience de Barbara dans ce domaine – qui remontait à dix ans en arrière – n'avait pas duré jusqu'au matin, aussi se contenta-t-elle de marmonner :

– Le matin, la nuit, pour moi, c'est pareil.

Et d'ajouter du lait dans sa tasse.

– C'est parce que vous êtes jeune et que vous avez une peau de pêche. Au fait... Quel âge avez-vous, Barbara ? Dites, ça ne vous ennuie pas, au moins, que je vous pose cette question ?

Barbara envisagea un instant de se rajeunir de quelques années, histoire de rire ; mais comme elle avait déjà annoncé la couleur à Robin, elle ne voyait pas l'intérêt de mentir à sa mère.

– Trente-trois ans, reprit Corrine. C'est formidable. Je m'en souviens comme si c'était hier, de mes trente-trois ans.

Barbara songea que ça n'avait sûrement rien d'un exploit, Corrine étant loin d'avoir atteint la cinquantaine. Cela l'avait étonnée d'ailleurs, lorsqu'elle l'avait vue la veille avec son fiancé, elle qui avait une mère âgée de soixante-quatre ans. Robin ayant vingt-neuf ans, c'est-à-dire presque son âge, Barbara ne s'était pas attendue à ce qu'il eût pour mère une femme aussi jeune. Corrine avait dû accoucher de Robin alors qu'elle n'était encore qu'une adolescente. Dans un moment d'amertume, elle se demanda quel effet ça pouvait faire d'avoir pour mère une femme dans la force de l'âge et non une sexagénaire presque au bout du rouleau, une femme en pleine possession de ses facultés et non une pauvre malade qui luttait pour ne pas sombrer complètement dans la démence.

– Sam est beaucoup plus âgé que moi, poursuivit Corrine. Mais vous avez dû vous en apercevoir. C'est drôle, hein, la vie. Si on m'avait dit que je tomberais amoureuse d'un type presque chauve... Le père de Robin avait une masse de cheveux. Une tignasse. Et des poils. Des poils partout. (De la main, elle lissa le napperon de dentelle de la commode.) Mais il est si gentil avec moi. Si patient. Si dévoué. (De trois doigts, elle se tapota la gorge.) Quand il m'a demandée en mariage, j'ai dit oui, j'ai pas pu résister. Et c'est tant mieux parce que maintenant Robbie va pouvoir vivre sa vie et épouser Celia. Une fille adorable, cette petite Celia. Vraiment adôoorâaable. Un amour.

La voix était douce, le sous-entendu limpide. Barbara croisa le regard de sa logeuse, qu'elle aurait bien voulu pouvoir rassurer. « Pas de panique, Mrs Payne, on se calme. Je n'ai pas l'intention de draguer votre fils. Et même si c'était le cas, ça m'étonnerait qu'il se laisse faire. » Mais elle se contenta d'avaler une autre gorgée de thé.

– Le temps d'enfiler quelque chose et je descends, Mrs Payne. J'en ai pour deux minutes.

Corrine sourit.

– Parfait. Robbie vous prépare votre petit déjeuner. J'espère que vous aimez le bacon.

Et sans attendre de réponse, elle disparut.

Robin émergea de la cuisine au moment où Barbara atteignait la salle à manger. Il tenait une poêle à la main et fit glisser deux œufs au plat sur l'assiette de Barbara. Avec un coup d'œil à la fenêtre et au ciel encore noir, il remarqua :

– L'aube n'est pas loin. Va falloir se dépêcher si vous voulez voir le canal à cinq heures.

La veille, tout en ralliant Lark's Haven avec Robin, elle lui avait fait part de son intention d'examiner l'endroit où le corps avait été retrouvé, à l'heure même où celui-ci avait été abandonné près du canal. Robin s'était fait un peu tirer l'oreille. « Si je comprends bien, va falloir quitter la maison à cinq heures moins le quart. » Mais lorsqu'elle lui avait rétorqué : « C'est parfait. Mettez votre réveil à sonner en conséquence », il n'avait pas essayé de protester davantage. Et maintenant il semblait aussi frais que s'il se levait tous les jours dès potron-minet bien qu'il eût étouffé un bâillement en lui souhaitant *bon appétit* [1] avant de regagner la cuisine. Barbara attaqua ses œufs. En un tournemain, elle les engloutit et comme il n'y avait personne pour l'observer ni critiquer ses manières, elle sauça son assiette. Après quoi, elle fit un sort au bacon, le faisant descendre avec une gorgée de jus d'orange. Et voilà pour le petit déjeuner gastronomique. Par curiosité, elle jeta un coup d'œil à sa montre. Trois minutes. Un vrai record, décidément.

Dans la voiture, Payne se montra peu communicatif. A sa grande joie, Barbara découvrit qu'il était lui aussi fumeur ; ils allumèrent donc une cigarette et tirèrent dessus, emplissant consciencieusement l'Escort de fumée. Après s'être bien encrassé les poumons en silence, le jeune constable quitta Marlborough Road

1. En français dans le texte. *(N.d.T.)*

pour prendre un chemin plus étroit menant à la poste du village et, de là, dans la campagne.

– C'est là que je travaillais dans le temps, dit-il soudain en désignant la poste d'un signe de tête. J'me disais que je passerais toute ma vie enfermé dans ce bureau. C'est pour ça que je suis pas entré plus tôt à la Criminelle. (Il lui jeta un coup d'œil, désireux de la rassurer.) Mais j'ai suivi des cours pour rattraper mon retard.

– La première enquête, c'est toujours la plus dure. En tout cas, la mienne, ç'a été la plus dure. Je suis sûre que vous vous en sortirez très bien.

– J'avais des bons résultats au lycée, fit-il avec conviction. J'avais même le niveau pour tenter ma chance à l'université.

– Pourquoi avoir renoncé ?

Il expédia la cendre de sa cigarette par la vitre entre-bâillée.

– A cause de Maman. Les crises d'asthme, ça va, ça vient. Elle a traversé de sales périodes au cours de ces années. Et je pouvais pas la laisser tomber. (Il lui jeta un coup d'œil de biais.) Je sais ce que vous pensez : « Encore un qui était pendu aux jupes de sa maman. »

« Erreur, Robin », se dit Barbara. Et de songer à sa mère – mais pas seulement à sa mère, à ses parents –, aux années passées dans le pavillon d'Acton, prisonnière de la mauvaise santé de l'un et de la désagrégation mentale et psychique de l'autre. Non, personne n'était mieux placé qu'elle pour savoir ce que mettre sa vie entre parenthèses pouvait signifier.

– Elle a Sam maintenant, la liberté se profile à l'horizon pour vous.

– Le « petit cœur » ? fit-il, sarcastique. Ah oui, c'est vrai. Si le mariage se fait, je pourrai enfin quitter la maison. Mais rien n'est moins sûr.

Il parlait comme un homme qui, à plusieurs reprises déjà, a failli goûter à la liberté mais a vu ses espoirs et ses projets réduits à néant. Décidément, Celia devait être une optimiste à tout crin.

Ils franchirent un pont, lequel enjambait le canal de Kennet et Avon. « Wilcot », annonça Robin, parlant du hameau aux cottages à toit de chaume échelonnés sur les berges du canal, tel un collier de perles baroques. La scène du crime n'était plus très loin, ajouta-t-il. A la lueur du tableau de bord, Barbara consulta sa montre pour voir combien de temps il leur restait. Quatre heures cinquante-deux. « Impeccable », songea-t-elle.

Ils continuèrent à s'enfoncer dans la campagne sur une route qui bifurquait vers l'ouest. Au sud, des champs de blé d'un vert glauque sous la lumière de l'aube frissonnaient sur le passage de la voiture. Au nord, des collines dénudées. Au flanc de l'une d'elles, cou tendu, l'un des célèbres chevaux blancs du Wiltshire s'élançait en un galop immobile, crevant l'obscurité de son insolite présence.

Lorsqu'ils atteignirent Allington, le ciel vira du noir au gris. Un gris identique à celui des pigeons de Trafalgar Square.

– On arrive, dit Robin.

Au lieu de la conduire directement sur la scène du crime, il lui fit faire le tour complet du hameau, lui indiquant au passage comment – à partir de la route principale – on accédait au village. Il y avait deux voies d'accès. L'une, plus au nord, longeait Park Farm ainsi qu'une demi-douzaine de maisons de stuc au toit de tuile rouge. L'autre, plus proche de Wilcot et de la route qu'ils avaient empruntée, coupait une bonne partie de Manor Farm, dont les corps de bâtiment principaux, granges et dépendances étaient presque entièrement dissimulés derrière des murs de brique enfouis sous la végétation.

Les deux voies d'accès se rejoignaient, formant une piste bosselée, et ce fut sur cette piste qu'ils s'engagèrent en cahotant pendant que Robin – s'excusant de la suspension de sa voiture – lui expliquait qu'ils n'étaient plus qu'à un kilomètre et demi de leur destination.

Occupée à examiner les alentours, Barbara hocha vaguement la tête. Bien qu'il ne fût que cinq heures du matin, elle avait aperçu de la lumière dans trois maisons. Personne dehors. Mais si un véhicule s'était aventuré par là, en début de semaine, à la même heure, nul doute que quelqu'un l'aurait remarqué. Pour s'en assurer, il suffisait de poser la bonne question à la bonne personne, histoire de lui rafraîchir la mémoire.

– Les habitants des maisons environnantes, on les a interrogés ? s'enquit-elle.

– Les collègues ont commencé par là.

Robin passa en première et la voiture fit un bond en avant.

344

Barbara se cramponna au tableau de bord.

– Il se peut qu'on ait à recommencer.

– Ah, bon.

– Qui sait, ils ont peut-être oublié un détail. Il y avait sûrement quelqu'un qui était debout : il y a bien des gens qui sont levés aujourd'hui. Et si une voiture est passée...

Robin siffla entre ses dents d'un air dubitatif.

– Quoi ?

– Vous oubliez que le corps a été abandonné sur la berge un dimanche matin.

– Et alors ?

Il ralentit pour éviter un énorme nid-de-poule.

– On voit bien que vous êtes de la ville, Barbara. Le dimanche, c'est relâche, à la campagne. Les fermiers sont sur le pont avant l'aube six jours sur sept. Le septième, ils suivent les conseils du Seigneur : ils restent bien au chaud dans leur lit. Peut-être sortent-ils de sous leur couette à six heures et demie. Mais à cinq heures ? Non, pas le dimanche.

– Bon sang de bonsoir !

– Comme vous dites, ça ne nous facilite pas le travail, renchérit-il.

A l'endroit où la piste atteignait le pont, il se gara aussi à gauche que possible et éteignit le moteur qui crachota trois fois avant de se taire. Ils sortirent de l'Escort dans l'air matinal.

– Par ici, fit Robin, l'entraînant de l'autre côté du pont vers une pente herbue qui conduisait au chemin de halage parallèle au canal.

Les roseaux croissaient là en abondance, les fleurs sauvages aussi, qui dessinaient sur le vert profond des berges des étoiles roses, blanches et jaunes. Dans les roseaux nichait du gibier d'eau ; des cris de canards prenant soudain leur vol retentirent. Seul bruit à des kilomètres à la ronde. A l'ouest et à l'est du pont, deux pénichettes étaient amarrées le long de la rive. Lorsque Barbara se tourna vers Robin pour lui poser la question, il lui répondit que c'étaient des touristes. Des gens de passage. Le jour où le corps avait été découvert, ils ne se trouvaient pas là. Demain, ils auraient certainement levé l'ancre.

– Ils remontent jusqu'à Bradford-on-Avon. Bath et Bristol. Ils sillonnent le canal en péniche dans les deux sens de mai à septembre. Ils s'arrêtent pour la nuit quand ils trouvent un endroit où s'amarrer. Ce sont essentiellement des citadins. (Il sourit.) Comme vous.

– Les péniches, on se les procure comment ?

Sortant ses cigarettes, il lui en offrit une. Craquant une allumette, il commença par lui allumer la sienne, sa main en coupe autour de celle de Barbara pour abriter la flamme. Il avait la peau lisse et fraîche.

– On les loue, dit-il en réponse à sa question. Dans cette région de canaux, c'est rare qu'aux abords des agglomérations il n'y ait pas un loueur de péniches ou de pénichettes.

– Quelles agglomérations ?

Il roula sa cigarette entre le pouce et l'index tout en réfléchissant.

– Hungerford. Kintbury. Newbury. Devizes. Bradford-on-Avon. Wootton Cross. Même à Wootton Cross, on peut louer des péniches.

– Wootton Cross ?

– Il y a un quai, un peu plus haut, dans Marlborough Road. C'est là que le canal traverse le village. Et qu'on peut louer des péniches.

Barbara se dit qu'avec toutes ces ramifications l'affaire tournait à la toile d'araignée. Louchant à travers la fumée de sa cigarette, elle eut un mouvement du menton vers la piste sur laquelle ils avaient roulé.

– Où est-ce qu'elle mène ?

Suivant la direction qu'elle lui indiquait, il désigna de la main le sud-est.

– Elle continue à travers champs. Pour se terminer devant un bosquet de faux platanes à huit cents mètres de là environ.

– Et qu'est-ce qu'il y a là-bas ?

– Des arbres. Des clôtures. Rien d'autre. On a passé tout ça au peigne fin dimanche après-midi. On peut encore jeter un coup d'œil, si vous voulez, quand il fera un peu plus clair.

La lumière gagnait l'est. Barbara réfléchit à la suggestion. La police avait un sérieux handicap dans cette enquête. Cinq jours s'étaient écoulés depuis la disparition de Charlotte Bowen, six en comptant celui-là. Quarante-huit heures s'étaient écoulées depuis la découverte du corps et Dieu seul savait combien d'heures depuis la mort de la fillette. Plus le sable dégringolait dans le sablier, plus la piste se refroidissait, plus les souvenirs des gens s'estompaient et plus les chances d'élucider l'affaire diminuaient. Barbara en était bien consciente. Pourtant, dans le même temps, elle éprouvait le besoin irrésistible de refaire le travail qui avait déjà été fait. « Pourquoi ? » se demanda-t-elle. La réponse, elle la connaissait : elle tenait là l'occasion de faire ses preuves – tout comme le constable Payne – et elle était bien décidée à en profiter au maximum.

Pourtant ce besoin ne servait ni les intérêts de la famille de Charlotte Bowen ni ceux de la justice.

– Si vous n'avez rien trouvé...

– Pas l'ombre d'un commencement de piste, dit-il.

– Alors contentons-nous de ce que nous avons. (Ils avaient fait quelques mètres le long du canal pour atteindre l'endroit où le corps avait été abandonné, près des roseaux. Barbara fit demi-tour et repartit vers le pont de brique voûté, sous lequel une étroite plate-forme de béton formait comme une sorte de quai au-dessus de l'eau. D'une pichenette, elle expédia sa cigarette dans le canal. Devant la grimace de Robin, elle expliqua :) Désolée, mais il n'y a pas encore assez de lumière et il faut que je me rende compte... (L'eau coulait vers l'ouest.) On peut envisager deux possibilités. (Elle tapota l'arche du pont qui s'incurvait au-dessus de leurs têtes.) Il se gare sur le pont, emprunte le sentier pour descendre sur la berge, se réfugie en hâte sous le pont avec le corps. Il lui faut quoi, dix secondes, pour se mettre à l'abri des regards ? Il balance le corps dans l'eau. Le corps flotte. Le courant l'entraîne vers les roseaux.

Elle regagna le chemin de halage, suivie de Robin. Contrairement à elle, il éteignit sa cigarette en l'écrasant sur le talon de sa chaussure puis il enfouit le mégot dans sa poche.

Devant tant de conscience écologique, Barbara fut un instant tentée de plonger dans le canal afin de repêcher son propre mégot. Mais au lieu de cela, elle poursuivit :

– Deuxième possibilité, il amène la fillette jusque-là en péniche. La fait basculer dans la flotte par l'arrière. Comment dit-on déjà, pour l'arrière d'une embarcation ? La proue, la poupe ?

– La poupe.

– OK. Il la fait glisser dans l'eau par la poupe et poursuit sa croisière comme le premier touriste venu.

– En d'autres termes, il faut qu'on interroge tous les loueurs de pénichettes.

– Ça m'en a tout l'air. Est-ce que le sergent Stanley s'en est occupé ?

Robin fit s'entrechoquer dents du haut et dents du bas comme la veille au soir lorsque les méthodes du sergent Stanley avaient été évoquées.

– Non ? voulut savoir Barbara.

– Quoi ?

– Le claquement de dents, ça veut dire non ?

Il approcha sa langue de ses dents et éclata de rire

– Vous n'en ratez pas une. Il va falloir que je me tienne à carreau.

– Y a intérêt. Mais pour en revenir au sergent... Allons, Robin, je ne vous demande pas de cafter. J'ai besoin de savoir à quoi m'en tenir.

Sa réponse oblique lui fournit le renseignement qu'elle souhaitait.

– Si vous n'y voyez pas d'inconvénient, Barbara, j'aimerais aller fouiner de mon côté. Vous devez assister à l'autopsie, non ? Et le sergent Stanley voudra vous voir après. A part ça, y a certainement des choses que le Yard veut vous voir approfondir. Sans parler des coups de téléphone que vous avez à passer. Des rapports à rédiger. En ce qui me concerne, voilà comment je vois les choses : soit je vous sers de chauffeur – et j'en serais très heureux – et de bras droit. Soit je vous prête mes yeux et mes oreilles, et je vais mener ma petite enquête.

Du menton, il désigna le sentier, la voiture et le Wiltshire.

Force fut à Barbara d'admirer son sens de la diplomatie. Une fois qu'elle serait de retour à Londres, lui serait obligé de continuer à travailler avec le sergent Stanley. Et si Robin voulait obtenir de l'avancement, il avait intérêt à rester en bons termes avec son patron.

– C'est OK, ça marche. (Elle se mit à gravir la pente pour rejoindre le sentier. Elle entendit des pas derrière elle. Arrivée en haut, elle marqua une pause et se retourna.) Robin, fit-elle lorsqu'il se décida à relever la tête, je crois que vous allez faire un flic formidable.

Il découvrit ses dents en un sourire éclatant et baissa la tête. La lumière n'était toujours pas fameuse, mais eût-elle été meilleure, Barbara se dit qu'elle l'aurait vu rougir.

— Devant Dieu, je vous jure que j'ai pas fait ça, lança Mitchell Corsico. Vous me prenez pour un dingue ou quoi ? Vous croyez que j'ai envie de signer mon arrêt de mort ?

Il remonta son jean qui dégringolait et se mit à faire les cent pas dans le bureau d'Aronson tandis que, retranché derrière sa table de travail, Rodney le scrutait tout en écoutant grincer ses bottes de cow-boy. Le rédacteur dépapillota une barre d'Aero avec sa minutie habituelle, faisant jaillir de sa gangue de papier la valeur d'une bouchée de chocolat.

— Qu'est-ce que tu veux, Mitch, je peux pas m'empêcher de repenser à tes menaces d'hier, fit Rodney, son chocolat doucettement calé au creux de la joue. Mets-toi à notre place, petit. On a des raisons de se faire des cheveux.

Le *notre* n'échappa pas à Corsico.

— C'est pas vrai, Rodney, vous êtes quand même pas allé raconter à Luxford que... Putain, Rodney, me dites pas que Luxford se figure que je lui ai fait un enfant dans le dos ? J'étais en pétard, c'est tout.

— Mouais, ponctua Rodney. Mais il n'en reste pas moins que...

Il laissa l'édition du matin du principal concurrent de *La Source* parler pour lui. Le *Globe* était en effet posé bien en évidence sur le bureau de Rodney. A la une, près d'une photo au téléobjectif d'Eve Bowen descendant de voiture devant son domicile de Marylebone, une manchette proclamait : « Enlèvement de la fille du député : la police n'avait pas été prévenue ! » Le tabloïd s'était défoncé et avait mis le paquet sur le sujet que Mitchell Corsico avait proposé à Luxford la veille dans l'après-midi. Sujet d'article que Luxford avait fermement écarté.

— Cette info, n'importe qui aurait pu l'avoir, dit Corsico. J'ai dû me pointer là-bas le premier, c'est tout.

— Comment ça ?

— Et merde ! Je me suis bel et bien pointé le premier. Mais c'est pas pour ça que je suis le seul à qui la gouvernante se sera confiée. Elle était dans un tel état, la pauvre femme ; à croire qu'il s'agissait de sa gamine. Elle aura ouvert son cœur à quiconque lui aura témoigné de la sympathie.

– Mouais, fit de nouveau Rodney. (Il avait découvert, et ça ne datait pas d'hier, que prendre l'air pensif était finalement aussi efficace que de penser. Aussi, après avoir émis les bruits appropriés, il forma un losange avec ses doigts et ses pouces, sur lequel il posa son menton.) Que faire ? murmura-t-il.

– Qu'est-ce que vous voulez dire ? questionna Corsico. Luxford a vu ce papier ?

Rodney haussa une épaule en guise de réponse.

– Je vais lui parler, fit Corsico. J'étais en rogne, c'est vrai ; mais il me connaît, il sait que je serais jamais allé proposer de la copie à un autre canard.

– L'article n'est pas signé, Mitch. Ça la fiche mal, tu ne trouves pas ?

Corsico s'empara du tabloïd, il parcourut des yeux la première page. A l'endroit où, sous la manchette, devait figurer le nom de l'auteur, il n'y avait rien. Il reposa violemment le journal sur le bureau de Rodney.

– Où est-ce que vous voulez en venir exactement ? J'aurais refilé ma copie au *Globe* en leur demandant de faire passer mon nom à la trappe ? Et je leur aurais dit que je rejoignais leur équipe, le temps de filer ma dem' à Luxford ? Voyons, Rodney, ça tient pas debout, cette histoire ! Si j'avais voulu jouer le coup comme ça, j'aurais pris mes cliques et mes claques dès hier soir, et en ce moment même mon nom serait à la une de ce torchon.

Il se remit à faire les cent pas dans le bureau, l'arpentant en tous sens. A l'extérieur, dans la couveuse [1], les membres de la rédaction s'affairaient. Toutefois, aux regards furtifs jetés à son bureau vitré, Rodney comprit qu'il n'était pas seul au courant du coup de maître du *Globe*. Lorsqu'il dirigeait les yeux vers eux, les journalistes détournaient la tête en vitesse. Tous semblaient malades de dépit : se faire doubler par un concurrent, c'était aussi moche que d'être pris en flagrant délit d'inexactitude. C'était même pire. Car l'inexactitude n'avait jamais empêché les journaux de se vendre.

Rodney poursuivit son savant travail de dépapillotage. D'un coup de langue agile, il se cala un nouveau morceau de chocolat contre la joue. Son dentiste l'avait pourtant prévenu : s'il n'arrêtait pas de stocker du chocolat entre ses molaires et sa joue, il se retrouverait

1. Salle de rédaction. *(N.d.T.)*

édenté à soixante ans. Et alors ? Il y avait sûrement pire, dans la vie, que de se promener avec des ratounes en porcelaine.

— Ça la fout mal, dit Rodney. Tes actions sont drôlement en baisse dans la maison en ce moment.

— Manquait plus que ça, marmonna Corsico.

— Il faut absolument que tu nous apportes quelque chose de consistant pour l'édition de demain. Et que tu fasses fissa.

— Sans blague ! Et Luxford, qu'est-ce qu'il en pense de tout ça ? Il n'en voulait pas, hier, de ma copie. (D'un index vengeur, il tapota l'exemplaire du *Globe*.) En tout cas pas sans une confirmation, par Scotland Yard, qu'Eve Bowen – au lieu de faire appel aux flics de son quartier – s'était précipitée à Victoria Street. Pourquoi est-ce qu'il aurait changé d'avis entre-temps ? Et me dites pas que le Yard a confirmé l'histoire du *Globe*. Je trouverais ça un peu gros à avaler.

— Pourtant ce n'est pas impossible, dit Rodney. Des indics, il y en a partout, Mitch. Je ne t'apprends rien, j'espère ?

Corsico reçut cinq sur cinq le message de Rodney.

— Bon, d'accord. J'étais tellement fumasse quand j'ai quitté la boîte hier que je suis allé me bourrer la gueule.

— Au lieu de te décarcasser pour avoir les confirmations nécessaires ? Comme tu étais censé le faire ? (Rodney émit un *tt-tuttt* réprobateur.) Pas question que ça se reproduise, Mitch. Pas question de nous refaire un coup comme celui-là. Luxford verrait ça d'un très mauvais œil. Et le directeur aussi. C'est clair ?

Corsico fourra sa main gauche dans la poche arrière de son jean et en sortit son calepin.

— Limpide. Heureusement, la situation n'est pas désespérée. Les tuyaux commencent à arriver.

Rodney songea qu'il était temps de se montrer bon prince. Aussi, d'une voix aimable, il lança :

— Je vais m'empresser de répercuter cette bonne nouvelle. En haut lieu, on va être content. Qu'est-ce que tu as, au juste ?

— De tout. Du valable, des conneries, des pistes. (Corsico se passa la langue sur les lèvres et s'humecta les doigts. Puis il feuilleta son calepin.) Le valable, d'abord. La petite était-elle une enfant illégitime ? Est-il vrai que Bowen a toujours tu le nom de son père, que la gamine fréquentait un cours privé catholique? Les conneries, maintenant. Selon les sources, il s'agirait, je cite : « D'un complot religieux qui mitonnerait un nouveau kidnapping d'enfant. D'un culte satanique avec sacrifice d'enfants qui s'apprêterait à récidiver. D'une histoire de traite des Blanches. D'un réseau de pornographie enfantine. » A part ça, les traditionnels coups de téléphone de dingos. Ceux qui prétendent avoir aperçu le ravisseur, ceux qui se déclarent coupables, ceux qui affirment être le père de la petite.

– L'espèce humaine est vraiment méprisable, murmura Rodney.

– Ça, c'est bien vrai.

Corsico fixait ses notes. De l'ongle de l'index, il tourmentait l'une des pages de son calepin. La manœuvre n'échappa pas à Rodney.

– Et les pistes, Mitch? fit Rodney. Il nous faut notre papier.

– Il est en gestation. Pas encore prêt à être publié.

– Vu. Continue.

– OK. Je suis arrivé tôt à la boîte ce matin, c'est pour cette raison que j'ai raté ça. (Mouvement de menton vers le *Globe*.) J'avais l'extrait de naissance de la gamine, vous vous souvenez? Une photocopie du moins, que j'avais réussi à me procurer à Sainte-Catherine.

– Pas de danger que j'aie oublié. Tu as levé un lièvre?

Corsico sortit un crayon de sa poche, griffonna un pense-bête dans son calepin et glissa le crayon sous son Stetson, dont il releva le bord.

– J'ai fait mes calculs.

– Tes calculs?

– La grossesse de Bowen. Si l'accouchement a eu lieu dans les temps, neuf mois plus tôt, c'était le 13 octobre. A tout hasard, j'ai « scanné » les microfilms, histoire de savoir ce qui se passait à ce moment-là. Quinze jours avant et quinze jours après le 13 pour avoir de la marge. (Il lut ses notes.) Blizzard dans le Lancashire. Bombe dans un pub de Saint Albans. Meurtrier en série. Validité des empreintes génétiques remise en question. Bébés-éprouvette...

– Mitchell, au cas où tu ne l'aurais pas remarqué, j'ai raccroché les gants. Inutile de m'assommer avec les détails. Où veux-tu en venir au juste?

Corsico releva le nez de son calepin.

– Le congrès tory.

– Eh bien quoi, le congrès tory?

– Le congrès tory d'octobre à Blackpool. Voilà ce qui se passait neuf mois exactement avant la naissance de la petite Bowen. On sait déjà qu'Eve Bowen était correspondante politique au *Telegraph*. Elle devait couvrir l'événement. En fait, elle le couvrait bel et bien. J'ai eu confirmation par les archives du *Telegraph* il n'y a pas quinze minutes. (Corsico referma son calepin.) Autrement dit, je n'étais pas loin, hier. Tous les pontes du Parti conservateur ont dû se pointer à Blackpool à un moment ou un autre. Et elle baisait avec l'un d'eux.

Rodney ne put qu'admirer la ténacité du jeune homme. Corsico était en pleine possession de la force, de la détermination et de la souplesse de la jeunesse. Il stocka l'information sur le congrès dans une case de sa mémoire.

– C'est bien beau, mais où est-ce que ça te mène, ça, mon petit Mitch? Se livrer à des spéculations sur l'identité du père, c'est une chose. La découvrir, c'en est une autre. Parce que des tories, à Blackpool, il y en avait combien? Deux mille membres du parti et deux cents députés? Tu t'y prends comment pour trouver le bon au milieu de tout ça?

– Je vais éplucher les papiers que Bowen a rédigés pendant le congrès. Histoire de voir si elle s'intéressait aux travaux d'une commission parlementaire précise. Peut-être a-t-elle interviewé quelqu'un qui l'aura draguée. Je vais en toucher un mot aux correspondants parlementaires également, des fois qu'ils auraient des munitions.

– C'est un bon début, reconnut Rodney. Mais de là à nous pondre un papier pour demain...

– OK, OK. Impossible de passer ça dans le canard. Pas encore, du moins. Mais je vais appeler mes informateurs. Ils ont peut-être du nouveau.

Rodney opina du bonnet, levant une main bénisseuse pour signifier à Corsico que l'entretien était terminé.

Arrivé devant la porte, Corsico effectua un demi-tour.

– Rod, franchement, vous croyez pas que j'ai refilé cet article au *Globe*, si?

Rodney se composa un masque d'infini sérieux.

353

– Mitchell, crois-moi, je sais que tu n'as pas refilé le papier au *Globe*.

Après avoir attendu que la porte se referme sur le reporter, il finit de dépapilloter sa barre d'Aero. Au dos du papier d'emballage, il inscrivit *Blackpool, 13 octobre*, replia méticuleusement le papier et le fourra dans sa poche. Puis il se colla un ultime morceau de chocolat dans la bouche et, avec un gloussement satisfait, il attrapa son Filofax et son téléphone.

Les photos n'avaient pas été difficiles à trouver. Evelyn n'était pas une femme de l'ombre, loin de là. Comme tout haut fonctionnaire qui cherche à faire une brillante carrière, elle avait fait l'objet de nombreux papiers dans la presse de ces six dernières années. Et consciente de l'importance de l'image qu'un politique doit donner de lui, elle n'avait pas rechigné à poser en compagnie de sa famille.

Dennis Luxford avait trois de ces clichés devant lui. Tandis que le personnel de *La Source* vaquait à son travail, il étudia les photos de sa fille.

Sur l'une, la fillette était assise sur un gros coussin devant Eve et son mari, eux-mêmes assis dans un canapé. Sur une autre, elle se cramponnait à la crinière d'un cheval tandis qu'Eve, en jodhpurs, lui faisait faire le tour du manège. Sur la troisième, elle faisait ses devoirs, un bout de crayon à la main, tandis que penchée au-dessus d'elle sa mère désignait du doigt une page de cahier.

Luxford ouvrit un tiroir de son bureau et farfouilla dedans pour y prendre la loupe qui lui servait à lire les petits caractères. Il l'approcha des photos, scrutant le visage de Charlotte.

L'examinant attentivement pour la première fois – au lieu de se contenter du vague coup d'œil dont il gratifiait généralement des clichés qu'il considérait ni plus ni moins comme de la propagande électorale –, il s'aperçut qu'elle tenait de lui. Certes, elle avait les cheveux et les yeux de sa mère, mais quant au reste, c'était bien une Luxford. Même menton que sa sœur, même front que lui, nez et bouche identiques à ceux de Leo. Physiquement, sans conteste, elle était sienne aussi sûrement que si elle avait porté son nom.

Et pourtant il ne savait rien de cette enfant. Pas plus sa couleur préférée que sa pointure ou que les histoires qu'elle aimait qu'on lui lise le soir au lit. Il n'avait pas la moindre idée des souhaits ou des aspirations qu'elle avait formulés, des stades qu'elle avait traversés, des rêves qu'elle avait faits. Car cela allait de pair avec la responsabilité. Ayant renoncé à prendre ses responsabilités, il ignorait tout de sa vie. Oh ! bien sûr, il avait joué au papa, le temps d'une visite mensuelle à la Barclay's ; il avait porté les chaînes de la paternité l'espace d'un quart d'heure, le temps de signer les chèques qui lui permettaient de se donner l'absolution. Mais ça s'était borné là, il était resté dans la coulisse, soucieux en apparence de prendre des dispositions pour l'avenir de Charlotte une fois qu'il serait mort alors qu'en fait il ne cherchait qu'à mettre du baume sur sa conscience.

Cela lui avait semblé être la chose à faire. Evelyn avait d'ailleurs formulé clairement ses desiderata. Et comme dans l'histoire, c'était elle, la partie lésée, il s'était incliné, respectant ses désirs. Des désirs tellement faciles à exaucer. Des désirs qu'elle avait exprimés de la façon la plus économique : « Laisse-nous tranquilles, Dennis. » Il avait été trop heureux de lui donner satisfaction.

Luxford reposa les photos sur son bureau. Et il les réexamina plusieurs fois. Il se demanda si la petite fille qu'il inspectait à la loupe aimait la musique, si elle détestait les brocolis, boudait les champignons, marchait les pieds en dedans, lisait *Le Petit Lord Fauntleroy*, faisait de la bicyclette, s'était cassé un bras ou une jambe. Elle avait ses traits, mais l'ignorance dans laquelle il se trouvait la concernant le forçait à reconnaître qu'elle n'avait jamais été sienne. C'était aussi évident aujourd'hui que ça l'avait été quatre mois avant sa naissance.

« Laisse-nous tranquilles, Dennis. »

« Très bien, comme tu voudras », avait-il pensé.

Ainsi Charlotte, sa fille, était morte. Précisément parce qu'il s'était tenu à l'écart, comme Eve le lui avait demandé. S'il avait refusé d'obéir à Eve, Charlotte n'aurait pas été kidnappée. Et jamais on n'aurait exigé qu'il reconnaisse en être le père par voie de presse parce que le fait aurait été de notoriété publique, connu de tous, y compris de Charlotte elle-même.

Luxford approcha les doigts de la photo, se demanda comment étaient les cheveux de la fillette au toucher. Il n'arrivait pas à se faire d'idée sur le sujet. Ni sur aucun autre la concernant d'ailleurs.

Son ignorance était telle qu'il en éprouvait comme une sensation de brûlure.

Luxford posa la loupe sur l'un des clichés. Du pouce et de l'index, il se frotta l'arête du nez, ferma les yeux. Sa vie durant il avait couru après le pouvoir et l'avait exercé. En cet instant, il ne songeait plus qu'à prier. Il devait bien exister des mots capables d'atténuer le...

— J'aimerais vous dire un mot, Dennis.

Il releva brutalement la tête. En un mouvement réflexe, il abaissa le bras, le plaquant sur les photos. Debout dans le chambranle se tenait la seule personne capable de pousser sa porte sans frapper ni se faire annoncer par Miss Wallace : le directeur de *La Source*, Peter Ogilvie.

— Je peux... ? fit-il avec un bref coup d'œil vers la table de conférence.

La question était de pure forme : Ogilvie était bien décidé à entrer qu'on l'y invitât ou non.

Luxford se leva. Ogilvie s'avança, précédé de ses célèbres sourcils qui, faute d'une taille sévère, sinuaient sur son front en toute impunité tels des boas de plume modèle réduit. Les deux hommes opérèrent la jonction au milieu de la pièce. Luxford tendit la main au directeur, qui lui fourra d'autorité dans la paume un tabloïd plié en quatre.

— Deux cent vingt mille exemplaires, laissa tomber Ogilvie. Je veux dire, bien sûr, deux cent vingt mille exemplaires de plus que d'habitude, Dennis. Mais il n'y a pas que ça qui m'inquiète.

Ogilvie avait toujours été partisan du non-interventionnisme. Il avait des sujets de préoccupation plus importants que la gestion au jour le jour du tabloïd et il réglait en général les problèmes de son impressionnant bureau situé au fin fond de sa propriété du Hertfordshire. C'était un réaliste, un pragmatique, qui s'intéressait presque exclusivement aux profits et aux pertes.

Hormis une chute catastrophique des bénéfices, il n'y avait qu'une chose qui pût faire accourir Ogilvie dans les bureaux de *La Source*. Se faire griller faisait partie du métier de journaliste, et Ogilvie – qui était dans le

356

business depuis l'époque de Charles Dickens – aurait certainement été le premier à l'admettre. Mais se faire doubler sur un papier capable de ternir l'image de marque des conservateurs était pour lui inacceptable.

Luxford savait bien ce qu'Ogilvie lui avait fourré dans la main. L'édition du matin du *Globe* – son ancien journal –, et sa manchette affirmant que le député Eve Bowen n'avait pas contacté la police pour lui signaler l'enlèvement de sa fille.

– La semaine dernière, on a trouvé le moyen de griller nos concurrents à propos de Larnsey et du prostitué, dit Ogilvie. Est-ce que par hasard on aurait perdu la main cette semaine ?

– Non. On avait l'info. Je l'ai « gelée ».

L'espace d'un instant les yeux d'Ogilvie se plissèrent imperceptiblement.

– Qu'est-ce que c'est que ces salades, Dennis ? Vous travaillez pour qui ? Vous êtes toujours maqué avec le *Globe* ou quoi ?

– Café ? proposa Luxford.

– Des explications convaincantes me suffiront.

Luxford s'approcha de la table de conférence et s'y assit, invitant du geste Ogilvie à l'imiter. Il connaissait bien le directeur et il avait appris à ses dépens qu'en donnant des signes de faiblesse devant lui on l'encourageait à pratiquer l'un de ses sports favoris, lequel consistait à réduire les insectes en bouillie.

Sourcils duveteux au vent, Ogilvie s'approcha de la vaste table, tira un fauteuil et s'assit.

– Je vous écoute. Au rapport.

Luxford s'exécuta. Lorsqu'il eut fini de résumer son entretien avec Corsico et les raisons pour lesquelles il avait décidé de « sucrer » le papier du reporter, Ogilvie alla droit au but avec sa perspicacité habituelle.

– Vous avez déjà passé des papiers sans avoir de multiples confirmations. Qu'est-ce qui vous a arrêté cette fois ?

– La position que Bowen occupe au ministère de l'Intérieur. Après tout, elle avait très bien pu s'adresser directement à Scotland Yard sans passer par le commissariat de son quartier. Je n'avais pas envie de publier un article la condamnant et de me retrouver le nez dans le caca lorsque, volant à son secours, une huile du Yard m'agiterait son agenda sous le nez pour me prouver qu'elle s'était précipitée chez lui dix minutes après avoir appris le kidnapping de sa fille.

– Chose qui ne s'est pas produite après la publication de l'article dans le *Globe*, souligna Ogilvie.

– D'où j'en déduis que quelqu'un, au Yard, a confirmé l'histoire au *Globe*. J'avais demandé à mon gars d'obtenir confirmation. S'il avait réussi à l'avoir avant dix heures hier soir, j'aurais publié l'article. Comme il n'y est pas arrivé, je n'ai pas passé son papier. Je l'ai laissé sur le marbre. C'est tout ce que je peux vous dire.

– Il y a encore autre chose, ajouta Ogilvie.

Luxford sentit aussitôt ses antennes se dresser mais, s'efforçant de démontrer au directeur qu'il était parfaitement à l'aise, il se laissa confortablement aller contre le dossier de son fauteuil, doigts croisés sur le ventre. Il se garda bien de demander à Ogilvie ce qu'il entendait par « autre chose », attendant que l'autre poursuive.

– On a fait du bon travail sur l'affaire Larnsey, dit Ogilvie. Et sans avoir recoupé les infos ni fait des pieds et des mains pour obtenir je ne sais combien de confirmations. Je ne me trompe pas?

Inutile de mentir : une conversation avec Sarah Happleshort ou Rodney Aronson lui suffirait pour savoir à quoi s'en tenir.

– Non, en effet.

– Dans ce cas, rassurez-moi, Dennis. Dites-moi que la prochaine fois que vous tiendrez ces salopards de conservateurs par les couilles, vous n'hésiterez pas à les leur tordre consciencieusement. Dites-moi que vous ne laisserez pas le *Mirror*, le *Globe*, le *Sun* ou le *Mail* faire le boulot à votre place. Et dites-moi également qu'il ne vous viendra plus à l'idée de faire passer un papier à la trappe sous prétexte qu'il vous manque je ne sais quelles bon Dieu de confirmations de merde.

La voix d'Ogilvie dérapa dans les aigus.

– Peter, dit Luxford, vous le savez aussi bien que moi. L'affaire Larnsey et l'affaire Bowen n'ont rien de comparable. Dans l'affaire Larnsey, il n'y avait pas l'ombre d'un doute, on jouait sur du velours; aucune confirmation n'était nécessaire. Larnsey s'était fait pincer en flagrant délit dans une bagnole, toute braguette ouverte, sa bite dans la bouche d'un gamin de seize ans.

Dans l'affaire Bowen, c'est différent ; tout ce que nous avons, c'est un communiqué du ministère de l'Intérieur. Le reste n'est qu'un ramassis de sous-entendus, de ragots et d'inventions. Quand je disposerai de données dignes de ce nom, vous pouvez être sûr qu'elles seront étalées à la une. En attendant... (Il remit son fauteuil dans sa position initiale et croisa le regard du directeur.)... si vous n'êtes pas satisfait de la façon dont je dirige le journal, vous pouvez toujours envisager de vous chercher un nouveau rédacteur en chef.

– Den ? Oh ! excusez-moi. Je ne savais pas que... Bonjour, Mr Ogilvie.

Rodney Aronson avait merveilleusement choisi son moment. Une main sur la poignée de la porte – qu'Ogilvie avait laissée entrouverte de façon que sa voix porte jusqu'à la salle de rédaction, histoire de remonter les bretelles des troupes –, il avait passé la tête dans l'entrebâillement.

– Qu'y a-t-il, Rodney ? fit Luxford.

– Désolé, je ne voulais pas vous interrompre. Mais votre porte était ouverte et... Miss Wallace n'est pas à son poste.

– Vous m'en direz tant. Merci de nous prévenir.

Rodney esquissa une ombre de sourire accompagnée d'un frémissement de colère et ses narines se dilatèrent. Luxford comprit qu'il n'avait pas l'intention de se laisser ridiculiser sans essayer de lui rendre la monnaie de sa pièce.

– Excusez-moi, poursuivit-il, affable, avant de brandir son arme : Je pensais que vous aimeriez savoir où on en est, à propos de l'affaire Bowen.

S'imaginant que sa remarque lui donnait droit de cité dans le bureau de Luxford, il entra et s'assit en face du directeur.

– Vous aviez raison, dit-il à Luxford. Le ministre de l'Intérieur s'est rendu au Yard. Le ministre en personne. On a eu confirmation par un de nos indics. (Il marqua une pause comme pour rendre un hommage mérité à la sagacité de Luxford, qui avait jugé bon de se démarquer du *Globe* en s'abstenant de parler de l'affaire Bowen. Cependant Luxford connaissait suffisamment son homme pour savoir qu'il n'était pas du genre à faire baisser ses actions au profit de celles de Luxford en présence d'Ogilvie. Aussi attendit-il la suite tout en alignant mentalement ses troupes en vue de la bataille qui s'annonçait.) Mais c'est là que ça devient intéressant. Le ministre ne s'est rendu au Yard qu'*hier* après-midi. Avant cette date, le Yard ignorait tout de la disparition de la petite. L'histoire de Mitch, c'était donc de l'or en barre.

– Rodney, souligna Ogilvie, nous ne sommes pas là pour confirmer ce que nos concurrents ont déjà publié. (S'adressant à Luxford, il ajouta :) Si vous avez réussi à obtenir confirmation aujourd'hui, pourquoi n'y êtes-vous pas parvenu hier ?

Rodney intervint.

– Mitch s'est décarcassé comme un malade hier pendant tout l'après-midi et jusqu'à minuit. Il n'a rien pu tirer de ses sources. Elles étaient à sec.

– Dans ce cas, c'est qu'elles ne sont pas bonnes.

– Je suis d'accord. Quand il a vu la première page du *Globe* ce matin, il s'est mis en devoir d'en trouver d'autres. Je dois dire que je l'y ai encouragé.

– Vous souriez, c'est donc que vous avez quelque chose dans votre manche, fit Ogilvie.

Rodney ne se refusa pas le plaisir de jeter un regard triomphant à Luxford. Mais il le voila cependant d'un soupçon de prudence ; et cette prudence, tel un stylet, il la plongea avec précision entre les côtes de Luxford.

– Tâchez de comprendre, Mr Ogilvie. Il se peut que Den n'ait pas envie de passer ces infos et ce n'est pas moi qui irai contre sa décision. C'est notre informateur au Yard qui vient de nous les refiler, et il est peut-être le seul à vouloir parler dans cette affaire.

– De quoi s'agit-il ?

D'un coup de langue, Rodney s'humecta les lèvres.

– Il semble que le kidnappeur ait envoyé des lettres. Deux lettres. Parvenues à destination le jour même où la petite a disparu. Autrement dit, Bowen savait sans l'ombre d'un doute que sa fille avait été enlevée et pourtant elle n'a pas levé le petit doigt pour alerter la police.

Ogilvie eut une sorte de hoquet. Luxford s'empressa de prendre la parole et dit d'un ton uni :

– Peut-être qu'elle a téléphoné à quelqu'un d'autre, Rod. Est-ce que Mitchell ou vous avez pensé à cette éventualité ?

Ogilvie empêcha Rodney de répondre en levant une

grande main osseuse. Le directeur remâcha un moment l'information en silence. Il leva les yeux, non vers le ciel pour demander conseil au Tout-Puissant, mais vers le mur où étaient accrochées dans leur cadre de chrome les unes de *La Source* qui avaient fait un tabac.

– Si Miz Bowen a téléphoné à quelqu'un d'autre qu'à la police, fit-il, pensif, laissons-lui le soin de nous le préciser elle-même. Et si elle n'a pas de commentaires à faire concernant notre info, eh bien, nous en ferons part – ainsi que des autres – au public. (Regard braqué sur Rodney, il s'enquit d'un ton guilleret :) Le contenu de ces missives ?

Rodney le fixa, l'œil vide. Il se frotta la barbe pour gagner du temps et dissimuler son embarras.

– Mr Ogilvie aimerait savoir ce que contenaient les lettres du kidnappeur, traduisit Luxford d'un ton courtois mais froid.

La fraîcheur du ton n'échappa pas à Rodney.

– Mystère. Tout ce qu'on sait, c'est qu'il y en a eu deux.

– Je vois. (Ogilvie réfléchit, envisageant les différentes solutions qui s'offraient à lui. Finalement, il conclut en disant :) C'est suffisant pour écrire un papier. Votre homme travaille dessus ?

– En ce moment même, fit Rodney.

– Parfait. (Ogilvie se leva. Il se tourna vers Luxford, lui tendit la main.) Les affaires reprennent, on dirait. J'espère que je n'aurai pas à me repointer en ville.

– Quand les papiers reposent sur des bases solides, fit Luxford, je les passe.

Ogilvie hocha la tête.

– Beau travail, Rodney, fit-il d'un air pensif comme s'il comparait les mérites respectifs des deux hommes.

Il quitta la pièce.

Luxford repassa derrière son bureau. Il glissa les photos de Charlotte dans une chemise cartonnée et la loupe dans son tiroir. Il appuya sur le bouton pour mettre son écran en fonction et se laissa tomber dans son fauteuil.

Rodney s'approcha.

– Den, fit-il d'un ton détaché qui laissait présager une suite.

Luxford consulta son agenda et y griffonna quelques mots. Rodney, décida-t-il pour la énième fois, avait besoin qu'on lui tape sérieusement sur les doigts, qu'on le remette à sa place. Seulement il se sentait incapable de lui donner la leçon qu'il méritait car son esprit était tout entier occupé à imaginer des solutions qui permettraient à Evelyn d'éviter que la presse la prenne pour cible. Tout en se demandant, dans le même temps, pourquoi il se faisait autant de souci pour elle. Après tout, dans cette affaire, elle avait creusé sa propre tombe et... Le mot « tombe » le glaça, ce fut comme une douche froide. Car il ne s'agissait pas de la tombe d'Evelyn. Et elle n'avait pas été seule à creuser.

– ... et c'est pour ça, disait Rodney, que je n'ai pas tout déballé devant Ogilvie.

Luxford leva la tête.

– Quoi ?

Rodney appuya sans complexe une cuisse charnue sur le coin du bureau de Luxford.

– On n'a pas encore tous les éléments. Mais Mitch est sur la piste. Ce devrait être l'affaire d'une journée. Franchement, Den, il y a des fois où j'aime ce garçon comme mon fils.

– De quoi est-ce que vous parlez, Rodney ?

Rodney inclina la tête. « On n'a pas suivi, Den ? On est préoccupé ? »

– Le congrès conservateur de Blackpool, précisa-t-il. Où Eve Bowen s'est fait mettre en cloque. Comme je viens de vous le dire, elle couvrait l'événement pour le *Telegraph*. Et le congrès a eu lieu neuf mois exactement avant la naissance de sa gamine. Mitch est sur la piste en ce moment même.

– La piste de quoi ?

– De quoi ? répéta Rodney, moqueur. Mais du père, bien sûr. (Admiratif, il contempla les unes sur les murs.) C'est les tirages qui vont grimper, si on décroche une exclusivité sur ce coup-là, Den. « Le mystérieux soupirant d'Eve Bowen parle à l'envoyé spécial de *La Source*. » J'ai pas voulu abattre mes cartes en présence d'Ogilvie, lui parler du papa. Il aurait passé son temps à nous tanner alors qu'on risque de se planter et de ne rien trouver du tout. N'empêche... (Il poussa un soupir entendu pour montrer à quel point il prenait à cœur sa mission et celle de *La Source*, laquelle consistait à aller renifler dans le passé des personnalités en vue afin d'y dénicher le détail croustillant susceptible de faire monter les tirages d'une façon ahurissante.)... ça va faire l'effet d'une bombe, quand on va le publier, ce papier. Parce qu'on va le publier, hein, Den?

Luxford n'essaya pas d'éviter son regard.

– Vous avez entendu ce que j'ai dit à Ogilvie : si c'est solide, on le passe.

– Bon, lâcha Rodney dans un souffle. Parce que cette fois... Den, je sais pas de quoi il s'agit, mais j'ai l'impression que c'est un truc fumant.

– Bien.

– Sans blague. Je n'exagère pas. (Rodney retira sa cuisse du bureau. Il prit la direction de la porte. Mais arrivé là, il marqua une pause, se tripota la barbe.) Nom d'un chien, Den! Je viens d'avoir une idée. Je sais vraiment pas pourquoi j'y ai pas pensé plus tôt. Mais vous êtes exactement l'homme qu'il nous faut.

Luxford sentit un frisson glacé le parcourir des chevilles à la gorge. Il ne put prononcer une parole.

– Vous pouvez nous aider, je veux dire, aider Mitch.

– Moi? Comment ça?

– A propos du congrès conservateur. Figurez-vous que j'ai un confrère au *Globe* qui me devait un renvoi d'ascenseur : après avoir discuté avec Mitch, je suis allé jeter un œil à leurs microfiches.

– Et alors?

– Voyons, Den, vous me faites marcher ou quoi? Le congrès conservateur de Blackpool, ça vous rappelle rien?

– Ça devrait?

– Et comment! (Rodney exhiba des dents luisantes de squale.) Vous y étiez, vous aussi. Vous rédigiez des éditoriaux pour le *Globe*.

– J'y étais, dit Luxford.

C'était une affirmation, pas une question.

– Eh oui. Mitch voudra sûrement s'entretenir avec vous. Vous devriez réfléchir, vous creuser les méninges. Des fois que vous réussiriez à deviner qui se tapait Eve Bowen. Avec un clin d'œil appuyé, il effectua sa sortie.

19

Barbara essuya avec le bas de son pull la sueur froide qui lui trempait le front et se remit debout. Ecœurée par sa faiblesse, elle tira la chasse et regarda le contenu peu engageant de son estomac disparaître en tourbillonnant dans la cuvette. Décidée à réagir, elle s'ordonna de se ressaisir, d'adopter un comportement digne d'un enquêteur au lieu de se conduire comme une adolescente geignarde liquéfiée de frousse.

« Une autopsie, se dit-elle rudement. Qu'est-ce que c'est ? Tout simplement l'examen méthodique d'un cadavre, lequel est destiné à déterminer la cause du décès. Une étape nécessaire voire incontournable dans une affaire de meurtre. Une succession d'opérations exécutées par des professionnels visant à mettre en évidence les procédés qui ont pu mettre un terme précoce à des fonctions physiques. En bref, une étape cruciale dans la recherche de l'assassin. Bon, d'accord, c'est l'éviscération d'un être humain ; mais c'est aussi, bien sûr, la quête de la vérité. »

Barbara savait tout ça. Alors pourquoi n'avait-elle pas réussi à tenir la distance lors de l'autopsie de Charlotte Bowen ?

Cette autopsie avait été réalisée à l'hôpital Saint Mark d'Amesford, vestige de l'époque édouardienne dont l'architecture tenait du château français. Le médecin légiste avait été rapide, efficace. Toutefois, malgré l'atmosphère professionnelle qui régnait dans la pièce, la grande incision thoracique et abdominale avait fait transpirer Barbara de façon inquiétante. Au point qu'elle comprit rapidement qu'elle allait avoir des problèmes.

Sur la table d'acier, le corps de Charlotte Bowen ne portait pour ainsi dire aucune trace, si ce n'est quelques ecchymoses près de la bouche, quelques marques de brûlure sur les joues et le menton et une coupure recouverte d'une croûte sur un genou. La petite fille semblait endormie plutôt que morte. C'était d'ailleurs bien pourquoi tailler dans la chair nacrée de sa poitrine semblait relever de la profanation. Mais pour tailler, le médecin légiste avait taillé, énonçant ses conclusions d'une voix atone dans le micro suspendu au-dessus de sa tête. Il lui avait écarté les côtes comme on écarte les fines branches d'un jeune arbre et avait retiré les viscères aux fins d'examen. Au moment où, ayant prélevé la vessie, il en envoyait le contenu au service de toxicologie, Barbara comprit qu'elle n'allait pas pouvoir supporter la suite : l'incision autour du cuir chevelu de l'enfant, la chair rabattue en arrière pour mettre le crâne à nu, le bruit perçant de la scie entaillant l'os pour permettre au médecin d'avoir accès au cerveau.

« Est-ce que tout ça est bien nécessaire ? aurait-elle voulu protester. Nom de Dieu de bordel de merde, on sait comment elle est morte. »

Seulement en réalité, non, ils ne le savaient pas. Bien sûr ils pouvaient avancer des hypothèses étayées sur l'état du corps et l'endroit où il avait été retrouvé mais les réponses à leurs questions, ils ne les obtiendraient que grâce à cet acte de mutilation scientifique.

Barbara avait conscience que le sergent Reg Stanley ne la quittait pas de l'œil. Planté près de la balance sur laquelle le légiste pesait les organes les uns après les autres, il surveillait ses moindres réactions. Manifestement, il attendait qu'elle sorte en courant, mains plaquées sur la bouche. Si elle prenait la fuite, il en profiterait pour faire de la dérision : « Ça, c'est bien les bonnes femmes. » Barbara ne voulait pas lui donner l'occasion de se payer sa tête, et encore moins devant les hommes avec lesquels elle devait travailler dans le Wiltshire. Pourtant elle se rendait compte que sa marge de manœuvre était très limitée. Ou elle perdait carrément la face en étant malade dans la salle d'autopsie, ou elle sortait dans l'espoir de trouver à temps des toilettes pour y vomir à son aise.

En y réfléchissant, toutefois – nauséeuse, la gorge serrée, tandis que la pièce devenait floue autour d'elle –, elle s'aperçut qu'elle avait encore une autre solution.

Après avoir consulté sa montre, elle fit semblant d'avoir oublié quelque chose ; elle se mit à feuilleter son carnet et, par signes, fit comprendre à Stanley qu'elle avait un coup de téléphone urgent à donner à Londres. Le sergent hocha la tête, mais son sourire ironique montrait bien qu'il n'était pas dupe. « Va te faire foutre », songea-t-elle.

Enfermée dans les toilettes des dames, elle se rinça la bouche. Sa gorge la brûlait. Les mains en coupe sous le robinet, elle fit couler de l'eau et but avidement. Après s'être aspergé le visage, elle s'essuya avec la serviette bleue et flasque que dévidait le distributeur sans la moindre hygiène puis elle s'appuya contre le mur gris.

Elle ne se sentait pas vraiment mieux. Certes elle avait l'estomac vide, mais le cœur gros. « Concentre-toi sur les faits », lui disait son cerveau. Mais elle ne pouvait s'empêcher de penser : « Ce n'était qu'une gamine. »

Barbara se laissa glisser le long du mur, s'assit sur le carrelage et posa sa tête sur ses genoux. Elle attendit que son estomac se remette d'aplomb, que ses frissons disparaissent.

L'enfant était si petite. Un mètre vingt-cinq. Trente-huit kilos à peine. Des poignets microscopiques capables de tenir dans un doigt d'adulte. Des muscles encore à l'état d'ébauche sur un squelette d'oisillon. Des épaules étroites, un pubis à la nudité lisse de coquillage.

Si facile à tuer.

Mais comment ? Le corps ne portait aucune trace de lutte, pas la moindre ecchymose. Il n'exsudait aucune odeur révélatrice que ce fût d'amande ou d'ail. On n'observait aucune coloration rosée du sang, et pas de cyanose du visage, des lèvres, ni des oreilles.

Barbara glissa son bras sous son genou et regarda l'heure. Il devait avoir terminé. Il devait avoir une réponse. D'attaque ou non, il fallait qu'elle soit sur place lorsque le médecin légiste ferait son compte rendu préliminaire. L'air goguenard du sergent Stanley de l'autre côté de la table indiquait clairement qu'elle ne pourrait pas compter sur lui pour lui faire un topo correct.

Elle se força à se mettre debout. S'approcha de la glace du lavabo. N'ayant rien pour améliorer son teint, elle allait devoir compter sur ses dons de comédienne au demeurant limités pour bluffer le sergent Stanley, l'empêcher de se rendre compte qu'elle avait vomi dans les toilettes. Pas moyen de faire autrement.

Elle tomba sur lui dans le couloir à deux pas des W-C des dames. Penché au-dessus d'une vieille fontaine en porcelaine, Stanley s'efforçait de faire couler de l'eau. Voyant Barbara venir dans sa direction, il se redressa en disant :

– Il est nase, ce truc.

Puis la fixant :

– Vous avez passé vos coups de fil ? fit-il avec un coup d'œil vers les toilettes et de l'air de quelqu'un qui connaît l'emplacement de toutes les cabines téléphoniques du Wiltshire. « Inutile d'essayer de me la faire, y a pas de cabine là-dedans, ma vieille. »

– Oui, dit Barbara, le dépassant pour regagner la salle d'autopsie. Poursuivons, si vous voulez bien.

Elle se raidit, prête à affronter un éventuel spectacle macabre. Avec soulagement elle constata qu'elle avait laissé passer suffisamment de temps. L'autopsie était terminée, le cadavre avait disparu et on ne voyait plus dans la pièce que la grande table en acier sur laquelle l'examen avait été pratiqué. Un identificateur [1] passait la table au jet. L'eau sanguinolente recouvrit un instant la table avant de s'écouler par les trous et les rigoles latérales prévus à cet effet.

Un autre corps attendait les soins du médecin légiste. Allongé sur un chariot, le cadavre était en partie camouflé par un drap vert, mains cachées, une étiquette attachée au gros orteil droit.

– Bill, lança un autre identificateur vers un réduit situé à l'autre bout de la pièce. J'ai mis des bandes neuves dans le magnétophone. C'est quand tu veux.

Barbara n'était pas très chaude pour assister à une autre autopsie afin d'obtenir les renseignements concernant la précédente, aussi s'approcha-t-elle du cagibi. A l'intérieur, le médecin légiste buvait dans un gobelet tout en fixant une télé miniature sur l'écran de laquelle deux types en sueur disputaient âprement une partie de tennis. Le son était étouffé.

1. Assistant du médecin légiste. *(N.d.T.)*

– Allez, abruti. Ne le laisse pas monter au filet. Tu sais qu'au filet, c'est un tueur. Attaque, oblige-le à se mettre sur la défensive. Oui ! (Il leva son gobelet pour saluer le joueur. Apercevant Barbara et le sergent Stanley, il sourit.) J'ai parié cinquante livres sur ce match, Reg.

– Tu devrais t'inscrire aux Joueurs anonymes.

– Penses-tu ! Ce qu'il me faudrait, c'est un peu de pot.

– C'est ce qu'ils disent tous, les flambeurs.

– Parce que c'est la vérité.

Bill coupa le son et salua Barbara d'un mouvement de tête.

Barbara comprit qu'il allait lui demander si elle se sentait mieux. N'étant pas d'humeur à alimenter les soupçons du sergent Stanley, elle sortit son carnet de son sac à bandoulière et dit avec un mouvement de tête vers le cadavre allongé dehors :

– Londres attend des nouvelles. Je vais essayer de ne pas vous retenir trop longtemps. Qu'est-ce que vous pouvez me dire ?

Bill consulta Stanley du regard comme pour essayer de savoir qui dirigeait les opérations. Barbara sentit que derrière elle le sergent donnait une sorte de bénédiction papale au médecin car ce dernier commença son rapport.

– Les signes superficiels quoique discrets concordent. (Et de traduire obligeamment :) Les constatations anatomiques immédiates – même si les signes cliniques ne sont pas aussi nets que d'habitude – sont suffisamment parlantes pour qu'on puisse se faire une idée de la cause du décès. Aspect souple du cœur. Stase de sang veineux dans l'oreillette et le ventricule droits. Alvéoles pulmonaires emphysémateuses, poumons pâles. Présence d'écume dans les trachée, bronches et bronchioles. Muqueuses rouges, congestionnées. Absence d'hémorragies pétéchiales sous la plèvre.

– En clair, ça signifie ?

– Noyade.

Bill but une gorgée de son gobelet. Puis il prit une télécommande pour éteindre la télévision.

– Quand exactement ?

– La date exacte d'une submersion est impossible à préciser. Mais je dirais en gros que la mort a eu lieu vingt-quatre à trente-six heures avant que le corps soit retrouvé.

Très vite, Barbara fit ses calculs.

– Dans ce cas, elle était dans le canal samedi matin. Et non dimanche matin. (Et donc un habitant d'Allington avait fort bien pu voir passer la voiture qui avait conduit la petite fille à sa mort. Parce que, le samedi, les fermiers se levaient à cinq heures ainsi que Robin le lui avait expliqué ; c'était seulement le dimanche qu'ils traînaient un peu au lit. Elle pivota vers Stanley :) Il va falloir renvoyer des hommes à Allington, réinterroger tout le monde. Mais cette fois en demandant aux gens s'ils se souviennent de ce qui s'est passé samedi et non dimanche. Parce que...

– Je n'ai pas dit ça, sergent, rectifia Bill d'une voix neutre.

Barbara se retourna vers lui.

– Qu'est-ce que vous n'avez pas dit ?

– Je n'ai pas dit qu'elle avait séjourné dans l'eau du canal pendant vingt-quatre à trente-six heures avant que son corps soit découvert. J'ai dit qu'elle était morte depuis déjà vingt-quatre à trente-six heures quand on l'a retrouvée. Quant au temps qu'elle a passé dans le canal, je dirais pas plus de douze heures.

Barbara réfléchit.

– Mais vous avez dit qu'elle s'était noyée.

– Oh ! elle est morte noyée, c'est sûr.

– Quelqu'un aurait trouvé le corps dans l'eau, l'aurait sorti du canal pour l'y replonger plus tard, c'est ça ?

– Non. Elle ne s'est pas noyée dans le canal. (Il avala le reste de son café et posa son gobelet sur le téléviseur. Il s'approcha d'un placard et prit une paire de gants propres dans un carton. Faisant claquer les gants contre sa paume, il ajouta :) Laissez-moi vous expliquer ce qui se passe en cas de noyade. Une violente inspiration effectuée par la victime alors qu'elle est sous l'eau fait pénétrer dans son corps des particules étrangères. Le liquide prélevé dans les poumons de la victime, lorsqu'il est étudié au microscope, s'avère renfermer des particules étrangères : algues, plancton et diatomées. Ces algues, plancton et diatomées doivent faire l'objet d'une étude comparative visant à démontrer qu'ils correspondent à ceux que renferme l'échantillon d'eau prélevée dans le canal.

– Et ils ne correspondaient pas ?

– Très juste. Mais pour une bonne raison : on n'en a pas trouvé trace.

– Est-ce que ça ne pourrait pas tout bonnement signifier qu'elle n'a pas effectué la violente inspiration sous l'eau dont vous avez parlé ?

De la tête, il fit non.

– C'est une fonction respiratoire automatique, sergent, ça fait partie du processus de l'anoxie. Et de toute façon on a retrouvé de l'eau dans ses poumons, ce qui signifie qu'elle a inspiré après la submersion. Mais à l'analyse, l'eau retrouvée dans ses poumons ne correspond pas à l'eau du canal.

– Si je comprends bien, elle s'est noyée ailleurs.

– En effet.

– Est-ce que l'on peut savoir où elle est morte en étudiant l'eau retrouvée dans son corps ?

– On pourrait. Mais dans le cas présent, non.

– Pourquoi ?

– Parce que le liquide retrouvé dans ses poumons a toutes les caractéristiques de l'eau du robinet. Ce qui signifie qu'elle a pu mourir n'importe où tandis qu'on lui maintenait la tête sous l'eau. Dans une baignoire, une cuvette de W-C ou un lavabo. La noyade aurait même pu se produire en piscine. Les traces de chlore disparaissent rapidement et nous n'en n'aurions pas trouvé dans le corps.

– A supposer que les choses se soient passées de cette façon, qu'on l'ait maintenue de force sous l'eau, on n'aurait pas remarqué des lésions sur le corps ? On n'aurait pas retrouvé des ecchymoses sur son cou et ses épaules ? Des marques laissées par des liens, sur ses poignets ou ses chevilles ?

Le médecin légiste enfila son gant droit et l'ajusta en le faisant claquer.

– On n'a pas eu besoin de la maintenir de force.

– Pourquoi ?

– Parce qu'elle était inconsciente quand on lui a mis la tête sous l'eau. C'est pour cela, d'ailleurs, que tous les signes de noyade étaient moins accusés que normalement.

– Inconsciente ? Mais je croyais que vous n'aviez pas observé de traumatisme crânien...

– Ce n'est pas en la frappant qu'on lui a fait perdre

conscience, sergent. Elle n'a pas fait l'objet de sévices, pas plus avant qu'après sa mort. Mais le compte rendu de toxicologie fait état de la présence d'une benzodiazépine. Une dose toxique de benzodiazépine, compte tenu de son poids.

– Toxique mais pas mortelle, voulut savoir Barbara.

– C'est exact.

– Comment appelez-vous cette substance, déjà ? Benzo...

– Benzodiazépine. Il s'agit d'un tranquillisant. Le nom pharmacologique de celui qui nous intéresse est le diazépam, que vous connaissez peut-être sous son appellation commerciale.

– Qui est ?

– Valium. La quantité de Valium retrouvée dans le sang de la petite ainsi que les constatations auxquelles j'ai pu procéder lors de l'examen médico-légal prouvent qu'elle était inconsciente au moment de la submersion.

– Et déjà morte en arrivant au canal ?

– Oui. Elle était bel et bien morte en arrivant près du canal. Depuis près de vingt-quatre heures, même.

Bill enfila son second gant. Farfouillant dans le placard, il en sortit un masque en gaze. Avec un mouvement de tête vers la salle d'autopsie, il ajouta :

– Le prochain risque de sentir mauvais, j'en ai peur.

– Nous allions partir, dit Barbara.

Tout en reprenant à la suite du sergent Stanley le chemin du parking, Barbara pesa la portée des conclusions du médecin légiste. Après avoir cru qu'ils progressaient lentement, elle se dit qu'ils étaient retournés à la case départ. La présence d'eau du robinet dans les poumons de Charlotte Bowen signifiait qu'on avait pu la séquestrer n'importe où avant sa mort, qu'on avait pu la noyer aussi bien à Londres que dans le Wiltshire. Si tel était le cas, si la petite fille avait été assassinée à Londres, elle avait fort bien pu être retenue prisonnière dans la capitale, ce qui laissait amplement le temps au ravisseur de la tuer et d'emporter son corps jusqu'au canal de Kennet et Avon. Le Valium parlait également en faveur de la piste londonienne, le tranquillisant étant prescrit pour aider les citadins à supporter le stress de la capitale.

Seule condition nécessaire pour que l'auteur du kidnapping et du meurtre de Charlotte fût un Londonien : qu'il ou elle connaisse un peu le Wiltshire.

En d'autres termes, il y avait de grandes chances que le sergent Stanley ait fait quadriller le comté pour rien et de fortes chances qu'il ait lancé – toujours pour rien – plus d'une vingtaine d'hommes à la recherche de l'endroit où Charlotte Bowen avait été détenue. En outre, il y avait de très fortes chances qu'elle-même ait autorisé Robin Payne à s'embarquer – pour des prunes – dans une quête insensée qui lui ferait perdre une journée entière en interrogatoires des loueurs de pénichettes et en crapahutages divers du côté des scieries, des écluses, des moulins et des réservoirs.

« La vache, quelle perte de temps ! » songea-t-elle. Ils cherchaient une aiguille probablement inexistante dans une meule de foin de la grosseur de l'île de Wight.

« Il nous faut absolument un indice, une piste, se dit-elle. Un témoin du kidnapping qui aurait la bonne idée de se manifester et qu'on pourrait interroger, un vêtement ou un livre de classe de Charlotte. Il nous faut quelque chose de plus qu'un corps avec du cambouis sous les doigts. Quelque chose qui nous permette de relier le corps à un endroit précis. »

Qu'est-ce que ce serait ? Et dans ce comté immense – à condition que l'indice se trouvât ici et non à Londres –, comment diable feraient-ils pour mettre la main dessus ?

Devant elle, le sergent Stanley s'était arrêté. Tête baissée, il allumait une cigarette. Il lui tendit son paquet et elle interpréta son geste comme un appel tacite à la trêve jusqu'au moment où elle aperçut son briquet : une femme à poil, courbée en deux, le cul crachant des flammes.

« Bordel de merde », songea Barbara. Elle avait encore l'estomac barbouillé, les idées embrumées, elle s'efforçait de réfléchir et, en plus, il lui fallait se farcir la compagnie du roi des misogynes. Manifestement, le sergent attendait qu'elle prenne le mors aux dents et lui balance une réflexion cinglante de féministe militante pour pouvoir la répéter à ses copains et s'en payer une tranche à ses dépens.

« Parfait, songea-t-elle. Tu l'as cherché, petit con. » Elle lui prit le briquet des mains. L'examina sur toutes les coutures. Elle éteignit la flamme, l'alluma, l'éteignit de nouveau.

– Bon Dieu, c'est pas croyable ! Sans blague, c'est dingue. Vous avez remarqué ?

Il mordit à l'hameçon.

– Remarqué quoi ?

Barbara ferra.

– Vous baissez votre froc, vous vous penchez, le cul bien en l'air, et c'est vous tout craché, sergent. Ce briquet, c'est votre sosie. (Elle le lui colla dans la paume.) Merci pour la clope, dit-elle en se dirigeant vers sa voiture.

Les squats de George Street grouillaient de techniciens de scène de crime. Munis de leur matériel – mallettes, sachets en plastique, flacons –, ils parcouraient en tous sens le bâtiment précédemment exploré par Saint James et Helen. Au dernier étage, ils s'appliquaient à rouler la moquette pour l'embarquer au labo et l'étudier de près, et s'efforçaient de relever les empreintes.

Tandis qu'ils saupoudraient de produit pulvérulent noir les huisseries et la poignée de porte, l'appui de la fenêtre, le robinet, la vitre et la glace du lavabo, les empreintes apparurent. Il y en avait des centaines, semblables aux ailes sectionnées d'insectes couleur d'ébène. Les dactylotechniciens relevaient et enregistraient toutes les empreintes papillaires, et pas seulement celles qui appartenaient à la même famille que les empreintes repérées par Saint James dans le compartiment abritant les piles du magnétophone. Il y avait toutes les chances que plusieurs personnes fussent impliquées dans la disparition de Charlotte Bowen. Une empreinte identifiable pouvait les mener aux responsables : ce serait le coup de chance dont ils avaient besoin s'il s'avérait que le squat jouait un rôle dans l'affaire.

Lynley leur demanda de faire particulièrement attention à la glace et aux robinets de la salle de bains, ainsi qu'à la fenêtre donnant sur George Street dont un pan avait été nettoyé pour permettre vraisemblablement à quelque observateur de suivre ce qui se passait à l'école Sainte-Bernadette de Blandford Street. Lynley examinait la microscopique cuisine où il fourrageait dans les placards et les tiroirs à la recherche d'un détail qui aurait échappé à Saint James. Le contenu des placards était maigre et Saint James lui en avait dressé la liste avec sa méticulosité habituelle pendant leur conversation de la veille. Dans un placard, Lynley découvrit le gobelet métallique rouge ; dans un tiroir, la fourchette aux dents esquintées et cinq clous rouillés ; sur le plan de travail, deux pots de conserve crasseux. Rien d'autre.

Tandis que l'eau gouttait doucement en faisant *ploc ploc* dans l'évier, Lynley se pencha au-dessus du plan de travail poussiéreux recouvert de Formica bigarré afin de l'examiner de plus près, s'efforçant de relever un indice qui aurait pu échapper à la vigilance de Saint James. C'est alors qu'il aperçut une particule bleue – guère plus grande qu'un éclat de dent – coincée entre l'armature métallique ceinturant l'évier et le plan de travail.

A l'aide d'une lame très fine empruntée à l'un des techniciens, il extirpa avec précaution le fragment de sa cachette. L'odeur en était vaguement pharmaceutique. Lorsque Lynley le gratta de l'ongle du pouce après l'avoir placé au creux de sa main, il constata que la substance était friable. Il se demanda s'il s'agissait d'un médicament. Ou alors d'un détergent. Il le déposa dans un flacon, qu'il étiqueta avant de le confier à l'un des TSC [1] en lui demandant de le faire analyser.

Sortant de l'appartement, il déboucha dans le couloir étouffant. Les ouvertures étant condamnées par des planches, l'aération était pratiquement inexistante dans le bâtiment. Une odeur d'aliments en décomposition, de rats et d'excréments flottait dans l'air, d'autant plus lourde que cette fin de printemps était chaude. Le constable Winston Nkata fit une remarque à ce propos lorsqu'il croisa Lynley au deuxième étage. Un mouchoir blanc fraîchement repassé plaqué contre le nez et la bouche, le constable marmonna :

– On se croirait dans une fosse d'aisances, ici.

– Attention où vous mettez les pieds, fit Lynley. Dieu sait ce qui traîne par terre.

Nkata se dirigea vers la porte de l'appartement sur la pointe des pieds tandis que Lynley y entrait. Il le rejoignit.

– J'espère que les techniciens ont droit à une prime.

1. Technicien de scène de crime : policier chargé de la collecte des indices et des relevés d'empreintes. *(N.d.T.)*

– Pourquoi ? Ça fait partie des risques du glorieux métier de policier. Qu'est-ce que vous avez déniché ?

Nkata contourna soigneusement les plus volumineux des tas de détritus autour desquels s'affairaient les spécialistes. Il s'approcha de la fenêtre et l'ouvrit, laissant pénétrer un filet d'air. Cela parut lui redonner du cœur au ventre car il retira son mouchoir de sa bouche, non sans grimacer toutefois à cause de la puanteur.

– Je suis allé interroger les flics du quartier de Marylebone. Ce sont les gars du commissariat de Wigmore Street qui patrouillent dans Cross Keys Close. Je m'étais dit que si quelqu'un avait vu le clodo dont Mr Saint James vous a parlé, ça ne pouvait être que l'un d'eux.

– Et alors ?

– Alors je me suis planté, dit Nkata. Personne au commissariat, mec ou nana, ne se souvient d'avoir fait déguerpir un SDF du secteur. Faut dire qu'ils chôment pas – avec ces flopées de touristes et tout – et ils tiennent pas une comptabilité exacte des gens auxquels ils demandent de circuler. Et bien sûr, ils ne notent pas davantage à quelle heure ce genre d'incident se produit. Conclusion : personne pour affirmer qu'il n'y a pas eu de clodo de chassé. Et personne non plus pour aider notre dessinateur à faire un portrait-robot du mec.

– Merde ! fit Lynley.

Leurs espoirs d'obtenir un signalement à peu près correct du vagabond s'évanouissaient en fumée.

– Exactement ce que je me suis dit. (Nkata sourit en se tirant le lobe de l'oreille.) Alors je me suis permis de prendre quelques petites initiatives.

Ses initiatives avaient permis à Nkata, tout au long de sa carrière, de découvrir des renseignements d'un intérêt souvent capital. Lynley dressa donc l'oreille.

– Eh bien ?

Le constable plongea la main dans la poche de sa veste. Il avait invité un des dessinateurs du poste de Wigmore Street à déjeuner. A son petit mouvement de tête entendu, Lynley comprit que le dessinateur était en fait une dessinatrice. Pour se rendre au restaurant, ils étaient passés par Cross Keys Close et avaient rendu visite à l'auteur de scénarios qui avait fourni à Helen Clyde le signalement du clochard viré des *mews* le jour où Charlotte Bowen avait disparu. La dessinatrice, grâce aux détails fournis par l'écrivain, avait réussi à brosser un portait de leur homme. Toujours plein d'initiative décidément, Nkata avait eu la bonne idée de lui demander de réaliser un second portrait, mais cette fois sans les cheveux broussailleux, la moustache et le bonnet de tricot qui pouvaient constituer un déguisement.

– Et voilà ce qu'on a obtenu, fit Nkata en tendant à l'inspecteur les deux esquisses.

Lynley les étudia pendant que Nkata poursuivait. Il avait fait des photocopies des deux. Puis il en avait distribué aux constables qui sillonnaient les rues en s'efforçant de localiser l'endroit où Charlotte avait été kidnappée. Il en avait remis d'autres aux constables qui inspectaient les abris dans le quartier, histoire de voir s'ils ne réussiraient pas à découvrir le nom du type.

– Envoyez quelqu'un chez Eve Bowen avec vos dessins, dit Lynley. Que son mari et la gouvernante les examinent aussi. Ainsi que le monsieur dont vous m'avez parlé la nuit dernière ; celui qui surveille la rue de sa fenêtre. On ne sait jamais : l'un d'eux pourrait nous mettre sur une piste.

– Entendu, acquiesça Nkata.

Dans le couloir, deux techniciens suaient sang et eau, transbahutant sur leurs épaules la moquette roulée en cylindre. L'un d'entre eux s'écria :

– Vas-y mollo, Maxy. J'ai pas des masses de place pour manœuvrer.

En vacillant, les deux hommes se dirigèrent vers l'escalier. Lynley alla leur donner un coup de main. Nkata les rejoignit, mais sans enthousiasme.

– Ça sent pas un peu la pisse de chien, votre moquette ?

– Un peu ? Elle en est complètement imbibée, tu veux dire ! fit Maxy. Ça va faire chouette sur ta veste, Winnie.

Les autres éclatèrent de rire. A grand renfort de piétinements, halètements, tâtonnements dans les couloirs sombres, ils parvinrent au rez-de-chaussée. Là au moins, il y avait un peu de clarté et l'atmosphère était moins fétide ; l'air circulait du fait que les planches condamnant la porte d'entrée avaient été déclouées pour permettre aux policiers de pénétrer dans l'immeuble. Ils franchirent la porte, leur rouleau de moquette sur les épaules, et le hissèrent à bord d'une fourgonnette en stationnement. Nkata s'empressa de brosser vigoureusement sa veste.

Tout en prenant pied sur le trottoir, Lynley repensa au topo de Winston. Vu le nombre de touristes qui erraient comme des âmes en peine dans le quartier, les uns cherchant Regent's Park, les autres le musée de cire de Mrs Tussaud, d'autres encore le planétarium, la police pouvait fort bien avoir tout oublié de l'incident du SDF sommé de déguerpir. Malgré tout, il n'était pas complètement utopique d'espérer que le SDF pourrait être identifié grâce au document qui était maintenant en leur possession, à savoir l'ébauche de portrait-robot.

– Il va falloir que vous retourniez voir les collègues de Wigmore Street, Winston. Montrez le portrait à la cantine. Voyez si ça ne réveille pas des souvenirs.

– Il y a autre chose, fit Nkata. Et ça ne va pas vous plaire. Ils comptent vingt bénévoles dans leurs rangs.

Lynley jura entre ses dents. Vingt constables bénévoles – des volontaires habitant le quartier qui, en uniforme, patrouillaient comme des flics ordinaires – cela voulait dire vingt autres personnes susceptibles d'avoir aperçu le vagabond. Les difficultés semblaient croître de façon exponentielle dans cette affaire.

– Il faudra leur montrer le portrait à eux aussi, dit Lynley.

– Ne vous inquiétez pas. Ce sera fait. (Nkata retira sa veste et examina l'épaule à l'endroit où il avait calé le rouleau de moquette. Satisfait de l'examen, il renfila sa veste et arrangea les poignets de sa chemise. Avec un coup d'œil scrutateur à l'immeuble, il dit à Lynley :) Vous croyez que c'est là qu'on a planqué la petite ?

– Je l'ignore, rétorqua Lynley. C'est possible. Mais on aurait pu la cacher n'importe où à Londres. Ou dans le Wiltshire.

D'un geste machinal, il plongea la main dans la poche intérieure de sa veste où, avant de renoncer à fumer seize mois plus tôt, il avait coutume de ranger ses cigarettes. Pas facile de se débarrasser de ses habitudes. La cérémonie entourant l'« allumage » de la cigarette était indissociable de la réflexion. L'une stimulait l'autre. Et il avait du mal à s'en passer.

Nkata dut comprendre car, après avoir plongé la main dans la poche de son pantalon, il en sortit un petit paquet d'Opal Fruit. Sans un mot, il le passa à Lynley, et en prit un autre pour lui. Ils dépapillotèrent les bonbons en silence tandis que derrière eux les techniciens de scène de crime continuaient leur travail.

– Je vois trois mobiles possibles, fit Lynley. Mais un seul qui tienne vraiment debout. On peut voir dans cette affaire une tentative ratée pour faire monter les tirages de *La Source*...

– Ratée, ça se discute, objecta Nkata.

– Ratée dans la mesure où je doute que Dennis Luxford ait eu l'intention d'aller jusqu'à provoquer la mort de la petite. Cela dit, si tel est bien le mobile, reste à trouver le pourquoi. Est-ce que Luxford était menacé dans son boulot ? Est-ce qu'un autre tabloïd avait raflé de l'espace publicitaire à *La Source* ?

– Peut-être qu'il avait des problèmes de boulot. Et peut-être que le journal avait enregistré une baisse de ses recettes publicitaires.

– Ou alors est-ce que les deux crimes – le kidnapping de la gamine et son assassinat – auraient été orchestrés par une Eve Bowen désireuse de se placer sous le feu des projecteurs et de gagner la sympathie du public ?

– Il faudrait être un monstre pour faire ça, dit Nkata.

– Un monstre, oui. Mais n'oubliez pas, Winston, que c'est une femme politique et qu'elle veut devenir Premier ministre. Elle est en passe de parvenir à ses fins, c'est un fait, mais elle a peut-être trouvé que le processus était trop long. Alors elle a cherché un raccourci et elle s'est servie de sa fille.

– Il faudrait être un sacré putain de monstre pour raisonner dans ces termes. C'est pas normal, c'est pas... naturel.

– Elle vous a semblé naturelle ?

Nkata suça pensivement son bonbon.

– Les Blanches, je les fréquente pas. C'est pas comme les Noires. Une Noire, avec un mec, elle y va carrément : elle lui dit ce qu'elle attend de lui, et quand. Et elle va même jusqu'à lui dire comment s'y prendre. Mais une Blanche ? Non. Les Blanches, c'est un mystère pour moi. Les Blanches m'ont toujours paru... froides.

– Eve Bowen plus que les autres ?

– Oui. Mais à ce point ? C'est une question de degré. Toutes les Blanches me semblent glaciales avec leurs enfants. Si vous voulez mon avis, elle était comme ça, c'est tout.

Lynley se dit que cette façon de considérer le sous-secrétaire d'Etat révélait une largeur d'esprit que lui-même n'avait pas.

– Admettons. Nous en arrivons donc au mobile numéro trois : quelqu'un cherche – métaphoriquement – à avoir la peau de Miz Bowen. Comme elle le prétend depuis le début.

– Quelqu'un qui était à Blackpool quand elle a eu cette aventure avec Luxford, dit Nkata.

– Quelqu'un à qui sa chute profitera, dit Lynley. Est-ce que vous avez fait des recherches dans les antécédents des Woodward ?

– C'est précisément à ça que je dois me coller maintenant, fit Nkata.

– Alors allez-y, dit Lynley en sortant ses clés de voiture.

– Vous faites quoi, vous ?

– Je vais aller rendre une petite visite à Alistair Harvie. Il est originaire du Wiltshire, il n'est pas vraiment copain avec Ève Bowen et il était à Blackpool lors du congrès tory.

– Vous croyez que c'est notre homme ?

– C'est un homme politique, Winston.

– Ce qui lui donne un mobile.

– Exactement, renchérit Lynley.

Lynley trouva le député Alistair Harvie au Centaur Club, lequel était commodément situé à moins d'un quart d'heure de marche de Parliament Square. Installé dans l'ancienne résidence d'une des maîtresses d'Edouard VII, le club regorgeait de corniches Wyatt, d'imposes Adam et de plafonds Kauffmann. Si l'architecture élégante de la bâtisse constituait un hommage au passé et plus précisément aux styles géorgien et Regency, la décoration intérieure, elle, était placée sous le signe du présent et de l'avenir. Alors qu'au temps jadis le grand salon du premier étage devait renfermer une débauche de meubles Hepplewhite au milieu desquels évoluaient des Londoniens à la mise délicate dégustant languissamment le thé de l'après-midi, il abritait maintenant un assortiment d'appareils de musculation et une foule de messieurs en shorts et tee-shirts bons à tordre qui, grognant et ahanant, faisaient des

« développés couchés » sur des bancs inclinés, soulevaient des haltères ou mobilisaient leurs quadriceps à grand renfort d'extensions de jambe.

Alistair Harvie était du nombre. Vêtu d'un short, de chaussures de sport et d'un bandeau en éponge destiné à recueillir la sueur dégoulinant d'un casque de cheveux gris, le député courait, torse nu, sur un tapis de jogging face à une immense glace permettant aux sportifs en chambre de s'admirer ou au contraire de méditer sur leurs imperfections physiques.

C'était exactement ce qu'Harvie semblait faire lorsque Lynley s'approcha de lui. Il courait, coudes au corps, fixant son reflet dans la glace. Ses lèvres étaient retroussées et il était difficile de dire si c'était pour sourire ou grimacer. Tandis que ses pieds foulaient méthodiquement le tapis qui défilait à un rythme infernal, il inspirait et expirait avec la régularité d'un homme qui s'amuse à tester son endurance physique.

Lorsque Lynley sortit sa carte et la lui fourra sous le nez, le député ne s'arrêta pas de courir pour autant. Il n'eut pas davantage l'air de s'inquiéter de cette visite du Yard. Il se contenta de remarquer :

– On vous a laissé monter ? Mais il n'y a plus moyen d'être tranquille, alors ! (Son accent aristocratique trahissait l'ancien élève de *public school* huppée.) Je n'ai pas fini. Vous allez devoir attendre encore sept bonnes minutes. Au fait, qui vous a dit que j'étais là ?

Harvie avait la tête d'un homme démangé par l'envie de virer la timide petite secrétaire qui, cédant à un instant de panique au vu de la carte de Lynley, avait vendu la mèche. Aussi Lynley s'empressa-t-il de mettre les choses au point :

– Votre emploi du temps n'est un secret pour personne, Mr Harvie. Si vous le permettez, j'aimerais vous dire un mot.

Harvie ne broncha pas en entendant un policier s'exprimer d'une voix aussi BCBG que la sienne. Il se contenta de remarquer :

– Je viens de vous le dire : je n'ai pas fini.

Il passa son poignet droit qu'entourait un bandeau en éponge contre sa lèvre supérieure.

– J'ai peur que ça ne puisse attendre. Voulez-vous que nous parlions ici ?

– Est-ce que j'aurais oublié de régler une contravention ?

– Possible. Mais cela n'est pas du ressort de la Criminelle.

– La Criminelle ? (Harvie continua de courir sans ralentir l'allure sur le tapis de jogging.) De quoi s'agit-il ?

– Du kidnapping et de l'assassinat de la fille d'Eve Bowen. Charlotte. On en discute ici ou vous préférez qu'on aille ailleurs ?

Cessant de contempler son reflet, Harvie dévisagea Lynley. Il le fixa pensivement un bon moment tandis qu'un sportif aux jambes arquées et à la bedaine impressionnante prenait place sur le tapis de jogging voisin, dont il commença à régler les cadrans. La machine démarra. Avec un cri étranglé, l'obèse se mit à courir.

D'une voix suffisamment forte pour être entendue sinon du reste de la salle du moins du coureur qui s'essoufflait à deux pas de là, Lynley précisa :

– Vous savez sans doute que la petite a été retrouvée morte dimanche soir, Mr Harvie. Dans le Wiltshire. Pas très loin de votre domicile de Salisbury. (Il tapota de la main les poches de sa veste comme pour prendre son calepin et y consigner la déposition d'Alistair Harvie.) Ce que Scotland Yard aimerait savoir...

– C'est bon, coupa Harvie. (Il tripota un cadran. La machine ralentit. Lorsqu'elle fut à l'arrêt, il en descendit en disant :) Bravo pour la discrétion, Mr Lynley, une poissarde n'aurait pas fait mieux. (Il attrapa une serviette blanche qu'il avait posée sur un appareil voisin et se frictionna les bras.) Je vais prendre une douche et me changer. Vous pouvez m'emboîter le pas si vous voulez pour me frotter le dos, ou bien m'attendre dans la bibliothèque. A vous de choisir.

Le vocable « bibliothèque » camouflait pudiquement le bar ; toutefois, eu égard à ce nom, le bar renfermait un assortiment de journaux et de magazines étalés sur une table en acajou placée au centre de la pièce et deux murs tapissés d'étagères chargées d'ouvrages à reliure de cuir auxquels personne ne semblait avoir touché depuis un siècle. Huit minutes plus tard, Harvie s'approcha sans se presser de la table de Lynley. Il marqua une pause en chemin, histoire d'échanger quelques mots avec un octogénaire occupé à faire des réussites à un train d'enfer. Puis il fit halte près de deux jeunes gens en costume à fines rayures plongés dans l'étude du *Financial Times* et qui entraient des données dans la mémoire de leur portable. Après les avoir fait profiter de sa science, Harvie passa sa commande au barman :

– Pellegrino et citron vert, George, je vous prie. Sans glace.

Et il rejoignit Lynley.

Il avait troqué sa tenue de sportif contre sa tenue de député. Fidèle à ses habitudes d'ancien élève de *public school*, il portait un costume marine suffisamment fatigué pour donner à penser qu'il avait été « culotté » par un domestique. Le bleu de sa chemise était le même que celui de ses yeux perspicaces. Il approcha une chaise et, une fois assis, déboutonna sa veste et tripota son nœud de cravate.

– Et maintenant, si vous me disiez pourquoi vous souhaitez m'interroger à propos de cette affaire ? dit Harvie. (Un bol de noix de cajou était posé sur la table. Il en prit cinq et les posa sur sa paume.) Quand je saurai ce qui vous a amené, je me ferai un plaisir de répondre à vos questions.

« De toute façon, tu y répondras », songea Lynley.

– N'hésitez pas à téléphoner à votre avocat si vous pensez que ça peut être utile, fit-il à voix haute.

Harvie enfourna une noix de cajou. Il fit sauter les autres dans sa main.

– Ça risquerait de vous faire perdre un temps précieux. Et je crois que vous êtes pressé, inspecteur. Alors si on arrêtait de jouer au plus fin ? Vous êtes débordé et moi aussi. Pour ne rien vous cacher, j'ai une réunion de commission dans vingt-cinq minutes. Je peux vous en accorder dix. Tâchez d'en faire bon usage.

Le barman lui apporta son eau minérale et la versa dans un verre. Harvie le remercia d'un hochement de tête, passa le quartier de citron vert sur le bord du gobelet avant de le laisser tomber dans l'eau. Il se fourra dans la bouche une autre noix de cajou qu'il se mit à mastiquer lentement tout en regardant Lynley comme s'il se demandait quelle allait être sa réaction.

Il était inutile d'entamer une joute oratoire avec un adversaire que les nécessités de sa profession avaient rompu à cet art.

– On dit que vous êtes farouchement opposé à l'implantation d'une nouvelle prison dans le Wiltshire, attaqua Lynley.

– C'est exact. La construction de cet établissement pénitentiaire pourrait être génératrice d'emplois, mais à quel prix... Des centaines d'hectares de la plaine de Salisbury seraient saccagés. Sans parler des spécimens d'humanité peu fréquentables que cela ne manquerait pas d'attirer dans le comté. Mes électeurs s'opposent à juste titre à ce projet et je suis leur porte-parole.

– De ce fait, vous devez être à couteaux tirés avec le ministère de l'Intérieur, j'imagine. Et en particulier avec Eve Bowen.

Harvie agita tels des dés les dernières noix de cajou au creux de sa paume.

– Et j'aurais orchestré le kidnapping de sa fille à cause de ça ? Je doute que ce soit une façon efficace d'obtenir que la prison soit construite ailleurs.

– Ce qui m'intéresse dans tout ça, ce sont vos relations avec Miz Bowen.

– Je ne suis pas en relation avec Eve Bowen.

– Si j'ai bien compris, vous l'avez rencontrée à Blackpool il y a environ onze ans.

– Vraiment ? s'ébahit Harvie.

Lynley, qui connaissait les talents de comédien des hommes politiques, eut aussitôt des doutes sur l'authenticité de sa réaction.

– C'était à l'occasion d'un congrès tory. A l'époque, elle était correspondant politique au *Telegraph*. Et à ce titre, elle vous a interviewé.

– Je ne m'en souviens pas. Mais en dix ans j'ai donné des centaines d'interviews et je ne vois pas pourquoi je me souviendrais de celle-là.

– La conclusion de l'interview vous rafraîchira peut-être la mémoire. Vous lui avez demandé si elle voulait coucher avec vous.

– Ah, oui ? (Harvie prit son verre pour goûter son Pellegrino. Il semblait plus intrigué qu'outré par les propos de Lynley. Se penchant vers la table, il se mit à chercher au milieu des amuse-gueule les noix de cajou dont il semblait friand.) Ça ne me surprend pas. Ce n'est sûrement pas la première journaliste à qui j'aurais fait des avances au terme d'une interview. On a couché ensemble, au fait ?

– D'après Miz Bowen, non. Elle vous a envoyé sur les roses.

– Ah oui ? Eh bien, c'est que je n'ai pas dû me donner beaucoup de mal pour la séduire. Pas étonnant : ce n'est pas mon type. J'ai dû simplement vouloir tester sa réaction. Pas chercher à la sauter.

– Et si elle avait été partante ?

– Je n'ai jamais été un défenseur acharné du célibat, inspecteur. (Il regarda de l'autre côté de la pièce vers une banquette de velours rouge râpé installée sous une fenêtre. A travers les vitres on apercevait un jardin et les fleurs d'une glycine qui dégoulinaient telles des grappes de raisin contre les carreaux.) Dites-moi, poursuivit Harvie en quittant les fleurs des yeux. C'est pour me venger de m'être fait « jeter » à Blackpool, que j'aurais kidnappé sa fille ?

– A Blackpool, elle travaillait pour le *Telegraph*. Sa situation a considérablement changé depuis. Pas la vôtre.

– C'est une femme, inspecteur. C'est pour ça qu'elle a vu sa cote politique monter. Pas parce qu'elle a des compétences supérieures aux miennes. Je suis – comme vous, comme tous les hommes – victime des vociférations des féministes qui demandent que soient attribués à leurs consœurs de plus en plus de postes à responsabilités.

– Si elle n'occupait pas ce poste, il serait occupé par un homme ?

– Si le monde était mieux fait, oui.

– Et cet homme, ce serait vous ?

Harvie termina ses noix de cajou et s'essuya les doigts avec une serviette en papier.

– Où voulez-vous en venir ?

– Supposons que Miz Bowen démissionne de son poste au ministère de l'Intérieur. Son départ profite à qui ?

– Ah, vous croyez que je guette dans la coulisse le moment où elle va faire le faux pas qui va lui coûter son fauteuil et me permettre de m'asseoir dessus. Comme une doublure qui espère que la vedette va se casser une patte pour pouvoir enfin avoir sa chance. C'est ça ? Non, ne dites rien, je ne suis pas idiot. Votre attitude, vos questions montrent à quel point vous êtes ignorant en matière de politique.

– J'aimerais néanmoins que vous me répondiez.

– Je ne suis pas contre le féminisme en soi ; mais je crois que le mouvement dérape. Particulièrement à la Chambre. Nous avons mieux à faire que de discutailler pour savoir s'il convient de vendre des Tampax et des collants à Westminster ou s'il faut y installer une crèche pour les femmes députés nanties d'enfants en bas âge. Le palais de Westminster est le siège du gouvernement, inspecteur. Pas une garderie ni un service d'entraide.

Lynley se dit qu'obtenir une réponse claire du politicien revenait à tenter de planter un cure-dent dans une anguille.

– Mr Harvie, je ne voudrais pas que vous arriviez en retard à votre réunion. Répondez à ma question, je vous prie. A qui profite son départ ?

– Vous aimeriez bien me pousser à la faute, me faire dire quelque chose de compromettant, n'est-ce pas ? Eh bien, sachez que si Eve Bowen venait à démissionner de ses fonctions, je n'y gagnerais rien. Si vous voulez savoir qui peut tirer bénéfice de son départ, interrogez plutôt les femmes qui sont aux Communes. Pas les hommes. Il y a peu de chances que le Premier ministre s'amuse à remplacer une femme par un homme, quelles que soient les compétences de ce dernier. Etant donné le climat qui règne actuellement, c'est une chose qui ne risque pas de se produire. Pas avec les résultats qu'il a dans les sondages.

– Imaginons qu'elle perde son mandat de député. Cela profite à qui ?

– La position qu'elle occupe au sein du ministère de l'Intérieur lui donne infiniment plus d'occasions d'exercer le pouvoir que son siège de député. Si vous voulez savoir quels sont les gens qui peuvent sortir gagnants de sa mise sur la touche, allez donc fouiner du côté de ceux auxquels sa présence au ministère fait passer de sales quarts d'heure. Et dont je ne fais pas partie.

– Lesquels ?

Harvie tendit de nouveau la main vers le bol pour y prendre deux noix tout en réfléchissant.

– Les délinquants, les immigrés, les coroners, etc.

Sur le point de se fourrer une noix dans la bouche, il s'interrompit brutalement.

– Vous voyez quelqu'un d'autre ?

Harvie posa avec soin les noix près de son verre. Plus pour lui-même que pour Lynley, il murmura :

– Ce qui est arrivé à la petite Bowen... Ça n'est pas leur style. En outre, dans le climat actuel qui est plutôt à la détente... Quoique... si elle démissionnait, cela leur ferait certainement un ennemi de moins...

– *Leur ?*

– Le cessez-le-feu est en voie d'être conclu, et les négociations vont bon train ; j'ai peine à croire qu'ils veuillent tout faire foirer. Pourtant...

– Cessez-le-feu ? Négociations ? Vous voulez parler...

– Oui, dit Harvie, l'air grave. De l'IRA.

Au Parlement, poursuivit Harvie, Eve Bowen avait toujours adopté une ligne très dure concernant les relations entre la Grande-Bretagne et l'Armée républicaine irlandaise, l'IRA. Et ce n'étaient pas les tentatives d'instauration de paix en Irlande du Nord qui avaient dissipé ses soupçons à l'égard des véritables intentions des Provisionals [1]. En public, évidemment, elle approuvait du bout des lèvres les efforts du Premier ministre pour résoudre la question irlandaise. En privé, elle n'hésitait pas à affirmer que l'Armée de libération nationale irlandaise – plus extrémiste que les terroristes de l'IRA « provisoire » – ferait tout pour faire échouer les négociations et l'instauration de la paix.

– Le gouvernement doit, selon elle, se préparer sérieusement en prévision du jour où les pourparlers échoueront et où l'Armée de libération nationale irlandaise passera à l'action, enchaîna Harvie.

Eve Bowen était persuadée que le gouvernement devait agir et prendre le problème à bras-le-corps, faute de quoi il se trouverait confronté à une nouvelle décennie d'attentats à la bombe dans Hyde Park et Oxford Circus.

– Quelles sont les mesures qu'elle préconise ? s'enquit Lynley.

– Etendre les pouvoirs du RUC [2] et renforcer – en douce – la présence militaire en Ulster tout en se déclarant partisan des négociations.

– Très risqué, tout ça, commenta Lynley.

1. Tendance activiste de l'IRA. *(N.d.T.)*
2. Royal Ulster Constabulary : forces de police d'Irlande du Nord. *(N.d.T.)*

– Je ne vous le fais pas dire.

Harvie expliqua qu'Eve Bowen était également pour renforcer la présence de policiers incognito à Kilburn. Une fois infiltrés, ces derniers auraient pour mission de repérer puis de surveiller les sympathisants londoniens des éléments incontrôlables de l'IRA décidés à faire passer en contrebande en Angleterre armes, explosifs et guérilleros pour le cas où l'IRA n'obtiendrait pas satisfaction à l'issue des pourparlers de paix.

– Si je vous suis bien, elle ne semble pas croire qu'il puisse y avoir une solution.

– C'est bien résumé, confirma Harvie. Sa position est double. Primo, comme je viens de vous le préciser, elle considère que le gouvernement doit se donner les moyens de réagir lorsque les pourparlers avec le Sinn Fein échoueront. Secundo, elle pense que les six comtés[1] ont voté pour faire partie de l'Empire britannique et qu'ils doivent pouvoir compter sur le soutien indéfectible de ce dernier. Ce point de vue est très répandu chez ceux qui aiment à croire qu'il existe encore un empire britannique.

– Vous n'êtes pas d'accord ?

– Je suis réaliste, inspecteur. Au cours des vingt dernières années, l'IRA a montré, et plutôt bien, que ce n'était pas parce que nous flanquions ses membres en taule en les privant de surcroît de l'assistance d'un avocat qu'elle allait disparaître. Il ne faut pas oublier que nous avons affaire à des Irlandais, que ces gens-là se reproduisent comme des lapins. Pour un que l'on flanque au trou, il y en a dix autres qui, sous une photo du pape, s'emploient à copuler et procréer. La seule façon de mettre un terme au conflit, c'est d'arriver à un accord.

– Et Eve Bowen n'est pas disposée à trouver une solution de compromis ?

– Plutôt la mort que le déshonneur. Malgré ce qu'elle déclare en public, Eve Bowen est persuadée qu'en négociant maintenant avec des terroristes, on s'expose à en subir les conséquences – forcément désastreuses – dans dix ans. (Il consulta sa montre, vida son verre. Se mit debout.) Le kidnapping, l'assassinat de la fille d'une femme politique, ça ne ressemble pas à l'IRA. Et de

1. Antrim, Armagh, Down, Fermanagh, Londonderry, Tyrone. (N.d.T.)

toute façon, je vois mal Eve démissionner de ses fonctions parce qu'on a assassiné sa fille. Quel que soit le chagrin que cette mort a dû lui causer. A moins que je n'aie pas tous les éléments du dossier en main...

Lynley ne broncha pas.

Harvie reboutonna sa veste et remit ses manchettes en ordre.

– Cela étant, si la personne que vous cherchez est quelqu'un que sa démission peut soulager d'un grand poids, vous devriez voir du côté des groupuscules dissidents de l'IRA. Ces gens-là sont partout, vous savez. Et nul ne sait mieux se fondre dans un environnement hostile qu'un Irlandais qui a une cause à défendre.

20

Alexander Stone aperçut Mrs Maguire du coin de l'œil : il fouillait dans la penderie de Charlotte lorsque la gouvernante s'approcha de la porte. D'une main elle tenait un seau en plastique et de l'autre un bouquet de chiffons flasques. Il y avait deux heures qu'elle briquait les carreaux, les larmes aux yeux, priant en silence tout en astiquant les vitres.

– Je ne vous dérange pas, Mr Alex ?

Son menton tremblota lorsqu'elle balaya d'un regard circulaire la chambre où se trouvaient les affaires de Charlotte, auxquelles elle n'avait pas touché depuis maintenant près d'une semaine.

La gorge serrée, Alex répondit :

– Non. Faites votre travail.

Tendant la main vers la penderie, il palpa une robe de velours rouge au col de dentelle ivoire avec des poignets assortis. La robe que Charlie portait à Noël.

Traînant les pieds, Mrs Maguire pénétra dans la pièce. Dans le seau, l'eau remua comme seul peut remuer dans l'estomac d'un alcoolique l'alcool qu'il a absorbé.

Alex attrapa un tartan d'enfant. Au même moment, il entendit derrière lui Mrs Maguire tirer les rideaux et lancer sur le lit les animaux en peluche de Charlie restés sur la banquette sous la fenêtre. Il ferma les yeux en pensant au lit sur lequel la nuit dernière il avait baisé sa femme, chevauchant frénétiquement vers l'orgasme comme si rien dans leur vie n'avait changé. Qu'est-ce qui lui était passé par la tête ?

– Mr Alex ? (Mrs Maguire avait trempé un de ses chiffons dans l'eau. Elle l'avait tordu et le tenait telle une corde entre ses mains rougies.) Je ne voudrais pas vous faire de la peine. Mais je sais que la police a téléphoné il y a une heure. Et comme je n'ai pas eu le courage de déranger la pauvre Miss Eve, je me demandais si vous pourriez me dire... A condition que ça soit pas trop pénible pour vous...

Ses yeux s'embuèrent.

– Quoi ? fit-il d'un ton abrupt, car il n'avait aucune envie d'être l'objet de la compassion de qui que ce soit.

– Est-ce que vous pouvez me dire comment ça s'est passé, pour Charlie ? Le peu que je sais, c'est par les journaux que je l'ai appris. Et je n'ai pas voulu questionner Miss Eve. C'est pas de la curiosité malsaine de ma part, Mr Alex. C'est seulement que je pourrai prier plus efficacement pour le repos de son âme si je sais comment ça s'est passé, comment elle est morte.

Vivre avec Charlotte, songea Alex. Charlie sautillant près de lui afin de rester à sa hauteur lorsqu'ils se promenaient. Lui, apprenant à la petite fille à préparer du poulet au citron, premier plat de son répertoire ; lui, se mettant en quête du refuge aux hérissons et la regardant se promener ravie au milieu des cages – ses petits poings plaqués contre son torse grêle. C'était ça, vivre avec Charlie. Mais il savait que c'était d'autre chose que la gouvernante parlait. Pas de la vie de Charlie. De sa mort.

– Elle s'est noyée.

– A l'endroit qu'ils ont montré à la télé ?

– Les policiers ne savent pas encore si c'est là que ça s'est passé. La brigade criminelle du Wiltshire a dit qu'on l'avait droguée avec des tranquillisants. Et qu'ensuite on l'avait noyée.

– Doux Jésus. (Comme assommée, Mrs Maguire se tourna vers les carreaux et se mit à passer dessus le chiffon humecté de produit.) Sainte Mère de Dieu, murmura-t-elle d'une voix étranglée.

Elle prit un chiffon sec et l'approcha de la vitre humide. Elle se concentrait sur les coins car c'était là que la saleté s'accumulait.

L'entendant renifler, il comprit qu'elle s'était remise à pleurer.

– Mrs Maguire, ce n'est pas la peine de continuer à venir tous les jours.

Elle pivota. D'un air profondément peiné, elle dit :
— Vous voulez que je m'en aille ?
— Mais non. Seulement si vous voulez vous arrêter un peu...
— Non, fit-elle d'un ton ferme. J'ai pas envie de m'arrêter.

Elle se rapprocha des carreaux, s'apprêtant à passer un chiffon humide sur la deuxième vitre. Elle la nettoya aussi à fond que la première avant de dire d'un ton hésitant, à voix presque basse :
— On ne l'a pas... Excusez-moi, Mr Alex, mais Charlie n'a pas été... Avant de mourir, on ne l'a pas... maltraitée ?
— Non, fit Alex. Aucune trace de violence d'aucune sorte n'a été relevée sur le corps.
— Dieu soit loué, exhala Mrs Maguire.

Alex eut bien envie de lui demander en quoi Dieu avait fait preuve de miséricorde. N'avait-Il pas laissé sa fille se faire assassiner ? Pourquoi lui avoir épargné la terreur, la torture, le viol, la sodomie ou toute autre forme de sévice alors qu'elle allait finir abandonnée, flottant, morte, dans le canal de Kennet et Avon ? Au lieu de quoi, il retourna d'un pas d'automate vers la penderie afin d'essayer de s'acquitter au mieux de la mission qu'Eve lui avait confiée.
— On va nous rendre le corps, lui avait-elle dit. Il va falloir donner des vêtements à la morgue avant la mise en bière. Tu peux t'en occuper, Alex ? Je crois que je serai incapable de fouiller dans ses affaires maintenant. Tu veux bien t'en charger ?

Elle était dans la salle de bains où elle se teignait les cheveux, debout devant le lavabo, une serviette sur les épaules. A l'aide d'un peigne, elle séparait ses cheveux en raies parfaitement rectilignes et appliquait la teinture sur son cuir chevelu. Elle se servait d'une sorte de pinceau, qu'elle utilisait avec précision pour camoufler ses racines.

Il l'avait regardée dans la glace. Lorsqu'ils en avaient eu terminé, la veille, il n'avait pas réussi à trouver le sommeil. Elle l'avait incité à prendre des calmants et elle était allée se coucher. Mais il lui avait dit qu'il ne voulait plus se droguer. Il avait erré dans la maison comme une âme en peine – passant de leur chambre à celle de Charlie, de la chambre de Charlie au séjour, du séjour à la salle à manger où il s'était assis pour contempler le jardin jusqu'à l'aube – et finalement il s'était retrouvé devant elle, exténué, le désespoir au cœur, tandis qu'elle se teignait calmement les cheveux.

– Qu'est-ce que tu veux qu'on lui mette ? lui avait-il demandé.

– Merci, chéri. (Elle appliqua la teinture du front vers le sommet du crâne à l'aide du pinceau.) Comme il va y avoir une présentation, il faut que tu choisisses les vêtements en conséquence.

– Une présentation ?

– Je tiens à ce qu'il y en ait une, Alex. A ce que le corps soit exposé. S'il n'y en a pas, les gens vont croire que nous avons quelque chose à cacher. Ce qui n'est pas le cas. Donc il faut qu'elle soit habillée de façon appropriée.

– De façon appropriée, fit-il en écho tout en s'interdisant de penser tant il avait peur de la direction dans laquelle ses pensées risquaient de l'entraîner.

Il se força à ajouter :

– Tu as une idée ? Une tenue en vue ?

– Sa robe en velours. Celle de Noël dernier. Elle doit encore entrer dedans. (Eve passa l'extrémité du peigne dans ses cheveux et attaqua une autre raie.) Il faudra que tu lui trouves des chaussures noires. Les chaussettes sont dans le tiroir. Il y en a une paire ornée de dentelle qui devrait faire l'affaire. Assure-toi qu'elles ne sont pas trouées au talon. Je pense que les sous-vêtements ne sont pas nécessaires. Ah oui, prends aussi un ruban pour ses cheveux si tu en trouves un qui soit assorti à sa robe. Demande à Mrs Maguire de le choisir.

Il avait regardé ses mains qui s'activaient avec tant d'efficacité. Elle manipulait le flacon, le peigne et le pinceau sans le moindre frémissement ni la moindre hésitation.

– Qu'est-ce qu'il y a ? dit-elle finalement à son reflet en constatant qu'il ne bougeait pas. Pourquoi est-ce que tu me fixes comme ça, Alex ?

– Ils n'ont vraiment pas de piste ? (Il connaissait la réponse mais il avait besoin de la questionner, car la questionner et l'entendre répondre lui semblait le seul moyen d'arriver à comprendre qui était vraiment sa femme.) Ils n'ont rien trouvé ? Seulement de la graisse sous ses ongles ?

– Je t'ai dit tout ce que je savais, Alex. Tu en sais autant que moi.

Elle le regarda qui la regardait et, l'espace d'un moment, cessa de s'occuper de sa chevelure. Elle, dont les cheveux avaient commencé à grisonner à trente et un ans, avait toujours déclaré envier ses cheveux : des cheveux qui gardaient l'éclat de la jeunesse alors qu'Alex avait quarante-neuf ans. A combien de reprises, lorsqu'elle s'extasiait sur ses cheveux, lui avait-il rétorqué : « Pourquoi les teindre ? Qui se soucie de la couleur de tes cheveux ? Pas moi, en tout cas. » Et elle de répondre, rituellement : « Je n'aime pas le gris. Et tant que je réussirai à donner à mes cheveux un look à peu près naturel, je continuerai à les teindre. » A chaque fois, il s'était dit que c'était la vanité féminine qui poussait Eve à recourir à ces artifices. Que cette réaction était du même ordre que celle qui la poussait à porter une frange trop longue pour dissimuler sa cicatrice au sourcil. *Un look à peu près naturel.* Il se rendit soudain compte que les mots qui auraient pu lui livrer les clés de sa personnalité avaient toujours été les mêmes. Faute de les avoir interprétés correctement, il n'avait pas réussi à la comprendre. Jusqu'à cet instant. Et même encore maintenant, il n'était pas sûr de savoir qui elle était.

– Pourquoi me dévisages-tu comme ça, Alex ?

S'ébrouant, il avait dit :

– Je te dévisage, moi ? Désolé. Je réfléchissais.

– A quoi ?

– Au fait que tu te teins les cheveux.

Il la vit cligner imperceptiblement des paupières. Avec son habileté coutumière, elle s'efforçait de prévoir le tour que prendrait la conversation en fonction de la réponse qu'elle lui ferait. Il l'avait vue se livrer à ce jeu des centaines de fois quand elle parlait à ses électeurs, aux journalistes, à ses adversaires politiques.

Elle posa flacon, pinceau et peigne sur la tablette du lavabo. Puis elle pivota vers lui.

– Alex. (Visage impassible, voix douce.) Tu le sais aussi bien que moi : il faut que la vie continue.

– C'était pour ça, la nuit dernière ?

– Désolée que tu n'aies pas réussi à dormir. Si j'y suis arrivée, c'est grâce aux médicaments. Tu aurais pu en prendre aussi. Je t'avais demandé d'en prendre un. Ce n'est pas parce que j'ai dormi et toi, non, que tu dois...

– Je ne parle pas du fait que tu as dormi, Eve.

– De quoi alors ?

– De ce qui s'est passé avant, dans la chambre de Charlie.

A son mouvement de tête, il eut l'impression qu'elle prenait de la distance. Mais elle dit très simplement :

– Nous avons fait l'amour dans la chambre de Charlotte.

– Sur son lit, oui. Parce que la vie doit continuer ? Ou pour une autre raison ?

– Où veux-tu en venir, Alex ?

– En un mot ? Je me demande pourquoi tu as voulu que je te baise la nuit dernière.

Elle laissa la phrase flotter entre eux tandis qu'elle murmurait le mot *baiser*. Un muscle tressaillit sous son œil droit.

– Je ne voulais pas que tu me baises, rectifia-t-elle calmement. Mais que tu me fasses l'amour. Ça m'a semblé... (Elle lui tourna le dos, prit le peigne et le flacon de teinture. Comme elle restait tête baissée, il ne put distinguer dans la glace que les raies tracées au cordeau sur son cuir chevelu.) J'avais besoin de toi, Alex. C'était un moyen d'oublier, ne fût-ce que trente minutes. Je n'ai même pas pensé que nous étions dans la chambre de Charlotte. Tu étais là, tu me tenais contre toi. Sur le moment, je n'ai pas été chercher plus loin. J'avais passé la journée à jouer à cache-cache avec les médias, rencontrer la police, essayer d'oublier Charlotte telle qu'elle était lorsque nous sommes allés identifier le corps. Aussi lorsque tu t'es allongé près de moi, que tu as passé ton bras autour de ma taille et que tu m'as chuchoté que je pouvais me laisser aller, je me suis dit... (Elle se décida à relever la tête et il vit les coins de sa bouche trembler.) Tu penses que c'était mal de vouloir coucher avec toi dans sa chambre ? Désolée, mais j'avais besoin de toi.

Leurs regards se rencontrèrent dans la glace. Il comprit à quel point il avait envie de la croire.

– Pourquoi ?

– Pour me permettre d'être moi-même. Pour que tu me serres contre toi. Que tu m'aides à oublier un instant. Oublier, c'est ce que je suis en train d'essayer de faire en ce moment, figure-toi. (Elle lui montra la teinture, le peigne et le pinceau.) Parce que c'est le seul moyen... (Elle déglutit. Les muscles de son cou se crispèrent. Sa voix se brisa.)... c'est le seul moyen pour moi de continuer à...

– Oh! mon Dieu, Eve. (Il la fit pivoter, la serrant contre lui sans se soucier de la teinture qui maculait ses mains et ses vêtements.) Je suis désolé. Je suis exténué... Et c'est plus fort que moi. Je la vois partout.

– Il faut que tu te reposes, dit-elle contre sa poitrine. Promets-moi de prendre un comprimé ce soir. Je ne veux pas que tu t'effondres, ce n'est pas le moment de me laisser tomber. J'ai besoin que tu sois fort car je ne sais pas combien de temps je vais pouvoir tenir. Promets-moi de prendre ces comprimés.

C'était une promesse facile à tenir. Et il avait besoin de sommeil. Aussi lui dit-il qu'il le ferait, puis il se rendit dans la chambre de Charlie. Mais lorsqu'il leva vers les cintres de la penderie ses mains pleines de teinture, il comprit que quel que soit le nombre de somnifères qu'il avalerait ceux-ci avaient peu de chances d'apaiser les doutes qui l'empoisonnaient et l'empêchaient de dormir.

Mrs Maguire lui parlait de la fenêtre. Il saisit les derniers mots :

– ... une vraie tête de mule dès qu'il s'agissait de ses vêtements.

Il s'ébroua, cilla pour refouler la douleur qui le tenaillait.

– Excusez-moi, je réfléchissais.

– Je vois bien que vous en avez gros sur le cœur, Mr Alex, murmura la gouvernante. Inutile de vous excuser. Je parle, je parle... Dieu me pardonne, ça fait parfois plus de bien de parler à un autre être humain que de parler au Seigneur.

Laissant tomber son seau, ses chiffons et les carreaux, elle s'approcha de lui. Elle prit un petit chemisier blanc dans la penderie. Un chemisier à manches longues boutonné du haut en bas à l'aide de petits boutons blancs, avec un col Claudine râpé.

– Charlie avait horreur de ces chemisiers. Les sœurs ont de bonnes intentions ; mais on se demande parfois ce qui leur passe par la tête. Elles obligeaient les petites à boutonner leur chemisier du haut en bas par souci de décence. Celles qui refusaient d'obéir récoltaient un mauvais point. Charlie ne voulait pas avoir de mauvais points, mais elle ne supportait pas ces chemisiers fermés. Alors elle n'arrêtait pas de tripoter le bouton du haut. Vous voyez celui-ci ? Il tient par l'opération du Saint-Esprit. Les autres, c'est pareil, parce qu'elle glissait les doigts dans le col qui lui martyrisait le cou. Elle détestait ces chemisiers ; pour elle, c'était une invention du diable.

Alex lui prit le vêtement des mains. Etait-ce le fruit de son imagination exténuée ? Ou l'odeur familière imprégnait-elle encore le tissu ? Toujours est-il que le chemisier sentait Charlie. Il était comme imprégné d'un parfum de réglisse, de gomme et de rognures de crayon.

– Ils ne lui allaient pas, poursuivait Mrs Maguire. Quand elle rentrait, elle n'avait rien de plus pressé que d'enlever son uniforme qu'elle jetait par terre avec le chemisier par-dessus. Et parfois elle piétinait le tout avec ses chaussures. Les chaussures, c'était pareil, pauvre petit chat : elle ne les aimait pas non plus.

– Qu'est-ce qu'elle aimait ?

Il aurait dû le savoir mais n'arrivait pas à s'en souvenir.

– Comme vêtements, vous voulez dire ? (D'un geste vif et sûr, Mrs Maguire écarta robes et jupes, manteaux et pulls classiques.) Ça.

Alex regarda la salopette Oshkosh usée jusqu'à la corde. Mrs Maguire fouilla au milieu des vêtements et en sortit un tee-shirt rayé.

– Et ça. Charlie le portait avec ses chaussures de sport. Ses baskets, elle les adorait. Elle les portait sans lacets avec les languettes qui pendaient. Je n'arrêtais pas de lui dire qu'elle était une petite fille de bonne famille et que ce n'était pas bien de se déguiser en voyou. Mais notre Charlie, elle se fichait pas mal de la façon dont les petites filles doivent s'habiller.

– La salopette, bien sûr. (Il l'avait vue en salopette des centaines de fois. Et il avait entendu Eve s'énerver à ce propos : « Il est hors de question que tu te promènes avec nous dans cette tenue, Charlotte. » Et cela chaque fois que Charlie, l'escalier dévalé, se précipitait vers la voiture. « Laisse-moi sortir avec ! » protestait Charlie. Mais Eve avait toujours le dessus et, en fin de compte, traînant les pieds, l'air grognon, Charlie les escortait déguisée en petite fille modèle dans sa robe de dentelle et ses souliers vernis. « Ça gratte », gémissait Charlie, sourcils froncés. Et elle tirait sur le col de sa robe de cérémonie comme elle avait dû tirer sur le col de ses chemisiers de classe boutonnés du haut en bas par souci de décence.) Je vais les prendre.

Alex sortit la salopette. Il la plia ainsi que le tee-shirt. Apercevant les baskets sans lacets dans un coin du placard, il se baissa pour les ramasser également. Pour une fois, devant Dieu et devant les hommes, Charlie Bowen porterait les vêtements qu'elle affectionnait.

A Salisbury, Barbara Havers parvint à dénicher le bureau de l'Association de la circonscription du député Alistair Harvie sans trop de difficultés. Toutefois lorsqu'elle montra sa carte et se mit à poser des questions de routine sur les antécédents du député, elle se heurta à la présidente de l'Association, laquelle semblait dotée d'une volonté de fer. Mrs Agatha Howe arborait une coupe de cheveux datant d'au moins cinquante ans et un tailleur à épaulettes strict qui sortait tout droit d'un film de Joan Crawford. A peine eut-elle entendu « New Scotland Yard » qu'elle se raidit, se bornant à apprendre à Barbara que Mr Harvie avait séjourné à Salisbury du jeudi soir au dimanche soir. « C'est notre député, c'est normal, non ? » Quant au reste, impossible de lui faire desserrer les dents : elle fit clairement comprendre à Barbara que ni les explosifs ni les menaces voilées ne réussiraient à lui délier la langue. Du moins pas avant qu'elle n'ait eu Mr Harvie au bout du fil. C'était le genre de femme qui donnait à Barbara envie de l'écraser sous son talon, le genre de personne qui se figurait que son éducation bourgeoise l'autorisait à régenter le monde entier. Tandis que Mrs Howe consultait son agenda afin de savoir où joindre le député à Londres à cette heure de la journée, Barbara lui dit :

– Comme vous voudrez. Seulement je vous préviens : il s'agit d'une enquête qui va faire du bruit et les journalistes ne vont rien avoir de plus pressé que de fouiller partout pour déterrer les cadavres. En d'autres termes, vous avez deux solutions : me parler, ici, tout de suite ; ou courir le risque, pendant que vous essayez de mettre la main sur Harvie, que la presse découvre qu'il est mêlé à l'affaire. Je vous laisse imaginer les gros titres que ça fera dans les journaux, demain : « Harvie sur la sellette. » A propos, j'espère qu'il a une majorité confortable.

Mrs Howe plissa les yeux.

– Dois-je comprendre que vous me menacez ? Espèce de petite...

– Vous voulez dire « sergent », j'imagine, coupa Barbara. Je comprends votre réaction. C'est pas drôle de se faire bousculer par des gens de mon acabit. Mais le temps presse, voyez-vous, et j'aimerais pouvoir faire mon boulot, si vous n'y voyez pas d'inconvénient.

– Il vous faudra attendre que j'aie parlé à Mr Harvie, insista Agatha Howe.

– Impossible. Je dois rendre des comptes à mon patron au Yard quotidiennement et... (Barbara jeta un coup d'œil entendu à l'horloge murale)... ça va être l'heure de lui faire mon rapport. Ça m'ennuierait d'être obligée de lui apprendre que la présidente de l'Association de circonscription de Mr Harvie a refusé de coopérer. Si je fais ça, les projecteurs vont automatiquement se braquer sur Mr Harvie. Et tout le monde se demandera ce qu'il a à cacher. En outre, comme mon patron « briefe » la presse tous les soirs, il lui faudra forcément mentionner le nom de Mr Harvie. Sauf s'il peut s'en dispenser, bien sûr.

Mrs Howe comprit qu'il lui fallait mettre les pouces, se montrer raisonnable. Seulement elle n'était pas présidente de l'Association locale des conservateurs pour rien. En femme habituée à passer des accords, elle posa ses conditions : donnant donnant. Toutefois, avant de parler, elle voulut essayer de savoir de quoi il retournait et, formulant sa requête de façon oblique, énonça :

– Pour moi, les intérêts de la circonscription passent avant tout. Si pour une raison quelconque Mr Harvie s'est trouvé dans l'impossibilité de défendre nos intérêts...

« Garde ton bla-bla-bla », songea Barbara. Cependant, voyant où l'autre voulait en venir, elle décida de jouer le jeu.

Et d'apprendre à Mrs Howe que l'affaire qui l'amenait n'était autre que celle dont on parlait aux infos télévisées et qui faisait la une des journaux, à savoir, le kidnapping et la mort par noyade de la fille du sous-secrétaire d'Etat au ministère de l'Intérieur. Barbara ne révéla rien de plus à Agatha Howe que ce que cette dernière aurait pu découvrir toute seule si, au lieu de perdre son temps à essayer de retrouver la trace de Mr Harvie à Londres et à houspiller la vieille secrétaire de l'Association, elle avait eu la bonne idée d'en faire un meilleur usage. Mais elle lui communiqua les renseignements d'un tel air de conspirateur – « tout cela doit rester strictement entre nous, ma chère » – que la présidente se décida à se déboutonner et à lui livrer quelques perles en échange.

Barbara ne tarda pas à s'apercevoir que Mrs Howe n'avait pas beaucoup de sympathie pour Mr Harvie : il s'intéressait trop aux femmes. Cependant il savait s'y prendre avec les électeurs et comme il avait triomphé par deux fois des libéraux démocrates il méritait qu'on se dévoue pour lui.

Né à Warminster, il était allé à l'école à Winchester puis à l'université d'Exeter. Son diplôme de sciences économiques en poche, il avait géré des portefeuilles à la Barclay's, à Salisbury, s'était lancé dans la politique et avait fini par se porter candidat à la députation à l'âge de vingt-neuf ans. Il occupait son siège depuis treize ans.

Il était marié depuis dix-huit ans. Avec la même femme. Image politiquement correcte oblige, son épouse et lui avaient deux enfants, un garçon et une fille qui – lorsqu'ils n'étaient pas en classe – vivaient avec leur mère dans le hameau de Ford, à la sortie de Salisbury. La ferme familiale...

– La ferme ? interrompit Barbara. Harvie est gentleman-farmer ? Je croyais que vous aviez dit banquier ?

C'était sa femme qui avait hérité la ferme de ses parents. Les Harvie s'étaient installés dans la maison et les terres avaient été confiées à un métayer. Pourquoi cette question ? voulut aussitôt savoir Mrs Howe, narines frémissantes. Qu'est-ce que la ferme avait donc de si important ?

Barbara n'avait pas été fichue de répondre. La réponse ne lui vint pas davantage à l'esprit lorsqu'elle vit la bâtisse quelque quarante-cinq minutes plus tard.

La ferme était à l'entrée de Ford. Quand, avec un cahot, Barbara stoppa dans la cour de la ferme, six oies blanches bien grasses convergèrent vers la Mini. Leurs cris rauques faisaient un tel vacarme qu'il y avait de quoi alerter tous les alentours. Constatant que personne n'émergeait, fourche au poing, de la grange, et que nul ne jaillissait de l'imposante bâtisse de brique et de tuile en brandissant un rouleau à pâtisserie, Barbara en conclut qu'elle avait la cour pour elle seule. Les champs et les pâturages, c'était une autre histoire.

De sa Mini, tandis que les oies cacardaient tels des dobermans en folie, Barbara entreprit d'examiner les lieux. La ferme comportait le corps de bâtiment principal, la grange, une vieille étable en pierre, et un pigeonnier en brique plus ancien encore. Ce dernier édifice attira son attention. De forme cylindrique, il était surmonté d'un toit d'ardoise et d'une coupole non vitrée permettant aux oiseaux de se réfugier à l'intérieur. L'une des parois était recouverte de lierre. Des trous dans le toit marquaient l'emplacement des tuiles manquantes ou cassées. La porte était fendillée et grise tellement elle était vieille, incrustée de mousse, et il semblait que personne ne l'eût ouverte depuis au moins vingt ans. L'aspect du battant éveilla cependant un vague souvenir dans la mémoire de Barbara. Elle passa la construction en revue afin d'essayer de savoir ce que ça pouvait bien être. Le toit d'ardoise, la coupole, l'épais manteau de lierre, la porte fendillée... C'était quelque chose que le sergent Stanley avait dit, le médecin légiste aussi, Robin Payne également, Lynley de même...

Rien. Ça ne lui revenait pas. Troublée par la vue du pigeonnier, Barbara décida d'ouvrir la portière de la Mini, qui heurta les becs des oies en colère.

Cette fois, elles se mirent à cacarder comme des forcenées ; décidément, elles étaient plus efficaces que des chiens de garde. Ouvrant sa boîte à gants, Barbara en explora le contenu à la recherche de quelque chose de comestible à leur donner pour les occuper pendant qu'elle ferait le tour du propriétaire. Elle découvrit un demi-paquet de chips au sel et au vinaigre qu'elle regretta de ne pas avoir trouvé la veille lorsqu'elle avait été prise dans les embouteillages sans le moindre endroit où se restaurer en vue. Elle goûta les chips. Ramollies, mais tant pis. Tendant le bras par la vitre baissée, elle en répandit une poignée sur le sol en une offrande propitiatoire aux dieux de la basse-cour. Les oies se jetèrent dessus. Le problème était réglé. Momentanément du moins.

Respectant les règles de la politesse, Barbara alla sonner à la maison. De même, elle lança un sonore « Bonjour, y a quelqu'un ? » en passant devant la grange. Puis elle traversa la cour et s'approcha du pigeonnier comme si l'examen de cette construction constituait l'aboutissement logique de sa promenade.

La poignée bringuebalait. Grumeleuse de rouille, elle refusa de tourner. Cependant, lorsque Barbara donna un coup d'épaule dans la porte, celle-ci s'entrouvrit en grinçant de quelque vingt centimètres avant de se bloquer, le bas de son battant gondolé par la pluie restant coincé sur le sol inégal. Un brusque frémissement d'ailes fit comprendre à Barbara que le pigeonnier n'était pas désaffecté : elle se glissait à l'intérieur lorsque le dernier oiseau fila par la coupole.

La lumière où dansaient d'épais flocons de poussière filtrait de la coupole et du toit crevé par places. Elle illumina les rangées de boulins, le sol de pierre jonché de guano à l'odeur âcre et – au centre de la pièce – l'échelle dont trois barreaux étaient cassés, laquelle servait jadis à ramasser les œufs lorsque pigeons et tourterelles étaient élevés au même titre que de la volaille.

Barbara s'efforça d'éviter les fientes d'oiseau luisantes et fraîches. Elle s'approcha de l'échelle. Bien que l'extrémité en fût fixée à un montant vertical au moyen d'un barreau, cette échelle n'était pas destinée à rester fixe. Au contraire, elle avait été conçue de façon à pouvoir tourner autour du colombier afin de permettre à celui qui ramassait les œufs d'accéder facilement aux nichoirs disposés le long des murs jusqu'à trente mètres de haut.

L'échelle, malgré son âge et son état, était encore mobile, comme Barbara put le constater. Lorsqu'elle la poussa, elle grinça, hésita, puis se mit à bouger. Elle épousait en se déplaçant la courbe des murs de brique du colombier dans un mouvement qui s'effectuait grâce au poteau central. Relié à un dispositif primitif placé à l'intérieur de la coupole, le poteau tournait, entraînant l'échelle.

Le regard de Barbara passa de l'échelle au poteau. Puis du poteau aux nichoirs. Là où les boulins s'étaient descellés, on apercevait la paroi de brique demeurée nue. Les murs avaient l'air rugueux au toucher, et à la lumière, lorsqu'ils n'étaient pas constellés de fiente, ils paraissaient plus rouges que dehors où le soleil tapait dessus en plein. Bizarre, ce rouge. C'était comme s'il s'agissait d'autre chose que de briques. Comme si...

Tout d'un coup, cela lui revint. « Les briques », songea Barbara. Les briques et un mât. Il lui sembla entendre la voix de Charlotte sur la bande que Lynley lui avait passée au téléphone. « *Il y a des briques et un mât* », avait dit la petite fille.

Barbara sentit ses cheveux se dresser sur sa nuque tandis qu'elle balayait successivement du regard les briques et le poteau vertical au centre du bâtiment. « Crénom de Dieu, songea-t-elle. C'est ça. » Elle esquissa un mouvement vers la sortie et c'est alors qu'elle se rendit compte que les oies s'étaient tues. Elle tendit l'oreille, s'efforçant de capter un bruit. Un petit cri d'oie repue lui aurait suffi. Mais elle n'entendit rien. Est-ce qu'elles étaient encore après les chips ? Peu probable. Elle ne leur en avait pas donné suffisamment pour que la collation durât encore.

Ce calme ne pouvait signifier qu'une chose : on était venu les nourrir pendant que Barbara explorait le colombier. Conclusion, elle n'était plus seule dans la cour. Si elle n'était plus seule et que l'inconnu qui rôdait dans les parages ne tenait pas plus qu'elle à se faire remarquer, il était probable qu'il se glissait en ce moment même hors de la grange pour pénétrer dans la maison puis dans l'étable. Il devait brandir une fourche, peut-être même un couteau, ses yeux étaient exorbités, comme ceux d'Anthony Perkins venu débiter Janet Leigh en rondelles. A ce détail près que Janet Leigh avait été agressée sous sa douche et pas dans un colombier et qu'elle s'était figuré ne rien avoir à craindre dans sa salle de bains. Contrairement à Barbara, qui savait pertinemment qu'elle n'était pas en sécurité. Dans le pigeonnier encore moins qu'ailleurs. Car le fait qu'elle se trouvât là, à portée de la construction, des briques et du poteau en disait long sur ses pouvoirs de déduction si bien qu'à tout moment, tandis qu'elle sentait la débâcle intestinale arriver et ses mains devenir moites, elle risquait de...

« Merde, songea Barbara. Ressaisis-toi. Ressaisis-toi, bordel de merde. »

Il fallait absolument qu'elle fasse venir une équipe de techniciens de scène de crime pour qu'ils passent le colombier au peigne fin et retrouvent un indice permettant d'établir que Charlotte avait été séquestrée ici même. Graisse d'essieu, cheveux, fibres, empreintes, gouttes de sang tombées de son genou écorché. Voilà ce qu'il convenait de faire et pour parvenir à ses fins il allait lui falloir faire preuve de doigté aussi bien avec le sergent Stanley qui n'accueillerait pas sa requête avec l'enthousiasme du converti de fraîche date qu'avec Mrs Alistair Harvie qui s'empresserait de décrocher son téléphone pour alerter son mari.

Barbara décida de s'attaquer à Stanley d'abord. Inutile de partir à la recherche de Mrs Harvie maintenant et de l'inquiéter indûment.

Une fois dehors, elle constata que si les oies s'étaient tues, c'était à cause de l'endroit qu'elle avait choisi pour garer la Mini. Le soleil, en tapant sur les ailes rouillées du véhicule, formait sur le sol une flaque de chaleur où les volatiles s'étaient allongés voluptueusement au milieu des miettes de chips au sel et au vinaigre.

Sur la pointe des pieds, elle s'approcha de la Mini, portant alternativement les yeux sur les oies et la grange, la grange et les champs, les champs et la maison. Pas une âme en vue. Une vache mugit au loin, un avion survola la ferme, mais à part ça rien.

Elle se glissa au volant de sa voiture en faisant aussi peu de bruit que possible. « Désolée, les copines », dit-elle aux oies en mettant le moteur en marche. Les volatiles s'ébrouèrent, se dressèrent sur leurs pattes, cacardant, sifflant, battant des ailes tel un bataillon de furies et poursuivirent la voiture jusque sur le chemin. Là, Barbara appuya à fond sur le champignon, traversa à toute vitesse le hameau de Ford et prit la direction d'Amesford où l'attendait le sergent Stanley.

Le sergent trônait dans la salle des opérations, recevant les hommages en forme de rapports de deux des équipes de constables qui avaient passé la campagne au peigne fin ces trente dernières heures dans les secteurs qui leur étaient attribués. Les hommes chargés du secteur 13, de Devizes à Melksham, n'avaient rien à signaler, à ceci près qu'ils avaient embarqué un propriétaire de caravane, lequel tenait un commerce florissant, vendant à tour de bras marijuana, barbitos et reniflette.

« C'est pas dingue, ça ? fit l'un des constables, sidéré. Le mec dealait dans le parking de Melksham. Juste derrière la grand-rue. Faut être gonflé quand même ! On l'a foutu au trou. » L'équipe chargée de quadriller le secteur 5, de Chippenham à Calne, n'avait pas récolté grand-chose. Ce qui n'empêchait pas les policiers de faire un récit détaillé de leurs moindres faits et gestes au sergent Stanley. Barbara s'apprêtait à les virer de leurs chaises et à les renvoyer au travail à grands coups de pompe dans le train afin de pouvoir prendre les dispositions nécessaires pour que les TSC se rendent chez les Harvie, lorsque l'un des constables du secteur 14, poussant les portes battantes, jaillit soudain dans la salle des opérations en lançant :

– On le tient.

Cette déclaration galvanisa l'assemblée. Et Barbara, bien entendu. S'exhortant à la patience, elle s'était efforcée de rappeler Robin Payne – lequel lui avait téléphoné de la cabine d'un salon de thé de Marlborough, d'après ce que Barbara réussit à comprendre des explications embrouillées de la serveuse débile qui s'était décidée à décrocher à la vingt-cinquième sonnerie –, puis elle avait demandé à une femme flic de fouiner dans le passé d'Alistair Harvie et plus précisément sur son passé d'élève du temps où il était en classe à Winchester. Mais maintenant le système de quadrillage mis au point par le sergent Stanley semblait sur le point de payer.

D'un geste, Stanley imposa silence aux derniers bavards. Assis à une table ronde, il s'était amusé à échafauder avec des cure-dents une manière de cabane tout en écoutant les rapports de ses hommes. Il se leva.

– Accouche, Frank.

– OK, fit Frank. (Sans s'embarrasser de circonlocutions, il reprit, surexcité :) On le tient, sergent. Il est dans la salle d'interrogatoire numéro trois.

Horrifiée, Barbara imagina aussitôt Alistair Harvie enfermé dans la pièce, fers aux pieds, sans avocat.

– Qui ça ? demanda-t-elle.

– Le fumier qui a kidnappé la môme, rétorqua Frank en lui jetant un regard de mépris. C'est un mécanicien de Coate, il répare des tracteurs dans un garage situé près de Spaniel's Bridge. A un kilomètre et demi du canal.

Dans la salle, ce fut le branle-bas de combat général. Barbara fut parmi les premiers à se précipiter vers la carte d'état-major. Frank désigna l'endroit d'un index sous l'ongle duquel était incrustée une croûte de moutarde.

— Ici, exactement. (Le constable indiqua un coude du chemin reliant le hameau de Coate au village de Bishop's Canning. En longeant le canal, il y avait six kilomètres de Spaniel's Bridge à l'endroit où le corps de Charlotte avait été abandonné, mais deux kilomètres et demi seulement par les chemins et les sentiers.) Ce connard affirme qu'il n'est au courant de rien, mais on le tient et on va le cuisiner.

— Parfait. (Le sergent se frotta les mains comme s'il s'apprêtait à se charger de l'interrogatoire.) Quelle salle, vous avez dit ?

— La trois, précisa Frank. (Et d'un air méprisant :) Ce petit salaud tremble comme une feuille. Secouez-le un peu, patron, je vous fiche mon billet qu'il craque.

Le sergent Stanley carra les épaules, se préparant à passer à l'action.

— Vous avez quoi sur lui, au juste ? dit Barbara. (Sa question demeura sans réponse. Stanley se dirigea vers la porte. Barbara sentit la moutarde lui monter au nez. Ça n'allait pas se passer comme ça. D'un ton sec, elle lança :) Un instant, Reg. (Comme le sergent pirouettait vers elle avec une lenteur désespérante, elle ajouta :) Frank, vous dites que vous le tenez... Au fait, son nom, à ce type, c'est quoi ?

— Short. Howard.

— Très bien. Alors qu'est-ce que vous avez trouvé chez cet Howard Short qui vous fait dire que vous le tenez ?

Frank jeta un coup d'œil au sergent Stanley, attendant ses instructions. Stanley bougea imperceptiblement le menton en guise de réponse. Que Frank se sentît obligé de demander à son patron la permission de lui répondre mit Barbara en rogne mais elle décida de ne pas le montrer.

— Un uniforme d'école, dit le constable. Short l'avait dans son garage. Il comptait en faire des chiffons, d'après ce qu'il nous a raconté. Mais le nom tissé de la petite est cousu à l'intérieur. On pouvait pas le louper.

Le sergent Stanley dépêcha ses TSC à Coate dans le garage d'Howard Short. Puis il se dirigea vers la salle d'interrogatoire numéro trois, Barbara sur ses talons. Le rattrapant, elle lui dit :

— Je voudrais une autre équipe de techniciens à Ford. Il y a un colombier...

— Un colombier ? (Stanley s'arrêta net.) Un putain de colombier ?

— Sur une cassette enregistrée par la petite un jour ou deux avant sa mort, elle parle de l'endroit où elle est séquestrée. Le colombier correspond à la description qu'elle nous donne sur la bande. Je veux que vous envoyiez une équipe là-bas recueillir des indices.

Stanley se pencha vers elle. Vu de près, il était franchement vilain. A cette distance, elle distinguait des poils naissants sur son cou et sa peau grêlée autour de la bouche.

— Voyez ça avec votre patron. Pas question que j'envoie des TSC à droite et à gauche sous prétexte que vous avez des intuitions.

— Vous ferez ce que je vous dis, fit Barbara. Sinon...

— Sinon quoi ? Vous dégueulez sur mes chaussures, c'est ça ?

Elle l'empoigna par la cravate.

— Vous avez tort de vous faire du souci pour vos chaussures. Vous devriez plutôt penser à vos balloches. Est-ce que je me fais bien comprendre ?

Il lui souffla au visage une haleine qui empestait le tabac froid.

— Du calme, dit-il doucement.

— Allez vous faire foutre. (Elle lâcha sa cravate.) Et un petit conseil, Reg. Vous n'avez aucune chance de gagner à ce jeu. Alors faites preuve de bon sens : reconnaissez-le avant que je vous fasse mettre sur la touche.

Il alluma une cigarette avec son adorable briquet.

— J'ai un interrogatoire à mener. (Il parlait avec l'assurance d'un homme qui a servi dans la police depuis trop longtemps.) Vous voulez y assister ? (Il se lança dans le couloir non sans ordonner à une employée de bureau qui passait par là, une planchette porte-documents à la main :) Du café, salle trois, au trot.

Barbara s'efforça de ravaler sa colère. Elle aurait bien aimé pouvoir casser la figure à Stanley, mais un affrontement était inutile. De toute évidence, il était décidé à ne pas céder un pouce de terrain en présence d'une femme. Il lui faudrait donc recourir à d'autres méthodes pour neutraliser ce salopard.

Elle enfila le couloir à sa suite, obliquant sur la droite pour atteindre la salle d'interrogatoire. Howard Short était assis sur le bord d'une chaise en plastique. Âgé d'une vingtaine d'années, des yeux de grenouille, il portait comme tout mécanicien qui se respecte une salopette pleine de cambouis ainsi qu'une casquette de base-ball sur laquelle on pouvait lire *Braves*. Il se tenait l'estomac à deux mains.

Sans laisser à Stanley ou à Barbara le temps d'ouvrir la bouche, il attaqua :

– C'est à propos de la petite fille, hein ? Je suis sûr que c'est ça. J'ai tout de suite pigé quand ce type a fouillé dans mes chiffons et qu'il a mis la main dessus.

– La main sur quoi ? demanda Stanley, s'installant à califourchon sur une chaise et tendant son paquet de cigarettes à Short.

Howard fit non de la tête et ses mains se crispèrent de plus belle sur son estomac.

– Ulcère.

– Quoi ?

– Mon estomac.

– Oublie ton ulcère. Qu'est-ce qu'ils ont trouvé dans le sac, Howard ?

Le jeune homme jeta un coup d'œil à Barbara comme pour s'assurer qu'il avait au moins un supporter. Elle décida d'intervenir :

– Qu'y avait-il dans le sac, Mr Short ?

– L'uniforme. (Il se balança sur sa chaise en gémissant.) Je sais rien à propos de cette gamine. J'ai juste acheté...

– Pourquoi tu l'as enlevée ? dit Stanley.

– Je l'ai pas enlevée.

– Où tu l'as cachée ? Dans le garage ?

– J'ai caché personne... La petite fille... J'l'ai vue aux infos à la télé comme tout le monde. Mais jamais en vrai.

– Ça t'a fait bicher, de la foutre à poil ? T'as pris ton pied quand tu l'as vue toute nue ?

– J'ai jamais fait ça !

– Ben quoi, Howard, t'es puceau ? T'es pédé ? C'est quoi, ton problème ? T'aimes pas les filles ?

– Si. Je dis seulement...

– Et les petites ? Tu les aimes, les petites filles ?

– J'ai pas kidnappé cette gosse.

– Mais tu sais qu'elle a été enlevée. Tu m'as l'air drôlement au courant. Comment ça se fait ?

– Les infos. Les journaux. Tout le monde est au courant. Mais j'y suis pour rien, moi. Y s'trouve que j'ai acheté son uniforme...

– Ah, tu savais que c'était le sien, l'interrompit Stanley. Depuis le début. C'est ça, hein ?

– Non !

– Allez, crache le morceau. Ça sera plus facile pour toi si tu nous dis la vérité.

– Mais j'essaie. Je vous dis que le chiffon...

– Tu veux dire l'uniforme. L'uniforme de classe. L'uniforme de classe d'une petite fille qui est morte, Howard. Tu es à un kilomètre et demi du canal, pas vrai ?

– J'ai rien fait, dit Howard. (Il se plia en deux.) J'ai mal, grogna-t-il.

– J'te conseille pas de faire le malin, poursuivit Stanley.

– Je peux pas avoir un peu d'eau pour mes comprimés, s'il vous plaît ?

Howard tendit la main vers la poche de sa salopette et en sortit une boîte en plastique en forme de clé à écrou.

– Accouche d'abord. Pour les comprimés on verra ensuite, fit Stanley.

Barbara ouvrit avec violence la porte de la salle d'interrogatoire pour réclamer de l'eau. L'employée de bureau à qui Stanley avait demandé du café était dans le couloir, deux gobelets de café dans les mains. Barbara lui sourit.

– Merci infiniment, dit-elle en tendant son propre gobelet au mécanicien. Tenez, Mr Short, pour faire passer vos comprimés. (Elle tira une chaise et l'approcha du jeune homme qui tremblait. Puis d'une voix ferme :) Où vous êtes-vous procuré cet uniforme ?

Howard se fourra deux comprimés dans la bouche et les fit descendre avec une gorgée de café. Il se tourna de façon à faire face à Barbara, ne présentant à Stanley que son profil. Barbara se félicita intérieurement de la manœuvre : c'était maintenant elle qui menait l'interrogatoire.

– Au stand de vieux vêtements.

– Où ?

– A la kermesse de la paroisse. Y a une kermesse paroissiale tous les ans, au printemps. C'était ce dimanche. J'y ai emmené ma grand-mère, qui devait tenir la buvette pendant une heure. Comme ça valait pas le coup de la conduire là-bas, de rentrer chez moi et de repasser la chercher, je suis resté sur place. C'est là que je me suis procuré les chiffons. Y en avait au stand des vieux vêtements. De pleins sacs. Pas cher, une livre et demie le sac. J'en ai acheté trois parce que j'en consomme beaucoup au garage. Et puis c'était pour une bonne cause. L'argent recueilli à la kermesse doit servir à restaurer l'un des vitraux du chœur.

– Le chœur de quelle église, Mr Short ?

– Stanton St Bernard. C'est là que ma grand-mère habite. (Son regard passa de Barbara au sergent Stanley.) C'est vrai. J'ignorais que l'uniforme se trouvait au milieu des chiffons. J'savais même pas qu'il était dans le sac quand les flics l'ont vidé et qu'ils en ont renversé le contenu par terre. J'y avais même pas encore touché, à ce plastique. J'vous le jure.

– Qui est-ce qui tenait le stand de vieux vêtements ? lança Stanley.

Howard s'humecta les lèvres, jeta un coup d'œil à Stanley puis regarda de nouveau Barbara.

– Une fille blonde.

– Une copine à toi ?

– Non, je la connaissais pas.

– Tu l'as baratinée. Elle t'a dit son nom ?

– Je lui ai acheté les chiffons, c'est tout.

– Tu lui as pas fait du plat ? T'as pas pensé à la sauter ?

– Non.

– Pourquoi ? Tu la trouvais trop vieille sans doute ? Tu préfères les jeunes ?

– J'la connaissais pas. J'lui ai acheté les chiffons, c'est tout. Je sais pas comment ils sont arrivés là, ces chiffons. J'connais pas le nom de la nana qui les vendait. Et même si je le connaissais, y a des chances qu'elle ignore comment les bouts de tissu ont atterri là-bas. Elle tenait le stand, c'est tout. Si vous voulez en savoir davantage, vous n'avez qu'à demander à...

– Mais dis donc, mon salaud, tu la défends ? fit Stanley. Comment ça se fait, Howard ?

– J'essaie de vous aider, moi ! s'écria Short.

– Tu parles ! Je parie que t'as piqué l'uniforme de la môme et que tu l'as planqué au milieu des chiffons que tu as achetés à la kermesse.

– Absolument pas !

– Et je parie que t'as enlevé la petite, que tu l'as droguée et noyée.

– Non !

– Et je parie aussi...

Barbara se leva et, de la main, effleura l'épaule de Short.

– Merci de votre aide, lui dit-elle d'un ton ferme. Nous allons vérifier ce que vous venez de nous dire, Mr Short. Sergent Stanley ?

De la tête, elle désigna la porte et sortit de la salle d'interrogatoire.

Stanley la suivit dans le couloir. Elle l'entendit marmonner :

– De la couille, tout ça ! Si cette tête de nœud se figure que...

Elle pivota pour lui faire face.

– Je vous conseille de réfléchir. Parce que si vous continuez à harceler cette « tête de nœud » comme vous le faites, on risque pas d'aboutir à grand-chose.

– Vous croyez à toutes ses conneries sur la buvette et la blonde ? fit Stanley avec un grognement de mépris. Il est pas net, cet enfoiré.

– S'il est pas net, on le coincera. Mais dans les règles. Ou alors pas du tout. Compris ? (Sans attendre de réponse, elle poursuivit :) Alors, Reg, faites-moi le plaisir d'envoyer l'uniforme au labo. Et passez-le au crible. Que les techniciens relèvent tout ce qu'ils pourront trouver dessus. Cheveux, peau, sang, poussière, cambouis, sperme. Caca de toutou, bouse de vache, crottes d'oiseaux, tout le toutim. C'est vu ?

La lèvre supérieure du sergent se retroussa, il prit un air écœuré.

– Inutile de faire perdre leur temps à mes hommes, Scotland Yard. C'est l'uniforme de la petite. Si on veut en être sûrs, on n'a qu'à le montrer à sa mère.

Barbara se planta à quelques centimètres de lui.

– Très bien. C'est l'uniforme de la fillette, d'accord. Mais on sait pas qui est le meurtrier. Alors on va prendre ce vêtement et l'examiner sur toutes les coutures au microscope, au laser et de toutes les façons possibles afin de relever des indices susceptibles de nous mener au meurtrier. Que ce dernier soit Howard Short ou le prince de Galles. C'est clair, cette fois, ou vous voulez que je demande à votre supérieur hiérarchique de vous mettre ça par écrit ?

Stanley se mordit lentement l'intérieur de la joue.

– Très bien, dit-il. (Et à mi-voix, il ajouta :) Allez vous faire mettre, chef.

– Sans blague, dit Barbara.

Elle pivota et retourna dans la salle des opérations, se demandant où diable se trouvait Stanton St Bernard.

21

Malgré la présence d'un employé de la maintenance venu procéder à l'accrochage des photographies illustrant les temps forts de sa carrière, sir David Hillier n'avait pas jugé bon de demander à Lynley de remettre à plus tard son compte rendu quotidien. Il n'avait pas jugé utile non plus que l'entretien se déroule dans une autre pièce d'où il lui aurait été bien évidemment impossible de superviser l'accrochage des clichés. Lynley avait donc dû lui faire son rapport à voix basse près de la fenêtre et subir les interruptions de son supérieur. Ces interruptions n'avaient aucun rapport avec le contenu de son topo. Elles étaient destinées à l'employé qui s'efforçait d'accrocher judicieusement les photos de façon à éviter que le soleil ne tape sur les sous-verre. Car la lumière, si elle esquintait les clichés, empêchait surtout les visiteurs d'Hillier d'admirer celui qui posait. Et ça, c'était inadmissible.

Lynley termina son topo et attendit les commentaires de l'adjoint au préfet de police. Hillier contempla la vue banale sur Victoria Street et se tripota pensivement le menton. Lorsqu'il se décida à prendre la parole, c'est à peine s'il remua les lèvres : le caractère confidentiel de l'affaire exigeait une prudence de Sioux.

– J'ai une conférence de presse dans trente minutes, dit-il. Il va falloir que je leur donne un os à ronger pour demain. (Il semblait se demander quel appât jeter aux requins.) Et le mécanicien d'Havers dans le Wiltshire ? Quel est son nom, déjà ?

– Le sergent Havers ne pense pas qu'il soit impliqué

dans l'affaire. Elle a demandé aux services compétents de plancher sur l'uniforme de la petite Bowen, ce qui nous apprendra peut-être des choses. Mais à supposer que les techniciens réussissent à « faire parler » l'uniforme, il y a peu de chances selon elle que cela nous permette d'établir un lien entre Charlotte Bowen et ce garçon.

– Pourtant... dit Hillier. Je ne serais pas mécontent de pouvoir déclarer à la presse qu'on a quelqu'un qui nous donne un coup de main là-bas. Elle vérifie ses antécédents ?

– Nous vérifions les antécédents de tout le monde.

– Et alors ?

Lynley n'était pas chaud pour faire part à son supérieur de ce qu'il savait. Hillier avait une fâcheuse tendance à en rajouter quand il avait des journalistes en face de lui, tout ça pour faire mousser le Yard. Les journaux en savaient déjà beaucoup trop, et ce qui les intéressait, ce n'était pas que justice soit faite mais de réussir à « sortir » une info avant les concurrents.

– Nous cherchons un lien. Entre Blackpool, Bowen, Luxford et le Wiltshire.

– Un lien, c'est bien gentil. Mais ce n'est pas avec ça que nous allons impressionner la presse et le public, inspecteur.

– Les services compétents du SO4 planchent sur les empreintes relevées à Marylebone et on a un portrait-robot d'un suspect potentiel. Dites à la presse que nous avons des indices que nous sommes en train d'exploiter. Et communiquez-leur le portrait-robot. Ça devrait les satisfaire.

Hillier l'examina d'un air pensif.

– Mais vous avez encore des munitions, n'est-ce pas ?

– Rien de vraiment solide.

– Je croyais pourtant m'être fait clairement comprendre en vous confiant l'enquête : pas question de faire de la rétention d'information.

– Je n'ai que des conjectures. Et les conjectures ne feraient qu'embrouiller davantage la situation, monsieur, ajouta Lynley après coup, histoire de mettre un peu d'huile dans les rouages.

– Hum, marmonna sir David.

Se faire donner du « monsieur » par Lynley ne revenait pas exactement à se faire tutoyer. Sur le point toutefois de lui donner des instructions qui n'allaient pas dans le sens de ce qu'on venait de lui dire, Hillier fut interrompu par un coup frappé à sa porte annonçant l'arrivée de sa secrétaire, qui lui dit de derrière le battant :

– Sir David ? Vous m'aviez demandé de vous sonner trente minutes avant la conférence de presse. La maquilleuse est là.

Lynley faillit grimacer un sourire ironique en songeant à Hillier avec fond de teint et mascara face aux caméras de la télévision.

– Je vais vous laisser, dit-il, profitant de l'occasion pour se sauver.

De retour dans son bureau, il trouva Nkata assis à sa table de travail, le téléphone contre l'oreille.

– Constable Winston Nkata... Nkata, je vous dis... N-K-A-T-A. Dites-lui qu'il faut qu'on se parle. D'accord ?

Il raccrocha le combiné puis, apercevant Lynley dans l'encadrement de la porte, fit mine de se lever.

D'un geste, Lynley lui fit signe de se rasseoir et prit place sur le siège qu'occupait généralement Havers, face à sa table.

– Eh bien ?

– On a réussi à établir un lien entre Bowen et Blackpool, répondit Nkata. Le président de l'Association de circonscription de Bowen assistait au congrès tory. Le colonel Julian Woodward. Vous le connaissez ? Nous avons taillé une bavette à Marylebone après que je vous ai quitté au squat.

Le colonel Woodward, expliqua Nkata, était un militaire d'environ soixante-dix ans. Ancien professeur d'histoire militaire, il avait pris sa retraite à soixante-cinq ans et emménagé à Londres pour se rapprocher de son fils.

– Il tient à Joel comme à la prunelle de ses yeux, dit Nkata, parlant du fils de l'ancien officier. J'ai eu l'impression qu'il était prêt à faire n'importe quoi pour lui. C'est lui qui s'est débrouillé pour lui dégoter ce job auprès d'Eve Bowen. Et il l'a emmené avec lui à Blackpool lors du congrès tory.

– Joel Woodward assistait à ce congrès ? Mais quel âge avait-il ?

– Tout juste dix-neuf ans. Il venait de s'inscrire à la

faculté en sciences politiques. Il y est toujours. Il écrit une thèse – il travaille dessus à mi-temps – depuis l'âge de vingt-deux ans. C'est là-bas qu'il se trouve en ce moment d'après ce qu'on m'a dit au bureau d'Eve Bowen. C'est avec lui que je voulais faire un brin de causette, mais je n'ai pas encore réussi à le joindre. Pourtant c'est pas faute d'avoir essayé : depuis midi j'arrête pas d'appeler.

– Est-ce qu'il y a un lien avec le Wiltshire ? Pour quelle raison l'un ou l'autre des Woodward voudrait-il faire tomber Eve Bowen ?

– Je creuse en ce qui concerne le Wiltshire. Mais pour ce qui est du colonel, je peux vous dire qu'il a des ambitions pour Joel. Des ambitions politiques. Et il ne s'en cache pas.

– La Chambre des communes ?

– En plein dans le mille. Et ce n'est pas un admirateur de Miz Bowen.

Le colonel Woodward, poursuivit Nkata, croyàit dur comme fer que les femmes devaient rester à leur place, laquelle n'était pas dans le monde de la politique. Le colonel avait été marié – trois fois – et aucune de ses défuntes épouses n'avait éprouvé le besoin de briller ailleurs qu'entre les quatre murs de son foyer. Tout en admettant qu'Eve Bowen avait « plus de couilles que le Premier ministre », il avouait ne pas nourrir pour elle une sympathie débordante. Toutefois il était suffisamment cynique pour reconnaître que, si l'on voulait que le Parti conservateur reste au pouvoir, il fallait que ce soit le meilleur candidat qui se présente aux élections. Et le meilleur candidat n'était pas forcément celui avec lequel on avait le plus d'atomes crochus.

– Vous croyez qu'il lui cherche un remplaçant ? fit Lynley.

– Il adorerait que ce soit son fils qui prenne sa place. Mais il n'y a pas de danger que ça arrive. Sauf imprévu.

« Bizarre », songea Lynley. Et tout à fait dans la ligne de ce qu'Eve Bowen lui avait confié. En politique, vos ennemis les plus féroces sont souvent ceux qui se prétendent vos amis.

– Et Alistair Harvie ? questionna Nkata.

– Une anguille.

– C'est un homme politique.

– Il ne m'a pas paru savoir grand-chose concernant

Bowen et Luxford à Blackpool. Il a fait celui qui ne savait pas qu'elle assistait au congrès.

– Vous l'avez cru?

– Franchement, oui. Seulement, sur ces entrefaites, Havers a téléphoné.

Lynley fit part à Nkata de ce que le sergent Havers lui avait raconté. Et conclut en disant:

– Elle a également réussi à fouiller dans le passé d'Harvie du temps où il fréquentait le lycée de Winchester. Il s'intéressait à beaucoup de choses, semble-t-il. Mais l'un des sports qu'il a pratiqués a particulièrement attiré mon attention: au cours de ses deux dernières années de lycée, il s'est occupé d'écologie et surtout il a fait de la randonnée. Dans le Wiltshire, dans la plaine de Salisbury.

– Donc il connaît la région.

Lynley tendit le bras vers une liasse de messages téléphoniques attachés par un trombone, posée près de son combiné. Ayant chaussé ses lunettes, il passa rapidement les messages en revue.

– Du nouveau sur le vagabond?

– Rien, que dalle, fit Nkata. Mais c'est un peu tôt. Nous n'avons pas pu contacter tous les bénévoles de Wigmore Street afin de leur mettre le portrait-robot sous le nez. Et les gars qui sont allés interroger les gardiens des asiles de nuit de Marylebone ne nous ont pas encore fait parvenir leur rapport.

Lynley jeta les messages sur son bureau, retira ses lunettes et se frotta les yeux.

– On progresse lentement, on dirait.

– Hillier? fit Nkata, fine mouche.

– Toujours semblable à lui-même. Il aimerait que l'enquête soit bouclée en vingt-quatre heures, tout ça pour la plus grande gloire du Yard. Seulement il sait que c'est peu probable et qu'on a un sacré handicap. (Lynley songea aux journalistes postés devant la maison d'Ève Bowen la veille ainsi qu'aux kiosques sur les parois desquels ce matin il avait pu lire des manchettes du style: «Police, la chasse est ouverte» ou encore: «Pas de flics, a dit le député.») Qu'ils aillent au diable, marmonna-t-il.

– Qui ça?

– Bowen et Luxford. Ça fera une semaine demain que le kidnapping a eu lieu. S'ils nous avaient branchés tout de suite, on n'en serait pas là maintenant. Les choses étant ce qu'elles sont, on a beau se décarcasser, la piste s'est refroidie. Et on en est réduits à demander à des témoins éventuels de battre le rappel de leurs souvenirs six jours après les événements. C'est de la folie. C'est comme si on devait s'en remettre à la chance et à elle seule. Je n'aime pas ça du tout.

— Mais la chance, c'est un élément important, dans une enquête criminelle. Et en plus, ça marche.

Nkata se laissa aller dans le fauteuil de Lynley. Il avait l'air parfaitement à l'aise. Tendant les bras, il croisa les mains derrière la nuque et sourit.

Ce sourire mit la puce à l'oreille de Lynley.

— Winston, vous ne m'avez pas tout dit.

— C'est vrai, c'est vrai.

— Eh bien?

— Il s'agit du Wiltshire.

— Le Wiltshire? En liaison avec qui?

— Justement, c'est là que ça se corse.

La circulation les obligea à ralentir considérablement à Whitehall et dans le Strand. Toutefois, entre deux sauts de puce et trois arrêts purs et simples, Lynley lut l'article du *Sunday Times* que Nkata avait exhumé en fouillant dans le passé des suspects. L'article datait de six semaines. Sous le titre « Un tabloïd reprend du poil de la bête », il brossait un portrait complet de Dennis Luxford.

— Sept pages, pas une de moins, remarqua Nkata tandis que Lynley passait d'un paragraphe à l'autre. La petite famille Luxford à la maison, au travail, pendant ses loisirs. Charmant, n'est-ce pas?

— Ça pourrait être le coup de pot dont on a besoin, dit Lynley.

— Exactement ce que j'ai pensé, acquiesça Nkata.

A *La Source*, la carte de Lynley ne fit pas grosse impression sur la réceptionniste, qui lui jeta un regard blasé : « C'est pas la première fois que j'en vois, des comme vous. » Elle téléphona et dit : « Les flics. Scotland Yard. » Ajoutant : « Vous avez tout compris, ma grande. » Elle nota les noms des visiteurs sur des badges, de son écriture ronde et enfantine, et glissa ces derniers dans des étuis en plastique.

– Onzième étage. Prenez l'ascenseur. Et n'allez pas fouiner dans les coins.

Lorsque les portes de l'ascenseur s'ouvrirent à l'étage indiqué, une femme aux cheveux gris les attendait de pied ferme. Elle était légèrement voûtée, à croire qu'elle avait passé de trop nombreuses années penchée sur les classeurs métalliques, les machines à écrire et les traitements de texte, et elle précisa qu'elle était la secrétaire du rédacteur en chef de *La Source* et s'appelait Miss Wallace.

– Je peux voir vos papiers ? fit-elle, ses joues flétries tremblotant, sidérée par sa propre audace. On n'est jamais trop prudent avec les visiteurs. La concurrence est féroce dans le monde de la presse. Mais je ne vous apprends rien.

Lynley sortit de nouveau sa carte, bientôt imité par Nkata. Miss Wallace examina les documents avec soin avant de conclure : « Parfait » et de les conduire vers le bureau du rédacteur en chef. Manifestement la publication des journaux à scandale était un business impitoyable. Les tabloïds semblaient partir du principe que tous les visiteurs – policiers compris – n'étaient que des concurrents potentiels cherchant à les griller.

Luxford était assis à une table de conférence en compagnie de deux hommes qui semblaient être respectivement responsable du service diffusion et responsable de la publicité, s'il fallait en croire les monceaux de graphiques et les maquettes empilés devant eux. Lorsque Miss Wallace les interrompit en disant : « Je vous prie de m'excuser, Mr Luxford », le rédac-chef lui lança un brusque :

– Bon sang, Wallace, je croyais m'être exprimé clairement. Pas d'interruptions.

Sa voix trahissait l'épuisement. Et Lynley, qui l'aperçut par-dessus l'épaule de la secrétaire, se dit qu'effectivement il semblait exténué.

– Ces messieurs sont de Scotland Yard, Mr Luxford, dit Miss Wallace.

Publicité et diffusion échangèrent un regard, toutes antennes dehors.

– Nous verrons plus tard pour la suite, messieurs, dit Luxford, attendant pour se mettre debout que Wallace et ses collaborateurs aient quitté la pièce.

Lorsqu'il se leva, il resta devant la table de conférence, graphiques et maquettes étalés devant lui.

– Dans trente secondes, toute la salle de rédaction sera au courant de votre présence dans nos murs. Vous n'auriez pas pu passer un coup de fil avant de vous pointer chez moi?

– Où en sont les tirages ces jours-ci? questionna Lynley.

– Vous n'êtes tout de même pas venus ici pour parler de nos tirages.

– Ça m'intéresse.

– Pourquoi?

– Les tirages, c'est vital, quand on dirige un journal, non?

– Les recettes publicitaires dépendent des tirages, en effet.

– Qui dépendent eux-mêmes de la qualité des articles publiés? De leur authenticité, de leur contenu, de leur sérieux? (Lynley sortit de nouveau sa carte et tandis que Luxford y jetait un œil, lui-même examina Luxford. L'homme était vêtu avec soin mais il avait le teint olivâtre. Le blanc de ses yeux paraissait jaune.) L'une des choses dont un rédacteur en chef doit se préoccuper essentiellement, ce sont les tirages, poursuivit Lynley. Vous avez tout fait pour que ceux de *La Source* remontent, si j'en crois le papier que le *Sunday Times* a fait sur vous. J'imagine que vous tenez à ce que cette tendance à la hausse s'accentue.

Luxford lui rendit sa carte. Lynley la remit dans sa poche. Pendant ce temps, Nkata s'était approché du mur près de la table de conférence. Des unes encadrées y étaient accrochées. Lynley s'amusa à lire les manchettes. L'une d'elles « allumait » un député tory nanti de quatre maîtresses, une deuxième se répandait en spéculations relatives à la vie amoureuse de la princesse de Galles, une troisième concernait les vedettes d'un feuilleton familial bien-pensant d'après-guerre, lesquelles formaient en réalité un *ménage à trois* [1]. Lectures appétissantes pour accompagner un petit déjeuner roboratif.

– Où voulez-vous en venir, inspecteur? s'enquit Luxford. Vous voyez bien que je suis occupé. Si vous alliez droit au but?

– Mon but? C'est Charlotte Bowen.

Luxford cilla. Comme ce n'était pas un imbécile, il

1. En français dans le texte. *(N.d.T.)*

attendit de savoir ce qu'ils avaient dans leur manche pour parler.

– Nous savons que vous êtes le père de la petite, dit Lynley. Miz Bowen nous l'a confirmé hier soir.

– Comment va-t-elle? (Luxford prit une courbe mais, au lieu de l'examiner, il regarda Lynley.) Je l'ai appelée. Mais elle fait la morte. Je ne l'ai pas eue depuis dimanche soir.

– J'imagine qu'elle doit s'efforcer d'absorber le choc, fit Lynley. Elle ne pensait sans doute pas que ça se terminerait de cette façon.

– J'ai écrit le papier, dit Luxford. Je l'aurais passé si elle m'avait donné le feu vert.

– Je n'en doute pas, laissa tomber Lynley.

Remarquant la sécheresse du ton, Luxford lui jeta un regard perspicace.

– Pourquoi êtes-vous venu?

– Pour vous parler de Baverstock.

– Baverstock? En quoi diable...

Luxford regarda Nkata comme s'il s'attendait à que le constable lui réponde. Nkata tira une chaise et s'assit. Il sortit de sa poche son calepin et son stylomine. Puis il s'apprêta à noter les propos de Luxford.

– Vous êtes entré à Baverstock à onze ans, fit Lynley. Et vous êtes resté en pension là-bas jusqu'à l'âge de dix-sept ans.

– Et alors? Quel rapport avec Charlotte? Je croyais que vous étiez venus me parler de Charlotte.

– Pendant votre scolarité, vous avez appartenu au Club des explorateurs, une petite association d'archéologues amateurs. Exact?

– J'aimais bien gratter la terre. Comme la plupart des gamins. Je ne vois pas le rapport avec l'enquête.

– Cette association fouillait dans la région, étudiant tumulus, ouvrages de terre, etc. Ce qui a dû vous permettre de vous familiariser avec la topographie des lieux.

– Et alors? Je ne vois toujours pas le rapport avec l'enquête.

– Et vous avez présidé le club lors des deux dernières années que vous avez passées à Baverstock.

– J'ai également été rédacteur du *Bavernian Biannual* et de l'*Oracle*. Et pour que vous puissiez vous faire une idée complète de mes activités extrascolaires, j'ajouterai que je n'ai jamais réussi à être sélectionné dans l'équipe de cricket. Je n'ai rien oublié ?

– Un détail, fit Lynley. L'emplacement de l'école.

Luxford haussa les sourcils, pensif.

– Le Wiltshire, fit Lynley. Baverstock se trouve dans le Wiltshire, Mr Luxford.

– Il y a des tas de choses dans le Wiltshire. Nettement plus intéressantes que Baverstock.

– J'en conviens. Mais elles ne présentent pas la même caractéristique que Baverstock.

– Laquelle ?

– Celle d'être à moins de douze kilomètres de l'endroit où le corps de Charlotte Bowen a été retrouvé.

Luxford reposa avec lenteur la courbe qu'il tenait à la main, accueillant la nouvelle dans le plus profond silence. Dehors, onze étages plus bas, le ululement d'une sirène d'ambulance retentit.

– Sacrée coïncidence, n'est-ce pas ? fit Lynley.

– Simple coïncidence, inspecteur.

– Je ne sais pas trop.

– Vous n'allez tout de même pas croire que je suis pour quelque chose dans ce qui est arrivé à Charlotte. C'est de la folie, une idée pareille.

– Qu'est-ce qui est fou ? Que vous soyez impliqué dans le kidnapping ou que vous soyez impliqué dans la mort de Charlotte ?

– Les deux. Pour qui me prenez-vous ?

– Pour un homme que préoccupent les tirages de son journal. Et donc pour un homme en quête d'un scoop.

En dépit de ses protestations, Luxford ne put s'empêcher de jeter un bref coup d'œil aux documents étalés sur la table, lesquels reflétaient la santé du tabloïd et conditionnaient son avenir professionnel. Ce coup d'œil était plus révélateur que des paroles.

– A un moment donné, poursuivit Lynley, il a bien fallu que Charlotte soit transportée hors de Londres. Dans un véhicule.

– Je ne suis pour rien dans tout ça.

– Néanmoins j'aimerais voir votre voiture. Elle est garée près d'ici ?

– Je veux un avocat.

– Mais certainement.

Luxford traversa la pièce afin de gagner son bureau. Fouillant dans ses papiers, il déterra un répertoire à reliure de cuir qu'il ouvrit d'une main tout en empoignant le téléphone de l'autre. Il avait déjà fait deux des chiffres du numéro de téléphone de son avocat lorsque Lynley reprit la parole.

– Evidemment, le constable Nkata et moi-même serons obligés de l'attendre. Cela risque de prendre un certain temps. Vous vous demandez déjà comment la rédaction interprète notre visite, vous ne vous demandez pas ce qu'elle va s'imaginer en nous voyant faire le pied de grue devant la porte de votre bureau?

Le rédacteur en chef composa encore quatre chiffres. Sa main s'attarda un instant avant de faire le septième. Lynley le laissa prendre la décision. Il vit une veine palpiter sur la tempe du journaliste.

Luxford reposa avec violence le récepteur sur son support.

– Très bien, je vais vous conduire jusqu'à ma voiture.

Sa voiture était une Porsche, garée dans un garage qui empestait l'urine et l'essence à quelque cinq minutes de *La Source*. Ils s'y rendirent à pied et en silence, Luxford les précédant de quelques pas. Il s'était arrêté le temps de mettre sa veste et de prévenir Miss Wallace qu'il s'absentait un petit quart d'heure. Tout en gagnant l'ascenseur il n'avait regardé ni à gauche ni à droite et lorsqu'un barbu en saharienne l'avait hélé : « Den, je peux vous dire un mot ? » du seuil de son bureau, Luxford n'avait pas bronché.

La voiture était au cinquième niveau, coincée entre une Range Rover crasseuse et une fourgonnette blanche sur le flanc de laquelle on pouvait lire : GOURMETS PRESSÉS, APPELEZ-NOUS. Tandis qu'ils approchaient, Luxford sortit de sa poche une petite télécommande et neutralisa l'alarme de sa voiture.

Le constable Nkata n'attendit pas qu'on l'invite à aller de l'avant. Ayant enfilé une paire de gants, il ouvrit la portière côté passager et se glissa dans l'habitacle. Il explora le contenu de la boîte à gants et du logement situé entre les sièges. Il souleva les tapis de sol. Il plongea les mains dans les vide-poches. Il sortit de la voiture, rabattit les sièges vers l'avant pour pouvoir accéder à l'espace qui était derrière.

Luxford l'observait sans mot dire. Des pas rapides résonnèrent non loin de là, mais il ne chercha pas à s'assurer qu'il y avait quelqu'un pour observer les faits et gestes de Nkata. Son visage était impassible. Impossible de dire ce que camouflait cette façade tranquille.

Les pieds de Nkata raclèrent le béton tandis qu'il plongeait sa carcasse longiligne dans la voiture. Il poussa un grognement qui fit réagir Luxford.

– Je ne vois pas ce que vous espérez trouver dans ma voiture qui puisse avoir un lien avec votre enquête. Si je devais transporter une gamine de dix ans, je n'utiliserais pas mon propre véhicule. Je ne suis pas idiot. De toute façon, cacher Charlotte dans une Porsche, c'est grotesque. Une Porsche, bon sang. Il n'y a même pas assez de place pour...

– Inspecteur, l'interrompit Nkata. J'ai trouvé quelque chose. Sous le siège.

Il s'extirpa de la voiture. Il tenait un objet au creux de son poing.

– Ça n'a sûrement aucun rapport avec Charlotte, commenta Luxford.

Mais il se trompait. Se redressant, Nkata montra sa trouvaille à Lynley : une paire de lunettes. Rondes, monture d'écaille, presque identiques à celles que portait Eve Bowen. La seule différence, c'est qu'il s'agissait d'une paire destinée à un enfant.

– Ça alors... fit Luxford, estomaqué. A qui appartiennent-elles ? Comment ont-elles atterri dans ma voiture ?

Nkata déposa les lunettes sur un mouchoir que Lynley lui tendit.

– Il est probable qu'elles appartenaient à Charlotte Bowen, dit Lynley. (Faisant un signe de tête à Nkata, il ajouta :) Constable, à vous de jouer.

Nkata informa Luxford de ses droits. Contrairement à Havers – qui aimait lire le texte rituel soigneusement copié au dos de son carnet car elle trouvait que cela faisait monter la tension –, Nkata se contenta de le réciter de mémoire et d'une voix atone. Malgré cela, le visage de Luxford se métamorphosa. Sa mâchoire tomba. Ses yeux s'écarquillèrent. Il déglutit et lorsque Nkata eut terminé, il lança :

– Vous êtes fou ? Vous savez que je n'ai rien à voir avec ça.

– Peut-être souhaitez-vous téléphoner à votre avocat maintenant ? répondit Lynley. Il n'aura qu'à nous retrouver au Yard.

– Quelqu'un a caché ces lunettes dans ma voiture, insista Luxford. Et vous le savez. Quelqu'un qui veut vous faire croire que j'ai...

– Faites le nécessaire pour que le véhicule soit enlevé, dit Lynley à Nkata. Passez un coup de fil au labo et dites aux gars de se tenir prêts à l'examiner sur toutes les coutures.

– Entendu, fit Nkata.

Il s'éloigna pour exécuter les instructions de Lynley, ses semelles de cuir résonnant violemment sur le sol, le bruit se répercutant sur le béton.

– J'ignore qui a fait ça, dit Luxford à Lynley, mais en agissant comme vous le faites, vous entrez dans son jeu. Quelqu'un a déposé ces lunettes dans ma voiture. Attendu que vous tombiez dessus. Cette personne savait que vous viendriez m'interroger et c'est exactement ce qui s'est produit. Vous ne comprenez pas que vous faites son jeu ?

– La voiture était fermée à clé, souligna Lynley. L'alarme était enclenchée. C'est vous-même qui l'avez désactivée.

– Elle n'est pas fermée à clé en permanence, bon sang.

Lynley s'approcha de la portière côté passager et la ferma.

– La voiture n'est pas fermée tout le temps, répéta Luxford, s'énervant. Elle n'est pas sous alarme en permanence. Quelqu'un aurait pu déposer les lunettes sous le siège.

– Quand ?

Le rédacteur en chef se trouva un instant pris de court. Manifestement, il ne s'était pas attendu à ce que son argument porte aussi vite.

– Quand votre voiture n'est-elle ni fermée à clé ni sous alarme ? fit Lynley. Vous ne devriez pas avoir trop de mal à répondre à cette question. C'est un véhicule coûteux. Pas un tas de ferraille qu'on laisse ouvert à tous vents dans la rue. Ou dans un garage. Alors quand votre Porsche n'est-elle ni fermée à clé ni sous alarme, Mr Luxford ?

Luxford formula les mots à voix basse sans les prononcer. Il avait vu le piège un instant avant que ce dernier ne se referme mais comprit qu'il était trop tard pour se dégager.

– Où ?

– Chez moi, finit par dire Luxford.

– Vous en êtes certain ?

Luxford hocha la tête.

– Je vois. Dans ce cas nous allons devoir nous entretenir avec votre femme.

Le trajet jusqu'à Highgate fut interminable. Pour rejoindre le nord-ouest de Londres, le plus direct, c'était de passer par Holborn et Bloomsbury. Seulement cet itinéraire les obligea à se frayer un chemin au milieu d'une circulation particulièrement dense, et leur rencontre avec une voiture de pompiers au nord de Russell Square n'arrangea pas les choses. Tout en négociant tant bien que mal les bouchons, Lynley se demanda comment le sergent Havers arrivait à supporter les allers-retours quotidiens entre Westminster et son cottage de Chalk Farm, quartier qu'ils traversèrent en cours de route.

Luxford ne se montra guère bavard. Il demanda s'il pouvait téléphoner à sa femme et la prévenir qu'il n'allait pas rentrer seul mais avec un inspecteur du Yard ; Lynley refusa.

– Il faut que je prépare le terrain, expliqua le journaliste. Elle ignore tout de cet épisode de mon passé. Je parle d'Eve et de Charlotte. Il faut que j'amortisse le choc.

Lynley lui rétorqua que si cela se trouvait sa femme en savait beaucoup plus long qu'il ne se le figurait, et que c'était d'ailleurs pour cela qu'il voulait la voir.

– Mais c'est ridicule ! s'exclama Luxford. Si vous pensez que Fiona est impliquée de quelque manière que ce soit dans ce qui est arrivé à Charlotte, vous délirez.

– Dites-moi, fit Lynley. Vous étiez mariés lorsque le congrès conservateur de Blackpool a eu lieu ?

– Non.

– Vous sortiez ensemble ?

Luxford garda un instant le silence. Lorsqu'il répondit, ce fut très laconiquement :

– Nous n'étions pas mariés.

Comme si son statut de célibataire lui avait donné le droit de draguer Eve Bowen.

425

– Mais Fiona savait que vous étiez à Blackpool ? questionna Lynley. (Luxford ne broncha pas. Lynley lui jeta un coup d'œil de biais, vit qu'il serrait les dents.) Mr Luxford, est-ce que votre femme...

– Oui. Elle savait que j'étais à Blackpool. Mais c'est tout. Elle ne s'intéresse pas à la politique. Elle ne s'y est jamais intéressée.

Il se passa la main dans les cheveux en un geste qui trahissait une certaine agitation.

– Elle ne s'est jamais intéressée à la politique, c'est vous qui le dites.

– Elle était mannequin, nom d'un chien. Son univers, c'était son corps, son visage. Elle n'avait jamais voté avant qu'on se connaisse. (Luxford appuya la tête contre le dossier du siège.) Génial. Vous allez la prendre pour une demeurée maintenant.

Tournant la tête vers la gauche, il contempla d'un air morne le paysage. Ils dépassaient Camden Lock Market. Au bord du trottoir, un bateleur jonglait avec des assiettes en étain qui luisaient sourdement à la lueur finissante du début de soirée.

Luxford n'ajouta rien d'autre avant qu'ils aient atteint Highgate. Il habitait, dans Millfield Lane, une villa sise en face de deux des étangs bordant Hampstead Heath. Lorsque Lynley s'engagea entre les piliers de brique qui flanquaient l'allée filant vers la villa, Luxford reprit la parole :

– Laissez-moi au moins passer devant, histoire de dire un mot à Fiona.

– C'est impossible, j'en ai peur.

– Un peu de tact, c'est trop vous demander ? Mon fils est à la maison. Il a huit ans. Aucune expérience de la vie. Vous ne voulez pas qu'il assiste à ce déballage.

– Je surveillerai mes propos en sa présence. Vous n'aurez qu'à l'emmener dans sa chambre.

– Je ne pense pas...

– Ne m'en demandez pas davantage, Mr Luxford.

Lynley se rangea derrière une Mercedes dernier modèle qui était garée sous un portique. Le portique donnait sur le jardin de façade de la villa qui ressemblait davantage à une prairie folle qu'à un jardin traditionnel aux pelouses manucurées et aux plates-bandes impeccables. Lorsque Luxford descendit de la Bentley, il se dirigea vers un sentier dallé qui se perdait dans les buissons.

– Normalement, à cette heure-ci, ils regardent manger les oiseaux.

Il appela sa femme. Puis son fils.

Comme nul ne répondait, il pivota et se dirigea vers la maison. La porte d'entrée était fermée mais pas à clé. Seulement poussée. Elle ouvrait sur un vestibule dallé de marbre au centre duquel un escalier conduisait au premier étage.

– Fiona? fit Luxford.

Pas de réponse là non plus.

Lynley poussa la porte derrière eux. Luxford passa sous une ouverture cintrée, à main gauche, et pénétra dans un salon dont un mur était percé de fenêtres donnant sur les étangs et Hampstead Heath. Il continua d'appeler sa femme.

La maison était plongée dans un profond silence. Luxford explora les pièces les unes après les autres mais, à mesure qu'il progressait, Lynley comprit qu'il avait fait le trajet jusqu'à Highgate pour rien. De toute évidence Fiona Luxford n'était pas là : elle ne pourrait donc pas répondre à ses questions. Lorsque son mari redescendit, Lynley lui dit :

– Il va vous falloir téléphoner à votre avocat, Mr Luxford. Dites-lui de nous retrouver au Yard.

– Je ne comprends pas. Ils devraient être là. (Sourcils froncés, Luxford jeta un regard vers le séjour où Lynley l'attendait, puis vers le vestibule et la lourde porte d'entrée.) Fiona ne serait pas sortie en laissant la porte simplement poussée. Ils devraient être là, inspecteur.

– Elle a peut-être cru l'avoir fermée.

– C'est impossible : il faut une clé pour la verrouiller, cette porte.

Luxford retourna vers la porte et l'ouvrit. Il appela sa femme. Il appela son fils. Il se dirigea vers le sentier où se dressait un bâtiment bas et blanc. Ce dernier abritait trois places de parking. Sous les yeux de Lynley, Luxford pénétra dans le garage par une porte en bois verte, laquelle n'était pas fermée à clé, ainsi que Lynley put le constater. Ce détail apportait de l'eau au moulin de Luxford et en tout cas à sa théorie sur la façon dont les lunettes de Charlotte avaient vraisemblablement atterri dans sa voiture.

Lynley se tenait sous le portique. Du regard, il balaya le jardin. Sur le point de demander à Luxford de fermer la maison à clé et de remonter dans la Bentley pour rallier Scotland Yard, il avisa la Mercedes en stationnement. Il décida de vérifier les dires du journaliste. Il essaya la portière côté conducteur. Celle-ci s'ouvrit. Il se glissa à l'intérieur.

Son genou heurta un objet qui pendait près de la colonne de direction. Un cliquetis métallique étouffé retentit. Les clés de la voiture étaient restées sur le contact, accrochées à un porte-clés de cuivre.

Par terre, devant le siège du passager, gisait un sac à bandoulière de femme. Lynley s'en empara. Il l'ouvrit, fouilla dedans. Blush, tubes de rouge à lèvres, brosse à cheveux, lunettes de soleil, chéquier. Il sortit un portefeuille en cuir contenant cinquante-cinq livres, une carte Visa et un permis de conduire au nom de Fiona Luxford.

Un sentiment de malaise l'envahit ; il crut entendre bourdonner des insectes à ses oreilles. Au moment où il descendait de la voiture, sac à bandoulière à la main, Luxford remontait en hâte l'allée.

– Il leur arrive de faire du vélo sur la lande, l'après-midi. Fiona aime bien rouler jusqu'à Kenwood House et Leo adore regarder les tableaux. J'ai pensé qu'ils étaient peut-être partis se promener de ce côté, mais leurs bicyclettes sont...

Il aperçut soudain le sac.

– Dans la voiture, dit Lynley, je l'ai trouvé dans la voiture. Jetez un œil. Est-ce que ce sont ses clés ?

Le visage de Luxford parla pour lui. Après avoir vu le trousseau de clés, le journaliste posa les deux mains sur le capot de la voiture et, regardant par-dessus le mur du jardin, murmura :

– Il est arrivé quelque chose.

Lynley contourna la Mercedes. Le pneu avant était à plat. Il s'accroupit pour l'examiner de plus près. Du bout des doigts, il tâta la bande de roulement. C'est alors qu'il découvrit un clou. Puis un second, et un troisième à quelque dix centimètres du premier.

– Votre femme est à la maison à cette heure-ci normalement ?

– Toujours, répondit Luxford. Elle s'occupe de Leo quand il rentre de l'école.

– A quelle heure sort-il ?

Luxford leva la tête, il semblait atterré.

– Trois heures et demie.

Lynley consulta sa montre de gousset. Six heures passées. Son inquiétude grandit, mais d'un ton qui se voulait raisonnable il annonça :

– Ils sont peut-être sortis ensemble.

– Elle n'aurait pas laissé son sac dans la voiture. Elle n'aurait pas laissé les clés sur le contact. Ni la porte d'entrée simplement poussée. Non. Il leur est arrivé quelque chose.

– Il doit y avoir une explication simple, fit Lynley. (C'était en général le cas. Souvent des gens que l'on croyait disparus étaient en fait occupés à faire des choses parfaitement anodines dont leur conjoint, s'il n'avait pas cédé à la panique, se serait souvenu. Lynley se demanda ce qui avait bien pu obliger Fiona Luxford à s'absenter, s'efforçant de raisonner calmement tandis que l'affolement gagnait de plus en plus Luxford.) Le pneu avant est à plat, dit-il à Luxford. J'ai remarqué trois clous.

– Trois ?

– Elle est peut-être partie à pied avec votre fils.

– On l'a crevé, dit Luxford. Quelqu'un a crevé ce pneu. Vous entendez ? Je vous dis qu'on l'a crevé.

– Pas forcément. Imaginez qu'elle soit partie prendre Leo à sa sortie de l'école et qu'elle ait trouvé le pneu à plat...

– Hors de question, fit Luxford, les doigts sur ses paupières. Hors de question, je vous dis. Je lui ai interdit d'aller le chercher.

– Quoi ?

– Je veux qu'il marche. C'est pour ça que j'ai demandé à Leo de rentrer à pied. La marche, c'est bon pour lui. Je lui ai expliqué que ça lui ferait du bien. Que ça l'endurcirait. O mon Dieu, où sont-ils passés ?

– Mr Luxford, nous ferions mieux de rentrer : elle vous a peut-être laissé un mot.

Ils regagnèrent la maison. Gardant son calme, Lynley demanda à Luxford de passer systématiquement en revue les endroits où sa femme aurait pu lui laisser un message. Il le suivit du gymnase en sous-sol au bureau du premier. Mais ils ne trouvèrent rien. Nulle part.

– Votre fils n'avait pas de rendez-vous aujourd'hui ? s'enquit Lynley. (Il descendait l'escalier et remarqua que le visage de Luxford était luisant de transpiration.)

Votre femme n'avait pas un rendez-vous? Chez le médecin? Le dentiste? Dans un endroit où ils auraient pu se rendre en taxi ou en métro? En bus?

– Et elle serait partie sans son sac? Sans argent? En laissant ses clés sur le contact? Voyons, ce n'est pas sérieux.

– Il nous faut procéder dans l'ordre et éliminer toutes les possibilités, Mr Luxford.

– C'est ça, et pendant que nous éliminons ces putains de possibilités, elle est je ne sais où... Leo... Nom de Dieu!

Luxford assena un coup de poing sur la rampe.

– Est-ce que ses parents habitent près d'ici? Ou alors les vôtres?

– Nous n'avons pas de famille dans les environs.

– Et des amis chez qui elle serait allée en compagnie de votre fils? Ou des collègues? Imaginons qu'elle ait découvert la vérité concernant vos relations avec Eve Bowen, peut-être qu'elle a décidé sur un coup de tête...

– Mais non! Elle n'a pas découvert la vérité! Comment l'aurait-elle découverte? Elle devrait être là. Ou dans le jardin. Ou en train de se promener à bicyclette. Avec Leo.

– Est-ce qu'elle tient un journal que nous pourrions...

La porte d'entrée s'ouvrit brutalement et alla heurter le mur. Ils pivotèrent tous deux dans cette direction. Une femme entra en vacillant dans la maison. Grande, cheveux épars couleur de miel, caleçon bordeaux taché, elle respirait avec difficulté, une main sur la poitrine. Luxford s'écria:

– Fiona! (Il dévala l'escalier.) Au nom du ciel...

Elle releva soudain la tête. Son teint était terreux. Elle cria le prénom de son mari et il se précipita pour la prendre dans ses bras.

– Leo, dit-elle, folle d'inquiétude, Dennis, c'est Leo. Leo!

Elle leva les mains vers lui. Les ouvrit. Une casquette d'écolier tomba par terre.

La respiration hachée, elle raconta son histoire par bribes. Leo devait rentrer au plus tard à quatre heures. Constatant qu'il n'était toujours pas de retour à cinq

430

heures, elle s'était énervée et était partie à sa recherche, bien décidée à lui passer un savon. Il savait pertinemment qu'il devait regagner directement la maison après les cours. Seulement, lorsqu'elle avait essayé de prendre la Mercedes, elle s'était aperçue qu'elle avait un pneu crevé et elle était partie à pied.

– J'ai suivi tous les itinéraires possibles, dit-elle en les énumérant. (Elle était assise dans le séjour au bord d'un canapé et ses mains tremblantes étaient crispées autour du gobelet de whisky que Luxford lui avait servi. Accroupi devant elle, il l'aidait à tenir son verre et, de temps en temps, repoussait ses cheveux qui lui cachaient le visage.) Après quoi, je suis rentrée en longeant le cimetière. Et la casquette... La casquette de Leo...

Elle souleva le verre de whisky qui cliqueta contre ses dents.

Luxford parut deviner ce qu'elle n'arrivait pas à formuler.

– Le cimetière? Tu as trouvé la casquette de Leo dans le cimetière?

Fiona se mit à pleurer.

– Mais Leo sait pertinemment qu'il ne doit pas aller traîner dans le cimetière de Highgate. (Luxford avait l'air décontenancé.) Combien de fois le lui ai-je dit, Fiona?

– Bien sûr qu'il le sait, mais que veux-tu, il est comme tous les petits garçons, il est curieux. Et le cimetière... Pas entretenu, plein d'herbes folles, presque à l'abandon, forcément, ça l'intrigue. Et comme il passe devant tous les jours, il a dû avoir envie de...

– Il t'a dit qu'il avait l'intention d'y aller?

– L'intention... Mais Dennis, il le connaît depuis qu'il est tout petit, ce cimetière : il est pour ainsi dire à sa porte. Les tombes, les catacombes, ça l'intéresse. Il a lu des bouquins sur les statues...

Luxford se leva. Il fourra ses mains dans ses poches et tourna le dos à sa femme.

– Quoi? fit-elle, au bord de la panique. Quoi?

Il pivota vers elle.

– Tu l'as encouragé?

– A quoi faire?

– A visiter les tombes. Les catacombes. Bref à aller explorer ce putain de cimetière. Tu l'as encouragé, Fiona? C'est pour ça qu'il est allé traîner là-bas?

– Non ! Je me suis bornée à répondre à ses questions.

– Ce qui a piqué sa curiosité, bien sûr. Stimulé son imagination.

– J'aurais voulu t'y voir ! Il me harcelait de questions.

– Tes réponses l'ont incité à me désobéir.

– C'est moi la responsable maintenant ? Alors que tu as insisté pour qu'il se rende à l'école à pied, que tu m'as défendu de le materner comme un bébé...

– Ce qui l'a conduit dans les bras d'un pervers qui, las de rôder dans le cimetière de Brompton, aura décidé aujourd'hui d'aller traîner dans celui de Highgate.

– Dennis !

Lynley intervint.

– Calmez-vous, Mr Luxford. Il doit y avoir une explication simple.

– Allez vous faire foutre, avec vos explications simples.

– Il va falloir qu'on téléphone aux camarades de votre fils, poursuivit Lynley. Qu'on interroge le directeur de l'école, et son professeur. Il n'a que deux heures de retard après tout. Et si ça se trouve, vous vous mettez dans tous vos états pour rien.

Comme pour appuyer les paroles de Lynley, le téléphone sonna. Luxford traversa la pièce, décrocha. Il hurla : « Allô ! » Quelqu'un parla à l'autre bout de la ligne. De la main gauche, il couvrit le micro.

– Leo ! dit-il.

Sa femme se leva d'un bond.

– Où diable étais-tu passé ? Tu te rends compte de l'état dans lequel on est, ta mère et moi ?

– Où est-il ? Dennis, laisse-moi lui parler.

D'un geste, Luxford fit taire sa femme. Il écouta en silence puis s'écria :

– Qui ? Leo, qui ça ? Bon sang, dis-moi où... Leo !

Fiona empoigna le téléphone. Cria : « Leo ! » dans le micro. Elle tendit l'oreille mais inutilement. Le téléphone lui échappa des mains et heurta le sol avec fracas.

– Où est-il ? Qu'est-il arrivé, Dennis ? Où est Leo ?

Luxford se tourna vers Lynley. Son visage semblait sculpté dans la craie.

– On l'a enlevé, dit-il. On a kidnappé mon fils.

TROISIÈME PARTIE

22

– Le message était pratiquement identique à celui que Luxford avait reçu pour Charlotte, résuma Lynley à Saint James. La seule différence, c'est que, cette fois, l'enfant le lui a transmis lui-même au bout du fil.

– « Reconnaissez votre premier-né à la une ? » fit Saint James.

– En gros, oui. D'après Luxford, Leo aurait dit : « Tu dois publier l'article en première page, papa. Après, il me laissera partir. » C'est tout.

– D'après Luxford, reprit Saint James.

Lynley suivit le cheminement de sa pensée :

– Oui, lorsque Fiona Luxford s'est précipitée sur l'appareil, on avait raccroché. Luxford est le seul à avoir eu son fils au bout du fil.

Lynley tendit la main vers le verre à dégustation que Saint James avait placé devant lui sur la table basse de son bureau-bibliothèque de Cheyne Row. L'œil sur son verre, il médita comme si la réponse qu'il cherchait flottait à la surface. Il avait l'air crevé. Normal, songea Saint James : dans ce métier, on était épuisé en permanence.

– Ça prend une sale tournure, Tommy.

– Encore plus moche si on pense que l'article que le kidnappeur veut voir en première page paraîtra dans le journal de Luxford demain. Ce dernier avait le temps de modifier la une après avoir eu des nouvelles de Leo.

– Qu'est-ce que tu as fait ?

Le nécessaire, expliqua Lynley, malgré son sentiment de malaise et les soupçons croissants que Dennis Luxford lui inspirait. Des constables avaient été dépêchés dans le cimetière de Highgate pour y relever d'éventuels indices. D'autres chargés de refaire à pied les trajets que Leo avait pu emprunter au sortir de son école de Chester Road. Les médias s'étaient vu remettre des photos du petit garçon qui devaient être diffusées aux informations télévisées du soir. Des écoutes allaient être posées chez Luxford afin de localiser les appels qu'il recevrait.

– Nous avons également embarqué les clous retrouvés sur les pneus, termina Lynley. Et nous nous sommes occupés de prendre les empreintes sur la Mercedes, ce qui ne nous mènera sans doute pas loin.

– Et la Porsche ?

– Les lunettes appartiennent bien à Charlotte. Eve Bowen a confirmé.

– Est-ce qu'elle sait où vous les avez trouvées ?

– Non, je ne le lui ai pas dit.

– Si ça se trouve, elle a raison depuis le début. En ce qui concerne Luxford, sa participation au kidnapping et ses motivations.

– Peut-être. Mais si elle est dans le vrai, alors nous sommes en présence d'un sacré comédien. (Lynley fit tournoyer son cognac avant de l'avaler d'un trait. Il reposa le verre sur la table basse et se pencha en avant, coudes sur les genoux.) Le service des empreintes a fait une découverte intéressante. L'empreinte de pouce retrouvée sur le magnétophone correspond aux empreintes relevées dans le squat de George Street, respectivement sur la glace de la salle de bains et l'appui de la fenêtre. Bien joué, Simon. Si tu n'avais pas attiré notre attention là-dessus, je ne sais pas si nous aurions pensé à passer ce foutu squat au peigne fin.

– Remercie plutôt Helen et Deborah. C'est elles qui sont tombées dessus la semaine dernière et qui ont insisté pour que j'y jette un coup d'œil.

A ces mots, Lynley fixa ses mains. Derrière lui l'obscurité se pressait contre les fenêtres, traversée par la lueur d'un réverbère situé à quelques mètres de la demeure de Saint James. Dans le bureau-bibliothèque, le silence qui s'était établi entre les deux hommes fut rompu par de la musique s'échappant du dernier étage où, dans son atelier, Deborah travaillait. Non sans un sentiment de malaise, Saint James reconnut la chanson :

c'était l'ode composée par Eric Clapton pour son fils disparu. Il regretta aussitôt d'avoir prononcé le nom de Deborah.

– Qu'est-ce que j'ai fait ? dit Lynley en relevant la tête. Helen m'a dit que je lui avais porté un coup mortel.

Saint James ne pouvait trahir la confiance de sa femme.

– Les enfants, c'est son point sensible. Elle continue d'en vouloir. Et les démarches en vue de l'adoption n'avancent pas vite.

– Quand j'ai parlé des tueurs d'enfants, elle a fait le rapprochement avec ses propres problèmes pour mener ses grossesses à terme ? C'est ça ?

La remarque de Lynley montrait qu'il connaissait bien Deborah. Mais elle était trop proche de la vérité.

– Ce n'est pas aussi simple que cela, fit Saint James.

– Je n'avais absolument pas l'intention de lui faire de la peine. J'espère que c'est clair. Je me suis énervé bêtement. A cause d'Helen, pas de Deborah. Est-ce que je peux lui présenter mes excuses ?

– Je les lui transmettrai.

Lynley parut sur le point de protester. Toutefois il s'abstint, car il y avait dans l'amitié qui le liait à Simon des limites qu'il se refusait à franchir.

– Je me suis laissé emporter hier soir, dit-il en se levant. Havers m'avait déconseillé de venir, mais j'ai passé outre. Je regrette.

– J'ai travaillé à la Metropolitan Police dans le temps, Tommy, je sais qu'on est toujours sous pression, dit Saint James.

Il accompagna Lynley jusqu'à la porte et fit quelques pas avec lui dans l'air frais de la nuit. L'air était humide, lourd du brouillard de la Tamise toute proche.

– Hillier se charge des médias, poursuivit Lynley. C'est toujours ça de moins que j'ai sur le dos.

– Et Hillier ? Qui s'en charge ?

Ils éclatèrent de rire. Lynley sortit ses clés de voiture de sa poche.

– Il voulait donner un os à ronger aux médias cet après-midi : un mécanicien qu'Havers a déniché dans le Wiltshire, qui se trouvait en possession de l'uniforme de Charlotte Bowen. (Pensivement, il examina ses clés.) Cette affaire n'arrête pas de se ramifier, Simon.

Londres, le Wiltshire, et ce n'est pas fini. J'aimerais pouvoir me dire qu'il n'y a qu'un suspect, Luxford ou Harvie. Mais je commence à me demander s'ils ne sont pas plusieurs.

– C'était la théorie d'Eve Bowen.

– Il se peut qu'elle ait vu juste. (Il rapporta à Saint James les propos du député Alistair Harvie concernant Eve Bowen, l'IRA et ses factions dissidentes. Il termina en disant :) Ce n'est pas comme ça que l'IRA opère. Les kidnappings d'enfant, les assassinats d'enfant, ce n'est pas leur truc, à ces gens-là. J'aimerais pouvoir faire un trait sur cet embryon de piste, rayer l'armée irlandaise de ma liste de suspects. Mais malheureusement c'est impossible. Alors on creuse dans le passé des uns et des autres.

– La gouvernante est irlandaise, remarqua Saint James. Damien Chambers, aussi. Le professeur de musique de la petite.

– C'est lui qui est le dernier à avoir vu Charlotte, observa Lynley.

– En plus il a l'accent de Belfast. Et je le vois mieux en suspect que la gouvernante.

– Pourquoi ?

– Il n'était pas seul la nuit où Helen et moi sommes allés le voir. Il y avait quelqu'un à l'étage. Il a prétendu que c'était une femme avec laquelle il s'apprêtait à coucher pour la première fois, d'où sa nervosité. Il allait lui jouer la grande scène de la séduction lorsque nous avons rappliqué pour le cuisiner sur la disparition d'une de ses élèves.

– Compréhensible, comme réaction.

– Tout à fait. Mais il y a un autre lien entre Chambers et la petite. Je n'y ai pensé que quand tu as mentionné l'IRA.

– C'est quoi ?

– Le nom. Dans la lettre que Bowen a reçue du ravisseur, celui-ci appelle Charlotte « Lottie ». Et de toutes les personnes que j'ai interrogées, seuls Damien Chambers et ses camarades de classe appelaient Charlotte comme ça. Si j'étais toi, je creuserais du côté de Chambers.

– C'est effectivement une possibilité, acquiesça Lynley.

Il dit bonsoir à Simon et se dirigea vers sa voiture.

Saint James le regarda s'éloigner au volant de la Bentley avant de faire demi-tour pour regagner sa maison.

Deborah était toujours dans la chambre noire, mais elle avait éteint la musique. Elle avait fini de développer ses clichés et la porte de l'atelier était ouverte. Mais elle n'avait pas terminé pour autant. Penchée au-dessus du plan de travail, elle étudiait un document à l'aide d'une loupe. Sans doute une vieille planche-contact, pensa-t-il. Elle avait l'habitude de comparer travail actuel et travail antérieur pour évaluer ses progrès.

Toute à son examen, elle ne l'entendit pas prononcer son nom. Il pénétra dans l'atelier et, par-dessus son épaule, il vit pourquoi elle était si absorbée et comprit qu'il ne pouvait absolument pas lui dire qu'il y avait eu un second enfant d'enlevé. En effet, ce n'était pas une planche-contact qu'elle examinait. Mais la photo du cadavre de Charlotte Bowen que Lynley lui avait jetée sous le nez la veille dans un moment de colère.

Saint James tendit la main vers la loupe. Elle sursauta et laissa tomber la loupe.

– Tu m'as fait peur !

– Tommy est passé et reparti.

Elle baissa les paupières, tripotant nerveusement les bords du cliché.

– Il est venu s'excuser, Deborah. Il est désolé. Ça lui a échappé. Il ne pensait pas ce qu'il disait. Il voulait monter te parler, mais j'ai pensé qu'il valait mieux qu'il s'abstienne. Tu aurais préféré le voir ?

– Peu importe qu'il l'ait pensé ou non, il n'a fait que formuler la vérité. Nous sommes tous deux bien placés pour le savoir, Simon : je suis une tueuse d'enfant. Ce que Tommy ignore, c'est qu'avec Charlotte Bowen, je n'en étais pas à mon coup d'essai.

Saint James sentit un poids s'abattre sur lui. Il aurait voulu s'écrier : « Ne recommence pas. » Il aurait voulu sortir de la pièce et laisser Deborah surmonter son coup de blues. Mais il l'aimait, alors il garda son calme et s'efforça de la raisonner.

– C'est une vieille histoire. Quand vas-tu te décider à te pardonner ?

– Le temps ne fait rien à la chose, répondit-elle. Les sentiments ne sont pas des formules scientifiques. Ce n'est pas en additionnant remords et compréhension qu'on obtient la tranquillité d'esprit. En tout cas, ce n'est pas comme ça que je fonctionne. Ce qui se passe dans la conscience des êtres humains n'est pas de la chimie, Simon. Il ne s'agit pas d'ajouter une molécule à une autre et de secouer.

– Ce n'est pas ce que je veux dire.

– Mais si. Quand tu me regardes, tu te dis : « Ça fait des années qu'elle a avorté, elle devrait avoir amplement eu le temps de digérer la chose. » Mais tu oublies les épreuves que j'ai traversées depuis. Le nombre de fois où nous avons essayé de... Et où nous avons échoué. A cause de moi.

– Nous avons déjà eu cette discussion, Deborah. Ça ne mène nulle part. Je ne t'en veux pas. Pourquoi tiens-tu tellement à t'accuser ?

– Parce qu'il s'agit de *mon* corps. Parce que c'est *mon* échec. Le résultat de ma folie.

– Et si c'était le mien ?

– Quoi ? fit-elle, soudain circonspecte.

– Tu me laisserais me ronger ? Ressasser mes échecs ? Attribuer mes erreurs à mon incapacité à procréer ? Tu trouves ça rationnel, comme attitude ?

Il sentit aussitôt qu'elle s'éloignait de lui. Son visage se ferma.

– La voilà, la source du conflit, dit-elle d'un ton de politesse froide. Tu veux que je pense, que je considère les choses de façon rationnelle.

– Ne me dis pas que c'est déraisonnable de ma part.

– Tu ne veux pas que je les sente.

– Ce que je veux, c'est que tu réfléchisses à ce que tu ressens. Et ça, tu refuses. Réponds à ma question.

– Laquelle ?

– Tu me laisserais me ronger ? A cause d'une chose que mon corps refuse de faire ? Dont je suis peut-être responsable mais sur laquelle je n'ai plus aucune prise ? Tu voudrais que je me mine à cause de ça ?

Elle garda le silence, baissa la tête, poussa un soupir.

– Bien sûr que non. Comment veux-tu... Bien sûr que non. Pardonne-moi.

– Alors, si on essayait d'oublier ?

– On peut. Je peux essayer. Mais... (Du doigt, elle effleura la tête de Charlotte. Prit une profonde inspiration.) Je t'ai demandé de t'occuper de cette affaire alors que tu étais contre. J'ai insisté, et tu as changé d'avis pour me faire plaisir.

Tendant le bras, il s'empara de la photo. Il passa un bras autour des épaules de sa femme et l'entraîna hors de la chambre noire vers son labo. Il posa la photo de Charlotte Bowen à l'envers sur le plan de travail le plus proche et lorsqu'il reprit la parole, sa bouche était contre les cheveux de Deborah.

– Ecoute-moi, mon amour. C'est la vérité. Tu es maîtresse de mon cœur. C'est la vérité, je ne chercherai jamais à prétendre le contraire. Mais je suis maître de mon esprit et de ma volonté. Tu m'as demandé d'enquêter sur la disparition de la petite Bowen, c'est vrai, mais tu ne dois pas te sentir responsable de ce qui est arrivé. C'est moi qui ai pris la décision de m'en mêler. Est-ce que c'est clair ?

Elle se tourna vers lui.

– C'est à cause de toi, de ta personnalité, de ce que tu es, chuchota-t-elle en réponse à la question qu'il ne lui avait pas posée. Si je veux tellement te donner un enfant, c'est à cause de ça. Si tu étais un type quelconque, ça me serait égal d'échouer.

Il la serra plus fort. Lui ouvrit son cœur sans se soucier des conséquences. N'était-ce pas cela, aimer ?

– Crois-moi, Deborah. Faire un enfant, c'est ce qu'il y a de plus facile.

Dennis Luxford trouva sa femme dans la salle de bains. La femme flic qui s'était installée dans la cuisine lui avait dit que Fiona avait demandé qu'on la laisse seule et était montée se réfugier au premier. A son retour de *La Source*, Luxford s'était rendu directement dans la chambre de Leo, persuadé de l'y trouver. Mais la chambre était vide. Avec raideur, il se tourna vers le livre d'art resté ouvert sur le bureau de Leo puis vers un dessin inachevé d'une vierge de Giotto berçant son enfant dans ses bras. La poitrine comme encombrée de caillots, il lui fallut faire halte sur le seuil pour réussir à respirer de nouveau normalement.

Il jeta un coup d'œil dans les autres pièces. Il appela sa femme sans élever le ton car la douceur semblait de rigueur et de toute façon il n'avait qu'un filet de voix. Il traversa le bureau et la lingerie, les chambres d'amis, la grande chambre. Lorsqu'il la découvrit, elle était assise dans le noir sur les carreaux de la salle de bains, le front sur les genoux, les bras lui cachant la tête. La clarté de la lune camouflée par endroits par la dentelle du feuillage des arbres dessinait une flaque d'ombre sur le carrelage de marbre. Le papier cellophane froissé d'un gros paquet de pâtes de guimauve gisait au milieu de cette flaque près d'un carton de lait vide. Une âcre odeur de vomi emplissait l'air chaque fois que Fiona respirait.

Luxford ramassa le paquet de guimauve vide et le fourra dans la corbeille avec le carton de lait. Apercevant le paquet de biscuits aux figues non entamé, il le déposa également dans la poubelle, le fit disparaître sous la cellophane du paquet de guimauve dans l'espoir que Fiona ne remettrait pas la main dessus.

Il s'accroupit devant sa femme. Lorsqu'elle releva la tête, malgré l'éclairage très faible, il vit la transpiration baigner son visage.

– Ne recommence pas, lui dit Luxford. Il sera là demain. Je te le promets.

Les yeux vides, elle tâtonna à la recherche des biscuits aux figues.

– Je veux savoir. Tout de suite.

Il était parti sans lui dire quoi que ce soit. Lorsqu'elle lui avait crié, affolée : « Que se passe-t-il ? Où est-il ? Qu'est-ce que tu fais ? Où vas-tu ? », il lui avait crié en retour de se ressaisir, de se calmer, de le laisser retourner au journal et publier le papier qui leur rendrait leur fils. « Quel papier ? s'était-elle exclamée. Que se passe-t-il ? Où est Leo ? Quel rapport entre Leo et cet article ? » Et elle s'était cramponnée à lui pour l'empêcher de partir. Mais il s'était dégagé et il l'avait plantée là, fonçant en taxi jusqu'à Holborn, maudissant les flics qui avaient embarqué la Porsche, l'obligeant à faire le trajet dans une Austin pourrie conduite par un chauffeur qui fumait comme un pompier.

Il s'assit sur le carrelage près de Fiona. Il chercha comment lui raconter les événements de ces six derniers jours et ceux survenus onze ans plus tôt qui avaient servi de déclencheur. Il s'aperçut qu'il aurait mieux fait de lui apporter son article et de le lui donner à lire. Ç'aurait été plus simple que de se creuser la tête à essayer d'imaginer une façon de lui raconter les choses capable d'atténuer le choc qu'elle recevrait en découvrant le mensonge dans lequel ils avaient vécu pendant plus d'une décennie.

– Fiona, j'ai mis une femme enceinte, il y a onze ans, lors d'un congrès. Sa fille, Charlotte Bowen, a été kidnappée mercredi dernier. Le ravisseur exigeait de moi que je reconnaisse être le père de la petite à la une de *La Source*. Je ne l'ai pas fait. Elle a été retrouvée morte dimanche soir. Celui qui a kidnappé Charlotte a enlevé Leo et il veut que l'article soit publié dans mon journal. Je vais le passer demain.

Fiona entrouvrit les lèvres pour parler mais ne souffla mot. Puis ses yeux se fermèrent, elle détourna la tête.

– Fiona, entre cette femme et moi, c'est arrivé comme ça. Pas un instant on n'a été amoureux l'un de l'autre, c'était une histoire de peau. Rien de plus.

– S'il te plaît, non.

– On n'était pas mariés à l'époque, dit-il, se hâtant de mettre les points sur les *i*. On sortait ensemble, tous les deux, mais on n'était pas fiancés. Tu n'étais pas prête. Tu t'en souviens ?

Elle leva la main, la ferma et la posa entre ses seins.

– C'était sexuel, Fiona. Purement sexuel. Une histoire de cul. On a tiré un coup et basta. (Il parlait trop mais il ne pouvait s'arrêter. Il lui fallait absolument trouver les mots justes pour lui faire comprendre ce qui s'était passé, pour qu'elle lui pardonne.) Nous n'étions absolument rien l'un pour l'autre. Seulement des bêtes en rut dans un lit.

Au ralenti, elle tourna la tête vers lui. Elle le scruta comme si elle cherchait à connaître la vérité. D'une voix sans timbre, elle murmura :

– Tu étais au courant, pour l'enfant ? Cette femme te l'avait dit ?

Un instant il songea à mentir mais ne put s'y résoudre.

– Elle me l'avait dit.

– Quand ça ?

– Au tout début de sa grossesse.

– Au début.

Elle murmura ces mots comme si elle réfléchissait. Puis tendant le bras vers un porte-serviettes, elle prit une serviette verte et la plaqua contre sa poitrine avant de se mettre à pleurer.

Le cœur brisé, Luxford essaya de la serrer contre lui. Elle s'écarta.

– Je suis désolé.

– Un mensonge. Voilà ce que c'est.

– Quoi ?

– Notre vie de couple.

– C'est faux.

– Je ne t'ai jamais rien caché. Mais pendant tout ce temps, toi... Je veux qu'on me rende mon fils, s'écria-t-elle. Je veux Leo. Je veux mon fils.

– Je te le ramène demain. Je te le jure, Fiona. Sur ma vie, je te le jure.

– C'est impossible, pleura-t-elle. Tu n'en as pas les moyens. Il va lui faire subir le même sort qu'à l'autre.

– Non. Leo va s'en sortir indemne. Je vais faire ce qu'il m'a demandé. Je ne l'ai pas fait pour Charlotte, mais je vais le faire pour Leo.

– Mais la petite est morte. Morte. Cet homme est un assassin, pas seulement un kidnappeur. Il a déjà commis un meurtre, tu crois qu'il va laisser notre fils...

Il l'empoigna par les bras.

– Ecoute, Fi. Celui qui séquestre Leo n'a aucune raison de lui faire du mal : ce n'est pas après moi qu'il en a. C'est après la mère de Charlotte. Elle est membre du gouvernement, sous-secrétaire d'Etat. Il a fouillé dans son passé, découvert notre liaison, décidé de s'en servir pour la couler. Le scandale qui résultera de ce déballage – compte tenu de nos options politiques respectives, du mensonge dans lequel elle a vécu toutes ces années –, le scandale l'achèvera. Et c'est ça, l'objectif de ce malade : éliminer Eve Bowen de la scène politique. Sachant les risques qu'elle faisait courir à sa fille, elle a gardé le silence lorsque Charlotte a été enlevée et elle m'a persuadé de l'imiter. Mais maintenant qu'il s'agit de Leo, la situation est complètement différente. Il est hors de question que je me taise. Ainsi il ne sera fait aucun mal à Leo.

Elle avait plaqué la serviette contre sa bouche et le regardait par-dessus le tissu éponge, braquant sur lui de grands yeux terrifiés. On aurait dit un animal pris au piège qui voit la mort fondre sur lui.

– Fiona, aie confiance en moi. Plutôt mourir que de laisser quiconque faire du mal à mon fils.

Les paroles qu'il venait de prononcer portèrent. Il vit à son visage qu'elle avait compris. Il la relâcha. Toutefois les phrases qu'il avait utilisées lui revinrent en pleine figure. Ne le condamnaient-elles pas ? Il formula à voix haute ce que sa femme pensait tout bas. Il fallait que ce soit lui qui le dise.

– Cette petite était ma fille. Et je ne suis pas intervenu. C'était mon enfant.

Une bouffée d'angoisse monta en lui. Identique à celle qu'il avait essayé de refouler depuis qu'il avait vu les infos à la télé. Mais amplifiée par un sentiment de culpabilité : il n'avait pas levé le petit doigt pour protéger une fillette dont il était le père, et par son inaction de ces six derniers jours il avait provoqué le kidnapping de son fils. Incapable de regarder sa femme plus longtemps, il se détourna.

– Que Dieu me pardonne. Qu'ai-je fait ?

Ils restèrent assis dans le noir à quelques centimètres l'un de l'autre mais sans se toucher, lui n'osant pas, elle évitant son contact. Luxford savait ce que sa femme pensait : Charlotte avait été sa fille, la chair de sa chair – tout comme Leo était son fils –, et il n'avait pas volé à son secours, essayé de la sauver. Il aurait voulu pleurer, mais il avait depuis longtemps perdu la faculté de se purger en laissant libre cours à ses émotions. Nul ne pouvait embrasser la carrière qu'il avait choisie et garder intacte sa sensibilité. Il ne s'était jamais senti aussi désemparé.

– J'aimerais pouvoir te dire que tu n'y es pour rien, chuchota-t-elle. Je voudrais bien pouvoir te le dire, Dennis, mais c'est impossible.

– Je ne te le demande même pas. J'aurais pu réagir. Au lieu de quoi, je me suis laissé manœuvrer. C'était plus commode. Si ç'avait marché, Leo et toi n'auriez jamais su la vérité. Et c'était mon objectif : vous empêcher de découvrir la vérité.

– Leo, murmura Fiona d'une voix haletante. Leo aurait bien aimé avoir une grande sœur. Ça lui aurait bien plu. Et moi... Je t'aurais tout pardonné.

– Sauf le mensonge.

– Peut-être. Je ne sais pas. Pour l'instant, je ne sais que te dire. Je pense à Leo. Je me demande comment il vit tout ça. C'est la seule chose à laquelle je puisse penser. Ça et le fait qu'il est peut-être trop tard.

– Je vais ramener Leo à la maison, dit Luxford. Ce type ne lui fera pas de mal. Il n'a pas intérêt à le toucher. S'il le touche, pas d'article. Et son article, il l'aura demain matin.

Fiona poursuivit comme si son mari n'avait pas ouvert la bouche.

– Je me demande comment ça a pu se passer. L'école n'est pas loin, un kilomètre et demi. Les rues sont sûres. Il n'y a pas d'endroits où se cacher. L'enlèvement a forcément eu un témoin. Si on l'a entraîné dans le cimetière sous un prétexte quelconque, quelqu'un a dû assister à la scène. Et si on peut retrouver cette personne...

– La police s'en occupe.

– ... on retrouvera également Leo. Seulement si personne n'a rien vu...

– Arrête, dit Luxford.

Sans lui prêter attention, elle poursuivit :

– Si personne n'a été témoin de quoi que ce soit, cela ne peut signifier qu'une chose.

– Laquelle ?

– Leo connaissait celui qui l'a kidnappé. Il n'aurait jamais suivi un étranger de son plein gré.

Rodney Aronson adressa un signe négligent de la main à Mitch Corsico lorsque ce dernier pénétra dans le bar à vins enfumé de Holborn Street. Le reporter lui renvoya un hochement de tête, s'arrêta le temps d'échanger deux mots avec des confrères du *Globe* puis, d'un pas conquérant, traversa l'épais rideau de fumée de cigarette en homme persuadé qu'il a mis la main sur le papier du siècle. Ses bottes de cow-boy résonnaient joyeusement sur le parquet nu. Son visage resplendissait. Pour un peu, il lévitait. Pauvre fou.

– Merci d'avoir accepté ce rendez-vous, Rod.

Corsico ôta son Stetson et tira une chaise sur laquelle il s'assit tel un cow-boy.

Rodney hocha la tête, embrocha une autre rondelle de calamar à l'aide de sa fourchette et la fit descendre avec une gorgée de chianti. Il espérait que le gros rouge le plongerait dans une douce euphorie, mais pour l'instant le vin se contentait de glouglouter dans son estomac sans lui monter à la tête.

Corsico parcourut le menu, le repoussa. A un serveur qui croisait dans les parages, il commanda brièvement un double cappuccino sans cannelle avec des biscuits au chocolat ; après quoi il sortit son carnet. Il jeta un coup d'œil méfiant vers les reporters du *Globe* auxquels il avait adressé la parole en arrivant, suivi d'un second coup d'œil – circulaire celui-là – aux tables voisines afin de repérer d'éventuelles oreilles indiscrètes. Trois femmes massives à la coupe de cheveux abominable – c'étaient toujours les militantes féministes et les gouines qui se coiffaient comme ça, songea Rodney – occupaient la table adjacente. En les entendant déblatérer sur « ce putain de mouvement » et ces « lèche-bottes », Rodney se dit que les nouvelles que Corsico avait tenu à lui communiquer en terrain neutre ne risquaient guère d'éveiller leur intérêt. Toutefois il laissa le jeune reporter continuer à se faire son cinéma et ne souffla mot en voyant Corsico se pencher sur son carnet et le couver comme s'il contenait des renseignements classés secret défense.

– Putain, Rod, fit-il, la bouche de travers, tel Alec Guinness s'entretenant subrepticement avec un espion dans un lieu public. J'ai réussi à mettre la main dessus. C'est de la dynamite. Vous allez pas le croire.

Rodney embrocha une autre rondelle de calamar puis ajouta à la sauce déjà épicée des morceaux de piment rouge pour la relever davantage. Le vin ne lui montant décidément pas à la tête, il se dit que les piments réussiraient au moins à lui déboucher les sinus.

– De quoi s'agit-il ?

– J'ai commencé par le congrès tory de Blackpool. Vous me suivez ?

– Je suis tout ouïe.

– J'ai épluché les articles que le *Telegraph* avait passés concernant le congrès. Ceux que Bowen a rédigés avant, pendant et après le congrès. Vous me suivez toujours ?

– C'est pas de l'histoire ancienne tout ça, Mitch ?

Après ses découvertes des deux dernières heures, Rodney trouvait ahurissant que Corsico ait insisté pour le rencontrer en catimini dans le seul but de lui fournir une nouvelle mouture de ce qu'il savait déjà. C'était à se taper la tête contre les murs. Rodney mastiqua avec vigueur.

– Attendez, poursuivit Corsico. J'ai comparé les papiers. Et j'ai fait mon enquête pour savoir ce qui se passait dans la vie des protagonistes avant, pendant et après le congrès.

– Et alors ?

Corsico escamota vivement ses notes en voyant le serveur arriver avec son double cappuccino et ses biscuits au chocolat. La boisson était servie dans une tasse de la taille d'un petit lavabo. Le serveur lui dit : « A votre santé », et laissa Corsico plonger dans le café une sorte d'abaisse-langue en plastique hérissé de protubérances.

– C'est le sucre, expliqua-t-il à Rodney qui le regardait d'un air interrogateur.

Il trempa l'instrument dans le liquide, l'en ressortit, l'y retrempa comme s'il manipulait une ventouse.

– Génial, commenta Rodney.

Corsico leva sa tasse à deux mains et but. Il se fit une moustache de mousse qu'il essuya avec la manche de sa chemise écossaise. Rodney constata, écœuré, qu'il buvait salement. Il n'y avait rien de plus désagréable que d'être en face de quelqu'un qui faisait des bruits de succion en buvant quand on était soi-même en train de manger.

– Des papiers sur ce congrès, elle en a pondu des wagons. Elle s'imaginait peut-être couvrir l'événement du siècle, poursuivit Corsico. Ou alors elle s'efforçait de justifier ses notes de frais. A croire qu'elle avait peur qu'on lui coupe les vivres. Toujours est-il qu'elle rédigeait environ un à trois articles par jour. Merde. Vous vous rendez compte ? Chiants comme la pluie, en plus. Il m'a fallu un temps fou pour les lire et ensuite pour examiner d'un peu près ce qui se passait dans la vie des principaux protagonistes à l'époque. Mais j'ai fini par en voir le bout.

Il ouvrit son carnet puis inséra un gressin au chocolat entre ses molaires comme il l'eût fait d'un cigare. Il mordit dedans, provoquant une pluie de miettes.

D'une chiquenaude, Rodney en chassa une du coin de son assiette.

– Et alors ?

– Le Premier ministre, fit Corsico. J'ai déterré un petit secret le concernant. Il n'était pas encore Premier ministre à ce moment-là, mais l'histoire n'en est que plus sordide. Et je comprends qu'il n'ait pas envie que ça s'ébruite.

– Comment as-tu réussi ton coup ? questionna Rodney que les détours compliqués de l'imagination humaine intriguaient toujours.

– Je me suis décarcassé comme un malade, fit Corsico, avalant une nouvelle gorgée de cappuccino et désignant ses notes. Figurez-vous que deux semaines après le congrès de Blackpool, le Premier ministre et sa femme se sont séparés.

– Sans blague ?

Corsico sourit. Un morceau de chocolat lui était resté coincé entre les dents.

– Ça vous en bouche un coin, pas vrai ? La séparation a duré neuf mois, mais elle ne s'est pas concrétisée par un divorce. Neuf mois, c'est intéressant comme laps de temps, non ?

– Ça évoque toutes sortes de possibilités, dit Rodney. (Terminant ses calamars, il se versa un ultime verre de vin.) Peut-être vas-tu pouvoir éclairer ma lanterne.

– Attendez, j'y viens. (Corsico cala confortablement son fessier sur sa chaise.) J'ai interviewé cinq des femmes de ménage qui bossaient à l'hôtel où le congrès se tenait. Trois d'entre elles y travaillent encore. Deux m'ont assuré que le Premier ministre était accompagné – le soir, uniquement le soir – d'une femme qui n'était pas son épouse. Aussi, dès demain, je me rends à Blackpool avec des photos d'Eve Bowen. On ne sait jamais, l'une des bonnes pourra peut-être confirmer qu'il s'agit de l'ex-petite amie du Premier ministre. Si j'obtiens confirmation...

– Qu'est-ce que tu leur as fait miroiter, à ces filles ? (Le regard vide soudain, Corsico mastiqua son biscuit tout en réfléchissant.) Un chèque ou quelques lignes dans les pages intérieures de *La Source* ?

– Eh là, Rod, protesta Corsico. Si on les cite, elles vont vouloir qu'on les dédommage financièrement. Pour elles, c'est stressant. D'ailleurs c'est pas toujours comme ça qu'on procède ?

Rodney soupira.

– Erreur. (Il se tapota la bouche avec sa serviette qu'il froissa sur la table. Tandis que Corsico le regardait, dérouté, incapable de comprendre ce soudain changement de politique, Rodney plongea la main dans l'une des énormes poches de sa saharienne et en sortit l'édition du lendemain avec sa première page refaite de fond en comble. C'était grâce à un coup de fil d'un rédacteur qu'il en avait appris l'existence, un homme qui était dévoué corps et âme à Rodney – lequel avait gardé le silence des années durant sur ses frasques dans les boîtes les plus crades de Soho. Il lança le papier à Corsico en disant :) Jette un coup d'œil là-dessus, petit. C'est tout chaud, ça vient de sortir.

Rodney observa Corsico tandis qu'il lisait ce que lui-même avait pratiquement appris par cœur en l'attendant dans le bar à vins. La manchette en gras et la photo qui l'illustrait – qui n'était autre que la bobine de Dennis Luxford – étaient on ne peut plus explicites : « Le père de la petite Bowen sort enfin de l'ombre. » En voyant ça, Corsico tendit la main vers son cappuccino. Il se mit à lire et à boire avec une fureur grandissante. Il marqua une pause, leva la tête et s'exclama : « Bordel de merde ! » Puis il se replongea rageusement dans sa lecture. Tout le monde en ferait autant demain matin lorsque le canard déboulerait dans les kiosques, songea Rodney. Les ventes de *La Source* dépasseraient celles du *Globe*, du *Mirror* et du *Sun*. *La Source* vendrait au moins un million d'exemplaires de plus que ses concurrents. D'autres articles suivraient. Et les journaux dans lesquels ils passeraient enfonceraient le *Globe*, le *Mirror* et le *Sun*.

Rodney observa Corsico qui tournait avidement les pages pour terminer l'article commencé à la une. Lorsqu'il eut fini sa lecture, il se cala dans son siège et fixa Rodney.

– Bon sang, merde, Rodney.

– Eh oui, fit Rodney.

– Pourquoi a-t-il fait ça ? Qu'est-ce qui lui prend tout d'un coup ? Il s'est découvert une conscience ou quoi ?

« Bonne question », songea Rodney en repliant le journal et le fourrant dans sa poche.

– Nom de Dieu, pesta Corsico. Merde, merde. J'aurais pourtant juré que c'était béton, mon histoire sur le Premier ministre... (Il jeta soudain un regard à Rodney.) Eh là, un instant. Vous ne croyez tout de même pas que Luxford couvre Downing Street ? Putain, Rod. Ce serait un crypto-conservateur ? Dennis Luxford ?

– Non, dit Rodney.

– Évidemment, les tirages vont monter. Ils vont même crever le plafond, fit Corsico. Et le directeur va lui lécher le cul. Mais de toute façon, les tirages ne cessent de grimper depuis que Luxford est à *La Source*.

Alors pourquoi ce papier ? Qu'est-ce que ça veut dire, putain ?

— Cela veut dire, fit Rodney en repoussant sa chaise et en faisant signe au serveur de lui apporter l'addition, que la fusillade est terminée. Pour l'instant, du moins.

Corsico le regarda sans comprendre.

— Les chapeaux noirs et les chapeaux blancs, ça te dit quelque chose, Mitch ? Dodge City, Tombstone, OK Corral, tu vois où je veux en venir ? Eh bien, c'est exactement ce qui vient de se passer, petit.

— Quoi ?

Rodney examina l'addition, sortit son portefeuille et jeta vingt livres sur la table comme on jette l'éponge.

— Les types au chapeau noir ont gagné, dit-il.

23

Flapie, le mot était faible pour décrire l'état de Barbara Havers alors qu'elle coupait le contact de la Mini dans l'allée de Lark's Haven. En effet, elle était claquée, crevée, éreintée, morte. Sans réagir, elle écouta le moteur gargouiller quinze bonnes secondes avant de s'éteindre, privé d'essence. Lorsque ce miracle de la mécanique moderne finit par se produire, elle éteignit ses phares et, d'un coup d'épaule, ouvrit la portière mais sans pour autant s'extraire de l'habitacle. Sa journée avait été un échec sur toute la ligne. Et maintenant elle tournait au cauchemar. Par Lynley – qu'elle avait eu au téléphone –, elle avait appris la disparition de Leo Luxford. Tandis que l'inspecteur énumérait mornement les faits, elle-même avait émaillé la conversation téléphonique de « Quoi ? Bordel de merde ! Quoi ? » dont l'intensité augmentait à mesure qu'il progressait dans son compte rendu. Pour terminer, il lui avait dit n'avoir aucune idée de l'endroit où se trouvait le garçonnet et être en outre bien obligé de croire le père du petit sur parole, vu qu'il était le seul à avoir eu le gamin au bout du fil.

– Alors ? questionna Barbara. Comment vous le sentez, Luxford, en ce moment ?

Lynley s'était contenté d'une réponse laconique. Pas question de prendre des risques. L'affaire devait être traitée comme un kidnapping. Et il allait s'y employer tout en travaillant sur l'affaire Bowen. De son côté, Barbara devait poursuivre son enquête dans le Wiltshire. Les deux affaires étaient liées, cela ne faisait guère de doute. Il voulut savoir où elle en était de son enquête.

Barbara fut forcée de lui dire la vérité, ce qui n'était pas brillant. Après son accrochage avec le sergent Stanley à propos des techniciens de scène de crime, elle avait été obligée de faire pression sur la criminelle d'Amesford pour obtenir gain de cause. Elle avait eu un début d'engueulade avec le patron de Stanley à propos du peu d'enthousiasme que ce dernier mettait à coopérer. Elle se garda bien de parler à Lynley de la misogynie de Stanley et s'abstint de faire état de son briquet. Lynley n'aurait pas vraiment compati. Il se serait contenté de lui rappeler que si elle voulait faire son trou dans ce monde d'hommes qu'était la police, il allait lui falloir botter le cul de ses collègues elle-même et ne pas compter sur lui pour s'en charger.

– Ah, remarqua-t-il. La routine, en somme.

Elle poursuivit son rapport consternant sur cette journée calamiteuse. Elle avait réussi à obtenir des techniciens de scène de crime qu'ils aillent à Ford passer le colombier au peigne fin. La femme d'Harvie leur avait donné l'autorisation d'examiner les lieux, mais Barbara n'en avait pas déduit pour autant que le député était innocent comme l'agneau dans l'affaire de la disparition de Charlotte. Barbara en avait plutôt conclu que Mrs Harvie était une comédienne de premier ordre ou bien alors qu'elle ignorait tout des coupables agissements de son mari lorsqu'elle avait le dos tourné. Bien qu'il fût difficile de croire qu'une fillette de dix ans ait pu être séquestrée dans le colombier à l'insu de Mrs Harvie, à quelque trente mètres de la ferme, il n'en restait pas moins que les situations désespérées vous obligeaient à tirer des conclusions qui ne l'étaient pas moins : s'il y avait une chance – si mince fût-elle – que Charlotte ait été séquestrée dans le colombier, Barbara entendait bien faire examiner la construction.

Cet examen ne lui rapporta rien sinon des réactions de franche hostilité de la part des techniciens. Sans parler de celle des pigeons.

Seul rayon de clarté à la fin de cette journée riche en déceptions : le rapport de la criminalistique établissant que la graisse retrouvée sous les ongles de Charlotte Bowen correspondait à celle qu'utilisait Howard Short dans son garage de Coate. Mais il s'agissait d'une graisse d'essieu d'usage courant. Et Barbara dut reconnaître que trouver de la graisse de ce genre sous les ongles de quelqu'un dans une région agricole était à peu près aussi renversant que de découvrir des écailles de poisson sur les semelles des poissonniers du marché de Billingsgate.

Tous ses espoirs reposaient maintenant sur le constable Payne. De lui, elle avait reçu quatre messages téléphoniques échelonnés au cours de la journée, à mesure qu'il progressait à travers le comté. Le premier, de Marlborough. Les suivants de Swindon, Chippenham et Warminster. Ils avaient fini par se joindre au bout du fil lorsque Payne l'avait appelée de Warminster, très tard, tandis que, la queue entre les jambes, Barbara ralliait le commissariat d'Amesford après avoir fait chou blanc dans le pigeonnier des Harvie.

– Vous avez l'air claquée, commenta Robin.

Barbara lui fit un résumé de sa journée, commençant par l'autopsie et terminant par le gaspillage de temps et de main-d'œuvre au pigeonnier. Il l'avait écoutée sans mot dire d'une cabine près de laquelle passaient de rugissants camions et lorsqu'elle avait terminé, il avait glissé astucieusement :

– Et je parie qu'en plus, le sergent Stanley se conduit comme un sale con, non ? (Sans lui laisser le temps de répondre, il poursuivit :) C'est sa nature, Barbara. Il fait le coup à tout le monde. Faut pas vous sentir visée.

– Bon, bien. (Barbara prit une cigarette et l'alluma.) On a quand même quelques pistes.

Et de mentionner l'uniforme de Charlotte Bowen, l'endroit où on l'avait retrouvé, ainsi que celui où le mécanicien Howard Short avait affirmé se l'être procuré.

– Moi aussi, j'ai des pistes, avait dit Robin. Les commissariats de police du coin ont répondu à des questions que le sergent Stanley avait oublié de leur poser.

Il avait refusé d'en dire davantage. Mais sa voix crépitait d'une excitation qu'il paraissait désireux de refréner, à croire qu'elle lui semblait inconvenante pour un constable.

– J'ai encore deux ou trois éléments à vérifier. Si ça tient la route, vous serez la première informée.

Barbara fut sensible à cette attention : elle avait quasiment brûlé ses vaisseaux avec Stanley et le patron de ce dernier aujourd'hui. Ce serait sympa d'avoir quelque chose – un indice digne de ce nom, une preuve, un témoin – pour se refaire une crédibilité, la sienne ayant été sérieusement entamée au terme de la fouille inutile du colombier.

Elle avait passé le reste de la journée et une partie de la soirée à éplucher les rapports des constables qui quadrillaient le comté selon la méthode mise au point par le sergent Stanley. En dehors du mécanicien entre les mains duquel l'uniforme de classe de Charlotte avait été retrouvé, ils n'avaient rien déniché. Après avoir eu Lynley au téléphone et appris l'enlèvement de Leo Luxford, elle avait rappelé les équipes chargées de sillonner la région pour leur annoncer le second kidnapping et leur remettre une photo du petit garçon ainsi que les données de base.

Elle s'extirpa péniblement de la Mini et, à pas lourds, dans le noir, gagna la maison, rassemblant tout son courage avant de se replonger dans le cauchemar fleuri de Lark's Haven. Corrine Payne lui ayant confié une clé de la porte d'entrée, Barbara se dirigea de ce côté au lieu de passer par la cuisine comme elle l'avait fait la veille en compagnie de Robin. Les lumières étaient allumées dans le séjour. Lorsqu'elle tourna la clé dans la serrure et poussa la porte, la voix asthmatique de Corrine s'éleva :

– C'est toi, Robbie ? Viens voir, j'ai une surprise pour toi, mon grand.

A ces mots, Barbara s'immobilisa, traversée par un frisson. Combien de fois n'avait-elle pas entendu ce même appel – « Barbie ? C'est toi, Barbie ? Viens voir, ma grande » –, et combien de fois n'avait-elle pas trouvé sa mère errant dans le vaste terrain de jeux de sa folie ? Tantôt préparant un voyage à destination d'un pays où elle ne mettrait jamais les pieds, tantôt caressant et pliant les vêtements d'un frère mort depuis près de vingt ans, tantôt assise par terre dans la cuisine, jambes écartées, faisant des biscuits avec de la farine, du sucre et de la confiture qu'elle versait directement sur le lino jaune sale.

– Robbie ? (Corrine s'essoufflait de plus en plus et il semblait qu'elle fût sur le point de recourir à son inhalateur.) C'est toi, chéri ? Sammy vient de partir. Mais nous avons une visite. Et je lui ai interdit de bouger avant ton retour. Je suis sûre que tu meurs d'envie de la voir.

– C'est moi, Mrs Payne, fit Barbara, haussant le ton. Robin est encore sur la brèche.

Corrine poussa un *Oh* éloquent. « Ce n'est que la brute. » La logeuse était assise à une table à jouer dressée au milieu du séjour, sur laquelle une partie de Scrabble était en cours. L'adversaire de Corrine était une jeune femme séduisante, visage criblé de taches de rousseur, cheveux couleur champagne, coupe très mode. Sky passait un vieux film d'Elizabeth Taylor, sans le son. Barbara jeta un coup d'œil au téléviseur. Elizabeth Taylor virevoltait dans des flots de mousseline, Peter Finch portait un smoking, la jungle était artificielle à hurler et le maître d'hôtel noir fronçait atrocement les sourcils. *La Piste des éléphants*. Barbara adorait le morceau de bravoure, le moment où les pachydermes pris de folie réduisaient en miettes la villa de Peter Finch.

Près de la table, une troisième chaise, et le porte-lettres indiquant la place où s'était assis Sam Cory. Constatant que Barbara y jetait un œil, Corrine retira le porte-lettres d'un geste négligent, de crainte sans doute que Barbara ne s'installe pour remplacer Sam.

– Je vous présente Celia, fit-elle en désignant sa compagne. J'ai dû vous le dire : c'est la fiancée de Robbie.

– Mrs Payne, je vous en prie...

Celia eut un rire gêné et ses joues rebondies virèrent au rose. Elle était bien en chair mais pas grosse. C'était le genre de femme qu'on imaginait en odalisque allongée sur un somptueux canapé dans toute la plénitude de sa nudité tranquille. « La future belle-fille », songea Barbara. C'était réconfortant de constater que Robin Payne n'était pas homme à craquer pour les maigres.

Barbara tendit la main.

– Barbara Havers. Brigade criminelle. Scotland Yard.

Puis elle se demanda pourquoi elle avait ajouté ça. Etait-ce à cela que se résumait son identité ?

– C'est à cause de la petite fille que vous êtes là, n'est-ce pas ? fit Celia. Quelle horreur !

– Les meurtres sont généralement horribles.

– Robbie va tirer ça au clair, annonça Corrine d'un ton péremptoire. Vous pouvez en être certaine.

Elle posa deux lettres sur le Scrabble : un *g* et un *i* devant un *t* puis elle se mit à compter ses points.

– Vous travaillez avec Rob ? questionna Celia. (Tendant le bras, elle prit un biscuit qui reposait parmi une ribambelle d'autres sur une assiette à fleurs placée au bord de la table. Délicatement, elle mordit dedans. A sa place Barbara l'aurait fourré tout entier dans sa bouche, mastiqué et fait descendre avec une gorgée de la première boisson qui lui serait tombée sous la main. En l'occurrence du thé, servi dans une théière recouverte d'un cache-théière matelassé qui, comme tous les objets de la maison, sortait de chez Laura Ashley. Corrine ne fit pas mine de l'ôter pour lui offrir à boire.

Barbara en déduisit que le moment était venu pour elle d'effectuer sa sortie côté jardin. Si le *Oh* de Corrine n'avait suffi à l'éclairer, le manque de chaleur de son accueil était révélateur.

– Robbie travaille pour le sergent, précisa Corrine Payne. Et elle est bigrement contente de l'avoir, n'est-ce pas, Barbara ?

– C'est un bon policier, dit Barbara.

– Ça, oui. On peut dire qu'il s'est distingué, au stage. Et deux jours après la fin des cours, on le mettait sur une enquête. Pas vrai, Barbara ?

D'un œil rusé, elle lorgna Barbara, s'efforçant de voir quelle réaction suscitait chez cette dernière l'appréciation qu'elle venait de porter sur les compétences de son fils.

Les joues rebondies de Celia s'arrondirent encore, ses yeux bleus brillèrent : sans doute pensait-elle à l'avenir fulgurant qui attendait son fiancé dans la voie qu'il avait choisie.

– Je savais qu'il réussirait, à la Criminelle. Je le lui ai dit avant même qu'il commence le stage.

– Et il ne s'agit pas de n'importe quelle enquête, poursuivit Corrine comme si Celia n'était pas intervenue. Il travaille avec le Yard. Cette affaire, ma chère petite... (elle tapota la main de Celia)... va permettre à notre Robbie de se faire connaître et apprécier.

Celia eut un sourire radieux et se planta les dents dans la lèvre inférieure comme pour comprimer une joie prête à éclater. Pendant ce temps, à la télé, les éléphants commençaient à donner des signes évidents d'impatience. Un mâle d'une taille impressionnante s'approchait à pas lourds du mur d'enceinte de la propriété, foulant le chemin ancestral qui aboutissait à la rivière, chemin que le père de Peter Finch s'était permis d'obstruer en y édifiant son énorme villa. « Plus que vingt-deux minutes avant le piétinement final », songea Barbara qui avait vu le film au moins dix fois.

– Je vais vous souhaiter le bonsoir. Au cas où Robin rentrerait dans la demi-heure qui suit, vous pouvez lui demander de monter me voir ? Nous avons un certain nombre de détails à régler.

– Je ne manquerai pas de lui faire la commission, mais il se peut qu'il ait affaire ici, dit Corrine avec un clin d'œil entendu à Celia qui examinait ses lettres. Il attend d'être bien acclimaté dans son nouveau job. Une fois qu'il sera à l'aise, qu'il saura naviguer, il pourra songer sérieusement à s'organiser, faire des projets, n'est-ce pas, ma chère petite ?

Nouveau tapotis sur la main de Celia. Et sourire en retour de Celia.

– Oui, bien sûr, fit Barbara. Félicitations. Tous mes vœux, ajouta-t-elle, se sentant parfaitement ridicule.

– Merci, dit Celia en posant tranquillement ses lettres sur le jeu de Scrabble.

Barbara jeta un œil au mot qu'elle avait trouvé. Ajoutant un *o* et un *n* au *git* de sa future belle-mère, Celia avait écrit *giton*. Corrine fronça les sourcils et attrapa un dictionnaire.

– Vous êtes sûre que ça existe ?

Barbara la vit écarquiller les yeux tandis qu'elle lisait la définition. Et elle surprit un sourire malicieux de Celia, lequel s'évanouit lorsque après avoir refermé le dictionnaire Corrine jeta un coup d'œil dans sa direction.

– C'est de la géologie, non ? s'enquit Celia avec une innocence feinte.

– O, mon Dieu, fit Corrine en portant une main à sa poitrine. Mon Dieu... Il faut absolument... que je respire...

Celia blêmit. Bondit.

Corrine hoqueta :

– Ça m'a prise tout d'un coup, mon petit.. Où est-ce que je l'ai mis... Où est mon appareil... Est-ce que Sammy l'aurait changé de place ?

Celia eut tôt fait de retrouver l'inhalateur resté près

de la télévision. Elle fonça vers Corrine, lui posa une main apaisante sur l'épaule tandis que l'asthmatique s'emparait fébrilement de l'appareil familier. Celia prit un air contrit, le *giton* étant manifestement la cause du malaise de Corrine.

« Intéressant », songea Barbara. Tel était donc le genre de relations que les deux femmes allaient entretenir au cours des trente prochaines années. Elle se demanda si Celia avait compris ce qui l'attendait.

Soudain Barbara entendit la porte la cuisine s'ouvrir et se refermer bruyamment tandis que Celia retournait prendre sa place. Des pas rapides résonnèrent, la voix de Robin retentit, impérative :

– Maman, tu es là ? Barbara est dans nos murs ?

Manifestement ce n'était pas la question à poser. Cela dit, elle avait au moins le mérite de ne pas nécessiter de réponse car Robin, en gagnant le séjour, s'immobilisa net sur le seuil. Il était couvert de poussière de la tête aux pieds et ses cheveux étaient pleins de toiles d'araignée mais, avec un sourire, il dit à Barbara :

– Ah, vous voilà ! Attendez que je vous raconte. Stanley va en faire une maladie quand il sera au courant.

– Robbie, chéri ?

Ténue, essoufflée, la voix de Corrine réussit à capter l'attention de son fils. Celia se mit debout.

– Bonsoir, Rob.

– Celia,

Dérouté, il lorgna sa promise puis jeta un coup d'œil à Barbara.

– J'allais monter, fit Barbara. Excusez-moi.

– Ah non ! (Robin lui adressa un regard suppliant. Puis se tournant vers Celia :) Je suis sur un coup fumant, Celia. Je peux pas tout laisser en plan. Désolé.

Avec une mimique qui équivalait à un appel au secours, il attendit que quelqu'un se décide à le tirer de ce guêpier.

Manifestement, Corrine n'avait pas l'intention de lui faciliter la tâche. Et Celia non plus. Barbara lui aurait volontiers prêté main-forte, mais elle ne savait comment s'y prendre. Il aurait fallu une femme d'expérience, rompue aux subtilités de la conversation, pour accomplir ce tour de passe-passe. Une femme comme Helen Clyde, par exemple.

– Celia est là depuis huit heures et demie, Robbie, poursuivit Corrine. On a passé un moment bien agréable ensemble. Je lui ai dit qu'on était restés beaucoup trop longtemps sans la voir, à Lark's Haven, mais que ça allait changer maintenant que tu travailles à la Criminelle. Je lui ai dit aussi qu'il fallait qu'elle s'attende d'ici peu à ce que tu lui passes la bague au doigt.

Robin avait l'air au supplice. Celia mortifiée. Barbara se mit à transpirer.

– Très bien, dit-elle d'un ton vibrant en opérant un demi-tour en règle vers l'escalier. Je vous souhaite une bonne nuit. Robin, nous verrons...

– Non ! fit-il, lui emboîtant le pas.

Corrine appela :

– Robbie !

Et Celia :

– Rob !

Mais Robin était sur les talons de Barbara. Elle l'entendit qui l'appelait d'un ton pressant, montant l'escalier à sa suite. Il la rattrapa devant sa porte, lui empoigna le bras, qu'il relâcha lorsqu'elle pivota vers lui.

– Ecoutez, Robin, la situation devient vraiment délicate. Je peux fort bien aller m'installer à Amesford. Après ce qui vient de se passer ici ce soir, je crois que ce serait préférable.

– Ce qui s'est passé ici ce soir ? (Du regard, il désigna l'escalier.) Quoi, ça ? Celia ? Maman ? N'y pensez plus. C'est sans importance.

– Je n'ai pas l'impression que Celia ou votre maman soient de cet avis.

– Qu'elles aillent se faire voir. Ce qu'elles pensent ne compte pas. Pas maintenant. Pas ce soir. (Du bras il s'essuya le front, y laissant une traînée de crasse.) J'ai trouvé, Barbara. J'y ai passé toute la journée. Je me suis faufilé partout. Mais bon Dieu, je l'ai trouvé.

– Quoi ?

Son visage poussiéreux s'illumina.

– L'endroit où Charlotte Bowen a été séquestrée.

Alexander Stone regarda sa femme reposer le combiné sur son support, le visage indéchiffrable.

Il n'avait évidemment entendu qu'une partie de la conversation. « Ne me téléphone pas. Je t'interdis de m'appeler. Qu'est-ce que tu veux ? (Puis les mots semblaient s'être coincés dans la gorge d'Eve.) Il a quoi ?... Quand ?... Espèce de sale petit... N'essaie pas de me faire croire... Espèce de salaud. Immonde salaud. » Sa voix dérapa dans les aigus sur le dernier mot. Elle se plaqua le poing sur la bouche. Il perçut une voix d'homme qui continuait à parler à l'autre bout du fil tandis qu'Eve raccrochait. Elle était rigide mais frémissait de tout son être, comme parcourue par un courant électrique.

– Qu'est-ce qu'il y a ? lui demanda Alex.

Eve avait insisté pour qu'ils aillent se coucher. Elle le trouvait exténué et elle-même se sentait à bout. Tous deux avaient besoin d'un peu de repos s'ils voulaient pouvoir tenir le coup pendant les jours à venir. Toutefois, s'ils étaient montés dans leur chambre, ça n'avait pas été pour dormir, mais pour éviter de parler. Dans l'obscurité ils pourraient rester allongés, immobiles, respirer profondément, faire semblant de dormir et fuir les sujets épineux. Le téléphone avait sonné alors qu'ils n'avaient pas encore éteint.

Eve se leva, enfila sa robe de chambre et la noua. Mais avec une violence qui la trahit.

– Qu'est-ce qu'il y a ? reprit Alex.

Elle se dirigea vers le mur de placards, ouvrit les portes. Elle jeta une robe-manteau noire sur le lit, retourna vers le placard et laissa tomber une paire de chaussures par terre.

Alex sortit du lit à son tour. Il la prit par l'épaule. Mais elle se dégagea rudement.

– Bon sang, Eve, je t'ai demandé...

– Il va le publier.

– Quoi ?

– Tu as bien entendu. Ce salopard va publier l'article. A la une de son canard. Demain. Il a pensé... (l'amertume crispa ses traits)... que j'aimerais être prévenue. Afin de me préparer à affronter la meute.

Alex jeta un coup d'œil au téléphone.

– Alors c'était Luxford ?

– Qui d'autre ? (Elle s'approcha de la commode et ouvrit un tiroir. Celui-ci se coinça et elle le dégagea en poussant un grognement. Elle sortit des sous-vêtements.

Une combinaison, des bas. Elle jeta le tout sur le lit près de la robe-manteau.) Il me mène en bateau depuis le début. Et ce soir il s'imagine m'avoir donné le coup de grâce. Mais je n'ai pas dit mon dernier mot. Loin s'en faut. Et il ne va pas tarder à s'en apercevoir.

Alex s'efforçait d'assembler les pièces du puzzle, mais de toute évidence il lui en manquait une.

– L'article? Sur vous deux? Et Blackpool?

– Pour l'amour du ciel, Alex, de quel autre article veux-tu qu'il s'agisse?

Elle se mit à enfiler ses sous-vêtements.

– Mais Charlie est...

– Il ne s'agit pas de Charlotte. Pas un instant il ne s'est agi de Charlotte. Pourquoi est-ce que tu n'arrives pas à te fourrer ça dans le crâne? Il paraît que son fils a été enlevé et que le ravisseur renouvelle ses exigences. C'est vraiment trop commode.

En deux enjambées, elle rejoignit le lit. Elle enfila la robe-manteau, ajusta les épaulettes et se mit à boutonner fébrilement les boutons dorés.

Abasourdi, Alex l'observait.

– Le fils de Luxford? Kidnappé? Quand? Où?

– Qu'est-ce que ça peut faire? Luxford est allé le cacher quelque part et il se sert de lui comme il avait prévu d'utiliser Charlotte.

– Qu'est-ce que tu fais?

– A ton avis? Je vais prendre les mesures qui s'imposent.

– Comment ça?

Après avoir enfilé ses chaussures, elle le regarda droit dans les yeux.

– Je n'ai pas cédé quand il a kidnappé Charlotte. Et il a l'intention de monter ça en épingle, de me faire passer pour un monstre : disparition de Charlotte, exigences du ravisseur demandant la publication de l'article, refus de ma part de collaborer malgré les supplications de Luxford. Et contrastant avec mon absence d'humanité, son humanité à lui : pour sauver son fils, Luxford va obéir au kidnappeur, ce que j'ai refusé de faire pour sauver Charlotte. Tu comprends, ou il faut que je continue à te mettre les points sur les i? Il va se faire passer pour un petit saint et moi pour Médée si je ne réagis pas immédiatement.

– Il faut téléphoner à Scotland Yard. (Alex esquissa

un geste.) Essayer de savoir si c'est vrai. Si le gamin a vraiment été kidnappé...

– Il n'a pas été enlevé ! Ça ne servira à rien d'appeler la police. Parce que je te fiche mon billet que Luxford a mis toutes les chances de son côté, cette fois. Il a planqué le petit monstre dans un endroit sûr. Téléphoné aux flics pour leur faire son cinéma. Et pendant que nous sommes là à discutailler et perdre notre temps pour essayer de savoir ce qu'il manigance et pourquoi, il écrit l'article qui dans sept heures sera dans tous les kiosques. A moins que je ne prenne le taureau par les cornes. Ce que j'ai bien l'intention de faire. Ça y est ? Tu piges ?

Alex pigeait. Il lui suffisait de voir la mâchoire crispée d'Eve, sa façon de se tenir – les épaules et la colonne vertébrale raides –, son regard d'acier. Oui, il pigeait tout. Ce qu'il ne comprenait pas, c'est pourquoi il n'avait pas vu clair auparavant.

Il eut l'impression de perdre tous ses repères. Les espaces infinis l'enveloppèrent. Comme à des milliers de kilomètres de distance, il s'entendit lui dire :

– Où vas-tu, Eve ? Que vas-tu faire ?

– Tirer des sonnettes, solliciter ceux qui me doivent des renvois d'ascenseur.

Elle pénétra dans la salle de bains où elle entreprit de se maquiller. Pas avec sa minutie habituelle, non. Elle se contenta d'appliquer du blush sur ses joues, de se passer une couche de mascara sur les cils et un peu de rouge sur les lèvres. Son maquillage éclair terminé, elle se donna un coup de peigne et prit ses lunettes posées à leur place habituelle sur l'étagère au-dessus du lavabo.

Elle réintégra la chambre.

– Il a fait une erreur, et je ne parle pas seulement de ce qui est arrivé à Charlotte, dit-elle. Il s'est figuré que j'étais sans défense. Que je ne saurais vers qui me tourner. Il se trompe, il ne va pas tarder à s'en apercevoir. Si les choses se passent comme je le souhaite – et crois-moi, je vais m'y employer –, il va se retrouver avec une injonction du tribunal lui interdisant de publier cet article, voire même de publier quoi que ce soit d'autre pendant un demi-siècle. Ce sera la fin de Dennis Luxford. Et il ne l'aura pas volé.

– Je vois, dit Alex. (La question avait beau être futile maintenant, le besoin farouche de savoir le poussa à la poser :) Et Charlie ?

– Eh bien quoi, Charlotte ? Elle est morte. Victime de cette machination. La seule façon de donner un sens à sa mort, c'est de faire en sorte qu'elle ne soit pas morte en vain. Ce qui risque d'être le cas si je n'empêche pas immédiatement son père d'agir.

– C'est pour toi, que tu vas remuer ciel et terre, dit Alex. Pour ta carrière. Pour ton avenir. Mais pas vraiment pour Charlie.

– Oui, d'accord, bien sûr. Pour mon avenir. Tu t'attendais à ce que j'aille me cacher dans un trou de souris après sa mort ? C'est ça que tu voulais ?

– Non. Je pensais simplement que tu aurais besoin d'un peu de temps pour la pleurer. Faire ton deuil.

D'un pas menaçant, elle s'approcha de lui.

– Je t'arrête tout de suite. Ce n'est pas à toi de me dire ce que je dois ressentir. Ou ce que je suis.

Il leva les mains en signe de reddition.

– Je m'en garderais bien. Pas maintenant.

Elle s'approcha de la table de chevet et prit son sac à bandoulière.

– On poursuivra cette discussion plus tard, dit-elle en quittant la pièce.

Alex entendit le bruit de ses pas dans l'escalier. Il l'entendit tirer le verrou de la porte d'entrée. Quelques instants plus tard la voiture démarra. Les journalistes avaient levé le camp pour la nuit, elle n'aurait donc aucun mal à sortir des *mews*. Où qu'elle se rendît, personne ne la filerait.

Il se laissa tomber sur le bord du lit. La tête dans les mains, il fixa la moquette puis ses pieds – si blancs, si pathétiques. Son cœur était aussi vide de la présence de sa femme que l'étaient la chambre et la maison. Il avait une telle impression de vide intérieur qu'il se demanda comment il avait pu se leurrer pendant si longtemps.

A chaque fois, il avait trouvé une explication commode aux signaux qui auraient dû l'alerter. Dans quelques années, s'était-il dit, dans quelques années elle aurait suffisamment confiance en lui pour lui ouvrir son cœur. Eve était d'un tempérament circonspect ; et c'était normal, cette méfiance, chez quelqu'un qui avait choisi de faire carrière dans la politique. Mais avec le temps elle déposerait à terre ses craintes et ses appréhensions pour laisser son esprit aller à la rencontre du sien. Lorsque la fusion se produirait, ils pourraient construire une famille, l'avenir s'ouvrirait devant eux et ils connaîtraient le véritable amour. Tout ce qu'il lui fallait, c'était faire preuve de patience. Lui prouver à quel point son affection était profonde, inébranlable. Une fois qu'il aurait réussi à la convaincre, leur vie prendrait une nouvelle dimension, une nouvelle ampleur, ils auraient d'autres enfants – qui seraient des frères et des sœurs pour Charlie – dont Eve et lui s'occuperaient attentivement et qui enrichiraient leur existence.

Seulement tout ça n'était qu'un mensonge. Un conte de fées qu'il se racontait lorsqu'il refusait de voir la réalité en face. Car au fond les gens ne changeaient pas vraiment. Ils changeaient seulement de personnage lorsqu'ils estimaient pouvoir le faire en toute impunité ou que les circonstances faisaient voler en éclats leur enveloppe extérieure qui se brisait comme seuls se brisent les rêves d'enfant qu'on porte dans son cœur. L'Eve qu'il aimait n'était en réalité guère différente du père Noël, du père Fouettard ou de la Faucheuse. Alex avait fantasmé. En interprétant le rôle qu'il avait tenu à lui confier, elle n'avait fait que répondre à son attente. Le responsable du mensonge et de ses conséquences, au fond, c'était lui.

Péniblement, il se mit debout. Comme sa femme quelques instants plus tôt, il s'approcha du placard et commença à s'habiller.

Robin Payne était au volant. Il faisait route vers l'ouest, roulant à fond la gomme sur Burbage Road. En phrases brèves, il lui rapporta ses faits et gestes de la journée. C'étaient les briques et le mât, expliqua-t-il à Barbara. Les briques et le mât l'avaient mis sur la voie. Seulement les possibilités étaient si nombreuses qu'il avait voulu les vérifier une à une avant de risquer à émettre une hypothèse sur l'endroit où Charlotte Bowen avait été séquestrée. Après tout, le Wiltshire était une région agricole, précisa-t-il, énigmatique, à Barbara pour tenter de lui faire comprendre où il voulait en venir. Et le blé était la culture principale du comté.

– Quel rapport entre le blé et Charlotte Bowen ? Rien à l'autopsie...

– Attendez, lui rétorqua Robin.

Manifestement, c'était son moment de triomphe et il entendait bien le savourer pleinement.

Il s'était rendu partout, poursuivit-il, poussant à l'ouest jusqu'à Freshford, au sud jusqu'à Shaftsbury. Comme il avait une idée assez précise de ce qu'il cherchait compte tenu des briques et du mât mentionnés par la fillette, ses recherches l'avaient amené à explorer, sur un territoire d'une superficie considérable, un nombre de sites assez important. Au total, il avait bien dû crapahuter dans des douzaines d'endroits, d'où son état de saleté.

– Où va-t-on ? demanda Barbara.

Ils fonçaient dans l'obscurité sur la route non éclairée que bordaient des arbres de part et d'autre.

– Pas très loin, se borna-t-il à répondre.

Tandis qu'ils traversaient un village aux cottages de brique et de chaume, elle lui raconta ce qui s'était passé à Londres, lui rapportant en détail les propos de Lynley. Lorsqu'elle lui eut fait un compte rendu complet, n'omettant ni la concordance des empreintes ni les recherches entreprises pour retrouver le vagabond, elle lui annonça la disparition de Leo Luxford. Les mains de Robin Payne se crispèrent sur le volant.

– Encore ? Un petit garçon, cette fois ? Mais qu'est-ce qui se passe, bon sang ?

– Il est possible qu'il soit dans le Wiltshire comme Charlotte.

– A quelle heure a-t-il disparu ?

– Cet après-midi, aux alentours de quatre heures. (Il fronça les sourcils tout en faisant travailler ses neurones.) Quoi ? questionna-t-elle.

– Je pensais... (Robin rétrograda tandis qu'ils bifurquaient sur la gauche, prenant cette fois la direction du nord sur une route secondaire dont un panneau indiquait qu'il s'agissait de Great Bedwyn.) Le « timing » n'est pas bon mais si... Comment s'appelle le petit, déjà ?

– Leo.

– Si Leo a été kidnappé vers quatre heures, il est possible qu'on l'ait planqué là où Charlotte a été séquestrée. Encore que... si ça se trouve, son ravisseur l'a embarqué dans le Wiltshire bien avant que j'arrive moi-même sur les lieux. Et dans ce cas, je l'aurais découvert là-bas. (Il pointa le doigt vers l'obscurité de l'autre côté du pare-brise.) Seulement je n'ai pas trouvé Leo. (Il poussa un soupir.) Zut, ce n'est peut-être pas le bon endroit, finalement. Et je vous ai peut-être fait faire tout ce trajet en pleine nuit pour rien.

– Ce ne serait pas la première fois de la journée que je me déplacerais pour des prunes, dit Barbara. Ce coup-ci, au moins, je suis en bonne compagnie, alors continuons.

La route rétrécit, devint un chemin. Les phares éclairaient la chaussée, les arbres enveloppés de lierre qui la bordaient et les terres arables de l'autre côté du rideau d'arbres. Les champs étaient plantés comme près d'Allington. Mais ici ils étaient plantés de blé.

Alors qu'ils arrivaient en vue d'un autre village, le chemin rétrécit encore. Les accotements se muèrent en plans inclinés sur lesquels se dressaient des cottages éparpillés en bordure de la route. Un peu plus loin, plus serrées, les maisons formaient un nouveau village tout en brique et chaume. Des canards sommeillaient sur les berges d'un étang, un pub à l'enseigne du cygne fermait pour la nuit. Les lumières du pub s'éteignirent lorsque Robin et Barbara le dépassèrent, roulant toujours vers le nord.

Robin ralentit quelque huit cents mètres après le village. Il prit à droite et s'engagea sur un sentier étroit envahi par les herbes que Barbara n'aurait certainement jamais réussi à repérer dans le noir si elle avait été seule. Ce chemin s'élevait en pente abrupte vers l'est, bordé d'un côté par une clôture métallique, de l'autre par une rangée de bouleaux argentés. La chaussée était truffée de nids-de-poule. Et le champ derrière la clôture envahi d'herbes folles.

Ils atteignirent une trouée dans le rideau de bouleaux et Robin s'y engagea, aboutissant sur une piste où ils cahotèrent au milieu des caillasses et des ornières. Les arbres épais courbés par les vents incessants surplombaient la piste étroite tels des matelots arthritiques.

La piste prenait fin devant une clôture de piquets et de fil de fer. Sur la droite, une vieille barrière pendait de guingois. C'est vers cette barrière que Robin entraîna Barbara après avoir fouillé dans le coffre de l'Escort pour y prendre une torche qu'il lui tendit. Lui-même se munit d'une lanterne de camping.

– C'est par là.

Ils se dirigèrent vers la barrière à moitié démantibulée que Robin ouvrit d'une poussée. De l'autre côté de la barrière s'étendait un enclos au centre duquel se dressait un énorme cône qui, dans l'obscurité, avait l'allure d'un vaisseau spatial. Cette structure reposait sur une éminence au pied de laquelle venaient mourir les champs alentour. Quelque cinquante mètres plus loin, on distinguait les vestiges noyés d'ombre d'une bâtisse en ruine située en bordure de la route qu'ils avaient empruntée. Une ancienne habitation, sans doute.

La nuit était silencieuse. Le fond de l'air frais. Les senteurs lourdes de la terre humide et des crottes de mouton les enveloppaient comme un nuage sur le point de crever. Barbara fit la grimace et regretta de ne pas avoir pensé à se munir d'une veste. Quant à l'odeur, elle serait bien obligée de faire avec.

Ils foulèrent un épais matelas herbeux pour atteindre la construction. Barbara braqua sa torche et la promena sur la façade. Des briques. Ces briques qui, rangée après rangée, s'élevaient dans le noir étaient surmontées d'un toit de métal blanc pareil à un cône de glace à la vanille. Fixés sur l'avancée circulaire du toit conique, elle aperçut les vestiges grêles de quatre grands bras de bois jadis garnis de jalousies sur toute leur longueur. Ces bras étaient maintenant percés de trous car les orages avaient arraché les persiennes de leur logement par places. Toutefois il en restait encore suffisamment pour que Barbara, torche en main, comprenne de quel genre de construction il s'agissait.

– Un moulin à vent.

– Oui, un moulin à blé. (Robin agita sa lanterne éteinte pour désigner d'un même geste les champs pentus au sud, à l'est et à l'ouest de l'endroit où ils se tenaient et la masse sombre du bâtiment croulant qui, au nord, bordait la route.) Dans le temps, il y avait des moulins à blé tout le long de la Bedwyn avant que l'eau ne soit détournée pour former le canal. A la création du canal, des ouvrages comme celui-ci jaillirent un peu partout. Les moulins tournaient à plein régime jusqu'à ce que l'on construise une minoterie. Aujourd'hui ils tombent en ruine. Sauf lorsqu'un particulier s'amuse à les restaurer. Celui-ci est vide depuis près de dix ans. Le cottage également. Près de la route.

– Vous connaissez cet endroit?

– Bien sûr. (Robin rit.) Pas seulement celui-là. Dans un rayon de trente-cinq kilomètres, je connais tous les coins où un petit mec de dix-sept ans qui a la trique peut emmener sa copine les soirs d'été. C'est ça, grandir à la campagne, Barbara. Tous les jeunes savent où aller quand ils veulent s'en payer une tranche. J'imagine qu'en ville, c'est pareil?

Comment aurait-elle pu le savoir? Pelotage et tripotage, au clair de lune ou sous la brume, ne constituaient pas des activités qu'elle avait beaucoup pratiquées.

Quoi qu'il en soit, elle opina:

– Oui, tout à fait.

Robin lui adressa un sourire de connivence: après tout ils avaient échangé des confidences, faisant un pas de plus sur le sentier de l'amitié. Barbara songea que s'il découvrait la vérité sur sa calamiteuse vie sentimentale, il s'empresserait de la ranger dans la catégorie « phéno-mène » au lieu de voir en elle une fille qui avait vécu des expériences amoureuses identiques aux siennes encore qu'en des lieux différents. Adolescente, elle n'avait jamais flirté. Et ce qu'elle avait fait, adulte, remontait à si loin qu'elle n'arrivait même pas à se rap-peler avec qui elle avait connu l'extase. Michael? Mar-tin? Mick? Impossible de s'en souvenir. La seule chose dont elle se souvenait, c'était que le gros rouge avait coulé à flots, que la fumée des cigarettes était dense au point qu'il y aurait eu de quoi polluer une petite ville, la musique si assourdissante qu'on aurait dit du Jimi Hen-drix sous amphétamines – ce qui était probablement son état normal – et que son partenaire et elle avaient par-tagé la moquette avec six autres couples également occupés à connaître l'extase fatidique. Ah, que n'aurait-elle donné pour retrouver les joies de ses vingt ans!

Elle suivit Robin sous une galerie branlante qui cou-rait tout autour du moulin à la hauteur du premier étage. Ils passèrent devant deux meules lisses d'usure, couchées sur le sol et couvertes de mousse, et s'arrê-tèrent devant une porte en bois voûtée. Main levée pour pousser le battant, Robin allait l'ouvrir lorsque Barbara l'arrêta. Balayant la porte avec le faisceau de sa torche, elle examina les panneaux anciens du haut en bas avant de diriger le pinceau lumineux sur un verrou fixé à hau-teur d'épaule. Flambant neuf, le verrou de cuivre était en parfait état. A cette vue, elle eut un pincement à l'estomac. Le contraste entre ce verrou rutilant, le moulin abandonné et le cottage en ruine qui avait jadis abrité les meuniers ne pouvait signifier qu'une chose.

– Exactement ce que je me suis dit, fit Robin, la voyant s'interroger en silence. Lorsque je suis tombé dessus après avoir crapahuté dans le comté au milieu des moulins à eau, scieries et autres moulins à vent, je me suis dépêché d'aller pisser avant de faire dans mon froc. Mais ce n'est pas tout : attendez d'avoir vu l'intérieur.

Barbara plongea la main dans son sac et en sortit une paire de gants :

– Est-ce que vous avez...

– Oui, répondit-il en sortant de la poche de sa veste de gros gants de toile froissés.

Une fois qu'ils eurent enfilé leurs gants, Barbara lui désigna la porte d'un mouvement de menton et Robin l'ouvrit d'une poussée, le verrou n'étant pas tiré. Ils pénétrèrent à l'intérieur.

Murs et sol étaient recouverts de brique. Il n'y avait pas de fenêtres. Il faisait un froid humide de tombeau et ça sentait le moisi, les crottes de souris, les fruits pourrissants.

L'air glacial fit frissonner Barbara.

– Vous voulez ma veste ?

Elle refusa tandis qu'il s'accroupissait par terre et allumait sa lanterne. Il tourna le bouton moleté à fond pour avoir une intensité lumineuse maximale, ce qui permit à Barbara d'éteindre sa torche, qu'elle posa sur une pile de caisses entassées de l'autre côté de la petite pièce circulaire. C'était de ces caisses que provenait l'odeur de fruits pourris. Barbara souleva une planche d'un cageot. Il était plein de pommes, oubliées là depuis longtemps et toutes flétries.

Une autre odeur plus subtile imprégnait l'air, et Barbara s'efforça de l'identifier et d'en repérer l'origine tandis que Robin se dirigeait vers un étroit escalier conduisant à une trappe aménagée dans le plafond. Il la regarda un moment avant de préciser :

– Déjections.

– Quoi ?

– L'odeur, c'est celle des déjections.

– D'où ça vient ?

470

De la tête, il désigna les caisses.

– Il n'y a pas de toilettes, ici, Barbara. Seulement ça.

Ça, c'était un seau en plastique jaune.

Barbara distingua au fond du seau un pathétique petit tas d'excréments au milieu d'une flaque d'où s'élevait une âcre odeur d'urine.

Barbara trébucha sur les mots :

– Parfait, très bien.

Et elle se mit à examiner les lieux.

Le sang, elle le découvrit au centre de la pièce, sur une brique qui n'était pas exactement de niveau avec ses voisines. Et lorsqu'elle releva la tête pour consulter Robin du regard, elle comprit que lui aussi était tombé sur cette tache de sang.

– Quoi d'autre ?

– Les caisses, Barbara. Jetez un œil. A droite. La troisième en partant du bas. Allumez, vous y verrez mieux.

Elle alluma sa torche et vit tout de suite de quoi il s'agissait. Trois fibres restées plantées dans une écharde dépassant d'une planche. Elle se pencha, approcha le pinceau de sa torche et, pour faire contraste, plaça un mouchoir en papier derrière les fibres. Ces dernières étaient vertes, du même vert boueux que l'uniforme de classe de Charlotte.

Son pouls se mit à battre à coups précipités mais elle s'ordonna de ne pas vendre la peau de l'ours avant de l'avoir tué. Après ce qui s'était passé à Ford, dans le colombier, et à Coate, dans le garage, il était hors de question de prendre des décisions hâtives.

– Sur la bande, fit-elle, tournée vers Robin. Elle parlait d'un mât.

– Suivez-moi et prenez la torche.

Il grimpa l'escalier et exerça une pression sur la trappe aménagée dans le plafond. Il tendit la main à Barbara pour l'aider à le rejoindre dans la chambre du premier étage du moulin.

Barbara balaya la pièce des yeux tout en s'efforçant de refouler un éternuement. La poussière était telle que ses yeux se mirent à pleurer. Elle les frotta contre la manche de son pull.

– J'ai dû foutre un bordel pas possible dans les indices, fit Robin.

Braquant le faisceau de sa torche le long du bras de

Robin, Barbara aperçut alors les empreintes : des petites et des grandes, des empreintes d'enfant et des empreintes d'adulte. Qui se chevauchaient, s'entrecroisaient, se brouillaient. Tant et si bien qu'il était impossible de dire combien d'enfants ou d'adultes avaient foulé le plancher.

– Ça m'a foutu un tel coup quand j'ai vu les fibres et le sang, en bas, que je me suis précipité au premier comme un malade. Quand j'ai pensé au sol, il était trop tard. Désolé.

Barbara constata que les lames du parquet grossier étaient gauchies au point de ne pas porter d'empreintes complètes. Seuls les contours des semelles étaient visibles, pas le dessin.

– Ne vous faites pas de bile. De toute façon, on n'aurait pas pu les exploiter.

Elle leva le faisceau lumineux, le dirigeant vers le mur circulaire. A gauche de la trappe, une fenêtre condamnée par des planches. Sous cette fenêtre, une pile d'outils anciens inconnus de Barbara. Certains en métal, d'autres en bois. Des marteaux spéciaux destinés à rhabiller les meules, précisa Robin, c'est-à-dire à recreuser les sillons devenus lisses des meules de pierre, qui étaient dans la chambre au-dessus. A l'étage où le blé était écrasé.

Des alluchons [1] poussiéreux gisaient près des marteaux, jouxtant deux poulies en bois et un rouleau de corde. Le mur de brique était blanc de mousse, l'air imprégné d'humidité. À hauteur du plafond, au-dessus de leurs têtes, était suspendue une énorme roue dentée inclinée sur le côté : c'était l'un des organes moteurs du moulin, le rouet, avec ses deux engrenages solidaires. Partant du plancher, un poteau massif en fer traversait cette grande roue puis le plafond pour rejoindre vraisemblablement l'extrémité du moulin.

– Le mât, dit Barbara en promenant sa torche sur toute la longueur de l'axe métallique. Le mât de Charlotte.

– C'est ce que je me suis dit, opina Robin. On appelle ça l'arbre moteur. Tenez, regardez.

L'attrapant par le bras, il la conduisit sous l'énorme rouet. Sa main refermée sur la sienne, il braqua le pinceau lumineux vers l'une des dents de la roue. Barbara

1. Dents amovibles de roue d'engrenage en bois très dur. (N.d.T.)

constata que celle-ci était enduite d'une substance géla-
tineuse qui ressemblait à du miel figé.

— De la graisse, dit Robin.

S'étant assuré qu'elle l'avait vue, il lui fit baisser le
bras et dirigea la lumière sur l'endroit où l'arbre moteur
était fixé dans le sol. La même substance imprégnait le
point de jonction. Tandis que Robin s'accroupissait
pour lui montrer sa trouvaille, Barbara vit ce qui l'avait
poussé à foncer la chercher à Lark's Haven, pourquoi il
n'avait pas prêté la moindre attention aux propos de sa
mère concernant sa future épouse. Sa découverte était
plus importante qu'une future épouse. A la base de
l'arbre moteur, on apercevait en effet des empreintes
sur la graisse d'essieu. Des empreintes d'enfant.

— Nom de Dieu, murmura Barbara.

Robin se releva. Les yeux sur le visage de Barbara, il
guetta sa réaction.

— J'ai l'impression que vous avez décroché la timbale,
Robin. (Pour la première fois de la journée, elle sourit.)
Sacré bordel de merde, j'ai bien l'impression que vous
avez mis dans le mille, espèce d'abruti.

Décontenancé par le compliment, Robin finit par
sourire à son tour. Il ne put s'empêcher de la relancer
d'un vibrant :

— Vous croyez ?

— J'en suis sûre. (Elle lui serra le bras et, surexcitée,
poussa un cri de triomphe.) A nous deux, Londres,
exulta-t-elle. On a trouvé. (La voyant dans cet état
d'euphorie, Robin éclata carrément de rire et elle fit
chorus tout en brandissant un poing victorieux. Puis, se
calmant, elle s'efforça de retrouver le ton posé du
patron.) Il va falloir que les techniciens rappliquent. Et
en vitesse.

— Encore ? Ça va faire trois fois en une journée. Je
doute qu'ils apprécient, Barbara.

— Qu'ils aillent se faire foutre. Je suis rudement
contente. Pas vous ?

— Si. Qu'ils aillent se faire mettre.

Ils redescendirent. Barbara aperçut au pied de l'escalier une couverture bleue froissée. Elle l'examina. Elle
la tira de sous les marches et à ce moment-là quelque
chose dégringola sur le sol.

— Un instant.

Elle se pencha pour examiner le petit objet resté

coincé entre deux briques. C'était un minuscule hérisson au nez pointu. Il occupait à peine un tiers de sa paume et devait tenir facilement dans la main d'un enfant. Barbara le ramassa pour le montrer à Robin.

– Il va falloir que la mère l'identifie.

De nouveau, elle se tourna vers la couverture. Le tissu rugueux était humide, mais d'une humidité que la température de la pièce ne justifiait pas. L'humidité, l'eau. Barbara eut l'impression de recevoir une douche froide en repensant à la façon dont Charlotte Bowen était morte. Il y avait encore une pièce du puzzle qui manquait.

Elle se tourna vers Robin.

– L'eau.

– Eh bien quoi, l'eau ?

– Elle est morte noyée. Est-ce qu'il y a de l'eau près d'ici ?

– Le canal n'est pas loin et la rivière...

– C'est dans de l'eau du robinet qu'on l'a noyée, Robin. Baignoire. Lavabo. Cuvette de W.-C. C'est de l'eau du robinet qu'on cherche. (Barbara réfléchit un instant.) Et le cottage ? Près de la route. Dans quel état est-il exactement ? Est-ce qu'il y a de l'eau là-bas ?

– On a dû la couper depuis longtemps.

– Mais j'imagine qu'il devait y avoir l'eau courante du temps où le meunier l'occupait.

– Ça remonte à des années.

Ayant retiré ses gros gants, il les fourra dans la poche de sa veste.

– Quelqu'un aurait pu rétablir l'eau – ne serait-ce que momentanément – à condition de trouver l'arrivée.

– Peut-être. Mais à cette distance du village, c'est sûrement de l'eau de puits. Et l'eau de puits est différente de l'eau du robinet.

Bien sûr. La présence de cette putain d'eau du robinet dans le corps de Charlotte Bowen ne faisait que compliquer les choses.

– Il n'y a pas de robinet ici, alors ?

– Au moulin ?

Il fit non de la tête.

– Merde, bougonna Barbara.

Qu'est-ce que le kidnappeur avait bien pu fabriquer ? se demanda-t-elle. Si c'était au moulin qu'il avait planqué Charlotte Bowen, elle était encore vivante lorsqu'il l'y avait enfermée. Les excréments, l'urine, le sang, les empreintes en apportaient la preuve. Et à supposer que la présence de ces indices puisse s'expliquer autrement, que la petite ait été transportée morte au moulin, pourquoi – en venant le déposer ici – son ravisseur aurait-il couru le risque de se faire pincer avec un cadavre sur les bras ? Non, non. La petite avait été amenée ici vivante. Elle y avait séjourné quelques jours, peut-être quelques heures. Mais elle était en vie lorsqu'il l'avait enfermée là-dedans. Dans ce cas, il y avait forcément dans les parages un robinet où il avait pris de l'eau pour la noyer.

– Retournez au village, Robin. Il me semble avoir aperçu une cabine téléphonique devant le pub. Appelez les techniciens de scène de crime. Dites-leur d'apporter des torches, des lanternes et tout le bataclan. Je vais vous attendre ici.

Il jeta un coup d'œil vers la porte et l'obscurité du dehors.

– Ça ne me plaît pas des masses de vous laisser seule ici. Imaginez qu'il y ait un tueur dans le secteur...

– Je suis assez grande pour me défendre. Allez passer ce coup de fil.

– Venez avec moi.

– Il faut que je garde les lieux. La porte était ouverte quand nous sommes arrivés. N'importe qui peut entrer...

– C'est bien ce qui me chiffonne. Vous n'êtes pas en sécurité. Et vous n'êtes pas armée, j'imagine ?

Effectivement, elle n'était pas armée et il le savait fort bien. Les membres de la Criminelle n'étaient pas armés. Lui-même ne l'était pas non plus.

– Ça ira, dit-elle. Celui qui a kidnappé la petite Charlotte détient maintenant Leo Luxford. Et Leo n'étant pas au moulin, on peut en déduire que l'assassin de Charlotte n'y est pas non plus. Alors allez passer ce coup de fil et revenez dare-dare.

Il réfléchit. Au moment où elle s'apprêtait à le pousser gentiment vers la sortie, il se rendit à ses arguments :

– Très bien. Laissez la lanterne allumée. Et donnez-moi la torche. Si jamais vous entendez un rôdeur ou quoi que ce soit...

– J'attrape un des maillets et je lui en flanque un bon coup sur la tête. Et je continue à taper jusqu'à ce que vous reveniez.

Avec un sourire, il se dirigea vers la porte. Il marqua une pause avant de pivoter vers elle.

– Je ne sais pas si je devrais vous le dire, ça se fait peut-être pas, mais...

– Quoi donc ?

Tout d'un coup, une inquiétude la saisit. Il y avait assez du sergent Stanley pour se conduire comme un goujat. Inutile que Robin Payne se mette de la partie. Les paroles du constable et surtout le ton sur lequel il les énonça la prirent par surprise.

– C'est seulement que... Vous n'êtes vraiment pas une femme comme les autres.

Ça, il y avait belle lurette que Barbara en était consciente. Et elle savait également que telle qu'elle était elle ne plaisait pas particulièrement aux hommes. Elle le dévisagea, se demandant où il voulait en venir, et dans le même temps pas vraiment sûre de vouloir le savoir.

– Vous sortez de l'ordinaire.

« Pas autant que Celia », songea Barbara, qui lança à voix haute :

– Vous aussi, vous sortez de l'ordinaire.

Il l'observa de l'autre bout de la pièce. Une boule dans la gorge, Barbara se força à déglutir. Elle n'avait aucune envie de s'appesantir sur la peur qui lui nouait soudain les tripes. Aucune envie de l'analyser.

– Allez passer ce coup de fil. L'heure tourne et on a un sacré boulot à faire ici encore.

– D'accord, fit Robin, hésitant un moment sur le seuil avant de s'éloigner en direction de sa voiture.

Le froid s'engouffra dans la pièce. Il semblait même sourdre des murs. Restée seule, Barbara ramena les bras contre la poitrine et s'administra de vigoureuses claques sur les épaules. Son souffle était irrégulier, elle sortit pour inspirer une bouffée d'air nocturne.

« Oublie tout ça, se dit-elle. Garde ton calme, ma vieille. Tire l'affaire au clair, règle les détails et regagne Londres au trot. Mais ne t'amuse surtout pas à te faire des idées. »

Le problème, c'était l'eau. De l'eau du robinet, de l'eau ordinaire. L'eau qu'on avait retrouvée dans les poumons de Charlotte Bowen. C'était là-dessus qu'il lui fallait se concentrer.

Où avait-on noyé la petite ? Dans une baignoire, un

lavabo, un évier, une cuvette de W-C ? Mais quel évier ? Quelle cuvette de W-C ? Quelle baignoire ? Et où ? Si les indices qu'ils avaient relevés avaient un rapport avec Londres, l'eau du robinet aussi. Celui qui avait noyé Charlotte était lié à Londres où elle avait été enlevée. Les principaux suspects potentiels étaient la mère de la fillette – avec sa prison qu'elle tenait à implanter dans le Wiltshire – et Alistair Harvie – dont la circonscription se trouvait dans ce comté. Mais la piste Harvie aboutissait à une impasse. Quant à sa mère... Quel monstre aurait pu orchestrer l'enlèvement et le meurtre de sa fille unique ? Par ailleurs, selon Lynley, Eve Bowen était à deux doigts de tout perdre maintenant que Luxford allait publier l'article. Quant à Luxford...

Barbara eut comme un hoquet en se rappelant un détail communiqué par Lynley au téléphone quelques heures plus tôt. S'éloignant du moulin, elle pénétra dans l'enclos. Elle sortit du tapis de lumière qui se déroulait devant la porte du bâtiment. Evidemment. Dennis Luxford.

Dans l'obscurité, c'est à peine si elle distinguait les champs glissant en pente douce au sud du moulin et, par-delà les champs, les terres au-dessus desquelles était accroché un manteau constellé d'étoiles. A l'ouest, les lumières éparses du village tout proche pailletaient la nuit. Au nord s'étendaient les champs qu'ils avaient longés avant d'atteindre le moulin. Et non loin du moulin – elle en avait l'intime conviction, elle en aurait bientôt la preuve – se dressait l'école de Baverstock.

C'était ça, le lien qu'elle cherchait. Le lien entre Londres et le Wiltshire. Le lien irréfutable entre Dennis Luxford et la mort de sa fille.

24

C'est en prenant son breakfast tout seul, le lendemain matin, que Lynley comprit à quel point Helen faisait désormais partie intégrante de son existence. La veille, il avait sauté le petit déjeuner, évitant ainsi un tête-à-tête prolongé avec ses œufs et ses toasts. Mais comme il avait également sauté le dîner, aux alentours de minuit il avait soudain eu l'impression que la tête lui tournait. Il aurait bien mangé un morceau, mais ne se sentait pas d'humeur à s'activer dans la cuisine. Alors il avait décidé d'aller se coucher et d'attendre le lendemain pour se mettre quelque chose sous la dent. Il avait donc laissé un mot dans la cuisine. « Petit déjeuner. Pour une personne. » Et Denton avait exécuté ses ordres avec son zèle habituel.

Une demi-douzaine de plats s'alignaient sur la desserte de la salle à manger. Deux variétés de jus de fruits emplissaient les carafes. Des céréales, du Weetabix et du müesli voisinaient avec un bol et du lait. Denton avait une qualité : il suivait toujours les instructions qu'on lui donnait. Son défaut, c'est qu'il ne savait pas s'arrêter. Lynley ne parvenait pas à savoir si son valet était un acteur raté ou un décorateur de théâtre non moins raté.

Après avoir avalé ses céréales – il avait choisi le Weetabix –, il piocha dans les plats, prenant des œufs, des rondelles de tomate grillées, des champignons et des saucisses. C'est seulement en attaquant la seconde partie de son repas qu'il se rendit compte du silence pesant qui régnait dans la maison. Pour chasser de son esprit

478

l'impression de claustrophobie qu'engendrait ce silence, il se plongea dans le *Times*. Il parcourait l'éditorial – deux colonnes sur l'hypocrisie du retour aux valeurs traditionnelles prôné par le parti tory, magistralement illustrée par la rencontre, près de la gare de Paddington, du député de l'East Norfolk avec un jeune prostitué de seize ans – lorsqu'il s'aperçut qu'il avait lu trois fois les mêmes paragraphes cinglants sans avoir la moindre idée de leur contenu.

Du coup, il mit de côté le journal. De la lecture, il n'allait pas tarder à en avoir lorsqu'il se serait procuré le dernier numéro de *La Source*. Levant la tête, il se força à regarder ce qu'il évitait depuis son entrée dans la salle à manger : la chaise vide d'Helen.

Il ne lui avait pas téléphoné la veille. Pourtant il aurait pu. Sous prétexte, par exemple, de lui raconter son entretien avec Saint James et les excuses qu'il lui avait présentées à la suite de la scène qu'il avait faite à Chelsea dans l'après-midi du lundi. Mais lundi soir, lorsqu'il avait surpris Helen triant des vêtements pour les déshérités d'Afrique, il l'avait sentie en proie à un tourbillon d'émotions qui ne demandaient qu'à jaillir pour peu qu'il lui en fournît l'occasion. Comme ces émotions avaient sans nul doute pour origine la sortie inqualifiable dont il les avait gratifiés, les Saint James et elle, il s'était dit qu'en tentant de la joindre il risquait fort de s'exposer à entendre des choses qu'il préférait ne pas entendre.

Éviter Helen, c'était de la lâcheté pure et simple, et il en avait parfaitement conscience : il s'efforçait de faire comme si tout était pour le mieux dans le meilleur des mondes dans l'espoir qu'effectivement son souhait se réaliserait. Lorsqu'il avait sauté le petit déjeuner, la veille, c'était dans cet esprit qu'il l'avait fait : mieux valait filer le ventre vide, l'esprit occupé par l'enquête, que se rendre pleinement compte qu'il vivait dans la crainte que son entêtement stupide lui ait fait perdre ce à quoi il tenait le plus. En donnant à ses créatures la faculté d'aimer, le Créateur s'était doté d'une source de distraction presque inépuisable. Qu'ils tombent donc amoureux les uns des autres et se rendent fous mutuellement, avait-Il dû se dire. Je rirai bien en observant le chaos qui ne manquera pas de découler des relations homme-femme.

De fait, le chaos avait envahi la vie de Lynley. Depuis le moment où, dix-huit mois plus tôt, il avait compris qu'il aimait Helen, il se faisait l'effet d'être un homme courant après l'horizon. Plus il essayait d'atteindre sa destination et plus elle s'éloignait.

Reculant sa chaise de la table, il froissa sa serviette, la posa près de son assiette tandis que Denton faisait son apparition.

– Vous comptiez sans doute avoir les Micawber au petit déjeuner ? questionna Lynley sur le ton de la plaisanterie.

Comme d'habitude, l'allusion à Dickens passa complètement au-dessus de la tête du jeune homme. Pour lui, tout ce qui ne sortait pas de l'imagination d'Andrew Lloyd Webber et n'était pas monté dans les salles de spectacle du West End n'existait pas.

– Je vous demande pardon ?

– Rien, fit Lynley.

– Pour le dîner, je prévois quoi ?

D'un mouvement de tête, Lynley désigna le buffet.

– Faites réchauffer les restes.

Cette fois, Denton le reçut cinq sur cinq.

– J'ai vu trop grand ? C'est parce que je ne savais pas si vous seriez vraiment seul. (Regard circonspect à la chaise vide d'Helen.) J'ai trouvé votre mot, bien sûr, mais j'ai pensé que lady Helen serait peut-être... (Sérieux comme un pape, préoccupé, plein de regret tout à la fois :) Avec les femmes, on ne sait jamais...

– J'ai l'impression d'en savoir encore moins que vous, dit Lynley.

Laissant Denton débarrasser, il partit pour New Scotland Yard.

Havers lui téléphona alors qu'il se frayait un chemin au milieu des banlieusards, des voyageurs empêtrés dans leurs valises et des cars de touristes à impériale qui embouteillaient toutes les artères aux abords de la gare Victoria. Avec Payne, ils avaient trouvé l'endroit où Charlotte Bowen avait vraisemblablement été séquestrée, lui apprit-elle d'une voix qui se voulait neutre mais trahissait une fierté somme toute légitime. Il s'agissait d'un moulin à vent situé non loin de Great Bedwyn et – détail plus révélateur encore – à moins d'un kilomètre cinq cents du canal de Kennet et Avon. Pas de l'endroit où le corps avait été abandonné, non, tout de même pas.

Mais s'il avait loué une pénichette, le tueur avait fort bien pu camoufler le corps à bord de l'embarcation, mettre tranquillement le cap sur Allington, jeter le cadavre dans les roseaux et poursuivre sa route. Autre possibilité, il avait pu le transporter là-bas en voiture car ce n'était pas loin et Robin lui avait fait remarquer...

– Robin ? questionna Lynley.

Il freina pour éviter un ado coiffé comme un Mohican avec un anneau dans le téton gauche qui poussait une voiture d'enfant bizarrement recouverte d'un tissu noir ajouré.

– Oui, Robin Payne. Le constable qui me seconde. Je loge chez...

– Ah oui, Robin.

Il avait complètement oublié, trop absorbé par ses propres problèmes pour se souvenir de ce détail. Mais maintenant qu'elle lui en parlait, ça lui revenait. Aux intonations presque chantantes d'Havers, il se demanda soudain ce qui se passait exactement dans le Wiltshire.

Poursuivant son rapport, elle lui dit avoir demandé à l'équipe des techniciens de scène de crime de passer le moulin au peigne fin. Elle retournerait sur les lieux dès qu'elle aurait mangé un morceau. Elle n'avait pas encore cassé la croûte parce qu'elle était rentrée très tard la veille, qu'elle n'avait pratiquement pas dormi la nuit d'avant et qu'elle méritait bien quelques heures de repos...

– Havers, l'interrompit Lynley. Continuez comme ça. Vous faites du bon boulot.

Il aurait bien voulu pouvoir en dire autant.

A New Scotland Yard, Dorothea Harriman le prévint charitablement en passant qu'Hillier rôdait dans les parages, et que l'inspecteur Lynley ferait donc bien de garder un profil bas en attendant que l'adjoint au préfet de police se focalise sur une autre affaire que l'affaire Bowen. Intrigué, Lynley la questionna :

– Vous savez sur quoi je travaille, Dee ? Je croyais que c'était top secret.

– Dans les toilettes des dames, rien n'est top secret, fit-elle avec sérénité.

« Génial », songea-t-il.

Sur son bureau s'accumulait un monceau de documents. Au milieu des chemises cartonnées, rapports, fax et messages téléphoniques se trouvait un exemplaire de

La Source. Winston Nkata y avait joint un mot de son écriture microscopique. Lynley mit ses lunettes pour lire : « Vous êtes prêt ? Ça va chier. » Après avoir retiré le mot, Lynley jeta un coup d'œil à la première page. Apparemment Dennis Luxford avait suivi à la lettre les instructions du kidnappeur ; il avait rédigé son papier sans se faire de cadeau et sans épargner non plus Eve Bowen. Il avait indiqué les dates avec précision. Il avait fait mention du kidnapping et du meurtre de la fille d'Eve Bowen. Il reconnaissait être responsable de la mort de Charlotte du fait de son silence, mais ne faisait pas état de ce qui l'avait poussé à écrire son article, à savoir l'enlèvement de son fils. Bref, il faisait le maximum pour que le garçonnet sorte de là sain et sauf. Du moins à ce qu'il semblait.

Voilà qui apporterait certainement de l'eau au moulin des médias, lesquels s'acharnaient sur Eve Bowen. Certes, ce papier mettait Luxford sous la lueur des projecteurs, mais l'intérêt que les journaux à scandale lui portaient n'était rien comparé à leur désir de mettre à mal Eve Bowen. En pensant à tout cela – à ce qu'Eve Bowen allait devoir affronter, à sa clairvoyance lorsqu'elle lui avait dit s'attendre à subir les attaques de la presse à scandale –, Lynley éprouva un sentiment de malaise. Mettant *La Source* de côté, il commença à fouiller au milieu des documents empilés sur son bureau.

Il parcourut le rapport d'autopsie qu'Havers lui avait faxé du Wiltshire. La noyade n'avait pas été accidentelle. La fillette avait été préalablement droguée de façon qu'elle ne pût se débattre au moment de la submersion. Droguée avec du diazépam, produit appartenant à la famille des benzodiazépines. Le nom de la spécialité employée était le Valium, médicament prescrit tantôt comme hypnotique et tantôt comme tranquillisant. Dans un cas comme dans l'autre, une quantité suffisante de ce produit dans le sang entraînait chez le sujet intoxiqué une perte de conscience.

Lynley surligna le nom du produit et mit le fax de côté. Valium, songea-t-il en feuilletant ses papiers à la recherche du rapport de toxicologie réclamé la veille aux techniciens qui avaient fouillé le squat de Marylebone. Il finit par le trouver, accompagné d'un message lui demandant de téléphoner à un certain Figaro au service SO7 du laboratoire de criminalistique situé sur l'autre rive de la Tamise. Tandis qu'il composait le numéro sur son téléphone à touches, il prit connaissance du rapport du service de biologie. Les experts avaient analysé les microdébris bleus retrouvés par Lynley dans la cuisine du squat de George Street. Ainsi qu'il l'avait deviné, il s'agissait d'un fragment de comprimé. Du diazépam, produit appartenant au groupe des benzodiazépines, dont le nom de spécialité était le Valium. « En plein dans le mille », songea Lynley.

Une voix de femme lança abruptement à l'autre bout de la ligne :

— Figaro, à l'appareil. (Après que Lynley se fut présenté, elle enchaîna :) Faut que vous ayez un sacré piston, inspecteur Lynley. On a au moins six semaines de boulot en retard au labo. Et malgré ça, quand on nous a apporté les indices collectés dans la Porsche hier, on nous a demandé de les traiter en priorité. Mes gars ont bossé dessus toute la nuit.

— Le ministre de l'Intérieur s'intéresse de près à cette affaire, dit Lynley.

— Hepton ? (Rire sarcastique.) Il ferait mieux de s'intéresser à la montée de la criminalité. Les loubards du National Front ont encore foutu le bordel devant chez ma mère hier soir. A Spitalfields.

— Si je le vois, je lui en toucherai un mot, promit Lynley. (Pour l'inciter à passer aux choses sérieuses, il ajouta :) Il paraît que vous m'avez appelé, Miss...

— Docteur, corrigea-t-elle.

— Désolé. Dr Figaro.

— C'est exact. Voyons voir. (Claquement de revues qu'on empilait les unes sur les autres, froissements de papier.) Porsche, marmonna-t-elle. Où est-ce que j'ai bien pu... Ah, voilà... Laissez-moi...

Avec un soupir, Lynley ôta ses lunettes et se frotta les yeux. La journée ne faisait que commencer et il avait déjà les yeux fatigués. Dieu seul savait dans quel état ils seraient dans quinze heures.

Tandis que le Dr Figaro continuait à froisser du papier, Winston Nkata s'encadra sur le seuil, levant le pouce pour faire signe à son supérieur que tout allait bien – sa mimique avait certainement un rapport avec le carnet à reliure de cuir qu'il tenait à la main. Lynley lui fit signe de prendre une chaise.

Le Dr Figaro annonça :

– Voilà. Les cheveux. On a une correspondance.

– Les cheveux ?

– Oui, les cheveux retrouvés dans la Porsche, inspecteur. Vous aviez bien demandé qu'on passe l'aspirateur dans la voiture ? C'est ce qu'on a fait. On a retrouvé des cheveux à l'arrière. Des blonds et des bruns. Les bruns correspondent à ceux provenant de chez Miz Bowen.

– Miz Bowen ?

Nkata leva la main, et souffla :

– Ceux de la petite. Je suis allé en chercher.

– Comment ça, les cheveux provenant de chez Miz Bowen ? dit le Dr Figaro, ulcérée. Qui est-ce qui dirige l'enquête ? On s'est décarcassés jusqu'à deux heures du matin et voilà que vous venez me dire...

Lynley l'interrompit, s'efforçant de trouver une explication convaincante pour lui faire comprendre par quel mystère les cheveux lui étaient sortis de l'esprit. Le Dr Figaro se calma. Lynley raccrocha.

– Excellente initiative, Winston. Encore une.

– On fait de son mieux, dit le constable. Au fait, les cheveux de la petite, ils correspondent à ceux de la voiture de Luxford ?

– Oui.

– Voilà qui est intéressant. Vous croyez qu'on les aurait placés là à dessein pour faire porter le chapeau à Luxford ? Avec les lunettes ?

C'était une possibilité. Mais Lynley n'avait pas envie de s'engager dans la voie que Dennis Luxford lui avait suggérée la veille avec insistance.

– Ne nous emballons pas, Winston. (Désignant de la tête le carnet du constable, il s'enquit :) Qu'est-ce que vous m'apportez ?

– Une nouvelle géniale.

– Quoi donc ?

– Un coup de fil de Bayswater. Que je viens de recevoir à l'instant.

– Bayswater ? (Lynley ne voyait vraiment pas en quoi un coup de fil de Bayswater pouvait leur être utile.) De quoi s'agit-il ?

Nkata sourit.

– Ça vous dirait, de tailler une bavette avec le clodo ?

Contrairement à l'hypothèse émise par Saint James, le clochard ne s'était pas déguisé. L'homme tel qu'il avait été décrit et dessiné existait bel et bien. Il s'appelait Jack Beard. Lorsque Lynley et Nkata se pointèrent, il avait l'air furieux que les flics soient venus le cueillir à la soupe populaire où il prenait son petit déjeuner pour l'embarquer au commissariat de Bayswater. La police avait retrouvé sa trace grâce à l'employé de la réception d'un asile de nuit de Paddington, lequel l'avait reconnu au vu du portrait-robot qu'un constable lui avait fourré sous le nez. « Bon sang, mais c'est Jack Beard ! » s'était exclamé l'employé avant d'indiquer aux policiers l'emploi du temps de Jack. Le train-train quotidien de Jack consistait essentiellement à fouiller les poubelles à la recherche de bricoles à vendre, et à casser la croûte dans les soupes populaires du coin.

Dans la salle d'interrogatoire du commissariat, Jack Beard déclara tout de go à Lynley :

– J'ai rien fait. Qu'est-ce qui se passe ? Qui vous êtes ? Je veux une clope.

Nkata soutira trois cigarettes au sergent de garde et en tendit une au clochard. Jack tira dessus vigoureusement, tenant la cigarette entre un index couvert de croûtes et un pouce à l'ongle sérieusement en deuil. Son œil soupçonneux naviguait de Lynley à Nkata, sous une frange de cheveux gris et gras.

– J'ai fait la guerre, moi. Pouvez pas en dire autant, vous autres. Qu'est-ce que vous voulez, bon sang ?

– On nous a dit que vous faisiez les poubelles, fit Lynley.

– Ce qu'on récupère dans les poubelles, c'est des trucs que les gens ont jetés. J'ai le droit de les garder. Y a pas de loi qui l'interdit. Ça fait douze ans maintenant que je fouille les poubelles. J'ai jamais emmerdé personne. Tout ce que j'ai pris, je l'ai pêché dans les boîtes à ordures.

– Je n'en doute pas. Soyez sûrs que nous ne vous voulons aucun mal, Jack.

De nouveau les yeux de Jack firent la navette entre les deux policiers.

– Alors qu'est-ce qui se passe ? J'ai pas que ça à foutre, moi. Faut que je fasse ma tournée.

– Est-ce que votre tournée passe par Marylebone ?

Nkata ouvrit son carnet. Jack prit un air circonspect. Il se mit à tirer sur sa cigarette à toute allure.

– C'est interdit par la loi ?

– A Cross Keys Close ? questionna Lynley. Vous faites aussi les poubelles, là-bas ?

– Cross Keys quoi ? Je connais pas cet endroit.

Nkata déplia un exemplaire du portrait-robot de Jack Beard, qu'il posa sur la table devant le vagabond.

– Nous avons un témoin, un écrivain qui habite à Cross Keys Close. Il affirme vous avoir aperçu là-bas, Jack. Mercredi dernier. En train de gratter dans les poubelles. Il vous a bien vu puisqu'il a communiqué votre signalement à notre dessinateur. Me dites pas que ça vous ressemble pas ?

– Je connais pas cet endroit. Je vous le jure. Cross Keys, je connais pas. J'ai rien fait. Laissez-moi partir.

Lynley lut du désarroi sur le visage du vieux clochard. L'odeur de la peur l'enveloppait.

– Jack, du calme, c'est pas après vous qu'on en a. Il se trouve qu'une fillette a été kidnappée du côté de Cross Keys Close mercredi dernier, peu de temps après votre passage dans le quartier. Et...

– J'ai kidnappé personne ! (Jack écrasa sa cigarette sur le plateau de la table. Après avoir dépouillé de son filtre une deuxième cigarette, il l'alluma. Il déglutit et ses yeux – il avait le blanc de l'œil tout jaune – s'embuèrent brusquement.) J'ai purgé ma peine. J'ai tiré cinq ans. Depuis je me tiens à carreau.

– Vous avez fait de la prison ?

– Vol avec effraction. J'ai fait cinq ans de placard à Scrubs. Ça m'a servi de leçon : j'y ai jamais refoutu les pieds. Mais j'ai des problèmes de mémoire, alors je peux pas avoir un boulot régulier. C'est pour ça que je fais les poubelles. Voilà.

Lynley réfléchit à ce que venait de dire le clochard et mit aussitôt le doigt sur le détail important.

– Constable, dit-il à Nkata, parlez donc à Jack de Cross Keys Close.

Nkata avait lui aussi vu le problème. Il reprit le portrait-robot et tout en le remettant dans la poche de sa veste, précisa :

– C'est un vrai labyrinthe, ces *mews*. A dix mètres de Marylebone High Street, à deux pas de Marylebone

Lane, près d'un *fish'n chips*, le Golden Hind. Il y a une rue pas loin – une impasse – et les façades arrière d'immeubles de bureaux donnent sur un pub. Le Prince Albert. Il y a quelques tables sur le trottoir. Et les poubelles...

– Le Prince Albert ? fit Jack. C'est ça que vous avez dit ? Je le connais, cet endroit.

– Ainsi vous y étiez ? fit Lynley. Mercredi dernier ?

– Ça se peut.

Lynley chercha dans le faisceau de faits dont il disposait quelque chose qui pût rafraîchir la mémoire du clochard.

– L'homme qui nous a communiqué votre signalement nous a dit que vous aviez été chassé du quartier par un constable. Vraisemblablement un bénévole. Est-ce que ça vous rappelle quelque chose ?

Et comment ! Le visage de Jack se rembrunit.

– Jamais on m'avait chassé avant ça, déclara-t-il. De nulle part.

– Vous passez là-bas régulièrement ?

– Evidemment. C'est sur mon trajet. Je suis discret. J'évite de retourner les ordures de fond en comble. J'emmerde personne. Je me trimballe avec mes sacs et quand je tombe sur une bricole que je peux fourguer...

Lynley l'interrompit. La façon dont Jack gagnait sa croûte ne l'intéressait pas. Ce qui l'intéressait, c'était ce qui s'était passé ce mercredi-là. Il sortit la photo de Charlotte.

– C'est la petite qui a été enlevée. Est-ce que vous l'avez vue mercredi dernier ?

Jack loucha vers la photo. Il la prit, la tenant à bout de bras ; il l'étudia trente bonnes secondes tout en tirant sur sa cigarette sans filtre.

– M'en souviens pas, dit-il. (Et se rendant compte que la police ne lui cherchait pas de poux dans la tête, il retrouva sa langue.) Je trouve jamais des masses de choses quand je chine par là. Juste des bricoles, et seulement de temps en temps. Une fourchette tordue. Une cuiller cassée. Un vase fêlé. Une statuette ébréchée. Des objets que je dois rafistoler avant de les fourguer. Mais j'y vais quand même parce que les tournées, faut les faire régulièrement. J'ai jamais fait chier personne. J'avais jamais eu de problèmes avant dans ce secteur.

– Seulement ce mercredi-là ?

– Exact. C'est comme si... (Jack se tripota le nez tout en cherchant une image appropriée. Il retira un brin de tabac de sa langue, l'examina et se le colla sur la gencive.) C'est comme si on avait tout fait pour que je vide les lieux. Comme si quelqu'un avait demandé aux flics de me virer. Histoire d'être bien sûr que j'aurais mis les voiles des fois qu'y aurait du louche.

Lynley et Nkata regardèrent le constable fermer la portière de la voiture pie et ramener Jack Beard à Bayswater à la cantine populaire où il était censé faire la plonge pour payer son écot.

– Ce n'est pas notre homme, alors, remarqua Nkata. Vous n'avez pas fait prendre ses empreintes, histoire d'en avoir le cœur net ?

– On n'a pas besoin de ses empreintes. Il a fait de la prison : elles sont au fichier. Et si elles correspondaient à celles relevées au squat, on nous l'aurait signalé.

Lynley réfléchit à ce qu'il venait d'entendre. Si quelqu'un avait téléphoné à la police pour faire déguerpir le clodo de Cross Keys Close avant l'enlèvement de Charlotte Bowen, c'était soit quelqu'un qui surveillait le quartier, soit quelqu'un qui se promenait, ou bien alors quelqu'un qui habitait le coin. Il comprit très vite quelle était l'hypothèse la plus vraisemblable et repensa à ce que Saint James lui avait dit, la veille, à propos du surnom de Charlotte et de ceux qui l'utilisaient.

– Winston, on a du nouveau en provenance de Belfast ? Est-ce que le RUC[1] a appelé ?

– Pas encore. Je leur secoue les puces ?

– Oui, dit Lynley. Mais attendez d'être dans la voiture : il faut qu'on se rende à Marylebone.

Contrairement à ce qu'espérait Barbara, l'école de Baverstock ne s'avéra pas être le pivot de l'enquête. Certes, l'établissement était situé dans les parages. Mais son terrain ne jouxtait pas le moulin. L'école était à la sortie de Wootton Cross, au cœur d'un parc immense qui avait jadis appartenu à un magnat du blé.

1. Voir p. 386.

C'était de Robin qu'elle tenait ces détails, qu'il lui avait fournis tandis qu'ils regagnaient Wootton Cross la nuit dernière. Ils allaient longer le portail de Baverstock, lui avait-il annoncé. De fait, il lui montra le portail au passage. C'était une énorme grille de fer forgé fixée sur deux piliers de brique surmontés d'un faucon.

– Quel rapport entre Baverstock et notre enquête ? avait-il voulu savoir.

– Je l'ignore. (Avec un soupir, elle alluma une cigarette.) Une idée, comme ça... L'un de nos suspects londoniens est un ancien de Baverstock. Le journaliste. Luxford.

– C'est un type de la haute, alors, avait remarqué Robin. On entre à Baverstock que si on a une bourse ou bien du sang bleu.

Il semblait avoir la même opinion qu'elle sur ce genre d'endroit.

– Et votre sang à vous n'était pas bleu ?

– Je suis allé à l'école primaire du village et ensuite au collège à Marlborough.

– Pas d'anciens de Baverstock dans votre arbre généalogique ?

Il lui jeta un regard de biais.

– Il n'y a personne dans mon arbre généalogique, Barbara. Si vous voyez ce que je veux dire.

Effectivement, elle voyait. Ses parents et ses proches étaient à peu près aussi importants, socialement, que des grains de poussière, mais pas aussi nombreux.

– Ma famille remonte à la Grande Charte et même au-delà, fit-elle, mais de façon telle qu'ils ne pouvaient vraiment pas s'en vanter. Ni se hausser du col. Et pour une raison bien simple : les cols, c'était pas dans leurs moyens.

Robin éclata de rire et lui adressa un second regard en coulisse. Admiratif, celui-là.

– Le fait d'être un zéro – socialement parlant – n'a pas l'air de vous perturber beaucoup.

– On n'est un zéro que si on se considère comme tel.

Arrivés devant Lark's Haven, ils étaient partis chacun de son côté. Robin vers le séjour où sa mère l'attendait malgré l'heure tardive, Barbara vers sa chambre où elle s'était écroulée sur le lit. Avant ça, toutefois, elle avait surpris une phrase de Corrine à son fils : « Robbie, si Celia était là ce soir, c'est parce que... » Robin l'avait interrompue : « Je n'ai pas l'intention de parler de Celia, Maman. Contente-toi de penser à Sam et lâche-moi, tu veux. » Corrine était revenue à la charge d'une voix tremblante : « Voyons, mon petit cœur... » Robin l'avait sèchement rembarrée : « Tu t'es gourée, Maman. Ton petit cœur, c'est Sam. »

Barbara s'endormit en songeant que Robin devait bénir Sam : ses fiançailles avec sa mère allaient enfin lui permettre de vivre sa vie. Elle pensait encore à ça le lendemain matin au moment où, ayant pris congé de Lynley au téléphone, elle découvrit Sam Corey, Corrine et Robin dans la salle à manger.

Corrine et Sam étaient penchés de concert au-dessus d'un quotidien. Corrine disait d'une voix essoufflée :

– Tu te rends compte, Sammy. Mon Dieu, mon Dieu.

Sam lui tenait une main et de l'autre main lui frottait le dos comme pour l'aider à respirer, et pendant ce temps-là il secouait la tête d'un air sombre tout en prenant connaissance des révélations du journal à scandale. Il s'agissait de *La Source*. Sam et Corrine étaient en train de lire le papier que Dennis Luxford avait rédigé pour sauver son fils.

Robin, qui entassait la vaisselle du petit déjeuner sur un plateau, emporta le tout dans la cuisine, Barbara lui emboîta le pas. Mieux valait casser la croûte debout devant l'évier que d'engloutir son petit déjeuner en présence des tourtereaux, lesquels préféraient certainement rester en tête à tête.

Devant la cuisinière, Robin faisait chauffer une poêle, vraisemblablement pour lui préparer ses œufs. Barbara remarqua que son visage était fermé, qu'il avait l'air lointain, contrairement à la veille lorsqu'ils avaient échangé des confidences. Quand il ouvrit la bouche, ce fut pour prononcer des paroles de nature à expliquer la raison du changement qui s'était opéré en lui.

– Alors il a publié le papier. Ce type, Luxford, à Londres. Vous croyez que ça suffira à lui faire récupérer le gamin ?

– Je l'ignore, admit Barbara.

De la pointe de son couteau il prit une noisette de beurre qu'il laissa tomber dans la poêle. Barbara se serait contentée d'un bol de flocons d'avoine – s'étant attardée au lit, elle avait presque deux heures de retard sur son programme –, mais elle ne trouvait pas désagréable de regarder Robin lui préparer son petit déjeuner. Changeant d'idée, elle se promit qu'elle mastiquerait à toute vitesse pour rattraper le temps perdu à prendre un vrai breakfast.

Robin mit le gaz plus fort, le beurre commença à fondre.

– On continue à chercher le petit ? Ou on attend de voir ce qui se passe ?

– J'aimerais voir le moulin en plein jour.

– Vous voulez de la compagnie ? Enfin, je veux dire, vous savez où il se trouve, mais je pourrais toujours... (Agitant la spatule, il laissa sa phrase en suspens. Barbara se demanda comment il avait eu l'intention de finir et se mit à imaginer diverses solutions. « Je pourrais toujours vous le faire visiter ? Vous accompagner ? Rester près de vous au cas où vous auriez besoin de moi ? » Mais elle n'avait pas besoin de lui. Elle s'était efforcée pendant des années de n'avoir besoin de personne et elle entendait bien continuer comme ça. Il parut le sentir car il lui fournit gentiment une ouverture :) Je pourrais toujours aller interroger les loueurs de bateaux. S'il a transporté la petite du moulin à Allington via le canal, il a bien fallu qu'il se procure un bateau.

– Effectivement, c'est à vérifier, opina Barbara.

– Je vais m'en occuper.

Il cassa deux œufs dans la poêle, sala et poivra. Il mit le feu moins fort et glissa deux tranches de pain dans le grille-pain. Il n'avait pas l'air contrarié qu'elle voulait travailler seule. Bizarrement, Barbara en éprouva une pointe de déception. Elle s'efforça de penser à autre chose. Elle avait du pain sur la planche. Un enfant était mort, un autre avait disparu. Ses états d'âme n'avaient qu'une importance secondaire.

Elle le laissa faire la vaisselle. Il lui avait demandé si elle avait besoin d'un topo pour se rendre au moulin mais elle avait refusé, certaine de retrouver la route par ses propres moyens.

En chemin, poussée par la curiosité, elle fit un petit détour et franchit le portail de l'école de Baverstock. En roulant sous l'immense dais de bouleaux qui surplombait l'allée principale, elle comprit que Baverstock était vraisemblablement la principale source d'emplois du village de Wootton Cross. L'énorme établissement devait nécessiter un personnel tout aussi considérable.

Des enseignants, bien sûr, mais aussi des gardiens, des cuisiniers, des blanchisseurs, des surveillants, etc. Tandis que Barbara contemplait l'ordonnancement des bâtiments, terrains de sport et jardins, son instinct lui souffla de nouveau que cet endroit n'était pas étranger à ce qui était arrivé à Charlotte Bowen et Leo Luxford. Que Baverstock, *public school* jadis fréquentée par Dennis Luxford, se trouvât si près du lieu où sa fille avait été séquestrée lui semblait une coïncidence un peu trop grosse.

Barbara décida d'aller y voir de plus près. Elle se gara près d'un bâtiment au toit élevé qu'elle prit pour la chapelle. En face de cette construction, un panonceau de bois terminé par une flèche indiquait *Bureau du directeur*. « Parfait », songea Barbara.

Les élèves étaient en cours car il n'y avait personne dehors, si ce n'est un jeune homme en toge noire qui sortait du bureau du directeur lorsque Barbara entra. Serrant ses livres de classe sous son bras, il lui demanda poliment pardon et se hâta vers une porte basse de l'autre côté de la cour d'honneur, où des voix récitaient mollement la table de neuf.

Le directeur était dans l'impossibilité de recevoir le sergent, apprit à Barbara sa secrétaire. En fait, le directeur n'était pas là. Il serait absent pendant la quasi-totalité de la journée, si le sergent souhaitait prendre un rendez-vous pour un jour de cette semaine... Le crayon en l'air au-dessus de l'agenda du directeur, la secrétaire attendit la réponse de Barbara. Barbara ne savait que dire vu qu'en dehors du sentiment très vague que l'école jouait un rôle dans l'affaire elle ignorait ce qui l'avait poussée à faire halte à Baverstock. Pour la première fois depuis son arrivée dans le Wiltshire, elle regretta l'absence de l'inspecteur Lynley. Lui n'avait jamais de sentiments vagues à propos de quoi que ce fût – si ce n'est au sujet d'Helen Clyde, évidemment, à propos de laquelle il n'avait que des sentiments vagues. Tandis que la secrétaire continuait d'attendre, Barbara se dit qu'avant de mettre les pieds dans ce bureau un bon conciliabule avec Lynley lui aurait été d'autant plus utile qu'elle n'avait pas la moindre idée de ce qu'elle était venue y chercher.

En désespoir de cause, elle opta pour une entrée en matière directe :

– J'enquête sur le meurtre de Charlotte Bowen, la petite qu'on a retrouvée dans le canal, dimanche. (A sa grande joie, elle constata qu'elle avait réussi du premier coup à capter l'attention pleine et entière de la secrétaire. Crayon baissé frôlant l'agenda, la secrétaire – dont une petite plaque en cuivre indiquait qu'elle se nommait Portly [1], patronyme qui lui seyait bien mal car elle était squelettique – se figea, attendant la suite.) Cette petite était la fille d'un de vos anciens élèves, poursuivit Barbara. Dennis Luxford.

– Dennis ? fit Portly en accentuant fortement la première syllabe.

Barbara se dit que ce nom éveillait un écho.

– Vous avez dû l'avoir chez vous il y a environ trente ans, souffla-t-elle.

– Trente ans ? Pensez-vous ! fit Portly. Il était là le mois dernier.

Lorsqu'il entendit quelqu'un monter l'escalier, Saint James leva la tête d'un jeu de photos de scène de crime qu'il examinait, histoire de se rafraîchir la mémoire avant d'aller témoigner à Old Bailey. La voix d'Helen retentit : « Je prendrai un café, Cotter. Merci de m'avoir posé la question. J'ai dormi comme un loir et raté le petit déjeuner. Alors tout ce qui peut m'aider à tenir le coup jusqu'à l'heure du déjeuner est... » En bas, Cotter dit que le café ne tarderait pas à être prêt.

Helen pénétra dans le labo. Saint James consulta ostensiblement la pendule murale.

– Je sais. Il y a des heures que je devrais être là. Désolée.

– La nuit a été dure ?

– Quelle nuit ? Je n'ai pas réussi à fermer l'œil, alors je n'ai pas mis mon réveil à sonner. A quoi bon vu que je passais mon temps à fixer le plafond. (Elle laissa tomber son sac sur le plan de travail et retira ses chaussures. Pieds nus, elle le rejoignit.) En réalité, j'avais mis mon réveil à sonner. Seulement quand j'ai vu que je ne dormais toujours pas à trois heures du matin, j'ai neutralisé la sonnerie. Pour des raisons psychologiques. On travaille sur quoi, aujourd'hui ?

1. Corpulent. *(N.d.T.)*

– L'affaire Pancord.

– Le monstre qui a assassiné sa grand-mère ?

– Ça reste à prouver, Helen. N'oublie pas que nous sommes du côté de la défense.

– Ce pauvre gamin sans père, démuni, accusé à tort d'avoir fracassé à coups de marteau le crâne d'une femme de quatre-vingts ans ?

– C'est ça, l'affaire Pancord. (Saint James se repencha sur les clichés, loupe en main.) Quelles raisons psychologiques ?

– Hum ? (Helen fouillait dans une pile de rapports et de courrier afin de mettre les premiers en ordre et de répondre au second.) Tu veux savoir pourquoi j'ai neutralisé la sonnerie ? Pour m'enlever un poids. C'est usant de se dire qu'on a tant de temps pour s'endormir et emmagasiner suffisamment de sommeil pour se sentir d'attaque quand le réveil sonnera. L'angoisse ne favorise pas l'endormissement, tu sais. Je me suis dit qu'en supprimant une source d'angoisse, je réussirais peut-être à fermer les yeux. Effectivement, je me suis endormie. Le problème, c'est que je ne me suis pas réveillée.

– Ta méthode n'est pas fiable.

– Pas fiable du tout, mon cher Simon. A cinq heures du matin, j'avais toujours l'œil grand ouvert. J'ai dû sombrer vers cinq heures et demie. Et alors, bien sûr, sept heures et demie, c'était vraiment trop tôt pour s'extirper du lit.

Saint James reposa la loupe près d'un exemplaire du compte rendu d'analyse du sperme retrouvé sur la scène du crime. Les affaires de Mr Pancord ne s'arrangeaient décidément pas.

– Quelles autres raisons as-tu de te sentir angoissée ?

– Quoi ? fit Helen, levant la tête du courrier.

Ses cheveux lisses voletèrent, dégageant son visage, et Saint James aperçut ses yeux bouffis.

– Tu as neutralisé la sonnerie pour être moins angoissée. Tu avais d'autres raisons de l'être ?

– Oh ! les raisons habituelles.

Elle prononça ces mots d'un ton léger, mais il ne fut pas dupe : il la connaissait depuis quinze ans.

– Tommy est passé hier soir.

– Ah oui, dit-elle sur le ton de la constatation. (S'emparant d'une lettre rédigée sur du vélin, elle la lut avant de relever les yeux.) Un symposium à Prague,

Simon. Tu acceptes ? C'est pour décembre. Mais si tu veux faire une communication ça ne te laisse pas beaucoup de temps pour rédiger.

– Il m'a fait des excuses, poursuivit résolument Saint James. Il voulait voir Deborah, mais j'ai jugé préférable de lui transmettre le message.

– Où est Deborah, au fait ?

– A Saint-Botolph. Repartie prendre des photos. (Il regarda Helen s'approcher de l'ordinateur, l'allumer. Il poursuivit :) Le fils de Luxford a été enlevé, Helen. Luxford a reçu le même message que pour la petite Bowen. C'est Tommy qui hérite de l'affaire. Inutile de dire qu'il est surchargé de travail en ce moment. Evidemment, ce n'est pas une raison pour...

– Tu trouves toujours le moyen de lui pardonner. Comment fais-tu ? Il ne lui est jamais arrivé de faire quelque chose qui te donne envie de tirer un trait sur votre amitié ?

Les mains sur ses genoux, elle s'adressait à l'écran et non à Saint James.

Simon réfléchit. Les questions d'Helen étaient compréhensibles compte tenu de leur passé commun, à Lynley et à lui. Entre eux, en effet, il y avait un sérieux contentieux : un horrible accident de voiture qui avait fait de Saint James un handicapé et une liaison avec sa femme. Mais Saint James avait depuis longtemps accepté sa part de responsabilité dans les deux cas. Et si le prix à payer était dur, il se disait que ce n'était pas en ressassant le passé qu'il changerait quoi que ce soit à la situation. Ce qui était arrivé était arrivé. Autant se faire une raison.

– Il fait un métier de chien, Helen. Tu ne peux pas savoir à quel point c'est éprouvant, psychologiquement. Quand on passe, comme lui, son temps à examiner les dessous de l'existence, on a le choix entre devenir cynique – « encore un crime crapuleux à élucider » – ou se mettre en rogne. Le cynisme, c'est encore la meilleure solution : ça aide à faire son boulot. La colère, ça vous empêche de fonctionner correctement. Alors on s'efforce de la refouler. Mais il y a toujours une goutte d'eau qui fait déborder le vase et à ce moment-là, on éclate. On prononce des paroles qui dépassent votre pensée. On se laisse aller à faire des choses qu'on ne ferait pas autrement.

Helen baissa la tête.

– C'est exactement ça. La colère. Toujours présente, toujours à fleur de peau. Et depuis des années.

– C'est son travail qui est à la base de cette colère perpétuelle. Pas toi.

– Je sais. Mais je me demande si je vais pouvoir vivre avec. Car elle sera toujours entre nous, prête à exploser, comme un invité qui vous tombe dessus par surprise alors que le frigidaire est vide.

– Est-ce que tu l'aimes?

Helen eut un rire malheureux.

– L'aimer et être capable de vivre avec lui, c'est deux choses différentes. Autant je suis sûre de la première, autant je doute de la seconde. Chaque fois que je crois avoir fini de douter, ça recommence.

– Le mariage n'est pas fait pour ceux qui aspirent à la paix, dit Saint James.

– Ah bon? Tu n'as pas trouvé la paix?

– Absolument pas. Le mariage n'a été pour moi qu'un long et perpétuel combat.

– Comment peux-tu supporter ça?

– Je déteste m'ennuyer.

Helen rit. Les pas de Cotter résonnèrent dans l'escalier. Un instant plus tard, il s'encadrait dans la porte du labo, un plateau dans les mains.

– Voilà le café. Je vous ai également apporté des biscuits, lady Helen. Des biscuits au chocolat, ça ne vous fera pas de mal.

– Excellente initiative, dit Helen.

Abandonnant l'ordinateur, elle rejoignit Cotter près du plan de travail le plus proche de la porte. Il y posa son plateau, délogeant une photo qui tomba par terre.

Helen se baissa pour la ramasser. Elle la retourna tandis que Cotter versait le café. Avec un soupir, elle murmura :

– Mon Dieu, ça me poursuit.

Saint James vit qu'elle tenait la photo du corps de Charlotte Bowen qu'il avait retirée la veille des mains de Deborah. La photo que Lynley leur avait jetée à la figure dans la cuisine deux jours plus tôt. Saint James songea qu'il aurait dû la déchirer. Ce maudit cliché avait fait suffisamment de dégâts comme cela.

– Donne-moi ça, Helen.

Sans la lâcher, elle marmonna :

– Peut-être qu'il a raison. Peut-être que nous sommes responsables. Oh ! pas comme il le pense. Dans un sens plus large. Nous nous sommes crus capables de changer le cours des choses alors que personne n'a ce pouvoir.

– Tu n'en penses pas un mot et moi non plus, fit Saint James. Donne-moi cette photo.

Cotter prit une tasse, il retira la photo des mains d'Helen et la tendit à Saint James. Saint James la posa à l'envers sur les clichés qu'il étudiait lorsque Helen était arrivée. Il prit son café des mains de Cotter et attendit que ce dernier sorte pour reprendre la parole.

– Il va falloir que tu prennes une décision concernant Tommy, Helen. Tu ne peux pas te réfugier derrière la petite Bowen pour fuir ce que tu redoutes.

– Je n'ai pas peur.

– Tu serais bien la seule. Chercher à échapper à la peur de faire une erreur...

Il laissa sa phrase en suspens. Alors qu'il s'apprêtait à poser sa tasse sur le plan de travail tout en parlant, ses yeux étaient tombés sur la photo qu'il venait d'y placer.

– Qu'est-ce qu'il y a ? Que se passe-t-il ? dit Helen, le voyant chercher à tâtons sa loupe.

Bon sang, se dit-il, les faits, il les avait en face de lui. Il y avait plus de vingt-quatre heures que cette photo était chez lui et depuis plus de vingt-quatre heures la vérité était à portée de sa main. Cela lui sauta aux yeux comme un coup de pied au derrière et il en éprouva un sentiment d'horreur. Ce qui l'horrifia surtout, c'est de se dire que son manque de clairvoyance venait de ce qu'il s'était focalisé sur le comportement de Tommy. S'il avait été moins occupé à se contrôler, il aurait lui aussi explosé, laissé libre cours à sa colère et, son coup de sang passé, il serait redevenu lui-même. Alors, il aurait compris. Il aurait vu. Il lui fallait croire cela, se persuader qu'en temps normal il aurait remarqué ce qu'il avait maintenant sous les yeux.

Il prit sa loupe. Étudia les formes. Examina les contours. De nouveau, il se dit qu'en d'autres circonstances il n'aurait pas pu – il en était persuadé, il en était sûr, il en était absolument certain – ne pas voir ce qu'il aurait dû voir sur la photo dès le début.

25

Lorsque, au terme de sa visite, Barbara reprit Burbage Road, elle songea qu'elle avait décidément été bien inspirée de se fier à... son inspiration. Devant une tasse de thé qui avait infusé dans un samovar ne datant certainement pas d'hier, Portly s'était livrée à un déballage purificateur, aiguillonnée par les questions insidieuses de Barbara.

Portly travaillant à Baverstock depuis la nuit des temps – à en juger par le nombre d'élèves dont elle se souvenait –, Barbara eut droit à un ébouriffant récital d'anecdotes. Certaines se rapportaient à des événements. Comme la farce à base de moutarde séchée et de papier toilette dont le conseil d'établissement avait fait les frais le jour de la distribution des prix quarante ans plus tôt. Ou l'immersion en grande pompe du directeur dans la piscine flambant neuve, l'automne dernier. D'autres concernaient tel ou tel pensionnaire. Dickie Wintersby, par exemple – devenu depuis un respectable quinquagénaire et un éminent banquier londonien –, qui s'était vu consigner pour avoir fait des avances d'un goût douteux à un gamin de sixième terrorisé. Ou Charlie O'Donnell – quarante-deux ans, avocat et membre du conseil de l'établissement – qui avait, lui, été surpris à la ferme par le responsable de sa maison alors qu'il faisait des avances encore plus douteuses à un mouton. Barbara s'aperçut très vite que Portly avait une mémoire sélective et que sa préférence allait aux anecdotes salaces. Elle était capable de citer les noms de tous ceux qui avaient été punis pour masturbation en

498

solo, masturbation en compagnie d'un camarade, sodomie, zoophilie, fellation, coïtus interruptus – ou non –, et elle ne s'en priva pas, y mettant même un entrain certain. Sa mémoire ne flanchait que lorsqu'on lui parlait d'élèves ayant laissé leur outil bien au chaud dans leur pantalon.

Tel était apparemment le cas de Dennis Luxford, même si Portly déblatéra cinq bonnes minutes sur les seize condisciples de Luxford consignés tout un trimestre après qu'on eut découvert leurs frasques avec une gamine du village, laquelle exigeait pour prix de ses faveurs deux livres par tête de pipe. Parce que là, plus question de bisous baveux, précisa Portly, ces messieurs étaient carrément passés aux choses sérieuses, dans la vieille glacière, et l'adolescente s'était retrouvée en cloque. A ce propos, si le sergent souhaitait visiter l'endroit où ces parties de jambes en l'air historiques avaient eu lieu...

Barbara la rebrancha sur le sujet qui lui tenait à cœur.

– Et si nous en revenions à Mr Luxford ? Pour ne rien vous cacher, c'est surtout sa dernière visite à Baverstock qui m'intéresse. Même si toutes vos anecdotes sont passionnantes. Si j'avais davantage de temps... Mais vous savez ce que c'est. Le devoir avant tout.

Portly parut un peu déçue que ses histoires d'ados en chaleur n'aient pas davantage de succès. Toutefois, faisant chorus, elle déclara que le devoir était également son mot d'ordre et, pinçant les lèvres, s'efforça de se remémorer l'objet de la récente visite de Dennis Luxford à Baverstock.

Il s'agissait de son fils, finit-elle par déclarer. Luxford était venu voir le directeur afin d'inscrire son fils à l'automne. Le garçonnet – fils unique au demeurant – était plutôt tête de mule si Portly avait bien compris, et Mr Luxford avait pensé qu'un séjour à Baverstock lui ferait un bien considérable. Aussi s'était-il entretenu à ce sujet avec le directeur. Après quoi, les deux hommes étaient partis faire le tour du propriétaire afin que Mr Luxford pût se rendre compte des changements qui avaient été apportés à l'établissement depuis que lui-même y avait été élève.

– Le tour du propriétaire ? (Barbara en eut des frémissements jusqu'au bout des doigts. Une visite de la *public school* sous prétexte de la passer en revue avant d'y inscrire son fils, voilà qui avait dû permettre à Luxford de se refamiliariser avec les lieux.) Quel genre de tour ?

Il avait visité les salles de classe, le dortoir, le réfectoire, le gymnase... Bref il avait tout visité, conclut Portly.

Est-ce qu'il avait visité les terres, la propriété ? voulut savoir Barbara. Les terrains de sport, la ferme modèle, etc. ?

Portly avait l'impression que oui, en effet. Mais elle n'en était pas certaine. Pour se rafraîchir la mémoire, elle entraîna Barbara dans le bureau du directeur où un assez joli plan de Baverstock était accroché au mur. Des dizaines de photos d'anciens élèves entouraient le plan et tandis que Portly se penchait vers le plan, Barbara les étudia. Les anciens de Baverstock avaient été photographiés dans toutes les circonstances : en classe, à la chapelle, au réfectoire, en toge noire, nageant, faisant du canoë, de la bicyclette, de l'escalade, de la voile. Au vu des clichés, Barbara se demanda combien les parents devaient claquer pour que leurs rejetons pussent étudier dans une *public school* comme Baverstock. Soudain son attention fut attirée par la photo d'un groupe de randonneurs, sac à dos, canne en main, lesquels posaient devant un moulin à vent. Barbara aurait parié sa chemise qu'il s'agissait du moulin où Charlotte Bowen avait été séquestrée la semaine dernière.

– Est-ce que ce moulin fait partie de la propriété ? questionna-t-elle, doigt pointé sur la photo.

Ma foi, non, fit Portly. Il s'agissait du vieux moulin situé près de Great Bedwyn où le club d'archéologie se rendait tous les ans.

A ces mots, Barbara feuilleta son calepin à la recherche des notes prises pendant sa conversation téléphonique avec l'inspecteur Lynley. Les ayant retrouvées, elle les parcourut et dénicha le renseignement qu'elle cherchait au bas de la page : il s'agissait de la scolarité de Dennis Luxford soigneusement résumée par Winston Nkata. Effectivement, le rédacteur en chef de *La Source* avait appartenu au club d'archéologie. Le fameux Club des explorateurs.

Barbara prit congé de Portly aussi vite que possible et fonça vers sa voiture. Les affaires reprenaient.

Elle se souvenait de l'itinéraire à suivre pour atteindre le moulin et elle le suivit sans plus d'autres détours. La bandelette jaune de la police barrait l'accès à la piste conduisant au moulin. Elle se gara juste devant, sur un bas-côté envahi par des fleurs sauvages flétries blanches et violacées. Se glissant sous la cordelette jaune, elle se dirigea vers le moulin. Les bouleaux bordant la route et le chemin qu'elle venait d'emprunter dissimulaient en partie la construction. Et il n'y avait pas âme qui vive dans les parages. C'était une cachette idéale pour un kidnappeur traînant un enfant dans son sillage. Ou pour un assassin transportant le corps de ce même enfant.

Les techniciens de scène de crime avaient mis les scellés sur la porte, la veille, mais Barbara n'avait pas besoin de pénétrer dans le bâtiment. Elle était restée sur place tandis que les hommes relevaient les indices, les étiquetaient et les mettaient sous enveloppe et elle avait pu constater que le travail avait été fait avec le sérieux et la compétence voulus. Seulement, à cause de l'obscurité, elle n'avait pas pu étudier le paysage dans son ensemble et c'était pour combler cette lacune qu'elle était revenue.

Poussant la vieille barrière, elle s'avança, laissant derrière elle les frondaisons. Une fois à l'intérieur de l'enclos, elle comprit pourquoi le moulin avait été édifié sur cet emplacement. La nuit dernière il n'y avait pas eu un poil de vent, mais aujourd'hui une bonne brise soufflait, faisant craquer les bras du vieux moulin. Le moulin eût-il été en état de marche, ses ailes auraient tourné, ses meules broyé le grain.

A la lumière du jour, elle examina les champs environnants plantés de maïs et de blé. Outre le cottage en ruine du meunier, l'habitation la plus proche était à environ huit cents mètres de là et les créatures vivantes les plus proches étaient les moutons qui paissaient à l'est du moulin derrière une clôture métallique. Au loin, un fermier manœuvrait bruyamment son tracteur en bordure d'un champ. S'il y avait eu des témoins capables de raconter ce qui s'était passé au moulin, ces témoins n'étaient autres que des moutons.

Barbara se dirigea vers leur enclos. Indifférents, ils mastiquaient.

— Allez, vous autres. Qu'est-ce que vous attendez pour cracher le morceau ? Vous l'avez vu ?

Ils continuèrent de mastiquer placidement.

L'un des ovins se détacha du troupeau et se dirigea vers Barbara. L'espace d'un instant elle crut que l'animal l'avait entendue et s'approchait pour lui fournir des renseignements. Puis elle vit que ce n'était pas vers elle qu'il se dirigeait, mais vers un abreuvoir bas jouxtant la clôture où il se mit à boire.

De l'eau ? Elle décida d'aller y voir de plus près. Dans un abri en brique fermé sur trois côtés, au bout de l'abreuvoir, un robinet jaillissait du sol. Il était piqué par les intempéries mais lorsque Barbara essaya de le manœuvrer, il tourna sans problème. L'eau s'écoula claire, pure.

Les paroles de Robin lui revinrent à la mémoire. A cette distance du village, c'était probablement de l'eau de puits. Il lui fallait s'en assurer.

Elle retourna au village. Le Cygne était ouvert, c'était l'heure du déjeuner. Barbara gara sa Mini entre un tracteur crotté de boue et une énorme vieille Humber. Lorsqu'elle entra, elle fut accueillie par le silence qui, dans un pub de campagne, ponctue l'arrivée de tout étranger. Toutefois, lorsqu'elle eut salué de la tête les habitués et caressé au passage un chien de berger, les conversations reprirent. Elle s'approcha du bar.

Elle commanda une limonade, un paquet de chips au vinaigre et une part du plat du jour : tarte aux poireaux et brocolis. Lorsque le patron lui apporta son repas, elle lui montra sa carte tout en payant l'addition.

Savait-il qu'on avait découvert tout récemment le corps d'une fillette dans le canal de Kennet et Avon ?

Les ragots avaient dû aller bon train car le tenancier répondit :

– C'est donc pour ça qu'il y a eu tout ce ramdam sur la colline, la nuit dernière.

Lui-même n'avait rien vu, mais le vieux George Tomley – le propriétaire de la ferme au sud du moulin – était resté debout bien après minuit à cause de sa sciatique qui le travaillait. George avait aperçu de la lumière et – au diable la sciatique – il était allé aux nouvelles. Manifestement les policiers étaient sur un coup, mais il avait supposé que les gamins du coin avaient encore fait des leurs.

A ces mots, Barbara comprit qu'il était inutile de tourner autour du pot ou de prendre des gants. Elle

502

déclara donc au gérant du pub que c'était au moulin que la fillette avait été séquestrée avant d'être noyée. Et noyée dans de l'eau du robinet. Or il y avait un robinet dans la propriété. Et Barbara voulait savoir si l'eau de ce robinet provenait ou non d'un puits.

Le tenancier déclara qu'il n'en avait pas la moindre idée mais que George Tomley – le vieux George Tomley dont il lui avait déjà parlé – était incollable sur ce genre de choses et que si le sergent souhaitait lui parler, George était assis près du jeu de fléchettes.

Barbara prit sa tarte, ses chips et sa limonade et alla s'installer près de George. Il se frottait la hanche avec les jointures de la main droite tandis que, de la main gauche, il feuilletait un exemplaire de *Playboy*. Les restes de son déjeuner traînaient encore devant lui. Lui aussi avait commandé le plat du jour.

De l'eau ? voulut-il savoir. Quelle eau ?

Barbara lui expliqua de quoi il s'agissait. George écouta attentivement. Il continuait de se frotter la hanche pendant que ses yeux faisaient la navette entre le magazine et Barbara comme s'il se livrait à des comparaisons qui n'étaient pas flatteuses pour elle.

Cependant il ne se fit pas prier pour répondre. Il n'y avait pas le moindre puits dans les environs. Toute l'eau venait de la conduite d'eau du village et elle était stockée dans un réservoir enterré dans le champ jouxtant le moulin. Comme c'était l'endroit le plus élevé du secteur, la pesanteur en assurait l'écoulement.

– Et c'est bien de l'eau du robinet ? insista Barbara. Vous en êtes sûr ?

Absolument, répondit-il.

Formidable, songea Barbara. Les pièces du puzzle se mettaient en place. Elle récapitula. Luxford s'était trouvé tout récemment dans les parages. Elève à Baverstock, il se rendait en excursion au moulin avec ses condisciples. Il ne restait plus à Barbara qu'à trouver un moyen de lui mettre l'uniforme de Charlotte dans les mains. Et elle avait sa petite idée sur la question.

Lynley se disait que Cross Keys Close aurait plu à Bill Sikes [1]. Serpentant à travers un canyon d'immeubles

---

1. Assassin dans *Oliver Twist*. (N.d.T.)

situés non loin de Marylebone Lane, les ruelles étroites étaient vides de toute présence humaine et la lumière du jour n'y pénétrait qu'à peine. Tandis que Nkata et lui s'engouffraient dans le quartier après avoir garé la Bentley dans Bulstrode Place, Lynley se demanda quelle idée saugrenue avait bien pu pousser Eve Bowen à laisser sa fille se balader seule dans ces parages. Ne s'y était-elle donc jamais aventurée elle-même ?

– Ça me fout les boules, ce coin, dit Nkata, exprimant tout haut ce que Lynley pensait tout bas. Qu'est-ce qu'une petite môme comme Charlotte fichait, à traîner dans le coin ?

– Bonne question, convint Lynley.

– Merde, l'hiver, il devait faire noir comme dans un four, lâcha Nkata, écœuré. Autant dire que c'était une incitation à... (Il ralentit, s'immobilisa complètement. Il regarda Lynley, qui s'arrêta trois pas devant lui.) Un coup à avoir des emmerdes, conclut-il pensivement. Vous pensez qu'Eve Bowen connaissait Chambers, inspecteur ? Après tout, elle aurait très bien pu faire sa petite enquête sur lui au Home Office et déterrer les renseignements que nous avons obtenus sur ce type. Elle aurait pu envoyer la gosse prendre des leçons de musique chez lui puis tout manigancer elle-même, sachant qu'on finirait par découvrir les antécédents de ce gars-là. Et qu'une fois qu'on les aurait découverts, on se focaliserait sur lui. Et pas sur elle.

– Pas mal vu, comme scénario, dit Lynley. Mais ne nous hâtons pas trop de conclure, Winston.

– Comment ça ?

– Il faut d'abord qu'on discute avec Chambers. Saint James a l'air persuadé qu'il cachait quelque chose mercredi soir. Et l'instinct de Saint James le trompe rarement. Alors essayons de savoir de quoi il s'agissait.

Ils n'avaient pas prévenu Damien Chambers de leur visite. Néanmoins ce dernier était chez lui. Ils entendirent la musique d'un clavier électrique s'échapper de la maison de poupée. La musique cessa brutalement lorsque Lynley frappa à la porte avec le heurtoir de cuivre en forme de clé de sol.

Derrière la fenêtre, le rideau non amidonné frémit : à l'intérieur, on examinait les visiteurs. Un instant plus tard, la porte s'entrouvrit précautionneusement, révélant le visage blafard d'un jeune homme. Visage en lame de couteau qu'encadraient de fins cheveux lui tombant dans le dos.

Lynley lui montra ses papiers.

– Mr Chambers?

Chambers parut faire un effort pour ne pas fixer la carte de Lynley.

– Ouais.

– Inspecteur Thomas Lynley. Brigade criminelle, Scotland Yard. (Lynley présenta Nkata.) On peut vous parler?

Sans vraiment sauter de joie, Chambers recula et ouvrit la porte en grand.

– J'étais en train de travailler.

Un magnétophone fonctionnait et la voix moelleuse d'un acteur sorti tout droit du conservatoire déclamait : « L'orage fit rage toute la nuit. Et tandis qu'allongée sur son lit, elle songeait à ce qu'ils avaient jadis été l'un pour l'autre, elle comprit qu'elle était incapable de l'oublier et ne pouvait pas davantage... »

Chambers arrêta l'appareil.

– C'est un livre enregistré. Je compose la musique, fit-il en guise d'explication. (Il se frotta les mains contre les jambes de son jean comme si elles étaient moites de transpiration. Il se mit en devoir de débarrasser les chaises des partitions et repoussa deux pupitres.) Vous pouvez vous asseoir, si vous voulez.

Il se dirigea vers la cuisine et fit couler de l'eau. Il revint avec un verre où flottait une tranche de citron. Il le posa au bord du clavier électrique et s'assit devant l'instrument comme s'il avait l'intention de continuer à travailler. Il plaqua un accord avant de laisser retomber ses mains sur ses genoux.

– C'est au sujet de Lottie, n'est-ce pas? Je m'y attendais. Je savais que le type de la semaine dernière ne serait pas le seul à se pointer chez moi si elle ne refaisait pas surface.

– Vous vous attendiez à la voir revenir?

– Pourquoi ne serait-elle pas revenue? Il faut toujours qu'elle fasse des bêtises. Quand ils m'ont dit qu'elle avait disparu...

– Qui ça « ils »?

– Le type qui est passé mercredi dernier. La semaine dernière. Il y avait une femme avec lui.

– Mr Saint James?

– J'ai oublié son nom. Il travaillait pour Eve Bowen. Ils cherchaient Lottie. (Il avala une gorgée d'eau.) Lorsque j'ai lu l'article dans le journal, que j'ai appris ce qui était arrivé à la petite, j'ai tout de suite pensé qu'on viendrait m'interroger tôt ou tard. C'est bien pour ça que vous êtes là ?

Il avait posé la question d'un ton dégagé mais il avait l'air inquiet. On aurait dit qu'il cherchait à être rassuré.

Sans répondre directement, Lynley dit :

– A quelle heure Charlotte est-elle partie de chez vous mercredi ?

– A quelle heure ? (Chambers consulta sa montre attachée à son poignet maigre par une ficelle prolongée par un bracelet de cuir tressé.) Peu après cinq heures. Elle est restée bavarder et je l'ai renvoyée peu de temps après la fin de sa leçon.

– Y avait-il quelqu'un dans la ruelle quand elle est partie ?

– Je n'ai vu personne rôder dans le secteur si c'est ce que vous voulez dire.

– Autrement dit, personne ne l'a vue partir.

Lentement, le musicien ramena les pieds sous sa chaise.

– Qu'est-ce que ça signifie ?

– Vous venez de dire qu'il n'y avait personne dans la ruelle quand Charlotte est sortie de sa leçon à cinq heures et quart. C'est ça ?

– Oui.

– Il n'y avait donc personne dehors pour assister à son départ.

Le musicien se passa la langue sur les lèvres et lorsqu'il reprit la parole, son accent irlandais remonta à la surface :

– Où voulez-vous en venir ?

– Est-ce que vous avez rencontré la mère de Charlotte ?

– Bien sûr que je l'ai rencontrée.

– Vous savez donc qu'elle est député et sous-secrétaire d'Etat au ministère de l'Intérieur ?

– Oui, mais je ne vois pas...

– En fouinant un peu – ce qui n'a pas dû être très difficile vu que vous êtes un de ses électeurs –, vous avez dû découvrir ses prises de position sur certains sujets « sensibles ».

— Je ne fais pas de politique, s'empressa de répondre Chambers dont la soudaine raideur trahit la tension intérieure.

Lynley dut reconnaître que sa seule présence chez Chambers avait de quoi donner des cauchemars à tout Irlandais catholique. Les spectres des Six de Birmingham et des Quatre de Guildford emplirent la petite pièce, qu'encombrait déjà le voisinage inquiétant de Lynley et de Nkata, tous deux anglais *et* protestants, mesurant chacun plus d'un mètre soixante-dix-huit, tous deux dans la force de l'âge et l'un d'eux portant sur son visage une cicatrice indiquant qu'il avait eu un passé agité. Et tous deux policiers, bien sûr. Lynley sentit la peur s'emparer de l'Irlandais.

— Nous avons eu une petite conversation avec le RUC, Mr Chambers.

Chambers ne souffla mot. Du pied droit, il se frotta le pied gauche et se fourra les mains sous les aisselles.

— Ça n'a pas dû être drôle, comme conversation.

— Si j'ai bien compris, on vous considère comme un voyou. Pas un copain de l'IRA, mais quelqu'un qu'il faut tenir à l'œil. Comment expliquez-vous ça ?

— Vous voulez savoir si j'ai été un sympathisant du Sinn Fein ? Affirmatif, dit Chambers. Mais je ne suis pas le seul. La moitié de la population de Kilburn aussi. Que je sache, prendre parti n'est pas interdit par la loi ? De toute façon, quelle importance ? Les choses se sont calmées.

— Prendre parti, c'est une chose. Mais prendre ouvertement position, c'en est une autre. Et d'après le RUC, c'est ce que vous avez fait, Mr Chambers. Depuis l'âge de dix ans. Est-ce que vous avez l'intention de continuer ? Le processus de paix qui est enclenché ne vous plaît pas ? Vous pensez peut-être que le Sinn Fein vous a trahi ?

Chambers se leva. Nkata l'imita comme s'il s'apprêtait à l'intercepter. Le Noir le dominait d'au moins vingt-cinq centimètres. Et il devait faire quelque quarante kilos de plus que lui.

— Pas de panique, fit Chambers. Tout ce que je veux, c'est un verre. De quelque chose d'un peu plus corsé. La bouteille est dans la cuisine.

Nkata jeta un coup d'œil à Lynley, attendant ses instructions. D'un signe, Lynley lui indiqua la cuisine.

Nkata alla chercher un verre et une bouteille de John Jameson. Chambers se versa une rasade de whisky. Il l'avala et reboucha la bouteille. L'espace d'un instant, il tripota pensivement le bouchon comme s'il pesait le pour et le contre. Finalement, il repoussa ses longs cheveux en arrière et revint s'asseoir. Bientôt imité par Nkata. Ayant pris des forces, Chambers se décida à parler :

– Si vous avez parlé au RUC, vous savez ce que j'ai fait. Ce que tous les gosses catholiques de Belfast faisaient. J'ai jeté des pierres aux soldats anglais. Des bouteilles. J'ai brandi des couvercles de poubelle. Mis le feu à des vieux pneus. La police nous a tapé sur les doigts, à mes copains et à moi. Mais après j'ai arrêté de faire chier les soldats, je suis allé à l'université étudier la musique. Je n'ai pas de contacts avec l'IRA.

– Pourquoi enseignez-vous à Londres ?

– Pourquoi pas ?

– Vous ne devez pas vous sentir tellement dans votre élément ici.

– Faut dire que je mets pas souvent le nez dehors, c'est vrai.

– La dernière fois que vous êtes allé à Belfast, c'était quand ?

– Il y a trois ans. Non, quatre. Pour le mariage de ma sœur.

Il extirpa d'une pile de magazines et de partitions une photo qu'il leur tendit.

C'était la photo d'une famille nombreuse autour d'une jeune mariée et de son époux. Lynley compta huit enfants. Chambers était au bout de la rangée, mal à l'aise, un peu à l'écart, alors que les autres se tenaient bras dessus, bras dessous.

– Quatre ans, fit Lynley. Ça ne date pas d'hier. Vous n'avez pas de famille à Londres ?

– Non.

– Et vous ne les avez pas revus ?

– Non.

– Curieux, commenta Lynley en lui rendant la photo.

– Pourquoi ? Sous prétexte qu'on est irlandais, on devrait être toujours fourrés ensemble ?

– Vous vous êtes fâché avec eux ?

– J'ai cessé de pratiquer.

– Pourquoi ça ?

Chambers repoussa de nouveau ses cheveux derrière ses oreilles. Il enfonça plusieurs touches du clavier électrique. Un accord dissonant résonna.

– Ecoutez, inspecteur, vous êtes venu me parler de Lottie Bowen. Et je vous ai dit tout ce que je savais. Elle a pris sa leçon de musique. On a bavardé. Et puis elle est partie.

– Seulement personne ne l'a vue.

– Je n'y peux rien. Si j'avais su qu'on s'apprêtait à la kidnapper, je l'aurais raccompagnée. Mais franchement je n'avais aucune raison de croire qu'elle courait un danger quelconque. Dans le quartier, il n'y a pas de cambriolages. Pas d'agressions. Pas de dealers. Rien de ce genre. Je m'en veux à mort de l'avoir laissée rentrer seule vu le pépin qui lui est arrivé, mais je n'y suis pour rien.

– Il va falloir que quelqu'un confirme vos dires, j'en ai peur.

– Qui?

– La personne qui était au premier lorsque Mr Saint James est passé mercredi, par exemple. A condition bien sûr qu'il y ait eu quelqu'un. Vous pourriez nous donner le nom et les coordonnées de cette personne?

Chambers se mordilla nerveusement l'intérieur de la lèvre inférieure, ce qui fit apparaître une fossette sur son menton. L'œil dans le vague, il semblait étudier une chose qu'il était seul à distinguer. Bref, il avait tout d'un homme qui a quelque chose à cacher.

– Mr Chambers, inutile que j'enfonce le clou, vous êtes dans une mauvaise passe. Vous avez eu, dans le temps, des contacts avec l'IRA. La fille d'un député dont l'hostilité à l'égard de l'IRA est de notoriété publique a disparu avant d'être assassinée. Or vous êtes en relation avec cette petite, que vous êtes le dernier à avoir vue. Si vous avez une amie qui peut confirmer que vous n'êtes pour rien dans la disparition de Charlotte Bowen, je vous conseille de nous donner son nom au plus vite.

Chambers effleura de nouveau les touches noires du clavier électrique. Des dièses et des bémols retentirent dans le désordre. Dans un souffle, il lâcha un mot qui échappa à Lynley puis, à voix basse et sans regarder ses visiteurs, il finit par dire :

– Très bien, je vais vous le dire. Mais il faut que ça

reste entre nous. Si la presse à scandale s'emparait de cette histoire cela foutrait tout en l'air. Et je ne m'en remettrais pas.

Lynley songea qu'à moins d'entretenir une liaison avec un membre de la famille royale ou la femme du Premier ministre, le musicien ne risquait guère d'intéresser les tabloïds. A voix haute, il dit :

– Je n'adresse pas la parole aux journalistes, qu'ils travaillent pour la presse de caniveau ou non. Les médias, c'est notre service de presse qui s'en charge.

Cela parut rassurer Chambers, qui avala cependant une autre rasade de John Jameson avant de se lancer.

Ce n'était pas avec une femme qu'il se trouvait mercredi soir, leur apprit-il en baissant les yeux. Mais avec un homme. Un certain Russell Majewski, que l'inspecteur connaissait sans doute sous le nom de Russell Mane.

– C'est un mec de la télé, expliqua Nkata à Lynley. Il joue le rôle d'un flic.

Effectivement, précisa Chambers, Mane jouait un inspecteur de police à la sexualité débridée dont le secteur couvrait West Farley Street, nom d'une série décapante se déroulant dans le sud de Londres où il n'était question que de crimes, d'enquêtes et de châtiment. La série qui faisait actuellement un tabac sur ITV avait lancé Russell Mane, lui permettant de se faire connaître du grand public. Etre reconnu, voir son talent apprécié, c'était le souhait de tout acteur. Seulement cette « reconnaissance » n'allait pas sans certaines contraintes, le public s'attendant à ce que l'acteur corresponde dans la réalité au personnage qu'il incarnait. Malheureusement Russell ne ressemblait absolument pas au sien : il n'était même jamais sorti avec une femme ailleurs qu'à l'écran. C'était d'ailleurs pour cela que Mane et lui se donnaient un mal de chien pour que leurs relations restent secrètes.

– Il y a trois ans que nous sommes ensemble, bientôt quatre. (Il continua d'éviter le regard de Nkata et Lynley.) On est prudents parce que les gens sont homophobes. Il faudrait être fou pour l'ignorer.

Russell habitait ici, conclut Chambers. Pour l'instant, il était sur un tournage, il ne rentrerait pas avant neuf, dix heures du soir. Mais si la police avait besoin de lui parler...

510

Lynley lui tendit sa carte.

– Dites à Mr Mane de me téléphoner.

Une fois dans la ruelle, la porte de la maison refermée, la musique filtrant, Nkata dit :

– Vous croyez qu'il sait qu'il a les RG au cul ?

– S'il ne le sait pas, notre visite va lui mettre la puce à l'oreille.

Ils se dirigèrent vers Marylebone Lane. Lynley réfléchit aux renseignements dont il disposait. Ils avaient amassé une quantité impressionnante de données et d'indices : empreintes, fragment de médicament, uniforme récupéré dans le Wiltshire, paire de lunettes trouvée dans une voiture à Londres. Logiquement, il devait y avoir un lien entre tous ces éléments. Ce qu'il leur fallait, c'était la « vision d'ensemble » qui leur permettrait de distinguer le schéma directeur susceptible de les conduire au coupable. Car enfin tous les éléments en leur possession devaient les mener à une seule et même personne. Une personne qui connaissait le nom du père de la petite Bowen, qui avait eu le culot de mener à bien deux enlèvements et l'audace d'opérer en plein jour.

De quel genre de personne pouvait-il bien s'agir ? se demanda Lynley. Il n'y avait pas trente-six solutions : le coupable était quelqu'un qui savait que, même aperçu en compagnie d'enfants, il n'avait pas à craindre qu'on lui cherche noise.

Des piranhas, songea Eve Bowen. Au début elle avait pensé à des chacals, mais les chacals se nourrissaient de charogne alors que les piranhas, eux, préféraient la chair fraîche. Les reporters l'avaient harcelée toute la journée : devant le bureau de sa circonscription et le ministère de l'Intérieur comme devant le Parliament Square. Accompagnés de leurs acolytes obligés – les paparazzi et autres photoreporters –, ils étaient massés sur le trottoir, sifflant du café, fumant des cigarettes, mangeant des beignets et des chips et se jetant sur quiconque était susceptible de leur fournir des bribes d'information quant à l'état d'esprit ou aux réactions d'Eve Bowen face aux révélations publiées par *La Source*. Tout en se précipitant, les reporters lançaient des questions et prenaient des clichés. Malheur à la victime qui s'efforçait de dissimuler son visage ou de répliquer à une question par un commentaire acerbe.

Eve croyait avoir vécu un enfer la nuit dernière. Cependant, chaque fois que la porte du bureau de sa circonscription s'ouvrait sur le brouhaha de voix et les éclats des flashes, elle se disait que les heures qui s'étaient écoulées entre le coup de fil de Dennis Luxford et le moment où elle avait enfin compris qu'elle ne pourrait rien faire pour l'empêcher de publier son papier n'avaient été que des heures de purgatoire.

Elle avait fait de son mieux. Elle avait fait jouer toutes celles de ses relations qui lui devaient des renvois d'ascenseur ; le téléphone plaqué contre l'oreille, des heures durant, elle avait contacté tous ceux qu'elle avait dans sa manche, juges, avocats, alliés politiques. Ces coups de fil n'avaient qu'un objectif : empêcher l'article dont Luxford affirmait qu'il sauverait son fils de paraître. Ils n'avaient eu qu'un résultat : lui démontrer qu'il était impossible d'empêcher le papier de passer.

La nuit durant, on lui avait servi comme autant de variations autour d'un même thème les différentes raisons pour lesquelles elle ne devait pas compter obtenir du tribunal une injonction de ne pas publier, et cela malgré la position qu'elle occupait au gouvernement :

« Est-ce que le contenu de l'article – dont elle se refusait à révéler la teneur exacte – est diffamatoire ? Non ? Ce qu'écrit ce journaliste est vrai ? Dans ce cas, ma chère, je suis désolé ; impossible de déclencher une procédure. Oui, je sais, il y a parfois des événements passés qui, lorsqu'ils resurgissent, peuvent être gênants pour l'avenir ; mais s'ils reflètent la vérité... La seule solution, c'est de faire front en silence et de garder la tête haute. Il n'y a que vos actes d'aujourd'hui qui comptent, après tout. »

« Il ne s'agit pas franchement d'un journal conservateur, n'est-ce pas, Eve ? On pourrait peut-être, à la rigueur, demander au Premier ministre d'intervenir, de passer un coup de fil, si le rédacteur en chef du *Sunday Times*, du *Daily Mail* ou du *Telegraph* envisageait de publier un article de nature à nuire à un sous-secrétaire d'Etat. Mais *La Source* est dans la mouvance travailliste. Et on ne peut décemment pas s'attendre à ce que des pressions verbales soient suffisantes pour persuader le rédacteur d'un torchon travailliste de laisser au marbre un papier anticonservateur. En fait, à supposer que quelqu'un s'amuse à faire pression sur un homme comme Dennis Luxford, il s'empressera d'en faire état dans son éditorial le jour où le papier sortira. Et alors, je vous le demande, quel effet cela fera-t-il ? De quoi le Premier ministre aura-t-il l'air ? »

Cette question constituait une incitation à peine voilée à agir. Elle posait, en fait, le problème de savoir quel impact l'article de *La Source* risquait d'avoir sur le Premier ministre qui avait personnellement permis à Eve Bowen d'atteindre le poste qu'elle occupait actuellement. Ce qu'elle suggérait, c'était une ligne de conduite au cas où le papier en question salirait davantage un homme déjà humilié douze jours plus tôt par les frasques d'un de ses collègues surpris en train de folichonner avec un prostitué de seize ans. Le retour aux valeurs traditionnelles prôné par le Premier ministre en avait déjà pris un sérieux coup. Si Eve Bowen – député comme Sinclair Larnsey mais aussi membre du gouvernement – pensait que l'article de *La Source* risquait de causer des ennuis supplémentaires au Premier ministre, Miz Bowen savait certainement quel parti il lui restait à prendre.

Evidemment qu'elle le savait. Elle n'avait qu'à se faire hara-kiri. Seulement elle n'avait pas l'intention de se jeter sur l'épée sans se battre au préalable.

Elle avait rencontré le ministre de l'Intérieur ce matin. Elle était arrivée à Westminster dans l'obscurité, bien avant que *La Source* soit distribuée dans les kiosques et des heures avant l'heure à laquelle elle arrivait normalement. Aussi avait-elle évité la presse. Sir Richard Hepton l'avait reçue dans son bureau. Apparemment il avait enfilé ce qui lui était tombé sous la main lorsqu'il avait reçu le coup de fil d'Eve à quatre heures moins le quart. Il portait une chemise blanche froissée et un pantalon. Il n'avait ni veste ni cravate, seulement un cardigan. Il ne s'était pas rasé. Eve savait que c'était une façon de lui faire comprendre que l'entretien serait bref, le ministre devant rentrer chez lui prendre sa douche, se changer et se préparer pour la journée.

Dans un premier temps, Eve comprit qu'il se figurait que son coup de fil était l'aboutissement de deux jours passés à pleurer la mort de sa fille. Il s'attendait à ce qu'elle lui demande de mettre le paquet sur l'enquête et il s'était rendu à cet entretien bien décidé à la calmer. Il n'avait pas la moindre idée de ce que cachait la disparition de Charlotte. Malgré son expérience au gouvernement, il ne semblait pas se douter que ces événements pussent avoir un double fond.

– Nancy et moi avons reçu votre faire-part pour les obsèques, Eve. Nous viendrons, bien sûr. Vous tenez le choc ? (Regard scrutateur, il ajouta :) Ces prochains jours ne vont pas être faciles. Est-ce que vous dormez suffisamment, au moins ?

Comme la plupart des politiciens, sir Richard Hepton ne posait jamais de questions directes : il abordait toujours les problèmes par la bande. Ce qu'il voulait savoir, en fait, c'était la raison de ce coup de téléphone en pleine nuit, pourquoi elle avait tenu à ce qu'ils se voient immédiatement et surtout pourquoi elle semblait à deux doigts de sombrer dans l'hystérie, chose inadmissible pour un membre du gouvernement. Il était prêt à se montrer compréhensif – après tout, elle venait de perdre sa fille –, mais il ne voulait pas que ce deuil entame son efficacité.

– *La Source* va publier un papier demain – ce matin – et c'est de ça que je veux vous parler, dit-elle.

– *La Source* ? (Hepton la fixa sans qu'un muscle de son visage ne bouge. C'était un homme qui était très fort au poker politique.) Quelle sorte de papier, Eve ?

– Un papier me concernant, concernant ma fille. Un papier qui a un rapport avec ce qui a provoqué sa mort.

– Je vois. (Il posa le coude sur le bras de son fauteuil. Le cuir craqua, ce qui fit paraître plus grand encore le silence qui régnait dans le ministère comme dans la rue.) Est-ce qu'il y avait... (L'air pensif, il marqua une pause.) Eve, il y avait des problèmes entre votre fille et vous ?

– Des problèmes ?

– Oui, vous venez de dire qu'il serait question dans l'article de ce qui a entraîné sa mort.

– Il ne s'agit pas d'une histoire de mauvais traitements, si c'est à cela que vous songez, précisa Eve. Charlotte n'a jamais été victime de mauvais traitements. Et ce qui a entraîné sa mort n'a rien à voir avec moi. Enfin pas de cette façon, du moins.

– Dans ce cas, vous feriez mieux de me dire de quelle façon vous êtes impliquée.

Elle commença en disant :

– J'ai pensé qu'il valait mieux vous mettre au courant moi-même. Trop souvent, lorsque les tabloïds attaquent un politicien, le gouvernement est pris au dépourvu. Je ne veux pas que ce soit le cas. C'est pourquoi je veux tout mettre à plat devant vous, de façon que nous puissions échafauder une stratégie.

– Il vaut en effet mieux être au courant avant, reconnut Hepton. Je vois la situation plus clairement quand j'ai les éléments du dossier en main.

Eve remarqua qu'il était passé au « je ». Elle remarqua également l'absence de formules de nature à la rassurer. Sir Richard Hepton savait que quelque chose de moche allait lui tomber dessus. Et c'était un homme qui savait ouvrir les fenêtres quand les mauvaises odeurs envahissaient sa maison bien tenue.

Eve se mit à parler. Il n'y avait pas moyen de présenter l'histoire sous un jour moins sordide. Les mains jointes sur son bureau, Hepton écoutait, portant sur le visage le masque impassible qu'elle lui connaissait. Lorsqu'elle eut relaté tous les détails de son aventure à Blackpool avec Dennis Luxford – ainsi que les détails liés à la disparition et au meurtre de Charlotte –, elle se rendit compte qu'elle était comme pétrifiée. De la nuque à la colonne lombaire, ses muscles étaient crispés, noués. Elle ordonna à son corps de se détendre, mais ne parvint pas à le persuader que son avenir ne dépendait pas de l'interprétation que son interlocuteur allait faire de sa conduite onze ans plus tôt.

Lorsqu'elle eut fini, Hepton éloigna son fauteuil à roulettes de son bureau et le fit pivoter lentement de côté. Levant la tête, il parut scruter les portraits des trois monarques et des deux Premiers ministres qui étaient accrochés au mur. Il se passa le pouce le long de la mâchoire, le faisant crisser sur les poils de sa barbe.

– Luxford a deux objectifs, dit-elle. Faire monter les tirages et atteindre le gouvernement. Il entend dépasser les ventes du *Globe*. Mettre le gouvernement dans l'embarras. Cette histoire lui permet de faire coup double.

– Peut-être que oui, peut-être que non, fit pensivement Hepton.

Eve comprit que le ministre de l'Intérieur pesait les différentes réactions qu'ils pouvaient avoir face à cet article. Le plus important était évidemment de limiter les dégâts.

– Il y a sûrement moyen de renverser la vapeur, Richard. Si Luxford me peint sous les traits d'une hypocrite, qu'est-ce qu'il est, lui? Lorsque la police aura découvert qu'il a orchestré l'enlèvement de Charlotte...

Levant l'index, Hepton l'interrompit. Il continua de réfléchir. Le fait qu'il pût réfléchir sans lui faire part du résultat de ses réflexions n'échappa pas à Eve. Elle savait qu'elle avait intérêt à se taire et pourtant elle ne put s'empêcher d'effectuer une ultime tentative.

– Laissez-moi parler au Premier ministre. Si je lui révèle ce qui a poussé Dennis Luxford à écrire son papier...

– Cela va de soi, dit lentement Hepton. Le Premier ministre doit être mis au courant et sans délai.

Soulagée, elle proposa :

– Je peux me rendre au 10 Downing Street sur-le-champ. Il acceptera de me voir tout de suite s'il sait ce qui est en jeu. Il vaut mieux que j'y aille maintenant – pendant qu'il fait encore nuit et avant que les journaux aient été distribués dans les kiosques – plutôt que d'attendre que le papier soit sorti et que les reporters commencent à se regrouper.

– Il est attendu aux Communes demain pour répondre aux questions des députés, poursuivit Hepton pensivement.

– Raison de plus pour qu'il sache tout de suite à quoi s'en tenir sur Luxford.

– L'opposition et la presse vont le manger tout cru si nous ne prenons pas les précautions nécessaires. Il est hors de question qu'il se rende aux Communes sans que le problème ait été réglé.

– Réglé, répéta Eve. (Il n'y avait qu'une façon de régler le problème dans le laps de temps fixé par Hepton. Aux abois, elle poursuivit :) Laissez-moi le voir. Lui expliquer la situation. Si je n'arrive pas à le persuader...

Hepton l'interrompit avec le ton pensif d'un homme qui prend ses distances. On aurait dit un monarque condamnant à mort un être cher.

– Après le scandale Larnsey, le Premier ministre doit se montrer ferme, Eve. Pas question pour lui d'être conciliant. (Là-dessus, il se décida à la regarder en face.) Je suis sûr que vous comprenez.

Pour Eve, ce fut comme une soudaine débâcle intérieure : son avenir lui filait entre les doigts. En une fraction de seconde, des années de stratégie, d'efforts, de manœuvres politiques se voyaient réduites à néant. Quoi qu'il pût lui advenir, jamais elle ne redeviendrait une femme d'influence au palais de Westminster.

Sir Richard Hepton parut lire sur son visage.

— Ça doit vous faire un choc, de démissionner, je le sais. Mais votre carrière politique n'est pas finie pour autant. Vous pouvez être réhabilitée. Regardez ce qui est arrivé à John Profumo. Qui aurait pu penser que cet homme qui a été déshonoré réussirait à rebondir comme il l'a fait ?

— Je n'ai pas l'intention de devenir travailleur social.

Inclinant la tête, Hepton lui jeta un regard paternel.

— Ce n'est pas ce que j'avais en tête pour vous, Eve. De toute façon votre carrière n'est pas finie. Il vous restera votre siège aux Communes. Ce n'est pas parce que vous vous démettrez de vos fonctions de sous-secrétaire d'Etat que vous perdrez tout.

« Non, songea Eve. Pas tout, mais presque tout. »

Alors elle avait écrit la lettre que le ministre de l'Intérieur lui avait demandé de rédiger. Elle aurait aimé pouvoir penser que le Premier ministre refuserait sa démission mais elle savait qu'il ne fallait pas y compter. Les gens font confiance à leurs élus, psalmodierait-il du haut du perron du 10 Downing Street. Quand leur confiance est entamée, les élus doivent se retirer.

Elle s'était rendue à pied du ministère de l'Intérieur à Parliament Square tout proche. Et c'était là que son assistant l'avait trouvée. A sa façon de détourner les yeux, Eve comprit que Joel Woodward était au courant. Evidemment. La nouvelle avait dû être annoncée aux infos et Joel regardait toujours les infos tout en avalant ses céréales.

Très vite il apparut que tout le monde à Parliament Square avait pris connaissance de l'article de Luxford. Car personne ne lui adressa la parole. Les gens la gratifiaient d'un signe de tête rapide et, tout aussi rapidement, détournaient la tête. Dans son bureau, les gens chuchotaient comme seuls chuchotent ceux qui ont croisé la mort.

Dès l'ouverture du standard, les reporters se mirent à téléphoner. « Aucun commentaire », leur fut-il répondu.

L'expression les mécontenta. Ils voulaient savoir si le député de Marylebone comptait apporter un démenti aux affirmations de *La Source*.

– « Aucun commentaire », ça ne tient pas debout, comme réponse, fit Joel, rapportant les propos de l'un des journalistes. De deux choses l'une : ou l'article reflète la vérité ou il est mensonger. Si elle n'intente pas de procès en diffamation, on sera fixés.

Pour sa part, Joel aurait voulu qu'elle apporte un démenti formel. Il n'arrivait pas à croire que l'objet de ses rêves de tory les plus fous avait une face cachée, qui ne collait pas avec le credo du parti. C'est en milieu de matinée seulement qu'elle eut des nouvelles du père de son assistant. Et encore n'entendit-elle parler de lui que par Nuala, qui, l'ayant appelée du QG de l'Association de sa circonscription, lui apprit que le colonel Woodward avait convoqué en réunion extraordinaire les membres du bureau de l'Association. Nuala ajouta qu'Eve devait s'y rendre, lui précisant l'heure. Puis, en baissant la voix, elle demanda avec gentillesse :

– Ça va, Miz Bowen ? Vous tenez le coup ? Ici, c'est de la folie. Essayez de passer par-derrière en venant. Les journalistes sont entassés sur cinq rangées devant la porte.

Le temps qu'Eve arrive, il y avait dix rangées de reporters sur le trottoir. Une fois là-bas, Eve se prépara au pire. Le bureau ne lui avait pas demandé d'assister à la discussion préliminaire. Le colonel Woodward s'était contenté de passer la tête dans la pièce où elle travaillait et de lui demander le nom du père de sa fille. Il n'avait pas posé la question sur un ton aimable, il n'avait pas non plus essayé d'utiliser un euphémisme : il avait littéralement aboyé sa question, lui faisant comprendre sans équivoque possible de quel côté soufflait le vent. Elle s'efforça de vaquer à ses occupations qui n'étaient guère accaparantes. Normalement elle assurait sa permanence le vendredi, aussi, en dehors du courrier, n'avait-elle rien d'autre à faire. Personne ne faisait antichambre pour lui parler. Personne si ce n'est les reporters. Et leur parler serait de la folie. Alors elle dépouilla son courrier, répondit aux lettres de ses électeurs et arpenta la pièce le reste du temps.

Deux heures après le début de la réunion, le colonel Woodward vint la chercher.

– Nous avons besoin de vous maintenant, dit-il en pivotant sur ses talons et en se dirigeant vers la salle de conférences.

Tout en marchant, il tapotait les épaules de sa veste de tweed pour faire tomber les pellicules dont il était abondamment pourvu.

Le bureau de l'Association était réuni autour d'une table rectangulaire en acajou encombrée de pots de café, de gobelets, de bloc-notes et de crayons. Il faisait une chaleur infernale dans la pièce – due autant au nombre des participants qu'à l'animation de la discussion – et Eve songea un instant à leur demander d'ouvrir une fenêtre. Mais la présence des reporters l'incita à renoncer. Elle alla s'asseoir au bout de la table et attendit que le colonel Woodward retourne s'installer à la place d'honneur.

– Luxford, dit-il. (Comme il aurait dit *merde de chien*. Et il la fixa de façon qu'elle comprît l'étendue de son mécontentement, qui était aussi celui du bureau.) Franchement, nous ne savons pas trop quoi penser de tout ça, Eve. Une liaison avec un ennemi de la monarchie. Un colporteur de ragots. Un sympathisant travailliste. Autant dire un communiste, un trotskiste. Vous n'auriez pu faire un choix plus désastreux.

– C'était il y a longtemps.

– Vous voulez dire qu'il n'était pas, à cette époque, tel que je viens de le décrire ?

– Au contraire, c'est moi qui n'étais pas ce que je suis devenue aujourd'hui.

– Dieu soit loué, dit le colonel Woodward.

Autour de la table, on s'agita. Eve regarda droit dans les yeux, à tour de rôle, chacun des membres du bureau. A la façon dont ils lui rendirent ou non son regard, elle comprit de quel côté ils s'étaient rangés. La majorité d'entre eux semblait être du côté du colonel Woodward.

– J'ai fait une erreur, il y a longtemps, dit-elle en s'adressant à l'ensemble du bureau. Ce péché de jeunesse, je l'ai payé très cher. J'ai perdu ma fille.

Murmure général, et mimiques de sympathie de trois des femmes présentes. Le colonel Woodward s'empressa de couper court à des condoléances qui auraient pu déboucher sur un mouvement de soutien :

– Des erreurs, vous en avez commis plus d'une. Vous avez menti à cette assemblée, Miz Bowen.

– Je ne crois pas avoir...

– Menti par omission, Miz Bowen. Menti par hypocrisie.

– J'ai agi dans l'intérêt de ma circonscription, colonel Woodward. J'ai consacré tout mon temps, tous mes soins et toute mon énergie à défendre les intérêts de mes électeurs de Marylebone. Si vous estimez que je n'ai pas été à la hauteur, faites-le-moi savoir.

– Votre efficacité politique n'est pas en cause, dit le colonel Woodward. Nous avons remporté ce siège à une majorité de huit cents voix seulement lors de votre première élection.

– Majorité qui est passée à mille deux cents voix la dernière fois, rétorqua Eve. Je vous avais prévenu dès le départ qu'il faudrait des années pour réussir à obtenir le genre de majorité dont vous souhaitiez disposer. Si vous me laissez les coudées franches...

– Les coudées franches ? fit le colonel Woodward. Vous ne voulez tout de même pas conserver votre siège ?

– C'est exactement ce que je souhaite. Si je démissionne maintenant, vous vous retrouvez avec des élections partielles sur les bras. Dans le climat actuel, quel serait le résultat de ces élections ?

– D'un autre côté, si vous ne démissionnez pas après l'affaire Luxford, si nous vous laissons vous porter de nouveau candidate à la députation, le Parti travailliste vous prendra votre siège. Ne vous faites pas d'illusions, Miz Bowen, vous avez beau vous dire que vos électeurs passeront l'éponge, une chose est sûre : aucun de ceux qui votent pour vous n'oubliera le fossé qui existe entre votre image et ce que vous êtes en réalité. Et à supposer qu'ils tirent un trait, je peux vous dire que l'opposition, elle, se fera un plaisir d'étaler les détails sordides de votre passé au cas où vous resteriez candidate.

Détails sordides, les mots parurent flotter un instant dans la pièce. Eve vit les membres du bureau piquer du nez sur leurs bloc-notes, crayons et gobelets de café. La gêne leur sortait par tous les pores : manifestement aucun d'entre eux ne souhaitait que la réunion dégénère en lutte à mort. Mais s'ils se figuraient qu'elle allait plier sans se rebiffer, ils se trompaient : ils allaient devoir lui mettre les point sur les *i*. Présenter sa démission sur-le-champ, ç'aurait été faire cadeau de son siège à l'opposition.

– Colonel Woodward, dit-elle avec calme, ce qui nous tient à cœur, à tous, ce sont les intérêts du parti. Du moins, je le suppose. Qu'attendez-vous de moi?

Il lui lança un regard vindicatif. Les phrases prononcées par Eve – la deuxième, surtout – semblaient lui avoir hérissé le poil.

– Je désapprouve ce que vous représentez, Miz Bowen. Ce que vous êtes, ce que vous avez fait, et la façon dont vous avez tenté de le camoufler. Mais les intérêts du parti passent avant l'antipathie que vous m'inspirez.

Eve comprit qu'il avait besoin de la punir. Et de la punir en public. De colère, son sang courut plus vite dans ses veines. Mais elle resta immobile sur sa chaise.

– Je suis d'accord avec vous sur ce point, colonel Woodward, les intérêts du parti passent avant tout. Qu'attendez-vous de moi?

– Je ne vois qu'une solution. Vous allez conserver votre siège en attendant la tenue des prochaines élections générales.

– Et après?

– Après vous pourrez vous retirer, mettre une croix sur votre siège au Parlement. Vous vous désisterez en faveur du candidat de notre choix.

Des yeux, elle fit le tour de la table. Elle se rendit compte que cette solution constituait un compromis bancal entre sa démission immédiate et son maintien illimité dans ses fonctions. Cela lui laissait autant de temps qu'il en faudrait au Premier ministre pour tenir jusqu'aux élections législatives. Une fois les législatives mises en route, sa carrière serait terminée. En fait, elle l'était déjà. Bien sûr elle conserverait son siège à la Chambre des communes un certain temps, mais tous ceux qui étaient dans cette pièce savaient quel était celui qui détiendrait le véritable pouvoir.

– Vous avez toujours eu de l'antipathie pour moi, n'est-ce pas? dit-elle au colonel Woodward.

– J'avais raison, la preuve, répliqua le colonel.

26

Barbara Havers sentit qu'elle se rapprochait de la vérité en atteignant Stanton St Bernard. Le village se composait d'un ensemble de fermes, de granges et de cottages éparpillés le long de cinq pistes et chemins de campagne qui se croisaient. Il abritait une source, un puits, une poste grande comme un mouchoir de poche et la petite église où avait été organisée la kermesse paroissiale à l'occasion de laquelle, au milieu d'un sac de chiffons, l'uniforme de Charlotte Bowen avait refait surface. Cependant, ce ne fut pas l'église qui éveilla l'intérêt de Barbara mais l'emplacement du village. A huit cents mètres au sud, en effet, coulait le canal de Kennet et Avon entre des champs plantés de maïs jusqu'à Allington à quelque trois kilomètres et demi à l'ouest. Barbara fit un tour rapide du village pour se mettre la topographie des lieux en tête avant de piquer sur l'église. Sa Mini garée, elle descendit de voiture pour inspirer à pleins poumons un bol d'air chargé de l'odeur lourde du fumier et c'est à ce moment-là qu'elle eut la certitude de fouler le sentier que le tueur avait emprunté.

Le pasteur et sa femme étaient dans le jardin d'une maison aux fenêtres étroites dont un panonceau indiquait qu'il s'agissait du presbytère. Tous deux étaient à genoux devant un parterre abondamment garni de fleurs et, l'espace d'un instant, Barbara se demanda s'ils priaient. Elle marqua donc une pause près du portail, à distance respectueuse ; mais leurs voix en portant jusqu'à elle eurent tôt fait de la détromper.

– Si le temps se mettait au beau, disait le pasteur, les renoncules donneraient, ma chère.

– Pour l'ornithogale, en revanche, la saison est finie, répondit sa femme. Il va falloir que tu l'arraches. Le thé de l'association féminine approche et il faut que le jardin soit impeccable, mon chéri.

En surprenant cet échange qui n'avait rien de théologique, Barbara éleva la voix, dit bonjour et poussa le portillon. Le pasteur et sa femme s'assirent sur leurs talons. Ils étaient agenouillés sur un plaid écossais. En s'approchant, Barbara vit un trou dans l'une des chaussettes noires de l'homme d'Eglise.

Manifestement, ils s'apprêtaient à jardiner. Ils avaient étalé à côté d'eux toute une panoplie d'outils, lesquels étaient disposés sur un carré de papier d'emballage. Sur le papier, le tracé d'un plan de jardin. Constellé de taches et couvert d'innombrables annotations. A l'évidence, le pasteur et sa femme étaient des fanatiques d'horticulture.

Barbara se présenta et sortit sa carte. Le pasteur frotta ses mains terreuses l'une contre l'autre et se mit debout. Il aida sa femme à se lever et tandis qu'elle tapotait sa jupe de jean et ses cheveux gris pour les remettre en ordre, il se présenta : « Révérend Matheson », et présenta sa femme : « Voici Rose, ma moitié. »

Sa femme rit timidement et le prit par le bras. Glissant sa main le long de son bras, elle rencontra la main de son mari et leurs doigts se joignirent.

– En quoi pouvons-nous vous être utiles, mon petit ? fit le pasteur à Barbara.

Barbara répondit que c'était au sujet de la kermesse. Rose émit une suggestion : ne pourraient-ils bavarder en jardinant ?

– J'ai toujours un mal fou à trouver un créneau pour les plantations dans l'emploi du temps de Mr Matheson, confia-t-elle. Gratter la terre n'est pas son activité favorite. Je le tiens, je dois en profiter et battre le fer pendant qu'il est chaud.

Mr Matheson prit un air confus.

– Je n'ai pas la main verte, Rose. Dieu n'a pas jugé bon de faire de moi un botaniste, tu le sais.

– Ça oui, fit Rose.

– Je serai ravie de vous prêter main-forte, proposa Barbara.

Cette idée parut enchanter Rose.

– Vraiment ? (Elle s'agenouilla de nouveau sur le plaid. Barbara crut un instant que c'était pour remercier le Seigneur de lui avoir envoyé du renfort. Au lieu de quoi, elle s'empara d'un petit râteau qu'elle tendit à Barbara en expliquant :) Avant de planter, il faut préparer le sol. L'aérer, puis y mettre de l'engrais. C'est seulement comme ça qu'on arrive à un résultat.

– Exact, dit Barbara qui ne se sentit pas le courage d'avouer qu'elle n'avait pas non plus la main verte.

Les plantes qu'elle avait laissées passer de vie à trépas devaient orner par centaines les portes du paradis.

Mr Matheson s'agenouilla à son tour. Il commença à arracher l'ornithogale, jetant les tiges sur la pelouse. Tout en s'activant, le couple évoqua la kermesse. L'événement avait lieu une fois par an – à en juger par leur enthousiasme, c'était l'événement de l'année – et leur permettait de collecter les fonds nécessaires à la pose de nouveaux vitraux.

– Nous envisageons de remettre des vitraux en verre coloré, précisa Mr Matheson. Je sais, il y a des marguilliers qui m'accusent d'être trop High Church...

– Ils t'accusent carrément d'être papiste, tu veux dire, fit Rose avec un petit rire.

Mr Matheson rejeta l'accusation en jetant une nouvelle tige d'ornithogale par-dessus son épaule.

– N'empêche que lorsque les vitraux seront en place, ils changeront d'avis. Question d'habitude. Quand ces saint Thomas se seront habitués aux subtilités de cette lumière, à son impact sur la méditation et la prière... une lumière comme jamais ils n'en ont vue... à moins d'être allés à Chartres ou à Notre-Dame...

– Certes, mon chéri, coupa Rose d'un ton ferme.

Le pasteur s'arrêta net. Il cligna des yeux et rit doucement :

– Je suis inarrêtable, n'est-ce pas, une fois que je suis lancé ?

– C'est agréable d'avoir une passion, commenta Barbara.

Rose désherbait autour des renoncules.

– C'est certain, dit-elle en tirant à pleines mains sur un pissenlit récalcitrant. Mais il y a des moments où je souhaiterais que les marottes de Mr Matheson soient plus... anglicanes. Il y a deux semaines, figurez-vous, il s'extasiait sur la façade ouest de la cathédrale de Reims devant l'archidiacre; j'ai bien cru que le pauvre homme allait en avoir une attaque. (Imitant le prélat, elle fit la grosse voix:) « Voyons, Matheson, c'est d'un édifice papiste que vous parlez. » Je vous assure que Mr Matheson a causé un drôle de remue-ménage.

Barbara émit les petits bruits de bouche appropriés et les ramena au sujet qui l'intéressait. La kermesse. Et plus précisément le stand de vieux vêtements. Car, leur expliqua-t-elle, on avait retrouvé au fond d'un sac de chiffons un uniforme de classe en rapport avec une enquête pour meurtre.

Mr Matheson en laissa tomber son ornithogale et se releva. D'un ton incrédule, il répéta:

– Une enquête pour meurtre?

– Un uniforme de classe? fit sa femme d'un ton tout aussi incrédule.

– Oui. Celui de la fillette retrouvée dans le canal, dimanche soir. A Allington. Vous en avez peut-être entendu parler?

Evidemment, qu'ils en avaient entendu parler. Qui n'en avait entendu parler? Allington était à deux pas et le hameau faisait partie de la paroisse de Mr Matheson.

– Parfait, dit Barbara. Eh bien, c'est son uniforme que l'on a découvert au milieu des chiffons.

Rose arracha pensivement une herbe que Barbara jugea en tout point semblable à ses voisines. Fronçant les sourcils, elle secoua la tête.

– Son uniforme? Vous en êtes sûre?

– Son nom était cousu à l'intérieur.

– En un seul morceau?

Barbara la regarda sans comprendre, supposant qu'elle faisait référence à l'étiquette.

– Excusez-moi?

Mrs Matheson voulait savoir si l'uniforme était intact. Car les chiffons, par définition... c'étaient des bouts de tissu. Les vêtements jugés invendables étaient découpés en petits carrés, mis dans des sacs et vendus comme chiffons. La présence d'un vêtement intact au milieu des chiffons était peu vraisemblable, poursuivit Mrs Matheson. Avant la kermesse, avec sa fille, elle avait passé les vêtements en revue un à un, et découpé en morceaux ceux qui méritaient de l'être.

– C'est pour ne pas froisser nos paroissiens qu'on

procède comme ça, confia Rose. Il ne faut pas qu'ils puissent craindre de voir leurs dons critiqués par un voisin. Ça leur ôterait l'envie de nous donner leurs affaires. Et c'est aussi pour ça que nous effectuons le découpage nous-mêmes.

En conséquence, conclut-elle en s'attaquant avec vigueur à un carré de trèfle, un uniforme scolaire en bon état n'aurait jamais atterri au milieu des bouts de tissu. Et s'il avait été esquinté, il aurait été découpé en carrés comme tous les autres vieux vêtements.

Barbara se dit que les événements prenaient une tournure intéressante. Tout en jouant du râteau, elle réfléchit.

– Quand la kermesse a-t-elle eu lieu ?

– Samedi dernier.

– Où ?

Près de l'église. Le matériel destiné au stand avait été rangé dans des cartons, et le tout stocké dans le vestibule de l'église pendant quatre semaines. Mrs Matheson et sa fille – Miss Matheson – avaient procédé au tri le dimanche soir dans la crypte.

– C'est à ce moment-là que nous avons coupé en carrés les vêtements invendables, poursuivit Mrs Matheson. C'est plus facile de faire ça au fur et à mesure que de tout faire d'un coup.

– L'organisation est la clé du succès, confia Mr Matheson. La kermesse nous a rapporté trois cent cinquante-huit livres et soixante-quatre pence, samedi, n'est-ce pas, Rose ?

– En effet. Mais tu avais mis un peu trop de graisse sur le plateau, au lancer de jetons. Les gens n'ont pas gagné beaucoup de lots à ce jeu, et ils étaient un peu déçus.

– Bah ! fit son mari. C'est pour la bonne cause. Une fois que les vitraux seront posés, les paroissiens...

– Certes, mon chéri, dit Mrs Matheson.

A supposer que l'uniforme ne se soit pas trouvé au milieu des vieux vêtements triés par Mrs Matheson, qui – voulut savoir Barbara – avait accès aux vêtements une fois que ceux-ci avaient été triés, découpés et emballés ?

Mrs Matheson crapahuta sur les traces d'une rampante aux minuscules fleurs jaunes.

– N'importe qui, je pense. La crypte n'est pas fermée à clé.

– L'église non plus, ajouta Mr Matheson. Je suis contre. Un lieu de culte doit être accessible aux pécheurs repentis, aux mendiants et aux affligés à toute heure du jour et de la nuit. Ce serait idiot de vouloir que les fidèles s'alignent sur les horaires de leur pasteur pour se recueillir, vous ne croyez pas?

Barbara opina. Et sans laisser le temps au vicaire de lui exposer plus longuement sa philosophie – ce qu'il s'apprêtait manifestement à faire car il avait laissé tomber l'ornithogale et se frottait les mains pour en faire partir la terre –, elle leur demanda s'ils n'avaient pas remarqué de nouvelles têtes dans le secteur quelques jours avant la kermesse. Voire le matin de la kermesse.

Les Matheson s'entre-regardèrent, secouèrent la tête. Evidemment, ajouta Mr Matheson, à la kermesse, il y avait toujours des gens qu'on ne connaissait pas. L'événement était annoncé dans tous les hameaux et villages voisins ainsi qu'à Marlborough, Wootton Cross et Devizes. Attirer du monde, c'était l'un des objectifs d'une kermesse, n'est-ce pas? On collectait des fonds mais on espérait aussi ramener une âme dans le giron du Seigneur. Et quel meilleur moyen d'y parvenir que d'encourager les égarés à se joindre aux fidèles?

Barbara se dit que ça ne simplifiait pas les choses. Au contraire, cela laissait la porte ouverte à d'innombrables possibilités.

– Alors n'importe qui aurait pu toucher à ces sacs, en ouvrir un, glisser l'uniforme à l'intérieur. Dans la crypte ou à la kermesse.

Pendant la kermesse c'était peu probable, dit Mrs Matheson. Car il y avait quelqu'un pour tenir le stand. Et si un étranger avait touché à l'un des sacs, elle s'en serait aperçue.

C'était donc elle qui s'occupait du stand? questionna Barbara.

Oui, répondit Mrs Matheson. Et quand ce n'était pas elle, c'était Miss Matheson. Le sergent souhaitait-elle parler à Miss Matheson? Barbara le souhaitait, effectivement, à condition de ne pas être obligée de lui donner du « Miss Matheson » à jet continu. Elle voulait lui montrer une photo de Dennis Luxford. Si Luxford avait de nouveau fait un saut dans le Wiltshire – après sa visite à Baverstock qui remontait à un mois –, s'il avait rôdé dans Stanton St Bernard la semaine dernière, quelqu'un l'avait forcément aperçu. Et pourquoi ne pas commencer à chercher ce quelqu'un ici même ?

Elle déclara au pasteur et à sa femme qu'elle reviendrait avec une photo pour qu'ils y jettent un coup d'œil, qu'elle comptait également montrer la photo à leur fille. Et de leur demander à quelle heure Miss Matheson rentrait du collège.

A ces mots, les Matheson partirent d'un éclat de rire juvénile. Et pour expliquer leur réaction, ils dirent à Barbara que leur fille n'allait plus à l'école depuis longtemps mais qu'ils la remerciaient de penser qu'ils étaient suffisamment jeunes pour avoir un enfant d'âge scolaire. Bien sûr, il ne fallait pas tirer vanité de son physique, mais le sergent n'était pas la première à s'étonner de la jeunesse stupéfiante d'un couple qui avait consacré sa vie au Seigneur. Lorsqu'on passait sa vie à servir Dieu et que l'on prenait l'air régulièrement comme ils le faisaient dans leur jardin...

– Tout à fait d'accord, coupa Barbara. Où est-ce que je peux la trouver ?

À Wootton Cross, à la Barclay's, dit Rose. Si le sergent voulait montrer la photo à Miss Matheson avant qu'elle quitte son travail, elle n'avait qu'à se rendre à la banque.

– Demandez Miss Matheson, au service des nouveaux comptes, dit fièrement Mrs Matheson. Elle a une bonne situation, vous savez.

Ce à quoi le pasteur ajouta d'un ton convaincu :

– Oui, elle a son propre bureau.

Winston Nkata prit l'appel du sergent Havers. Lynley ne put donc entendre qu'une partie de la conversation. « Très bien... Initiative géniale, sergent... Il était à Baverstock quand ça ?... Oh ! super... Et qu'est-ce que ça donne, du côté des pénichettes ? » La conversation terminée, le constable dit à Lynley :

– Elle veut qu'on lui faxe une photo de Luxford à la Criminelle d'Amesford. Elle dit que ça se précise, que l'étau se resserre autour de son cou.

Lynley tourna à gauche à la première occasion et prit le chemin sinueux qui conduisait à Highgate et à la villa des Luxford. Tandis qu'il conduisait, Nkata lui résuma les faits et gestes du sergent dans le Wiltshire.

– Intéressant, que Luxford ne nous ait pas dit qu'il s'était rendu dans le Wiltshire le mois dernier. Vous ne trouvez pas ?

– Disons que c'est une omission intéressante, en effet, fit Lynley.

– Si on réussit à retrouver sa trace chez un loueur de péniches – ce que le chouchou du sergent s'efforce de faire en ce moment...

– Le chouchou du sergent ?

– Oui, le type avec qui elle bosse. Vous n'avez pas remarqué que sa voix devient tout miel quand elle prononce son nom ?

– Je n'ai rien remarqué de tel.

– C'est parce que vous avez des bouchons de cérumen dans les oreilles. Ces deux-là en pincent l'un pour l'autre. Vous pouvez me croire.

– Et c'est la voix du sergent qui vous a mis la puce à l'oreille ?

– Exact. C'est naturel, non ? Vous savez comment ça se passe quand on travaille en étroite collaboration avec quelqu'un.

– Je n'en suis pas certain, fit Lynley. Voilà plusieurs jours que nous travaillons ensemble, vous et moi, et je ne me sens pas pour autant attiré par vous.

Winston éclata de rire.

– Ça viendra.

Lorsqu'ils atteignirent Highgate, ils s'aperçurent que Millfield Lane s'était transformé en une sorte de camp retranché qu'occupait une horde de journalistes. Ils étaient massés devant la villa comme une nuée de mauvais souvenirs qui vous collent à la peau. Autour d'eux, des fourgonnettes de la télévision, des cameramen, des projecteurs à gogo ainsi que trois chiens qui, les crocs à l'air, se disputaient des restes de repas des paparazzi. Sur le trottoir d'en face, piétons, voisins, badauds s'étaient agglutinés à l'est des étangs de Highgate. Tandis que la Bentley de Lynley fendait la foule devant l'allée, trois cyclistes et deux dadais montés sur roller-blades s'arrêtèrent, ajoutant encore à la confusion.

Des agents postés à l'entrée de l'allée avaient réussi jusque-là à refouler la presse. Mais au moment où le constable responsable du maintien de l'ordre écartait le cheval de frise, un reporter le doubla, deux photographes sur les talons. Les trois hommes se précipitèrent vers la villa.

La main sur la poignée de la portière, Nkata s'enquit :
– Je les neutralise ?

Lynley les regarda se ruer vers le portique. L'un des photographes entreprit de mitrailler le jardin.

– Ils ne vont pas trouver grand-chose à se mettre sous la dent, dit-il. Ça m'étonnerait que Luxford leur ouvre.

– Les requins sont à ses trousses. C'est l'histoire de l'arroseur arrosé, commenta Nkata.

– Effectivement, ça ne manque pas de sel, opina Lynley.

Il s'arrêta derrière la Mercedes. Lorsqu'il frappa à la porte, un constable vint lui ouvrir. Dans le dos de Lynley, le reporter aboya :

– Mr Luxford ! Vous voulez bien répondre à quelques questions pour le *Sun* ? Comment votre femme a-t-elle réagi ce matin...

Lynley empoigna l'homme par le col de sa chemise. Il le projeta vers Nkata qui se fit un plaisir de le pousser vers la rue. Aux cris de : « Putains de flics ! Tous des brutes ! » ils pénétrèrent dans la villa.

Laconique, le constable s'enquit :
– Vous avez eu notre message ?

– Quel message ? s'étonna Lynley. Nous étions dans la voiture. Et Winston était au téléphone.

A voix basse, le constable confia :
– Y a du nouveau. Un autre appel.

– Du kidnappeur ? Quand ça ?

– A peine cinq minutes.

Il les conduisit dans le séjour.

Les rideaux étaient tirés pour protéger les Luxford des téléobjectifs. Les fenêtres fermées pour les mettre à l'abri des oreilles indiscrètes. D'où une atmosphère sombre et confinée et un silence digne d'un tombeau. Des restes de nourriture encombraient table basse, ottomane et chaises. Des tasses de thé froid où flottait une pellicule brune, des cendriers pleins à ras bord s'alignaient sur un piano à queue où un exemplaire grand ouvert de *La Source* perdait peu à peu ses pages qui se répandaient sur la moquette.

Tête dans les mains, Dennis Luxford était assis dans un fauteuil près du téléphone. Tandis que les policiers s'approchaient, il leva le nez. Au même moment, l'inspecteur John Stewart – collègue de Lynley et spécialiste des travaux délicats – pénétra dans le séjour, venant de l'autre côté. Il portait des écouteurs en sautoir autour de son cou filiforme et parlait dans un téléphone sans fil. Tout en adressant un signe à Lynley, il dit dans le micro : « Oui... Oui... Merde. La prochaine fois, faudra s'arranger pour que ça dure un peu plus... D'accord. »

– Aucun résultat, Mr Luxford. Vous avez fait de votre mieux, mais on n'a pas eu assez de temps. (S'adressant à Lynley, il ajouta :) Vous avez appris la nouvelle ?

– A l'instant.

– On a enregistré l'appel.

Il entraîna Lynley dans la cuisine. Sur un comptoir, au centre de la pièce, du matériel d'enregistrement. Magnétophone, bandes, écouteurs, fils qui partaient dans toutes les directions.

L'inspecteur Stewart rembobina la bande et la passa. Deux voix masculines. Celle de Luxford. Et celle d'un homme qui parlait dents serrées pour déguiser sa voix.

Le message était bref. Trop bref pour que la police ait eu le temps de localiser l'appel.

« – *Luxford ?*

– *Où est mon fils ? Où est Leo ? Laissez-moi lui parler.*

– *T'as tout faux, connard.*

– *Comment ça ? De quoi parlez-vous ? Pour l'amour du ciel...*

– *Ta gueule. Et écoute. Ce que je veux, c'est la vérité. Toute la vérité. Sinon, le gosse y passe.*

– *Mais je l'ai écrite, la vérité ! Vous n'avez pas lu le journal ? A la une ! J'ai fait exactement ce que vous m'avez demandé. Maintenant rendez-moi mon fils ou...*

– *Tu l'as écrite de travers, l'histoire, connard. Je sais de quoi je parle. Rectifie d'ici demain, sinon Leo y passe. Comme Lottie. T'as compris ? C'est clair ? Demain ou alors couic !*

– *Mais qu'est-ce que... »*

La communication fut coupée, l'enregistrement était terminé.

– Et voilà, fit Stewart. Trop court pour qu'on repère l'origine de l'appel.

– Qu'est-ce qu'on fait maintenant, inspecteur ?

Lynley pivota. Luxford se tenait sur le seuil de la cuisine. Pas rasé, pas douché, mêmes vêtements que la veille. Les manchettes et le col déboutonnés de sa chemise blanche étaient gris de transpiration.

– « T'as tout faux, connard », fit Lynley. Qu'est-ce que ça veut dire ?

– Je ne sais pas, dit Luxford. Dieu m'est témoin que je ne sais pas. J'ai suivi ses instructions à la lettre. Je ne vois pas ce que j'aurais pu faire de plus. Tenez.

Il avait un exemplaire de *La Source* à la main et le tendit à Lynley. Il cilla, paupières rouges, yeux injectés de sang.

Lynley examina attentivement le journal. La manchette et la photo qui l'accompagnait dépassaient certainement les espérances du kidnappeur : c'était à peine si le lecteur avait besoin de lire l'article. Et la prose de Luxford, simple, claire, était à la portée d'un enfant de sept ans. Lynley parcourut l'article et se rendit compte que l'attaque fournissait la réponse aux questions clés : qui, où, quand, pourquoi, comment.

– C'est comme ça que les choses se sont passées pour autant que je m'en souvienne, dit Luxford. Il se peut qu'un détail cloche. Que j'aie oublié une bricole... Le numéro de la chambre d'hôtel, j'ai oublié le numéro de la chambre... Mais tout le reste y est.

– Et pourtant vous avez « tout faux ». Que voulait-il dire ?

– Je n'en sais rien.

– Avez-vous reconnu la voix ?

– Comment aurais-je pu reconnaître cette putain de voix ? On aurait dit qu'il avait un bâillon sur la bouche.

Lynley jeta un regard vers le séjour.

– Où est votre femme, Mr Luxford ?

– En haut. Elle se repose.

– Il y a une heure, elle ne tenait pas en place, ajouta Stewart. Elle a pris un comprimé et puis elle est montée se coucher.

Lynley fit un signe à Nkata, qui s'enquit :

– Elle est en haut, Mr Luxford ?

Luxford, excédé, s'écria :

– Vous ne pouvez pas la laisser tranquille ? Il faut vraiment la mettre au courant maintenant ? Si elle a réussi à s'assoupir...

– Il n'est pas certain qu'elle dorme, dit Lynley. Qu'a-t-elle pris comme comprimé ?

– Un tranquillisant.

– De quel type ?

– Je l'ignore. Pourquoi ? Pourquoi ces questions ? Ecoutez, laissez-la dormir, n'allez pas lui dire ce qui vient de se passer.

– Elle est peut-être déjà au courant.

– Déjà ? Comment ? (Soudain le déclic parut se faire dans l'esprit de Luxford, qui lança très vite :) Vous n'imaginez tout de même pas que Fiona est pour quelque chose dans cette affaire. Vous l'avez vue, hier. Vous avez vu dans quel état elle était. Elle n'a rien d'une actrice.

– Montez voir, dit Lynley à Nkata, qui obtempéra. J'ai besoin d'une photo de vous, Mr Luxford. Et d'une photo de votre femme.

– Pourquoi ?

– Pour ma collègue qui enquête dans le Wiltshire. A propos, vous ne m'avez pas dit que vous étiez allé dans le Wiltshire récemment.

– Quand est-ce que je me suis rendu dans le Wiltshire, bon sang ?

– Baverstock, ça ne vous rappelle rien ?

– Baverstock ? Ma visite à l'école ? Pourquoi vous en aurais-je parlé ? Ça n'avait rien à voir avec ce qui s'est passé. Ça concernait Leo. Son inscription là-bas à la rentrée. (Luxford s'efforça de lire sur le visage de Lynley afin de savoir si celui-ci le croyait coupable ou innocent. Son examen dut être concluant car il s'exclama :) Mon Dieu, mais que se passe-t-il ? Qu'est-ce que vous avez à me regarder comme ça ? Ce monstre va tuer mon fils. Vous avez entendu la bande ? Si je ne fais pas ce qu'il veut, il le tue. Demain. Alors pourquoi perdre votre temps à interroger ma femme ? Vous devriez tenter l'impossible pour sauver le petit. Je jure devant Dieu que s'il arrive quoi que ce soit à Leo après ça... (S'apercevant sans doute qu'il haletait, il dit d'une voix atone :) Seigneur, je ne sais vraiment pas quoi faire.

L'inspecteur Stewart prit la situation en main. Il ouvrit un placard, en sortit une bouteille de sherry pour la cuisine et en remplit la moitié d'un gobelet. Puis il dit à Luxford :

– Buvez.

Tandis que Luxford s'exécutait, Nkata revint avec la femme du journaliste.

Lynley, qui avait un instant pensé que Fiona Luxford était impliquée dans la mort de Charlotte Bowen et le kidnapping de son propre fils, que c'était elle qui avait passé le dernier coup de fil de la villa, comprit que cette idée était grotesque en voyant la jeune femme. Elle avait les cheveux aplatis, le visage bouffi, les lèvres gercées. Elle portait une ample chemise toute froissée sur un caleçon, et le devant de sa tunique semblait souillé. Une forte odeur de vomi flottait d'ailleurs autour de sa personne. Elle s'était mis une couverture sur les épaules, mais plus pour se protéger que pour se réchauffer. Apercevant Lynley, elle ralentit le pas. Puis elle vit son mari, et son air catastrophé. Alors son visage se décomposa.

– Non, il n'est pas, il n'est pas... dit-elle, sa voix dérapant toujours plus haut dans les aigus.

Luxford la prit dans ses bras. Stewart remplit de nouveau le verre de sherry. Lynley les entraîna vers le séjour.

Luxford fit doucement asseoir sa femme sur le canapé. Elle tremblait de tous ses membres, alors il l'enveloppa dans la couverture et lui passa un bras autour des épaules.

– Leo n'est pas mort. Il n'est pas mort, dit-il. Tu comprends ?

Elle se laissa aller contre sa poitrine, tirant sur le tissu de sa chemise.

– Il doit être terrorisé. Il n'a que huit ans...

Elle ferma les yeux.

Luxford attira la tête de Fiona contre lui.

– On va le retrouver. Le ramener.

Le regard qu'il jeta à Lynley signifiait clairement : « Comment avez-vous pu la croire coupable d'avoir orchestré le kidnapping de son propre fils ? »

Lynley dut reconnaître que la culpabilité de Fiona Luxford était peu probable. Depuis qu'elle était rentrée la veille, dans l'après-midi, la casquette de son fils à la main, Fiona Luxford n'avait pas fait une seule fausse note. Pour arriver à feindre un tel état d'angoisse, il ne fallait pas seulement être une bonne comédienne : il fallait être une psychopathe. Et son intuition soufflait à Lynley que la mère de Leo n'en était pas une. Elle était tout simplement la mère de Leo.

Cette conclusion ne blanchissait toutefois pas Dennis

Luxford. Car un fait demeurait certain : la fouille de sa Porsche avait permis à la police de retrouver les lunettes de Charlotte et des cheveux lui appartenant. A supposer que ces indices aient été déposés là par un tiers, Lynley ne pouvait rayer le rédacteur de la liste des suspects. Il le fixa en disant :

– Il va nous falloir étudier votre article de près, Mr Luxford. Si vous vous êtes trompé, il faut que nous sachions à quel sujet.

Luxford parut sur le point de leur démontrer qu'ils feraient mieux de dépenser leur énergie à passer les rues au peigne fin plutôt qu'à étudier sa prose.

– L'enquête prend tournure dans le Wiltshire, fit Lynley. Et nous avons également progressé à Londres.

– C'est-à-dire ?

– Les lunettes que nous avons retrouvées ont été identifiées. Les cheveux de la fillette également. Au même endroit.

Lynley s'en tint là, se gardant de préciser que Luxford était dans de mauvais draps et qu'il ferait bien de collaborer aussi pleinement que possible.

Luxford, qui n'était pas idiot, reçut le message cinq sur cinq.

– Je ne vois pas ce que j'aurais pu écrire d'autre. Et je ne vois pas où cette piste nous mène.

Lynley reconnut que ses doutes n'étaient pas sans fondement.

– Pendant la semaine que vous avez passée à Blackpool avec Eve Bowen, il s'est passé quelque chose, poursuivit Lynley. Quelque chose que vous avez oublié, qui vous a échappé. Or si ça se trouve, ce quelque chose – remarque anodine, entretien qui se serait mal passé, rendez-vous que vous auriez annulé ou auquel vous auriez omis de vous rendre – peut nous mettre sur la piste de celui qui est derrière ces enlèvements. En découvrant le détail que vous avez omis de mentionner dans votre papier, nous arriverons peut-être à remonter jusqu'à quelqu'un. Quelqu'un qui, pour le moment, est hors de notre portée.

– Nous allons avoir besoin d'Eve pour ça, dit Luxford. (Voyant sa femme lever la tête, il poursuivit :) Je ne vois pas d'autre moyen, Fi. J'ai écrit tout ce dont je me souvenais dans mon papier. Si j'ai oublié quelque chose, elle seule peut me rafraîchir la mémoire. Il faut que je la voie.

Fiona détourna la tête, le regard terne.

– Oui, dit-elle d'une voix sans timbre.

– Seulement pas ici, dit Luxford à Lynley. Pas avec ces vautours dehors. Pas ici.

Lynley tendit ses clés à Nkata :

– Allez chercher Miz Bowen. Conduisez-la au Yard. On se retrouvera là-bas.

Nkata sortit. Lynley examina Fiona Luxford.

– Il va falloir que vous soyez forte pendant les heures à venir, Mrs Luxford. L'inspecteur Stewart sera là. Les constables aussi. Si le kidnappeur téléphone, essayez de le faire parler le plus longtemps possible pour nous donner une chance de localiser l'appel. C'est peut-être un tueur, mais si votre fils est sa dernière carte, il ne peut pas se permettre de lui faire du mal tant qu'il a la possibilité d'arriver à ses fins. Vous me comprenez ?

Elle hocha la tête sans toutefois bouger du canapé. Luxford lui caressa les cheveux et prononça son nom. La couverture plaquée contre sa poitrine, elle se leva. Elle hocha de nouveau la tête. Ses yeux s'embuèrent mais elle ne pleura pas.

Lynley dit à l'autre inspecteur :

– Je vais avoir besoin de votre voiture, John.

Stewart lui jeta les clés.

– Profitez-en pour écraser quelques-uns de ces salauds pendant que vous y êtes.

– Tu es sûre que ça ira ? demanda Luxford à sa femme. Tu veux que je téléphone à quelqu'un de venir te tenir compagnie avant de partir ?

– Va avec eux, lui dit-elle. La seule chose qui compte, c'est Leo.

27

Après mûre réflexion, Lynley avait conclu qu'il ne servirait pas à grand-chose que son entretien avec Dennis Luxford et Eve Bowen se déroulât dans une salle d'interrogatoire. Le magnétophone, l'absence de fenêtres et l'éclairage conçu pour donner mauvaise mine aux gens et les mettre en état de moindre résistance risquaient de les déstabiliser. Or son objectif n'était pas tant de leur faire perdre contenance que de s'assurer leur collaboration. Aussi conduisit-il Luxford dans son bureau, où ils attendirent que Nkata revienne en compagnie du député de Marylebone.

Lorsqu'ils passèrent devant le bureau de Dorothea Harriman, cette dernière tendit un paquet de messages à Lynley. Résumant ces messages, elle précisa très vite :

– SO7 a téléphoné au sujet du squat de George Street. SO4 à propos des empreintes de Jack Beard. Et Wigmore Street des constables bénévoles. Deux coups de fil de journalistes, aussi. L'un de *La Source* et l'autre du *Mirror*...

– Comment ont-ils eu mon nom ?

– Des gens qui sont prêts à parler, inspecteur Lynley, il y en a toujours. Regardez ce qui se passe pour les membres de la famille royale.

– Les membres de la famille royale n'ont besoin de personne pour parler d'eux : ils s'en chargent tout seuls, souligna Lynley.

– Les temps ont bien changé, soupira Harriman avant d'en revenir aux messages. Sir David a téléphoné deux fois. Votre frère, une fois – inutile de le rappeler.

C'était simplement pour vous dire qu'il avait réglé le problème à la laiterie de Trefalwyn. Ça vous dit quelque chose ? (Sans attendre de réponse, elle poursuivit :) Votre tailleur a appelé, une fois. Mr Saint James, trois fois. Il faut que vous le rappeliez dès que possible, au fait. Et sir David veut son rapport. Et vite.

– Comme d'habitude. (Lynley s'empara des messages et les fourra dans la poche de sa veste.) Par ici, dit-il à Luxford en le faisant asseoir dans son bureau.

Il téléphona aux services SO4 et SO7 afin d'avoir leurs conclusions sur Jack Beard et le squat. Le service des empreintes confirma que Jack Beard avait un casier. Mais ses empreintes ne correspondaient à aucune de celles qui avaient été relevées dans le squat. La moquette avait été examinée consciencieusement et il faudrait au moins encore une semaine pour examiner tout ce que les gars du labo y avaient déniché : cheveux, sperme, sang, urine et miettes en quantité suffisante pour occuper un bataillon de pigeons pendant plusieurs heures.

Lorsque Nkata arriva en compagnie d'Eve Bowen, Lynley lui tendit le reste des messages ainsi que la photo que Dennis Luxford lui avait confiée. Tandis que Nkata s'éloignait en vitesse pour faxer la photo de Luxford à Havers, s'occuper du suivi des messages et rédiger un rapport destiné à l'adjoint au préfet de police, Lynley ferma la porte et se tourna vers Eve Bowen et le géniteur de Charlotte.

– Est-ce que cette arrivée en fanfare chez moi était bien nécessaire, inspecteur Lynley ? remarqua le député. Savez-vous combien de photographes guettaient dans l'espoir de fixer sur la pellicule l'instant impérissable où votre constable est venu me chercher ?

– Nous aurions pu nous rendre à votre bureau, rétorqua Lynley. Mais je doute que vous ayez apprécié cette solution. Les reporters qui vous ont mitraillée à la sortie de votre domicile en compagnie du constable Nkata s'en seraient donné à cœur joie en voyant Mr Luxford se pointer chez vous.

Elle avait ignoré Dennis Luxford en entrant et elle continua. Elle se dirigea vers l'une des deux chaises faisant face à la table de travail de Lynley et s'assit tout au bord, raide comme un piquet. Elle portait une robe manteau noire à double boutonnage avec six boutons dorés. C'était certes une tenue appropriée pour une femme politique, pourtant le vêtement était froissé et elle avait une échelle à son bas noir, près de la cheville, qui menaçait de remonter le long de sa jambe.

D'une voix étudiée encore que sans le regarder, elle s'adressa à Luxford :

— J'ai démissionné de mes fonctions au ministère de l'Intérieur. Et je suis finie à Marylebone. Est-ce que tu es content ? Satisfait ? Comblé ?

— Evelyn, ça n'a jamais été...

— J'ai quasiment tout perdu, coupa-t-elle. Mais d'après le ministre de l'Intérieur, il ne faut pas que je désespère. Dans vingt ans, si je me tiens à carreau, rien ne m'empêche de rebondir. Comme John Profumo. Je serai admirée à défaut d'être respectée ou crainte. Perspective exaltante, non ?

Elle éclata d'un petit rire qui sonnait faux.

— Je n'y suis pour rien, dit Luxford. Après tout ce qui s'est passé, comment peux-tu seulement penser que j'y suis pour quelque chose ?

— Mais parce que les pièces du puzzle s'emboîtent magistralement. Enlèvement de Charlotte, menaces, refus de ma part de céder, mort de Charlotte. L'attention générale se focalisait sur moi et tu passais à l'étape suivante.

— Laquelle ?

— La disparition de ton fils suivie de ma mise à mort. (Elle se décida à le regarder.) Dis-moi, Dennis, où en sont les tirages en ce moment ? Est-ce que tu as réussi à enfoncer le *Sun* ?

Luxford se détourna en disant :

— Mon Dieu.

Lynley s'approcha de son bureau, s'assit et leur fit face. Luxford était avachi sur sa chaise, pas rasé, le cheveu sale et mal peigné, le teint couleur mastic. Eve Bowen était toujours raide comme la justice et son visage ressemblait à un masque. Lynley se demanda comment il réussirait à obtenir son aide.

— Miz Bowen, un enfant est mort. Un autre risque de subir le même sort si nous n'agissons pas rapidement. (Il prit l'exemplaire de *La Source* qu'il avait rapporté de chez Luxford et le posa sur sa table de façon que ses visiteurs aient la une en face d'eux. Eve Bowen jeta un coup d'œil écœuré au quotidien avant de détourner les yeux.) C'est de ça que je veux vous parler, lui expliqua Lynley. Il y a dans cet article un détail inexact ou une information qui manque. Il faut absolument que nous sachions de quoi il s'agit. Et pour cela nous avons besoin de vous.

– Pourquoi? Mr Luxford serait en panne d'idées pour la une de demain?

– Vous avez lu cet article?

– Je ne me vautre pas dans la boue.

– Alors je vais vous demander d'en prendre connaissance.

– Et si je refuse?

– Vous ne voudriez pas avoir sur la conscience la mort d'un enfant de huit ans. Encore moins si peu de temps après le meurtre de Charlotte. Pas si vous pouvez faire quelque chose pour l'empêcher. Mais cette mort aura lieu, je vous le garantis, si nous n'agissons pas. Alors je vous en prie, lisez l'article.

– Cessez de me prendre pour une idiote. Mr Luxford a atteint son but. Il a publié son article en première page. Il a réussi à me détruire. Des papiers, il a amplement de quoi en rédiger maintenant, et il ne va pas se gêner. Mais ce qu'il se gardera bien de faire, c'est d'assassiner son propre fils.

Luxford se précipita sur le journal.

– Lis-le! aboya-t-il. Lis cette putain d'histoire. Crois ce que tu veux, pense ce que tu veux, mais lis ce bon Dieu d'article. Sinon Dieu m'est témoin que je...

– Quoi? La diffamation ne te suffit pas? Tu veux me liquider physiquement? En es-tu capable seulement? Tu crois que tu pourrais me poignarder? Appuyer sur la détente? Ou est-ce que tu confierais le travail à l'un de tes sbires?

Luxford lui jeta le quotidien sur les genoux.

– Tu passes ton temps à déformer la réalité, à la pétrir à ta guise. Je renonce à te faire voir clair. Lis cet article, Evelyn. Tu as refusé de faire ce qu'on te demandait pour sauver notre fille, je n'y peux rien. Mais si...

– Comment oses-tu dire « notre » fille? Comment peux-tu suggérer que j'ai...

– ... si tu crois que je vais rester bras croisés à attendre que mon fils soit la seconde victime d'un psychopathe, tu me connais mal. Lis ce bon Dieu d'article. Lis-le avec soin et dis-moi pourquoi j'ai tout faux, que je

540

puisse rectifier et sauver Leo. Parce que si Leo meurt... (La voix de Luxford se brisa. Se mettant debout, il alla se planter devant la fenêtre.) Tu as de bonnes raisons de me haïr. Mais je t'en prie : ne te sers pas de mon fils pour te venger.

Eve Bowen l'observait comme un scientifique observe un spécimen dont il compte tirer des renseignements vitaux. Quand on a passé sa vie à se méfier de tout le monde, à n'écouter que soi et à tenir à l'œil les collègues toujours prêts à vous poignarder dans le dos, on a du mal à croire à la bonne foi de son interlocuteur. Le soupçon qui était devenu sa seconde nature, le soupçon qui, en politique, est un fléau et une nécessité, l'avait amenée là où elle était, la privant de sa situation mais aussi, chose atroce, de sa fille. Lynley comprit que ces soupçons, auxquels venait s'ajouter son animosité à l'égard de l'homme qui l'avait mise enceinte, l'empêchaient de faire l'acte de foi qui seul lui aurait permis de leur venir en aide.

Incapable d'accepter cette situation, il intervint :

— Miz Bowen, le kidnappeur s'est manifesté aujourd'hui. Il a menacé de tuer le fils de Mr Luxford si ce dernier ne corrigeait pas son article. Vous n'êtes pas obligée de croire Mr Luxford sur parole. Mais je vous demande de me croire, moi. J'ai écouté la bande sur laquelle la communication a été enregistrée. L'enregistrement a été réalisé par un de mes collègues de la Criminelle qui se trouvait chez les Luxford lorsque le coup de téléphone a été donné.

— Cela ne prouve rien, objecta Eve Bowen d'un ton cependant moins tranchant.

— En effet. Il y a des tas de moyens de truquer une communication téléphonique. Mais faites un effort, essayez de vous persuader de l'authenticité de cet appel : est-ce que vous voulez vraiment avoir une seconde mort sur la conscience ?

— La première, je ne l'ai pas sur la conscience. J'ai fait ce que je devais faire. Ce qui était juste. Je ne suis pas responsable. Si quelqu'un est responsable... (Du doigt, elle désigna Luxford. Et pour la première fois, Lynley constata que sa main tremblait légèrement. Elle dut s'en rendre compte car elle la reposa sur ses genoux.) C'est lui... pas moi... (Elle déglutit, l'œil dans le vague, répéta :) Pas moi.

Lynley attendit. Luxford pivota. Au moment où il allait prendre la parole, Lynley l'arrêta d'un regard. Dehors, les téléphones sonnaient. Lynley entendit la voix de Dorothea Harriman. Il retint son souffle, songeant : « Allez, vas-y, décide-toi, ma vieille. » Elle froissa les coins du journal. Remonta ses lunettes sur son nez. Et se mit à lire.

Le téléphone crépita. Lynley décrocha brutalement. La secrétaire de sir David Hillier était au bout de la ligne. Elle voulait savoir quand son patron aurait le rapport de son subordonné. Quand il sera rédigé, rétorqua Lynley avant de raccrocher.

Eve Bowen tourna la page pour lire la suite. Luxford resta près de la fenêtre. Lorsqu'elle eut fini, elle resta assise un moment la main sur le tabloïd, les yeux à hauteur du bureau de Lynley.

— Il paraît que j'ai tout faux, dit Luxford d'un ton calme. Il paraît qu'il faut que je récrive mon papier pour l'édition de demain. Sinon Leo y passe. Mais je ne sais pas ce que je dois modifier.

— Tu ne t'es pas trompé.

Elle parlait d'une voix assourdie sans le regarder.

— Il a oublié un détail ? questionna Lynley.

Elle lissa le papier.

— Chambre 710. Le papier peint était jaune. Il y avait une aquarelle de Mykonos au-dessus du lit. Un minibar avec du champagne infect. Alors on a bu un peu de whisky et tout le gin. (Elle s'éclaircit la gorge.) Nous sommes allés dîner deux fois dehors. Tard. Une fois dans un endroit qui s'appelait Le Château. L'autre dans un restaurant italien. San Filippo. Il y avait un violoniste qui n'arrêtait pas de nous casser les oreilles. Il a fallu que tu lui donnes cinq livres pour qu'il se décide à partir.

Luxford la fixait comme en transe.

— On se quittait bien avant le petit déjeuner. C'était plus prudent. Le dernier jour, non. C'était fini, mais on a prolongé les derniers instants. On a passé une commande au service d'étage. La commande a mis un temps fou à arriver. Tout était froid. Tu as pris la rose qui était dans le vase et...

Elle ôta ses lunettes et les plia avant de les mettre dans sa main.

— Je suis désolé, Evelyn.

Elle leva la tête.

– Pourquoi désolé ?

– Tu n'as rien voulu accepter. Tu m'as envoyé promener. Il ne me restait plus qu'à mettre de l'argent à la banque pour elle – ce que j'ai fait, une fois par mois, j'ai versé une somme sur son compte – pour le cas où elle aurait besoin de quelque chose après ma mort... Je ne savais pas. J'étais loin de me douter...

– Quoi ? demanda-t-elle sèchement. Qu'est-ce que tu ne pensais pas ?

– Que cette semaine avait autant compté pour toi.

– Elle n'a pas compté. Tu n'as pas compté. Tu ne comptes pas pour moi.

– Bien sûr. Je sais.

– Est-ce qu'il y a autre chose qui manque, Miz Bowen ? questionna Lynley.

Elle remit ses lunettes.

– Ce qu'on a mangé. Dans quelle position on a fait l'amour. Quelle importance ? (Elle rendit le journal à Lynley.) Je ne vois rien d'autre, à propos de cette semaine à Blackpool, qui puisse intéresser qui que ce soit, inspecteur. Le seul fait marquant a déjà été porté à la connaissance du public : pendant une semaine, Eve Bowen a baisé avec le rédacteur et sympathisant travailliste de ce torchon. Et elle a passé les onze années suivantes à prétendre le contraire.

Lynley porta les yeux vers Luxford. Il réfléchit à la conversation entendue sur la bande. Il ne semblait pas qu'il y eût quoi que ce soit d'autre à ajouter pour démolir davantage le député. Cela ne laissait qu'une seule possibilité même si elle semblait incroyable : Eve Bowen n'était pas la cible visée par le kidnappeur.

Il commença à farfouiller au milieu des dossiers et des rapports qui jonchaient son bureau. Sous la pile de documents, il finit par découvrir les photocopies des deux lettres du ravisseur. Les originaux étaient encore au service SO7 qui s'employait à relever les empreintes laissées sur le papier, procédure longue et délicate.

Il lut la lettre expédiée à Luxford. Il la relut à voix haute.

– « Reconnaissez votre premier-né à la une. Et Charlotte sera libérée. »

– C'est exactement ce que j'ai fait, dit Luxford. Qu'est-ce que je peux faire de plus ?

– Si après ça le kidnappeur n'est toujours pas satisfait, je ne vois qu'une explication possible, dit Lynley. Charlotte Bowen n'était pas votre premier enfant.

– Qu'est-ce que vous dites ? fit Luxford.

– C'est évident : vous avez un autre enfant, Mr Luxford. Dont quelqu'un connaît l'identité.

Barbara retourna à Wootton Cross à l'heure du thé avec un portrait de Dennis Luxford, que Nkata avait faxé à son intention à la Criminelle d'Amesford. La photo était « plombée », elle manquait de netteté et son passage à la photocopie en plusieurs exemplaires n'avait pas arrangé les choses. Mais il lui faudrait se débrouiller avec.

A Amesford, elle avait fait de son mieux pour éviter un autre accrochage avec le sergent Reg Stanley. Le sergent s'était barricadé dans la salle des opérations derrière un rempart de Bottin. Comme il avait le téléphone vissé à l'oreille et qu'il aboyait dans le micro tout en allumant une cigarette avec son atroce briquet, Barbara avait pu se contenter de le saluer d'un geste bref au passage ; après quoi elle était partie récupérer son fax. Ses photocopies terminées, elle s'était mise en quête de Robin qui était allé interroger les loueurs de péniches. Comme il semblait d'humeur à discuter en détail des résultats fructueux de son enquête – il pensait avoir trois témoins possibles –, elle ne lui avait pas laissé le temps de s'étendre : « Génial. Beau travail, Robin. Retournez voir vos trois gars avec ça. » Et de lui remettre la photo de Dennis Luxford qu'elle venait de photocopier.

Robin l'avait regardée en disant, ahuri :

– Luxford ?

– Luxford, rétorqua Barbara. C'est peut-être lui, notre ennemi public numéro un.

Robin avait étudié le cliché.

– Très bien. Je vais voir si l'un des trois loueurs de pénichettes le reconnaît. Et vous, vous faites quoi ?

Barbara lui expliqua qu'elle s'occupait toujours de l'uniforme de Charlotte Bowen.

– Si Dennis Luxford a planqué cet uniforme au milieu des vieilles fringues, à la kermesse de Stanton St

Bernard, quelqu'un l'a sûrement vu. Et ce quelqu'un, il me le faut.

Ayant laissé Robin se requinquer avec une tasse de thé, elle était montée dans sa Mini et avait pris la direction du nord.

Arrivée maintenant à Wootton Cross, elle contourna la statue du roi Alfred qui se dressait au milieu du carrefour et longea le minuscule commissariat où elle avait fait la connaissance de Robin, se demandant si leur rencontre ne remontait vraiment qu'à deux jours. La Barclay's était dans la grand-rue entre l'Eléphant dans un magasin de porcelaine (premier choix, second choix) et Chez Parsloe, bons gâteaux.

A la banque, calme plat. Pas un bruit. On se serait cru dans une église. Au fond, une petite barrière séparait l'espace clients de l'espace réservé au personnel. Là, une rangée de bureaux et de cagibis. Lorsque Barbara demanda Miss Matheson du service Nouveaux Comptes, un rouquin pas vraiment gâté côté dents lui indiqua le cagibi jouxtant le bureau de la direction. Sans doute était-ce le fait qu'elle côtoyait ce haut personnage qui rendait les parents de Miss Matheson si fiers de la situation de leur fille.

Miss Matheson était assise à son poste, devant son ordinateur. Elle entrait des données, manipulant des listings d'une main et tapant d'une façon experte de l'autre. Barbara constata qu'elle était équipée d'un fauteuil ergonomique et que sa posture faisait honneur à son ancien professeur de dactylographie. Voilà une jeune femme qui ne risquait pas de souffrir de torticolis ni de scoliose. Impressionnée, Barbara – qui était toujours avachie – se redressa, le dos épatamment droit, sûre de tenir au moins trente secondes dans cette position.

– Miss Matheson ? Criminelle, Scotland Yard. Puis-je vous dire un mot ?

Entendant cela, la jeune femme pivota sur son fauteuil. Barbara faillit bafouiller. Son maintien savamment étudié se défit à la vitesse d'un château de cartes abattu par la brise. Miss Matheson et elle se dévisagèrent.

– Barbara ? fit la jeune fille.

– Celia ? renvoya Barbara en se demandant par quel mystère sa chasse à l'uniforme l'avait mise en présence de la future épouse de Robin Payne.

Lorsqu'elles furent un peu remises de leurs émotions, Celia conduisit Barbara à l'étage, où se trouvait le coin repos du personnel.

– De toute façon, c'est l'heure de ma pause. Vous n'êtes pas venue ouvrir un compte ?

La salle de repos était en haut d'un escalier recouvert d'une moquette d'un marron bassement utilitaire. Elle comportait une réserve et des W-C. La pièce renfermait deux tables ainsi que des chaises en plastique dont l'inconfort meurtrier était de nature à anéantir en moins de quinze minutes les bienfaits des fauteuils ergonomiques qu'occupaient les employés le reste du temps. Une bouilloire électrique reposait sur un plan de travail en Formica orange, entourée de tasses et de boîtes de thé. Celia brancha la bouilloire et lança par-dessus son épaule :

– Ceylan ?

– Parfait, répondit Barbara.

Lorsque le thé fut prêt, Celia posa deux tasses sur la table : elle prit du faux sucre et Barbara du vrai. Elles remuaient leur thé et buvaient à la manière de deux adversaires qui s'observent sur le ring lorsque Barbara entra dans le vif du sujet.

Elle mit Celia au parfum concernant l'uniforme de classe de Charlotte Bowen – par qui et au milieu de quoi l'uniforme avait été retrouvé – et elle constata que la jeune femme prenait un air étonné. Sortant la photo de Dennis Luxford de son sac, elle dit :

– La question qu'on se pose est la suivante : est-ce que ce type vous rappelle quelque chose ? Est-ce que vous l'auriez vu à la kermesse ? Ou rôdant autour de l'église peu avant la kermesse ?

Et de tendre la photo à la jeune fille. Celia posa sa tasse sur la table, lissa la photo, l'examina attentivement et secoua la tête.

– C'est une cicatrice, qu'il a au menton ?

Barbara n'avait pas remarqué ce détail, en regardant de nouveau la photo elle s'aperçut que Celia avait raison.

– En effet.

– Je me serais souvenue de la cicatrice, affirma Celia. Je suis physionomiste. A la banque, les clients aiment qu'on les appelle par leur nom. Je m'arrange toujours pour me souvenir d'un détail précis les concernant. Je me serais souvenue de cette cicatrice si je l'avais vue.

Barbara préférait ne pas savoir sur quoi Celia s'appuierait pour se souvenir d'elle. Toutefois elle jugea préférable de lui faire passer un test. Elle sortit donc une photo d'Howard Short qu'elle avait piquée dans le bureau de ses collègues d'Amesford. Puis elle demanda à Celia si elle le reconnaissait.

Réponse positive et immédiate.

– Il est passé au stand, dit Celia. (Et d'ajouter dans un bel élan d'honnêteté qui aurait fait la fierté de ses parents :) Mais il m'aurait été difficile de ne pas le reconnaître. C'est Howard Short. Sa grand-mère fréquente notre église.

Elle avala une gorgée de thé. Barbara constata qu'elle ne faisait pas de bruit en buvant bien que le thé fût brûlant. Les bonnes manières, on ne s'en débarrassait pas comme ça.

– C'est un charmant garçon, laissa tomber Celia en rendant la photo à Barbara. J'espère qu'il n'a pas fait de bêtises.

Barbara songea que Celia ne devait pas être beaucoup plus âgée qu'Howard Short et que dans ce « charmant garçon » il y avait peut-être de la condescendance.

– Pour l'instant, il est « clean ». Bien qu'on ait retrouvé l'uniforme de la petite Bowen chez lui.

– Howard ? fit Celia, incrédule. Je doute qu'il ait quoi que ce soit à voir avec la mort de cette petite.

– C'est ce qu'il prétend, en effet. Il dit avoir trouvé l'uniforme dans le sac de chiffons acheté sur votre stand.

Celia confirma qu'Howard avait effectivement acheté des chiffons, mais elle confirma aussi les explications de sa mère concernant la façon dont les vieilles fringues étaient découpées et devenaient des bouts de tissu. Puis elle décrivit le stand. Dans un coin des portants chargés de vêtements accrochés à des cintres, dans un autre des tables de vêtements pliés, dans un autre des chaussures. « Nous n'en vendons pas beaucoup », avoua-t-elle. Enfin, les sacs en plastique pleins de chiffons, dans un carton, au fond du stand. Il était inutile de les surveiller compte tenu de leur absence de valeur marchande.

– Quelqu'un aurait donc pu glisser l'uniforme dans les chiffons sans que la personne qui tenait la caisse s'en aperçoive ? demanda Barbara.

Celia dut reconnaître que c'était possible. Peu vraisemblable mais possible. Le stand de vêtements avait énormément de succès. Mrs Ashley Havercombe de Wyman Hall près de Bradford-on-Avon faisait généreusement don de multiples pièces de sa garde-robe et, à l'ouverture, les amateurs se jetaient dessus. La foule était telle à ce moment-là que... Oui, c'était possible.

– Mais vous n'avez pas vu cet homme ? Vous en êtes sûre ?

Celia en était certaine. Seulement, comme elle n'avait pas tenu le stand toute la journée, Barbara ferait peut-être bien de montrer la photo à sa mère.

– Elle n'est pas aussi physionomiste que moi, précisa Celia. Mais elle aime bien bavarder avec les gens. Et si ça se trouve, elle a échangé quelques mots avec lui.

Barbara se dit qu'il était peu probable que Luxford, après avoir planqué l'uniforme de sa fille au milieu des chiffons, ait eu l'idée imbécile de discuter le coup avec la femme du pasteur. Pour attirer l'attention sur lui ? Non. Grotesque.

– Je retourne à Stanton St Bernard, annonça Barbara.

– Vous n'allez pas à Lark's Haven ? fit Celia d'un air détaché tout en suivant d'un ongle en amande un motif peint sur sa tasse.

Regardant la tasse, Barbara constata qu'il s'agissait d'un gros cœur rose. L'espace d'un instant, elle se demanda s'il s'agissait d'un cadeau de Saint-Valentin.

– Maintenant ? Non. J'ai encore beaucoup à faire.

Elle repoussa sa chaise et esquissa le geste de remettre les photos dans son sac.

– Au début, dit Celia, je me suis posé des tas de questions. Je me suis dit que ça ne lui ressemblait pas. Mais hier soir, j'ai compris.

– Excusez-moi ? fit Barbara, ses photos à la main comme une offrande dont personne n'aurait voulu.

Celia se plongea dans l'examen de la table au milieu de laquelle s'empilaient des bulletins à l'en-tête de la Barclay's. Après avoir pris une profonde inspiration, elle lâcha avec un sourire :

– Lorsqu'il est rentré du stage, la semaine dernière, je n'arrivais pas à comprendre pourquoi les choses avaient à ce point changé entre nous. Six semaines plus tôt nous étions tout l'un pour l'autre. Et subitement, plus rien.

Barbara essaya de décrypter ce message énigmatique. *Il*? Ça devait être Robin. Les *choses*? Ça devait être leurs relations. Le *stage*? Ça devait être le stage que Robin avait suivi pour intégrer la Criminelle. Bon, OK. Quant au préambule, alors là, elle nageait complètement.

– Ecoutez, dit-elle à Celia. C'est dur, la Criminelle. Et puis c'est sa première enquête. Pas étonnant qu'il se donne à fond : il veut réussir. Alors faut pas vous miner si vous le trouvez distant. C'est le boulot qui l'absorbe.

Mais Celia poursuivit sur sa lancée.

– Au début, j'ai cru que c'était à cause des fiançailles de Corrine. Je me suis dit qu'il se faisait du souci parce que sa mère ne connaissait pas Sam depuis suffisamment longtemps. Robin est vieux jeu par certains côtés. Et il est terriblement attaché à sa mère. Ils ont toujours vécu ensemble. Mais quand même, c'était pas une raison suffisante pour montrer si peu d'empressement à vouloir... être avec moi. Si vous voyez ce que je veux dire.

Elle regarda Barbara bien en face, attendant une réponse à une question qu'elle n'avait pas posée.

Barbara ne se sentait absolument pas en état de lui en fournir une. Ses collègues payaient généralement cher le choix qu'ils faisaient de travailler à la Criminelle et elle se disait que ça ne mettrait pas du baume au cœur de la jeune fille si elle lui racontait leurs déboires conjugaux et sentimentaux.

– Il faut qu'il s'habitue. Qu'il trouve ses marques, quoi.

– Ses marques, ce n'est pas ça qu'il a trouvé. Je m'en suis rendu compte quand je vous ai vus ensemble la nuit dernière à Lark's Haven. Il ne s'attendait pas à m'y trouver. Et quand il m'a aperçue, c'est à peine s'il m'a regardée. C'est révélateur, non?

– Comment ça, révélateur?

– Il a fait votre connaissance pendant le stage, Barbara. C'est là que tout a commencé.

– Tout quoi? fit Barbara, sidérée, comprenant enfin où Celia voulait en venir. Vous pensez que Robin et moi... (L'idée était si grotesque qu'elle ne parvint même pas à terminer sa phrase.) Lui et moi? Vous pensez...

– J'en suis sûre.

Barbara fouilla dans son sac pour y prendre ses cigarettes. Elle se demandait ce qui lui arrivait. Elle n'arrivait pas à croire que cette jeune femme avec sa coupe de cheveux et ses vêtements dernier cri, son visage gracieux pût voir en elle une rivale. Elle, Barbara Havers, sourcils hirsutes, cheveux en bataille, dans son informe pantalon marron qui pochait et son pull trop large destinés à camoufler son corps. Un corps si grassouillet que le dernier homme qui lui avait jeté un regard de désir l'avait fait dix ans plus tôt et sous l'influence de l'alcool. « Sacré bon sang de bonsoir », songea Barbara. Elle n'avait décidément pas fini d'en apprendre.

– Tranquillisez-vous, Celia. Il n'y a rien entre Robin et moi. On s'est rencontrés il y a deux jours, c'est tout. Pour ne rien vous cacher, je lui ai fait mordre la poussière et, en plus, je lui ai écrasé la main. (Elle sourit.) Ce n'est pas du désir que je lui inspire. Mais l'envie de se venger à la première occasion.

Celia ne trouva pas ça drôle. Se levant, elle emporta sa tasse jusqu'au plan de travail, fit couler de l'eau dedans et la posa soigneusement au milieu des autres dans l'égouttoir.

– Ça n'y change rien.

– Quoi ?

– La façon dont vous vous êtes rencontrés. Je connais Robin. Je suis encore capable de lire sur son visage. Entre nous, c'est fini ; et ça, c'est à cause de vous. (Elle s'essuya les doigts sur un coin de torchon, se frotta les paumes l'une contre l'autre comme pour en faire tomber de la poussière. Puis, adressant à Barbara un sourire de commande :) Y a-t-il autre chose dont vous souhaitiez me parler ? fit-elle de la voix qu'elle devait utiliser avec les clients qu'elle ne pouvait pas voir en peinture.

Barbara se mit debout à son tour :

– Je ne crois pas. (Et tandis que Celia se dirigeait vers la porte, elle ajouta :) Vous vous trompez. Complètement. Il n'y a rien entre nous.

– Pas encore, fit Celia en descendant l'escalier.

Le policier noir à l'accent hybride n'étant pas en mesure de la raccompagner, Lynley s'arrangea pour qu'un véhicule de police banalisé aille attendre Eve Bowen dans le parking en sous-sol et la conduise hors du Yard, lui faisant gravir à toute allure la rampe qui débouchait dans Broadway Street. Eve s'était dit que le changement de voiture – le passage de la Bentley gris métallisé à cette Golf d'un beige sale et passe-partout – lui permettrait de semer les journalistes. Mais elle se trompait. Le policier eut beau faire des tours et des détours à travers les rues Tothill, Dartmouth et Old Queen, il avait affaire à forte partie. Il réussit à semer deux voitures dont les conducteurs avaient cru, à tort, qu'il se rendait au ministère de l'Intérieur. Mais une troisième les prit en chasse le long de St James's Park. Téléphone à l'oreille, le conducteur de cette dernière parlait fébrilement, ce qui signifiait que d'autres suiveurs allaient bientôt se jeter aux trousses d'Eve Bowen avant qu'elle atteigne Marylebone.

Sur le perron du Numéro 10, peu après midi, le Premier ministre avait accepté sa démission. Mine solennelle, il lui avait servi un discours de circonstance. Celui qu'Eve était en droit d'attendre d'un politicien pris entre deux feux, tenu de lui manifester sa réprobation du fait qu'il a tout misé sur le retour aux valeurs traditionnelles, et obligé en tant que membre du Parti conservateur de remercier dans les formes un sous-secrétaire d'Etat qui l'avait infatigablement et brillamment servi. Le Premier ministre réussit à trouver la bonne formule, exprimant juste ce qu'il fallait de regret tout en prenant ses distances par rapport à elle. Et après tout c'était bien normal : il avait d'excellents conseillers pour rédiger ses discours. Quatre heures plus tard, le colonel Woodward avait parlé devant la porte du bureau de l'Association de circonscription. Il avait fait court, lâchant « la » petite phrase qui serait reprise aux infos du soir : « Nous l'avons élue. Nous la gardons. Pour l'instant. » Depuis que ces deux oracles avaient scellé son destin, les reporters n'avaient qu'une envie : enregistrer ses réactions. Lui fourrer sous le nez micros ou caméras.

Elle ne demanda même pas au constable qui était au volant de la Golf si les reporters savaient que Dennis Luxford s'était trouvé au Yard en même temps qu'elle. A ce stade, cela n'avait guère d'importance. Sa liaison avec Luxford n'avait plus aucun intérêt dès lors que *La Source* en avait informé ses lecteurs. La seule chose qui préoccupait les reporters maintenant, c'était d'avoir éventuellement un éclairage nouveau sur son histoire. Luxford avait grillé tous les quotidiens de Londres, et de Kensington à l'Isle of Dogs tous les rédacteurs devaient secouer leurs troupes pour bien leur enfoncer ça dans le crâne. C'est pourquoi, en attendant qu'un autre scandale aiguise l'appétit du public, les journalistes la traqueraient, bien décidés à avoir du nouveau afin de vendre du papier. Elle pouvait toujours essayer de se montrer plus maligne qu'eux, mais en aucun cas elle ne pouvait compter sur leur indulgence. Ils ne feraient pas de quartier.

Des munitions pour l'édition de demain, ils en avaient à foison, grâce au Premier ministre et au président de l'Association de circonscription. Ils en avaient même suffisamment pour ne pas être obligés de la traquer comme ils le faisaient en ce moment. Seulement il y avait toujours une chance que des ragots encore plus croustillants leur tombent sous la dent. Et ils n'allaient pas rater une si belle occasion de l'enfoncer davantage.

Le policier continua de faire le maximum pour semer ses poursuivants. Sa connaissance des rues de Westminster était si parfaite qu'Eve se demanda s'il n'avait pas fait le taxi à Londres avant d'entrer au Yard. Malheureusement, face au quatrième pouvoir, il ne faisait pas le poids. Lorsque les journalistes comprirent qu'en dépit de son itinéraire zigzagant le constable ralliait Marylebone, ils téléphonèrent tout bonnement à leurs collègues restés aux abords de Devonshire Place Mews. Et lorsque Eve et son vaillant chauffeur bifurquèrent à droite, après Marylebone High Street, ce fut pour découvrir qu'ils étaient attendus par une meute d'individus brandissant des appareils photo et des calepins, et braillant à qui mieux mieux.

Eve, fût-ce du bout des dents, avait toujours dit du bien de la famille royale. C'était normal quand on était membre du Parti conservateur. Pourtant, bien que persuadée que la royauté ne représentait qu'un gouffre pour l'économie nationale, elle se surprit à souhaiter que l'un des membres de la famille royale, n'importe lequel, eût fait quelque chose de nature à attirer l'insatiable attention des médias. Histoire d'avoir elle-même la paix.

Le cheval de frise barrait toujours l'entrée des *mews*. Un constable veillait à ce que l'on ne puisse accéder à sa maison. Bien qu'elle eût démissionné, les *mews* resteraient sous protection policière jusqu'à ce que la tempête se calme. En tout cas, c'est ce que Richard Hepton lui avait promis : « Je ne jette pas les miens aux chiens. »

Non. Il se contentait de les jeter à portée des chiens. Mais en politique c'était la loi.

Le chauffeur lui demanda si elle voulait qu'il l'accompagne à l'intérieur. Afin de s'assurer que tout était en ordre. Elle lui dit que ce n'était pas nécessaire. Son mari l'attendait. Tout ce qu'elle voulait, c'était être seule avec lui.

Les appareils photo crépitèrent lorsqu'elle se précipita vers la porte de son domicile. Les reporters aboyaient de derrière la barrière, mais leurs questions se perdaient dans le vacarme de la circulation de la rue toute proche et le bruit que faisaient les consommateurs attablés devant le Devonshire Arms en ingurgitant force pintes de bière. Dès qu'elle eut refermé la porte derrière elle, elle cessa complètement de les entendre.

Elle tira les verrous, appela : « Alex ? » et se rendit dans la cuisine. A sa montre, il était dix-sept heures vingt-huit. L'heure du thé était passée, celle du dîner approchait. Mais il n'y avait aucune trace de repas dans la pièce. Elle s'en moquait un peu car elle n'avait pas spécialement faim.

Elle monta au premier. D'après ses calculs, il y avait dix-huit heures qu'elle ne s'était pas changée. Depuis son départ de la maison, la veille, lorsqu'elle avait tenté de sauver la situation. Sa robe lui collait aux aisselles. Son slip à l'entrejambe, telle la main d'un homme aviné. Elle avait envie d'un bain, de se tremper dans un long bain chaud, parfumé, envie d'un masque de beauté pour se purifier le visage. Après ça, elle prendrait un verre de vin. Blanc, frappé, avec un arrière-goût musqué qui lui rappelait les pique-niques en France à base de fromage et de pain.

Peut-être était-ce là-bas qu'ils iraient en attendant que les choses se tassent et qu'elle cesse d'être la cible des colporteurs de ragots de Fleet Street. D'un coup d'avion, ils gagneraient Paris où ils loueraient une voiture. Elle se laisserait aller contre le dossier du siège, fermerait les yeux, laissant à Alex le soin de la conduire où bon lui semblerait. Ça leur ferait du bien, de s'absenter un peu.

Dans la chambre, elle ôta ses chaussures. De nouveau, elle appela : « Alex ? » Seul le silence lui répondit. Tout en commençant à déboutonner sa robe, elle retourna vers le couloir et appela de nouveau. Puis elle se souvint de l'heure et se rendit compte qu'il devait être dans l'un de ses restaurants : c'était généralement là qu'il se trouvait l'après-midi. Elle-même n'était jamais à la maison à cette heure. La maison qui lui semblait si étonnamment calme était certainement parfaitement en ordre. Pourtant il y avait du mystère dans l'air, les pièces semblaient attendre qu'elle découvre... Mais quoi ? Et pourquoi cette certitude que quelque chose ne tournait pas rond ?

« Les nerfs », songea-t-elle. Après tout, elle avait traversé un sale moment. Il lui fallait ce bain. Il lui fallait un verre.

Elle ôta sa robe, l'abandonna en tas sur la moquette et se dirigea vers la penderie pour y prendre sa robe de chambre. Elle en ouvrit les portes et c'est alors qu'elle comprit la signification de cet étrange silence.

Les vêtements d'Alex avaient disparu : chemises, costumes, pantalons, chaussures. Disparu si complètement qu'il ne restait pas même un mouton de poussière.

Même chose dans la commode. Dans la table de chevet. Et lorsqu'elle pénétra dans la salle de bains, elle constata que la pharmacie, côté Alex, était vide aussi. Combien de temps lui avait-il fallu pour faire disparaître toute trace de sa présence dans la maison ? Car c'était apparemment ce qu'il avait fait.

Pour en avoir le cœur net, elle se rendit dans le bureau, le séjour et la cuisine. Toutes ses affaires avaient disparu.

Elle songea : « Salaud, *salaud*. » Il avait bien choisi son moment. Son humiliation était complète et qui plus est publique : les charognard embusqués dans Marylebone High Street avaient dû le voir filer dans sa Volvo chargée jusqu'à la gueule. Et maintenant ils la guettaient afin d'enregistrer ses réactions face à ce nouveau coup du sort.

« Salaud, songea-t-elle de nouveau. Espèce d'immonde salaud. » Il avait choisi la solution de facilité, se tirant en douce comme un gamin pour ne pas avoir à répondre à ses questions. Ç'avait été simple pour lui : il avait plié bagage, il était parti, la laissant affronter seule ces ordures et leur curiosité. Elle les entendait d'ici. S'agit-il d'une séparation définitive ? Le départ de votre mari a-t-il un rapport avec les révélations faites ce matin par Dennis Luxford ? Connaissait-il votre liaison avec Mr Luxford avant la publication de cet article dans *La Source* ? Votre position sur le mariage, les liens sacrés du mariage, a-t-elle évolué au cours de ces douze dernières heures ? Comptez-vous divorcer ? Avez-vous une déclaration à...

« Oh ! oui », songea Eve. Des déclarations, elle en avait des tas. Mais ce n'était pas à la presse qu'elle comptait les faire.

Retournant dans la chambre, elle s'habilla en toute hâte. Elle se mit du rouge à lèvres, se peigna et lissa ses sourcils avec ses doigts. Puis elle fila dans la cuisine consulter le calendrier. Dans la case mercredi figurait le mot *Sceptre* de l'écriture méticuleuse d'Alex. « Ça tombe bien », songea-t-elle. Le Sceptre était à Mayfair, à moins de dix minutes en voiture.

Les reporters se mirent au garde-à-vous derrière la barrière dès qu'ils la virent sortir sa voiture du garage. Il y eut une bousculade générale dans les rangs tandis que ceux qui avaient garé leur véhicule non loin de là se précipitaient pour monter dedans et la prendre en chasse. Le constable de garde à la barrière se pencha vers elle :

– C'est pas une bonne idée, de sortir seule, Miz Bowen. Si vous voulez, je peux demander à quelqu'un de...

– Déplacez le cheval de frise.

– Ils vont se précipiter sur vous comme des frelons en folie.

– Ecartez le cheval de frise, répéta-t-elle. Dépêchez-vous.

Espèce de conne, disait le regard du policier qui se contenta d'acquiescer. Il fit pivoter la barrière pour lui permettre d'accéder à Marylebone High Street. Pied au plancher, elle obliqua sur la gauche et mit la gomme en direction de Berkeley Square. Le Sceptre était à l'écart dans un *mews*, au sud-ouest de la place. C'était un beau bâtiment de brique recouvert de vigne vierge dont l'entrée était ornée de plantes tropicales.

Eve arriva bien avant les journalistes qui avaient perdu du temps à rejoindre leur véhicule et à respecter le Code de la route, dont elle-même n'avait tenu aucun compte. Le restaurant n'était pas encore ouvert mais le personnel devait être à pied d'œuvre depuis deux heures de l'après-midi, et Alex serait au milieu de ses troupes. Elle s'approcha de la petite porte et frappa violemment avec son porte-clés en cuivre. Elle était à l'intérieur et faisait face au chef pâtissier alors que ses poursuivants n'étaient pas encore descendus de leurs voitures respectives.

– Où est-il ?

Le chef pâtissier dit :

– Il prépare un nouvel aïoli. Pour l'espadon de ce soir...

– Epargnez-moi les détails, fit Eve.

Dépassant le pâtissier, elle s'engouffra dans la cuisine, longea les chambres froides et les étagères où, sous les plafonniers à la lumière vive, luisaient, rangée après rangée, casseroles et autres ustensiles.

Alex et son chef plantés devant un plan de travail bavardaient face à des gousses d'ail, une bouteille d'huile d'olive, des olives coupées en morceaux, un bouquet de persil, des tomates, des oignons et des poivrons non encore épluchés. Autour d'eux la préparation du dîner allait bon train : les aides-cuisiniers préparaient les potages, les entrées, lavant soigneusement tous les légumes. Un mélange d'odeurs délicieuses flottait, qui lui aurait certainement fait venir l'eau à la bouche si elle avait eu de l'appétit. Mais la nourriture était bien la dernière de ses préoccupations.

– Alex.

Il leva la tête.

– J'ai à te parler.

Un moment de silence suivit sa déclaration. Mais aussitôt le bruit ambiant reprit. Elle attendit qu'il lui refasse le coup de l'ado geignard : « Tu ne vois pas que je suis occupé ? Il va falloir que ça attende. » Mais non. Il dit simplement au chef :

– Faut se débrouiller pour trouver des cèpes avant demain. (Puis à Eve :) Dans mon bureau.

La comptable occupait l'unique siège. Elle traitait un monceau de factures. Elle était en train de les classer lorsque Alex ouvrit la porte.

– Je suis sûre que Smithfield nous a encore arnaqués, Alex. Il va falloir changer de fournisseur ou alors prendre des mesures pour...

Soudain elle aperçut Eve, derrière son mari. Elle posa le document auquel elle venait de faire référence et se mit à balayer la pièce du regard, comme en quête d'un endroit où se réfugier.

– Je vous demande cinq minutes, Jill, dit Alex.

– Ça tombe bien, je boirais volontiers une tasse de thé.

La comptable se leva et fila sans un regard à Eve.

Alex ferma la porte. Eve s'était attendue à ce qu'il ait l'air gêné ou agressif, mais pas à lui voir cet air navré.

– Explique-toi, Alex.

– Que veux-tu que je te dise ?

– Je veux savoir ce qui se passe. Je veux savoir pourquoi tu as fait ça. Tu me dois bien cela.

– Tu es passée à la maison, alors.

– Evidemment que je suis passée à la maison. Qu'est-ce que tu crois ? Tu t'imagines que c'est par les journalistes que j'ai appris que mon mari m'avait plaquée ? Tu t'es débrouillé pour déménager sous leur nez, je parie ?

– J'ai embarqué le plus gros la nuit dernière. Le reste, ce matin. Les journalistes n'étaient pas encore là.

– Où est-ce que tu habites ?

– C'est sans importance.

– Ah bon ? Pourquoi ? (Elle jeta un coup d'œil vers la porte. Soudain elle se souvint de l'expression qu'elle avait lue sur le visage de la comptable lorsque cette dernière l'avait aperçue debout derrière Alex, dans le couloir. Pourquoi cette mimique ? Panique ? Gêne de quelqu'un qui se fait prendre la main dans le sac ?) Qui est-ce ?

Alex ferma les yeux avec lassitude. Il parut faire un effort immense pour les rouvrir.

– C'est à ça que tu penses ? Tu crois qu'il y a une autre femme dans ma vie ?

– Je suis venue pour essayer de comprendre ce qui se passe.

– Je vois. Mais je ne sais pas si je peux te l'expliquer. Quoique... non, c'est faux. Je peux t'expliquer. Jusqu'à demain même, si c'est ce que tu veux.

– Ce serait un début.

– Seulement les explications ne serviraient à rien. Tu ne comprendrais pas. C'est pourquoi je crois qu'il vaut mieux qu'on aille chacun de notre côté, qu'on se sépare.

– Tu veux divorcer, c'est ça? Non, attends. Ne réponds pas tout de suite. Je veux être sûre de comprendre. (Elle s'approcha du bureau, y posa son sac et pivota vers lui. Il demeura près de la porte.) Je viens de vivre la semaine la plus épouvantable de ma vie, et ce n'est pas fini. On m'a demandé de démissionner de mes fonctions au gouvernement. D'abandonner mon siège de député aux prochaines élections. Ma vie privée va s'étaler à la une de toutes les feuilles à sensation du pays. Et toi, tu veux divorcer.

Il inspira bien à fond. Il la regarda, mais sans paraître la reconnaître. On aurait dit qu'il s'était réfugié dans un autre monde, peuplé de gens totalement différents de la femme qui se tenait près de lui.

– Tu devrais t'écouter, murmura-t-il d'une voix lasse. Bordel de merde, Eve. Tu devrais écouter, pour une fois.

– Ecouter quoi?

– Ce que tu es.

Il ne lui parlait pas avec froideur, pas non plus comme un homme qui est vaincu. Il lui parlait d'un ton résigné, et ça, c'était nouveau. Il s'exprimait comme un homme qui est parvenu à des conclusions, dont il ne semblait pas se soucier de savoir si elle les comprenait. Elle croisa les bras. Mains plaquées sur ses coudes, elle s'enfonça les ongles dans la peau.

– Je sais qui je suis, Alex. La cible de tous les journaux du pays. La risée générale. La victime des médias avec leur soif d'influencer l'opinion, de s'attaquer au gouvernement en place. Mais je suis aussi ta femme. Et à ce titre, j'aimerais que tu me parles franchement. Au bout de six ans de mariage, tu me dois davantage que des discours à la sauce psy, Alex. « Ecoute ce que tu es. » Ce n'est pas un argument, ça. Tout juste le point de départ d'une scène de ménage. Et tu vas y avoir droit, à la scène de ménage, si tu ne t'expliques pas mieux que cela. Je suis claire?

– Claire, tu l'as toujours été. C'est moi qui étais à côté de mes pompes. Pourtant ça me crevait les yeux. Mais j'ai préféré faire l'autruche.

– Ce que tu racontes n'a pas de sens.

– Pour toi, non. Ça ne m'étonne pas. Moi-même, il y a une semaine, j'aurais pensé que tout ça, c'était des bêtises. De la connerie pure et simple. Et puis Charlie a disparu. Je me suis mis à réfléchir à notre vie, à l'analyser. Et plus je l'étudiais, plus je la trouvais moche.

Eve se raidit. Un mur de glace semblait la séparer de son mari.

– Moche, notre vie ? Mais tu t'attendais à quoi, au juste, après le kidnapping de Charlotte ? L'assassinat de Charlotte ? Les circonstances de sa naissance et sa mort livrées en pâture au public ?

– A ce que tu te comportes différemment. Mais c'était trop te demander.

– Vraiment ? Et tu voulais quoi, Alex ? Que je porte un cilice ? Que je me mette de la cendre sur le visage ? Que je déchire mes vêtements ? Que je me coupe les cheveux ? Que j'exprime mon chagrin de façon conventionnelle ? C'est ça que tu voulais ?

– Je voulais que tu réagisses en mère. Mais je me suis rendu compte que tu n'étais qu'une femme qui avait mis un enfant au monde par erreur.

La colère l'empoigna.

– Comment oses-tu suggérer...

– Ce qui est arrivé à Charlie... (Il s'arrêta. Les yeux rouges. Il s'éclaircit la gorge. Rudement.) Ce qui est arrivé à Charlie, c'est secondaire à tes yeux. Même encore maintenant, alors qu'elle est morte, la seule chose qui t'atteint, c'est ce qui t'arrive. La publication de cet article dans le canard de Luxford. La décision que je viens de prendre. Autant de choses qui ne concernent que toi. Encore un obstacle à tes ambitions politiques. Autant d'événements à expliquer à la presse. Tu vis dans un monde où seules comptent les apparences, pas la réalité. Je suis idiot de ne pas m'en être rendu compte plus tôt, il a fallu que Charlie soit assassinée pour que je réalise.

Il tendit la main vers la poignée de la porte.

– Alex, si tu me quittes maintenant...

Elle ne sut comment terminer sa menace.

Il pivota.

– Je te fais confiance, je suis sûr que tu sauras trouver un euphémisme, une métaphore – appelle ça comme tu voudras, je m'en fiche – pour expliquer aux journalistes ce qui nous est arrivé. Quel que soit le mot que tu utilises, en tout cas, entre nous, c'est fini.

Il poussa la porte. Les bruits de la cuisine les enveloppèrent. Sur le point de sortir du bureau, il hésita, lui jeta un regard. Elle crut qu'il allait évoquer leur passé, leur vie commune, leur avenir en miettes. Au lieu de quoi, il ajouta :

– Le pire, vois-tu, c'est que je voulais que tu sois capable d'aimer. Je le voulais tellement que j'avais réussi à m'en persuader. Erreur...

– Tu vas parler à la presse ?

Il eut un sourire glacial.

– Mon Dieu, Eve. C'est pas possible.

28

Luxford découvrit sa femme dans la chambre de Leo. Elle triait ses dessins, qu'elle classait par thèmes. Copies méticuleuses des anges, des vierges et des saints de Giotto. Ebauches de ballerines frêles et de danseurs en haut-de-forme. A côté, des animaux, essentiellement des écureuils et des loirs. Et, au milieu du bureau, une esquisse d'un petit garçon à l'air malheureux comme les pierres, assis sur un tabouret derrière les barreaux d'une cellule. Ce dessin ressemblait à une illustration extraite d'un livre pour enfants. Luxford se demanda si son fils ne l'avait pas copié dans un roman de Dickens.

Fiona examinait cette esquisse, tenant contre sa joue la veste d'un pyjama écossais de Leo. Elle se balançait tout doucement sur sa chaise, en un mouvement à peine perceptible, le visage enfoui dans la flanelle usée.

Luxford se demandait comment elle allait réussir à supporter le coup qu'il s'apprêtait à lui porter. Il s'était posé la question pendant tout le trajet qui l'avait conduit de Westminster à Highgate. Mais il n'avait pas trouvé le moyen de lui annoncer en douceur les dernières exigences du ravisseur. Pour une bonne raison, une raison horrible : il ne possédait pas le renseignement que ce dernier voulait obtenir de lui. Et il ne voyait pas comment il allait annoncer à Fiona que la vie de leur fils dépendait d'un renseignement dont il ignorait tout.

— Il y a eu des appels pour toi, dit Fiona à voix basse sans détourner les yeux du dessin.

Luxford sentit ses entrailles se nouer.

– Est-ce qu'il a...

– Ce n'était pas le kidnappeur, fit-elle d'une voix atone comme quelqu'un qui est désormais privé de réaction. C'est Peter Ogilvie qui a appelé, pour commencer. Il voulait savoir pourquoi tu avais gardé sous le coude le papier sur Leo.

– Seigneur, chuchota Luxford. A qui a-t-il bien pu aller parler ?

– Il veut que tu le rappelles immédiatement. Il te signale que tu as des obligations envers le journal. Que tu as entre les mains les éléments de l'article le plus fumant de l'année. Et que si tu fais de la rétention d'information, il tient à savoir pourquoi.

– O mon Dieu, Fi. Je suis désolé.

– Rodney a également appelé. A propos de la une de demain. Miss Wallace aussi. Elle veut savoir si elle doit laisser Rodney continuer à organiser les conférences de rédaction dans ton bureau. Je n'ai pas su quoi leur répondre. Je leur ai simplement dit que tu les rappellerais dès que possible.

– Qu'ils aillent se faire foutre.

Elle se balança tout doucement, comme étrangère à ce qui se passait autour d'elle. Luxford se pencha, posa la bouche contre les cheveux couleur de miel.

– J'ai tellement peur, Dennis. Il est seul. Gelé. Affamé. Il doit essayer de serrer les dents, se demander ce qui lui arrive. Je me souviens d'une histoire de kidnapping que j'avais lue. La victime avait été enfermée dans un cercueil et enterrée vivante avec une toute petite réserve d'air. J'ai tellement peur que Leo ait été... Qu'on lui ait fait du mal.

– Non, dit Luxford.

– Il doit être complètement déboussolé. Je voudrais tellement l'aider. Et au lieu de ça, je suis là, à attendre, incapable d'agir pendant qu'un malade tient entre ses mains ce que j'ai de plus cher au monde. La terreur de Leo, ça me rend malade rien que d'y penser. Pourtant il m'est impossible de penser à autre chose.

Luxford s'agenouilla près de la chaise. Il se sentait incapable de lui répéter ce qu'il lui avait dit sur tous les tons depuis maintenant vingt-quatre heures : Nous allons le récupérer, Fiona. Parce que, pour la première fois, il doutait du sort qui attendait Leo et du reste. Il lui semblait marcher sur une pellicule de glace si fine qu'un seul faux pas suffirait à causer leur perte à tous trois.

Fiona bougea et se tourna vers lui. Elle lui effleura la tempe, posa sa main sur son épaule.

— Tu souffres, toi aussi, je le sais. Et depuis le début. Mais je refusais de l'admettre parce que je cherchais un responsable.

— Tu as raison de m'en vouloir. Sans moi, rien de tout cela ne serait arrivé.

— Ecoute, Dennis, il y a onze ans, tu as fait une bêtise. Mais quant à ce qui vient de se passer, tu n'as rien à te reprocher. Tu es victime des événements au même titre que Leo. Comme Charlotte et sa mère l'ont été. J'en suis sûre.

Tant de générosité dans le pardon lui serra le cœur. Malade d'appréhension, il murmura :

— Il faut que je te dise quelque chose.

De ses yeux graves, Fiona l'observa.

— Le trou dans l'article de ce matin, fit-elle en conclusion. Eve Bowen était au courant. Dis-le-moi. Tu peux y aller.

Elle venait de lui avouer qu'elle avait cherché un responsable. Jusqu'à cet après-midi, il en avait fait autant. Seulement, lui, c'était Evelyn qu'il avait tenue pour responsable, Evelyn avec sa paranoïa, la haine qu'elle lui vouait et sa stupidité. Autant de réactions qui avaient provoqué la mort de Charlotte et l'enlèvement de Leo. Mais maintenant il connaissait le véritable responsable. Et en apprenant cela à sa femme, il allait la démolir.

— Raconte-moi tout, Dennis.

Il s'exécuta. Il commença par lui dire qu'Eve Bowen n'avait pas eu grand-chose à ajouter à l'article publié dans *La Source*. Il poursuivit en lui rapportant la façon dont l'inspecteur Lynley avait interprété l'expression *votre premier-né*. Et il conclut en lui faisant partager les réflexions qu'il s'était faites dans la voiture depuis qu'il avait quitté New Scotland Yard.

— J'ignore qui est ce troisième enfant, Fiona. Jusqu'à aujourd'hui, j'ignorais son existence. Devant Dieu, je le jure. Je ne sais absolument pas qui c'est.

Elle le regarda, sidérée.

— Mais comment peux-tu ne pas savoir... (Puis se rendant compte de ce que signifiait l'ignorance de son mari, elle se détourna.) Il y en a donc eu tant que ça, Dennis ?

Luxford chercha un moyen de lui expliquer quel homme il avait été avant de la connaître, quels démons l'avaient poussé à agir comme il l'avait fait.

– Avant de te rencontrer, Fiona, le sexe n'était qu'une activité comme une autre.

– Comme te brosser les dents ?

– Un sport qui me permettait de me prouver... (Il eut un geste vague.) Je ne sais trop quoi.

– Tu ne sais pas ? Ou tu ne veux pas le dire ?

– Très bien. Ma virilité. Mon pouvoir de séduction sur les femmes. Je craignais de devoir, en arrêtant de me prouver combien je plaisais aux femmes...

Comme elle, il jeta un regard au bureau de Leo et aux dessins pleins de délicatesse, de sensibilité. Ils incarnaient la peur qu'il avait refusé d'affronter sa vie durant. Ce fut sa femme qui formula cette crainte à voix haute :

– Tu craignais de devoir te demander pourquoi les hommes te trouvaient si séduisant.

– C'est ça. Je me disais que je devais avoir quelque chose de pas normal. Qu'il y avait dans ma personnalité quelque chose de bizarre : une aura, un parfum, une invitation tacite...

– Comme Leo.

– Comme Leo.

Elle tendit le bras vers le petit garçon à l'air malheureux dessiné par Leo. Elle approcha le dessin de la lumière.

– C'est ça qu'il ressent.

– Nous le ramènerons à la maison. J'écrirai l'article. Je raconterai n'importe quoi. J'indiquerai les noms de toutes les femmes avec lesquelles j'ai couché et je leur demanderai de...

– Je ne te parle pas de ce qu'il ressent maintenant. Mais de ce qu'il ressent en permanence.

Luxford s'empara du dessin. En l'approchant de ses yeux, il vit que le petit garçon n'était autre que Leo. Les cheveux d'un blond blanc le trahissaient, ainsi que les jambes trop longues, et les chevilles frêles que découvraient le pantalon trop court et les chaussettes qui plissaient. Et cette façon de se tenir, cette attitude voûtée, il l'avait remarquée pas plus tard que la semaine dernière dans le restaurant de Pond Square. En étudiant l'esquisse, il constata qu'un autre personnage avait figuré à côté du garçonnet au départ. Leo l'avait effacé et pourtant on en distinguait encore la présence : bretelles à dessins cachemire, chemise repassée de frais, ébauche de cicatrice au menton. La silhouette immense, presque inhumaine, semblait écraser l'enfant, vivante manifestation de son destin.

Anéanti, Luxford froissa le papier.

– Que Dieu me pardonne. C'est comme ça que je me suis conduit avec lui ?

– Tu as été aussi dur qu'avec toi-même.

Il songea à son fils. Toujours en train de surveiller ses gestes en sa présence, de s'efforcer de ne pas faire d'erreur. Il se rappela le petit garçon s'efforçant de lui plaire, adoptant une démarche plus virile, modifiant le timbre de sa voix, évitant d'employer des mots qui auraient pu le faire passer pour efféminé. Seulement le véritable Leo transparaissait toujours sous le personnage qu'il tâchait de se composer : sensible, à deux doigts de pleurer, ouvert, désireux de créer, prompt à aimer.

Pour la première fois depuis qu'écolier il avait pris la décision de dissimuler ses émotions, Luxford se sentit étreint par l'angoisse. Toutefois il ne versa pas une larme.

– Je voulais en faire un homme.

– Je sais, Dennis, répondit Fiona. Mais comment aurait-il pu être un homme ? Pour devenir un homme, il faut d'abord être un petit garçon.

Barbara Havers fut déçue de constater que la voiture de Robin n'était pas dans l'allée de Lark's Haven à son retour de Stanton St Bernard. Elle n'avait pas consciemment repensé à lui depuis son étrange conversation avec Celia – les conclusions de Celia concernant la nature de leurs relations lui avaient paru trop grotesques pour qu'elle s'y attarde –, cependant lorsqu'elle ne vit pas l'Escort à l'endroit où il la garait habituellement, elle lâcha un « merde ! » retentissant. C'est alors qu'elle se rendit compte qu'elle aurait bien aimé pouvoir parler boulot avec lui. Tout comme elle discutait avec l'inspecteur Lynley des affaires sur lesquelles ils enquêtaient.

Elle était retournée au presbytère de Stanton St Bernard et avait montré la photo de Dennis Luxford à Mr Matheson et à sa femme. Sous le plafonnier de la cuisine – chacun tenant un coin du cliché –, ils l'avaient examinée de concert. « Qu'en penses-tu, mon chéri ? Ce visage te rappelle quelque chose ? » Le pasteur avait répondu : « Ma chère, tu connais ma mémoire ; elle flanche de plus en plus souvent. » Bref, ce visage ne leur disait rien. Mrs Matheson déclara qu'elle se serait sûrement souvenue des cheveux, précisant avec un sourire gêné qu'elle avait toujours eu un faible pour les hommes à la tignasse abondante. Mr Matheson, dont la chevelure était plutôt clairsemée, déclara quant à lui qu'il n'était pas physionomiste. Qu'il ne se souvenait généralement pas des visages. Sauf quand il avait eu affaire aux gens et bavardé avec eux. Ce qui n'était pas le cas. En un mot, ils étaient désolés, mais ne se souvenaient pas d'avoir vu cet homme.

Barbara obtint des réponses identiques des habitants du village qu'elle interrogea. Tout le monde ne demandait qu'à l'aider, mais personne n'était en mesure de le faire. Alors crevée, l'estomac dans les talons, elle avait regagné Lark's Haven. De toute façon, il était tard, elle devait téléphoner à Londres. Lynley attendait sûrement qu'elle lui donne un os à ronger pour le refiler à Hillier de façon à ne plus l'avoir dans les pattes.

Elle se traîna jusqu'à la porte. Pas de nouvelles de Leo Luxford. Le sergent Stanley quadrillait de nouveau le terrain, se concentrant sur les abords du moulin. Mais ils ne savaient même pas si le petit garçon se trouvait dans le Wiltshire. Et lorsqu'ils avaient fait circuler sa photo dans les hameaux, les villages et les bourgs, ils n'avaient récolté que des signes de tête négatifs.

Barbara se demanda comment deux enfants pouvaient disparaître aussi complètement. Elevée dans une grande ville, elle avait été matraquée depuis son plus jeune âge par deux recommandations : « Regarde bien avant de traverser. » Et : « N'adresse jamais la parole à un étranger. » Que s'était-il passé ? Qu'était-il arrivé à ces deux mouflets ? Personne n'avait assisté au kidnapping, personne n'avait entendu de cris, c'était donc qu'ils avaient suivi leur ravisseur de leur plein gré. On ne leur avait jamais dit, à ces deux-là, qu'il fallait se méfier des étrangers ? Barbara avait peine à le croire. Seulement, si on leur avait enfoncé cette recommandation dans le crâne, une conclusion s'imposait : leur ravisseur n'était pas pour eux un étranger. Et dans ce cas, quel était le dénominateur commun entre les deux enfants ?

Barbara était trop affamée pour se mettre à chercher. Elle avait besoin de se caler les joues – à cette fin, elle s'était acheté en chemin un pâté à la viande (« Il suffit de le passer quelques instants au four ») chez un épicier du nom d'Elvis Patel. Peut-être qu'après s'être restaurée elle aurait recouvré assez de forces pour rassembler les éléments qui étaient en sa possession et s'efforcer de découvrir un lien entre Charlotte et Leo.

Elle consulta sa montre en franchissant le seuil de Lark's Haven, son pâté à la main. Presque vingt heures. L'heure de dîner chez les gens élégants. Elle espérait que Corrine Payne ne verrait pas d'inconvénient à ce qu'elle se serve de son four.

– Robbie ? lança un filet de voix en provenance de la salle à manger. C'est toi, mon chéri ?

– C'est moi, fit Barbara.

– Oh !... Barbara.

Barbara devant traverser la salle à manger pour atteindre la cuisine, elle ne put éviter sa logeuse. Cette dernière se tenait devant la table, où elle avait disposé un coupon de cotonnade à fleurs. Corrine Payne avait épinglé un patron après le tissu et s'apprêtait à couper.

– Bonsoir, dit Barbara. Ça ne vous ennuie pas que j'utilise le four ? fit-elle en montrant son pâté.

– Robbie n'est pas avec vous ?

Corrine glissa les ciseaux sous le tissu et se mit à découper ce dernier en suivant le patron.

– Il est sur un coup, j'imagine, dit Barbara.

Corrine sourit et murmura :

– Comme vous, alors.

Barbara s'efforça de prendre un ton désinvolte.

– J'ai un boulot dément. Le temps de réchauffer ça et je me sauve.

Elle se dirigea vers la cuisine.

– Vous êtes presque arrivée à convaincre Celia.

Barbara s'immobilisa.

– De quoi ?

– Pour Robbie et vous. (Corrine continua de couper. Barbara se demanda si c'était un effet de son imagination, mais il lui sembla que Corrine actionnait maintenant ses ciseaux avec plus de vigueur.) Elle m'a appelée, il y a deux heures. Ça vous étonne, hein, Barbara ? Au son de sa voix – j'ai de l'oreille –, j'ai tout de suite compris. Au début, pas moyen de lui tirer un mot ; mais j'ai réussi à lui faire cracher le morceau. En fait, elle ne demandait que ça, cette petite. Ça soulage, de parler. Vous n'avez pas envie de me parler, à moi ?

Levant la tête, elle croisa le regard de Barbara. En la voyant manipuler ses gros ciseaux de tailleur, Barbara sentit ses cheveux se hérisser sur sa nuque.

Barbara n'était pas douée pour la rouerie. A l'école, c'était une matière dans laquelle elle n'avait jamais brillé. Elle se disait souvent que le fait d'être dépourvue de cette capacité – si féminine – à ruser expliquait ses réveillons solitaires de la Saint-Sylvestre, passés à écouter la radio et à dévorer un gros gâteau aux noix de pécan. Elle se creusa désespérément la tête pour trouver une réponse capable d'entraîner Corrine Payne dans une autre direction, mais se rabattit sur un banal :

– Celia se fait des idées, Mrs Payne. Je ne sais pas où elle est allée pêcher ça, mais c'est complètement faux.

– Corrine, appelez-moi Corrine, dit Corrine Payne en continuant à couper son coton à fleurs.

– Très bien. Corrine. Je vais passer ça au four et...

– Les femmes ne se font pas d'idées, Barbara. Les femmes sont beaucoup trop intuitives pour ça. J'ai bien vu, moi aussi, le changement qui s'est opéré chez Robbie. Je me demandais d'où ça venait ; mais quand vous êtes arrivée, j'ai pigé. Je comprends que vous mentiez à Celia. Après tout, c'est la future femme de Robbie. Mais à moi, il ne faut pas me raconter de bobards. Non, pas question. (Corrine eut une petite toux. Barbara remarqua pour la première fois que sa respiration était difficile. Sa logeuse se tapota la poitrine, sourit.) Saleté d'asthme. Trop de pollen dans l'air.

– C'est dur, le printemps.

– Vous n'imaginez pas à quel point. (Corrine avait fait le tour de la table tout en continuant à couper son tissu. Elle était maintenant entre Barbara et la porte de la cuisine. Inclinant la tête de côté, elle gratifia Barbara d'un sourire affectueux.) Allez, Barbara, dites-moi tout.

– Mrs Payne... Corrine. Celia se fait du mauvais sang à propos de Robbie : elle lui trouve l'air préoccupé. C'est toujours comme ça, quand on est sur une enquête pour meurtre. On est absorbé par son travail. On oublie tout le reste. Mais une fois l'enquête bouclée, tout rentre dans l'ordre. Qu'elle fasse preuve de patience, elle s'apercevra que j'ai raison.

Corrine se tapota la lèvre avec le bout de ses ciseaux. Elle enveloppa Barbara d'un regard scrutateur et, à peine repenchée sur son travail, revint à son thème de prédilection.

– Faut pas me prendre pour une idiote, mon petit. Je vous ai entendus, tous les deux. Robbie s'est montré discret, c'est sûr. Il a du tact. Mais je l'ai entendu se glisser dans votre chambre, la nuit dernière. J'aimerais qu'on parle à cœur ouvert. Les mensonges, c'est désagréable.

Barbara demeura sans voix puis bafouilla :

– Se glisser dans... ? Mrs Payne, vous pensez que nous avons...

– Je viens de vous le dire, Barbara, vous vous sentez peut-être obligée de mentir à Celia. C'est la future épouse de Robbie, n'est-ce pas ? Mais faut pas me raconter des craques, à moi. Vous êtes mon invitée, ce n'est pas joli.

« Hôte payant », voulut rectifier Barbara tandis que les ciseaux de Corrine cliquetaient de plus belle. Et un hôte payant qui ne demandait d'ailleurs qu'à vider les lieux au plus vite.

– Vous êtes complètement à côté de la plaque, avec Celia. Mais je vais déménager. Je crois que ça vaudra mieux pour tout le monde.

– Pour pouvoir rencontrer Robbie plus facilement ? Dans un endroit où vous pourrez faire vos petites affaires en toute tranquillité ? (Corrine secoua énergiquement la tête.) Ça ne serait pas correct. Et pas gentil pour Celia. Je pense qu'il vaut mieux que vous restiez ici. Nous tirerons tout ça au clair dès que Robbie rentrera.

– Il n'y a rien à tirer au clair. Désolée d'apprendre que Robin et Celia ont des problèmes, mais je n'y suis pour rien. Il va faire une drôle de tronche si vous l'attaquez bille en tête en lui disant... qu'on... qu'il a... pendant que j'étais dans cette maison...

Barbara ne s'était jamais sentie aussi gênée de sa vie.

– Alors vous croyez que j'invente ? Vous m'accusez de mensonge ?

– Absolument pas. Je dis seulement que vous faites erreur si vous pensez...

– Une erreur, c'est la même chose qu'un mensonge. *Erreur*, c'est le mot qu'on utilise pour *mensonge*.

– Vous peut-être, mais moi...

– Ne discutaillez pas. (La respiration de Corrine devenait de plus en plus sifflante.) Et n'essayez pas de nier. Je ne suis ni sourde ni idiote. Si vous croyez que vous pouvez écarter les jambes et piquer Robbie à sa fiancée...

– Mrs Payne. Corrine.

– ... vous vous mettez le doigt dans l'œil. Je ne vous laisserai pas faire. Celia non plus. Et Robbie... Robbie...

Elle chercha son souffle.

– Vous vous montez la tête pour rien, dit Barbara. Vous êtes cramoisie. Je vous en prie, asseyez-vous. Je veux bien qu'on parle. Je vais essayer de vous expliquer. Mais calmez-vous sinon vous allez vous rendre malade.

– Ça vous plairait, hein, que je tombe malade ? (Corrine agita ses ciseaux d'un air menaçant qui donna à Barbara froid dans le dos.) C'est pas ça que vous mijoteriez depuis le début, par hasard ? Une fois maman mise sur la touche, qui est-ce qui lui expliquerait, à mon Robbie, qu'il va foutre sa vie en l'air pour une moins que rien alors qu'il pourrait ép...

Les ciseaux dégringolèrent avec bruit sur la table. Corrine porta une main à sa poitrine.

– Merde, fit Barbara, s'approchant de sa logeuse. (La respiration stertoreuse, Corrine la chassa d'un geste.) Mrs Payne, réfléchissez. J'ai rencontré Robin il y a deux jours. Si nous avons passé en tout six heures ensemble, c'est bien le bout du monde : nous travaillons chacun sur un volet différent de l'enquête. Et puis franchement, vous trouvez que j'ai l'air d'une *femme fatale* [1] ? De quelqu'un que Robin irait retrouver en douce en pleine nuit ? Alors qu'on a passé six heures ensemble grand maximum ? Vous trouvez que c'est vraisemblable ?

– Je vous ai observés attentivement. (Corrine lutta pour retrouver son souffle.) Je suis pas folle, vous savez. Et d'ailleurs, je suis au courant. Je suis au courant parce que j'ai téléphoné à...

Sa main se crispa sur sa poitrine.

– C'est rien, dit Barbara. Restez calme. Sinon, vous allez...

– Sam et moi... On venait de fixer la date et je pen-

---

1. En français dans le texte. *(N.d.T.)*

sais qu'il voudrait être le premier... informé... (Elle se mit à tousser mais ne renonça pas pour autant et poursuivit.) Seulement il n'était pas là. Et on sait pourquoi, vous et moi. Vous avez pas honte de voler le fiancé d'une autre ?

La phrase la vida de ses forces. Elle s'affaissa sur la table. Son souffle était tel qu'on aurait dit qu'elle inspirait à travers le chas d'une aiguille. Elle se cramponna à son tissu. Et l'entraîna dans sa chute.

– Bordel de merde ! (Barbara bondit, hurlant :) Mrs Payne ! Merde, Mrs Payne !

Elle empoigna sa logeuse et la retourna sur le dos.

Le visage de Corrine était passé du rouge au blanc. Ses lèvres étaient cyanosées.

– De l'air, hoqueta-t-elle. Respirer...

Barbara la lâcha sans plus de cérémonie. Elle se releva d'un bond et se mit à chercher.

– L'inhalateur. Mrs Payne, où est l'inhalateur ?

Corrine agita faiblement les doigts en direction de l'escalier.

– A l'étage ? Dans votre chambre ? Dans la salle de bains ? Où ça ?

– De l'air... L'escalier...

Barbara monta les marches quatre à quatre et pénétra dans la salle de bains. Elle ouvrit violemment l'armoire à pharmacie, fit tomber d'un revers de main dans le lavabo médicaments et produits divers : dentifrice, lotion pour bains de bouche, pansements adhésifs, fil dentaire, crème à raser. Aucune trace de l'inhalateur.

Elle se précipita ensuite dans la chambre de Corrine. Elle sortit les tiroirs de la commode et les renversa. Elle fit de même avec la table de chevet. Examina les étagères. La penderie. Rien.

Elle se rua dans le couloir. Elle entendait la respiration de sa logeuse qui ralentissait. Elle cria : « Merde, merde ! » Et se jeta sur un placard dont elle expédia rudement le contenu sur le sol. Draps, serviettes, bougies, jeux de société, couverture, albums de photos. Vingt secondes lui suffirent à vider le placard. Mais sans résultat.

Pourtant elle avait parlé de l'*escalier*. Elle avait bien prononcé le mot *escalier*. Est-ce que par hasard elle voulait dire...

Barbara redescendit en trombe. Au pied de l'escalier

se dressait une table en demi-lune. Et sur cette table, au milieu du courrier, d'une luxuriante plante en pot et de deux sujets en porcelaine trônait l'inhalateur. Barbara l'empoigna et fonça dans la salle à manger. Elle l'introduisit dans la bouche de sa logeuse et se mit à actionner frénétiquement la pompe.

– Allez, bon sang, allez.

Puis elle attendit que le miracle se produise.

Dix secondes s'écoulèrent. Vingt. La respiration de Corrine se fit moins hachée. Elle continua de respirer avec l'aide de son inhalateur. Barbara la soutenait de peur qu'elle s'affaisse de nouveau.

C'est à ce moment-là que Robin débarqua. Moins de cinq minutes après l'incident.

Lynley dîna à sa table de travail, d'un en-cas acheté à la cantine du quatrième. Il avait essayé de joindre Havers à trois reprises. Deux fois à la Criminelle d'Amesford. Et une fois à Lark's Haven. Au *bed and breakfast*, il avait laissé un message à une femme qui lui avait assuré : « Soyez tranquille, inspecteur, je transmettrai. » Au ton glacial de la dame, il comprit que Barbara allait recevoir beaucoup plus que son message, lequel lui demandait d'appeler Londres pour son compte rendu quotidien.

Lynley avait également téléphoné à Saint James. Il était tombé sur Deborah, laquelle lui avait précisé que son mari n'était pas à la maison lorsqu'elle était rentrée de faire des photos à l'église Saint-Botolph trente minutes plus tôt.

– Quand on voit les SDF là-bas, Tommy... ça vous donne le sens de la relativité.

Lynley profita de ce qu'il l'avait au bout du fil pour lui faire des excuses :

– Deb, pour lundi après-midi, j'ai dépassé les bornes. Je me suis comporté comme un grossier personnage. Ma réflexion à propos des enfants était absolument inadmissible. Je suis vraiment désolé.

Après avoir marqué une pause pour se donner le temps de la réflexion, Deborah répondit :

– Moi aussi, je suis désolée. Mais tu me connais, les enfants, pour moi, c'est un sujet sensible. Tu le sais.

– Je sais. Tu me pardonnes ?

– Je t'ai pardonné depuis longtemps, cher Tommy, répondit-elle bien que cet échange brutal ne se fût pas déroulé plus de quarante-huit heures plus tôt.

Après s'être entretenu avec Deborah, il avait appelé la secrétaire d'Hillier pour lui indiquer à peu près quand l'adjoint au préfet de police aurait son rapport. Puis il avait téléphoné à Helen. Elle lui avait confirmé ce qu'il savait déjà : Saint James cherchait à le joindre depuis midi.

– J'ignore de quoi il s'agit au juste, avait-elle ajouté. Mais il paraît que cela concerne la photo de Charlotte Bowen. Celle que tu as laissée chez Simon. Lundi.

– Justement, je viens d'évoquer l'incident avec Deborah. Je lui ai fait des excuses. Evidemment, le mal est fait. Je ne peux pas retirer mes paroles. Mais elle semble prête à me pardonner.

– Je la reconnais bien là.

– N'est-ce pas ? Et toi ? Tu l'es, prête ?

Il y eut une pause. Prenant un crayon, il se mit à griffonner sur une chemise cartonnée, dessinant son nom comme un écolier. Il l'imagina cherchant une réponse. Puis il entendit des bruits d'assiette et comprit qu'il l'avait interrompue en plein dîner, ce qui lui rappela qu'il n'avait rien avalé depuis le petit déjeuner.

– Helen ?

– Simon me conseille de me décider. Soit je me jette à l'eau, soit je renonce. Lui-même est partisan du plongeon. Et il trouve que l'incertitude pimente un mariage.

Elle était allée droit au but, ce qui ne lui ressemblait guère. Lynley se demanda si c'était bon signe. Helen était plutôt du genre à emprunter des chemins détournés pour arriver à ses fins. Cela dit, Saint James n'avait pas tort. Ils ne pouvaient pas continuer comme ça indéfiniment, l'un hésitant à s'engager à fond tandis que l'autre acceptait tergiversations et atermoiements de peur de risquer un rejet. C'était ridicule.

– Tu es libre ce week-end, Helen ?

– Je pensais déjeuner avec Maman. Pourquoi ? Tu ne travailles pas, mon chéri ?

– Si, c'est probable ; c'est même sûr. Si l'affaire n'est pas bouclée.

– Alors...

– Je pensais qu'on pourrait se marier, Helen. On a le

573

certificat de publication des bans. Ce serait le moment ou jamais de s'en servir.

– Comme ça ?

– Comme ça.

– Mais et ta famille ? Mes parents ? Les invités, l'église, la réception ?

– Et le mariage ? insista-t-il. (Il s'efforçait de garder un ton léger, mais son cœur battait la chamade.) Allons, chérie. Oublie les cérémonies, les chichis. On s'en occupera plus tard si tu y tiens tant que ça. Il est temps de sauter le pas.

Il lui semblait la voir peser le pour et le contre, essayer de se demander ce qui se passerait si elle liait publiquement son sort au sien et de façon permanente. Lorsqu'il s'agissait de prendre une décision, Helen Clyde était la femme la moins rapide qu'il connût. Son ambivalence le rendait fou, pourtant il savait depuis longtemps qu'elle faisait partie intégrante de sa personnalité. Elle était capable, le matin, de passer un quart d'heure à choisir une paire de bas pour la journée et vingt autres minutes à choisir les boucles d'oreilles qui collaient le mieux à sa tenue. Comment s'étonner qu'elle eût passé ces dix-huit derniers mois à se demander si oui ou non elle l'épouserait ?

– Helen, la balle est dans ton camp. Je sais que c'est une décision difficile à prendre. Moi-même, j'ai des doutes. Mais c'est normal, et il y a un moment où un homme et une femme doivent...

– Chéri, je sais tout ça, dit-elle d'un ton raisonnable. Inutile de me faire un laïus.

– Ah bon ? Alors, pour l'amour du ciel, pourquoi ne dis-tu pas...

– Quoi ?

– *Oui*. Dis-moi que tu es d'accord. Dis-moi quelque chose. Fais-moi un signe.

– Désolée. Je ne pensais pas que tu avais besoin d'un signe. Je réfléchissais.

– Mais à quoi, bon sang ?

– Au plus important.

– Vingt dieux, c'est quoi le plus important ?

– Comme si tu ne le savais pas ! Je me demandais ce que j'allais me mettre.

Il lui dit tout net qu'il s'en moquait. Qu'il se fichait éperdument de ce qu'elle porterait dorénavant. Si cela

574

lui chantait, elle pouvait se draper dans une robe de bure. Porter un jean, du satin, de la dentelle. N'importe quoi. En riant, elle le menaça de le prendre au mot.

– J'ai exactement les accessoires qu'il faut pour aller avec la bure.

Après ce coup de fil, s'apercevant qu'il avait une faim de loup, il se rendit à la cantine du Yard au quatrième étage. Le sandwich du jour était l'avocat-crevettes. Il en acheta un, ainsi qu'une pomme, et rapatria le tout dans son bureau, la pomme en équilibre sur une tasse de café. Il avait englouti la moitié de ce repas improvisé lorsque Winston Nkata se planta sur le seuil, un papier à la main, l'air perplexe.

– Que se passe-t-il ?

Nkata fit courir son doigt le long de la cicatrice qui lui barrait la joue.

– Je sais pas trop. (Il installa sa longue carcasse dans l'un des fauteuils réservés aux visiteurs et, faisant allusion au papier qu'il tenait entre les doigts :) Je viens d'appeler le commissariat de Wigmore Street. Vous vous souvenez que nos collègues devaient vérifier les allées et venues des bénévoles ?

– Les constables bénévoles ? (Nkata hochant la tête en signe d'assentiment, Lynley questionna :) Eh bien, quel résultat ?

– Vous vous souvenez également qu'aucun des flics de Wigmore Street n'avait fait déguerpir notre clodo de Cross Keys Close.

– Jack Beard ? Parfaitement. C'est même pour ça qu'on avait pensé à l'intervention d'un bénévole. Alors, vous l'avez déniché, ce bénévole ?

– Impossible.

– Comment ça ? Leurs fichiers sont mal tenus ? Il y a eu des changements de personnel ?

– Les fichiers sont OK. Et c'est toujours la même personne qui s'occupe de coordonner le travail de ce type de personnel. La semaine dernière, il n'y a eu aucune démission dans leurs rangs. Et il n'y a pas eu non plus de nouvel élément d'ajouté au tableau de service.

– Où voulez-vous en venir ?

– Jack Beard n'a été viré du quartier ni par un flic bénévole ni par un flic de métier. (Nkata se pencha, froissa son bout de papier et le jeta à la poubelle.) A mon avis, personne n'a chassé Jack Beard.

Lynley réfléchit. Ça n'avait pas de sens. Ils détenaient – outre celle du clochard – deux dépositions concordantes émanant de deux sources différentes et selon lesquelles Beard avait été viré des *mews* le jour de la disparition de Charlotte Bowen. Ces deux dépositions avaient été recueillies par Helen dans un premier temps; mais, dans un deuxième temps, les enquêteurs avaient recueilli les dépositions officielles des témoins de l'altercation entre le clochard et le constable qui l'avait fait déguerpir. Aussi, à moins de penser à une conspiration entre Jack Beard et les habitants de Cross Keys Close, il devait y avoir une autre explication. Peut-être que quelqu'un s'était fait passer pour un agent de police, par exemple. Se procurer des uniformes n'était pas sorcier. Il suffisait d'en louer chez un costumier.

Voilà qui donnait à l'affaire un tour qui ne plaisait pas du tout à Lynley. Se parlant à lui-même, il dit :

– Ça nous ouvre des horizons.

– Je suis pas de votre avis.

Lynley consulta sa montre. Trop tard pour se mettre à téléphoner aux costumiers. Combien étaient-ils sur la place de Londres ? Dix ? Douze ? Pas vingt, tout de même. Demain matin à la première heure...

Le téléphone sonna. C'était la réception. Mr Saint James était au rez-de-chaussée. L'inspecteur désirait-il le voir ? Lynley dit que oui. Plutôt deux fois qu'une. Et il envoya Nkata le chercher.

Sans perdre de temps en vaines politesses, Saint James attaqua :

– Désolé, Tommy. Je ne pouvais pas attendre que tu me rappelles.

– On est débordés, expliqua Lynley.

– Je m'en doute. (Saint James prit un siège. Il tenait à la main une grande enveloppe en papier kraft qu'il posa par terre, la calant contre le pied de sa chaise.) Où en es-tu de ton enquête ? L'*Evening Standard* parle d'un suspect dans le Wiltshire. Dont le nom n'a pas été mentionné. Est-ce qu'il s'agit du mécanicien auquel tu as fait allusion hier soir ?

– Ça, c'est un coup d'Hillier, remarqua Lynley. Il tient à ce que les contribuables sachent qu'ils en ont pour leur argent, question maintien de l'ordre et police.

576

– Qu'est-ce que tu as d'autre ?

– Des éléments disparates. Que nous essayons de relier.

Et Lynley mit Saint James au courant de ce qui se passait à Londres et dans le Wiltshire. Saint James écouta avec attention, l'interrompant de temps à autre pour lui poser une question : Havers était-elle certaine que la photo qu'elle avait vue à Baverstock était bien celle du moulin où Charlotte Bowen avait été séquestrée ? Y avait-il un lien entre la kermesse et l'un des protagonistes de l'affaire ? Avait-on retrouvé des objets appartenant à Charlotte – vêtements, livres de classe, flûte ? Lynley avait-il reconnu l'accent de celui qui avait téléphoné à Dennis Luxford cet après-midi ? Damien Chambers connaissait-il des gens dans le Wiltshire, et plus précisément des gens travaillant dans la police ?

– Nous n'avons pas exploité cette piste concernant Chambers, fit Lynley. Nous nous sommes penchés sur ses relations avec l'IRA et plus particulièrement avec les gens de l'armée provisoire. On ne peut pas dire qu'elles soient étroites. (Lynley fit part à Saint James des éléments qu'ils avaient recueillis à ce propos et conclut en s'enquérant :) Pourquoi ? Tu as quelque chose, concernant Chambers ?

– Il est le seul, en dehors des camarades de classe de la petite Bowen, à l'avoir appelée Lottie. C'est le seul lien que j'ai réussi à établir entre Charlotte et celui qui l'a assassinée.

– Mais des tas de gens auraient pu connaître le surnom de la petite sans pour autant l'utiliser, souligna Nkata. Si ses copines de classe l'appelaient Lottie, ses profs devaient être au courant. Les amis de ses parents aussi. Ses parents également. Et peut-être même son prof de danse, le directeur de la chorale, le prêtre de sa paroisse. Et tous ceux qui, dans la rue, auraient pu entendre quelqu'un l'appeler comme ça.

– C'est pas idiot, ce que dit Winston, fit Lynley. Pourquoi est-ce que tu te focalises sur cette histoire de surnom, Simon ?

– Parce qu'en révélant qu'il connaissait le sobriquet de Charlotte, le tueur a commis une erreur, dit Saint James. Mais ce n'est pas la seule : il en a fait d'autres. L'empreinte de pouce...

577

– ... à l'intérieur du magnétophone, termina Lynley. Tu as relevé d'autres erreurs encore ?

– Oui, une, dit Saint James en prenant la grande enveloppe en kraft.

Il l'ouvrit et fit glisser son contenu sur le bureau de Lynley.

Il s'agissait de la photo du cadavre de Charlotte Bowen. Photo que Lynley avait jetée à la tête de Deborah et laissée chez les Saint James après leur accrochage.

– Est-ce que tu as les lettres que le ravisseur a envoyées ? demanda Saint James.

– Seulement des photocopies.

– Ça fera l'affaire.

Lynley eut d'autant moins de difficulté à les récupérer qu'il s'en était reçu quelques heures plus tôt lorsqu'il avait reçu Eve Bowen et Dennis Luxford dans son bureau. Il les prit et les posa près du cliché. Puis il attendit que ça fasse tilt dans son cerveau. Saint James contourna la table pour venir se planter près de lui. Nkata se pencha.

– J'ai bien étudié ces billets la semaine dernière, dit Saint James, mercredi soir, après avoir vu Eve Bowen et Damien Chambers. Je ne tenais pas en place, j'essayais d'assembler les pièces du puzzle. Alors j'ai procédé à une petite analyse graphologique. (Tout en parlant, il prit un crayon afin d'appuyer sa démonstration.) Regarde la façon dont il trace ses lettres, Tommy, les *t* et les *f* en particulier. La barre. Et observe bien les *e*. Toujours liés à ce qui suit, jamais à ce qui précède.

– Les deux billets sont du même scripteur, conclut Lynley.

– Exact, confirma Saint James. Et maintenant, regarde-moi ça. (Il retourna la photo de Charlotte Bowen, au verso de laquelle figurait le nom de la petite.) Regarde les *t*. Examine bien les *e*.

– Seigneur, chuchota Lynley.

Nkata se mit debout, il rejoignit Saint James.

– Voilà pourquoi je t'ai demandé si Damien Chambers avait un lien avec le Wiltshire. D'après moi, ça ne peut être que par l'intermédiaire de quelqu'un comme Chambers – lequel aurait communiqué l'info à un complice basé dans le Wiltshire – que celui qui a noté le nom de la petite Bowen au dos de cette photo a appris son surnom lorsqu'il a rédigé les deux billets.

Lynley considéra l'ensemble des faits en leur possession. Ils semblaient les entraîner vers une seule conclusion logique, aussi terrifiante qu'inéluctable. Winston Nkata se redressa et la formula.

– Je crois qu'on a un sacré problème.

– C'est exactement mon avis, fit Lynley en tendant le bras vers le téléphone.

29

A la vue de Barbara, et de sa mère qui était allongée par terre, Robin devint blanc comme un linge. Poussant un cri : « Maman ! », il s'agenouilla. Il tendit le bras vers la main de Corrine mais en hésitant, comme s'il craignait qu'elle ne se dissolve à son contact.

– Ça va, le rassura Barbara. Elle a fait une crise, mais le plus dur est passé. J'ai été obligée de mettre la maison sens dessus dessous pour retrouver l'inhalateur. C'est un vrai foutoir, là-haut.

Il ne parut pas entendre.

– Maman ? Comment te sens-tu ?

Corrine esquissa un mouvement vers son fils.

– Robbie, mon chéri, lâcha-t-elle dans un souffle alors que sa respiration était pratiquement redevenue normale. J'ai eu une crise, mon grand. Mais Barbara s'est occupée de moi. Dans un instant, je vais être d'aplomb. Ne t'inquiète surtout pas.

Robbie insista pour qu'elle monte se coucher sur-le-champ.

– Je vais téléphoner à Sam. Tu veux, Maman ? Tu veux que je demande à Sam de passer ?

Corrine cligna des paupières tout en faisant non de la tête.

– Tout ce que je veux, près de moi, c'est mon petit garçon, mon Robbie. Comme quand tu étais petit. Ça t'ennuie pas, au moins, mon chéri ?

– Bien sûr que non, fit Robin, indigné. Pourquoi est-ce que ça m'ennuierait ? Qu'est-ce qui peut bien te faire dire une énormité pareille ?

Barbara avait son idée sur ce que Corrine Payne avait en tête mais elle préféra se taire. Elle n'était pas mécontente de confier sa logeuse aux soins de Robin. Elle aida donc ce dernier à remettre sa mère debout et à lui faire gravir l'escalier jusqu'au premier. La soutenant, il entra dans la chambre, dont il referma la porte sur eux. Du dehors, Barbara entendit leurs deux voix. Celle de Corrine, frêle. Celle de Robin, apaisante, semblable à celle d'un père qui s'emploie à rassurer son enfant.

— Il faut que tu prennes davantage soin de toi, Maman. Comment veux-tu que je te laisse partir avec Sam si tu ne t'occupes pas mieux de toi ?

Dans le couloir, Barbara s'agenouilla au milieu du contenu du placard à linge. Elle commença à trier les draps et les serviettes. Elle en était aux jeux de société et aux bougies qu'elle avait flanqués par terre lorsque Robin émergea de la chambre maternelle dont il referma doucement la porte derrière lui.

— Laissez, Barbara, dit-il, très vite, lorsqu'il la vit. Je m'occuperai de ça moi-même.

— C'est moi qui ai fichu la pagaille...

— C'est vous qui avez sauvé la vie à ma mère. (Il s'approcha, main tendue.) Debout. C'est un ordre. (Avec un sourire, il ajouta :) Si ça ne vous ennuie pas de recevoir des ordres d'un petit constable minable.

— Vous n'êtes pas un petit constable minable.

— Ravi de l'apprendre.

Elle prit la main tendue et le laissa l'aider à se remettre debout. Elle n'avait pas eu le temps de ranger grand-chose. Désignant le sol d'un mouvement de tête, elle précisa :

— C'est le même bazar dans sa chambre. Comme vous avez pu le constater.

— Je rangerai. Ici aussi. Ne vous en faites pas. Est-ce que vous avez dîné ?

— J'ai acheté un truc tout prêt chez l'épicier en passant. J'allais le faire réchauffer.

— Pas question.

— Mais si. Ce sera parfait, je vous assure. Un pâté à la viande.

— Barbara...

A sa façon de prononcer son nom, on aurait juré qu'il s'apprêtait à faire un discours. Sa voix était basse, et soudain toute vibrante d'une émotion qu'elle ne parvint pas à définir.

Elle s'empressa de poursuivre :

– Je l'ai acheté chez Elvis Patel. Vous êtes déjà allé dans ce magasin ? Quand j'ai vu le nom, j'ai pas pu résister. Je me dis parfois que j'aurais dû naître dans les années cinquante : j'ai toujours eu un faible pour les chaussures en daim bleu.

– Barbara...

D'un ton encore plus ferme, elle continua :

– J'allais dans la cuisine, histoire de le passer au four. Et c'est à ce moment-là que votre maman a fait une crise. J'ai eu un mal de chien à dénicher l'inhalateur. Il m'a presque fallu retourner la maison de fond en comble... (Elle hésita. Robin avait l'air de plus en plus grave, exalté même. Une femme plus expérimentée en aurait tiré les conclusions qui s'imposaient. Barbara se dit simplement qu'elle s'aventurait en terrain glissant. Pour la troisième fois, il prononça son nom et elle eut l'impression qu'une éruption de boutons lui couvrait la poitrine. Enfin quoi, que signifiait cette mine grave ? Sans parler de l'intonation tendre qu'il avait pour énoncer son prénom ? C'est bien simple, il modulait : « Barbara » comme elle aurait supplié : « Encore un peu de crème fraîche. » Elle se hâta d'enchaîner :) Votre maman a eu une crise dix minutes après mon retour. Alors j'ai pas eu le temps de faire réchauffer mon pâté.

– Ça vous ferait du bien de faire un vrai repas, dit-il d'un ton plus raisonnable. A moi aussi, d'ailleurs. (Il l'attrapa par le bras et elle sentit qu'il était fermement décidé à l'entraîner vers l'escalier.) Je me défends, en cuisine. J'ai rapporté des côtes d'agneau. On a des légumes frais à la maison. Brocolis et carottes. (Il marqua une pause, la regarda droit dans les yeux comme s'il lui lançait un défi. Quel genre de défi ? Mystère.) Vous voulez bien me laisser cuisiner pour vous, Barbara ?

Elle se demanda si *cuisiner* n'était pas un verbe à double sens. Si oui, elle n'avait pas la moindre idée de ce que cela pouvait signifier. Toutefois, comme elle avait l'estomac dans les talons, qu'elle aurait volontiers avalé un bœuf, elle se dit qu'elle pouvait bien le laisser lui préparer un repas rapide, que leurs relations professionnelles n'en souffriraient pas pour autant. « Entendu », fit-elle. Seulement, elle songea qu'elle ne pouvait décemment pas accepter son offre sans lui raconter au préalable ce qui s'était passé entre sa mère et elle. Manifestement, il voyait en elle le sauveur de Corrine, et il devait se sentir plein de gratitude à son égard. Mais, s'il était vrai qu'elle avait sauvé la mise à Corrine, il était non moins vrai qu'en jouant le rôle d *'agent provocateur*[1] elle avait déclenché la crise d'asthme. Il lui fallait fournir des explications à Robin. C'était la moindre des choses. Se dégageant, elle attaqua :

– Robin, il faut qu'on parle.

Aussitôt, il prit un air réservé. Barbara comprenait ce changement d'attitude. « Il faut qu'on parle », c'était la phrase annonciatrice de mauvaises nouvelles. Dans le cas présent, la mauvaise nouvelle pouvait être d'ordre soit professionnel, soit personnel. Mais en avaient-ils, seulement, des relations personnelles ? Elle aurait aimé pouvoir le rassurer ; malheureusement elle avait trop peu d'expérience en matière de dialogue homme-femme pour le faire sans se couvrir de ridicule. Aussi se contenta-t-elle de poursuivre tant bien que mal :

– J'ai vu Celia aujourd'hui.

– Celia ? fit-il, l'air encore plus lointain. Mais pourquoi ? Que se passe-t-il ?

« Génial », songea Barbara. Elle venait à peine de commencer et déjà il était sur la défensive.

– A propos de l'enquête...

– Quel rapport entre Celia et l'enquête ?

– Aucun, semble-t-il, mais je...

– Dans ce cas, pourquoi est-ce que vous êtes allée la voir ?

– Robin, fit Barbara en lui effleurant le bras. Vous voulez bien me laisser parler ?

Mal à l'aise, il hocha la tête en signe d'assentiment mais insista :

– On ne pourrait pas parler en bas pendant que je prépare le dîner ?

– Non. C'est maintenant que je dois vous raconter ce qui s'est passé. Après, il y a des chances que vous n'ayez plus envie de me faire à manger. Vous aurez plutôt envie d'avoir une explication avec Celia. (Il la regarda, perplexe. Sans lui laisser le temps d'en placer une, elle se hâta de poursuivre. Et lui expliqua ce qui s'était passé, à la banque, avec Celia, puis à Lark's Haven, avec sa mère. Il l'écouta sans souffler mot. Visage

1. En français dans le texte. *(N.d.T.)*

fermé, d'abord. Murmurant ensuite : « Zut. » Muet, enfin. Comme il ne faisait pas mine de rompre le silence, elle crut bon d'insister :) Il vaut mieux que je plie bagage après dîner. Si votre mère et votre petite amie se font des idées concernant...

– C'est pas ma... coupa-t-il. Ecoutez, Barbara, on peut pas rediscuter de tout ça en bas ?

– Je n'ai rien d'autre à ajouter. On va ranger ce foutoir et ensuite j'irai boucler mes valises. Je suis d'accord pour qu'on dîne ensemble ; mais après ça, je me tire. Y a pas trente-six solutions, croyez-moi.

Elle se baissa de nouveau, commença à ramasser les éléments épars d'un jeu de Monopoly.

Lui reprenant le bras, il l'interrompit dans ses travaux de rangement. Cette fois, il la tenait ferme.

– Barbara, regardez-moi. (Sa voix, comme sa poigne, avait changé du tout au tout : c'était désormais celle d'un homme et non plus d'un petit garçon. Barbara sentit son cœur faire un bond. Toutefois, elle obtempéra. Il l'aida une seconde fois à se relever.) Vous n'êtes pas consciente de l'effet que vous produisez sur les autres. Ça m'a sauté aux yeux dès le début. Tenez, je suis sûr que vous ne vous considérez pas comme une femme. Et encore moins comme une femme susceptible d'intéresser un homme.

« Sacré bon Dieu de merde », songea-t-elle.

– Je sais ce que je suis, fit-elle à voix haute.

– Je crois pas. Si vous étiez consciente de ce que vous valez, vous ne m'auriez pas raconté ce que ma mère pense de nous... ce que Celia pense de nous... dans les termes que vous avez utilisés.

– Je me suis contentée de vous rapporter les faits.

Elle parlait avec calme et pondération, d'une voix qu'elle espérait détachée. Mais elle avait une conscience aiguë de sa présence et de ce que cette présence impliquait.

– Vous ne vous êtes pas contentée de rapporter des faits. Vous m'avez dit que vous n'y croyez pas.

– A quoi est-ce que je ne crois pas ?

– A ce que Celia et Maman s'imaginent, et qui est vrai : vous ne me laissez pas indifférent.

– Et vice versa, mais c'est bien normal, non ? Entre collègues, des liens de camaraderie se tissent tout naturellement...

– Peut-être, seulement ce n'est pas un sentiment de camaraderie que j'éprouve pour vous. Ça va au-delà. Ne venez pas me dire que vous ne vous en êtes pas rendu compte, je ne vous croirais pas. Entre nous, le courant passe. Et vous le savez bien.

Barbara resta sans voix. Incontestablement, depuis le début, il y avait entre eux comme un crépitement d'étincelles. Mais que cela pût déboucher sur autre chose lui paraissait tellement invraisemblable qu'elle avait préféré ignorer les étincelles avant de se voir contrainte de les éteindre. Processus logique. Entre collègues, on doit garder ses distances. Et de toute façon, n'eussent-ils pas été collègues, elle n'était pas bouchée au point d'oublier ses handicaps. Son visage ingrat, sa silhouette, son style vestimentaire, son comportement brusque et son caractère de cochon. Quel homme au monde se serait donné la peine d'essayer de savoir ce que cachait cette façade rébarbative ?

Il parut lire dans ses pensées :

– C'est l'intérieur qui compte, Barbara. Pas l'extérieur. Quand vous vous regardez dans la glace, je parie que vous voyez une femme sans grâce, incapable de plaire à un homme. Je me trompe ?

Elle déglutit. Il était encore tout près d'elle. Il attendait une réaction et il allait bien falloir qu'elle se manifeste d'une façon ou d'une autre. Ou alors qu'elle aille se réfugier dans sa chambre en claquant la porte. « Vas-y, dis quelque chose, s'ordonna-t-elle. Réponds. Sinon... Il s'approche... Il va s'imaginer que... »

Un flot de paroles lui échappa.

– Ça fait longtemps que... ça fait des années que je ne suis pas sortie avec un homme... Je veux dire... Je suis carrément nulle, dans ce domaine. Vous ne voulez pas téléphoner à Celia ?

– Non. J'ai pas envie de téléphoner à Celia.

Il fit un pas en avant et l'embrassa.

« Sacré bon Dieu de bordel de merde », songea Barbara. Puis elle sentit la langue de Robin dans sa bouche. Les mains de Robin sur son visage, ses épaules, ses bras. Les mains de Robin cherchant ses seins. Alors elle cessa de penser. Il se rapprocha davantage. La plaqua contre le mur. Se colla contre elle. Impossible, cette fois, de se tromper sur ses intentions. Tandis que son cerveau protestait : « Prends tes jambes à ton cou, tire-toi », son corps, lui, disait : « Enfin... c'est pas trop tôt. »

Le téléphone sonna et ils s'éloignèrent brusquement l'un de l'autre. Le souffle court, honteux, excités, les yeux écarquillés, ils se dévisagèrent. L'usage de la parole leur revint tout d'un coup et simultanément :

– Vous feriez mieux... dit Barbara.

– Je devrais... dit Robin.

Ils éclatèrent de rire. Un sourire aux lèvres, Robin annonça :

– Je vais répondre. Restez là. Et surtout ne bougez pas. Promis ?

– Promis, fit Barbara.

Il s'en fut dans sa chambre. Elle entendit sa voix. Le *allô* prononcé d'une voix basse. Une pause. Puis ces mots :

– Elle est là. Ne quittez pas.

Il ressortit, un téléphone sans fil à la main, qu'il lui tendit :

– C'est pour vous. Londres. Votre patron.

« Merde », songea-t-elle. Elle aurait dû téléphoner à Lynley depuis longtemps. Il attendait son rapport depuis la fin de l'après-midi. Elle plaqua le téléphone contre son oreille tandis que Robin, ouvrant le placard à linge, se baissait pour y ranger ce qui traînait par terre.

Barbara avait encore la saveur de sa salive dans la bouche. Elle sentait encore ses mains sur ses seins. Lynley n'aurait pu choisir plus mauvais moment pour se manifester.

– Inspecteur ? Désolée, on a eu un petit problème. J'allais vous appeler.

Robin leva le nez, sourit et se replongea dans ses rangements. Sans hausser le ton, Lynley questionna :

– Le constable est avec vous ?

– Evidemment. Vous venez de lui parler.

– Je veux dire dans la même pièce.

Barbara vit Robin lui jeter un nouveau coup d'œil. Il inclina la tête d'un air interrogateur. Elle haussa les épaules.

– Oui, dit-elle à Lynley.

Robin retourna à ses occupations.

S'adressant à quelqu'un qui était dans son bureau, Lynley annonça :

– Il est avec elle. (Puis d'une voix brève qui ne lui était pas habituelle :) Ecoutez-moi attentivement, Barbara. Et surtout gardez votre calme. Il y a de fortes chances que Robin Payne soit notre homme.

586

Barbara eut l'impression de se pétrifier. L'eût-elle souhaité qu'elle n'aurait pas même réussi à remuer le petit doigt. Elle ouvrit la bouche, parvint de justesse à murmurer :

– Oui, monsieur.

– Il est toujours là ? Avec vous ?

– Absolument.

Barbara jeta un coup d'œil à Robin qui était accroupi sur le sol et rangeait des albums de photos, qu'il empilait.

– C'est lui l'auteur des lettres du ravisseur. C'est lui qui a noté le nom de Charlotte et le numéro de l'affaire au dos des photos prises par les techniciens de scène de crime. Saint James a procédé à une analyse graphologique. Les deux écritures concordent. Par ailleurs, la Criminelle d'Amesford a confirmé que c'était Payne qui avait annoté les photos de la petite Bowen.

– Je vois, dit Barbara.

Robin remettait de l'ordre dans le jeu de Monopoly. Triant l'argent, les maisons, les hôtels. Elle jeta un coup d'œil à l'une des cartes chance. *Sortez de prison, vous êtes libre.* Elle retint une envie de hurler.

– Nous avons réussi à reconstituer son emploi du temps et ses allées et venues de ces dernières semaines, poursuivit Lynley. Payne était en congé, Barbara, ce qui lui a laissé tout le temps de se rendre à Londres.

– C'est nouveau, alors ? fit Barbara.

En filigrane, elle percevait ce qu'elle aurait dû remarquer plus tôt, ce qu'elle aurait entendu si l'idée – le fol espoir, pauvre idiote ! – qu'un homme pût s'intéresser à elle ne lui avait fait perdre ses réflexes. Elle se remémora les différents protagonistes, leurs propos contradictoires, qui auraient dû lui mettre la puce à l'oreille.

Voix de Robin :

« *Il y a trois semaines seulement que je suis à la Criminelle. J'ai intégré la brigade criminelle juste après la fin du stage.* »

Celia, en revanche, avait déclaré :

« *Lorsqu'il est rentré du stage, la semaine dernière...* »

Et Corrine s'était écriée :

« *Quand j'ai téléphoné... Il n'était pas là.* »

Ça, c'était de tous les énoncés le plus révélateur. Barbara l'entendit résonner dans sa tête. Il n'était pas là, il n'était pas là, il n'était pas au stage. Parce qu'il était à

Londres, voyons, occupé à monter son coup, pistant Charlotte, filant Leo pour se familiariser avec les faits et gestes des enfants, leur train-train, leur emploi du temps, et préparer l'itinéraire qu'il emprunterait lorsqu'il passerait à l'action et qu'il les kidnapperait.

– Barbara, vous êtes là ? Vous m'entendez ? s'inquiéta Lynley.

– Oui, monsieur. La liaison est impeccable. (Elle s'éclaircit la gorge car elle se dit qu'elle devait avoir une drôle de voix.) Je me demandais quels étaient ses mobiles. Si vous voyez ce que je veux dire.

– Ses mobiles ? Il y a un autre enfant dans le coup, Barbara. Luxford n'est pas seulement le père de Charlotte et de Leo : il a un troisième enfant. Et Payne connaît l'identité de cet enfant. Ou celle de sa mère. C'est ça qu'il veut que Luxford écrive noir sur blanc dans son article. C'est ce qu'il veut obtenir de lui depuis le début.

Barbara regarda le jeune policier. Il s'apprêtait à ramasser des bougies tombées du placard. Rouges, bronze, argent, roses, bleues. « Comment est-ce possible ? » se demanda-t-elle. Il avait la même tête que lorsqu'il l'avait serrée contre lui, embrassée, que lorsqu'il avait fait semblant d'en pincer pour elle.

Continuant à jouer la comédie, mais s'efforçant de lui donner une ultime chance, elle déclara :

– Si je comprends bien, les faits sont là. Pourtant, Harvie avait l'air « clean ». Je sais bien que, depuis le début, on a suivi la piste du Wiltshire ; mais pour ce qui est du reste... Bon sang, inspecteur, c'est pas que je veuille jouer les rabat-joie, mais vous êtes sûr d'avoir examiné la question sous tous les angles ?

– Vous voulez savoir si nous sommes sûrs que Payne est notre homme ? traduisit Lynley à l'autre bout du fil.

– Exact, opina Barbara.

– Pratiquement sûrs à cent pour cent. Il nous reste un seul détail à vérifier : l'empreinte.

– Laquelle ?

– Celle que Saint James a relevée sur le magnétophone. Nous allons nous pointer avec dans le Wiltshire...

– Maintenant ?

– Oui. Il nous faut la confirmation de la Criminelle d'Amesford. Nos collègues d'Amesford doivent avoir ses empreintes dans leur fichier. Une fois qu'on aura la preuve qu'elles collent avec celle du magnétophone, l'affaire sera dans le sac.

– Et ensuite ?

– Ensuite, on se tient à carreau.

– Pourquoi ?

– Il faut le laisser nous conduire au petit Luxford. Si on le serre avant d'avoir récupéré le gamin, on risque de ne pas pouvoir remettre la main sur ce dernier. Lorsque *La Source* paraîtra demain, sans l'article dont Payne attend la publication, il filera retrouver le petit. C'est à ce moment-là qu'on le coincera. (Lynley lui donna ses instructions à voix basse, lui demandant de ne rien changer à son comportement, le sort de Leo passant avant tout le reste. Il insista sur la nécessité d'attendre que Payne les conduise jusqu'à l'endroit où il avait séquestré le garçonnet. Il lui dit qu'une fois qu'ils auraient eu confirmation, pour l'empreinte, la Criminelle d'Amesford placerait Lark's Haven sous surveillance. En attendant, Barbara devait agir normalement, faire comme si de rien n'était.) Winston et moi prenons la route du Wiltshire immédiatement. Vous pensez pouvoir vous en tirer, Barbara ? s'enquit Lynley. Reprendre vos activités là où vous les aviez laissées avant mon coup de fil ?

– Je pense, oui, dit-elle, se demandant comment diable elle allait y parvenir.

– Parfait, fit Lynley. Pour Payne, donc, nous sommes à deux doigts de serrer Alistair Harvie. Quant à vous, vous ne changez rien à votre comportement.

– D'accord. (Elle marqua une pause et, pour faire bonne mesure, ajouta comme si elle commentait une remarque de Lynley :) Demain matin ? Très bien. Aucun problème. Une fois qu'Harvie sera en taule, il vous dira où il a planqué le petit. Ma présence ici n'aura plus aucune raison d'être. A quelle heure voulez-vous que je me pointe au Yard ?

– Bien joué, Barbara, apprécia Lynley. Tenez bon. On arrive.

Barbara appuya sur la touche pour mettre fin à la communication. Par terre, Robin s'activait. Elle aurait voulu lui sauter dessus, lui faire cracher la vérité à coups de poing. Et que la vérité, la réalité ne fassent qu'un avec l'image de lui-même que Robin s'était efforcé de lui donner depuis le début. Seulement elle savait que c'était impossible, qu'elle avait les mains liées pour l'instant. La vie de Leo Luxford passait avant ses deux minutes trente-cinq de pelotage en compagnie de Payne entre piles de draps et serviettes de toilette. Au moment où elle disait : « Je remets le téléphone à sa pl...? » Robin leva la tête, et elle comprit pourquoi il avait tellement insisté pour préparer le dîner, ranger le fouillis, l'occuper, bref détourner son attention du placard à linge. Il avait ramassé les bougies et s'apprêtait à les fourrer en vrac dans le placard. Mais dans le tas, elle en aperçut une, couleur argent, qui, loin d'être une bougie, était une pièce d'un instrument de musique. Un élément de la flûte de Charlotte Bowen.

Robin se mit debout. Il fourra ce qu'il tenait à la main sous une pile de serviettes. Parmi les objets hétéroclites qui jonchaient le plancher, Barbara repéra un autre morceau de la flûte, près de son étui. Robin le ramassa et le glissa au milieu de taies d'oreiller, qu'il rangea dans le placard. Puis il lui prit le téléphone des mains.

– Je vais le remettre en place, fit-il en lui effleurant la joue du bout des doigts lorsqu'il passa devant elle pour gagner la chambre.

Elle s'était attendue à ce que son ardeur factice diminue d'intensité une fois la flûte mise en lieu sûr. Cependant en revenant vers elle, il sourit. Suivant de l'index la mâchoire de Barbara, il se pencha vers elle.

Barbara se demanda jusqu'où elle était prête à aller pour faire son devoir. Pas jusque-là, quand même. La langue de Robin se faufila dans sa bouche tel un reptile. Elle aurait voulu refermer sèchement les mâchoires dessus, la broyer jusqu'à sentir le goût du sang. Elle aurait voulu lui balancer un coup de genou dans les couilles et lui en faire voir trente-six chandelles. Pas question qu'elle baise avec un assassin, que ce fût par amour, pour du pognon, pour le bien du pays, par devoir ou par perversité. Parce que c'était ça, qui poussait Robin Payne à vouloir la baiser. La perversité. Le plaisir obscène de se taper *le* flic qui essayait de le débusquer. Parce que, sous une forme ou sous une autre, métaphoriquement, il n'avait fait que ça depuis le début. S'éclater, prendre son pied à ses dépens.

Barbara eut l'impression que la colère lui perçait des trous dans la poitrine. Elle brûlait d'envie de lui défoncer la figure. Mais elle avait à l'oreille la voix de Lynley lui enjoignant de faire comme si de rien n'était, de ne rien changer à son comportement. Alors elle se demanda comment gagner du temps. Elle se dit que ça ne devrait pas poser trop de problèmes. Au fond, elle avait un prétexte tout trouvé. Echappant à l'étreinte de Robin, elle chuchota :

– Bon sang, Robin. Votre maman. Elle est dans sa chambre. On peut pas...

– Elle dort à poings fermés. Je lui ai fait prendre deux comprimés. Elle restera dans le potage jusqu'à demain matin. Ne vous inquiétez pas.

« Pour le plan numéro un, c'est râpé », songea Barbara. Soudain, un déclic se fit dans son cerveau. Comprimés. *Comprimés.* Quels comprimés ? Il fallait absolument qu'elle fasse un saut en hâte à la salle de bains. Certes, elle avait sa petite idée sur le genre de médicaments qu'elle dénicherait au milieu de ce qu'elle avait renversé dans le lavabo en vidant d'un revers de main l'armoire à pharmacie. Mais elle tenait à en être sûre.

Un bras contre le mur, son autre main posée sur sa nuque, Robin l'étreignit. Ses doigts étaient dotés d'une force inquiétante. Comme ç'avait dû être facile pour lui de maintenir la tête de Charlotte Bowen sous l'eau jusqu'à ce que la fillette ne puisse plus respirer !

De nouveau, il l'embrassa, dardant la langue. Elle se raidit. Il recula pour la dévisager intensément. De toute évidence, il n'était pas fou.

– Que se passe-t-il ?

Il s'était bien rendu compte qu'il y avait quelque chose qui n'allait pas. Et cette fois, si elle lui refaisait le coup de l'inquiétude que la présence toute proche de sa mère lui inspirait, il ne mordrait pas à l'hameçon. Aussi décida-t-elle de jouer cartes sur table et de lui dire la vérité, sentant confusément que, du fait de l'existence dans sa personnalité d'une composante qu'elle n'avait pas détectée auparavant – à savoir une sexualité fortement teintée d'agressivité –, il goberait l'explication.

– J'ai... Vous me faites peur.

Le soupçon brilla tel un éclair dans ses yeux. Barbara s'efforça de croiser le regard du constable avec confiance et fermeté.

– Désolée. J'ai essayé de vous prévenir. Il y a une

éternité que je ne suis pas sortie avec un homme. Je sais plus très bien comment on s'y prend.

La lueur soupçonneuse s'éteignit.

– Ça reviendra, murmura-t-il. Vous allez vite retrouver les automatismes.

Barbara se laissa embrasser sans moufter avec des marmonnements de circonstance. Aussitôt, il lui attrapa la main pour la plaquer sur son sexe, qu'il la força à malaxer. Il poussa un gémissement.

Le grognement fournit à Barbara une excuse toute trouvée pour se dégager. Prenant soin de haleter, d'avoir l'air gênée, effrayée, elle expliqua :

– Tout ça va trop vite, Robin, merde. C'est pas que vous soyez pas beau mec. Dieu sait que vous êtes même plutôt sexy. Mais c'est moi... je suis pas prête... J'ai besoin de... de m'habituer... (Elle s'ébouriffa violemment les cheveux et éclata d'un petit rire contrit.) Je me sens complètement dépassée par les événements. On peut pas mettre la pédale douce ? Pour me laisser le temps de...

– Mais vous partez demain, souligna-t-il.

– Je pars... ? (Elle s'arrêta de justesse, au bord du précipice.) Oui, pour Londres. C'est pas le bout du monde. Combien de temps faut-il d'ici pour se rendre à Londres ? C'est à combien de kilomètres ? Cent trente à tout casser ? Autant dire la porte à côté, quand on est vraiment motivé. (Elle lui adressa un sourire tout en se maudissant de ne pas avoir passé davantage de temps à s'initier à l'art de parler aux hommes.) Alors ? Ça vous tente, Londres ? Vous êtes suffisamment motivé ?

Robin lui frôla l'arête du nez du bout de l'index. Puis avec trois doigts, il lui caressa les lèvres. Barbara demeura stoïque, résistant à l'envie de lui sectionner les doigts jusqu'à la troisième phalange d'un vigoureux coup d'incisives.

– J'ai besoin d'un peu de temps, répéta-t-elle. Et Londres, ça n'est pas loin. Vous voulez bien me laisser un peu de temps ?

Cette fois, elle avait épuisé tout son stock de ruses féminines. Elle attendit, se demandant comment les choses allaient tourner. Elle aurait poussé un ouf de soulagement si un *deus ex machina* avait fait son apparition à ce moment-là. Quelqu'un qui serait tombé du ciel à bord d'un chariot de feu, voilà qui lui aurait sauvé la mise. Cependant, si elle était à la merci de Robin, lui était logé à la même enseigne. Elle lui disait : « Pas maintenant, pas ici, pas encore. » La balle était dans son camp.

Il frôla sa bouche. Lui frôla le bas-ventre. Lui plaqua la main sur l'entrejambe très vite mais avec tant de conviction qu'elle sentait encore la chaleur de sa paume après qu'il eut retiré sa main.

– Va pour Londres, dit-il avant d'ajouter avec un sourire : Et maintenant, on mange.

Plantée devant la fenêtre de sa chambre, sourcils froncés, Barbara s'efforçait de scruter l'obscurité. Il n'y avait pas de lampadaires dans Burbage Road, aussi ne pouvait-elle compter que sur la lune, les étoiles ou les phares d'une éventuelle voiture pour s'assurer que le dispositif de surveillance policière promis par Lynley était en place.

Sans trop savoir comment, elle avait réussi à venir à bout de son dîner. Impossible de se souvenir de ce qu'il lui avait préparé en dehors des côtes d'agneau. Elle avait pioché dans les plats posés sur la table de la salle à manger, faisant semblant de manger. Elle avait mastiqué, avalé, bu du vin – non sans avoir, par précaution, procédé à un échange de verres pendant que Robin retournait chercher les légumes à la cuisine. Mais la nourriture, la boisson lui avaient paru dénuées de saveur. Le seul de ses cinq sens qui fonctionnait était l'ouïe. A table, elle n'avait cessé de tendre l'oreille, épiant les pas de Robin, surveillant le rythme de sa propre respiration, enregistrant le choc des couverts contre la vaisselle et guettant les bruits étouffés du dehors. Etait-ce un moteur de voiture, cette fois ? Les piétinements sourds des policiers se positionnant autour de la maison ? Le crépitement d'une sonnette, celle d'un voisin chez qui ses collègues allaient planquer en attendant que Robin se décide à bouger ?

Pendant le dîner, la conversation avait été éprouvante. Consciente qu'elle risquait de poser les mauvaises questions – celles qui lui montreraient qu'elle le savait coupable –, c'était elle qui avait tenu le crachoir. Non sans mal. Car les sujets de conversation étaient limités et elle n'était pas d'humeur à lui faire des confidences. Seulement, si elle voulait lui faire croire qu'elle mourait d'envie de le voir rappliquer à Londres, elle devait se débrouiller pour avoir l'œil brillant, la voix vibrante d'anticipation. Il lui fallait impérativement le regarder dans les yeux. Le persuader qu'elle voulait qu'il ne pense qu'à ses lèvres, ses seins, ses cuisses. Bref, il lui fallait l'inciter à s'épancher, et boire ses paroles.

A ce jeu, Barbara n'était pas vraiment experte. Aussi à la fin du repas était-elle complètement crevée. Lorsqu'ils eurent débarrassé la table, ses nerfs étaient tendus comme des cordes à violon.

Elle avait fini par lui dire qu'elle était à bout de forces, que la journée avait été dure, qu'elle avait besoin de partir tôt le lendemain matin, qu'on l'attendait au Yard à huit heures et demie et qu'avec la circulation... Bref, que s'il n'y voyait pas d'inconvénient, elle aimerait autant aller se coucher.

Il n'avait pas formulé d'objections.

– La journée a été dure, en effet. Vous avez bien besoin de repos.

Il l'avait accompagnée jusqu'au pied de l'escalier et lui avait caressé la nuque en guise de bonsoir.

Une fois qu'elle eut cessé d'être dans son champ de vision, Barbara attendit qu'il eut regagné la salle à manger ou la cuisine. Lorsque bruits d'eau et bruits de vaisselle lui parvinrent, elle se glissa dans la salle de bains où elle était allée – quelques heures plus tôt – chercher l'inhalateur de Corrine.

Retenant son souffle, se déplaçant aussi silencieusement que possible, elle farfouilla au milieu des flacons qui encombraient encore le lavabo. Elle se dépêcha de lire les étiquettes. Il y avait de tout. Médicaments pour combattre les nausées, la diarrhée, les contractures, les brûlures d'estomac. Tous prescrits à Corrine Payne. Le flacon qu'elle cherchait n'était pas là. Pourtant il fallait qu'il s'y trouvât... Si Robin était bien celui que Lynley croyait.

Soudain, cela lui revint : il avait donné des comprimés à Corrine. Si ces comprimés s'étaient trouvés avec les autres produits, il avait dû être obligé de fourrager dans le lavabo pour mettre la main dessus. Après les avoir dénichés, il avait dû prendre le tube, faire tomber deux comprimés dans sa main, et... Le tube. Qu'est-ce qu'il avait bien pu faire de ce maudit tube? Il ne l'avait pas remis dans l'armoire à pharmacie. Il n'était pas sur le rebord du lavabo. Dans la poubelle, non plus. Alors où... Tout à coup elle le repéra, posé sur le réservoir de la chasse d'eau. Elle poussa intérieurement un cri de triomphe et s'en empara. *Valium*, annonçait l'étiquette. Puis le mode d'emploi : « Prendre un comprimé en cas de stress. » Et les recommandations d'usage : « Risques de somnolence. Ne pas associer à l'alcool. Suivre les indications du médecin. »

Elle avait remis le tube sur le couvercle de la chasse d'eau. « Cette fois, je te tiens », avait-elle pensé avant de regagner sa chambre.

Pendant un bon quart d'heure, elle s'était efforcée d'aller et venir, faisant comme si elle s'apprêtait pour la nuit. Après quoi, elle se jeta sur son lit et éteignit la lumière. Elle attendit cinq minutes avant de s'approcher de la fenêtre. Et c'était là qu'elle se tenait maintenant, observant Burbage Road, à l'affût d'un détail révélateur. S'ils étaient là – et Lynley lui avait assuré qu'ils seraient là –, il devait y avoir quelque chose qui le lui indiquerait. Une fourgonnette banalisée. Une lueur derrière un rideau dans la maison d'en face. Du mouvement près des arbres, le long de l'allée. Mais non, rien.

Combien s'était-il écoulé de temps depuis le coup de fil de Lynley? Deux heures? Davantage? Il avait appelé du Yard mais précisé qu'ils partaient immédiatement. Winston et lui avaient dû rouler à bonne allure sur l'autoroute, à moins d'avoir été retardés par un accident quelconque. Les routes de campagne conduisant à Amesford étaient sinueuses, mais ils devaient être arrivés maintenant. A moins qu'Hillier ne se soit opposé à leur départ. Qu'il n'ait exigé un compte rendu complet. A moins que ce salopard d'Hillier ne leur ait, une fois de plus, mis des bâtons dans les roues.

Soudain des pas se firent entendre. Dans le couloir, juste devant sa porte. Elle se rua vers le lit, plongea sous les couvertures. Se forçant à respirer normalement, elle tendit l'oreille, s'attendant à ce que la poignée de la porte tourne à tout moment, que Robin ouvre, traverse sa chambre et s'approche d'elle.

Au lieu de quoi, elle perçut du bruit en provenance de la salle de bains. Il était en train de pisser. Et dru. Une vraie lance d'incendie. Et longtemps. Puis il tira la chasse. *Woouuuchhhh!* Et lorsque le bruit de la chasse d'eau se fut estompé, il y eut un minuscule *clic clic*. Celui de comprimés qu'on agite dans un tube.

Les explications du médecin légiste lui revinrent à la mémoire avec tant de clarté qu'elle eut l'impression de le voir près d'elle dans la chambre. « On l'a droguée avant de la noyer. C'est pourquoi le corps ne porte pas de traces de violence. La petite était incapable de se débattre. Elle était inconsciente lorsqu'il l'a maintenue sous l'eau. »

Barbara se redressa d'un bond. « Le gamin, songea-t-elle. Il ne va pas attendre la parution de l'article dans le journal de demain. Il va régler son compte au petit dès ce soir, c'est pour ça qu'il a besoin de Valium. » Rejetant les couvertures, elle gagna à pas feutrés la porte qu'elle entrouvrit très légèrement.

Robin émergeait de la salle de bains. Il se dirigea vers la chambre de sa mère et entrebâilla sa porte. Après avoir inspecté la pièce, satisfait, il se tourna vers la chambre qu'occupait Barbara. Elle referma sa porte. Dénuée de verrou. Plus le temps de se jeter sur le lit avant qu'il se pointe chez elle. Elle se plaqua contre le battant, priant : « Ne t'arrête pas, ne t'arrête pas. » Elle l'entendait respirer de l'autre côté. Il frappa doucement. Elle ne broncha pas. Il chuchota : « Barbara, vous dormez ? Je peux entrer ? » Puis il frappa de nouveau. Elle se mordit les lèvres, retint son souffle. Quelques secondes plus tard, son pas résonnait dans l'escalier.

Il était chez lui à Lark's Haven, il savait donc que sa porte n'était pas équipée d'un verrou. En d'autres termes, il n'avait pas cherché à entrer. S'il avait voulu s'introduire chez elle, il l'aurait fait sans problème. Il voulait simplement s'assurer qu'elle dormait.

De nouveau, elle entrebâilla sa porte, l'oreille tendue. Il était en bas. Dans la cuisine. Elle descendit l'escalier sur la pointe des pieds.

Il avait poussé la porte de la cuisine sans la fermer derrière lui. Elle l'entrouvrit imperceptiblement. Elle entendait plus qu'elle ne voyait ce qui se passait à l'intérieur. Portes de placard qui grincent, ouvre-boîte électrique, choc du métal contre le carrelage.

Puis il traversa son champ de vision, une grande bouteille Thermos rouge à la main. Après avoir farfouillé dans un placard, il en sortit une petite planche à découper sur laquelle il posa quatre comprimés bleus. Il les réduisit en poudre avec le dos d'une cuiller en bois puis il fit tomber cette poudre dans la Thermos.

Il se dirigea vers la cuisinière où quelque chose chauffait dans une casserole, qu'il remua. Elle l'entendait siffloter. Il approcha la casserole de la Thermos rouge et versa dans la bouteille un liquide brûlant. Du potage à la tomate, vraisemblablement. Après avoir rebouché la Thermos, il fit disparaître toute trace de son travail. Il jeta un coup d'œil autour de lui, tapota ses poches, prit ses clés de voiture. Puis il sortit dans la nuit, éteignant les lumières dans la cuisine.

Barbara se rua vers l'escalier qu'elle gravit en hâte, et fonça vers la fenêtre de sa chambre. Tous feux éteints, l'Escort glissait silencieusement le long de l'allée en pente pour rejoindre Burbage Road. Les policiers ne manqueraient pas de le voir dès qu'il serait sur la chaussée. Alors ils le fileraient.

Elle jeta un coup d'œil à droite, puis à gauche. Elle attendit. Robin mit son moteur en marche en atteignant la route. Il alluma ses phares et s'éloigna vers l'ouest, en direction du village. Derrière lui, personne. Cinq secondes s'écoulèrent. Dix. Quinze. Toujours personne.

– Merde ! chuchota Barbara. Sacrée putain de bordel de merde !

Elle empoigna ses clés, dévala l'escalier en trombe. Traversa la cuisine au trot et, se précipitant dehors, grimpa dans sa Mini. Elle fit gronder le moteur, grincer les vitesses puis glissa le long de l'allée pour rejoindre Burbage Road. Fonçant vers le village, elle s'abstint d'allumer ses phares. Elle se mit à prier. Mêlant prières et jurons.

Arrivée au centre du village, elle freina à l'embranchement qui se dessinait à la hauteur de la statue du roi Alfred. En tournant à gauche, elle se dirigeait vers le sud et Amesford. A droite, elle filait vers le nord, direction Marlborough et le chemin de campagne qui traversait la vallée de Wootton, Stanton St Bernard, Allington, et longeait le fantomatique cheval de calcaire blanc qui galopait, immobile, au flanc des collines depuis près de mille ans. Elle décida de prendre à droite et mit le pied au plancher. Elle passa à toute allure devant le commissariat de police plongé dans l'obscurité, l'épicerie d'Elvis Patel, la poste. Emportée par son élan, la

Mini parut survoler le pont qui enjambait le canal de Kennet et Avon.

Le canal franchi, Barbara laissa derrière elle le village pour se retrouver dans les champs. Elle scruta l'horizon. Sourcils froncés, elle examina la route devant elle, maudissant Hillier et tous ceux qui avaient pu faire foirer le déploiement du dispositif de surveillance policier. Elle entendait Lynley lui dire que ce qui primait, c'était la sécurité du petit Leo, que Payne s'empresserait de « s'occuper » du gamin en ne trouvant pas l'article qu'il souhaitait dans la feuille de Luxford. Elle revit le corps de Charlotte Bowen pendant l'autopsie et elle se mit à flanquer des coups de poing sur son volant en criant :

– Où es-tu passé, bon Dieu ?

C'est alors qu'elle vit des phares balayer brièvement une rangée d'arbres quelque quatre cents mètres plus loin. Elle se précipita de ce côté. C'était son seul espoir.

Contrairement à elle, il conduisait en père tranquille. Pourquoi aurait-il mis la gomme ? Sa mère dormait, Barbara aussi. Pourquoi attirer l'attention en roulant comme un dingue qui aurait eu au train une meute de démons ? Barbara en profita pour regagner du terrain. Lorsqu'il passa devant une station-service brillamment illuminée à la sortie d'Oare, elle put constater que c'était bien l'Escort qu'elle filait. Peut-être que Dieu existait, finalement.

Le problème, c'était que si elle le filait, il n'y avait personne pour la suivre, elle. En d'autres termes, elle était seule. Sans arme, sans stratégie, sans bien savoir non plus ce qui avait pu pousser le constable Robin Payne à semer la mort autour de lui.

Lynley lui avait appris que Dennis Luxford avait eu un troisième enfant. Le ravisseur ayant demandé au journaliste, dans sa lettre, de reconnaître son *premier-né*, et le journaliste ayant reconnu – en pure perte – être le père de Charlotte Bowen, une conclusion s'imposait : il y avait un autre enfant dans le coup, plus âgé celui-là. Un enfant dont Robin Payne connaissait l'existence, laquelle l'avait mis dans une fureur noire au point de lui donner envie de tuer. Alors qui était... ?

Il avait changé, lui avait confié Celia. Au retour de son stage – ou de ce qu'elle avait cru être son stage –, Robin avait changé. Lorsqu'il avait quitté Wootton Cross, elle s'était dit qu'ils se marieraient. Seulement à peine était-il rentré qu'elle avait senti comme un fossé entre eux. Elle avait tout de suite cru qu'elle avait une rivale.

Mais... et si Robin avait découvert quelque chose la concernant, elle ? Concernant Celia ? Les relations de Celia avec un autre homme ? Avec Dennis Luxford, par exemple ?

Devant elle, Robin quitta la route pour bifurquer à gauche dans un sentier. Les phares de l'Escort permettaient à Barbara de suivre sa progression sinueuse à travers champs. Ce virage à gauche signifiait qu'il se dirigeait vers la partie nord de la vallée de Wootton. Parvenue à l'entrée du sentier, Barbara alluma ses phares une fraction de seconde afin d'essayer de se faire une idée de la destination qu'il avait choisie. La pancarte indiquait Fyfield, Lockeridge et West Overton. Et tout à côté, sous une flèche, un panneau métallique portait le symbole universel signalant la présence d'un monument d'intérêt historique : le donjon d'un château fort en marron sur fond blanc. « En plein dans le mille », songea Barbara. Après le moulin, le château médiéval. Comme il s'en était lui-même vanté, Robin Payne connaissait bien le Wiltshire et les coins où l'on pouvait faire des bêtises en toute tranquillité.

Peut-être y avait-il emmené Celia. Peut-être était-ce pour cette raison qu'il avait choisi cet endroit. Mais si cette affaire avait pour origine une liaison entre Celia et Dennis Luxford, quand cette liaison avait-elle eu lieu ? Charlotte Bowen avait dix ans lorsqu'elle avait été assassinée. Si ce n'était pas elle le premier-né de Luxford, l'autre était forcément plus âgé. Et à supposer que cet enfant n'ait que quelques mois de plus que la petite Bowen, cela signifiait que Celia Matheson avait rencontré Luxford alors qu'elle était une jeunesse. Quel âge avait Celia aujourd'hui ? Vingt-quatre ? Vingt-cinq ans, à tout casser ? Pour avoir une aventure avec Luxford et un enfant de lui – un enfant plus âgé que Charlotte –, il aurait fallu qu'elle ait eu une liaison avec lui à quatorze ans. Ce n'était pas impossible, les adolescentes mettant fréquemment des bébés au monde. Mais, bien que Luxford lui fît l'effet d'être un personnage peu recommandable – à en juger par le torchon qu'il publiait –, rien dans ce qu'elle avait entendu dire à son sujet ne pouvait donner à penser qu'il eût eu un faible pour les gamines. Et quand on réfléchissait à la description que Portly avait faite de lui lorsqu'il était pensionnaire à Baverstock, et notamment au gouffre qui existait entre lui et ses condisciples, on était obligé de conclure...

« Un instant », songea Barbara. *Bon sang, la vache !* Elle agrippa plus énergiquement son volant. La voiture de Robin serpentait le long de la route, franchissant un tunnel de frondaisons, gravissant une petite montée. Elle le suivait, les yeux tantôt sur l'Escort et tantôt sur le sentier, s'efforçant de se rappeler les détails marquants du scandale dont Portly l'avait régalée. Voyons, des pensionnaires de Baverstock – des terminales de l'âge de Dennis Luxford – avaient pris l'habitude de retrouver une gamine du cru pour tirer leur coup dans la vieille glacière, non loin de l'école. Il leur en coûtait deux livres par tête de pipe. La petite s'était retrouvée enceinte. Ç'avait fait un foin du diable, expulsions, et tout le bazar. C'était bien ça, n'est-ce pas ? Donc, à supposer que la gamine ait mené sa grossesse à terme, qu'elle ait accouché d'un beau poupon pétant de santé, toujours en vie aujourd'hui, l'enfant né des amours, dans la vieille glacière, de la lolita de village et des fines braguettes de Baverstock devait être âgé aujourd'hui de – Barbara se livra à un rapide calcul – vingt-neuf ans.

« Putain de merde », songea Barbara. Robin Payne n'avait pas l'ombre d'un commencement de tuyau concernant l'enfant de Luxford. Robin Payne était persuadé qu'il *était* le fils de Luxford. Par quel cheminement était-il parvenu à cette conclusion, Barbara l'ignorait. Mais ce dont elle était sûre, c'est qu'elle avait deviné juste. Tout comme elle était sûre qu'il filait de ce pas retrouver l'enfant qu'il prenait pour son demi-frère. Il lui sembla réentendre la phrase qu'il avait prononcée en longeant Baverstock. « Il n'y a personne dans mon arbre généalogique. » Personne d'important, avait compris Barbara. Mais ce n'était pas ça qu'il avait voulu dire. Personne de légitimement important.

En se faisant mettre sur l'enquête, il avait réalisé un coup de maître. Personne ne s'était méfié lorsque le jeune constable avide de faire ses preuves avait demandé à travailler sur l'affaire. Et lorsqu'il avait proposé au sergent du Yard de loger à Lark's Haven – parce que c'était à deux pas de l'endroit où le corps de la petite victime avait été abandonné, qu'il n'y avait pas d'hôtel digne de ce nom au village, que sa mère veillait au grain dans la maison qui était un *bed and breakfast* dûment homologué –, il avait trouvé l'astuce idéale pour se tenir au courant des moindres développements. Il lui suffisait de brancher Barbara sur le sujet, ou d'épier ses conversations au téléphone avec Lynley. Et lorsqu'elle lui avait parlé des briques et du mât de Charlotte, il avait jubilé. Elle lui avait fourni sur un plateau l'indice dont il avait besoin pour être le « découvreur » du moulin. Où il avait pris la précaution d'esquinter l'uniforme de la petite – le frottant contre les caisses pleines d'échardes – avant de le plier et de le planquer dans les chiffons des Matheson lors d'un passage chez eux. Jamais le pasteur et sa femme n'auraient pensé à lui comme à un étranger venu rôder autour de l'église. Robin était le fiancé de leur fille, l'amour de sa vie. Qu'il ait pu de surcroît être un tueur ne les avait même pas effleurés.

Barbara observa attentivement l'Escort. Robin tourna de nouveau, en direction du sud cette fois. La voiture attaqua la montée d'une colline. Barbara eut l'impression qu'ils se rapprochaient du but.

Ralentissant, elle tourna à son tour. Le paysage étant nu – ils avaient laissé la dernière ferme cinq kilomètres derrière –, elle n'avait aucune crainte à avoir : elle ne risquait pas de le perdre de vue. Elle distinguait ses phares qui oscillaient au loin. Elle le suivit à bonne distance.

Le sentier se transforma en piste pleine d'ornières. A gauche, une colline plantée d'arbres. A droite, un immense champ qui se perdait dans l'obscurité, séparé de la piste par une clôture de piquets et de fil de fer. La piste se mit à épouser le flanc de la colline et Barbara ralentit l'allure. Cent mètres plus loin environ, le véhicule de Robin s'immobilisa devant une barrière à claire-voie. Robin descendit de voiture et écarta la barrière. Il passa, referma la barrière et poursuivit sa route. La lune illuminait les lieux. Cent mètres après la claire-voie se dressaient les vestiges d'un château médiéval. Barbara aperçut le mur en ruine qui enserrait l'ouvrage fortifié et au-dessus du mur, pareil à de l'écume sous la lueur laiteuse de la lune, un feston d'arbres et d'arbustes. A l'intérieur du périmètre délimité par le mur s'élevaient les ruines du château fort. Elle distingua deux tours rondes crénelées de part et d'autre de la courtine qui s'éboulait, et à vingt mètres de l'une des tours, le toit d'un bâtiment : cuisine peut-être, cellier, boulangerie ou grande salle.

Barbara immobilisa sa Mini au bord de la piste avant la barrière à claire-voie. Après avoir coupé le contact, elle descendit de voiture, prenant soin de rester sur la partie gauche de la piste, où s'élevait la colline recouverte d'arbres et de buissons. Une pancarte sur la claire-voie indiquait que l'édifice n'était autre que le château de Silbury Huish. Un second panneau précisait que le site était ouvert au public le premier samedi de chaque mois seulement. Robin avait astucieusement choisi son coin. Le chemin en piteux état avait de quoi décourager la plupart des touristes ; quant à ceux qui s'étaient aventurés jusque-là un jour de fermeture, il était peu probable qu'ils aient envie de s'introduire indûment sur les lieux pour le plaisir douteux de contempler des décombres. Les ruines, ce n'était pas cela qui manquait dans la région, et plus faciles d'accès que celles-ci.

Devant, l'Escort de Robin s'arrêta près de la muraille d'enceinte et ses phares – avant qu'il les éteigne – balayèrent un instant les pierres rugueuses. Tandis que Barbara progressait vers la claire-voie, elle distingua sa silhouette floue qui sortait du véhicule. S'approchant du coffre, il se mit à fouiller dedans et en extirpa un objet qui fit *clink* lorsqu'il le posa sur le sol de pierre. Il s'empara d'un second objet qu'il brandit, et d'où jaillit un cône de lumière. Une torche. Il s'en servit pour s'éclairer tout en longeant le mur du château. Un instant après, il avait disparu.

Barbara se précipita vers le coffre de la Mini. Pas question de se munir d'une torche : Robin Payne lui réglerait son compte si, jetant un regard par-dessus son épaule, il s'apercevait qu'on le filait. Mais elle n'allait pas s'aventurer sans arme au milieu des ruines. Vidant le contenu de son coffre, elle se traita de tous les noms : c'était un vrai dépotoir. Enfoui sous des plaids, des bottes en caoutchouc, des revues et un maillot de bain datant d'au moins dix ans, elle découvrit un démonte-pneu, dont elle s'empara. Après s'être assurée que l'outil était suffisamment lourd, qu'elle l'avait bien en main, elle l'embarqua, se disant que ça ferait l'affaire.

Elle se lança sur les traces de Robin. Comme celui-ci était au volant de sa voiture, il avait suivi la piste pour aller jusqu'au château. A pied, emprunter cette piste n'était pas nécessaire. Elle prit donc au plus court, traversant une étendue plate comme le dos de la main. Jadis, les habitants du château avaient dû, grâce à cette parcelle de terre dénudée, pouvoir voir arriver l'ennemi de loin. Barbara se dit qu'elle ferait bien de ne pas perdre ce détail de vue et qu'il lui faudrait franchir cette partie du terrain en toute hâte. Elle se déplaçait à demi accroupie, car si la lune facilitait sa progression elle l'exposait aux regards éventuels, la rendant plus aisément repérable.

Progressant à vive allure, d'un pas régulier, elle heurta un buisson bas – une sorte de genévrier, sans doute – et percuta un nid. Les oiseaux s'envolèrent sous son nez, faisant claquer leurs ailes avec des *clac clac clac* qui se réverbérèrent contre les murailles.

Barbara se figea. Le cœur battant à tout rompre, elle attendit, s'obligeant à compter jusqu'à soixante par deux fois. Rien ne bougeant, elle repartit.

Elle atteignit sans encombre la voiture de Robin. Jetant un coup d'œil à l'intérieur, elle chercha les clés, qu'elle aurait bien aimé voir accrochées au contact. Mais non. Rien. Ç'aurait été trop beau.

Comme lui, elle suivit le mur incurvé, remettant la gomme. Elle avait perdu le temps qu'elle avait espéré gagner en évitant la piste et il allait lui falloir rattraper son retard. Mais pour cela, le silence était capital. Le démonte-pneu excepté, elle n'avait pour arme que la surprise.

Elle atteignit les vestiges du corps de garde. La porte avait disparu. Seule demeurait une arcade au-dessus de laquelle on distinguait vaguement des armoiries rongées par le temps. Elle fit halte dans une niche née de l'éboulis d'un pan de mur du corps de garde et tendit l'oreille. Les oiseaux s'étaient tus. La brise nocturne faisait frissonner les feuilles des arbres qui poussaient dans la cour du château. Mais pas le moindre bruit de voix ou de pas. Et rien à voir sinon les deux tours dont l'âpre silhouette se découpait sur fond de ciel sombre.

Les tours étaient percées d'étroites fentes oblongues permettant au jour de passer et d'éclairer les escaliers de pierre en hélice. Ces meurtrières servaient aussi dans le temps à défendre l'ouvrage fortifié car de là on pouvait envoyer des projectiles sur l'ennemi. Si Robin avait caché Leo dans l'une des tours, on aurait aperçu de la lumière par les meurtrières. Mais pas la moindre lueur ne filtrait à l'extérieur. C'était donc que Robin se trouvait dans le bâtiment dont Barbara avait remarqué le toit, à quelque vingt mètres de la plus éloignée des deux tours.

Dans la pénombre, la construction n'était qu'une masse indistincte. Entre cet édifice et l'arcade où elle s'était réfugiée dans une flaque d'ombre, nul endroit où se cacher. Une fois hors du corps de garde et derrière les arbres et les buissons, il n'y aurait plus ici et là que des décombres, amas de matériaux provenant des salles habitées par les châtelains et leur suite. Barbara examina ces ruines. A dix mètres de là, elle aperçut un premier tas de pierres susceptible de lui servir de cachette.

Elle tendit l'oreille, à l'affût du moindre bruit. Mais le vent, seul, soufflait. Elle se rua vers l'éboulis.

Une fois les dix mètres franchis, elle comprit de quel genre de construction il s'agissait : fenêtres gothiques à lancettes, épi de faîtage fiché sur la crête du toit se découpant sur le ciel sombre. Une croix. L'édifice était une chapelle.

Barbara braqua les yeux vers les fenêtres en ogive à la recherche du moindre rai de lumière. Parce qu'il avait une torche. Impossible d'opérer dans le noir absolu. Il allait se trahir d'un moment à l'autre. Mais non, rien.

Sa main qui tenait le démonte-pneu était moite. Elle la frotta contre la jambe de son pantalon. Après avoir étudié le bout de plat suivant, elle se précipita vers un deuxième amoncellement de pierres pour s'y mettre à couvert.

De ce poste d'observation, elle constata qu'une murette ceignait la chapelle. Un porche en appentis, réplique architecturale exacte de la chapelle, abritait une porte oblongue en bois foncé. Cette porte était fermée. Quinze mètres de terrain nu comme le dos de la main la séparaient du porche, quinze mètres où le seul abri était un banc d'où les touristes pouvaient admirer ce qui restait des fortifications médiévales. Barbara se rua vers le banc. Et du banc, vers la murette enserrant la chapelle.

Se glissant contre ce mur, démonte-pneu au poing,

elle osait à peine respirer. Plaquée contre les pierres, elle atteignit le porche de la chapelle. Dos contre la muraille, elle tendit l'oreille, épiant les bruits. D'abord, le vent. Puis un avion très haut dans le ciel. Puis un autre bruit. Plus proche, celui-là. Frottement du métal contre la pierre. Barbara se mit à trembler.

Elle s'approcha du petit portail du porche, posa la paume dessus. Il s'entrebâilla de deux centimètres, puis de deux autres encore. Elle jeta un coup d'œil à l'intérieur.

Juste devant elle, la porte de la chapelle était fermée. Et les fenêtres en ogive au-dessus de la porte étaient toujours aveugles. Mais un sentier dallé contournait l'édifice et tandis que Barbara se glissait dans le porche elle perçut une lueur en provenance de cette direction. Et de nouveau le bruit du métal contre la pierre.

Une bordure de plantes herbacées laissée à l'abandon longeait la murette qui ceignait la chapelle; vrilles, branches, feuillages, fleurs recouvraient le chemin empierré. Par endroits, la bordure avait été piétinée. Barbara se dit que ces traces n'étaient certainement pas le fait d'un visiteur du premier samedi du mois qui se serait aventuré dans cet endroit retiré au risque de démolir la suspension de sa voiture.

Traversant le chemin pour atteindre la chapelle, elle se glissa contre les pierres anguleuses du mur d'enceinte jusqu'au coin. Là, elle marqua une pause. Et de nouveau tendit l'oreille. De nouveau, elle perçut le vent qui faisait frissonner les arbres de la colline proche. Puis, le bruit du métal contre la pierre. Le frottement était plus accentué maintenant. Puis une voix.

— Tu boiras quand je te le dirai. (Voix de Robin. Mais d'un Robin nouvelle manière. Le jeune constable dénué d'assurance, inexpérimenté, qu'elle avait côtoyé ces derniers jours avait disparu. Cédant la place à une brute. Un tueur.) T'as pigé ?

Puis la voix de l'enfant, fluette, terrorisée.

— Mais ç'a un drôle de goût. Un goût de...

— Je m'en fous, du goût. Tu bois tout ça, et tu t'estimes heureux, ou je te le fais avaler de force. Compris ? Ça t'a plu, la dernière fois, que je te fasse boire de force ?

L'enfant ne souffla mot. Barbara avança de quelques centimètres. Elle risqua un œil et constata que le chemin empierré conduisait à des marches de pierre sculptées sous une arcade du mur de la chapelle et semblant descendre vers un caveau. De la lumière filtrait d'en bas. Pas la lumière d'une torche, elle était trop forte. Il avait dû prendre sa lanterne. Il la trimbalait avec lui lorsqu'ils s'étaient rendus au moulin. Sans doute était-ce l'objet qu'il avait sorti du coffre de l'Escort.

Elle crispa les doigts autour du démonte-pneu et continua d'avancer lentement, collée contre le mur de la chapelle.

— Bois, bon sang, dit Robin.

— Je veux rentrer à la maison.

— J'en ai rien à foutre, de ce que tu veux. Tu vas me faire le plaisir d'...

— Aïe! Mon bras! s'exclama le petit garçon.

Bruit de lutte. Coup. Robin poussa un grognement. Gronda :

— Sale petit merdeux. Quand je te dis de boire...

Coup retentissant. Chair claquant contre chair.

Leo hurla. De nouveau, coup. Robin était décidé à le tuer. De deux choses l'une : ou il lui faisait avaler le tranquillisant et attendait que le gamin soit dans le potage pour le noyer comme il avait noyé Charlotte, ou il lui tapait dessus jusqu'à ce que mort s'ensuive. Mais de toute façon, Leo n'en sortirait pas vivant.

Barbara traversa le sentier et courut vers la lumière. La surprise jouerait en sa faveur, se dit-elle. L'effet de surprise. Et le démonte-pneu.

Elle s'élança vers les marches avec un rugissement et se précipita dans le caveau. De toutes ses forces, elle repoussa la porte de bois qui alla dinguer contre le mur de pierre. Robin tenait la tête du petit garçon, cheveux blond-blanc, coincée au creux de son coude et essayait de lui porter aux lèvres un gobelet en plastique.

En un éclair, elle comprit comment il allait s'y prendre cette fois-ci. Le caveau était une ancienne crypte. Six cercueils de plomb enjambaient une tranchée creusée dans le sol. Au fond de la tranchée croupissait une petite mare d'eau tapissée d'algues d'où s'exhalaient des miasmes putrides. Voilà l'eau qu'on retrouverait dans les poumons de Leo. Pas de l'eau du robinet, cette fois, mais un liquide qui donnerait encore plus de fil à retordre au médecin légiste chargé de l'autopsie.

– Lâchez-le ! s'écria Barbara. Lâchez-le, je vous dis !

Robin s'exécuta. D'une poussée, il envoya rouler le gamin sur le sol. Mais le fait d'avoir été démasqué ne le fit pas reculer. Au contraire, il s'élança vers elle.

Barbara brandit son démonte-pneu et cueillit Robin à l'épaule. Il grimaça mais ne se laissa pas décourager pour autant. Elle le frappa de nouveau. Le constable tendit la main et se saisit de l'outil. Il le lui arracha des doigts et le jeta par terre. Le démonte-pneu fila, glissant sur les dalles de pierre. Après avoir télescopé un cercueil avec un *clank* retentissant, l'outil se trouva catapulté dans la fosse où il s'enfonça en faisant jaillir une petite gerbe d'eau. Le bruit arracha un sourire à Robin, qui marcha droit sur elle.

– Leo, rugit Barbara, cours, sauve-toi !

Mais l'enfant semblait pétrifié. Accroupi près du cercueil contre lequel le démonte-pneu était venu buter, mains pressées contre le visage, il les observait à travers ses doigts écartés.

– Non ! cria-t-il.

Robin passa à l'action, rapide comme l'éclair. Elle se retrouva plaquée contre le mur sans avoir eu le temps de comprendre ce qui lui arrivait. Il lui flanqua un coup de poing dans l'estomac. Barbara eut l'impression d'être traversée par une sensation d'intense chaleur ; machinalement, elle l'empoigna par les cheveux. Elle les lui tordit et lui tira la tête en arrière. Des pouces, elle chercha ses yeux. Il recula d'instinct. Elle lâcha prise. C'est alors qu'il lui balança son poing dans la figure.

Elle entendit craquer son nez. La douleur rayonna sur son visage telle une pelle embrasée. Déséquilibrée, elle tomba sur le côté mais se rattrapa à lui et l'entraîna dans sa chute. Ils heurtèrent le sol de concert.

Elle se jeta sur lui à califourchon. Le sang qui lui dégoulinait le long du nez coulait sur le visage de son adversaire. Lui prenant la tête à deux mains, elle la souleva. La cogna contre le sol. Lui administra des coups de poing dans la pomme d'Adam, les oreilles, les pommettes, les yeux.

– Leo ! Sauve-toi ! File ! hurla-t-elle.

Les mains de Robin cherchèrent son cou. Il se tordait sous elle telle une anguille. Comme à travers une brume, elle vit Leo bouger. Mais au lieu de courir vers la porte, il reculait dans la crypte, crapahutant entre les cercueils comme pour se cacher.

– Leo, va-t'en !

Poussant un grognement, Robin lui fit lâcher prise. Elle décocha de violentes ruades en heurtant le sol. Son pied rencontra le mollet de Robin, qui dégringola. Elle en profita pour se remettre debout d'un bond.

Elle s'essuya le visage d'un revers de main. Constata que celle-ci était écarlate. Elle cria de nouveau le nom de Leo. Elle distingua ses cheveux – leur blond blanc lumineux contre le plomb terne des cercueils – et Robin se releva à son tour.

– Putain... Sacrée putain de...

Tête baissée, il chargea, la cloua contre le mur. Grognant, il lui bourra le visage de coups de poing.

« Une arme », songea Barbara. Il lui fallait une arme. Elle n'avait rien, elle était désarmée. Ils étaient perdus, Leo et elle. Parce qu'il allait les tuer, c'était sûr. Il allait les liquider tous les deux parce qu'elle n'avait pas su se montrer à la hauteur. Elle n'avait pas fait le poids. Rien que d'y penser...

Elle le repoussa, lui administrant un coup d'épaule dans la poitrine, de toutes ses forces. Il la repoussa à son tour mais elle se cramponna à lui, lui nouant les bras autour de la taille. Elle prit fermement appui sur le sol et lui donna un coup de genou, cherchant à le toucher au bas-ventre. Elle rata son but et il reprit l'avantage. Il la projeta contre le mur. L'attrapa par le cou. La plaqua au sol.

Maintenant, il était au-dessus d'elle, la dominant, jetant les yeux à gauche et à droite. En quête d'une arme sûrement. Elle aperçut la lanterne en même temps que lui.

Elle l'attrapa par les jambes alors qu'il s'apprêtait à se jeter dessus. Il lui décocha un coup de pied au visage mais elle le fit basculer. Lorsqu'il heurta le sol avec un bruit sourd, elle rampa jusqu'à lui, s'assit sur sa poitrine, pratiquement à bout de forces. Elle fit pression sur son torse. Elle verrouilla ses jambes autour des siennes. Si seulement elle parvenait à le retenir, si le petit pouvait se sauver, si seulement il avait la bonne idée de courir se mettre à l'abri au milieu des arbres...

– Leo ! hurla-t-elle. Sauve-toi ! Va te cacher !

Elle crut le voir bouger. Mais il lui parut bizarre. Cheveux ternes. Visage terreux, membres flasques.

Il était terrifié. Ce n'était qu'un enfant. Tout ça le

dépassait. Si elle n'arrivait pas à lui faire comprendre qu'il lui fallait s'enfuir, vite, tout de suite, alors...

— Sauve-toi ! cria-t-elle. Sauve-toi donc !

Robin se dégagea. Jambes, bras, torse. Dans un ultime effort, il s'arracha à l'étreinte de Barbara. Mais cette fois elle ne put se remettre debout. Il s'assit à califourchon sur elle comme elle s'était assise sur lui, la clouant au sol, lui soufflant son haleine brûlante au visage.

— Il va... (Il prit une violente inspiration.) Payer. Il va payer.

Il accentua sa pression, plaqué contre elle, le bras lui écrasant la gorge. Barbara vit comme un halo blanc. La dernière chose qu'elle distingua fut le sourire de Robin. Celui d'un homme qui estime que justice a enfin été faite.

30

Lynley regarda Corrine Payne, œil dans le vague et mouvements ralentis, porter la tasse à ses lèvres.

– Refaites du café, dit-il à Nkata, l'air préoccupé. Fort. Très fort. Mettez la dose. Qu'il soit aussi costaud que possible.

– Peut-être qu'une bonne douche froide aurait le même effet. (Le problème, c'est qu'en l'absence d'une femme constable, ils pouvaient difficilement la déshabiller. Aussi, comme pour répondre par avance à l'objection que Lynley jugea inutile de formuler, Nkata enchaîna :) Et pourquoi on l'arroserait pas un bon coup ? Comme ça, on serait pas obligés de lui retirer ses vêtements.

– Occupez-vous du café, Winston.

– Mon petit cœur ? parvint à murmurer Corrine, tête ballottant en avant.

La secouant par l'épaule, Lynley la contraignit à se lever de sa chaise et tenta de l'obliger à marcher dans la salle à manger. Mais elle fut incapable de se déplacer : ses jambes avaient à peu près autant de force que des spaghettis trop cuits.

– Bon sang, Mrs Payne, faites un effort ! Réveillez-vous ! Vite !

Lorsqu'elle s'affaissa contre lui, il se rendit compte que la seule chose qu'il souhaitait à la pauvre femme, c'était d'oublier. Ce qui lui donna une idée de la montée en intensité de sa propre angoisse au cours de la petite demi-heure qui avait suivi leur arrivée à Lark's Haven.

Leur plan aurait dû se dérouler sans la moindre anicroche. Départ du Yard en voiture direction le Wilt-shire, comparaison des empreintes digitales du constable Payne avec celles provenant du magnéto-phone et du squat. Puis, mise en place du dispositif de surveillance de façon qu'une fois Payne parti chercher le petit Luxford dans la matinée – ce qu'il ne manque-rait pas de faire quand il ne verrait pas l'article attendu dans *La Source* –, sa filature, son arrestation et la resti-tution du gamin à ses parents, à Londres, ne posent aucun problème. Ce qui avait tout fichu en l'air, c'était l'absence de dactylotechnicien à la Criminelle d'Ames-ford, le temps qu'il avait fallu aux flics du coin pour en dénicher un et les soixante minutes que cette huitième merveille du monde avait mises pour se propulser jusqu'au commissariat. Pendant cette attente inter-minable, Lynley avait eu une prise de bec avec le sergent Reg Stanley qui, quand on lui avait suggéré que l'un de ses hommes pouvait bien être l'auteur de deux kidnappings et d'un meurtre, n'avait rien trouvé de mieux que de répondre : « Vous vous foutez de ma gueule, les gars ? Qui êtes-vous, d'abord ? De la part de qui vous venez ? » Pour faire bonne mesure, il avait émis un grognement de mépris en les entendant pro-noncer le nom de leur collègue du Yard – laquelle était apparemment sa *bête noire*[1]. Comme, par ailleurs, la collaboration entre services ne semblait pas faire partie de ses priorités, l'atmosphère n'avait pas été à la franche allégresse.

Une fois obtenue du dactylotechnicien la confirma-tion voulue – ce qui avait pris au spécialiste exactement le temps de mettre ses lunettes, d'allumer une lampe puissante, de sortir sa loupe et de la brandir quelques secondes au-dessus de la carte de relevé d'empreintes avant de grommeler : « Volutes à double boucle. Jeu d'enfant. Exactement les mêmes. Et c'est pour ça que vous m'avez fait quitter ma table de poker ? Chapeau ! » –, l'équipe de surveillance avait été rapidement mise sur pied. Quand le nom de la personne à surveiller avait été annoncé, un murmure avait couru dans les rangs. On était néanmoins parvenu à envoyer une fourgonnette sur les lieux, à établir le contact radio et à déterminer le rôle de chacun. Et lorsque le premier message avait annoncé que le véhicule du suspect et celui du sergent

1. En français dans le texte. *(N.d.T.)*

du Yard avaient disparu, Lynley et Nkata étaient partis pour Lark's Haven.

– Elle l'aura suivi, dit Lynley à Nkata alors que leur véhicule fendait les ténèbres en direction de Wootton Cross. Payne était dans la pièce quand j'ai eu Havers au bout du fil. Comme elle ne sait pas mentir, il a dû lire la vérité sur son visage. Je suis sûr qu'il est parti faire son coup.

– Et s'il était allé voir sa copine ?

– Ça m'étonnerait.

L'appréhension nouait la gorge de Lynley. La maison de Burbage Road était plongée dans l'obscurité – ce qui signifiait que tout le monde était au lit –, mais la porte de derrière était grande ouverte et une profonde trace de pneu dans une plate-bande au bord de l'allée semblait indiquer que quelqu'un était parti sur les chapeaux de roue.

Alors que les deux hommes allaient se diriger vers la porte ouverte, la radio grésilla.

– Vous voulez du renfort, inspecteur ? demanda une voix en provenance de la fourgonnette garée quelques mètres plus loin.

– Restez en planque, répondit Lynley. Apparemment, il y a quelque chose qui cloche. Nous allons jeter un œil à l'intérieur.

La porte donnait dans une cuisine. Lorsque Lynley alluma, tout lui sembla parfaitement en ordre. De même dans la salle à manger et le séjour.

A l'étage, ils trouvèrent la chambre de Havers. Accroché à une patère derrière la porte, son vieux sweat-shirt avec saint Georges et le dragon. Comme les draps étaient restés bordés et que seuls le dessus-de-lit et la couverture avaient été défaits, ils se dirent que Barbara avait fait un somme ou bien – éventualité beaucoup plus probable – qu'elle avait fait semblant de dormir conformément aux instructions qui lui avaient été données. Dans son sac informe posé sur la commode, aucune trace de ses clés de voiture. Lynley en conclut qu'elle avait dû entendre Payne sortir et pris ses clés pour pouvoir le filer.

A la pensée de Havers seule à la poursuite d'un tueur, Lynley se précipita à la fenêtre, ouvrit les rideaux et contempla la nuit, comme si les étoiles et la lune pouvaient lui indiquer la direction qu'ils avaient prise.

Quelle mouche l'avait piquée, cette folle ? Pourquoi s'était-elle lancée seule dans cette aventure ? Si elle se faisait tuer...

— Inspecteur ?

Lynley se retourna. Nkata se tenait dans l'encadrement de la porte.

— Oui.

— Y a une bonne femme dans une autre chambre. Complètement dans les vapes. Droguée, que ça m'étonnerait pas.

Tels étaient donc les événements qui les avaient amenés à faire avaler des litres de café à Corrine Payne, laquelle ne cessait de réclamer son « petit cœur », un certain Sam.

— C'est qui ça, Sam ? interrogea Nkata.

Lynley s'en moquait pas mal. Tout ce qui l'intéressait, c'était que cette femme retrouvât ses esprits. A cette fin, lorsque Nkata revint de la cuisine une autre cafetière pleine à la main, il fit s'asseoir Corrine à la table, et s'employa à lui faire ingurgiter du café.

— Il faut nous dire où se trouve votre fils, martela Lynley. Mrs Payne, vous m'entendez ? Robin n'est pas ici. Savez-vous où il est allé ?

A la longue, la caféine parut agir sur ses neurones. Après avoir contemplé un instant Lynley, elle fixa Nkata d'un regard terrorisé.

— Nous sommes de la police, s'empressa d'annoncer Lynley avant qu'elle ne pousse un hurlement à la vue du Noir inconnu – et donc potentiellement dangereux – qui était planté au beau milieu de sa salle à manger immaculée. Nous recherchons votre fils.

— Robbie est policier, lui aussi, répondit-elle avant de se rendre compte de ce que pouvaient impliquer les paroles de Lynley. Où est-il ? pleurnicha-t-elle. Pourquoi est-ce que vous le recherchez ? Qu'est-ce qui lui est arrivé ?

— Nous voulons lui parler, c'est très important, Mrs Payne. Vous n'auriez pas une idée de l'endroit où il pourrait être ?

— Lui parler ? (Sa voix se fit plus aiguë.) Pourquoi lui parler ? Il est au lit, à cette heure-ci. C'est un bon garçon. Il a toujours été gentil avec sa maman. Il est...

S'apercevant que sa respiration était irrégulière, Lynley posa une main rassurante sur son épaule.

– Je fais de l'asthme, expliqua-t-elle. Des fois, j'ai du mal à respirer.

– Vous avez un médicament ?

– Un inhalateur. Dans la chambre.

Nkata monta chercher l'appareil. Quelques pressions vigoureuses sur l'aérosol accompagnées d'inspirations profondes semblèrent lui faire le plus grand bien. Le mélange du café et du médicament la fit revenir complètement à elle.

– Qu'est-ce que vous lui voulez, à mon fils ? dit-elle en clignant des yeux comme quelqu'un qui se réveille.

– Il a enlevé deux enfants à Londres et les a emmenés à la campagne. L'un d'entre eux est mort, mais il y a des chances que le second soit encore vivant. Il faut que nous le sauvions, Mrs Payne. Il le faut absolument.

Interloquée, elle saisit l'inhalateur d'une main tremblante mais, contrairement à l'attente de Lynley, ne le porta pas à son visage où se lisait l'incompréhension la plus totale.

– Des enfants ? Il a enlevé... Mon Robbie ? Vous êtes fou.

– Hélas ! non.

– Mais il les adore ! Jamais il ne ferait de mal à un enfant. Lui qui veut tellement en avoir ! Qui va épouser Celia Matheson cette année rien que pour en avoir. Toute une cargaison. (Elle resserra les bords de son peignoir de bain comme quelqu'un qui a soudain froid.) Vous voulez dire – c'est ça que vous insinuez, n'est-ce pas ? – que mon Robbie est un *pervers* ? articula-t-elle à voix basse d'un ton dégoûté. Mon Robbie ? Mon bébé ? Lui qui refuse de toucher son zizi au point que c'est moi qui suis obligée de le lui mettre dans la main ?

Ses paroles restèrent comme suspendues en l'air pendant un moment de silence épais. Nkata, saisi, haussa les sourcils. Mais Lynley refusa de se laisser entraîner dans les eaux troubles dont l'intervention de Corrine Payne venait soudain de révéler l'existence. Ils n'avaient pas une seconde à perdre.

– Les enfants qu'il a enlevés sont issus du même père, lança-t-il. Votre fils semble avoir une dent contre cet homme.

– Qui ? Quel père ? balbutia Mrs Payne, littéralement statufiée.

– Un certain Dennis Luxford. Quel rapport y a-t-il entre Robin et Dennis Luxford ?

– *Qui ?*

– Dennis Luxford, le rédacteur en chef d'un tabloïd qui s'appelle *La Source*. Il était pensionnaire à Baverstock, il y a une trentaine d'années. Le premier des enfants enlevés par votre fils était la fille naturelle de Luxford. Le second, son fils légitime. Apparemment, Robin croit dur comme fer que Luxford a un troisième enfant, plus âgé que ces deux-là. Et il exige que Luxford révèle son nom dans son journal. Faute de quoi, il tuera le second enfant qu'il détient.

Chaque phrase de Lynley semblait secouer la mère un peu plus. Le visage défait, elle laissa tomber sa main sur ses genoux et articula dans un souffle :

– Rédacteur en chef d'un journal ? A Londres ?

– Oui. Dennis Luxford.

– Mon Dieu.

– Quoi ?

– Franchement je ne pensais pas... qu'il allait croire...

– Quoi ?

– C'est si vieux.

– *Quoi ?*

– Mon Dieu, répéta-t-elle, incapable d'articuler un mot de plus.

La tension monta d'un cran.

– Si vous savez quoi que ce soit qui puisse nous mener à votre fils, je vous conseille de nous en faire part, et vite. Il y a déjà une victime, et deux autres vies sont en jeu. Nous n'avons pas une minute à perdre. Les souvenirs, ça sera pour plus tard, alors...

– Je n'ai jamais vraiment su de qui il s'agissait, reprit-elle, s'adressant plus à la table qu'aux policiers. Comment aurais-je pu le savoir ? Mais il a bien fallu que je lui dise quelque chose. Il a tellement insisté... (Elle sembla se recroqueviller, perdue dans ses souvenirs.) Il n'arrêtait pas de me poser des questions, de me harceler.

– C'est bien beau, tout ça, coupa Nkata. Mais ça ne nous mène nulle part.

– Trouvez la chambre de Payne et fouillez-la, lança Lynley. Vous dénicherez peut-être quelque chose.

– Mais on n'a pas de...

– Au diable le mandat, Winston. Havers est partie à sa poursuite et elle est peut-être dans la merde. Pas question que je reste assis les bras croisés...

– Compris, fit Nkata, fonçant vers l'escalier.

Le bruit de ses pas dans le couloir résonna du premier jusqu'en bas. Des portes claquèrent. Des tiroirs s'ouvrirent et se fermèrent tandis que Corrine Payne continuait sa litanie.

– Pas un instant j'ai pensé que... Ça m'a semblé si simple, quand je suis tombée dessus dans le journal... Quand j'ai lu... Baverstock... Quelle coïncidence, Baverstock... Après tout, ç'aurait pu être l'un d'eux. Pourquoi pas ? Je leur demandais pas comment ils s'appelaient, moi, à ces jeunes gens. Ils venaient simplement me retrouver à la glacière, le lundi et le mercredi... Tous aussi charmants les uns que les autres, ces garçons... Vraiment charmants...

Une envie folle saisit Lynley de la secouer comme un prunier : chaque seconde comptait.

– Winston ! hurla-t-il. Vous avez trouvé un indice, quelque chose ?

Nkata descendit l'escalier quatre à quatre. L'air grave, il tendit des coupures de journal à Lynley.

– C'était dans sa chambre, au fond d'un tiroir.

Le tout provenait du magazine du *Sunday Times*. Lynley étala les pages de l'article sur la table, sans néanmoins se donner la peine de le lire, car il s'agissait de celui que Nkata lui avait montré au début de la semaine, « Un tabloïd reprend du poil de la bête », qui n'était en fait rien d'autre qu'une courte biographie de Dennis Christopher Luxford, avec à l'appui des photos de ce dernier, de sa femme et de leur fils.

Tendant la main, Corrine caressa des doigts le visage de Luxford.

– Baverstock. L'article parlait de Baverstock. Et Robbie voulait savoir... Son père... Ça faisait des années qu'il me bassinait avec ça... Il disait qu'il avait le droit de savoir...

Lynley finit par comprendre.

– Vous avez dit à votre fils que Dennis Luxford était son père ? C'est ça ?

– Il me disait que si je voulais me marier, je lui devais la vérité. Je devais lui dire qui était son père une bonne fois pour toutes. Le problème, c'est que je pouvais pas répondre, vous comprenez. Il y en avait eu tellement... Mais ça, je pouvais pas le lui dire. Impossible. Comment aurais-je pu ? Alors, je lui ai dit que c'était ce type. Que

616

c'était arrivé une fois. La nuit. Je voulais pas, mais comme il était plus costaud que moi, j'avais pas pu faire autrement. Il m'aurait frappée si j'avais résisté.

– Viol ? lâcha Nkata.

– J'ai pas pensé que Robbie... J'ai dit que ça faisait longtemps, que ça n'avait pas d'importance, que c'était *lui* qui comptait maintenant. Mon fils. Mon petit cœur, il n'y avait que lui qui comptait.

– Vous lui avez raconté que Dennis Luxford vous avait violée ? précisa Lynley. Quand vous étiez tous deux des gamins ?

– Son nom était dans le journal, murmura-t-elle. Et on parlait de Baverstock. Je pouvais pas imaginer... Pitié. Je ne me sens pas bien...

Lynley, qui pendant tout ce temps était resté debout à côté d'elle, éprouva soudain le besoin de prendre de la distance et s'éloigna de la table. Il n'en croyait pas ses oreilles. Une fillette était morte et deux autres vies ne tenaient qu'à un fil parce que cette femme – cette larve immonde – avait refusé d'avouer à son fils qu'elle ignorait l'identité de son père et tiré un nom d'un chapeau, comme ça, au hasard. Parce que Corrine Payne avait lu *Baverstock* dans l'article, une gamine de dix ans s'était vu condamnée à mort. Bon Dieu, c'était de la folie. Il avait besoin d'air. Il fallait absolument qu'il retrouve Havers avant Payne.

Il se tourna vers la cuisine et la porte de derrière pour échapper à l'atmosphère étouffante. C'est alors que sa radio grésilla.

– Une voiture, inspecteur. Elle arrive au ralenti.

– La lumière ! ordonna Lynley.

Nkata se précipita pour éteindre.

– Inspecteur ? demanda le flic en planque.

– Restez où vous êtes.

Toujours assise à la table, Corrine s'inquiéta.

– Robbie ? C'est Robbie ?

– Emmenez-la au premier, lança Lynley.

– Je ne veux pas... protesta-t-elle.

– Winston, s'il vous plaît.

La prenant par les aisselles, Nkata la força à se lever.

– Par ici, Mrs Payne.

– Vous allez pas lui faire de mal, gémit-elle, s'agrippant à sa chaise. Mon petit garçon, ne lui faites pas de mal. Je vous en supplie...

– Hors de ma vue.

Alors que Nkata entraînait Corrine vers l'escalier, un bruit de moteur se fit entendre et la salle à manger fut tout d'un coup illuminée par les phares d'une voiture qui approchait. Soudain, le moteur se mit à tousser, protesta et cala. Se glissant jusqu'à la fenêtre, Lynley écarta un peu les rideaux.

Le véhicule s'était immobilisé hors de son champ de vision, vers l'arrière de la maison, où la porte de la cuisine était encore grande ouverte. Contournant la table, le policier avança doucement tout en baissant le niveau sonore de sa radio et tendit l'oreille.

Une portière s'ouvrit. Plusieurs secondes s'écoulèrent. Puis, un lourd bruit de pas se fit entendre. Quelqu'un approchait.

De la porte de séparation entre la cuisine et la salle à manger qu'il avait gagnée prestement, Lynley perçut un cri guttural à peine étouffé provenant de l'extérieur. Tapi dans l'obscurité, il attendit, la main sur l'interrupteur. Lorsque la silhouette eut atteint les marches, il alluma.

– Seigneur ! s'écria-t-il.

Au moment même où il appelait Nkata, le sergent Havers s'affaissa contre la porte.

Les yeux exorbités, le visage couvert de bosses, de bleus et de sang, elle tenait un enfant dans les bras. Son pull-over crasseux était lui aussi souillé de sang, tout comme son pantalon. Elle fixa Lynley d'un œil lamentable. Les lèvres boursouflées, une dent cassée, elle parvint tout de même à articuler :

– Bordel de merde. Vous avez mis le temps.

Nkata se précipita et stoppa net devant le spectacle offert par Havers.

– Nom de Dieu, fit-il entre ses dents.

– Appelez une ambulance, lui lança Lynley pardessus son épaule. (Puis à Havers, cette fois :) Le gamin ?

– Il dort.

– Il n'a pas l'air brillant. Vous non plus, d'ailleurs.

Barbara esquissa un sourire douloureux.

– Il a plongé dans une fosse pleine d'eau pour récupérer mon démonte-pneu. Et il en a balancé un bon

618

coup sur la tête de Payne. Quatre, même. Il a pas froid aux yeux, ce mouflet. Faudra peut-être le faire vacciner contre le tétanos, parce que la flotte, elle était dégueulasse. Un vrai bouillon de culture. On était dans une crypte, vous comprenez. Avec des cercueils partout. Dans la crypte d'un château fort. Je sais que j'étais censée vous attendre ici, seulement quand je l'ai vu se tirer, je me suis dit...

– Havers, coupa Lynley. Félicitations.

Se dirigeant vers elle, il lui retira l'enfant des bras. Le gamin remua, mais sans se réveiller. Couvert de vase et d'algues, il semblait avoir de la mousse qui lui sortait des oreilles. Ses mains étaient noires et ses cheveux blonds, verdâtres. Mais il était vivant. Lynley le tendit à Nkata.

– Téléphonez à ses parents, lui dit-il. Mettez-les au courant.

Il se tourna vers Havers, toujours effondrée contre la porte. Tout doucement, il la fit entrer dans la cuisine illuminée, puis dans la salle à manger – où il faisait encore noir – pour l'installer sur une chaise.

– Il m'a cassé le nez, fit-elle dans un souffle. Et ça ne s'arrête peut-être pas là. J'ai horriblement mal aux côtes.

– Je suis désolé, Barbara, dit Lynley. Désolé.

– Leo ne l'a pas raté. Il l'a complètement assommé.

Lynley s'accroupit devant elle. Sortant son mouchoir, il lui essuya délicatement le visage. Mais il avait beau éponger le sang, il en suintait toujours davantage. Qu'est-ce qu'elle attendait, l'ambulance?

– Bien entendu, je savais qu'il n'en pinçait pas vraiment pour moi, reprit-elle. J'ai joué le jeu, c'est tout. J'avais pas le choix.

– Et vous avez bien fait, confirma Lynley. Très bien fait.

– Mais j'ai fini par lui rendre la monnaie de sa pièce.

– Comment?

Grimaçant un sourire, Havers parvint à émettre comme un gloussement.

– Je l'ai bouclé dans la crypte. Il verra l'effet que ça fait, de rester dans le noir, l'ordure.

– Bravo, fit Lynley. C'est tout ce qu'il mérite.

Elle n'accepta de se laisser emmener à l'hôpital qu'une fois certaine qu'ils avaient bien compris où se trouvait Payne. Et les infirmiers ne purent s'occuper d'elle qu'après qu'elle eut déplié une carte sur la table – dont elle souilla la nappe de sang – et péniblement tracé d'un crayon tenu à deux mains l'itinéraire à l'intention de ses deux collègues.

Lorsque, prise d'une quinte de toux, elle se mit à cracher le sang, Lynley lui retira le crayon des doigts.

– J'ai compris, la rassura-t-il. Nous irons le chercher. Maintenant, pour vous, c'est direction l'hôpital.

L'instinct de Barbara reprit un instant le dessus.

– Mais je veux être là pour m'assurer que tout va bien se passer.

– Vous avez déjà fait ce qu'il fallait.

– Alors qu'est-ce que je vais faire ?

– Prendre un peu de vacances. (Il lui serra l'épaule.) Vous les avez bien méritées.

– Mais qu'est-ce que vous allez... commença-t-elle au bord des larmes, comme frappée de panique.

Que pouvait-elle bien vouloir dire ? Qu'est-ce qu'il allait, quoi ? Puis, lorsque Winston Nkata les rejoignit, la lumière se fit soudain dans son esprit.

– J'ai eu les parents au bout du fil, annonça le constable. Ils arrivent. Comment ça va, sergent ?

Le regard de Havers se riva sur le visage du grand policier noir.

– Barbara, n'oubliez pas. Vous allez vous faire soigner à l'hôpital.

– Mais si le Yard nous appelle pour nous mettre sur une autre affaire...

– Quelqu'un d'autre s'en chargera. Helen et moi, nous nous marions ce week-end. Je ne serai pas au Yard, moi non plus.

Un sourire se dessina sur ses lèvres.

– Vous vous mariez ?

– Enfin, oui. Il était temps.

– Bordel de merde, lâcha-t-elle. Ça s'arrose !

– C'est prévu, dit-il. Mais pas ce soir.

Lynley découvrit Robin Payne là où le sergent Havers avait déclaré l'avoir laissé, dans la crypte macabre au-dessous de la chapelle de Silbury Huish

Castle. La tête sous les bras, il était recroquevillé dans le coin le plus éloigné des sinistres cercueils de plomb. Lorsque Nkata braqua sa torche sur lui et que Payne releva le nez, Lynley ressentit une brève satisfaction atavique au vu de ses blessures. Havers et Leo l'avaient bien arrangé, ils lui avaient pratiquement rendu coup pour coup. Joues et front couverts d'ecchymoses, griffés, écorchés; cheveux poissés de sang; un œil complètement fermé.

– Payne?

Grimaçant, le constable se passa le dos de la main contre les lèvres et répondit en se levant :

– Sortez-moi de ce trou, je vous en supplie. C'est des loubards qui m'ont passé à tabac avant de me boucler ici. Ils...

– Je suis le coéquipier du sergent Havers, coupa Lynley.

Le jeune homme se tut. Les prétendus loubards du scénario qu'il avait eu tout le temps de concocter depuis le départ de Havers retournèrent au néant d'où ils étaient sortis. S'appuyant quelques instants contre le mur du caveau, il tenta de reprendre contenance et finit par articuler avec un aplomb surprenant eu égard aux circonstances :

– Où est ma mère? Il faut que je lui parle.

Après avoir demandé à Nkata de lire ses droits à leur collègue, Lynley ordonna à un constable de la Criminelle d'Amesford d'envoyer un message radio pour demander la présence d'un médecin à leur arrivée. Pendant que les deux hommes s'exécutaient, Lynley observa le policier qui avait semé mort, malheur et désespoir dans la vie de gens qu'il ne connaissait ni d'Eve ni d'Adam.

Malgré la duplicité de Payne et ses vilaines blessures au visage, Lynley vit tout de même dans son expression comme de l'innocence. Cette innocence juvénile jointe au costume qu'il portait et dont personne ne pouvait soupçonner qu'il s'agissait d'un déguisement, cette fausse innocence l'avait admirablement servi. Vêtu de son uniforme d'agent de police – celui-là même qu'il avait porté avant d'intégrer la Criminelle d'Amesford –, il avait chassé Jack Beard de Cross Keys Close, et aucun témoin de l'événement n'avait eu la moindre raison de douter que ce flic ait pu ne pas être un policier en patrouille dans l'exercice de ses fonctions, alors que c'était en réalité un kidnappeur d'enfant qui faisait le ménage dans le quartier pour pouvoir opérer en toute tranquillité. C'était vêtu de ce même uniforme et avec ce même visage innocent débordant de bonnes intentions qu'il avait réussi à persuader Charlotte Bowen – puis Leo Luxford – de le suivre. Car il savait que si l'on interdit aux enfants dès leur plus jeune âge de parler aux étrangers, on leur apprend aussi à faire confiance à la police. Et Robin Payne était le portrait vivant du type qui – en dépit de son visage esquinté – inspirait confiance, Lynley dut le reconnaître.

Sur son visage, on lisait en outre de l'intelligence. Car il lui en avait fallu, à revendre même, de l'intelligence, pour échafauder son stratagème et commettre ses forfaits. Pour penser à utiliser le squat de George Street lors de son séjour à Londres, ce qui lui avait permis de pister ses victimes en toute liberté – en civil comme en tenue – sans jamais courir le moindre risque d'attirer l'attention d'un quelconque réceptionniste d'hôtel susceptible de faire le rapprochement entre lui et les kidnappings. Pour puiser dans son expérience professionnelle et placer au bon endroit les pièces à conviction qui allaient mener la police à Dennis Luxford. Parce que, d'une façon ou d'une autre, c'était Luxford qu'il avait voulu faire payer. L'homme qu'il croyait être son père et à cause duquel il avait commis tous ces crimes.

Et c'était là que résidait l'horreur de la situation. En frappant Luxford, Payne s'était en fait attaqué à un fantasme issu d'un mensonge. Le caractère irréel du cauchemar porta un coup aux certitudes de Lynley en ce moment de confrontation avec l'assassin.

Kidnappeur. Assassin. Pendant le trajet jusqu'au château, Lynley avait cent fois imaginé la scène : il s'était vu agrippant Robin Payne par le col et le remettant debout sans ménagement, aboyant l'ordre qu'on lui lise ses droits, lui passant les menottes et le traînant dans les ténèbres. Un tueur d'enfant, c'est la pire des ordures. Ça doit être traité comme tel. Le ton même de Robin Payne réclamant sa mère – si innocent, si dénué de remords – n'était qu'une manifestation supplémentaire de son ignominie. Pourtant, en songeant à ce qu'avait dû être sa jeunesse et remettant les choses en perspective, Lynley se sentit soudain accablé par un immense sentiment d'échec.

Entre la vérité et ce que Robin Payne croyait être la vérité, le gouffre était si grand qu'aucune indignation, aucune colère ne pouvait le franchir. Alors que Nkata passait les menottes à Payne, les mots de Corrine Payne résonnèrent dans la tête de Lynley : « Mon petit garçon, ne lui faites pas de mal. Je vous en supplie... » Lynley comprit qu'il ne servirait à rien de brutaliser Payne. Sa mère lui avait déjà fait suffisamment de mal comme cela.

Pourtant, il lui manquait encore un dernier morceau du puzzle pour pouvoir boucler l'affaire avec un minimum de tranquillité d'esprit. Et il allait lui falloir jouer finement pour arriver à ses fins. Car l'assassin savait pertinemment qu'il lui suffisait de garder le silence pour empêcher l'inspecteur de mettre en place l'ultime pièce. Toutefois lorsque Payne demanda à parler à sa mère, Lynley entrevit un moyen de rendre un semblant de justice tout en obtenant le renseignement qui lui permettrait de faire de façon irréfutable le lien entre le constable et Charlotte Bowen ainsi que son père. La seule façon d'obtenir la vérité était justement de la dire. Mais ça n'était pas à lui de s'en charger.

– Allez chercher Mrs Payne, ordonna-t-il à l'un des policiers d'Amesford. Amenez-la au commissariat.

Stupéfait que Payne se vît accorder le droit de voir sa mère, le constable hasarda d'un ton gêné :

– C'est pas très régulier, ça, inspecteur.

– Exact, lança Lynley d'un ton sec. Mais vous avez vu quelque chose de régulier dans cette affaire, vous ? Alors allez me chercher Mrs Payne.

Le retour à Amesford se fit dans un silence aussi épais que les ténèbres extérieures transpercées de temps à autre par les phares des rares véhicules roulant en sens inverse. Dans les voitures de police qui les escortaient, l'annonce de l'arrestation de Payne devait faire crépiter les radios. Mais dans la Bentley, pas un bruit. Depuis le moment où il avait demandé à parler à sa mère, Payne n'avait pas articulé un mot.

Ce n'est qu'à l'arrivée au commissariat d'Amesford qu'il desserra les dents. Passant devant les deux seuls représentants de la presse – un journaliste et un photographe – qui attendaient devant la porte, il lança :

– J'ai rien à voir avec cette affaire. Vous verrez, la vérité va éclater, tout le monde sera au courant. Et je suis content, drôlement content. Maman est là ?

La réponse ne tarda pas à venir en la personne de Corrine Payne qui, à l'entrée du commissariat, se précipita vers son fils les bras tendus, suivie d'un homme replet à la calvitie avancée, vêtu en tout et pour tout d'une veste de pyjama rentrée à la hâte dans un pantalon de tweed à chevrons sans ceinture.

– Robbie ? Mon Robbie ? haleta-t-elle, les lèvres tremblotantes, les yeux embués. Qu'est-ce qu'ils t'ont fait, ces monstres ? (Se tournant vers Lynley :) Je vous avais pourtant dit de pas lui faire de mal. Mais il est blessé ! Qu'est-ce qui lui est arrivé ? Sam, oh, Sam !

Son compagnon, qui jusque-là s'était contenté de lui tenir le coude, lui passa le bras autour de la taille en murmurant :

– Calme-toi, ma petite caille.

– Emmenez-la dans une salle d'interrogatoire, lança Lynley. Seule, s'il vous plaît. Nous arrivons.

Un constable en uniforme prit la mère éplorée par le bras.

– Mais, et Sam ? Sam !

– Je reste là, ma petite caille.

– Tu vas pas t'en aller, dis ?

– Je ne bouge pas, mon amour, fit-il, lui embrassant le bout des doigts.

Tandis qu'on conduisait Corrine dans une salle d'interrogatoire, Lynley confia Robin au médecin qui attendait, mallette ouverte, instruments sortis, gaze et désinfectant à portée de main. Après un rapide examen du patient, il évoqua à voix basse la possibilité d'une commotion et conclut à la nécessité de garder le blessé en observation pendant quelques heures au moins.

– Pas d'aspirine, ordonna-t-il après avoir pansé les blessures superficielles et recousu une vilaine entaille que Payne avait au cuir chevelu. Et surtout ne le laissez pas dormir.

Après avoir expliqué au praticien que cela n'était pas au programme, Lynley regagna le couloir avec son prisonnier – dont les collègues prirent bien soin d'éviter le regard – et l'emmena dans la salle où se trouvait sa mère.

Assise loin de la table qui constituait le seul mobilier

de l'endroit, son sac sur les genoux, Corrine attendait dans la position de quelqu'un qui s'apprête à prendre congé. Appuyé contre le mur opposé, Nkata tenait à la main un gobelet en carton plein d'un liquide fumant dont l'odeur évoquait le potage au poulet.

Lorsque Robin apparut, les mains de Corrine se crispèrent sur son sac.

– Ces messieurs m'ont raconté toutes sortes de choses à ton sujet, Robbie, commença-t-elle, sans bouger de sa chaise. Ils prétendent que tu as fait des choses horribles. Je leur ai dit qu'ils se trompaient.

Lynley ferma la porte. Tirant une chaise de sous la table, il pesa de la main sur l'épaule de Payne qui s'assit sans desserrer les dents.

– Ils prétendent que tu as tué une petite fille, Robbie, continua Corrine en se tortillant sur sa chaise sans pour autant se rapprocher de son fils. Je leur ai répondu que ça n'était pas possible. Que tu avais toujours adoré les enfants et que Celia et toi aviez d'ailleurs l'intention d'en avoir toute une maisonnée une fois mariés. Alors nous allons tirer tout ça au clair une bonne fois pour toutes, n'est-ce pas, mon chéri ? Il s'agit d'une épouvantable méprise. Si quelqu'un a fait ces horreurs comme ils disent, ça n'est pas toi, hein ? (Tentant vainement d'esquisser un sourire que démentaient ses yeux hagards, elle fixa son fils qui resta silencieux.) Robbie ? J'ai raison, pas vrai ? Ils m'ont raconté des bêtises, ces deux policiers ? Tout ça, c'est une erreur, hein ? Tu sais, je me suis demandé si c'était pas ce sergent qui a logé chez nous qui avait été leur raconter des bobards à ton sujet. Parce qu'une femme délaissée est prête à tout, pas vrai, Robbie ? Prête à tout pour se venger.

– Pas toi, lâcha Payne.

– Pas moi, quoi, chéri ? fit-elle, pointant son index contre sa poitrine.

– Tu n'étais pas prête à tout, continua-t-il. Pour te venger. Alors c'est moi qui m'en suis chargé.

Un pâle sourire aux lèvres, Corrine agita l'index dans la direction de son fils, telle une institutrice faisant la morale.

– Si tu veux parler de ton comportement à l'égard de Celia ces derniers temps, vilain garçon, c'est elle qui devrait être assise sur cette chaise, pas moi. Je trouve que cette jeune femme a une patience d'ange à attendre, comme ça, que tu te décides à te déclarer, Robbie ! Mais avant de régler ce malentendu avec Celia, réglons le malentendu qui t'a amené ici.

Au regard enjoué qu'elle adressa à Robin, il était clair que celui-ci était censé aller dans son sens.

– Ils me tiennent, Maman.

– Robbie...

– Non, écoute. L'important, maintenant, est que la vérité éclate au grand jour, et comme il faut. C'est la seule façon de le faire payer. Au début, je me suis figuré que je l'aurais par l'argent, en lui faisant cracher le maximum pour le punir. Mais quand j'ai vu son nom à elle, que je me suis rendu compte qu'il avait agi avec une autre exactement comme avec toi... J'ai compris que lui piquer son pognon ne suffisait pas. Il fallait qu'il soit démasqué. Et c'est ce qui va lui arriver. Il va en prendre plein la gueule. Ça lui servira de leçon, à ce salaud, Maman. Tout ça, c'est pour toi que je l'ai fait.

Démontée, Corrine ne semblait pas comprendre à quoi il voulait en venir.

– Qu'est-ce que tu me racontes là, mon chéri ?

Tirant une chaise de sous la table, Lynley se positionna de façon à voir la mère et le fils, puis il attaqua bille en tête :

– Il est en train de vous dire que c'est pour vous qu'il a enlevé et assassiné Charlotte Bowen et kidnappé Leo Luxford, Mrs Payne. Qu'il a fait ça pour vous venger, pour que Dennis Luxford paye, pour que justice vous soit rendue.

– Justice ?

– Parce que Luxford vous a violée et engrossée avant de vous abandonner, il y a trente ans. Maintenant qu'on l'a pris en flagrant délit – car je ne pense pas que le fait de retenir le petit Luxford en otage à Silbury Huish Castle contribue à l'innocenter –, votre fils tient à ce que vous compreniez bien ses motivations. C'est pour vous qu'il a fait tout ça. Maintenant que vous êtes au courant, vous ne voulez pas lui remettre les idées en place concernant votre passé ?

– Il a fait ça pour moi ? glapit Corrine Payne, se frappant de nouveau la poitrine de l'index.

– Je t'ai posé cent fois la question, lança Payne à sa mère effarée. Mais t'as jamais voulu me répondre. Tu t'imaginais que c'était pour moi que je voulais savoir, pas vrai ? Que la curiosité me démangeait, hein ? Mais non, t'étais à côté de la plaque, Maman. C'est pas pour moi que je voulais connaître la vérité, mais pour toi. Il avait besoin qu'on lui donne une leçon. On plaque pas une femme comme il t'avait plaquée sans se voir obligé de rendre des comptes, un jour ou l'autre. Ça n'était pas juste. Mais maintenant, l'histoire va paraître dans tous les journaux. Il est cuit, et il n'a que ce qu'il mérite.

– Dans tous les journaux ? répéta Corrine, abasourdie.

– J'étais le seul à pouvoir y arriver, Maman. Personne d'autre que moi n'aurait pu échafauder un plan pareil. Je regrette rien. Et comme je viens de te le dire, tu n'es pas la seule à qui il a fait le coup. Quand j'ai compris ça, je me suis dit qu'il fallait absolument qu'il paie l'addition.

Cette seconde référence à un autre viol – dont l'identité de la prétendue victime ne faisait aucun doute – était l'ouverture que Lynley attendait pour attaquer.

– Comment avez-vous su, pour Eve Bowen et sa fille, constable ?

Mais Payne continua de s'adresser à sa mère.

– Tu comprends, Maman, il lui a fait le même coup qu'à toi. Elle s'est retrouvée enceinte, elle aussi, et il l'a plaquée, elle aussi. Alors, il fallait absolument qu'il paie. Au début, je me suis dit que j'allais lui faire cracher un beau paquet de pognon. Ça vous aurait fait un joli cadeau de mariage, à Sam et à toi. Mais quand j'ai examiné l'affaire de plus près et que j'ai vu le nom de la gamine sur son compte, je me suis dit : « Putain, qu'est-ce que c'est que ça ? » Et je me suis débrouillé pour retrouver sa trace.

J'ai vu le nom de la gamine sur son compte. J'allais lui faire cracher un beau paquet de pognon. L'argent. Les paroles de Luxford lors de sa conversation avec Eve Bowen au Yard revinrent soudain à l'esprit de Lynley. Le journaliste avait ouvert un compte d'épargne au nom de leur fille, pour le cas – peu probable – où celle-ci en aurait un jour besoin. Sa façon à lui d'assumer ses responsabilités de père. Et Payne, dans sa quête acharnée de tout ce qui était susceptible de bousiller la vie de Luxford, avait dû tomber sur ce compte, ce qui lui avait donné accès aux détails les plus secrets de la vie du journaliste. Restait à savoir comment il y était parvenu. C'était l'ultime élément qui manquait à Lynley.

– Après, ç'a été facile, continua Payne, se penchant sur la table en direction de sa mère, ce qui eut pour effet immédiat de provoquer un léger recul de cette dernière. Je suis allé à Sainte-Catherine. J'ai consulté l'extrait de naissance de la petite. Le nom de son père brillait par son absence, exactement comme pour moi. Quand j'ai compris que Luxford avait remis ça, qu'il avait refait à une autre le même coup qu'à toi, je me suis dit que je ne pouvais plus me contenter de le saigner à blanc. J'ai décidé de lui faire cracher la vérité. Alors, par l'intermédiaire de la mère, j'ai retrouvé la môme. Je l'ai filée, et dès que l'occasion s'est présentée, je l'ai embarquée. Au début, j'avais pas l'intention de la supprimer. Mais quand Luxford a refusé de cracher le morceau, j'ai pas pu faire autrement. Tu comprends, hein, Maman ? Pourquoi tu es si pâle, tout d'un coup ? Te bile pas, une fois que l'article paraîtra dans les journaux...

Agitant la main pour le faire taire, Corrine ouvrit son sac à main et en extirpa son inhalateur.

– Maman, faut pas te rendre malade pour ça.

Les yeux fermés, elle inspira profondément, une main sur la poitrine.

– Robbie chéri, murmura-t-elle. (Rouvrant les yeux, elle lui adressa un sourire attendri.) Mon tout petit, mon bébé. Quel abominable malentendu !

Le visage de Payne se figea. Il avala sa salive avec difficulté.

– Quoi ? parvint-il enfin à articuler.

– Où as-tu été pêcher l'idée que cet homme était ton père, mon petit cœur ? Ce n'est pas moi qui t'ai fourré cette idée en tête, Robbie.

Hébété, le jeune constable fixa sa mère.

– Mais tu as dit... (Sa gorge se noua. Il s'humecta les lèvres d'un coup de langue.) Quand tu as vu le *Sunday Times*, quand tu as lu le reportage sur... Tu as dit...

– J'ai rien dit du tout. (Elle remit son inhalateur dans son sac.) Bien sûr, j'ai peut-être dit que le visage de cet homme me rappelait quelque chose, mais je ne l'ai pas reconnu formellement, ça, jamais. Tu t'es complètement trompé, si c'est ce que tu t'es mis en tête. Ce que j'ai dit tout au plus, c'est qu'il ressemblait vaguement au garçon qui avait abusé de moi il y a tant d'années. Mais je ne peux pas en avoir dit davantage, mon chéri, parce que ça faisait si longtemps... Et une seule nuit, en plus. Une nuit épouvantable que je voulais tant oublier. Seulement comment vais-je pouvoir oublier maintenant, après ce que tu viens de faire ? Les journaux, les magazines, la télé, tout le monde va me tomber dessus. Les journalistes vont me bombarder de questions, remuer la boue, fouiner dans mon passé... Moi qui avais fini par ne plus y penser... Et Sam, qu'est-ce qu'il va s'imaginer, Sam ? Qui sait, peut-être qu'il va me quitter... C'est ça que tu voulais ? Qu'il me quitte, hein, Robbie ? C'est pour ça que tu as fait toutes ces horreurs ? Parce que je vais vivre avec un autre homme que toi, et que tu ne veux pas me perdre ? C'est ça, Robbie ? La seule chose qui t'intéresse, c'est détruire notre amour, à Sam et à moi ?

— Non ! Si j'ai fait tout ça, c'est parce qu'il t'a fait souffrir. Et quand un homme fait souffrir une femme, il faut qu'il paie.

— Mais il ne m'a pas... commença-t-elle. Ça n'était pas... Robbie, tu as tout faux. Ça n'était pas lui.

— Si. C'est toi-même qui me l'as dit. Quand tu m'as passé le magazine avec l'article, tu m'as montré *Baverstock* du doigt et tu m'as dit : « C'est lui, Robbie. C'est lui qui m'a attirée jusqu'à la glacière, une nuit de mai. Il avait emporté une bouteille de sherry. Après m'avoir forcée à boire, il a bu à son tour, puis il m'a jetée par terre. Comme je résistais, il a essayé de m'étrangler, alors j'ai cédé. C'est comme ça que les choses se sont passées. C'est lui. »

— Non, protesta-t-elle. J'ai jamais dit ça. Peut-être que j'ai dit qu'il me rappelait...

La main de Payne s'abattit violemment sur la table.

— Tu as dit : « C'est lui ! » hurla-t-il. C'est pour ça que je suis allé à Londres, c'est pour ça que je lui ai filé le train. Une fois qu'il m'a eu conduit à la Barclay's, je suis revenu ici. Puis j'ai été voir Celia, je lui ai monté un bateau et je lui ai demandé : « Tu veux pas me montrer comment ça marche, un ordinateur ? On peut vraiment voir les comptes des clients, avec cette bécane ? Les comptes de tous les clients ? Et le compte de ce mec-là, aussi ? Putain, la vache, c'est fou, ça ! » C'est là que j'ai vu le nom de la gamine. Alors, je l'ai pistée, j'ai retrouvé sa trace, et j'ai compris qu'il avait traité sa mère de la même façon que toi. Il fallait qu'il paie. Il... le... fallait.

Payne s'effondra sur sa chaise. Pour la première fois, il avait l'air vaincu.

La boucle était bouclée. Se remémorant les paroles de Corrine Payne : « Il va épouser Celia Matheson », Lynley les rapprocha de ce que le constable venait de déclarer. La conclusion s'imposait d'elle-même.

– Celia Matheson. Faites-la venir, ordonna-t-il à Nkata.

Alors que ce dernier se dirigeait vers la porte, Payne l'arrêta et déclara d'un air las :

– Elle ne sait rien. Elle n'a rien à voir là-dedans. Elle ne vous apprendra rien.

– Alors, allez-y, expliquez-moi, demanda Lynley.

Tandis que Payne fixait sa mère, celle-ci ouvrit son sac à main et en extirpa un mouchoir dont elle se tamponna le nez et le dessous des yeux.

– Vous avez encore besoin de moi, inspecteur ? demanda-t-elle d'une voix à peine audible. Je me sens pas très bien, vous savez. Si vous pouviez demander à Sam de venir me chercher... ?

Lynley fit un signe de tête à Nkata, qui sortit. Pendant que tout le monde attendait le retour du policier en compagnie de Sam, Corrine s'adressa une dernière fois à son fils :

– Quel horrible malentendu, mon chéri. J'arrive pas à comprendre comment ça a pu se produire. Non, je n'y arrive pas...

Payne baissa la tête.

– Faites-la sortir d'ici, dit-il à Lynley.

– Mais Robbie...

– Je vous en prie.

Lynley emmena Corrine dans le couloir où il tomba sur Nkata suivi de Sam. Se jetant dans les bras du gros homme, elle geignit :

– Sammy, il s'est passé quelque chose de terrible. Robbie a disjoncté. J'ai beau essayer de lui parler, y a pas moyen de lui faire entendre raison. Je suis morte de trouille...

– Chut, fit Sam en lui tapotant le dos. Ne dis rien, ma petite caille. Je te raccompagne.

Alors qu'ils se dirigeaient tous les deux vers la réception, la voix geignarde de Corrine continua :

– Tu vas pas me quitter, hein ? Promets-moi que tu vas pas me quitter ?

Lynley regagna la salle d'interrogatoire.

— Je peux avoir une clope, s'il vous plaît ? demanda Payne.

— Je m'en occupe, fit Nkata, qui sortit un bref instant et revint un paquet de Dunhill et une pochette d'allumettes à la main.

Payne alluma une cigarette et fuma en silence, manifestement en état de choc. Lynley se demanda comment il réagirait lorsque — si toutefois cela se produisait — sa mère se déciderait à lui dire la vérité sur sa naissance. Car c'était une chose de *s'imaginer* qu'on était le résultat d'un viol, mais c'en était une autre de *savoir* qu'on était le fruit de la gymnastique copulatoire anonyme et machinale de deux êtres dont l'un cherchait à atteindre le plaisir éphémère d'une éjaculation rapide et l'autre la griserie de quelques livres facilement gagnées.

— Parlez-moi de Celia, dit Lynley.

Payne déclara s'être servi de la jeune femme parce qu'elle travaillait à l'agence Barclay's de Wootton Cross. Bien sûr, il la connaissait déjà — il la connaissait même depuis fort longtemps —, mais il ne s'était vraiment intéressé à elle que lorsqu'il avait compris qu'elle pourrait lui être utile dans ses recherches sur Luxford.

— Un soir qu'elle devait rester au boulot plus tard que d'habitude, je lui ai tellement cassé les pieds qu'elle m'a laissé entrer dans la banque, raconta-t-il. On est allés à son bureau et elle m'a montré son ordinateur. C'est comme ça que j'ai eu accès au compte de Luxford et que j'ai appris jusqu'où je pouvais aller dans mes exigences. Bien sûr, je lui ai fait ouvrir toutes sortes d'autres comptes pour lui donner le change. Et pendant qu'elle était à l'écran, je me la suis faite.

— Vous avez eu des relations sexuelles avec elle, précisa Lynley.

— Oui, pour qu'elle croie que c'était elle qui me mettait l'eau à la bouche, pas son ordinateur.

Secouant sa cigarette sur la table, il écrasa le cylindre de cendre d'un léger coup de l'index.

— Si vous étiez persuadé que Charlotte Bowen était votre demi-sœur, s'enquit Lynley, qu'elle était une victime, comme vous, pourquoi l'avez-vous tuée ? C'est la seule chose que je ne comprends pas.

— J'ai jamais envisagé les choses sous cet angle, répondit Payne. Je pensais qu'à Maman.

Ils fonçaient sur l'autoroute, feux de détresse clignotant pour libérer la file de droite. C'est Luxford qui conduisait. A côté de lui, Fiona, silencieuse, n'avait pas changé de position depuis le moment où elle était montée dans la Mercedes à Highgate. Bien qu'ayant bouclé sa ceinture de sécurité, elle se tenait le buste penché en avant, comme pour aider la voiture à aller plus vite.

Ils étaient au lit lorsque le coup de fil tant attendu était arrivé. Allongés dans l'obscurité, accrochés l'un à l'autre, ils n'osaient échanger le moindre mot tant les paroles leur semblaient superflues. Le simple fait d'évoquer des souvenirs de leur fils ne pouvait que rendre encore plus insoutenable la possibilité qu'il ne revînt pas. Quant à parler de son avenir, cela eût risqué de donner corps à un espoir qu'un dieu hostile aurait pris un malin plaisir à détruire. Sans rien dire, ils restaient enlacés sous les couvertures, incapables de trouver le sommeil ou un semblant de calme.

Avant qu'ils ne se mettent au lit, le téléphone avait sonné. Conformément aux instructions de l'inspecteur de police resté dans la cuisine, Luxford avait attendu la troisième sonnerie dans l'espoir qu'il s'agissait du coup de téléphone de la délivrance. Mais non. Au bout du fil, il avait eu Peter Ogilvie.

– D'après Rodney, fit Ogilvie d'une voix cassante d'homme qui ne veut pas qu'on lui raconte des bobards, un de ses indics du Yard lui aurait laissé entendre que vous étiez dans les locaux de la police en compagnie d'Eve Bowen cet après-midi. Qu'est-ce que vous avez l'intention de faire ? Publier ce papier, ou laisser le *Globe* s'en charger ? A moins que vous ne préfériez que ce soit le *Sun* ?

– Je ne peux rien dire.

– Rodney soutient mordicus que vous êtes mouillé jusqu'au cou dans l'affaire Bowen. Et ce, depuis le départ. Ça donne une idée de vos priorités. Manifestement, *La Source* n'en fait pas partie.

– Mon fils a été enlevé. Peut-être même assassiné. Si vous pensez que le journal est ma priorité numéro un dans un moment pareil, je...

– Désolé, Dennis. Que je sache, il n'avait pas disparu lorsque l'affaire Bowen a éclaté. Ce que vous avez fait, c'est de la rétention d'information. Inutile de nier : Rodney vous a filé le train. Il vous a vu retrouver Eve Bowen chez Harrod's. Il se défonce au boulot depuis la mort de la petite Bowen. Même avant, déjà, il travaillait comme une bête.

– Et bien sûr il s'est empressé de vous le faire savoir, commenta Luxford.

– Vous n'avez pas l'air de vous en rendre compte, mais je vous donne une chance de vous expliquer, remarqua Ogilvie. Si je vous ai engagé, c'est pour que vous fassiez pour *La Source* ce que vous avez fait pour le *Globe*. Alors vous allez vous débrouiller pour que la une de demain informe enfin nos lecteurs. Et *complètement*, Dennis. Auquel cas, vous conservez votre poste pour au moins six mois. Mais si vous ne pouvez pas me donner cette garantie, j'aurai le regret de devoir mettre un terme à notre collaboration.

– Mon fils a été enlevé, répéta Luxford. Vous n'avez pas entendu ?

– Ça n'en donnera que plus de punch à votre copie, répliqua Ogilvie. Alors, votre réponse ?

– Ma réponse ? fit Luxford en regardant sa femme qui, assise au bout de la chaise longue dans le bow-window de leur chambre, pliait soigneusement sur ses genoux la veste de pyjama du petit Leo. Je ne marche pas, Peter.

– Ce qui signifie ?

– Rodney veut mon fauteuil depuis le début. Donnez-le-lui. Il mérite bien ça.

– Vous n'êtes pas sérieux.

– Je n'ai jamais été plus sérieux.

Il avait raccroché et était allé rejoindre Fiona. Après l'avoir déshabillée, il l'avait mise au lit et s'était glissé à côté d'elle. Incapables de fermer l'œil, ils avaient regardé le clair de lune progresser doucement le long du mur puis sur le plafond.

Quand le téléphone avait sonné de nouveau trois heures plus tard, Luxford avait été tenté de ne pas répondre. Mais, respectant les consignes de la police, il décrocha à la quatrième sonnerie.

– Mr Luxford ? (Un homme à la voix douce et à l'accent chantant, celui d'un Jamaïcain ayant grandi dans la banlieue sud de Londres, se présenta. Constable Nkata, Scotland Yard. Comme si Luxford avait pu l'oublier au cours des quelques heures qui s'étaient écoulées depuis leur rencontre.) Nous avons récupéré votre fils, Mr Luxford. Ne vous inquiétez pas. Il va bien.

– Où ? demanda Luxford, incapable d'articuler un mot de plus.

– Au commissariat d'Amesford.

Nkata avait ensuite expliqué dans quelles circonstances Leo avait été retrouvé et par qui, pourquoi on l'avait enlevé et où il avait été séquestré. Puis il lui avait indiqué le trajet à suivre pour se rendre à Amesford. C'était là les seuls mots dont Luxford se souvenait – ou voulait se souvenir – alors qu'il fonçait dans la nuit en compagnie de son épouse.

Quittant l'autoroute à Swindon, ils prirent la direction de Marlborough. Ce fut pendant ces cinquante kilomètres qui leur semblèrent interminables que Fiona se décida enfin à parler.

– J'ai passé un marché avec Dieu.

Luxford tourna la tête vers sa femme dont le visage fut un instant illuminé par les phares d'un poids lourd arrivant en sens inverse

– Je Lui ai promis que s'Il me rendait Leo, je te quitterais, Dennis, puisque c'est la seule façon de te faire entendre raison.

– Raison ?

– Je ne sais pas comment je vais pouvoir vivre sans toi...

– Fi...

– Mais je vais te quitter. Avec Leo. Si tu ne veux pas céder concernant Baverstock.

– Je pensais que c'était clair, pourtant : Leo n'est pas obligé d'y aller. Je ne te l'ai pas dit de façon explicite, mais je croyais que tu m'avais compris à demi-mot. Après ce qui s'est passé, après cette histoire, il est hors de question qu'on l'envoie en pension.

– Et quand « cette histoire », comme tu dis, commencera à s'estomper dans ton esprit ? Que Leo recommencera à te taper sur les nerfs ? Qu'il se remettra à faire de la résistance passive au lieu de te tenir tête ouvertement ? Qu'il reprendra le chant ? Qu'il demandera qu'on l'emmène à un ballet plutôt qu'à un match de football ou de cricket pour son anniversaire ? Comment tu réagiras quand tu te rediras qu'il a besoin d'être dressé ?

– Je tiendrai ma langue. Ça te va, Fiona ?

– Tu crois ça ? Même si tu te tais, tes réactions parleront pour toi.

– Mes réactions n'ont aucune importance, répondit Luxford. J'apprendrai à l'accepter tel qu'il est. (Il la regarda de nouveau. Elle avait l'air implacable. Manifestement, elle ne plaisantait pas.) Je l'aime. J'ai bien des défauts, mais je l'aime, je t'assure.

– Tel qu'il est ou tel que tu voudrais qu'il soit ?

– On a bien le droit de rêver quand on est père.

– A condition que les rêves du père ne deviennent pas les cauchemars du fils.

Ils traversèrent Upavon, négocièrent un rond-point et continuèrent dans la nuit vers le sud. A l'ouest, les lumières intermittentes des villages bordant la plaine de Salisbury, East Chisenbury, Littlecott, Longstreet, Coombe, Fittleton. Tout en conduisant, Luxford médita les paroles de sa femme. Nos rêves sont vraiment inséparables de nos hantises. On rêve d'être fort quand on est faible. On rêve de richesse quand on est sans le sou. On rêve de grimper au sommet d'une montagne quand on est embourbé dans une marée humaine au fond d'une vallée.

Les rêves qu'il avait conçus pour son fils n'étaient rien d'autre que l'opposé de ses craintes. Ce n'est qu'une fois débarrassé de ses craintes qu'il pourrait renoncer à ses rêves.

– Il suffit que je le comprenne, lança-t-il, il n'y a pas de raison. Donne-moi ma chance. J'y arriverai.

Une fois aux abords d'Amesford, il suivit le trajet indiqué par le constable Nkata et arriva devant le commissariat. Il s'arrêta au parking où il rangea son véhicule à côté d'une voiture de patrouille de la police.

A l'intérieur régnait une effervescence de milieu de journée alors qu'on était en pleine nuit. Des policiers en uniforme arpentaient les couloirs. Un homme en costume trois pièces, un attaché-case à la main, un certain Gerald Sowforth, annonça qu'il était avocat et exigea de voir son client. Une femme au visage blême regagnait la réception en s'accrochant au bras d'un homme chauve qui lui tapotait la main en disant : « Viens, rentrons, ma petite caille. » Un groupe d'ambulanciers répondait aux questions que leur posait un policier en civil. Un journaliste en colère tarabustait le sergent de service.

Par-dessus la tête du journaliste, Luxford se présenta d'une voix forte.

– Dennis Luxford. Je suis...

La femme qui traversait la réception se ratatina contre son compagnon en geignant :

– Ne me laisse pas tomber, Sammy ! Promets-moi que tu ne me laisseras pas tomber !

– Jamais ! clama ce dernier d'un ton vibrant. Tu peux compter sur moi !

Alors que l'étrange couple passait devant Luxford et Fiona, la femme se cacha le visage contre la poitrine de son ami et ils sortirent du commissariat.

– Je viens chercher mon fils, annonça Luxford au sergent.

Celui-ci acquiesça de la tête, décrocha le téléphone et appuya sur trois touches. Il prononça quelques mots avant de raccrocher.

Moins d'une minute plus tard, une porte située à côté du comptoir s'ouvrit et quelqu'un interpella Luxford. Prenant sa femme par le bras, le journaliste s'engouffra dans un long couloir.

– Par ici, fit la femme flic, ouvrant une porte devant eux.

– Où est Leo ? s'inquiéta Fiona.

– Attendez un instant, je vous prie, répondit calmement la jeune femme avant de sortir.

Luxford s'assit alors que Fiona faisait les cent pas. Guettant le moindre bruit en provenance du couloir, ils entendirent des gens passer et repasser à l'extérieur. Puis, ce fut un homme qui demanda d'une voix tranquille : « Ici ? » Et la porte s'ouvrit.

– Leo va bien, s'empressa d'annoncer Lynley en les voyant. Il vous faudra patienter encore un peu, parce qu'un médecin est en train de l'examiner.

– Un médecin ? s'exclama Fiona. Est-ce qu'il est...

– Simple précaution, la rassura Lynley en lui prenant le bras. Comme il était très sale quand mon sergent l'a ramené, on lui fait aussi un brin de toilette. Ça ne prendra pas longtemps.

– Mais il va bien, n'est-ce pas ? Il va bien ?

– Bien, le mot est faible, répondit l'inspecteur avec un sourire. Pour ne rien vous cacher, c'est en grande partie grâce à lui que le sergent Barbara Havers est vivante. Il n'a pas hésité à s'attaquer à l'assassin et il lui a flanqué sur le crâne un de ces coups que l'autre n'est pas près d'oublier. S'il n'avait pas eu ce courage, nous ne serions pas ici à l'heure qu'il est. Ou du moins, c'est une tout autre conversation que nous aurions.

– Leo? s'étonna Fiona. Leo a fait ça?

– Mais oui. Après avoir plongé dans une tranchée pleine d'eau putride pour récupérer un démonte-pneu qu'il a ensuite utilisé comme s'il n'avait fait que ça toute sa vie, expliqua Lynley, toujours souriant. (Se rendant compte que l'inspecteur s'efforçait de rassurer Fiona, Luxford prit la main de son épouse et la fit s'asseoir.) Leo s'est conduit comme un vrai petit loubard, continua Lynley. Mais étant donné les circonstances, c'était bien d'un loubard qu'on avait besoin. Ah, le voilà.

Le garçonnet apparut, endormi, dans les bras de Nkata, la tête contre la poitrine du constable. Ses cheveux blonds étaient tout trempés et ses vêtements répugnants de saleté malgré le coup de brosse auquel ils avaient eu droit.

– Il a sa dose, commenta le constable noir. On l'a maintenu éveillé pour que le docteur puisse l'examiner, mais il s'est endormi pendant qu'on lui lavait la tête tant bien que mal. Au savon. Désolé, c'est tout ce qu'on avait sous la main. Une fois chez vous, vous allez pouvoir lui faire prendre une bonne douche.

S'approchant de Nkata, Luxford prit son fils dans ses bras.

– Leo, Leo, murmura Fiona en lui caressant la tête.

– Bien, fit Lynley. Nous allons vous laisser seuls quelque temps. Mais quand vous en aurez fini avec les retrouvailles, j'aurai quelques petites questions à vous poser.

Une fois la porte refermée sur les policiers, Luxford alla s'asseoir sur une chaise, son fils toujours dans ses bras. Comme il était léger! Une plume. Il lui sembla sentir ses os fragiles contre lui pour la première fois. Fermant les yeux, il inspira pour s'imprégner de l'odeur de l'enfant : mélange inattendu de la senteur âcre du produit grossier avec lequel on lui avait fait un shampooing approximatif et de la fange infâme dont ses vêtements étaient imprégnés. Il embrassa Leo sur le front, puis sur les yeux.

Ces derniers battirent un instant avant de s'ouvrir, bleus comme ceux de sa mère.

– Papa, chuchota le garçonnet qui, rectifiant aussitôt le tir, lança d'une voix qu'il s'efforça d'affermir pour faire plaisir à son père : Bonjour, Papa. Maman est là ? Tu sais, j'ai pas pleuré. J'avais peur, mais j'ai pas pleuré.

Serrant son fils encore plus fort dans ses bras, Luxford enfouit son visage au creux de la petite épaule.

– Bonjour, chéri, dit Fiona, s'agenouillant au pied de la chaise.

– J'espère que j'ai fait ce qu'il fallait, dit Leo d'une voix qui s'efforçait de rester ferme. J'ai pas pleuré une seule fois. Il m'avait enfermé et j'avais drôlement peur. J'avais une de ces envies de pleurer. J'ai failli. Mais j'ai tenu le coup. J'ai pas pleuré. Pas une seule fois. C'est bien, ce que j'ai fait, non ? Je m'en suis bien sorti, hein ? s'inquiéta-t-il en fronçant les sourcils. (Puis, tournant la tête pour mieux voir son père :) Qu'est-ce qu'il a, Papa ? demanda-t-il en regardant sa mère, intrigué.

– Rien, mon chéri, répondit Fiona. Ne t'inquiète pas. Papa pleure à ta place.

Remerciements

Wootton Cross et la vallée de Wootton n'existant pas, je voudrais remercier tous ceux qui m'ont aidée à les créer : Mr A. E. Swaine de Great Bedwyn, Wiltshire, grâce à qui j'ai découvert les beautés du moulin de Wilton ; Gordon Rogers de High Ham, Somerset, ainsi que les responsables du National Trust [1] qui m'ont permis de visiter le moulin de High Ham ; les policiers de Pewsey qui ont bien voulu répondre à mes questions et m'ont autorisée à m'inspirer de leur commissariat lorsque j'ai décrit celui de Wootton Cross.

J'ai une dette considérable envers Michael Fairbairn, correspondant politique de la BBC, qui m'a accompagnée au Parlement et a répondu aux innombrables questions que j'ai été amenée à lui poser à mesure que je progressais dans mon travail ; envers David Banks, qui m'a ouvert les portes du *Mirror*, et Maggie Pringle, qui a fait en sorte que je puisse visiter les bureaux du journal à Holborn ; envers Ruth et Richard Boulton, qui répondent avec une inlassable gentillesse à toutes mes questions, même les plus triviales ; envers l'inspecteur principal Pip Lane, qui m'aide à rester dans les limites de la vraisemblance en matière de procédure policière ; envers mon agent, Vivienne Schuster, et mon éditeur, Tony Mott, qui me soutiennent, et m'encouragent lorsque le besoin s'en fait sentir.

Aux Etats-Unis, je remercie Gary Bale, du bureau du shérif du comté d'Orange, des explications qu'il a bien

---

1. Equivalent anglais de la Caisse nationale des monuments historiques et des sites. *(N.d.T.)*

voulu me donner sur les sujets les plus divers, qu'il s'agisse de toxicologie ou de relevé d'empreintes ; le Dr Tom Ruben et le Dr H. M. Upton, des précisions médicales qu'ils m'ont fournies le cas échéant ; April Jackson du *Los Angeles Times,* qui a répondu à mes nombreuses questions sur le journalisme ; Julie Mayer, qui a relu cette fois encore mon premier jet ; Ira Toibin qui m'a soutenue avec constance et gentillesse ; mon éditrice Kate Miciak, qui m'a écoutée broder d'innombrables variations autour de l'intrigue et du thème que j'avais choisis ; mon agent Deborah Schneider, toujours étonnante de perspicacité, qui a cru en ce livre.

J'ai écrit, faut-il le rappeler, une œuvre de fiction. Je suis donc seule responsable des erreurs ou imprécisions qui auraient pu se glisser dans ce roman.

Impression réalisée sur Presse Offset par

BRODARD & TAUPIN

GROUPE CPI

18460 – La Flèche (Sarthe), le 25-04-2003
Dépôt légal : mai 1998

POCKET – 12, avenue d'Italie - 75627 Paris cedex 13
Tél. : 01.44.16.05.00

Imprimé en France